KB267080

정본 윤동주 전집 원전 연구

지은이 **홍장학**은 서울 동성고를 거쳐 서강대학교 국어국문학과와 민족문화추진회 국역연수원을 졸업하고
서강대학교에서 문학 석사 학위를 받았다. 1979년 서울 영일고에서 국어 교사 생활을 시작했으며, 1998년부
터는 모교인 동성고에서 학생들을 지도하고 있다.

정본(定本) 윤동주 전집 원전 연구

펴낸날_2004년 7월 14일

지은이_홍장학
펴낸이_채호기
펴낸곳_ ㈜**문학과지성사**
등록번호_제10-918호(1993. 12. 16)

서울 마포구 서교동 395-2(121-840)
편집_338)7224~5   FAX 323)4180
영업_338)7222~3   FAX 338)7221
홈페이지_www.moonji.com

ISBN 89-320-1524-4

정본 윤동주 전집

원전연구

홍장학 지음

문학과지성사
2004

머리말

우리 모두가 아픔으로 간직하고 있는 안타까운 순절殉節에 대한 기억을 잠시 접고, 현대 시사에서 윤동주가 차지하고 있는 위치만을 따로 떼어놓고 생각한다면 윤동주의 시인으로서의 성공은 매우 특이한 경우에 속한다고 할 수 있다. 생전에 그는 사실상 무명에 가까운 시인이었다. 중앙 시단에 선보인 그의 작품은 고작 시 두 편과 동시 한 편에 불과하다. 그러니까 오늘날 학생을 비롯한 일반 독자들에게 널리 알려져 애송되고 있는 작품들은 모두 그의 사후, 유가족이나 친지들이 '유고遺稿'라는 이름을 붙여 발표한 것들이다. 그럼에도 그는 대표적인 한국 현대 시인의 반열에 당당히 올라 있다. 오늘날 그가 이 땅에서 가장 널리 알려지고 사랑받는 시인이라는 점에 이의를 제기할 사람은 아무도 없다.

그의 유고 시집 『하늘과 바람과 별과 시』는 1948년 초간본이 출간된 이래 중판, 3판으로 이어지면서 근 반세기 넘게 이 땅의 독자들에게 꾸준히 읽히고 있다. 그뿐이 아니다. 그의 시집은 영어, 일본어, 중국어, 프랑스어 및 체코어 등으로까지 번역되어 이제 해외에도 널리 소개되고 있다.

그런데 이 시집은 1948년 초판이 출간될 당시 '윤동주의 작품' 31편을 수록한 바 있다. 그러다가 1955년 중판에서는 수록 편수가 초판에 비해 3배 가까운 93편으로 늘어났다. 그리고 급기야 1976년 3판에 와서는 모두 116편을 '윤동주의 작품'으로 수록하고 있다. 그러니까 3판으로 찍어낸 『하늘과 바람과 별과 시』의 수록 편수는 초판에 비해 무려 4배 가까이 늘어난 것이다. 사정이 이렇다면 '연구'

를 하고자 하는 사람의 입장에서는 과연 어느 판본을 『하늘과 바람과 별과 시』의 원전으로 확정해야 할지 그것부터가 당장 문제가 될 수밖에 없는 것이다.

돌이켜보건대, 시인이 일찍 순절하고 타계한 경우이므로 윤동주의 경우 원전 확정 문제는 처음부터 연구자들이 고민했어야 할 부분이었다. 유족이나 친지가 시인을 대신하여 작품을 선별하고 편집했다는 『하늘과 바람과 별과 시』를 과연 윤동주의 원전으로 인정해도 좋을지에 대한 진지한 검토가 선행되어야 했던 것이다. 왜냐하면 유족이나 친지가 작자에 대한 모든 정보를 가진 것처럼 주장해도 그들이 시인 자신일 수는 없기 때문이다. 인문학 연구의 경우 원전의 확정은 연구의 기본이자 출발점이다. 그럼에도 기존의 '윤동주 연구'는 결과적으로 원전 확정의 기본적인 절차를 우회하여 온 셈이다.

그러다가 윤동주 유가족들이 고심 끝에 내린 용단과, 몇 분 연구자의 오랜 노력으로 『(사진판) 윤동주 자필 시고 전집』(이하 『사진판』)이 지난 1999년 삼일절을 기해 발간되었는데, 여기에는 윤동주의 자필로 기록된 수많은 시고가 사진 자료의 형태로 수록되어 있다. 이 사진 자료는 물론 윤동주 시 연구에 있어 실증적인 1차 자료로서의 가치를 지니는 것이다. 따라서 『사진판』 시집의 출간은 그동안 윤동주 시 연구의 원전이 되어온 『하늘과 바람과 별과 시』의 자료적 정당성에 대한 검증, 나아가 윤동주 시 원전 확정 작업의 조건이 조성되었음을 의미하는 것이다.

『사진판』에 수록된 윤동주의 육필 시고는 시 창작을 향한 그의 열정과 노력의 정도를 생생하게 보여주고 있을 뿐 아니라, 그가 시를 쓰기 위해서 어떤 책을 읽고, 어느 시인의 작품을 정독했는지, 그리하여 어떤 영향을 받았는지를 진솔하게 보여주고 있다. 또한 육필 시고 도처에서 발견되는 퇴고의 흔적들은 윤동주 시에 나타나는 여러 이미지나 모티프, 그리고 시의 형태들이 어떤 과정을 통해 형성되어왔으며 서로 어떤 관계를 맺고 있는지에 대한 풍부한 시사점을 던져주고 있다.

그러나 『사진판』이 1999년 출간되었음에도 이를 바탕으로 한 윤동주에 대한 새로운 연구가 나타나지 않고 있다는 것은 윤동주에 대한 많은 이의 관심과 사랑을 감안할 때 다소 실망스러운 사태가 아닐 수 없었다. 그리하여 필자는 자신의 천학비재淺學菲才를 뻔히 알면서도 이를 무릅쓰고 『사진판』에 수록된 윤동주 육필 시고에 대한 연구에 착수하게 되었고 이제야 그 성과를 묶어 『정본定本 윤동주 전집 원전 연구』를 내놓게 되었다.

따라서 본 연구는 처음부터, 윤동주의 자필 시고를 공개하기로 한 유가족의 크나큰 결단과, 『(사진판) 윤동주 자필 시고 전집』 출간을 위해 심혈을 기울인 윤인석, 왕신영, 심원섭, 오오무라 마스오 교수 제위의 각고의 노력에 화답하고자 하는 의도에서 출발했다고 볼 수 있다. 그렇긴 해도 이 연구에 착수한 필자의 의도 속에, 우리 현대 시사의 자랑인 윤동주의 시적 성취를 일반 독자에게 널리 알리고, 나아가 다음에 이어질 윤동주 연구의 초석이 되고자 하는 어쭙잖은 기대가 전혀 없었다고는 하지 않겠다.

아울러 이 자리를 빌려 윤동주 시인의 유가족과 고 정병욱 교수에게 고마운 마음과 더불어 송구스러운 심정을 밝히고자 한다. 널리 알려져 있듯이 고 정병욱 교수는 1943년 학병으로 끌려가면서 가족에게 육필 시고 『하늘과 바람과 별과 시』를 잘 간수하도록 했고, 정병욱 교수의 누이는 이를 마루 밑 항아리에 담아 자신의 목숨처럼 지켰다. 또한 윤동주의 누이(윤혜원)는 1948년 고향 간도에 있는 윤동주 시인의 시작 노트를 서울로 가져오기 위해 온갖 고생을 해야 했다. 필자는 윤동주의 작품이 우리 문학사에 길이 남을 공공재라는 점, 따라서 원전을 확정하고자 하는 철저한 노력이 있어야 한다는 생각에서 이 연구에 착수하게 되었고, 그 과정에서 정음사 간 『하늘과 바람과 별과 시』가 원전으로 삼기에 문제가 없지 않음을 지적한 셈이 되었다. 그러나 이 때문에 시인의 유가족과 고 정병욱 교수의 문학사적 공로가 폄훼되어서는 안 된다고 필자는 굳게 믿는다.

이 책은 모두 3편으로 구성되어 있는데 그 대강은 다음과 같다.

1) 제1편: 『사진판』 소재 육필 초고에 대한 교정, 그리고 주요 이본異本과의 교감 내용을 밝히고, 산문 포함 모두 123편에 달하는 윤동주 텍스트의 원전을 확정·제시한 부분이다. 수록 작품마다 일련 번호를 매겼고, 수록 작품별로 다음과 같은 체제에 따라 교정·교감 내용을 배치했다.

① 수록 작품별로 확정된 원전을 먼저 제시하고 이와 관련된 서지 사항 및 어

휘 설명을 덧붙였다.

　②『사진판』 육필 초고를 제시하고 이에 대한 교정 내용을 덧붙였으며, 필요할 경우 육필 초고의 상태를 설명했다.

　③ 그간 윤동주 연구의 원전 노릇을 해온 이본, 즉 정음사판『하늘과 바람과 별과 시』(1981, 3판) 및 권영민 교정본(1995), 김학동 교정본(1998)을 ②와 대조하여 그 결과를 제시했다.

　2) 제2편: 원전 확정 작업을 위한 기반 연구로서, 서지적 연구 내용을 담고 있는 부분으로 모두 세 부분으로 구성되어 있는데 그 대강은 다음과 같다.

　①『사진판』에 대한 서지적 연구를 통하여,『사진판』의 체제 및 윤동주의 창작 이력을 소개하는 한편, 전체 작품의 연보를 확정·제시했다.

　② 윤동주 유고 시집의 주요 이본인 정음사판『하늘과 바람과 별과 시』, 권영민 교정본(문학사상사), 김학동 교정본(새문사) 등에 윤동주의 텍스트가 수용되는 양상을 밝히고, 책의 체제 및 수록 작품 현황을 소개하여, 윤동주 연구 자료로서의 충실성을 검토했다.

　③『사진판』 육필 초고에 나타나는 텍스트의 퇴고 및 이기 현황을 밝히고, 무수한 퇴고 흔적 중 연필 퇴고 흔적의 자격 및 신뢰성에 대해 검토한 결과를 담았다.

　3) 제3편: 원전 확정 과정에서 대두된 문제점을 해결하기 위해서 일부 텍스트에 대한 해석적 분석을 시도하고 그 결과를 담은 부분으로 대강의 내용을 소개하면 다음과 같다.

　① 그간 소개되지 않았던 미수록 작품들이 그동안 소외되어왔던 이유를 추적하고, 윤동주 연구에 있어 이 작품들이 지니는 의의를 검토했다.

　② 시대적 한계 때문에 부득이 자기 검열을 거쳐야 했던 작품들의 퇴고·이기 과정을 추적하고 이 텍스트들의 원전 확정 문제를 다루었다.

　③ 윤동주의 텍스트가 정음사판에 수록되는 과정에서 빚어진 오류를 유형별로 지적하고자 일부 작품을 선별하여 텍스트 분석을 가하고 이들 오류의 구체적 양상과 그 심각성을 지적했다.

④『사진판』소재 육필 초고에 나타나는 추가 및 삭제 흔적을 텍스트 분석을 통해 추적하여 추가 및 삭제가 이루어진 계기를 밝히고 이에 대한 견해를 붙였다.

한편, 원전 확정 작업에 앞서 원본 텍스트를 선정하는 데 있어서는 다음과 같은 기준을 적용했다.

1) 대개의 경우 마지막 퇴고가 이루어진 텍스트를 원본으로 선택했다.

2) 그러나 시대적 제약으로 부득이 자기 검열을 거친 것으로 판단될 경우, 검열 직전의 텍스트를 원본으로 선정했다.

3) 1차 완성된 텍스트에 수정을 시도했으나 완결되지 못한 경우에는 수정 이전의 텍스트를 원본으로 선정했다.

4) 1차 완성된 텍스트에 새로운 내용이 추가되었으나, 그 추가 동기가 시인 자신의 자발적 판단에 따른 것이 아니며 이미 완성된 부분에 비해 이질적인 경우에는 이 추가 부분을 원본에서 제외했다.(「별 헤는 밤」의 경우)

아울러 원전 확정 및 이본 교감 작업에 적용된 기준은 다음과 같다.

1) 어휘: 텍스트의 현장성을 보존하기 위해, 방언의 경우 체언이나 용언의 어간은 물론, 용언의 활용어미까지도 원형 그대로 인정했으며, 이에 대한 전거를 밝혔다. 전거를 밝힘에 있어서는, 윤동주의 고향인 북간도의 주민이 함경도를 비롯한 한반도 여러 지방에서 유입된 이주민이어서 여러 지방의 방언이 혼재하고, 윤동주가 평양 및 서울에서 한동안 유학 생활을 했던 점 등을 감안하여, 각종 사전에 올라 있는 방언 및 옛말 사전에 올라 있는 어휘를 추적하여, 텍스트에 사용된 어휘 중 이와 같거나 유사한 것이 있으면 그 소재를 밝히고 오기誤記로 보지 않았다. 그러나 오기의 결과로 추정되는 경우, 텍스트 생산자인 윤동주가 이를 생전에 출판했을 경우에도 오기 부분이 편집 과정에서 바로잡혔을 것이므로, 이를 바로잡음을 원칙으로 삼았다. 그러나 바로잡은 결과가 원본에 사용된 어휘와 어감語感에 있어 상당한 차이가 날 경우는 그대로 살리는 것을 원칙으로 삼았다.

2) 띄어쓰기: 띄어쓰기가 규범화되지 않았던 당대의 어문 환경 때문에 육필 초고의 상태는 오늘날의 띄어쓰기와 사뭇 거리가 있는 것이 사실이다. 그러나 윤동

주가 띄어쓰기를 일부러 전면 기피한 것이 아니라는 점은, 육필 자선 시집『하늘과 바람과 별과 시』의 기재 상태를 보면 자명하다. 아울러 윤동주가 현재까지 생존하여 그의 시집을 출판했을 경우를 가정하면, 그의 텍스트가 오늘날의 띄어쓰기 원칙을 우회했을 것으로 추정하기 힘들다. 따라서 이러한 점을 감안하여, 원전을 확정하는 과정에서 현행 띄어쓰기의 원칙을 적용하였다.

끝으로 제1편에서 원전 텍스트를 배열한 기준을 소개하면 다음과 같다.

1) 전체 텍스트를 시와 산문으로 구분한 후, 산문은 한데 묶어 끝부분인 제4부에 배치하였다.

2) 시의 경우는 일반 시 · 동시 · 산문시를 한데 묶어 제시하되, 텍스트가 완성된 시기에 따라 순차적으로 배열하였는데, 1937년까지의 텍스트를 제1부로 묶었고, 연희전문에 입학한 1938년 이후의 텍스트를 제2부로 묶었다.

3) 탈고가 보류되었거나, 퇴고 과정에서 삭제 지시된 텍스트의 경우 이를 따로 묶어 제3부에 배치했다.

끝으로 본인에게 문학 연구의 본령을 일깨워주신 은사 김학동 · 김열규 · 이재선 교수님께 감사드리며, 게으르기만 한 친구에게 오랜 기간 과분한 기대와 성원을 보내준 숙명여대 최시한 교수, 그리고 자료 검색에 많은 도움을 준 서강대 석사 과정 조경은 후배 등 여러분께도 고마운 마음을 전하고 싶다. 아울러 본인의 연구에 여러모로 성원을 아끼지 않으신 임병헌 교장 신부님, 또한 이 보잘것없는 성과물에 호의를 보이고 출판을 맡아주신 문학과지성사에 감사드린다. 물론 기획 단계부터 출간에 이르기까지 본인의 오랜 지기처럼 고통을 함께해주신 편집부 여러분의 도움은 두고두고 잊지 못할 것이다.

모쪼록 이 책을 읽는 분들의 많은 질책을 기대한다.

2004년 6월
혜화동 편집실에서
홍장학

일러두기

1) 이 책에서 '원전'이란 『사진판』 소재 1차 자료를 바탕으로 서지 연구 및 교정 · 교감 작업 등
   을 거쳐, 필자가 윤동주가 완성했거나 완성하려 했던 작품으로 확정한 텍스트를 뜻한다. 또
   한 '원본'이란 윤동주에 의해 수차례 퇴고 · 이기 · 발표되어 복수로 존재하는 자료 중에서
   원전 확정 작업의 주자료로 선택된 것을 뜻한다.
2) 원전으로 확정한 텍스트에 일련 번호를 매김 : 윤동주가 남긴 모든 작품을 제작 시기순으
   로 분류하여 제1~4부에 수록하고 각 작품에는 일련 번호를 매겼다.(제1~4부의 작품 수록
   체제는 머리말의 해당 부분 참조)
3) 행별 일련 번호를 매김 : 제1~3부에 수록된 시 텍스트의 경우 행行과 연聯의 형태를 분명히
   기술하기 위해 행별로 01, 02, 03……과 같은 일련 번호를 붙였는데, 연이 구분되는 곳을
   나타내기 위해 비워진 행에도 행 번호를 붙였다.
4) 원전으로 확정한 텍스트의 제시 방법 : 텍스트의 일련 번호, 텍스트의 제목와 더불어 별면
   을 할애하여 맨 처음에 제시한 텍스트들은, 필자가 육필 초고에 대한 교정校訂 작업과 더불
   어 이 책 제2~3편에서와 같은 서지 및 해석 연구를 마친 후 원전으로 확정한 텍스트이다.
   그런데 필자가 이 원전 텍스트를 확정하면서 적용한 기준은 다음과 같다.
   ① 현행 띄어쓰기를 적용하였다.
   ② 그러나 어휘의 경우 제작 당시의 어감 및 현장성을 보존하기 위하여 육필 초고에 보이
   는 어형語形을 가능한 한 원형 그대로 옮겼으며 이와 관련된 전거典據 및 연구 내용은 별면
   의 '어휘 연구' 항목에 수록했다.
5) 텍스트 관련 정보의 제시 방법 : 텍스트의 출전, 제작 시기, 장르, 형태, 어휘 연구 등 텍스
   트 관련 정보는 3)에 이어 별면에 해당 항목을 설정하고 여기에 수록했다. 그러나 다음 일
   부 항목의 경우에는 편의상 다음과 같은 기술 형태를 취했음을 밝혀둔다.

▶출전 : 텍스트의 원본이 되는 육필 초고가 실린 『사진판』의 위치를 밝혔다. 텍스트가 『사진판』의 두 곳 이상에 수록된 경우 ① ②와 같은 원문자를 사용하여 이를 밝혔고, 이중 어느 것이 원본으로 선택되었는지도 밝혔다. 아울러 필요할 경우 원본 선택에 대한 필자의 판단 근거를 덧붙였다. 한편 이 항목에 등장하는 A, B, C, D, E 등의 영문자는 육필 초고가 수록된 다섯 묶음을 나타낸다(이에 대해서는 이 책 제2편 '원전 확정을 위한 서지 연구' 1-2. '『사진판』 수록 사진 자료 상황'을 참조하라). 이 영문자 뒤에 보이는 숫자는 각 묶음에 수록된 순서를 의미한다. 그러므로 가령 'A10'의 경우 해당 텍스트의 원본인 윤동주의 육필 초고가 최초 습작 노트(즉 A묶음)에 10번째로 수록되어 있음을 나타낸다.

　▶형태 : 시의 경우, 연과 행의 배치 형태를 밝혔다. 연별 행의 수는 숫자로 나타냈다.

　▶어휘 연구 : 원전 텍스트의 나오는 어휘(어구)를 먼저 굵은 활자로 제시하고 이어 이 어휘에 대응하는 표준어를 제시했다. 아울러 필요할 경우 이에 대한 설명을 덧붙였다. 이 부분에 쓰인 '〔북한/옛말 → 표준〕'과 같은 약호는 '텍스트에 나오는 어휘가 북한 방언 또는 옛말의 어휘 목록에 들어 있으며 이 어휘의 다음에 제시한 어휘는 이에 대응하는 표준어이다'라는 의미를 나타내고자 한 것이다. 그 다음에 보이는 '▷『표준국어대사전』……'과 같은 내용은 해당 어휘의 설명과 관련된 전거典據이다.

6) 원본 텍스트(『사진판』 수록 육필 초고 또는 스크랩)의 제시 방법 : 4)의 끝부분에 가로로 구분선을 긋고 해당 텍스트의 일련 번호 뒤에 영문자 'A'를 덧붙여 제시하였다. 필요할 경우 육필 초고 상태에 대한 설명을 추가하였다. 또한 작품 제작 당시의 어감 및 현장성이 훼손되지 않는 범위 내에서 오기誤記임이 명백한 어휘의 경우 이를 바로잡고 뒤에 '오기-바로잡음'이라고 표시했다. 그러나 띄어쓰기가 엄격하지 않았던 윤동주 생존 당시의 어문 관행을 감안하여 원본의 교정校訂에서 띄어쓰기에 대한 고려는 생략했다.

7) 윤동주 유고 시집 주요 이본異本과의 교감校勘 방법 · 기타 : 현재 시중에는 윤동주 유고 시집 이본들이 상당수 나와 있지만 『사진판』의 1차 자료를 들여다보고 나서 필자가 살펴본 바로는 연구 자료로서 충실성을 갖춘 것으로 판단되는 책이 불행히도 그리 많지 않았다. 그래서 부득이 필자는 윤동주 연구자들 상당수가 그간 주요 텍스트로 간주해온 유고 시집 주요 이본에 국한해서 교감을 시도할 수밖에 없었다. 필자가 교감校勘의 대상으로 삼은 것은 다음 3종의 유고 시집 이본이다.

　▶윤일주 엮음, 『하늘과 바람과 별과 시』, 정음사, 1981.
　▶권영민 편저, 『하늘과 바람과 별과 시』(윤동주 전집 1), 문학사상사, 1995.
　▶김학동 편저, 『별하나에 사랑과 별하나에 시』, 새문사, 1998.

　그런데 권영민 본과 김학동 본은 『사진판』(1999)이 채 간행되기 이전에 나온 것이므로 이 두 분 편자들은 당시 여건상 정음사 간 유고 시집과, 윤동주 특집이 실린 『나라사랑』 23호(1976)를 기본 편찬 자료로 활용할 수밖에 없었으리라 판단된다. 그래서 필자의 1차 교감 연구 작업은 부득이 윤일주 본을 대상으로 하여 이루어졌고 여기에 나머지 두 이본의 교감 결과가 보태어지는 과정을 밟게 되었다.

　작품별 교감 결과는 5)의 끝부분에 가로로 구분선을 긋고 해당 텍스트의 일련 번호 뒤에 영문자 'B'를 덧붙여 제시하였는데, 여기서 영문자 'B'란 윤일주 본을 의미한다. 교감 내용 중 영문자 'C'는 권영민 본을 의미하며, 영문자 'D'는 김학동 본을 의미한다.

이상 언급한 이 세 유고 시집을 교감하는 데 있어 그 기준이 되었던 것은 물론 4)부분에 제시한 육필 초고 'A'다. 여기에 필자는 현행 띄어쓰기 규정을 추가로 적용하였다.

물론 이는 필자가 수행하고 있는 원전 확정 작업에 교훈을 얻고자 함이었지 결코 선행 연구자들의 선구적 노력을 폄훼하고자 함이 결코 아니었다는 점을 미리 밝혀 두고자 한다. (권영민, 김학동 두 분 편찬자는 필자와는 달리 유고 시집을 편찬할 당시 『사진판』의 육필 초고를 볼 수 없었다. 또한 윤동주 문학 연구자 외에도 청소년을 포함한 일반인까지 독자로 상정해야 하는 출판 여건 역시 외면할 수 없었으리라고 짐작된다. 따라서 이 부분의 교감 작업에서 필자가 이 두 기준을 적용할 수 있었던 것은 필자가 우연히 누리게 된 과분한 행운의 결과일 뿐이다. 이 점은 누구라도 금세 인정할 수 있다.)

8) 교정 · 교감 작업에 주로 활용한 사전류

　　○국립국어연구원 편, 『표준국어대사전』, 두산동아, 1999.

　　○북한 사회과학원 언어학연구소 편, 『조선말대사전』, 북한 사회과학출판사, 1992.

　　○한글학회 지음, 『우리말큰사전』, 어문각, 1992.

　　○한글학회 지음, 『큰사전』, 을유문화사, 1958.

　　○이희승 편저, 『국어대사전』, 민중서림, 1981.

　　○유창돈 저, 『이조어사전』, 연세대학교 출판부, 1979.

　　○최학근 저, 『한국방언사전』, 명문당, 1987.

제1편

원전 확정을 위한 교정·교감 연구

제1부

1934~1937년 사이의 시편

1934~1937년 사이의 시편

1. 초 한 대

01   초 한 대 ———

02   내 방에 품긴 향내를 맡는다.

03

04   光明의 祭壇이 문허지기 전

05   나는 깨끗한 祭物을 보았다.

06

07   염소의 갈비뼈 같은 그의 몸,

08   그리고도 그의 生命인 心志까지

09   白玉 같은 눈물과 피를 흘려,

10   불살려 버린다.

11

12   그리고도 책머리에 아롱거리며

13   선녀처럼 초ㅅ불은 춤을 춘다.

14

15   매를 본 꿩이 도망가듯이

16   暗黑이 창구멍으로 도망간

17   나의 방에 품긴

18   祭物의 偉大한 香내를 맛보노라.

　　 _1934. 12. 24.

출전 『사진판』, pp. 17~18, A1.

장르 시.

형태 전 5연(연별 행수: 2 - 2 - 4 - 2 - 4).

어휘 연구

02 품긴 (냄새 따위를) 풍긴. 〔옛말 → 표준〕▷『표준국어대사전』, p. 6644.

04 문허지기 무너지기. 〔옛말 → 표준〕▷『우리말큰사전』, p. 5067.

　젼 전전. 〔옛말 → 표준〕▷『우리말큰사전』, p. 5330.

08 心志 참고 '등잔, 남포등, 초 따위에 불을 붙이기 위하여 꼬아서 꽂은 실오라기나 헝겊'을 의미하는 '심지'의 첫 글자 '심'은 '心'에서 나왔다고 볼 수 있겠지만, 전체로는 '心志'로 표기될 수 없다. '심지心志'는 '마음에 품은 의지'를 의미하는 것으로 '촛불의 심지'와는 다른 것이다. 그러나 윤동주도 이 점을 감안하여 중의적 효과를 염두에 두고 의도적으로 '심지心志'라는 표현을 선택했다고 볼 수 있다.

10 불살려 불살라. 〔북한 → 표준〕 **참고** 어미 '—라'가 '—려'의 형태로 실현된 것은 방언상의 발음이다.

13 초ㅅ불 촛불. **참고** 사잇소리를 전후 형태소 사이에 적기도 했던 옛말의 표기 관행이 남아 1930년대 당시에는 '빗방울'을 '비ㅅ방울'과 같이 적은 예(『정지용시집』〔1935〕, p. 71)를 많이 볼 수 있다. '초ㅅ불'도 이와 같은 관행에 따른 표기로 보이며, 이 경우는 긴소리를 지시한 것으로 볼 수 없다. 한편 앞 음절의 종성을 뒤에 세워 뒤에 오는 음절의 앞에 적은 경우가 있는데 이는 긴소리로 발음해주기를 요청한 경우로 판단되기도 한다. 가령 「삶과 죽음」 제2연에 나오는 '춤을 추ㄴ다'의 '추ㄴ다'와 같은 예가 그러한 경우로, 이는 '추운다'와 같은 발음을 주문하고 있는 경우로 판단된다.

1A

제목　초한대

01　초한대 ───

02　내방에 품긴 향내를 맛는다.

03　　　　×

04　光明의祭壇이 문허지기젼

05　나는 깨끗한 祭物을보앗다.

06　　　　×

07　염소의 갈비뼈같은 그의몸,

08　그리고도 그의生命인 心志까지

09　白玉같은 눈물과피를 흘려,

10　불살려 버린다.

11　　　　×

12　그리고도 책머리에 아롱거리며

13　선녀처럼 초ㅅ불은 춤을춘다.

14　　　　×

15　매를 본꿩이 도망가드시

16　暗黑이 창구멍으로 도망간

17　　나의 방에품긴
18　　祭物의 偉大한香내를 맛보노라.
후기　昭和九年 十二月 二十四日

수록 면수 pp. 17~18.

제목 육필 시고의 상태 제목 끝에 조그맣게 '‥'이 찍혀 있으나 무시하기로 한다. 윤동주의 육필 시고에는 제목이나 본문 각 행의 끝부분에 조그맣게 '‥'이 찍혀 있는 것을 많이 볼 수 있다. 그런데 이 중에는 문장 부호라기보다는 윤동주의 필기 습관에서 찍힌 것이 적지 않아 보인다. 윤동주는 문장 종결 부호(마침표)를 써야 할 경우, 당대 세로쓰기의 관행대로 마지막 자 우측 하단에 명시적으로 '。'을 사용하기도 하였으나(가령 02 및 05행의 끝이 그 구체적인 예이다) '。'표시 대신 그냥 '‥'을 찍어 종결 표시를 한 경우도 많이 볼 수 있다. 가령 10, 13, 18행의 끝이 그러한 예이다. 이런 사정 때문에 행의 끝에 찍힌 '‥'표시가 종결 표시인지, 휴지休止 표시인지, 그냥 필기 습관의 결과인지 정확하게 분간하기가 쉽지 않다.

02 맛는다 맑는다. 오기-바로잡음

03 '×' 표시. '×'는 윤동주의 육필 시고에 자주 보이는 표시로, 대부분 연 구분을 위한 행 비움을 지시하고 있으며, 간혹 낱말이나 어구 삽입을 위한 칸 비움을 지시하기도 한다.

05 보앗다 보았다. 오기-바로잡음 **참고** 1940년 이전에 작성된 윤동주의 육필 시고에는 과거 시제 선어말 어미 '―았/었―'의 'ㅆ'이 거의 보이지 않는다(이 경우 '있다'의 어간 '있―'은 예외이다). 과거 시제 선어말 어미의 'ㅆ'이 정확하게 쓰이고 있는 예는 「十字架」「눈감고간다」「길」「懺悔錄」「힌그림자」「흐르는거리」「사랑스런追憶」 등에 와서이다.

08 그리고도 육필 시고의 상태 연필을 사용, 수직선 하나를 그어 삭제를 지시한 부분이다. 그런데 이 삭제 지시가 윤동주 자신의 것인지에 대해서는 판단을 유보하고자 한다. 왜냐하면 이 육필 시고의 뒷부분에는 연필로 된 퇴고 부분이 나타나는데 이 부분의 필체가,『하늘과 바람과 별과 시』중판(1955) 편집을 윤일주 교수와 함께 주도했던 고故 정병욱 교수의 것이 분명해 보이기 때문이다(이 책 제2편 '3.『사진판』의 퇴고 흔적' 부분 참조).

13 선녀 육필 시고의 상태 보기에 따라서는 '젼'으로 읽힐 수도 있다. 그러나 설사 '젼'으로 쓰였다 하더라도 '션'의 오기임이 분명하다.

13 처렴 처럼. 오기-바로잡음

15 도망가드시 도망가듯이. 오기-바로잡음 육필 시고의 상태 '가드' 우측에 희미하게 연필로 '⌒' 표시를 하고 그 사이에 '하'라고 써서, 퇴고를 시도한 듯한 부분이 보인다(연필로 썼다가 지운 자국일 수도 있다). 그러나 '가드'를 지우지 않은 것으로 보아 명확한 퇴고 지시라고는 볼 수 없다. 다른 연필 자국과 선명도에서 구별되는 것으로 보아 이 연필 자국의 주체가 퇴고를 한동안 망설이다 보류한 것으로 보인다.

16 도망간 육필 시고의 상태 '간' 위에 연필로 사선을 그어 삭제 지시를 하고, 그 하단 우측에 '한'이라고 써놓았다. 그러나 이 '한'이라고 쓴 필체는 고 정병욱 교수의 필체임이 분명하다(이 책 제2편 '3.『사진판』의 퇴고 흔적' 부분 참조).

昭和九年 참고 서기로 환산하면 1934년이며, 간지로는 갑술년甲戌年이다.

제목　초 한 대

01　　초 한대 ───

02　　내방에 품긴 향내를 맡는다.

03

04　　光明의 祭壇이 무너지기전

05　　나는 깨끗한 祭物을 보았다.

06

07　　염소의 갈비뼈같은 그의 몸,

08　　그의 生命인 心志 까지

09　　白玉같은 눈물과 피를 흘려

10　　불살려 버린다.

11

12　　그리고도 책상머리에 아롱거리며

13　　선녀처럼 촛불은 춤을 춘다.

14

15　　매를 본 꿩이 도망하듯이

16　　暗黑이 창구멍으로 도망한

17　　나의 방에 품긴

18　　祭物의 偉大한 香내를 맛보노라.

후기　〈一九三四. 十二. 二四〉

수록 면수 pp. 124~25(1C, p. 38/1D, p. 8).

제목 초 한 대 육필 시고에는 '초한대'로 되어 있다. 그렇다면 이를 1B로 옮기면서 띄어쓰기를 제대로 적용한 셈이 된다. 1D에서는 '초 한대'로 띄어썼다. 띄어쓰기 오류

01 초 한대 제목과는 달리, 이 부분은 육필 시고의 '초한대'를 옮겨오면서 띄어쓰기를 한 것도 아니고 안 한 것도 아니다. 띄어쓰기 오류 1D도 같다.

02 내방에 내 방에. 띄어쓰기 오류

　　품긴 1C에서는 이에 대한 각주를 '품긴: 뿜긴'으로 했다. 그러나 '뿜기다'라는 표준어는 존재하지 않는다. 각주 오류

04 무너지기전 무너지기 전. 띄어쓰기 오류 1D도 같다.

07 갈비뼈같은 갈비뼈 같은. 띄어쓰기 오류 1D도 같다.

08 육필 시고에는 행 첫머리에 '그리고도'가 있으나 이를 삭제 지시한 연필 퇴고 흔적을 그대로 수용했다. 육필 시고와 다름 1C, 1D도 같다.

　　心志 까지 心志까지. 띄어쓰기 오류

12 책상머리에 1A에는 '책상머리'에서 잉크로 '상'자를 삭제했다. 따라서 이 삭제 지시를 수용하지 않았다. 육필 시고와 다름 1C, 1D도 같다.

13 촛불 1A에는 '초ㅅ불'로 되어 있다. 육필 시고와 다름 1C, 1D도 같다.

15 도망하듯이 1A에는 '도망가드시'의 '가드' 우측에 희미하게 연필로 'ᄉ' 표시를 하고 그 사이에

'하'라고 씌어 있으나 이는 명확한 퇴고 지시라고 볼 수 없다. 1B는 이 지워진 듯이 희미한 연필 퇴고 지시를 수용한 것이다. 육필 시고와 다름 1C, 1D도 같다.

16 도망한 1A의 '도망간'에 가한 연필 퇴고 지시를 그대로 수용한 것이다. 육필 시고와 다름 1C, 1D도 같다.

후기 〈一九三四. 十二. 二四〉 1A의 '昭和九年'을 서기로 환산하여 한자로 적었다. 한편 1C는 '1934년 12월 24일'과 같이 적었고, 1D는 '1934. 12. 24'와 같이 적었다. 이후 이러한 기재 방식에 대한 지적은 생략하기로 한다.

2. 삶과 죽음

01   삶은 오날도 죽음의 序曲을 노래하였다.

02   이 노래가 언제나 끝나랴

03

04   세상 사람은 ———

05   뼈를 녹여 내는 듯한 삶의 노래에

06   춤을 추ㄴ다.

07   사람들은 해가 넘어가기 前

08   이 노래 끝의 恐怖를

09   생각할 사이가 없었다.

10

11   (나는 이것만은 알었다.

12   이 노래의 끝을 맛본 니들은

13   自己만 알고,

14   다음 노래의 맛을 아르켜 주지 아니하였다)

15

16   하늘 복판에 알색이듯이

17   이 노래를 부른 者가 누구냐.

18   그리고 소낙비 끄틴 뒤같이도

19   이 노래를 끄틴 者가 누구뇨.

20

21   죽고 뼈만 남은,

22   죽음의 勝利者 偉人들!

    ＿1934. 12. 24.

출전 『사진판』, pp. 18~19, A2.

장르 시.

형태 전 5연(연별 행수: 2 - 6 - 4 - 4 - 2)

어휘 연구

01 오날 오늘. 〔옛말 → 표준〕▷『이조어사전』, p. 572.

06 추ㄴ다 춘다. 참고 '추운다'와 같이 발음해주기를 요청한 표기로 보인다. 앞으로 이와 같은 표기에 대한 지적은 생략하기로 한다.

11 알었다 알았다. 참고 과거 시제 선어말 어미 '—았—'이 '—었—'의 형태로 실현된 것은 방언상의 발음이다.

12 니(들은) 이. 〔북한 → 표준〕

14 아르켜 알려. 〔북한 → 표준〕▷『큰사전』(한글학회, 1958), p. 1973.

16 알색이듯이 아로새기듯이. 〔북한/옛말 → 표준〕 참고 '알색이다'는 옛말 '아르사기다()아로새기다'와 어원이 같다고 볼 수 있다.▷『이조어사전』, p. 516.

18 끄틴 그친. 〔북한/옛말 → 표준〕▷『이조어사전』, p. 107.

2A

제목 삶과죽음

01   삶은 오날도 죽음의 序曲을 노래하엿다.

02   이노래가 언제나 끝나랴

03   ×

04   세상사람은 ———

05   뼈를 녹여내는듯한 삶이노래에

06   춤을 추ㄴ다.

07   사람들은 해가넘어가기前

08   이노래 끝의 恐怖를

09   생각할 사이가 없엇다.

10   ×

11   (나는이것만은알엇다.

12   이노래의 끝을 맛본 니들은

13   自己만알고,

14   다음노래의 맛을 아르켜주지 아니하엿다)

15

16   하늘 복판에 알색이드시

17   이 노래를 불은者가 누구냐.

18   그리고 소낙비 끝인뒤같이도

19   이 노래를 끝인者가 누구뇨.

20   ×

21   죽고 뼈만남은,

22   죽음의 勝利者 偉人들!
후기   昭和九. 十二. 二十四.

수록 면수 pp. 18~19.
01 하엿다 하였다. 오기-바로잡음
05 삶이 삶의. 오기-바로잡음
09 없엇다 없었다. 오기-바로잡음
11~15 육필 시고의 상태 11~14행까지는 '( )'에 넣어 삽입된 부분이다. 따라서 16행 이하는 별
도의 연으로 처리되어야 할 것으로 보아 행 비움을 위해 15를 삽입했다.
11 알엇다 알았다. 오기-바로잡음 → 알았다. **참고** 과거 시제 선어말 어미 '—았—'이 '—었—'의 형
태로 실현된 것은 방언상의 발음이다.
14 아르키 아르켜. 오기-바로잡음
　　아니하엿다 아니하였다. 오기-바로잡음
16 알색이드시 알색이듯이. 오기-바로잡음
17 불은 부른. 오기-바로잡음
　　누구냐 육필 시고의 상태 연필을 사용 '냐' 위에 사선을 그은 후 하단 좌측에 '뇨'를 써놓았다.
그런데 이 퇴고는 필기 도구 및 흔적의 양상이 『사진판』 '초한대'의 16행 부분, '도망간 → 도망한'
과 동일하다. 따라서 이 퇴고 지시는 윤동주의 것이 아님이 분명하다.
18 끝인 끄틴. 오기-바로잡음

2B

제목　삶과 죽음
01　삶은 오늘도 죽음의 序曲을 노래하였다.
02　이 노래가 언제나 끝나랴
03
04　세상사람은 ——
05　뼈를 녹여내는듯한 삶의 노래에
06　춤을 춘다
07　사람들은 해가 넘어가기전
08　이 노래 끝의 恐怖를
09　생각할 사이가 없었다.
10
11　하늘 복판에 알새기 듯이
12　이 노래를 부른者가 누구뇨
13
14　그리고 소낙비 그친뒤같이도
15　이 노래를 그친者가 누구뇨
16

17   죽고 뼈만 남은

18   죽음의 勝利者 偉人들!

후기 〈一九三四. 十二. 二四〉

수록 면수 pp. 122~23(2C, p. 39/2D, p, 9).
육필 시고와 다름 2A의 11~15를 반영하지 않았다. 2C, 2D도 같다.

01 오늘 육필 시고와 다름 방언 '오날'과 어감이 다르다. 2C, 2D도 같다.

04 세상사람은 세상 사람은. 띄어쓰기 오류 2D도 같다.

05 녹여내는듯한 녹여 내는 듯한. 띄어쓰기 오류 2D도 같다.

06 춘다 2A에는 '추ㄴ다'로 되어 있다. 육필 시고와 다름 2C, 2D도 같다.

07 넘어가기전 넘어가기 전. 띄어쓰기 오류 2D도 같다.

11 알새기 듯이 알새기듯이. 띄어쓰기 오류 2C → '알 새기듯이'. 띄어쓰기 오류

12 부른者가 부른 者가. 띄어쓰기 오류 2D도 같다.

　　누구뇨 누구냐. 육필 시고와 다름 연필 퇴고 지시를 그대로 반영한 것이다. 2C, 2D도 같다.

14 그친 육필 시고와 다름 방언 '끝인 → 끄틴'과 어감이 다르다. 2C, 2D도 같다.

　　그친뒤같이도 그친 뒤같이도. 띄어쓰기 오류 2D도 같다.

15 그친者가 그친 者가. 띄어쓰기 오류 2D도 같다.

3. 래일은 없다

부제 (어린 마음의 물은 ──)

01 래일 래일 하기에

02 물었더니

03 밤을 자고 동틀 때

04 래일이라고

05

06 새날을 찾든 나도

07 잠을 자고 돌보니,

08 그때는 내일이 아니라

09 오늘이더라.

10

11 무리여!

12 래일은 없나니

13 ……………….

  _1934. 12. 24.

출전 『사진판』, p. 19, A3.

장르 동시.

형태 전 3연(연별 행수: 4 – 4 – 3).

어휘 연구

부제 마음의 마음이, 마음에. 〔옛말 → 표준〕

01 래일 내일. 〔옛말 → 표준〕▷『이조어사전』, p. 272.

06 찾든 찾던. 〔옛말 → 표준〕▷『우리말큰사전』, p. 5013.

07 돌보니 돌아보니.▷『표준국어대사전』, p. 1619, 『우리말큰사전』, p. 4996.

3A

제목　래일은없다

부제　(어린마음의 물은 ──)

01　래일래일 하기에

02　물엇더니

03　밤을자고 동틀때

04　래일이라고

05　　　　×

06　새 날을 찾은나도

07　잠을자고 돌보니,

08　그때는 내일이아니라

09　오늘이더라.

10　　　　×

11　무리여!

12　래일은 없나니

13　…………… .

후기　昭和九年 十二月 二十四日

수록 면수 p. 19.

02 물엇더니 물었더니. 오기-바로잡음

06 찾은 찾든. 오기-바로잡음 육필 시고의 상태 좌측에 연필로 'ㅈ든'이라고 병기한 퇴고 흔적이 보인다. 그러나 반드시 원문을 삭제한 후 이를 대체할 내용을 옆에다 적는 윤동주의 퇴고 관행으로 미루어 보아 이는 윤동주 자신의 퇴고로 보이지 않으며, 필체로 판단할 때도 윤동주의 것이 아니고 정병욱 교수의 것에 가깝다고 판단된다(이 책 제2편 '3.『사진판』의 퇴고 흔적' 참조). 물론 윤동주의 육필 시고 중, 원문에 삭제 표시를 하지 않은 채 대체 시어를 병기한 경우가 전혀 없는 것은 아니다. 그러나 이 경우 윤동주는 대부분 병기 내용에 '( )' 표시를 사용하고 있는데, 이는 퇴고 여부를 잠정 보류한 경우임을 나타내려는 의도로 파악된다. 그러나 'ㅈ든'이라고 병기한 것은 '( )' 속에 들어 있지 않다.

　　나도 육필 시고의 상태 이 부분은 '나는'과 '나도' 어느 쪽인지 『사진판』에 수록된 사진만으로는 분간하기가 어렵다. 10배율 및 7배율의 확대경에 나타난 글자 획의 굵기로 보아서는 '나도'인 듯싶

지만, 5배율 확대경이나 육안으로 판단하기에는 '나는' 쪽이 최초의 글자 형태인 듯이 보인다. 여하
튼 최초 필기 도구와는 다른 필기구를 나중에 사용하여 최초 글자에다 가획을 시도한 것만큼은 분
명해 보인다. 그러나 텍스트의 의미 구조로 보아, '나는'보다는 '나도'가 1연의 내용과 더 맞는 것으
로 판단된다. 왜냐하면, '밤을자고 동틀때/래일이라고' 한 사람을 따라 '새 날을 찾은나' 역시 일단
'잠을자고 돌보'는 행동을 했기 때문이다. 물론 1연의 '래일이라고' 한 남의 말과, 2연의 '내일이아
니라/오늘이더라'는 시적 화자의 인식은 의미상 대립된다. 그러나 이 의미론적 대립은 '그때는'의
'는'이라는 대조 보조사가 나름대로 감당하고 있다고 볼 수 있다.
09 오늘이더라 육필 시고의 상태 '인 걸' '인 거슬'로 대체하려다 보류한 퇴고 흔적이 있다.
11 무리여! 육필 시고의 상태 '무리여!'의 아래에 '동무여!'라고 후에 써놓았는데, 이는 '무리여!'라
는 시어를 대체하려다 보류한 퇴고 흔적이다.

3B

제목	내일은 없다
부제	—— 어린 마음이 물은
01	내일 내일 하기에
02	물었더니
03	밤을 자고 동틀 때
04	내일이라고
05	새날을 찾던 나는
06	잠을 자고 돌보니
07	그때는 내일이 아니라
08	오늘이더라
09	무리여! 동무여!
10	내일은 없나니
11	………………
후기	〈一九三四. 十二. 二四〉

수록 면수 pp. 184~85(3C, p. 138/3D, p. 86).
육필 시고와 다름 3A의 05, 10의 행 비움 지시 '×'표를 따르지 않았다. 그 결과 3연으로 된 3A와
달리 전체 1연의 형태로 옮겨졌다. 3C의 경우는 3A 10의 행 비움 지시를 따르지 않아 전 2연으로
처리되었다.
제목 내일 육필 시고와 다름 표준어로 바로잡았으나 방언 '래일'이 지닌 어감이 무시되었다. 3C,
3D도 같다.
03 (3D)동틀때 동틀 때. 띄어쓰기 오류
05 찾던 육필 시고와 다름 3A 해당 부분 설명 참조. 3C, 3D도 같다.
　　(3D)찾던나는 찾던 나는. 띄어쓰기 오류
06 (3D)잠을자고 잠을 자고. 띄어쓰기 오류
09 동무여! 육필 시고와 다름 '무리여!' '동무여!' 중에 하나만을 선택해야 했다. 3C, 3D도 같다.

4. 거리에서

　　　　__1935. 1. 18.

출전『사진판』, pp. 29~30, A19.

장르 시.

형태 전 2연 각 9행.

어휘 연구

07 뎐등 전등. 〔북한 → 표준〕▷『표준국어대사전』, p. 1546.

   비처 비쳐. 〔북한 → 표준〕

09 커젔다 커졌다. 〔북한 → 표준〕

   적어졌다 적어졌다. 〔북한 → 표준〕 **참고** '―졌―'이 '―젓―'으로 되는 것 역시 방언상의 발음. 대체로 윤동주의 육필 시고를 자세히 보면, 용언用言 활용活用시, 음절의 첫소리가 'ㅊ, ㅈ'등 구개음인 경우, 가운뎃소리 자리에 '―ㅕ―' 대신 '―ㅓ―'가 오는 것을 알 수 있다. 가령 다음과 같은 예들이 그러한 경우이다: '문허젓다' → 무너졌다(「꿈은 깨여지고」), '펼처서' → 펼쳐서(「空想」), '바처슬까요' → 바쳤을까요(「만돌이」), '소스라처' → 소스라쳐(「밤」), '뛰처' → 뛰쳐(「悲哀」), '지나첫다' → 지나쳤다(「츠르게네프의언덕」), '처다보면' → 쳐다보면(「길」).

11 궤롬 괴로움. 〔북한 → 표준〕▷『한국방언사전』, p. 1165.

14 닐고 일고. 〔옛말 → 표준〕▷『이조어사전』, p. 174,『표준국어대사전』, p. 1329.

15 웨로우면서도 외로우면서도. 〔북한 → 표준〕▷『한국방언사전』, p. 1246.

17 피여나는 피어나는. 〔옛말 → 표준〕▷『표준국어대사전』, p. 4303. **참고** 대체로 윤동주의 육필 시고에는 'ㅣ' 모음 아래 오는 'ㅓ'가 순행 동화를 겪어 'ㅕ'가 되는 경우가 적지 않다.

19 높아졌다 높아졌다. 〔북한/옛말 → 표준〕 앞의 09 부분 참조.

   낮아졌다 낮아졌다. 〔북한/옛말 → 표준〕 앞의 09 부분 참조.

4A

제목 거리에서

01   달밤의 거리

02   狂風이 휘날리는

03   北國의 거리

04   都市의 眞珠

05   電燈밑을 헤엄치는,

06   쪽으만人魚 나.

07   달과뎐등에 빛어

08   함몸에 둘셋의그림자,

09   커젓다 적어젓다,

10   ×

11   궤롬의 거리

12   灰色빛 밤거리를

13   것고있는 이마음,

14   旋風이닐고 있네.

15   웨로우면서도

16   한갈피 두갈피,
17   피여나는 마음의그림자,
18   푸른 空想이
19   높아젓다 나자젓다.
후기   一九三五. 一. 十八.

수록 면수 pp. 29~30.
06 쪽으만 쪼그만. 오기-바로잡음
07 빛어 비처. 오기-바로잡음
08 함몸 한 몸. 〔북한 → 표준〕
09 커젓다/적어젓다 커졌다/적어졌다. 오기-바로잡음
13 것고 걷고. 오기-바로잡음
19 높아젓다/나자젓다. 높아졌다/낮아졌다. 오기-바로잡음

4B

제목   거리에서
01   달밤의 거리
02   狂風이 휘날리는
03   北國의 거리
04   都市의 眞珠
05   電燈밑을 헤엄치는
06   조그만 人魚 나,
07   달과 전등에 비쳐
08   한몸에 둘셋의 그림자,
09   커졌다 작아졌다.
10
11   괴롬의 거리
12   灰色빛 밤거리를
13   걷고 있는 이 마음
14   旋風이 일고 있네
15   외로우면서도
16   한갈피 두갈피
17   피어나는 마음의 그림자,
18   푸른 空想이
19   높아졌다 낮아졌다.
후기   一九三五. 一. 一八.

수록 면수 pp. 120~21(4C, p. 40/4D, p. 10).

05 電燈밑을 電燈 밑을. 띄어쓰기 오류 4D도 같다.

06 조그만 4A에는 '쪽으만'으로 되어 있다. 육필 시고와 다름 4C, 4D도 같다.

　(4C)인어나 4A에는 '人魚 나'로 되어 있다. 띄어쓰기 오류 육필 시고와 다름 해석상의 차이를 초래하게 된다.

07 전등 4A에는 '던등'으로 되어 있다. 육필 시고와 다름 방언이 지닌 어감이 무시되었다. 4C, 4D도 같다.

　비쳐 4A에는 '빛어(→ 비쳐)'로 되어 있다. 육필 시고와 다름 방언이 지닌 어감이 무시되었다. 4C, 4D도 같다.

08 한몸에 한 몸에. 띄어쓰기 오류 4D도 같다.

09 커졌다 4A에는 '커젓다'로 되어 있다. 육필 시고와 다름 방언이 지닌 어감이 무시되었다. 4C, 4D도 같다.

　작아졌다 4A에는 '적어젓다'로 되어 있다. 육필 시고와 다름 방언이 지닌 어감이 무시되었다. 4C, 4D도 같다.

11 괴롬 4A에는 '궤롬'으로 되어 있다. 육필 시고와 다름 방언이 지닌 어감이 무시되었다. 4C, 4D도 같다.

14 일고 4A에는 '닐고'로 되어 있다. 육필 시고와 다름 방언이 지닌 어감이 무시되었다. 4C, 4D도 같다.

15 외로우면서도 4A에는 '웨로우면서도'로 되어 있다. 육필 시고와 다름 어감의 차이가 있다. 4C, 4D도 같다.

16 한갈피 두갈피 한 갈피 두 갈피. 띄어쓰기 오류 4D도 같다.

17 피어나는 4A에는 '피여나는'으로 되어 있다. 육필 시고와 다름 방언이 지닌 어감이 무시되었다. 4C, 4D도 같다.

19 높아졌다/낮아졌다 4A에는 '높아젓다/나자젓다'로 되어 있다. 육필 시고와 다름 어감의 차이가 있다. 4C, 4D도 같다.

5. 空想

01   空想 ——

02   내 마음의 塔

03   나는 말없이 이 塔을 쌓고 있다.

04   名譽와 虛榮의 天空에다,

05   문허질 줄도 모르고,

06   한 층 두 층 높이 쌓는다.

07

08   無限한 나의 空想 ——

09   그것은 내 마음의 바다,

10   나는 두 팔을 펼처서,

11   나의 바다에서

12   自由로이 헤염친다.

13   黃金, 知慾의 水平線을 向하여.

출전 ①『사진판』, pp. 30~31, A20, ② p. 185.『崇實活泉』의 스크랩 사진. ①을 원본으로 삼았다. ②가 ①에 준하여 퇴고되어 있기 때문이다.
발표『崇實活泉』, 1935년 10월호.
작품 완성 시기 1935년 10월 이전.
장르 시.
형태 전 2연 각 6행.
어휘 연구
05 문허질 무너질. 〔옛말 → 표준〕▷『우리말큰사전』, p. 5067 참조.
10 펼처서 펼쳐서. 〔북한 → 표준〕 참고 '하늘이 펼치고'(『사진판』, p. 107, p. 141, p. 142), '나무 가지 우에 하늘이 펼처있다'(『사진판』, p. 143) 등에서 보듯 윤동주의 텍스트에 이 어휘가 자주 등장하는 것으로 보아 오기로 보기 어렵다.
12 헤염친다 헤엄친다. 〔북한 → 표준〕▷『표준국어대사전』, p. 6871 참조.

5A

제목 空想

```
01    空想 ──
02    내마음의 塔
03    나는 말없이 이塔을쌓고있다.
04    名譽와虛榮의 天空에다,
05    문허질줄도 몰으고,
06    한층두층 높이 쌋는다.
07           ×
08    無限한 나의空想 ──
09    그것은 내마음의바다,
10    나는 두팔을 펼처서,
11    나의 바다에서
12    自由로히 헤염친다.
13    黃金, 知慾의水平線을向하여.
```

수록 면수 pp. 30~31.
05 몰으고 <u>모르고.</u> 오기-바로잡음
06 쌋는다 <u>쌓는다.</u> 오기-바로잡음
12 自由로히 <u>自由로이.</u> 오기-바로잡음

5B

제목 空想

01   空想 ——

02   내 마음의 塔

03   나는 말없이 이 塔을 쌓고 있다.

04   名譽와 虛榮의 天空에다

05   무너질 줄 모르고

06   한 층 두 층 높이 쌓는다.

07

08   無限한 나의 空想 ——

09   그것은 내 마음의 바다,

10   나는 두 팔을 펼쳐서

11   自由로이 헤엄친다.

12   黃金 知慾의 水平線을 向하여.

수록 면수 pp. 182~83(5D, p. 13).

05 무너질 5A의 '문허질'과 다르다. 육필 시고와 다름 어감상 차이가 있다. D도 같다.
　줄 5A의 '줄도'와 다르다. 육필 시고와 다름 5D도 같다.

06 (5D)한충 두충 한 층 두 층. 띄어쓰기 오류

10 펼쳐서 5A의 '펼처서'와 다르다. 육필 시고와 다름 어감상 차이가 있다. 5D도 같다.

11 헤엄친다 5A의 '헤염친다'와 다르다. 육필 시고와 다름 어감상 차이가 있다. 5D도 같다.

12 黃金 知慾의 5A의 '黃金, 知慾의'에 있는 쉼표가 없다(『사진판』, p. 185를 원본으로 삼은 결과일
수 있다). 육필 시고와 다름 해석상의 차이를 초래할 수 있다. 5D도 같다.

6. 꿈은 깨여지고

01 꿈은 눈을 떴다,

02 그윽한 幽霧에서.

03

04 노래하든 종다리,

05 도망처 날아 나고.

06

07 지난날 봄 타령하든

08 금잔듸밭은 아니다.

09

10 塔은 문허졌다,

11 붉은 마음의 塔이 ——

12

13 손톱으로 새긴 大理石 塔이 ——

14 하로 져녁 暴風에 餘地없이도,

15

16 오 —— 황폐(荒廢)의 쑥밭,

17 눈물과 목메임이여!

18

19 꿈은 깨여졌다,

20 塔은 문허졌다.

  ＿1935. 10. 27. / 1936. 7. 27. 개작

출전 『사진판』, pp. 34~35, A26.

장르 시.

형태 전 7연 각 2행.

어휘 연구

04 노래하든 노래하던. 〔옛날 → 표준〕▷『우리말큰사전』, p. 5013.

05 도망처 도망쳐. 〔북한 → 표준〕

07 타령하든 타령하던. 04행 설명 참조.

08 금잔듸 금잔디. 〔옛말 → 표준〕▷『이조어사전』, p. 644.

10 문허젔다 무너졌다. 〔북한/옛말 → 표준〕▷『우리말큰사전』, p. 5067. **참고** '─졌─'이 '─젓─'
으로 되는 것 역시 방언상의 발음이다. 「거리에서」, 09행 어휘 연구 부분 참조.

14 하로 하루. 〔옛말 → 표준〕▷『이조어사전』, p. 733.

  져녁 저녁. 〔옛말 → 표준〕▷『표준국어대사전』, p. 5508.

19 깨여─ 깨어─. 〔옛말 → 표준〕▷『표준국어대사전』, p. 4303. **참고** 대체로 윤동주의 육필 시고
에는 'ㅣ' 모음 아래 오는 'ㅓ'가 순행 동화를 겪어 'ㅕ'가 되는 경우가 적지 않다.

20 문허젔다 무너졌다. 10행 설명 참조.

6A

제목 "꿈은깨여지고"

01 꿈은눈을 떳다,

02 그윽한 幽霧에서.

03

04 노래하든 종달이,

05 도망처 나라나고.

06

07 지난날 봄타령하든

08 금잔듸 밭은아니다.

09

10 塔은 문허젓다,

11 붉은 마음의塔이 ──

12

13 손톱으로색인 大理石塔이 ──

14 하로져녁暴風에 餘地없이도,

15

16 오 ── 황폐(荒廢)의쑥밭,

17 눈물과 목메임이여!

18

19 꿈은 깨여젓다,

20 塔은 문허젓다.

후기 　一九三五. 十月. 二十七日. / 36. 7. 27. 改作.

수록 면수 pp. 34~35.
제목 "꿈은깨여지고" 제목에 큰따옴표가 붙어 있다. 육필 시고의 상태
01 떳다 떴다. 오기-바로잡음
04 종달이 종다리. 오기-바로잡음
05 나라 — (나고) 날아 (나고). 오기-바로잡음
10 (문허) — 젓다 (문허) 졌다. 오기-바로잡음
13 색인 새긴. 오기-바로잡음
19 (깨여) — 젓다 (깨여) — 졌다. 오기-바로잡음
20 (문허) — 젓다 10행의 경우와 같음.

6B

제목　꿈은 깨어지고
01　잠은 눈을 떴다
02　그윽한 幽霧에서.
03
04　노래하든 종달이
05　도망처 날아나고,
06
07　지난날 봄타령하든
08　금잔디밭은 아니다.
09
10　塔은 무너졌다,
11　붉은 마음의 塔이 ——
12
13　손톱으로 새긴 大理石塔이 ——
14　하로저녁 暴風에 餘地없이도,
15
16　오오 荒廢의 쑥밭,
17　눈물과 목메임이여 !
18
19　꿈은 깨어졌다
20　塔은 무너졌다.
후기　〈一九三六. 七. 二七〉

수록 면수 pp. 100~01(6C, p. 56/6D, p. 29).
제목 깨어(지고) 6A에는 '깨여(지고)'로 되어 있다. 육필 시고와 다름 어감의 차이가 있다. 6C, 6D

도 같다.

01 잠은 6A에는 '꿈은'으로 되어 있다. 육필 시고와 다름 6D도 같다.

05 날아나고 날아 나고. 띄어쓰기 오류 6C, 6D도 같다.

　(6D)날아가고 6A에는 '나라나고'로 되어 있다. 육필 시고와 다름

07 봄타령하든 봄 타령하든. 띄어쓰기 오류 6D도 같다.

08 금잔디 6A에는 '금잔듸'로 되어 있다. 육필 시고와 다름 방언이 지닌 어감이 무시되었다. 6C, 6D도 같다.

10 무너졌다 6A에는 '문허젓다'로 되어 있다. 육필 시고와 다름 어감의 차이가 있다. 6C, 6D도 같다.

14 저녁 6A에는 '져녁'으로 되어 있다. 육필 시고와 다름 방언이 지닌 어감이 무시되었다. 6C, 6D도 같다.

19 깨어(졌다) 6A에는 '깨여(졋다)'로 되어 있다. 육필 시고와 다름 어감의 차이가 있다. 6C, 6D도 같다.

20 무너졌다 6A에는 '문허젓다'로 되어 있다. 육필 시고와 다름 어감의 차이가 있다. 6C, 6D도 같다.

후기 〈一九三六. 七. 二七〉 최초 완성일인 '一九三五. 十月. 二十七日'이 적혀 있지 않다. 육필 시고와 다름 6C, 6D도 같다.

7. 南쪽 하늘

01 　제비는 두 나래를 가지였다.

02 　시산한 가을날 ──

03

04 　어머니의 젖가슴이 그리운

05 　서리 나리는 저녁 ──

06 　어린 콧은 쪽나래의 鄕愁를 타고

07 　南쪽 하늘에 떠돌 뿐 ──

　　_1935. 10. 평양에서

출전『사진판』, ① pp. 36~37, A28, ② p. 62, B8. ①을 퇴고推敲 · 이기移記한 ②를 원본으로 선택했다.

장르 시.

형태 전 2연(연별 행수: 2 - 4).

어휘 연구

01 나래 날개. 〔북한/옛말 → 표준〕▷『표준국어대사전』, p. 1053, 『우리말큰사전』, p. 4961.

　가지엿다 가지었다. 〔옛말 → 표준〕▷『표준국어대사전』, p. 4303.

02 시산한 스산한. 〔북한 → 표준〕▷『조선말대사전/1』, p. 1875, p. 1893, p. 1894 참조.『표준국어대사전』, p. 3727 참조. 북한 방언에서 〔시 ⇄ 스〕의 음운 교체의 예로는 '스스럽다 ⇄ 시스럽다'를 들 수 있다.

05 나리는 내리는. 〔북한/옛말 → 표준〕▷『우리말큰사전』, p. 4961, 『한국방언사전』, p. 1314.

　겨녁 저녁. 〔옛말 → 표준〕▷『표준국어대사전』, p. 5508.

06 쪽나래 작은 날개. '쪽'은 ① '작은'의 뜻을 더하는 접두사. ¶쪽담/쪽문/쪽박/쪽배. ② '작은 조각으로 만든'의 뜻을 더하는 접두사. ¶쪽걸상/쪽김치/쪽마루.

7A

제목　南쪽하늘

01　제비는 두나래를 가지엿다.

02　시산한 가을날 ——

03

04　어머니의 젖가슴이 그리운

05　서리나리는 겨녁 ——

06　어린것은 쪽나래의 鄕愁를 타고

07　南쪽하늘에 떠돌뿐 ——

후기　一九三五. 一〇. 平壤에서

수록 면수 p. 62.

01 —엿— — 였(었) —. 오기-바로잡음

7B

제목　南쪽 하늘

01　제비는 두 나래를 가지었다.

02　시산한 가을날 ——

03

04　어머니의 젖가슴이 그리운

05　서리 나리는 저녁 ——

06   어린 靈은 쪽나래의 鄕愁를 타고
07   南쪽 하늘에 떠 돌뿐——
후기 〈一九三五. 一0. 平壤에서〉

수록 면수 p. 117(7C, p. 42/7D, p. 11).
01 가지었다 7A에는 '가지엿다'로 되어 있다. 육필 시고와 다름 방언이 지닌 어감이 무시되었다.
05 저녁 7A에는 '져녁'으로 되어 있다. 육필 시고와 다름 방언이 지닌 어감이 무시되었다.
07 떠 돌뿐 떠돌 뿐. 띄어쓰기 오류
　(7D)떠돌뿐 띄어쓰기 오류

8. 조개껍질

출전 『사진판』, p. 20, A4.

장르 동시.

형태 전 4연 각 3행, 각 연이 4·5/3·5/3·5 형태의 2음보 3행의 규칙성을 보이고 있다.

어휘 연구

부제, 15 바다물 바닷물. 〔북한 → 표준〕▷『조선말대사전/1』, p. 1265.

02 바다가 바닷가. 〔북한 → 표준〕▷『조선말대사전/1』, p. 1264.

01 03 07 10 13 껍대기 껍데기. 〔북한 → 표준〕▷『한국방언사전』, p. 816.

8A

제목 (童詩) 조개껍질

부제 ─ (바다물소리듯고싶어) ─

01　　아롱아롱 조개껍대기

02　　울언니 바다가에서

03　　주어온 조개껍대기

04　　　　　×

05　　여긴여긴 북쪽나랴요

06　　조개는 귀여운선물

07　　작난감 조개껍대기.

08　　　　　×

09　　데굴데굴 굴리며놀다,

10　　짝잃은 조개껍대기

11　　한짝을 그리워하네

12　　　　　×

13　　아릉아릉 조개껍대기

14　　나처럼 그리워하네

15　　물소리 바다물소리

후기 一九三五年 十二月, 鳳岫里에서.

수록 면수 p. 20.

부제 듯고 듣고. 오기-바로잡음

03 주어 주워. 오기-바로잡음

05 나랴 나라. 오기-바로잡음

07 작난감 장난감. 오기-바로잡음

13 아릉아릉 아롱아롱. 오기-바로잡음 **참고** 마지막 연의 첫 행인 13행은 텍스트 전체의 시작 부분인 01행을, 텍스트를 마무리하는 부분에서 다시 되풀이하기 위해 배치된 부분임이 분명하다. 이와 유사한 작법作法은 「새로운 길」이나 「자화상」에서 보듯 윤동주의 텍스트에서는 종종 볼 수 있는 것으로 결국은 텍스트 전체의 구조에 균제미와 완결미를 부여하기 위한 수법으로 이해할 수 있다. 그러한 관점에서 본다면 이 '아릉아릉'은 '아롱아롱'의 오기임이 분명하다.

제목　조개껍질
01　아롱아롱 조개껍데기
02　울언니 바다가에서
03　주어온 조개껍데기
04　　　　×
05　여긴여긴 북쪽나라요
06　조개는 귀여운선물
07　장난감 조개껍데기.
08　　　　×
09　데굴데굴 굴리며놀다,
10　짝잃은 조개껍데기
11　한짝을 그리워하네
12　　　　×
13　아릉아릉 조개껍대기
14　나처럼 그리워하네
15　물소리 바다물소리
후기　〈一九三五. 一二.〉

수록 면수 pp. 160~61(8C, p. 43/8D, p. 87).
① 8A 제목 위에 있는 장르 명칭 '童詩'가 누락되었다. ② 또한 제목 아래에 있는 부제, '— (바다물
소리듯고싶어) —'도 누락되었다. 육필 시고와 다름 8C, 8D도 같다.
01 껍데기 8A에는 '껍대기'로 되어 있다. 육필 시고와 다름 방언이 지닌 어감이 무시되었다. 8C도
같다.
03 주어온 주워온. 오기-바로잡지 않음 8D도 같다. **참고** 전체적으로 띄어쓰기를 적용했고 8B의 오기를
바로잡은 8C와 달리, 8D는 8B의 형태를 그대로 따랐다(단지 8B와 다른 것은 8A의 '껍대기'를 그대
로 옮긴 것뿐이다).
후기 8A에 있는 '鳳岫里에서'가 누락되었다. 육필 시고와 다름 8C, 8D도 같다.

9. 고향집

부제   ― (만주에서 부른) ―
01   헌 짚신짝 끄을고
02   나 여긔 웨 왔노
03   두만강을 건너서
04   쓸쓸한 이 땅에
05
06   남쪽 하늘 저 밑엔
07   따뜻한 내 고향
08   내 어머니 게신 곳
09   그리운 고향 집.
    __1936. 1. 6.

출전 『사진판』, pp. 20~21, A5.

장르 동시.

형태 전 2연 각 4행, '4·3/3·3'의 음수율 및 2음보율이 규칙적으로 반복되고 있다.

어휘 연구

02 여긔 여기. 〔옛말 → 표준〕▷『우리말큰사전』, p. 5271.

　웨 왜. 〔북한 → 표준〕▷『조선말대사전/2』, p. 1827.

08 게신 계신. 〔북한 → 표준〕

9A

제목 童詩 고향집

부제 ― (만주에서불은) ―

01　　헌집신짝 끟을고

02　　　　나여긔 웨왓노

03　　두만강을 건너서

04　　　　쓸쓸한 이땅에

05　　　　　　×

06　　남쪽하늘 저밑엔

07　　　　따뜻한 내 고향

08　　내어머니 게신곧

09　　　　그리운 고향집.

후기 一九三六. 一. 六.

수록 면수 pp. 20~21.

부제 불은 부른. 오기-바로잡음

01 집신짝 짚신짝. 오기-바로잡음

　끟을고 끄을고. 오기-바로잡음

02 왓노 왔노. 오기-바로잡음

08 곧 곳. 오기-바로잡음

9B

제목 고향집

부제 ― (만주에서 부른) ―

01　　헌 짚신짝 끄을고

02　　　　나 여기 왜 왔노

03　　두만강을 건너서

04　　　　쓸쓸한 이 땅에

05
06   남쪽 하늘 저 밑에
07   따뜻한 내 고향
08   내 어머니 계신 곳
09   그리운 고향집.

후기 〈一九三六. 一. 六〉

수록 면수 p. 188(9C, p. 142/9D, p. 90).
9A 제목 위에 있는 '童詩'라는 장르 명칭이 없다. 육필 시고와 다름 9C, 9D도 같다.
06 저 밑에 9A에는 '저밑엔'으로 되어 있다. 육필 시고와 다름 9C, 9D도 같다.
08 계신 9A에는 '계신' 으로 되어 있다. 육필 시고와 다름 9C, 9D도 같다.

10. 병아리

01   "뾰, 뾰, 뾰

02   엄마 젖 좀 주"

03   병아리 소리.

04

05   "꺽, 꺽, 꺽

06   오냐 좀 기다려"

07   엄마닭 소리.

08

09   좀 있다가

10   병아리들은

11   엄마품으로

12   다 들어갔지요.

__『카톨릭少年』, 1936년 11월호

출전『사진판』, ① pp. 21~22, A6, ② p. 183(『카톨릭少年』, 1936년 11월호 스크랩 사진). ②를 원본으로 선택했다(스크랩 위에 행해진 수정 내용도 그대로 반영했다).
제작 시기 표시 ①에 '1936. 1. 6.'으로 명기되어 있음.
장르 동시.
형태 전 3연(연별 행수: 3 – 3 – 4).

10A

제목　동요 병아리
01　『뾰, 뾰, 뾰
02　엄마 젖좀주』
03　병아리 소리.
04　　　×
05　『꺽, 꺽, 꺽
06　오냐 좀기다려』
07　엄마닭 소리.
08　　　×
09　좀있다가
10　병아리들은
11　엄마품으로
12　다들어갓지요.

발표『카톨릭少年』, 1936년 11월호

수록 면수 p. 183.
참고 필명으로 '윤동주尹童柱'를 사용했다.
03 병아리 소리 육필 시고의 상태 '이것은 병아리 소리'로 되어 있는 발표 내용에서 잉크로 '이것은'을 삭제했다.『사진판』, p. 21에서도 이 부분이 삭제되었다.
07 엄마닭 소리 육필 시고의 상태 03행과 같다.
10 병아리들은 육필 시고의 상태 발표 내용에는 이 다음 행에 '젖 먹으려는지'가 한 행 더 있었으나 연필로 삭제되었다.『사진판』, p. 22에서도 이 부분이 연필로 똑같이 삭제되었다.
12 다들어갓지요 육필 시고의 상태 11, 12행은 원래 '어미품으로 다들어갓지요'라고 한 행으로 되어 있었으나, 퇴고를 통해 '어미품'이 '엄마품'으로 바뀌고, '다들어갓지요'가 별행 처리되었다.
　　들어갓지요 들어갔지요. 오기-바로잡음
발표『카톨릭少年』, 1936년 11월호 육필 시고의 상태『사진판』, p. 22에는 '昭和 十一年 一月 六日'로 되어 있다. 이를 서기로 바꾸면 1936년 1월 6일이 된다.

제목 병아리

01 『뾰, 뾰, 뾰

02 엄마 젖 좀 주』

03 병아리 소리.

04

05 『꺽, 꺽, 꺽

06 오냐 좀 기다려』

07 엄마닭 소리.

08

09 좀 있다가

10 병아리들은

11 엄마품 속으로

12 다 들어 갔지요.

후기 〈一九三六. 一. 六〉

수록 면수 pp. 158~59(10C, p. 44/10D, p. 89).

제목 병아리 참고 10A에 있는 '동요'라는 장르 명칭이 생략되었는데 이는 『사진판』, p. 22를 원전으로 삼은 결과로 볼 수 있다.

11 엄마품 속으로 육필 시고와 다름 『사진판』, p. 22나 p. 183의 『카톨릭少年』의 스크랩 어디에도 '속으로'라는 표현은 없다. 10C, 10D도 같다.

   (10C)엄마 품속으로 띄어쓰기를 바꾸었다.

12 (10C)다가들어 갔지요 육필 시고와 다름

참고 01 02 05 06의 인용 부호 10C에서는 큰따옴표를 사용했고, 10D에서는 〈 〉를 사용했다.

11. 오줌쏘개 디도

01 바줄에 걸어 논
02 요에다 그린 디도는
03 간밤에 내 동생
04 오줌 쏴서 그린 디도.
05
06 우에 큰 것은
07 꿈에 본 만주 땅
08 그 아래
09 길고도 가는 건 우리 땅.

출전 ① 『사진판』, p. 22, A7, ② p. 183(이 작품이 '윤동주尹童柱'라는 필명으로 발표된 『카톨릭少年』, 1937년 1월호의 스크랩 사진). ①을 원본으로 삼되 최초로 완성된 형태를 원전으로 삼았다. 자기 검열 이전의 이 형태가 본래의 창작 의도에 가장 가까운 것으로 판단했기 때문이다(이 책 뒷부분 제3편 2 '퇴고 흔적을 통해서 본 윤동주의 자기 검열'을 참조할 것).

발표 『카톨릭少年』, 1937년 1월호.

추정 제작 시기 1936년 초.

장르 동시.

형태 전 2연 각 4행.

어휘 연구

제목 오줌쏘개 오줌싸개. 〔북한 → 표준〕▷『표준국어대사전』, p. 3937.

　　　디도 지도. 〔북한 → 표준〕

01 바줄 밧줄. 〔북한 → 표준〕▷『조선말대사전/1』, p. 1276. 문맥으로 보아 '빨랫줄'을 의미함이 분명하다.

04 쏴서 싸서. 〔북한 → 표준〕▷『표준국어대사전』, p. 3937.

06 우 위. 〔북한/옛말 → 표준〕▷『표준국어대사전』, p. 4632, 『이조어사전』, p. 590.

11A-1

제목　오줌쏘개디도

01　바줄에 걸어논

02　요에다 그린 디도는

03　간밤에 내동생

04　오줌쏴서 그린디도.

05　　　　　×

06　우에큰것은

07　꿈에본 만주땅

08　그아래

09　길고도가는건 우리땅.

수록 면수 p. 22.

출전 『사진판』, p. 22, A7. 전후 기록의 정황으로 보아 최초 완성 시기는 1936년 초로 판단된다.

11A-2

제목　동시 오좀 싸개 지도(地圖)

01　빨래줄에 걸어논

02　　　　요에다 그린 지도

03　지난밤에 내동생

04	오줌쏴 그린지도.
05	× × ×
06	꿈에가본 엄마게신
07	별나라 지돈가?
08	돈벌러간 아빠게신
09	만주땅 지돈가?

수록 면수 p. 183.

발표 『카톨릭少年』, 1937년 1월호.

출전 『사진판』, p. 183(이 작품이 '윤동주尹童柱'라는 필명으로 발표된 『카톨릭少年』, 1937년 1월호의 스크랩 사진).

제목 오좀 오줌. 〔옛말 → 표준〕▷『표준국어대사전』, p. 4492, 『우리말큰사전』, p. 5281.

01 빨래줄에 걸어논 육필 시고의 상태 '거러논'으로 인쇄되어 있으나 윤동주는 스크랩 위에서 〈거러논 → 걸어논〉으로 퇴고해놓았다.

02 그린 지도 육필 시고의 상태 『카톨릭少年』, 1937년 1월호에는 '그린지도는'으로 되어 있으나 윤동주는 스크랩 위에서 '는'을 잉크로 삭제했다.

04 오줌쏴 육필 시고의 상태 앞의 경우와 마찬가지로 윤동주는 스크랩의 인쇄 내용 〈오줌쏴서〉 중에서 '서'를 잉크로 삭제했다.

06 게신 계신. 〔북한 → 표준〕

07 별나라 지돈가? 육필 시고의 상태 원래 인쇄 내용에는 물음표가 없으나 윤동주가 스크랩 위에 추가해놓았다. 09행도 마찬가지다.

11B

제목	오줌싸개지도
01	빨래줄에 걸어논
02	요에다 그린지도
03	지난밤에 내동생
04	오줌싸 그린지도.
05	
06	꿈에 가본 엄마계신
07	별나라 지돈가?
08	돈벌러간 아빠계신
09	만주땅 지돈가?
후기	〈一九三六.〉

수록 면수 p. 157(11C, p. 45/11D, p. 103).

참고 1) 『사진판』, p. 183, 『카톨릭少年』, 1937년 1월호에 발표된 내용을 원본으로 삼은 듯하다. 11C, 11D도 같다. 2) 1)의 경우라면, 원본에 있는 방언 '오좀'을 표준어로 바꾼 셈이다. 어감의 차이가 있다. 11C, 11D도 같다. 3) 1)의 경우라면, 〈一九三六〉의 제작 시기는 〈1937년 1월호〉로 밝혀
야 옳다. 11C, 11D도 같다.

01 걸어논 참고 스크랩에 가해진 퇴고 내용 〈거러논 → 걸어논〉을 그대로 반영한 것이다. 11C, 11D
도 같다.

02 그린지도 참고 '는'을 잉크로 삭제한 스크랩 위의 퇴고 내용을 그대로 반영한 것이다. 11C, 11D
도 같다.

04 오줌싸 〈오좀쏴서 → 오좀쏴〉와 같이 '서'를 잉크로 삭제한 스크랩 위의 퇴고 내용을 반영한 것
이며, 원전의 방언 '오좀'을 '오줌'으로 바꾼 것이다. 11C, 11D도 같다.

06 계신 육필 시고와 다름 '게신.' 어감의 차이가 있다.

07 지돈가? 참고 물음표는 스크랩 위에 추가해놓은 퇴고 내용을 반영한 것이다. 09행도 마찬가지
다. 11C, 11D도 같다.

※ 한편 11C는 11B와 달리 다음과 같이 띄어쓰기를 했다.
01 걸어논 → 걸어 논 / 02 그린지도 → 그린 지도 / 03 내동생 → 내 동생 / 04 그린지도 → 그린 지
도 / 06 엄마계신 → 엄마 계신 / 08 돈벌러간 아빠계신 → 돈 벌러 간 아빠 계신 / 09 만주땅 → 만
주 땅

12. 창구멍

01   바람 부는 새벽에 장터 가시는

02   우리 아빠 뒷자취 보구 싶어서

03   춤을 발려 뚤려 논 적은 창구멍

04   아롱아롱 아츰해 비치웁니다

05

06   눈 나리는 져녁에 나무 팔려 간

07   우리 아빠 오시나 기다리다가

08   헤끝으로 뚤려 논 적은 창구멍

09   살랑살랑 찬바람 날아듭니다.

출전 『사진판』, pp. 22~23, A8.

추정 제작 시기 1936년 초.

장르 동시.

형태 전 2연 각 4행, 3음보율(7·5조).

어휘 연구

03 춤 침. 〔북한 → 표준〕▷『표준국어대사전』, p. 6157.

　발려 발라. 〔북한 → 표준〕 **참고** 어미 '—라'가 '—려'의 형태로 실현된 것은 방언상의 발음이다.

　뚤려 뚫어. 〔북한 → 표준〕 '발려 → 발라'의 경우와 같다.

　적은 작은. 〔북한 → 표준〕▷『한국방언사전』, p. 1248.

04 아츰 아침. 〔북한 → 표준〕▷『표준국어대사전』, p. 4021.

06 나리는 내리는. 〔북한/옛말 → 표준〕▷『우리말큰사전』, p. 4961, 『한국방언사전』, p. 1314.

　져녁 저녁. 〔옛말 → 표준〕▷『표준국어대사전』, p. 5508.

　팔려 팔러. 〔북한 → 표준〕 '발려 → 발라'의 경우와 같다.

08 헤 혀. 〔북한 → 표준〕▷『한국방언사전』, p. 426.

12A

제목　창구멍

01　바람부는 새벽에 장터가시는

02　우리압바 뒷자취 보구싶어서

03　춤을발려 뚤려논 적은창구멍

04　아롱아롱 아츰해 빛이움니다

05　　　　　×

06　눈나리는 져녁에 나무팔려간

07　우리압바 오시나 기다리다가

08　헤끝으로 뚤려논 적은창구멍

09　살랑살랑 찬바람 날아듬니다.

수록 면수 pp. 22~23.

02 압바 아빠. 오기-바로잡음

04 빛이움니다 비치웁니다. 오기-바로잡음

09 날아듬니다 날아듭니다. 오기-바로잡음

13. 기와장 내외

01   비오는 날 져녁에 기와장 내외
02   잃어버린 외아들 생각나선지
03   꼬부라진 잔등을 어루만지며
04   쭈룩쭈룩 구슬피 울음 웁니다
05
06   대궐 집웅 우에서 기와장 내외
07   아름답든 녯날이 그리워선지
08   주름 잡힌 얼골을 어루만지며
09   물끄러미 하늘만 처다봅니다.

출전『사진판』, pp. 23~24, A9.

추정 제작 시기 1936년 초.

장르 동시.

형태 전 2연 각 4행, 3음보율(7·5조).

어휘 연구

01 겨녁 저녁. 〔옛말 → 표준〕▷『표준국어대사전』, p. 5508.

   기와장 기왓장. 〔북한 → 표준〕▷『한국방언사전』, p. 439, 『조선말대사전/1』, p. 441.

06 집웅 지붕. 〔옛말 → 표준〕▷『이조어사전』, p. 688.

   우 위. 〔북한/옛말 → 표준〕▷『표준국어대사전』, p. 4632, 『이조어사전』, p. 590.

07 아름답든 아름답던. 〔북한/옛말 → 표준〕▷『우리말큰사전』, p. 5013.

   녯 옛. 〔북한 → 표준〕▷『표준국어대사전』, p. 1200.

08 얼골 얼굴. 〔북한/옛말 → 표준〕▷『한국방언사전』, p. 389, 『우리말큰사전』, p. 5264.

09 처다(봅니다) 쳐다(봅니다). 〔북한/옛말 → 표준〕

13A

제목　기와장내외

01　비오는날 겨녁에 긔와장내외

02　잃어버린 외아들 생각나선지

03　꼬부라진 잔등을 어루만지며

04　쭈룩쭈룩 구슬피 울음웁니다

05　　　　　　　×

06　대궐집웅 우에서 긔와장내외

07　아름답든 녯날이 그리워선지

08　주름잡힌 얼골을 어루만지며

09　물끄럼이 하늘만 처다봅니다.

수록 면수 pp. 23~24.

01 긔와장 기와장. 오기-바로잡음　**참고** 제목에는 '기와장'으로 되어 있다.

04 웁니다 웁니다. 오기-바로잡음

09 물끄럼이 물끄러미. 오기-바로잡음

  (처다)봅니다 (쳐다)봅니다. 오기-바로잡음

13B

제목　기왓장 내외

01　비오는날 저녁에 기왓장내외

02　잃어버린 외아들 생각나선지

03   꼬부라진 잔등을 어루만지며

04   쭈룩쭈룩 구슬피 울음웁니다

05

06   대궐지붕 위에서 기왓장내외

07   아름답든 옛날이 그리워선지

08   주름잡힌 얼굴을 어루만지며

09   물끄럼히 하늘만 처다봅니다.

수록 면수 p. 156(13C, p. 46/13D, p. 102).
참고 띄어쓰기를 기피하고 13A와 같은 형태로 옮겼는데 이는 3음보율(7·5조)로 가지런히 적혀 있는 13A의 형태를 그대로 유지하려 한 듯하다.
01 저녁 13A에는 '져녁'으로 되어 있다. 육필 시고와 다름 어감이 무시되었다. 13C, 13D도 같다.
　　기왓장 13A의 제목에는 '기와장'으로 되어 있다. 육필 시고와 다름 방언이 지닌 어감이 무시되었다.
07 옛날 13A에는 '넷날'로 되어 있다. 육필 시고와 다름 방언이 지닌 어감이 무시되었다. 13C, 13D도 같다.
08 얼굴 13A에는 '얼골'로 되어 있다. 육필 시고와 다름 방언이 지닌 어감이 무시되었다. 13C, 13D도 같다.
09 물끄럼히 '물끄럼히' 역시 오기이다. 물끄럼히 → 물끄러미. ^{오기-바로잡음} 13D도 같다.

※ 13C: 띄어쓰기[아래 ①]와 오기[아래 ②]를 바로잡았다. 나머지는 13B와 같다.
① 비오는날 → 비 오는 날 / 기왓장내외 → 기왓장 내외 / 울음웁니다 → 울음 웁니다 / 대궐집웅 → 대궐 지붕 ② 물끄럼이 → 물끄러미

14. 비둘기

01   안아 보고 싶게 귀여운

02   산비둘기 닐곱 마리

03   하늘 끝까지 보일 듯이 맑은 주일날 아츰에

04   벼를 거두어 뺀뺀한 논에서

05   앞을 다투어 요를 주으며

06   어려운 니야기를 주고받으오.

07

08   날신한 두 나래로 조용한 공기를 흔들어

09   두 마리가 나오.

10   집에 새끼 생각이 나는 모양이오.

　　　__1936. 2. 10.

출전『사진판』, p. 24, A10.

장르 시.

형태 전 2연(연별 행수: 6 – 3).

어휘 연구

02 닐곱 일곱. 〔북한/옛말 → 표준〕▷『조선말대사전/2』, p. 1845, 『이조어사전』, p. 174.

03 아츰 아침. 〔북한 → 표준〕▷『표준국어대사전』, p. 4021.

04 빼빼한 빠빠한(매우 고르고 반듯한). 〔북한 → 표준〕▷『조선말대사전/2』, p. 1259.

05 요 모이. 〔북한 → 표준〕▷『표준국어대사전』, p. 4599.

06 니야기 이야기. 〔북한/옛말 → 표준〕▷『이조어사전』, p. 173.

08 날신한 날씬한. 〔북한 → 표준〕

　나래 날개. 〔북한/옛말 → 표준〕▷『표준국어대사전』, p. 1053, 『우리말큰사전』, p. 4961.

14A

제목　(詩) 비둘기

01　안아보고십게 귀여운

02　산비둘기 닐곱마리

03　하늘끝까지보일듯이 맑은 주일날아츰에

04　벼를거두어 빼빼한논에서

05　앞을다투어 요를주으며

06　어려운 니약이를 주고받으오.

07　　　　　　　　×

08　날신한 두나래로 조용한 공기를흔들어

09　두마리가나오.

10　집에 색긔생각이나는몽양이오.

후기　二月　十日

수록 면수 p. 24.

01 십게 싶게. 오기-바로잡음

06 니약이 니야기. 오기-바로잡음

10 색긔 새끼. 오기-바로잡음

　몽양 모양. 오기-바로잡음

후기 二月 十日 참고 전후 기록의 상황으로 보아 1936년 탈고된 것이 분명하다.

14B

제목　비둘기

01　안아보고싶게 귀여운

02   산비둘기 일곱마리
03   하늘끝까지 보일듯이 맑은 공일날 아침에
04   벼를 거두어 빤빤한 논에서
05   앞을 다투어 모이를 주으며
06   어려운 이야기를 주고 받으오.
07
08   날신한 두나래로 조용한 공기를 흔들어
09   두마리가 나오.
10   집에 새끼 생각이 나는 모양이오.
후기 〈一九三六. 二. 一0〉

수록 면수 pp. 114~15(14C, p. 47/14D, p. 15).
육필 시고와 다름 14A 제목 위에 있는 장르 표시 ‘(詩)’가 없다.
01 안아보고싶게 안아 보고 싶게. 띄어쓰기 오류 14D도 같다.
02 일곱마리 일곱 마리. 띄어쓰기 오류 14D도 같다.
03 하늘끝까지 하늘 끝까지. 띄어쓰기 오류 14D도 같다.
　　 보일듯이 보일 듯이. 띄어쓰기 오류 14D도 같다.
　　 공일날 14A에는 ‘주일날’로 되어 있다. 육필 시고와 다름 14C, 14D도 같다.
　　 아침 14A에는 ‘아츰’으로 되어 있다. 육필 시고와 다름 방언이 지닌 어감이 무시되었다. 14C, 14D도 같다.
04 빤빤한 14A에는 ‘빼빼한’으로 되어 있다. 육필 시고와 다름 방언이 지닌 어감이 무시되었다. 14C, 14D도 같다.
05 모이 14A에는 ‘요’로 되어 있다. 육필 시고와 다름 방언이 지닌 어감이 무시되었다. 14C, 14D도 같다.
06 이야기 14A에는 ‘니약이’로 되어 있다. 육필 시고와 다름 방언이 지닌 어감이 무시되었다. 14C, 14D도 같다.
08 두나래로 두 나래로. 띄어쓰기 오류
09 두마리가 두 마리가. 띄어쓰기 오류

※ 14C: 대체로 14B와 같으나, 14B와는 띄어쓰기를 달리했고〔아래 ①〕, 방언도 표준어로 바로잡았다〔아래 ②〕.
① 안아보고싶게 → 안아 보고 싶게 / 일곱마리 → 일곱 마리 / 하늘끝까지 보일듯이 → 하늘 끝까지 보일 듯이 / 두나래 → 두 나래 / 두마리 → 두 마리 ② 날신한 → 날씬한

15. 離別

01   눈이 오다, 물이 되는 날

02   재ㅅ빛 하늘에 또 뿌연 내, 그리고,

03   크다른 機關車는 빼 — 액 — 울며,

04   쪼끄만,

05   가슴은, 울렁거린다.

06

07   리별이 너무 재빠르다, 안탑갑게도,

08   사랑하는 사람을,

09   일터에서 만나자 하고 —

10   더운 손의 맛과, 구슬 눈물이 마르기 전

11   기차는 꼬리를 산굽으로 돌렸다.

　　__1936. 3. 20. 永鉉君을 —

출전 『사진판』, pp. 24~25, A11.

장르 시.

형태 전 2연 각 5행.

어휘 연구

03 크다른 커다란. 〔북한 → 표준〕▷『한국방언사전』, p. 1259.

04 쪼끄만 쪼그만. 〔북한/옛말 → 표준〕▷『한국방언사전』, p. 1248.

07 리별 이별. 〔북한 → 표준〕

　　안탑갑게도 안타깝게도. 〔옛말 → 표준〕▷『이조어사전』, p. 525.

10 (마르기) 젼 전. 〔옛말 → 표준〕▷『이조어사전』, p. 657.

11 산굽 산기슭. 〔북한 → 표준〕▷『표준국어대사전』, p. 3184.

　　돌렀다 돌렸다. 〔북한 → 표준〕

15A

제목　離別

01　　눈이오다, 물이되는날

02　　재ㅅ빛하늘에 또뿌연내, 그리고,

03　　크다른機關車는 빼 — 액 — 울며,

04　　쪽그만,

05　　가슴은, 울렁거린다.

06　　　　　　　×

07　　리별이 너무재빠르다, 안탑갑게도

08　　사랑하는 사람을,

09　　일터에서 만나자하고 —

10　　더운손의맛과, 구슬눈물이마르기젼

11　　기차는 꼬리를 산굽으로돌럿다.

후기　一九三六年 三月二十日 永鉉君을 —

수록 면수 pp. 24~25.

육필 시고의 상태 04행은 05행의 우측 여백에 적혀 있는데 윤동주의 표기 관행으로 보아 이는 05행과 별행을 이루는 것으로 보아야 한다.

참고 『사진판』, p. 60의 '胡人의' 부분과 『사진판』, p. 70의 '오스라 질듯'을 보면, 추가된 부분이 다음 부분과 한 행을 이룰 경우, 다음 행의 위에 적은 것을 볼 수 있다.

04 쪽그만 쪼끄만. 오기-바로잡음

11 돌럿다 돌렸다. 오기-바로잡음

제목　離別

01　눈이 오다 물이 되는 날

02　잿빛 하늘에 또 뿌연내, 그리고,

03　크다란 機關車는 빼 — 액 — 울며,

04　조고만 가슴은 울렁거린다.

05

06　이별이 너무 재빠르다, 안타갑게도,

07　사랑하는 사람을,

08　일터에서 만나자 하고 —

09　더운 손의 맛과, 구슬눈물이 마르기 전

10　기차는 꼬리를 산굽으로 돌렸다.

후기　〈一九三六. 三. 二0. 永鉉君을 —〉

수록 면수 pp. 168~69(15D, p. 18).

01 오다 오다. 육필 시고와 다름 원전에 있는 쉼표(,)가 빠졌다. 15D도 같다.

02 잿빛 15A에는 '재ㅅ빛'으로 되어 있다. 육필 시고와 다름 15D도 같다.

　뿌연내 15A에는 '뿌연 내'로 되어 있다. 띄어쓰기 오류 15D도 같다.

03 크다란 15A에는 '크다른'으로 되어 있다. 육필 시고와 다름

04 조고만 15A에는 '쪽그만'으로 되어 있다. 육필 시고와 다름 별행으로 처리하지 않았다.

06 이별 15A에는 '리별'로 되어 있다. 육필 시고와 다름 어감의 차이가 있다. 15D도 같다.

　안타갑게도 15A에는 '안탑갑게도'로 되어 있다. 육필 시고와 다름 방언이 지닌 어감이 무시되었다.

09 구슬눈물이 구슬 눈물이. 띄어쓰기 오류 15D도 같다.

　전 15A에는 '젼'으로 되어 있다. 육필 시고와 다름 어감의 차이가 있다. 15D도 같다.

10 돌렸다 15A에는 '돌럿다'로 되어 있다. 육필 시고와 다름 방언이 지닌 어감이 무시되었다. 15D도 같다.

※ 15D: 대체로 15B와 같으나 아래와 같이 표준어로 바로잡았다.

03 크다른 → 커다란 / 04 조고만 → 조그만 / 07 안탑갑게도 → 안타깝게도

16. 食券

<pre>
01   식권은 하로 세 끼를 준다.

02

03   식모는 젊은 아히들에게

04   한 때 힌 그릇 셋을 준다.

05

06   大同江 물로 끓인 국,

07   平安道 쌀로 지은 밥,

08   朝鮮의 매운 고추장,

09

10   식권은 우리 배를 부르게.
         _1936. 3. 20.
</pre>

출전 『사진판』, p. 25, A12.
장르 시.
형태 전 4연(연별 행수: 1 - 2 - 3 - 1).
어휘 연구
01 하로 하루. 〔옛말 → 표준〕▷『이조어사전』, p. 572.
03 아히 아이. 〔옛말 → 표준〕▷『이조어사전』, p. 523.
04 (한) 때 끼니.
　힌 흰. 〔북한 → 표준〕▷『한국방언사전』, p. 1263.

16A

제목　食券
01　식권은 하로세끼를준다.
02　　　　　×
03　식모는 젊은아히들에게
04　한때 힌그릇셋을준다.
05　　　　×
06　大同江 물로끄린국,
07　平安道 쌀로지은밥,
08　朝鮮의 매운고추장,
09　　　　×
10　식권은 우리배를 부르게.
후기　一九三六. 三月二十日

수록 면수 p. 25.
06 끄린 끓인. 오기-바로잡음

16B

제목　食券
01　식권은 하루 세끼를 준다.
02
03　식모는 젊은 아이들에게
04　한때 흰 그릇 셋을 준다.
05
06　大同江 물로 끄린 국,
07　平安道 쌀로 지은 밥,
08　朝鮮의 매운 고추장,

09

10　　식권은 우리 배를 부르게.

후기 〈一九三六. 三. 二0.〉

수록 면수 pp. 164~65(16D, p. 17).

01 하루 16A에는 '하로'로 되어 있다. 육필 시고와 다름 방언이 지닌 어감이 무시되었다.

　　세끼 세 끼. 띄어쓰기 오류

03 아이 16A에는 '아히'로 되어 있다. 육필 시고와 다름 방언이 지닌 어감이 무시되었다.

04 한때 한 때. 띄어쓰기 오류 **참고** '한때'로 붙여 쓴 결과 ① '어느 한 시기', ② '같은 때'의 의미로 잘못 해석될 여지를 낳았다. ①¶즐거운 휴일 한때를 보내다. / 나도 한때는 미인이란 소릴 들었다. ②¶두 사람이 한때에 들이닥쳤다.

　　흰 16A에는 '힌'으로 되어 있다. 육필 시고와 다름 방언이 지닌 어감이 무시되었다.

06 끄린 끓인. 오기-바로잡음 원본의 오기를 바로잡지 않았다.

※ 16D: 대체로 16B와 같으나 제4연 1행을 제3연 마지막 행(제4행)으로 옮겨놓았으며, 16B와 달리 다음과 같이 띄어쓰기를 하고 표준어로 바로잡은 부분이 있다.

01 세끼를 → 세 끼를 / 06 끄린 → 끓인

17. 牡丹峯에서

01   앙당한 솔나무 가지에,

02   훈훈한 바람의 날개가 스치고,

03   얼음 섞인 大同江 물에

04   한나절 햇발이 미끄러지다.

05

06   허물어진 城터에서

07   철모르는 女兒들이

08   저도 모를 異國말로,

09   재질대며 뜀을 뛰고.

10

11   난데없는 自動車가 밉다.

　　　__1936. 3. 24.

출전『사진판』, p. 25∼26, A13.
장르 시.
형태 전 3연(연별 행수: 4 - 4 - 1).
어휘 연구
01 앙당한 모양이 어울리지 아니하게 작은. ▷『표준국어대사전』, p. 4101. **참고** ①앙당그러지다:
물체가 마르거나 줄어지거나 굳어지면서 몹시 뒤틀리다.『조선말대사전/2』, p. 1384. ②앙당바라
지다: '앙바라지다'의 북한 방언.
　　솔나무 참고 소나무의 원말.
09 재질대며 재잘대며. 〔북한 → 표준〕**참고**『조선말대사전/2』, p. 430, p. 432.

17A

제목　牡丹峯에서
01　앙당한 솔나무가지에,
02　훈훈한 바람의날개가스치고,
03　얼음석긴 大同江물에
04　한나절햇발이 밋그러지다.
05
06　허무러진 城터에서
07　철모르는 女兒들이
08　저도모를 異國말로,
09　재질대며 뜀을뛰고.
10
11　난데없는 自動車가 밉다.
후기　一九三六年, 三月二十四日.

수록 면수 pp. 25∼26.
03 석긴 섞인. 오기-바로잡음
04 밋그러지다 미끄러지다. 오기-바로잡음
06 허무러진 허물어진. 오기-바로잡음

17B

제목　牡丹峯에서
01　앙당한 소나무 가지에,
02　훈훈한 바람의 날개가 스치고,
03　얼음 섞인 大同江물에
04　한나절 햇발이 미끌어지다.

05
06   허물어진 城터에서
07   철모르는 女兒들이
08   저도 모를 異國말로
09   재잘대며 뜀을 뛰고.
10
11   난데없는 自動車가 밉다.
후기   〈一九三六. 三月. 二四〉

수록 면수 pp. 170~71(17D, p. 19).
03 大同江물에 大同江 물에. 띄어쓰기 오류
04 미끌어지다 '미끄러지다'가 옳다. 오기-바로잡음
09 재잘대며 17A에는 '재질대며'로 되어 있다. 육필 시고와 다름 어감의 차이가 있다.

※ 17D: 대체로 17B와 같으나 17B와 달리 띄어쓰기 한곳과 오기誤記 한곳을 바로잡았다.
03 大同江물에 → 大同江 물에 / 04 미끌어지다 → 미끄러지다

18. 黃昏

01   해ㅅ살은 미닫이 틈으로

02   길죽한 一字를 쓰고 ……… 지우고 ………

03

04   까마기 떼 집웅 우으로

05   둘, 둘, 셋, 넷, 자꼬 날아 지난다.

06   쑥쑥, 꿈틀꿈틀 北쪽 하늘로,

07

08   내사 ………………

09   北쪽 하늘에 나래를 펴고 싶다.

　　　__1936. 3. 25. / 平壤서

출전 『사진판』, ① p. 14, A14, ② pp. 56~57, B1. ②를 원본으로 삼았다.

장르 시.

형태 전 3연(연별 행수: 2 - 3 - 2).

어휘 연구

02 길죽한 길쭉한. 〔북한/옛말 → 표준〕▷『표준국어대사전』, p. 935, 『우리말큰사전』, p. 4908.

04 까마기 까마귀. 〔북한 → 표준〕▷『한국방언사전』, p. 870. 육필 시고의 상태 최초에는 북한 방언 '까무기'로 썼으나 '무'를 삭제하고 '마'로 바꾸었다.

　　집웅 지붕. 〔옛말 → 표준〕▷『이조어사전』, p. 688.

　　우 위. 〔북한/옛말 → 표준〕▷『표준국어대사전』, p. 4632, 『이조어사전』, p. 590.

05 자꼬 자꾸. 〔북한 → 표준〕▷『한국방언사전』, p. 1125.

08 내사 참고 '―사'는 방언에 나타나는 조사로 표준어의 '―야'에 해당한다.

09 나래 날개. 〔북한/옛말 → 표준〕▷『표준국어대사전』, p. 1053, 『우리말큰사전』, p. 4961.

18A

제목　황혼(黃昏)

01　해ㅅ살은 미다지 틈으로

02　길죽한 一字를쓰고 ……… 지우고 ………

03

04　까마기떼 집웅우으로

05　둘, 둘, 셋, 넷, 작고 날아지난다.

06　쑥쑥, 꿈틀꿈틀 北쪽 하늘로,

07

08　내사 ………………

09　北쪽 하늘에 나래를 펴고싶다.

후기　一九三六. 三月. 二十五日 / 平壤서.

수록 면수 pp. 56~57.

01 미다지 미닫이. 오기-바로잡음

05 작고 자꼬. 오기-바로잡음

18B

제목　황혼(黃昏)

01　햇살은 미닫이 틈으로

02　길죽한 一字를 쓰고 ……… 지우고 ………

03

04　까마귀떼 지붕 우으로

05   둘, 둘, 셋, 넷, 자꼬 날아 지난다.
06   쑥쑥, 꿈틀꿈틀 北쪽 하늘로,
07
08   내사 ················
09   北쪽 하늘에 나래를 펴고 싶다.
후기   〈一九三六. 三. 二五. 平壤에서〉

수록 면수 p. 116(18C, p. 48/18D, p. 14).
01 햇살 18A에는 '해ㅅ살'로 되어 있다. 육필 시고와 다름 18C, 18D도 같다.
02 (18C)길쭉한 18B의 '길죽한'을 표준어로 바꾸었다. 육필 시고와 다름 방언이 지닌 어감이 무시
되었다.
03 (18C)자꾸 18B의 '자꼬'를 표준어로 바꾸었다. 육필 시고와 다름 방언이 지닌 어감이 무시되었다.

19. 가슴 1

01 소리 없는 북

02 답답하면 주먹으로

03 뚜다려 보오.

04

05 그래 봐도

06 후 ——

07 가 — 는 한숨보다 못하오.

___1936. 3. 25. /平壤서

출전 『사진판』, ① p. 27, A15, ② p. 57, B2. ②를 원본으로 삼았다.
장르 시.
형태 전 2연 각 3행.
어휘 연구
03 뚜다려 뚜드려. 〔북한 → 표준〕

19A

제목 가슴 / 1
01 소리없는 북
02 답답하면 주먹으로
03 뚜다려 보오.
04
05 그래 봐도
06 후 ——
07 가 — 는 한숨보다 몰하오.
후기 一九三六. 三. 二十五. / 平壤서

수록 면수 p. 57.
01 북 육필 시고의 상태 『사진판』 p. 27에는 '大皷'('皷'자는 잘못 씌어졌음)로 되어 있고, p. 57에도 역시 '大皷'(p. 27과 마찬가지로 '皷'자가 잘못 씌어졌음)로 이기되었으나, 연필로 '북'으로 수정되었다.
07 몰하오 못하오. 오기-바로잡음

19B

제목 가슴 1
01 소리 없는 북
02 답답하면 주먹으로
03 뚜다려 보오.
04
05 그래 봐도
06 후 ——
07 가아는 한숨보다 못하오.
후기 〈一九三六. 三. 二十五. 平壤에서〉

수록 면수 p. 112(19C, p. 49/19D, p. 20).
07 가아는 19A에는 '가 — 는'으로 되어 있다. 육필 시고와 다름 '가 — 는'을 '가아는'으로 바꾸었

으나 어색하다. 19C, 19D도 같다.

※ 19C: 대체로 19B와 같다. 다만 19B의 '뚜다려'를 '두다려'로 바꾸었으나, 결과적으로 오기誤記
가 되었을 뿐이다.

20. 종달새

01 　종달새는 이른 봄날

02 　즐드즌 거리의 뒷골목이

03 　슬프더라.

04 　명랑한 봄 하늘,

05 　가벼운 두 나래를 펴서

06 　요염한 봄노래가

07 　좋더라.

08 　그러나,

09 　오늘도 구멍 뚫린 구두를 끌고,

10 　훌렁훌렁 뒷거리 길로,

11 　고기 새끼 같은 나는 헤매나니,

12 　나래와 노래가 없음인가,

13 　가슴이 답답하구나.

　　＿1936. 3. 平. 想.

출전『사진판』, pp. 27~28, A17.

장르 시.

형태 전 1연 13행.

어휘 연구

02 즐드즌 질디진. 〔북한 → 표준〕▷『표준국어대사전』, p. 5717.

03 슳더라 싫더라. 〔북한/옛말 → 표준〕▷『표준국어대사전』, p. 3746, 『우리말큰사전』, p. 5200.

04 명량한 참고 다음 두 가지 중 하나로 추정된다: ① 명량明亮 : 환하게 밝다, ② '명랑明朗'의 오기誤記.

05 나래 날개. 〔북한/옛말 → 표준〕▷『표준국어대사전』, p. 1053, 『우리말큰사전』, p. 4961.

09 오날 오늘. 〔옛말 → 표준〕▷『이조어사전』, p. 572.

후기 平. 想. 참고 '평양平壤에서의 상념想念'이라는 뜻의 메모인 듯.

20A

제목 종달새

01 종달새는 일은봄날

02 즐드즌 거리의뒷골목이

03 슳더라.

04 명량한 봄하늘,

05 가벼운 두나래를펴서

06 요염한 봄노래가

07 좋더라.

08 그러나,

09 오날도 구멍뚤린 구두를끌고,

10 홀렁홀렁 뒷거리길로,

11 고기색기같은나는 헤매나니,

12 나래와노래가 없음인가,

13 가슴이 답답하구나.

후기 一九三六 三月, 平. 想.

수록 면수 pp. 27~28.

01 일은 이른. 오기-바로잡음

09 뚤린 뚫린. 오기-바로잡음

11 색기 새끼. 오기-바로잡음

20B

제목 종달새

01   종달새는 이른 봄날

02   질디진 거리의 뒷골목이

03   싫더라.

04   명랑한 봄하늘,

05   가벼운 두 나래를 펴서

06   요염한 봄노래가

07   좋더라.

08   그러나,

09   오날도 구멍 뚫린 구두를 끌고,

10   홀렁홀렁 뒷거리길로,

11   고기새끼 같은 나는 헤매나니,

12   나래와 노래가 없음인가,

13   가슴이 답답하구나,

후기   一九三六 三月, 平. 想.

수록 면수 pp. 166~67(20D, p. 16).
02 질디진 20A에는 '즐드즌'으로 되어 있다. 육필 시고와 다름 방언이 지닌 어감이 무시되었다.
03 싫더라 20A에는 '슱더라'로 되어 있다. 육필 시고와 다름 방언이 지닌 어감이 무시되었다.
04 명랑한 20A에는 '명량한'으로 되어 있다. 육필 시고와 다름 '명량明亮'으로 표현되었을 가능성
을 부정하는 것이다.
  봄하늘 봄 하늘. 띄어쓰기 오류
10 뒷거리길로 뒷거리 길로. 띄어쓰기 오류

※ 20D: 20B와 대체로 같다. 그러나 20B와 달리 09행의 '오날'을 표준어 '오늘'로 바로잡았고, 11
행의 띄어쓰기도 '고기 새끼'로 바로잡았다.

21. 닭 1

01 　한 間 鷄舍 그 너머 蒼空이 깃들어

02 　自由의 鄕土를 닛(忘)은 닭들이

03 　시들은 生活을 주잘대고,

04 　生産의 苦勞를 부르짖었다.

05

06 　陰酸한 鷄舍에서 쏠러 나온

07 　外來種 레구홍,

08 　學園에서 새무리가 밀려 나오는

09 　三月의 맑은 午後도 있다

10

11 　닭들은 녹아 드는 두엄을 파기에

12 　雅淡한 두 다리가 奔走하고

13 　굼주렸든 주두리가 바즈런하다.

14 　두 눈이 붉게 여물도록 ——

　　＿1936. 봄

출전『사진판』, ① pp. 39~40, A33, ② pp. 63~64, B10. ②를 원본으로 삼았다.

참고 원제原題는 '닭'이지만, 이 책에서는 동시童詩「닭」과 구분하기 위해 '닭 1'을 제목으로 삼았다.

장르 시.

형태 전 3연(연별 행수: 4 − 4 − 4).

어휘 연구

02 닛(忘)은 잊은. 〔옛말 → 표준〕▷『우리말큰사전』, p. 4960.

03 주잘대고 주절대고('조잘대고'의 큰말). 〔북한 → 표준〕**참고** 충북 옥천 출신인 정지용의「향수」
1연에는 '옛이야기 지줄대는 실개천이 회돌아 나가고'에서와 같이 '지줄대다'라는 어형이 등장한다.

06 쏠러 쏠려. 〔북한 → 표준〕

07 레구홍 참고 레그혼−종leghorn種, 닭의 한 품종.

08 새무리 유의어 → 조류鳥類.

13 굼주렸든 굶주렸던. 〔옛말 → 표준〕▷『우리말큰사전』, p. 5013.

　주두리 주둥이. 〔북한 → 표준〕▷『한국방언사전』, pp. 400~01.

　바즈런하다 바지런하다. 〔북한 → 표준〕

14 여물도록 참고 여물다 → 빛이 짙어지다.

21A

제목 "닭"

01　한間鷄舍 그넘어 蒼空이 깃들어

02　自由의 鄕土를 닛(忘)은 닭들이

03　시들은 生活을 주잘대고,

04　生産의 苦勞를 부르지짓다.

05

06　陰酸한鷄舍에서 쏠러나온

07　外來種 레구홍,

08　學園에서 새무리가 밀려나오는

09　三月의 맑은 午後도 있다

10

11　닭들은 녹아드는 두엄을파기에

12　雅淡한 두다리가 奔走하고

13　굼주렸든 주두리가 바즈런하다.

14　두눈이 붉에 여무도록 ——

후기　一九三六. 봄

수록 면수 pp. 63~64.

01 넘어 너머. 오기−바로잡음

03 시들은 시든. 오기−바로잡음

04 부르지짓다 부르짖었다. 오기−바로잡음

13 굼주렷(든) 굶주렸(든). 오기-바로잡음
14 붉에 붉게. 오기-바로잡음
　　여무도록 여물도록. 오기-바로잡음 **참고** 여물다 → 빛이 짙어지다. 육필 시고의 상태 '여물도록'의 '물'자를 삭제하고 '무'자로 바꾸었다.

21B

제목　닭
01　　한間 鷄舍 그너머 蒼空이 깃들어
02　　自由의 鄕土를 잊은 닭들이
03　　시들은 生活을 주잘대고,
04　　生産의 苦勞를 부르짖었다.
05
06　　陰酸한 鷄舍에서 쏠려나온
07　　外來種 레구홍,
08　　學園에서 새무리가 밀려나오는
09　　三月의 맑은 午後도 있다
10
11　　닭들은 녹아드는 두엄을 파기에
12　　雅淡한 두 다리가 奔走하고
13　　굶주렸든 주두리가 바즈런하다.
14　　두눈이 붉게 여므도록 ——
후기　〈 一九三六. 봄 〉

수록 면수 pp. 110~11(21C, p. 54/21D, p. 22).
01 한間 한 間. 띄어쓰기 오류 21D도 같다.
　　그너머 그 너머. 띄어쓰기 오류 21D도 같다.
02 잊은 21A에는 '닞은'으로 되어 있다. 육필 시고와 다름 방언이 지닌 어감이 무시되었다. 21C, 21D도 같다.
03 시들은 시든. 오기-바로잡음 오기를 바로잡지 않음. 21C, 21D도 같다.
06 쏠려나온 ① 쏠려 나온. 띄어쓰기 오류 ② 21A에는 '쏠러'로 되어 있다. 육필 시고와 다름 어감의 차이가 있다. ②의 경우는 21C와 21D도 같다.
08 밀려나오는 밀려 나오는. 띄어쓰기 오류 21C, 21D도 같다.
14 두눈이 두 눈이. 띄어쓰기 오류 21D도 같다.
　　여므도록 21A에는 '여무도록'으로 되어 있다. 육필 시고와 다름

※ 21C: 대체로 21B와 같으나, 21B에 비해 다음과 같이 띄어쓰기를 달리했으며, 표준어로 바로잡은 시어도 있다.
01 한間 → 한 간 / 그너머 → 그 너머 / 06 쏠려나온 → 쏠려 나온 / 11 녹아드는 → 녹아 드는 / 13

굶주렸든 → 굶주렸던 / 13 바즈런하다 → 바지런하다 / 14 두눈이 → 두 눈이 / 14 여므도록 → 여무도록

※21D: 대체로 21B와 같으나 다음 부분이 다르다.
01 그너머 → 그넘어 / 14 여므도록 → 여무도록

22. 山上

01 　거리가 바둑판처럼 보이고,

02 　江물이 배암이 새끼처럼 기는

03 　山 우헤까지 왔다.

04 　아직쯤은 사람들이

05 　바둑돌처럼 벌여 있으리라.

06

07 　한나절의 太陽이

08 　함석 집웅에만 비치고,

09 　굼벙이 걸음을 하는 汽車가

10 　停車場에 섰다가 검은 내를 吐하고

11 　또, 걸음발을 탄다.

12

13 　텐트 같은 하늘이 문허저

14 　이 거리를 덮을까 궁금하면서

15 　좀더 높은 데로 올라가고 싶다.

　__1936. 5.

출전『사진판』, ① pp. 28~29, A18, ② p. 59, B5. ②를 원본으로 삼았다.

장르 시.

형태 전 3연(연별 행수: 5 - 5 - 3).

어휘 연구

02 배암이 뱀. 〔북한/옛말 → 표준〕▷『한국방언사전』, pp. 1004~05, 『우리말큰사전』, p. 5135, p. 5139.

03 우헤 위에. 〔북한/옛말 → 표준〕▷『표준국어대사전』, p. 4632.

08 집웅 지붕. 〔옛말 → 표준〕▷『이조어사전』, p. 688.

09 굼벙이 굼벵이. 〔북한/옛말 → 표준〕▷『한국방언사전』, p. 984, 『우리말큰사전』, p. 4886.

　(하)든 (하)던. 〔옛말 → 표준〕▷『우리말큰사전』, p. 5013.

11 걸음발 참고 '걸음발'은 '걸음을 걷는 기세나 본새'.

　발을 탄다 참고 (강아지 따위가) 걸음을 걷기 시작하다. ¶강아지들이 발을 타기 시작했다.

13 문허저 무너져. 〔옛말 → 표준〕▷『우리말큰사전』, p. 5067.

14 덮을가 덮을까. 〔옛말 → 표준〕▷『우리말큰사전』, p. 5030.

22A

제목 山上

01　거리가 바둑판처럼 보이고,

02　江물이 배암이 색기처럼 기는

03　山옹에 까지 왔다.

04　아직쯤은 사람들이

05　바둑돌처럼 별여있으리라.

06

07　한나절의 太陽이

08　함석집웅에만 빛이고,

09　굼벙이 거름을 하든 汽車가

10　停車場에 섯다가 검은내를 吐하고

11　또, 거름발을 탄다.

12

13　텐트같은 하늘이 문허저

14　이거리를 덮을가 궁금하면서

15　좀더 높은데로 올라가고 싶다.

후기 一九三六. 五.

수록 면수 p. 59.

02 색기 새끼. 오기-바로잡음

03 옹에 우헤. 오기-바로잡음

　왓다 왔다. 오기-바로잡음

05 별여 벌여. 오기-바로잡음

08 빛이고 비치고. 오기-바로잡음
09 거름 걸음. 오기-바로잡음
10 섯다가 섰다가. 오기-바로잡음
11 거름발 걸음발. 오기-바로잡음

22B

제목　山上
01　거리가 바둑판처럼 보이고,
02　江물이 배암의 새끼처럼 기는
03　山우에까지 왔다.
04　아직쯤은 사람들이
05　바둑돌처럼 버려있으리라.
06
07　한나절의 太陽이
08　함석지붕에만 비치고,
09　굼벙이 거름을 하든 汽車가
10　停車場에 섰다가 검은 내를 吐하고
11　또, 걸음발을 탄다.
12
13　텐트같은 하늘이 무너져
14　이 거리를 덮을가 궁금하면서
15　좀더 높은데로 올라가고 싶다.
후기　一九三六. 五.

수록 면수 pp. 106~07(22C, p. 50/22D, p. 24).
02 배암의 22A에는 '배암이'로 되어 있다. 육필 시고와 다름 22C, 22D도 같다. **참고** 방언 목록에서 '배암이' 자체가 '뱀'을 의미하기도 한다. 따라서 '이'를 '의'의 오기로 본 것은 잘못이다.
03 우에 22A에는 '웅에(→ 우헤)'로 되어 있다. 육필 시고와 다름 22D도 같다.
05 버려 22A에는 '별여(→ 벌여)'로 되어 있다. 육필 시고와 다름 22D도 같다.
13 텐트같은 텐트 같은. 띄어쓰기 오류 22D도 같다.
　　무너져 22A에는 '문허저'로 되어 있다. 육필 시고와 다름 방언이 지닌 어감이 무시되었다. 22C, 22D도 같다.
15 높은데로 높은 데로. 띄어쓰기 오류 22D도 같다.

23. 午後의 球場

01   늦은 봄 기다리든 ―

02   土曜日 날,

03   午後 세時 半의 京城行 列車는,

04   石炭 煙氣를 자욱이 품기고,

05   소리치고 지나가고,

06

07   한 몸을 끄을기에 强하든

08   공(뽈)이 磁力을 잃고

09   한 모금의 물이

10   불붙는 목을 축이기에

11   넉넉하다.

12   젊은 가슴의 피 循環이 잦고,

13   두 鐵脚이 늘어진다.

14

15   검은 汽車 煙氣와 함께

16   푸른 山이

17   아지랑이 저쪽으로

18   까라앉는다.

    ＿1936. 5.

출전 『사진판』, pp. 31~32, A22.

장르 시.

형태 전 3연(연별 행수: 5 - 7 - 4).

어휘 연구

01 기다리든 기다리던. 〔옛말 → 표준〕▷『우리말큰사전』, p. 5013.

04 품기고 풍기고. 〔옛말 → 표준〕▷『표준국어대사전』, p. 6644.

07 (强하)든 (强하)던. 〔옛말 → 표준〕▷『우리말큰사전』, p. 5013.

18 까라앉는다 가라앉는다. 〔북한 → 표준〕▷『조선말대사전/2』, p. 1882.

23A

제목　午後의球場

01　늦은봄기다리든 ―

02　土曜日날,

03　午後세時半의京城行列車는,

04　石炭煙氣를자욱이 품기고,

05　소리치고 지나가고,

06　　　　　×

07　한몸을 (꿈)을기에 强하든

08　공 (뽈)이磁力을잃고

09　한목음의물이

10　불붓는목을축이기에

11　넉넉하다.

12　젊은가슴의피循環이잣고,

13　두鐵脚이 늘어진다.

14　　　　　×

15　검은汽車煙氣와함께

16　풀은山이

17　아지랑저쪽으로

18　까라안는다.

후기　一九三六. 五月.

수록 면수 pp. 31~32.

01~02 육필 시고의 상태 '늦은봄' 다음에 '기다리든―'이 추가되고 줄바꿈 표시가 삽입되었다.

05 소리치고 지나가고 육필 시고의 상태 '소리치고'에 삭제 표시인 듯한 잉크 자국이 보이나, 이는 서로 겹쳐지는 쪽에서 삭제 표시한 잉크 자국이 마르지 않고 남아 있다가 묻은 자국이 분명하다.

07 꿈을기에 끄을기에. 오기-바로잡음

09 목음 모금. 오기-바로잡음

10 붓는 붙는. 오기-바로잡음

12 잣고 잦고. 오기-바로잡음

16 풀은 푸른. 오기-바로잡음

17 아지랑 아지랑이. 오기-바로잡음

18 까라안는다 까라앉는다. 오기-바로잡음

23B

제목　午後의 球場

01　늦은 봄 기다리던 土曜日 날

02　午後 세시 반의 京城行 列車는,

03　石炭 煙氣를 자욱이 품기고,

04　지나가고,

05

06　한몸을 끄을기에 强하던

07　공이 磁力을 잃고

08　한모금의 물이

09　불붙는 목을 축이기에

10　넉넉하다.

11　젊은 가슴의 피 循環이 잦고,

12　두 鐵脚이 늘어진다.

13

14　검은 汽車 煙氣와 함께

15　푸른 山이

16　아지랭이 저쪽으로

17　가라앉는다.

후기　〈一九三六. 五.〉

수록 면수 pp. 172~73(23D, p. 23).

01 23A에는 '늦은 봄 기다리던—'과 '土曜日 날' 사이에 줄바꿈 표시(∽)가 들어가 있다. 육필 시고와 다름 따라서 01행의 '土曜日 날'은 별행 처리되어야 한다. 그러나 필자와 달리, 윤일주·정병욱 두 분은 원본의 육필 시고를 한 행으로 본 것 같다. 23D도 같다.

　　기다리던 23A에는 '기다리든'으로 되어 있다. 육필 시고와 다름 어감의 차이가 있다. 23D도 같다.

04 지나가고 23A에는 '소리치고 지나가고'로 되어 있다. 육필 시고와 다름 23D에는 '지나가고'마저 없어 결국 한 행이 누락되었다.

06 한몸을 한 몸을. 띄어쓰기 오류

　　强하던 23A에는 '强하든'으로 되어 있다. 육필 시고와 다름 어감의 차이가 있다. 23D도 같다.

07 공이 23A에는 '공(뽈)이'로 되어 있다. 육필 시고와 다름 23D도 같다.

08 한모금의 한 모금의. 띄어쓰기 오류

16 아지랭이 23A에는 '아지랑'으로 되어 있다. 육필 시고와 다름 원본의 '아지랑'이 지닌 어감이 무

시되었다.

17 가라앉는다 23A에는 '까라안는다'로 되어 있다. 육필 시고와 다름 어감의 차이가 있다. 23D도
같다.

24. 이런 날

01   사이좋은 正門의 두 돌기둥 끝에서

02   五色旗와, 太陽旗가 춤을 추는 날,

03   금(線)을 그은 地域의 아이들이 즐거워하다.

04

05   아이들에게 하로의 乾燥한 學課로,

06   해말간 勸怠가 깃들고,

07   「矛盾」두 자를 理解치 못하도록

08   머리가 單純하였구나.

09

10   이런 날에는

11   잃어 버린 頑固하던 兄을

12   부르고 싶다.

    ＿1936. 6. 10.

출전 『사진판』, p. 31, A21.
장르 시.
형태 전 3연(연별 행수: 3 - 4 - 3).
어휘 연구
05 하로 하루. 〔옛말 → 표준〕▷『이조어사전』, p. 733.

24A

제목 이런날
01 　사이좋은正門의 두돌긔둥끝에서
02 　五色旗와, 太陽旗가 춤을추는날,
03 　금(線)을 끊은地域의 아이들이즐거워하다.
04 　　　　　　×
05 　아이들에게 하로의乾燥한學課로,
06 　해ㅅ말간 勸怠가기뜰고,
07 　「矛盾」두자를 理解치몯하도록
08 　머리가 單純하엿구나.
09 　　　　　　×
10 　이런날에는
11 　잃어버린 頑固하던兄을
12 　부르고싶다.
후기 一九三六, 六月十日.

수록 면수 p. 31.
제목 이런날 육필 시고의 상태 본디 '矛盾'이었던 제목이 삭제되고 '이런날'로 대체되었다.
01 긔둥 기둥. 오기-바로잡음
03 끊은 그은. 오기-바로잡음
06 해ㅅ말간 해말간. 오기-바로잡음
　　기뜰고 깃들고. 오기-바로잡음
07 몯하도록 못하도록. 오기-바로잡음
08 하엿구나 하였구나. 오기-바로잡음

24B

제목 이 런 날
01 　사이좋은 正門의 두 돌기둥 끝에서
02 　五色旗와 太陽旗가 춤을 추는 날,
03 　금을 그은 地域의 아이들이 즐거워하다.

04

05   아이들에게 하로의 乾燥한 學課로,

06   해말간 勸怠가 깃들고,

07   「矛盾」두자를 理解치 못하도록

08   머리가 單純하였구나.

09

10   이런 날에는

11   잃어 버린 頑固하던 兄을

12   부르고 싶다.

후기 〈 一九三六. 六. 一〇 〉

수록 면수 pp. 104~05(24C, p. 51/24D, p. 26).

제목 이 런 날 이런 날. 띄어쓰기 오류

02 五色旗와 太陽旗가 24A에는 '五色旗와, 太陽旗가'에서 보듯 쉼표가 찍혀 있다. 육필 시고와 다름 쉼표가 생략되면 당연히 해석상의 차이를 낳을 수 있다. 24C, 24D도 같다.

03 금을 24A에는 '금(線)을'로 되어 있다. 육필 시고와 다름 24C, 24D도 같다.

07 두자를 두 자를. 띄어쓰기 오류

25. 陽地 쪽

01 저쪽으로 黃土 실은 이 땅 봄바람이

02 胡人의 물래밖퀴처럼 돌아 지나고,

03 아롱진 四月 太陽의 손길이

04 壁을 등진 섧은 가슴마다 올올이 만진다.

05

06 地圖째기 놀음에 뉘 땅인 줄 모르는 애 둘이,

07 한 뽐 손가락이 짧음을 恨함이여.

08

09 아서라! 가뜩이나 엷은 平和가,

10 깨여질가 근심스럽다.

　　_1936. 봄

출전 『사진판』. ① pp. 32~33, A23, ② p. 60, B6. ②를 원본으로 삼았다.

제작 시기 표시 1936. 6. 26. ①에 명기되어 있다.

장르 시.

형태 전 3연(연별 행수: 4 – 2 – 2).

어휘 연구

02 물래밖퀴 ① 물레. 〔북한/옛말 → 표준〕▷『한국방언사전』, pp. 608~09. ② 밖퀴. 〔북한 → 표준〕▷『한국방언사전』, pp. 614~15.

04 섫은 설운. 〔북한/옛말 → 표준〕 **참고** ① 『이조어사전』, p. 488. '슳다'(슬퍼하다), ② 윤동주가 사용한 북한 방언 목록에 '섫다'가 있었던 듯하다(자세한 설명은 '70. 아우의 印象畵' 어휘 연구를 참고하라).

07 뽐 뼘. 〔북한 → 표준〕▷『한국방언사전』, pp. 1042~43.

　　젊음 짧음. 〔북한 → 표준〕▷『한국방언사전』, p. 1255 참조 → 젊음은 짧음의 큰말.

10 깨여(질가) 깨어(질가). 〔옛말 → 표준〕

25A ·

제목　陽地쪽

01　저쪽으로 黃土실은 이땅 봄바람이

02　胡人의물래밖퀴 처럼 돌아 지나고,

03　아롱진 四月太陽의 손길이

04　壁을등진 섫은 가슴마다 올올이 만진다.

05

06　地圖째기노름에 늬땅인줄몰으는 애 둘이,

07　하뽐손가락이 젊음을 限함이여.

08

09　아서라! 갓득이나 열븐平和가,

10　깨여질가 근심스럽다.

후기　一九三六. 봄.

수록 면수 p. 60.

06 노름 놀음. 오기-바로잡음

　　늬 뉘. 오기-바로잡음

　　몰으는 모르는. 오기-바로잡음

07 하 한. 오기-바로잡음 육필 시고의 상태 퇴고 이전에는 '한 (뽐)'으로 적은 것으로 보아 오기임이 분명하다.

　　젊음 짧음. 오기-바로잡음 육필 시고의 상태 『사진판』, p. 33의 1차 완성 원고와, p. 60의 퇴고 이전 형태에는 '젊음'으로 적은 것으로 보아 '젊음'은 오기일 가능성이 높다.

　　限 恨. 오기-바로잡음

06~07 육필 시고의 상태 육필 시고의 상태는 제2연이 원래 4행이었다가 2행으로 퇴고되었음을 보

여주고 있다.

09 갓득이나 가뜩이나. 오기-바로잡음

　　열븐 엷은. 오기-바로잡음

후기 一九三六. 봄. 『사진판』, p. 33에는 제작 일자가 〈6. 26.〉로 명기되어 있다.

25B

제목　陽地쪽

01　　저쪽으로 黃土 실은 이땅 봄바람이

02　　胡人의 물레바퀴처럼 돌아 지나고,

03

04　　아롱진 四月太陽의 손길이

05　　壁을 등진 섦은 가슴마다 올올이 만진다.

06

07　　地圖째기 놀음에 뉘 땅인줄 모르는 애 둘이,

08　　한 뼘 손가락이 짧음을 恨함이어.

09

10　　아서라! 가뜩이나 엷은 平和가

11　　깨어질까 근심스럽다.

후기　〈 一九三六. 六. 〉

수록 면수 pp. 108~09(25C, p. 52/25D, p. 25).

01 이땅 이 땅. 띄어쓰기 오류 25D도 같다.

02 물레바퀴 25A에는 '물래밖퀴'로 되어 있다. 육필 시고와 다름 어감의 차이가 있다. 25C, 25D도 같다.

04 四月太陽의 四月 太陽의. 띄어쓰기 오류

07 땅인줄 땅인 줄. 띄어쓰기 오류 25D도 같다.

08 (한) 뼘 25A에는 '뽐'으로 되어 있다. 육필 시고와 다름 방언이 지닌 어감이 무시되었다. 25C, 25D도 같다.

　　짧음 '젊음'으로 되어 있다. 육필 시고와 다름 방언이 지닌 어감이 무시되었다. 25C, 25D도 같다.

26. 山林

01 時計가 자근자근 가슴을 따려

02 하잔한 마음을 山林이 부른다.

03

04 千年 오래인 年輪에 짜들은 幽寂한 山林이

05 고달픈 한 몸을 抱擁할 因緣을 가졌나 보다.

06

07 山林의 검은 波動 우으로부터

08 어둠은 어린 가슴을 짓밟는다.

09

10 발걸음을 멈추어

11 하나, 둘, 어둠을 헤아려본다

12 아득하다

13

14 문득 니파리 흔드는 져녁 바람에

15 쏴 —— 무섬이 옮아오고

16

17 멀리 첫여름의 개고리 재질댐에

18 흘러간 마을의 過去가 아질타.

19

20 가지, 가지 사이로 반짝이는 별들만이

21 새날의 饗宴으로 나를 부른다.

출전『사진판』, ① pp. 33~34, A24, ② pp. 61~62, B7, ③ p. 167(낱장 유고). ①②가 퇴고 · 이기된 ③을 원본으로 삼았다.

제작 시기 표시 1936. 6. 26. ①②에 명기되어 있다.

장르 시.

형태 전 7연(연별 행수: 2 - 2 - 2 - 3 - 2 - 2 - 2).

어휘 연구

01 따려 때려. 〔북한/옛말 → 표준〕▷『한국방언사전』, p. 1336,『우리말큰사전』, p. 5222.

02 하잔한 하전한. (어감을 고려 '하잔한'을 그대로 살려둔다.)

참고 1 ①②에는 모두 '不安한 마음'으로 표현하고 있다. 따라서 북한어 '하전하다'의 방언으로 보아야 할 듯하다: 하전하다 → '허전하다'를 가볍게 이르는 말 ▷『조선말대사전/2』, p. 881.

참고 2 한편 '하잔하다'라는 북한어도 있다. ▷『표준국어대사전』, p. 6724,『조선말대사전/2』, p. 881. 하잔하다 → 잔잔하고 한가롭다. ¶하잔한 호수/졸업 론문이 통과되였다고 하잔하게 앉아 있을 그가 아니였다.

04 짜들은 짜든. 오기-바로잡음 (어감을 고려 '짜들은'을 그대로 살려둔다.) 짜들다 → ①물건이 오래되어 때나 기름이 묻어 더럽게 되다. ②세상의 여러 가지 어려운 일에 시달려 위축되다. ¶병고에 짜들다/오랜 세월 온갖 풍파에 짜든 그녀는 실제 나이보다 훨씬 더 늙어 보였다.

05 가젔나 가졌나. 〔북한 → 표준〕

07 우 위. 〔북한/옛말 → 표준〕▷『표준국어대사전』, p. 4632,『이조어사전』, p. 590.

14 니파리 이파리. 〔북한/옛말 → 표준〕▷『한국방언사전』, p. 853,『이조어사전』, p. 178.

　져녁 저녁. 〔옛말 → 표준〕▷『표준국어대사전』, p. 5508.

17 개고리 개구리. 〔북한/옛말 → 표준〕▷『한국방언사전』, p. 975,『이조어사전』, p. 34.

　재질댐 재잘댐. 〔북한 → 표준〕▷『조선말대사전/2』 p. 430, p. 432 참조.

18 아질타 아질하다(어지럼증이 나서 눈이나 머리가 좀 어지럽다). ▷『표준국어대사전』, p. 4020.

26A-1

제목　山林 (詩)

01　時計가 자근자근 가슴을 따려

02　하잔한 마음을 山林이 부른다.

03

04　千年 오래인 年輪에 짜들은 幽寂한 山林이

05　고달픈 한몸을 抱擁할 因緣을 가젓나보다.

06

07　山林의 검은波動우으로 부터

08　어둠은 어린 가슴을 짓밟는다.

09

10　발거름을 멈추어

11　하나, 둘, 어둠을 헤아려본다

12　아득하다

13

14　　문득 닢아리흔드는 져녁바람에

15 솨 —— 무섬이올마오고

16

17 멀리 첫여름의 개고리 재질댐에

18 흘러간 마을의 過去가 아질타.

19

20 가지, 가지사이로반짝이는별들만이

21 새날의 饗宴으로 나를 부른다.

수록 면수 p. 167.

04 짜들은 짜든. 오기-바로잡음

05 가젓나 가졌나. 오기-바로잡음

07 육필 시고의 상태

① 원전에서 '07, 08, 09, 10, 11' 부분은 원래「　」표시가 쳐져 있다.

② 그런데 이「　」표시는 이 부분이 수정(원전의 08 부분), 삭제(원전의 10, 11 부분)되었고, 삭제 부분을 대체할 내용을 원본 원고 말미에 추가한다는 표시이다. 실제로 이 삭제 부분의 수정 내용은 원본(육필 원고)의 끝부분에 있다. 그렇기 때문에 이 책의 10~15 부분은, 이 수정된 원전 끝부분을 다시 제자리로 되돌려놓은 결과이다.

③ 필자가 ① ②와 같이 판단한 것은 원전(육필 원고)의 08행 끝에서 퇴고된 부분과, 원본(육필 원고) 끝부분(수정·추가된 부분)의 잉크 흔적이 동일한데다가,

④ 원본(육필 원고) 끝에 추가된 부분이 내용이, 삭제된(원본의 10, 11 부분) 부분의 내용을 다듬은 것이 분명하기 때문이다.

이상 ①②③④에 밝힌 근거 및 추론에 따라, 이 책의 순서는 필자가 바로잡은 결과임을 밝혀둔다.

08 짓밥는다 짓밟는다. 오기-바로잡음

10 발거름 발걸음. 오기-바로잡음

14 닢아리 니파리. 오기-바로잡음

15 올마오고 옮아오고. 오기-바로잡음

참고 제작 시기 표시 원고 말미에 있어야 할 제작 일자 표시가 생략되어 있으나, 『사진판』, p. 34 및 p. 62에는 두 곳 다 제작 일자가 '一九三六. 六. 二六.'로 명기되어 있다.

26A-2

제목　山林

01　　時計가 자근자근 가슴을 똥려

02　　不安한 마음을 山林이 부른다.

03

04　　千年오랜 年輪에 짜들은 幽暗한 山林이, 고달픈 한몸을

05　　抱擁할因緣을 가젓나부다.

06
07   山林의 검은 波動웋으로 붙어
08   어둠은 어린가슴을 짓밟고,
09
10   닢아리를 흔드는 져녁바람이
11   솨 — 恐怖에 떨게한다.
12
13   멀리 첫여름의 개고리 재질댐에
14   흘러간 마을의過去는 아질타.
15
16   나무틈으로 반짝이는 별만이
17   새날의 希望으로 나를이끈다.
후기 〈一九三六. 六. 二六〉

수록 면수 p. 61.
01 딿려 따려. 오기-바로잡음
05 가젓나 가졌나. 오기-바로잡음 → 가졌나. 〔북한 → 표준〕
　　부다 보다. 오기/구어체 → 바로잡음
07 웋으로 우흐로. 오기-바로잡음 → 위로. 〔북한/옛말 → 표준〕▷『표준국어대사전』, p. 4632, 『이조어사전』, p. 590.
　　붙어 부터. 오기-바로잡음
10 닢아리 니파리. 오기-바로잡음

26B

제목　山林
01   時計가 자근자근 가슴을 따려
02   不安한 마음을 山林이 부른다.
03
04   千年 오래인 年輪에 짜들은 幽暗한 山林이,
05   고달픈 한몸을 抱擁할 因緣을 가졌나보다.
06
07   山林의 검은 波動우으로부터
08   어둠은 어린 가슴을 짓밟고
09
10   이파리를 흔드는 져녁바람이
11   솨 — 恐怖에 떨게한다.
12
13   멀리 첫여름의 개고리 재질댐에

14   흘러간 마을의 過去는 아질타.

15

16   나무틈으로 반짝이는 별만이

17   새날의 希望으로 나를 이끈다.

후기 〈一九三六. 六. 二六〉

수록 면수 pp. 102~03(26C, p. 53/26D, p. 27).
참고 제1연의 내용으로 보아 26B는 『사진판』, p. 61, B7을 원본으로 삼은 것이 분명하다. 당연히 26C, 26D도 같다.
육필 시고의 상태 그렇다면 04, 05의 행 구분은 다음과 같이 되었어야 한다. 04, 05행 → 육필 시고와 다름 26C, 26D도 같다.

 04 千年 오랜 年輪에 짜들은 幽暗한 山林이, 고달픈 한 몸을
 05 抱擁할 因緣을 가젓나부다.

05 한몸을 한 몸을. 띄어쓰기 오류 26D도 같다.
 가젔나보다 26A-2에는 '가젓나부다'로 되어 있다. 육필 시고와 다름 어감의 차이가 있다. 26C, 26D도 같다.
07 波動우으로부터 波動 우으로부터. 띄어쓰기 오류 26D도 같다.
10 이파리 26A-2에는 '닢아리'로 되어 있다. 육필 시고와 다름 방언이 지닌 어감이 무시되었다. 26C, 26D도 같다.
 저녁 26A-2에는 '져녁'으로 되어 있다. 육필 시고와 다름 방언이 지닌 어감이 무시되었다. 26C, 26D도 같다.
 저녁바람이 저녁 바람이. 띄어쓰기 오류 26D도 같다.
11 떨게한다 떨게 한다. 띄어쓰기 오류 26D도 같다.
16 나무틈으로 나무 틈으로. 띄어쓰기 오류 26D도 같다.

※ 26C: 대체로 26B와 같으나, 26B에 비해 다음과 같이 표준어로 바로잡은 시어도 있고 띄어쓰기도 달리했다.
01 따려 → 때려 / 05 가졌나보다 → 가졌나 보다 / 07 波動우으로부터 → 波動 우으로부터 / 10 저녁바람이 → 저녁 바람이 / 11 떨게한다 → 떨게 한다 / 16 나무틈으로 → 나무 틈으로

27. 가슴 3

01   불 꺼진 火독을
02   안고 도는 겨울밤은 깊었다.
03
04   재(灰)만 남은 가슴이
05   문풍지 소리에 떤다.

     __1936. 7. 24.

출전『사진판』. ① p. 34, A25, ② p. 58, B4. ②를 원본으로 삼았다.
장르 시.
형태 전 2연 각 2행.
어휘 연구
01 火독 '화덕' '화로'. 〔북한 → 표준〕▷『표준국어대사전』, p. 6975, 『한국방언사전』, pp. 679~80.
02 겨을 겨울. 〔북한/옛말 → 표준〕▷『한국방언사전』, p. 130, 『우리말큰사전』, p. 4859.

27A

제목 가슴 / 3
01 불꺼진 火독을
02 안고도는 겨울밤은 깊엇다.
03
04 재(灰)만 남은 가슴이
05 문풍지 소리에 떤다.
후기 一九三六. 七. 二四.

수록 면수 p. 58.
02 깊엇다 깊었다. 오기-바로잡음

27B

제목 가슴 2
01 불 꺼진 火독을
02 안고 도는 겨울밤은 깊었다.
03
04 재(灰)만 남은 가슴이
05 문풍지 소리에 떤다.
후기 〈 一九三六. 七. 二四 〉

수록 면수 p. 113(27C, p. 55/27D, p. 21).
제목 가슴 2 27A에는 '가슴/3'으로 되어 있다. 육필 시고와 다름
02 겨울 27A에는 '겨을'로 되어 있다. → 육필 시고와 다름
　　(27C)겨울 밤 합성어이므로 띄어쓸 필요가 없었다.

28. 谷間

01   산들이 두 줄로 줄달음질 치고

02   여울이 소리처 목이 잦었다.

03   한여름의 햇님이 구름을 타고

04   이 골짜기를 빠르게도 건너련다.

05

06   山등아리에 송아지 뿔처럼

07   울뚝불뚝히 어린 바위가 솟구,

08   얼룩소의 보드러운 털이

09   山등서리에 퍼 — 렇게 자랐다.

10

11   三年만에 故鄕 찾어드는

12   산꼴 나그네의 발걸음이

13   타박타박 땅을 고눈다.

14   벌거숭이 두루미 다리같이 ………….

15

16   헌 신짝이 지팽이 끝에

17   모가지를 매달아 늘어지고,

18   까치가 새끼의 날발을 태우려

19   푸르룩 저 山에 날뿐 고요하다.

20

21   갓 쓴 양반 당나구 타고 모른 척 지나고,

22   이 땅에 드물든 말 탄 섬나라 사람이

23   길을 묻고 지남이 異常한 일이다.

24   다시 꼴작은 고요하다 나그네의 마음보다.   __1936. 여름.

출전『사진판』, ① pp. 40~41, A34, ② p. 65, B12. ①에서 퇴고·이기된 직후의 ②를 원본으로 선택했다. 자기 검열 이전의 이 형태가 본래의 창작 의도에 가장 가까운 것으로 판단했기 때문이다 (이 책의 제3편 '2. 퇴고 흔적을 통해서 본 윤동주의 자기 검열' 부분을 참조할 것).

장르 시.

형태 전 5연 각 4행.

어휘 연구

02 소리처 소리쳐. 〔북한 → 표준〕

   잦었다 잦았다. 〔북한 → 표준〕

04 건너련다 건너려 한다. 〔준말〕

06 山등아리 산등, 산등성이. 〔북한 → 표준〕▷『한국방언사전』, pp. 106~07.

07 솟구 솟고. 〔옛말 → 표준〕▷『우리말큰사전』, p. 4880.

09 山등서리 산등, 산등성이. 〔북한 → 표준〕▷『한국방언사전』, pp. 106~07.

11 찾어드는 찾아드는. 〔북한 → 표준〕

12 산꼴 산골, 산기슭. 〔북한 → 표준〕▷『한국방언사전』, pp. 105~06.

13 고눈다 '발굽을 세워 디딘다'는 뜻의 북한어. **참고**『표준국어대사전』, p. 412 : ① '겨누다'의 북한어. ¶학교에 다달은 경관 놈들은 날이 시퍼런 총창을 고누어 들고 명신 학교 문 앞에 버티여 있습니다.(「만경대」, 『조선말대사전』) ② 일정한 무게로 짓누르는 힘을 밑에서 뻗치어 받치다. ¶인남아, 너 머리 우에 물이 떨어져도 울지 말어. 난 아직 이 큰 물동이를 고누어 낼 만치 목 힘이 세지 못하단다.(「유격구의 기수」, 『조선말대사전』) ③ 발굽을 세워 디디다. ¶신굽으로 땅바닥을 고누다.(『조선말대사전』) / 대렬은 물이 무릎을 넘는 강 복판에 이르러 발걸음을 고누느라고 잠시 머뭇거리기 시작했다.(「전선 지구」, 『조선말대사전』)

16 지팽이 지팡이. 〔북한 → 표준〕▷『한국방언사전』, pp. 665~66.

18 날발 ① 날아가는 일 ② 날아가는 기세나 본새.

참고 1『표준국어대사전』, p. 280 : 걸음발 → ① 발을 놀려 걸음을 걷는 일. 또는 그렇게 걷는 발. ¶걸음발이 주춤거리다. / 걸음발을 배우다. / 저녁 먹고 걸음발을 좀 해야겠다. / 휘파람도 불지 않으면서 천천히, 그러나 속으론 부용이 생각을 이리저리 해 보면서 걸음발을 옮겨 놓는다.(김남천, 『대하』) ② 걸음을 걷는 기세나 본새. ¶걸음발이 빠르다. / 걸음발이 급하다. / 허, 그놈 참 걸음발 한번 번개 같네. 호랑이 다리를 삶아 먹었나?(유현종, 『들불』)

   색기의 날발을 태우려 '새끼를 날게 하려'의 뜻(다음 참고 1, 2, 3을 참조할 것).

참고 1 발을 타다. → 강아지 따위가 걸음을 걷기 시작하다. ¶우리집 강아지들이 발을 타기 시작했다. ¶발 탄 강아지 같다. = 처음으로 걷기 시작한 강아지 같다.

참고 2『조선말대사전/1』, p. 148 : 걸음발을 타다. → 아기가 걸음을 걷는 것을 익히다.

참고 3 태우다. → 타게 하다.

21 당나구 당나귀. 〔북한 → 표준〕▷『한국방언사전』, pp. 912~13.

22 드물든 드물던. 〔옛말 → 표준〕▷『우리말큰사전』, p. 5013.

28A-1

제목　谷間

01   산들이 두줄로 줄다름질 치고

02   여울이 소리처 목이 자젓다.

03   한여름의 햇님이 구름을 타고

04   이골작이를 빠르게도 건너련다.

05

06   山등아리에 송아지뿔 처럼

07   울뚝불뚝히 어린바위가 솟구,

08   얼룩소의 보드러운 털이

09   山등서리에 퍼 — 렇게 자랐다.

10

11   三年만에 故鄕 찾어드는

12   산꼴 나그네의 발거름이

13   타박타박 땅을 고눈다.

14   벌거숭이 두루미 다리같이 ……….

15

16   헌 신짝이 집행이 끝에

17   목아지를 매달아 늘어지고,

18   까치가 색기의 날발을 태우려

19   푸르룩 저山에 날뿐 고요하다.

20

21   갓쓴양반 당나구타고 모른척 지나고,

22   이땅에 드물든 말탄 섬나라사람이

23   길을 물고 지남이 異常한 일이다.

24   다시 꼴작은 고요하다 나그네의마음보다.

후기   一九三六. 여름.

수록 면수 p. 65.
육필 시고의 상태 『사진판』, A34에서 B12로 이기한 직후의 상태로서 아직 자기 검열을 거치기 이전의 육필 시고이다.

01 줄다름질 줄달음질. 오기-바로잡음

02 자젓다 잦었다. 오기-바로잡음

04 골자기 골짜기. 오기-바로잡음

09 자랐다 자랐다. 오기-바로잡음

12 발거름 발걸음. 오기-바로잡음

16 집행이 지팽이. 오기-바로잡음

17 목아지 모가지. 오기-바로잡음

18 색기 새끼. 오기-바로잡음

23 물고 묻고. 오기-바로잡음

제목　谷間

01　산들이 두줄로 줄다름질 치고

02　여울이 소리처 목이 자젓다.

03　한여름의 햇님이 구름을 타고

04　이골작이를 빠르게도 건너런다.

05

06　山등아리에 송아지뿔 처럼

07　울뚝불뚝히 어린바위가 솟구,

08　얼룩소의 보드러운 털이

09　山등서리에 퍼 ― 렇게 자랏다.

10

11　三年만에 故鄕 찾어드는

12　산꼴 나그네의 발거름이

13　타박타박 땅을 고눈다.

14　벌거숭이 두루미 다리같이 ……….

15

16　헌 신짝이 집행이 끝에

17　목아지를 매달아 늘어지고,

18　까치가 색기의 날발을 태우려 날뿐,

19　꼴작은 나그내의 마음처럼 고요하다.

후기　一九三六. 여름.

수록 면수 p. 65.

육필 시고의 상태 28A-1의 상태에서 자기 검열을 거친 후의 육필 시고이다. 그러니까 『사진판』, B12의 최종 마무리 형태이다.

01 줄다름질 줄달음질. 오기-바로잡음

02 자젓다 잦었다. 오기-바로잡음

04 골작이 골짜기. 오기-바로잡음

09 자랏다 자랐다. 오기-바로잡음

12 발거름 발걸음. 오기-바로잡음

16 집행이 지팽이. 오기-바로잡음

17 목아지 모가지. 오기-바로잡음

18 색기 새끼. 오기-바로잡음

28B

제목　谷間

01   산들이 두 줄로 줄달음질치고

02   여울이 소리쳐 목이 잦았다.

03   한여름의 햇님이 구름을 타고

04   이 골짜기를 빠르게도 건너려 한다.

05

06   山등아리에 송아지뿔처럼

07   울뚝불뚝히 어린 바위가 솟고,

08   얼룩소의 보드라운 털이

09   山등서리에 퍼 ── 렇게 자랐다.

10

11   三年만에 故鄕 찾아드는

12   산골 나그네의 발걸음이

13   타박타박 땅을 고눈다.

14   벌거숭이 두루미 다리같이 ……….

15

16   헌신짝이 지팡이 끝에

17   모가지를 매달아 늘어지고,

18   까치가 새끼의 날발을 태우며 날 뿐,

19   골짝은 나그네의 마음처럼 고요하다.

후기 〈 一九三六. 여름 〉

수록 면수 pp. 174~75(28C, p. 135/28D, p. 28).

출전 자기 검열을 거친 28A-2를 원본으로 삼았다.

02 소리쳐 28A-2에는 '소리처'로 되어 있다. 육필 시고와 다름 방언 '소리처'가 지닌 어감이 무시되었다. 28C, 28D도 같다.

　　잦았다 28A-2에는 '자젓다'로 되어 있다. 육필 시고와 다름 방언 '자젓다'가 지닌 어감이 무시되었다. 28C, 28D도 같다.

04 건너려 한다 28A-2에는 '건너련다'로 되어 있다. 육필 시고와 다름 준말 '건너련다'의 어감과 다르다. 28C, 28D도 같다.

07 솟고 28A-2에는 '솟구'로 되어 있다. 육필 시고와 다름 구어체 '솟구'가 지닌 어감이 무시되었다. 28C, 28D도 같다.

08 보드라운 28A-2에는 '보드러운'으로 되어 있다. 육필 시고와 다름 방언 '보드러운'이 지닌 어감이 무시되었다. 28C, 28D도 같다.

11 찾아드는 28A-2에는 '찾어드는'으로 되어 있다. 육필 시고와 다름 방언 '찾어드는'이 지닌 어감이 무시되었다. 28C, 28D도 같다.

12 산골 28A-2에는 '산꼴'로 되어 있다. 육필 시고와 다름 방언 '산꼴'이 지닌 어감이 무시되었다. 28C, 28D도 같다.

16 헌신짝이 헌 신짝이. 띄어쓰기 오류 ※ **참고** '헌 신짝'은 2차적 의미로 사용될 때, 즉 '값어치가 없어 버려도 아깝지 아니한 것'을 비유적으로 이를 때만 붙여 쓸 수 있다. ¶헌신짝 같은 신세. / 약속을 헌신짝같이 여기다. 28C, 28D도 같다.

　　지팡이 28A-2에는 '집행이(→ 지팽이)'로 되어 있다. 육필 시고와 다름 방언 '집행이(지팽이)'가 지닌 어감이 무시되었다. 28C, 28D도 같다.

18 태우며 28A-2에는 '태우려'로 되어 있다. 육필 시고와 다름 해석상의 차이를 낳을 수 있다. 28C, 28D도 같다.

19 골짝 28A-2에는 '꼴작'으로 되어 있다. 육필 시고와 다름 방언 '꼴작'이 지닌 어감이 무시되었다. 28C, 28D도 같다.

29. 빨래

01   빨래줄에 두 다리를 드리우고

02   흰 빨래들이 귓속 이야기하는 午後.

03

04   쨍쨍한 七月 햇발은 고요히도

05   아담한 빨래에만 달린다.

　　　__1936.

출전 『사진판』. ① p. 37, A29. ② p. 63, B9. ②를 원본으로 삼았다.
장르 시.
형태 전 2연 각 2행.
어휘 연구
01 빨래줄 빨랫줄. 〔북한 → 표준〕▷『조선말대사전/2』, p. 1235.
02 힌 흰. 〔북한 → 표준〕▷『한국방언사전』, p. 1263.

29A

제목　빨래
01　빨래줄에 두다리를 드리우고
02　힌빨래들이 귓속 이약이하는 午後.
03
04　쨍쨍한 七月 햇발은 고요히도
05　아담한 빨래에만 달린다.
후기　一九三六.

수록 면수 p. 63.
02 이약이하는 이야기하는. 오기-바로잡음

29B

제목　빨래
01　빨래줄에 두 다리를 드리우고
02　흰 빨래들이 귓속이야기 하는 午後.
03
04　쨍쨍한 七月 햇발은 고요히도
05　아담한 빨래에만 달린다.
후기　〈一九三六.〉

수록 면수 p. 99(29C, p. 57/29D, p. 31).
02 흰 29A에는 '힌'으로 되어 있다. 육필 시고와 다름 방언 '힌'이 지닌 어감이 무시되었다. 29C, 29D도 같다.
　　귓속이야기 귓속 이야기. 띄어쓰기 오류
04 七月햇발은 七月 햇발은. 띄어쓰기 오류 29D도 같다.

30. 비ㅅ자루

01　요 — 리조리 베면 저고리 되고

02　이 — 렇게 베면 큰 총 되지.

03　　누나하구 나하구

04　　가위로 좋이 쏠았더니

05　　어머니가 비ㅅ자루 들고

06　　누나 하나 나 하나

07　　볼기짝을 때렸소

08　　방바닥이 어지럽다고 — .

09

10　　아니 아 — 니

11　　고놈의 비ㅅ자루가

12　　방바닥 쓸기 싫으니

13　　그래ㅅ지 그랬어

14　패ㅅ심하여 벽장 속에 감췄더니.

15　이튿날 아츰 비ㅅ자루가 없다고

16　어머니가 야단이지요.

　　＿1936.『카톨릭少年』12월호

출전 『사진판』, ① pp. 37~38, A30, ② p. 183(『카톨릭少年』, 1936년 12월호의 스크랩 사진, 스크랩 위에 윤동주의 퇴고 자국이 남아 있다). ②를 원본으로 삼되, 스크랩 위의 퇴고 자국까지 원본 내용으로 간주했다.

제작 시기 표시 ①에 1936. 9. 9.로 명기되어 있다.

장르 동시.

형태 전 2연(연별 행수: 8 - 7). 최초 2행(1연 시작 부분)과 마지막 3행(2연 종결 부분)은 정상적으로 적었으나, 안쪽 (1연의) 6행, (2연의) 4행은 키를 낮추어 적었다.

어휘 연구

04 좋이 종이. 〔북한 → 표준〕▷『한국방언사전』, pp. 662~63.

05 비ㅅ자루 '빗자루'를 '비잇자루'와 같이 긴소리 발음을 요청하는 표기인 듯함.

13 그래ㅅ지 '그랬지'를 '그래앳지'와 같이 긴소리 발음을 요청하는 표기인 듯함.

14 괘ㅅ심하여 '괘씸하여'를 '괘앳심하여'와 같이 긴소리 발음을 요청하는 표기인 듯함.

　　감찿더니 감초(았더니). → 감추(었더니). 〔옛말 → 표준〕▷『이조어사전』, p. 30, 『표준국어대사전』, p. 146.

15 아츰 아침. 〔북한 → 표준〕▷『표준국어대사전』, p. 4021.

30A

제목　童詩 비ㅅ자루
01　요 ― 리조리 베면 저고리되고
02　이 ― 렇게 베면 큰총되지.
03　　　누나하구 나하구
04　　　가위로 좋이 쏠앗더니
05　　　어머니가 비ㅅ자루들고
06　　　누나하나 나하나
07　　　볼기짝을 때렷소
08　　　방바닥이 어지럽다고 ― .
09　　　　　◇
10　　　아니 아 ― 니
11　　　고놈의 비ㅅ자루가
12　　　방바닥 쓸기 싫으니
13　　　그래ㅅ지 그랫서
14　　괘ㅅ심하여 벽장속에 감찿더니
15　　이튿날아츰 비ㅅ자루가 없다고
16　　어머니가 야단이지요.
후기　一九三六. 『카톨릭少年』 十二月号

수록 면수 p. 183.
04 쏠앗더니 쏠았더니. 오기-바로잡음

07 볼기짝을 본디 '엉덩이를'이었으나, 후에 교체된 것이다. 육필 시고의 상태

때렷소 때렸소. 오기-바로잡음

13 그랫서 그랬어. 오기-바로잡음

14 감촷더니 (감초)았(더니). 오기-바로잡음

30B

제목 빗자루

01   요오리 조리 베면 저고리 되고

02   이이렇게 베면 큰 총되지.

03   누나하고 나하고

04   가위로 종이 쏠았더니

05   어머니가 빗자루 들고

06   누나하나 나하나

07   엉덩이를 때렸소

08   방바닥이 어지럽다고 ― .

09

10   아아니 아니

11   고놈의 빗자루가

12   방바닥 쓸기 싫으니

13   그랬지 그랬어

14   괘씸하여 벽장속에 감췄드니

15   이튿날 아침 빗자루가 없다고

16   어머니가 야단이지요.

후기 〈 一九三六. 九. 九 〉

수록 면수 pp. 154~55(30C, p. 58/30D, p. 91).

출전 옮겨온 시어의 양상으로 보아 『사진판』, p. 183(『카톨릭少年』, 1936년 12월호)의 스크랩 사진을 원본으로 삼았음이 분명하다. 스크랩 위에 윤동주의 퇴고 자국이 남아 있으나 이를 반영하지 않았다.

제목 빗자루 ① 30A 제목 위에 있는 장르 명칭이 없다. ② 30A의 '비ㅅ자루'와 다르다. 원본과 다름 30C, 30D도 같다.

01 요오리 30A에는 '요 ― 리'로 되어 있다. 원본과 다름 30C, 30D도 같다.

   요오리 조리 '요오리조리'처럼 붙여 써야 한다. 띄어쓰기 오류 30C, 30D도 같다.

02 이이렇게 30A에는 '이 ― 렇게'로 되어 있다. 원본과 다름 30C, 30D도 같다.

03 (누나)하고 (나)하고 30A에는 '―하구 ―하구'처럼 구어체로 되어 있다. 원본과 다름 어감이 다르다. 30C, 30D도 같다.

04 종이 30A에는 '죵이'로 되어 있다. 원본과 다름 방언이 지닌 어감이 무시되었다. 30C, 30D도 같다.

05 빗자루 30A에는 '비ㅅ자루'로 되어 있다. 원본과 다름 어감이 다를 수 있다. 30C, 30D도 같다.

06 누나하나 나하나 누나 하나 나 하나. 띄어쓰기 오류

07 엉덩이 윤동주의 퇴고 내용 '볼기짝'을 반영하지 않았다. 30C, 30D도 같다.

10 아아니 아니 30A의 '아니 아 — 니'와 다르다. 원본과 다름 30C, 30D도 같다.

13 그랬지 30A의 '그래ㅅ지'와 다르다. 원본과 다름 어감이 다를 수 있다. 30C, 30D도 같다.

14 괘씸하여 30A의 '괘ㅅ심하여'와 다르다. 원본과 다름 어감이 다를 수 있다. 30C, 30D도 같다.

　　벽장속에 벽장 속에. 띄어쓰기 오류

　　감췄드니 30A의 '감찻더니'와 다르다. 원본과 다름 방언이 지닌 어감이 무시되었다. 30D도 같다.

15 아침 30A의 '아츰'과 다르다. 원본과 다름 방언이 지닌 어감이 무시되었다. 30C, 30D도 같다.

후기 〈一九三六. 九. 九〉『사진판』, p. 183(『카톨릭少年』, 1936년 12월호)의 스크랩을 원본으로 삼았음에도『사진판』, pp. 37~38, A30의 제작 일자를 적었다. 원본과 다름 30C, 30D도 같다.

31. 해ㅅ비

01   아씨처럼 나린다

02   보슬보슬 해ㅅ비

03   맞아 주자, 다 같이

04   옥수수대처럼 크게

05   닷 자 엿 자 자라게

06   해ㅅ님이 웃는다.

07   나보고 웃는다.

08

09   하날 다리 놓였다.

10   알롱달롱 무지개

11   노래하자, 즐겁게

12   동무들아 이리 오나.

13   다 같이 춤을 추자.

14   해ㅅ님이 웃는다.

15   즐거워 웃는다.

　　_1936. 9. 9.

출전『사진판』, p. 38, A31.

장르 동시.

형태 전 2연 각 7행. 각 연 최초 3행은 정상적으로 적었으나, 각 연 다음 4행은 키를 낮추어 적었다.

어휘 연구

01 나린다 내린다. 〔북한/옛말 → 표준〕▷『한국방언사전』, p. 1314, 『우리말큰사전』, p. 4961.

02 해ㅅ비 '여우비(볕이 나 있는 날 잠깐 오다가 그치는 비)'의 북한어. 〔북한 → 표준〕▷『표준국어대사전』, p. 6802.

04 옥수수대 옥수숫대. 〔북한 → 표준〕 **참고**『조선말대사전/1』, p. 1840.

06 해ㅅ님 '해님'을 '해앳님'과 같이 긴소리 발음을 요청하는 표기인 듯함.

09 하날 하늘. 〔북한/옛말 → 표준〕▷『우리말큰사전』, p. 5395, 『한국방언사전』, p. 46.

12 오나 오너라. 〔북한 → 표준〕▷『표준국어대사전』, p. 1045.

31A

제목	해ㅅ비
01	앗씨처럼 나린다
02	보슬보슬 해ㅅ비
03	맞아 주자, 다가치
04	옥수수대 처럼 크게
05	닷자엿자 자라게
06	해ㅅ님이 웃는다.
07	나보고 웃는다.
08	
09	하날다리 놓엿다.
10	알롱달롱 무지개
11	노래 하자, 즙겁게
12	동모들아 이리 오나.
13	다같이 춤을추자.
14	해ㅅ님이 웃는다.
15	즐거워 웃는다.
후기	一九三六. 九. 九.

수록 면수 p. 38.

01 앗씨 아씨. 오기-바로잡음

03 다가치 다 같이. 오기-바로잡음

09 놓엿다 놓였다. 오기-바로잡음

11 즙겁게 즐겁게. 오기-바로잡음

12 동모 동무. 오기-바로잡음

31B

제목	햇비
01	아씨처럼 나린다
02	보슬보슬 해ㅅ비
03	맞아주자 다같이
04	옥수숫대처럼 크게
05	닷자엿자 자라게
06	햇님이 웃는다.
07	나보고 웃는다.
08	
09	하늘다리 놓였다.
10	알롱알롱 무지개
11	노래하자 즐겁게
12	동무들아 이리 오나.
13	다같이 춤을추자.
14	햇님이 웃는다.
15	즐거워 웃는다.
후기	〈一九三六. 九. 九〉

수록 면수 pp. 152~53(31C, p. 59/31D, p. 92).

제목 햇비 31A의 '해ㅅ비'와 다르다. 육필 시고와 다름 어감이 다를 수 있다. 31C, 31D도 같다.

03 맞아주자 31A에는 '맞아 주자'로 되어 있다. 육필 시고와 다름 띄어쓰기 오류 31D도 같다.

  다같이 다 같이. 띄어쓰기 오류 31D도 같다.

04 옥수숫대 31A의 '옥수수대'와 다르다. 육필 시고와 다름 방언이 지닌 어감이 무시되었다. 31C, 31D도 같다.

05 닷자엿자 닷 자 엿 자. 띄어쓰기 오류 31D도 같다.

09 하늘 31A의 '하날'과 다르다. 육필 시고와 다름 방언이 지닌 어감이 무시되었다. 31C, 31D도 같다.

  하늘다리 하늘 다리. 띄어쓰기 오류 31D도 같다.

10 알롱알롱 31A에는 '알롱달롱'으로 되어 있다. 육필 시고와 다름 어감이 다르다. 31C, 31D도 같다.

11 노래하자 즐겁게 31A에는 '노래하자' 다음에 쉼표가 있다. 육필 시고와 다름 31C, 31D도 같다.

13 춤을추자 춤을 추자. 띄어쓰기 오류

32. 비행기

01   머리에 푸로페라가,

02   연자간 풍채보다

03   더 ─ 빨리 돈다.

04

05   따에서 오를 때보다

06   하늘에 높이 떠서는

07   빠르지 못하다

08   숨결이 찬 모양이야.

09

10   비행기는 ──

11   새처럼 나래를

12   펄럭거리지 못한다

13   그리고 늘 ──

14   소리를 지른다.

15   숨이 찬가 봐.

_1936. 10. 초.

출전 『사진판』, p. 39, A32.

장르 동시.

형태 전 3연(연별 행수: 3 - 4 - 6).

어휘 연구

01 푸로페라 프로펠러propeller. 오기-바로잡음 ※ 제작 당시의 현장성을 위해 그대로 살려둠.

02 풍채 풍구. 〔북한 → 표준〕▷『국어대사전』(이희승, 1982), p. 4032.

05 따 땅. 〔북한/옛말 → 표준〕▷『한국방언사전』, p. 80, 『우리말큰사전』, p. 5222.

11 나래 날개. 〔북한/옛말 → 표준〕▷『표준국어대사전』, p. 1053, 『우리말큰사전』, p. 4961.

32A

제목　童詩 비행긔

01　머리에 푸로페라가,

02　연자깐 풍채보다 / (註) 연자간 = 石磨깐

03　더 ― 빨리돈다.

04　　　　×

05　따에서 오를때보다

06　하늘에 높히떠서는

07　빠르지 몯하다

08　숨결이 찬모양이야.

09　　　　×

10　비행긔는 ――

11　새처럼 나래를

12　펄럭거리지 몯한다

13　그리고 늘 ――

14　소리를 지른다.

15　숨이찬가바.

후기　一九三六. 十月 初.

수록 면수 p. 39.

제목 비행긔 비행기. 오기-바로잡음

01 푸로페라 프로펠러propeller. 오기-바로잡음

02 연자깐 연자간研子間. 오기-바로잡음

　참고 〔**(註)의**〕 **石磨** '맷돌'의 한자어.

06 높히 높이. 오기-바로잡음

07 몯하다 못하다. 오기-바로잡음

15 바 봐. 오기-바로잡음

제목 비행기

01 머리에 푸로페라가,

02 연잣간 풍체보다

03 더 — 빨리 돈다.

04

05 따에서 오를 때보다

06 하늘에 높이 떠서는

07 빠르지 못하다

08 숨결이 찬 모양이야.

09

10 비행기는 ——

11 새처럼 나래를

12 펄럭거리지 못한다

13 그리고 늘 ——

14 소리를 지른다.

15 숨이 찬가봐.

후기 〈一九三六. 一〇. 初.〉

수록 면수 pp. 190~91(32C, p. 139/32D, p. 93).

02 연잣간 연자간研子間. 오기-바로잡음 ※ 한자어 사이에는 사이시옷을 쓰지 않는다. 32C, 32D도 같다.

02 풍체 32A에는 '풍채'로 되어 있다. 육필 시고와 다름 32C, 32D도 같다.

33. 가을밤

01   궂은비 나리는 가을밤

02   벌거숭이 그대로

03   잠자리에서 뛰쳐나와

04   마루에 쭈그리고 서서

05   아이ㄴ양 하고

06   솨 ─ 오줌을 쏘오.

   _1936. 10. 23.

출전『사진판』, ① p. 42, A35, ② p. 64, B11. ②를 원본으로 삼았다.

장르 시.

형태 전 1연 6행.

어휘 연구

01 나리는 내리는. 〔북한/옛말 → 표준〕▷『한국방언사전』, p. 1314, 『우리말큰사전』, p. 4961.

05 아이ㄴ양 '아이인양'과 같이 긴소리 발음을 요청한 표현인 듯함.

06 오좀 오줌. 〔북한/옛말 → 표준〕▷『표준국어대사전』, p. 4492, 『우리말큰사전』, p. 5281.
　　쏘오 싸오, 누오. 〔북한 → 표준〕▷『표준국어대사전』, p. 3937.

33A

제목　가을밤
01　　구즌비 나리는 가을밤
02　　벌거숭이 그대로
03　　잠자리에서 뙇여나와
04　　마루에 쭈구리고 서서
05　　아이ㄴ양 하고
06　　솨 ― 오좀을 쏘오.
후기　一九三六. 一〇. 二三.

수록 면수 p. 64.

제목 가을밤 육필 시고의 상태 제목이 〈 '雜筆'(A35) → '아이ㄴ양'(A35·B11) → '가을밤'(B11)〉과 같이 두 번 바뀌었다. **참고** 잉크로 그은 수직선으로, B11의 제목 '아이ㄴ양'이 삭제되었다. 그 대신 부제였던 '가을밤' 우측에 강조선이 그어져 있는 것으로 보아 이것을 새 제목으로 삼았다는 것을 알 수 있다.

01 구즌비 궂은비. 오기-바로잡음
03 뙇여나와 뛰쳐나와. 오기-바로잡음
04 쭈구리고 쭈그리고. 오기-바로잡음

33B

제목　가을밤
01　　궂은비 나리는 가을밤
02　　벌거숭이 그대로
03　　잠자리에서 뛰쳐나와
04　　마루에 쭈구리고 서서
05　　아인양 하고

06   솨 — 오줌을 쏘오.
후기 〈一九三六. 一 0. 二三〉

수록 면수 p. 189(33D, p. 95).
04 쭈구리고 '쭈그리고'의 오기가 아니라 방언으로 본 것이다. ※ 33D에서는 '쭈그리고'로 바로잡았다.
05 아인양 33A에는 '아이ㄴ양'으로 되어 있다. 육필 시고와 다름 33D도 같다.

34. 굴뚝

01   산골짜기 오막살이 낮은 굴뚝엔

02   몽긔몽긔 웨인 내굴 대낮에 솟나.

03

04   감자를 굽는 게지, 총각 애들이

05   깜박깜박 검은 눈이 모여 앉어서,

06   입술이 커멓게 숯을 바르고,

07   넷 이야기 한 커리에 감자 하나식.

08

09   산골짜기 오막살이 낮은 굴뚝엔

10   살낭살낭 솟아나네 감자 굽는 내.

후기 _1936. 가을.

출전『사진판』, p. 42, A36.

장르 동시.

형태 전 3연(연별 행수: 2 − 4 − 2), 3음보율(7·5조)이 정연하게 지켜지고 있다.

어휘 연구

02 몽긔몽긔 '연기나 구름 따위가 작게 둥근 모양을 이루면서 잇따라 나오는 모양'을 뜻하는 북한 방언. ▷『표준국어대사전』, p. 2211. **참고** 몽개몽개. ¶구름이 몽개몽개 피어난다. → '뭉게뭉게'의 작은말.

   웨인 '웬'의 긴소리 표기.

   내굴 내. 〔북한 → 표준〕▷『한국방언사전』, pp. 243~44.

05 앉어서 앉아서. 〔북한 → 표준〕

06 커멓게 참고『한국방언사전』, p. 1158. '커멓다'는 북한 방언에서 '꺼멓다'의 큰말인 듯.

   숯 숯. 〔북한 → 표준〕▷『한국방언사전』, pp. 641~42.

07 녯 옛. 〔북한 → 표준〕▷『표준국어대사전』, p. 1200.

   커리 켤레. 〔북한 → 표준〕▷『표준국어대사전』, p. 6246.

   식 씩. 〔옛말 → 표준〕▷『표준국어대사전』, p. 3807.

34A

제목 童詩 굴뚝

01	산골작이 오막사리 나즌굴뚝엔
02	몽긔몽긔 웨인내굴 대낮에솟나.
03	×
04	감자를 굽는게지, 총각애들이
05	깜박깜박 검은눈이 몽여앉어서,
06	입술이 커머케 숯을바르고,
07	녯 이야기 한커리에 감자하나식.
08	×
09	산골작이 오막사리 나즌굴뚝엔
10	살낭살낭 솟아나네 감자굽는내.

후기 一九三六. 가을.

수록 면수 p. 42.

01 산골작이 산골짜기. 오기-바로잡음 **참고** 이 작품의 앞뒤에 있는『사진판』, A34「닭 1」이나 A37「무얼먹구사나」에는 모두 '산꼴' '곬작' 등의 어형이 나온다. 이런 서지적 증거를 바탕으로 '산골작이'를 오기로 보았다.

   오막사리 오막살이. 오기-바로잡음

   나즌 낮은. 오기-바로잡음

05 몽여 모여. 오기-바로잡음

06 커머케 커멓게. 오기-바로잡음

34B

제목 굴뚝
01   산골작이 오막살이 낮은 굴뚝엔
02   몽기몽기 웨인연기 대낮에 솟나,
03
04   감자를 굽는게지 총각애들이
05   깜박깜박 검은눈이 모여 앉아서,
06   입술이 꺼멓게 숯을 바르고,
07   옛이야기 한커리에 감자 하나씩.
08
09   산골작이 오막살이 낮은 굴뚝엔
10   살랑살랑 솟아나네 감자 굽는내.
후기 〈一九三六. 가을〉

수록 면수 p. 151(34C, p. 60/34D, p. 96).
제목 굴뚝 34A에 제목 위에 있는 '童詩'라는 장르 명칭이 생략되었다. 육필 시고와 다름 34C, 34D
도 같다.
01 산골작이 산골짜기. 오기-바로잡음 34D도 같다. **참고** '산골작이'는 '산골짜기'로 바로잡지 않은 반
면, 원전의 '오막사리'는 '오막살이'로 바로잡아 일관성을 잃고 있다.
02 몽기몽기 34A에는 '몽긔몽긔'로 되어 있다. 육필 시고와 다름 어감이 다소 다르다. '몽긔몽긔'는
'몽개몽개'와 어감이 통할 수 있는 여지가 있는 반면, '몽기몽기'는 어감이 이질적이다. 34C, 34D도
같다.
　　연기 34A에는 '내굴'로 되어 있다. 육필 시고와 다름 방언이 지닌 어감이 무시되었다. 34C, 34D
도 같다.
　　웨인연기 웨인 연기. 띄어쓰기 오류 34D도 같다. **참고** '대낮에 솟나'는 띄어쓴 반면, '웨인연기'는
띄어쓰지 않아, 띄어쓰기에 일관성을 잃고 있다.
06 꺼멓게 34A에는 '커머케'로 되어 있다. 육필 시고와 다름 방언이 지닌 어감과 차이가 난다. 34C,
34D도 같다.
　　숯을 34A에는 '숱을'로 되어 있다. 육필 시고와 다름 방언이 지닌 어감이 무시되었다. 34C, 34D
도 같다.
07 옛 34A에는 '넷'으로 되어 있다. 육필 시고와 다름 방언이 지닌 어감이 무시되었다. 34C, 34D도
같다.
　　(하나)씩 34A에는 '一식'으로 되어 있다. 육필 시고와 다름 방언이 지닌 어감이 무시되었다.
34C, 34D도 같다.
10 살랑살랑 34A에는 '살낭살낭'으로 되어 있다. 육필 시고와 다름 어감의 차이가 있다. 34C, 34D도
같다.

35. 무얼 먹구 사나

발표 __『카톨릭少年』(1937. 3월호)

출전 『사진판』, ① p. 42, A37(전 3연 각 2행의 형식으로 되어 있다), ② p. 183(『카톨릭少年』, 1937. 3월호의 스크랩 사진. 단연 6행의 형식으로 되어 있으며, 필명으로 '尹童柱'를 사용했다). ②를 원본으로 삼았다.

제작 시기 표시 ①에는 1936. 10.로 명기되어 있다.

장르 동시.

형태 전 1연 6행.

어휘 연구

01 바다ㅅ가 '바닷가'의 긴소리 발음을 요청한 표현인 듯하다.

02 잡어먹구 잡아먹고. 〔옛말/구어 → 표준〕▷『우리말큰사전』, p. 4880.

　　살구 살고. 〔옛말/구어 → 표준〕▷『우리말큰사전』, p. 4880.

03 산꼴 산골. 〔북한 → 표준〕▷『한국방언사전』, pp. 105~06.

35A

제목　동요 / 무얼 먹구 사나

01　　바다ㅅ가 사람

02　　물고기 잡어먹구살구

03　　산꼴엣 사람

04　　감자구어 먹구살구

05　　별나라 사람

06　　무얼먹구 사나.

후기　一九三七. 카少年 三月号

수록 면수 p. 183.

04 구어 구워. 오기-바로잡음

35B

제목　무얼 먹구 사나

01　　바닷가 사람

02　　물고기 잡아 먹고 살고

03

04　　산골엣 사람

05　　감자 구어 먹고 살고

06

07　　별나라 사람

08　　무얼 먹고 사나.

후기　〈一九三六. 一0.〉

수록 면수 p. 150(35C, p. 61/35D, p. 94).

참고 1 04행의 '산골엣'에 쓰인 사이시옷으로 보아, 『사진판』, p. 183(『카톨릭少年』, 1937. 3월호)의 스크랩을 원본으로 삼은 듯하다. **참고 2** 만약 1이라면 원본 제목 위의 '동요'라는 장르 명칭이 생략된 것이다. 또한 3연의 배치는 단연으로 된 원본과 다르다. 원본과 다름

02 잡아 원본과 다름 원본의 '잡어'와 어감이 다르다. 35C, 35D도 같다.

　먹고 살고 원본과 다름 원본에는 '먹구살구'처럼 구어체(옛말체)가 사용되었다. 따라서 원본과 어감이 다르다고 할 수 있다. 35C, 35D도 같다.

04 산골 원본과 다름 원본에 사용된 방언 '산꼴'과 어감이 다르다. 35C, 35D도 같다.

05 구어 '구어'를 방언으로 본 듯하다. 35D도 같다.

후기 〈一九三六. 一0.〉 『사진판』, p. 183의 스크랩을 원본으로 삼은 것이라면 이는 원본과 다른 것이다. 35C, 35D도 같다.

36. 봄 1

01   우리 애기는

02   아래 발추에서 코올코올,

03

04   고양이는

05   가마목에서 가릉가릉

06

07   애기 바람이

08   나무가지에 소올소올

09

10   아저씨 햇님이

11   하늘 한가운데서 째앵째앵.

         __1936. 10.

출전『사진판』, p. 43, A38.
참고 동시인 이 작품의 원제는 '봄'이지만, 이 책에서는 뒤에 나오는 같은 제목의 일반 시「봄」과 구분하기 위해 '봄 1'을 제목으로 삼았다.

장르 동시.

형태 전 4연 각 2행.

어휘 연구

02 발추 발치. 〔북한 → 표준〕

05 가마목 부뚜막. 〔북한 → 표준〕▷『표준국어대사전』, p. 32. **참고** ① 가마솥이 걸려 있는 부뚜막이나 그 둘레. ¶ 그가 부엌문 안에 들어서자 김이 뽀얗게 서린 가마목에 앉아서 그릇에 음식을 담고 있던 누이가 기다렸던 듯 말을 건넸다.(415 문학창작단,『백두산 기슭』) ② 부엌과 구들 사이를 터놓은 집에서 가마가 걸려 있는 아랫목. ¶ 가마목에 누운 로친은 인차 코를 골았으나 그는 잠이 오지 않았다.

08 나무가지 나뭇가지. 〔북한 → 표준〕▷『조선말대사전』, p. 540.

36A

제목 봄

01   우리애기는

02   아래발추 에서 코올코올,

03

04   고양이는

05   가마목에서 가릉가릉

06

07   애기바람이

08   나무가지에 소올소올

09

10   아저씨 햇님이

11   하늘한가운데서 째앵째앵

후기 一九三六 十月

수록 면수 p. 43.

05 육필 시고의 상태 '가마목' 위에 연필로 사선을 그어 삭제 지시를 하고, 그 좌측에 '부뜨막'이라고 써놓았다. 그러나 북한 방언인 '가마목'을 '부뜨막'으로 수정한 필체는 고 정병욱 교수의 필체임이 분명해 보인다.(이 책 뒤의 제2편 '3.『사진판』의 퇴고 흔적' 부분 참조).

36B

제목 봄

01   우리 애기는

02   아래발치에서 코올코올,

03

04   고양이는

05   부뜨막에서 가릉가릉,

06

07   애기 바람이

08   나무가지에서 소올소올,

09

10   아저씨 햇님이

11   하늘한가운데서 째앵째앵.

후기   一九三六 十月

수록 면수 pp. 148~49(36C, p. 62/36D, p. 97).
02 아래발치에서 ① '발추'가 지닌 어감이 무시되었다. 36C, 36D도 같다. ② 아래 발치에서. 띄어쓰기 오류 36D도 같다.
05 부뜨막에서 연필 퇴고 내용을 수용한 것이다. 36C, 36D도 같다. ※ **참고** 설사 그렇더라도 '부뚜막'으로 바로잡아야 한다.
08 나무가지에서 ① 36A에는 '나무가지에'로 되어 있다. 육필 시고와 다름 36C, 36D도 같다. 36D도 같다.
11 하늘한가운데서 하늘 한가운데서. 띄어쓰기 오류 36D도 같다.

37. 개 1

출전 『사진판』, p. 44, A40.

제작 시기 추정 1936. 12월경.

참고 동시 소품인 이 작품의 원제는 '개'이지만, 뒤에 나오는 같은 제목의 다른 작품과 구별하기 위해 '개 1'을 제목으로 삼았다.

장르 동시.

형태 전 1연 4행.

어휘 연구

01 우 위. 〔북한/옛말 → 표준〕▷『표준국어대사전』, p. 4632, 『우리말큰사전』, p. 5290.

37A

제목 개

01　　눈 우에서

02　　개가

03　　꽃을 그리며

04　　뛰오.

수록 면수 p. 44.

육필 시고의 상태 전후 수록된 시고詩稿들의 정황으로 보아 1936년 12월경 탈고된 작품으로 보인다.

37B

제목 개

01　　눈 위에서

02　　개가

03　　꽃을 그리며

04　　뛰오.

수록 면수 p. 187(37C, p. 141/37D, p. 105).

01 위 우. 육필 시고와 다름 어감의 차이가 있다. 37C, 37D도 같다.

38. 편지

01   누나!

02   이 겨울에도

03   눈이 가득히 왔습니다.

04

05   흰 봉투에

06   눈을 한 줌 옇고

07   글씨도 쓰지 말고

08   우표도 붙이지 말고

09   말쑥하게 그대로

10   편지를 부칠가요

11

12   누나 가신 나라엔

13   눈이 아니 온다기에.

출전『사진판』, p. 44, A41.

제작 시기 추정 1936년 12월경.

장르 동시.

형태 전 3연(연별 행수: 3 - 6 - 2).

어휘 연구

02 겨을 겨울. 〔북한/옛말 → 표준〕▷『한국방언사전』, p. 130, 『우리말큰사전』, p. 4859.

05 힌 흰. 〔북한 → 표준〕▷『한국방언사전』, p. 1263.

06 옇고 넣고. 〔북한 → 표준〕▷『표준국어대사전』, p. 4431.

10 부칠가요 부칠까요. 〔옛말 → 표준〕▷『우리말큰사전』, p. 5030.

38A

제목　편지

01　누나!

02　이겨을에도

03　눈이 가득이 왔슴니다.

04　　　× ×

05　힌봉투에

06　눈을 한줌옇고

07　글씨도 쓰지말고

08　우표도 부치지말고

09　말숙하게 그대로

10　편지를 부칠가요

11　　　× ×

12　누나가신 나라엔

13　눈이 아니온다기에.

수록 면수 p. 44.

육필 시고의 상태 전후 수록된 시고들의 정황으로 보아 1936년 12월경 탈고된 작품으로 보인다.

03 가득이 가득히. 오기-바로잡음

　　왔슴니다 왔습니다. 오기-바로잡음

08 부치지 붙이지. 오기-바로잡음

09 말숙하게 말쑥하게. 오기-바로잡음

38B

제목　편지

01　누나!

02   이 겨울에도

03   눈이 가득히 왔읍니다.

04

05   흰 봉투에

06   눈을 한줌 넣고

07   글씨도 쓰지 말고

08   우표도 붙이지 말고

09   말숙하게 그대로

10   편지를 부칠가요?

11

12   누나 가신 나라엔

13   눈이 아니 온다기에.

후기 〈一九三六년 十二월로 추정〉

수록 면수 pp. 146~47(38C, p. 64/38D, p. 108).

02 겨울 38A에는 '겨을'로 되어 있다. 육필 시고와 다름 방언이 지닌 어감이 무시되었다. 38C, 38D도 같다.

03 왔읍니다 왔습니다. 현행 맞춤법에 따라 '—습니다'로 바로잡아야 한다. 38D도 같다.

05 흰 38A에는 '힌'으로 되어 있다. 육필 시고와 다름 방언이 지닌 어감이 무시되었다. 38C, 38D도 같다.

06 한줌 한 줌. 띄어쓰기 오류 38C, 38D도 같다.

　　넣고 38A에는 '옇고'로 되어 있다. 육필 시고와 다름 방언이 지닌 어감이 무시되었다. 38C, 38D도 같다.

09 말숙하게 오기가 아니라 방언으로 인정했다. 38D도 같다.

39. 버선본

01   어머니!

02   누나 쓰다 버린 습자지는

03   두어 뒤서 멀 합니까?

04

05   그런 줄 몰랐더니

06   습자지에다 내 보선 놓고

07   가위로 오려

08   버선본 만드는걸.

09

10   어머니!

11   내가 쓰다 버린 몽당연필은

12   두어 뒤서 멀 합니까

13

14   그런 줄 몰랐더니

15   천 우에다 버선본 놓고

16   침 발러 점을 찍곤

17   내 보선 만드는걸.

　　　_1936. 12월 초.

출전 『사진판』, p. 45, A42.

장르 동시.

형태 전 4연(연별 행수: 3 - 4 - 3 - 4).

어휘 연구

03 멀 '무엇을'의 준말. 〔북한 → 표준〕▷『조선말대사전/1』, p. 1090.

06 보선 버선. 〔북한/옛말 → 표준〕▷『표준국어대사전』, p. 2733.

15 우 위. 〔북한/옛말 → 표준〕▷『표준국어대사전』, p. 4632.

16 발려 발라. 〔북한 → 표준〕

39A

제목 버선본

01　어머니!

02　누나 쓰다버린 습자지는

03　두어둬서 멀합니까?

04

05　그런줄 몰랐더니

06　습자지에다 내 보선 놓고

07　가위로 오려

08　버선본 만드는걸.

09　　　× ×

10　어머니!

11　내가 쓰다버린 몽당연필은

12　두어둬서 멀합니까

13

14　그런줄 몰랐더니

15　천우에다 버선본놓고

16　침발려 점을찍곤

17　내보선 만드는걸.

후기　一九三六. 十二月 初

수록 면수 p. 45.

제목 버선본 육필 시고의 상태 당초 '보선본'이었던 것을 '버선본'으로 고쳤다.

03 두어둬서 멀합니까? 육필 시고의 상태 연필로 '두었다간 뭣에 쓰나요'로 수정되었다. 그러나 이 수정의 주체는 고 정병욱 교수임이 분명하다. 따라서 원본으로 간주하지 않았다(이 책 뒤의 제2편 '3.『사진판』의 퇴고 흔적' 부분 참조).

05 몰랏더니 몰랐더니. 오기-바로잡음

12 두어둬서 멀합니까 육필 시고의 상태 03행과 같다.

16 발려 발러. 오기-바로잡음

제목 버선본
01   어머니!
02   누나 쓰다버린 습자지는
03   두었다간 뭣에 쓰나요?
04
05   그런줄 몰랐드니
06   습자지에다 내버선 놓고
07   가위로 오려
08   버선본 만드는걸.
09
10   어머니!
11   내가 쓰다버린 몽당연필은
12   두었다간 뭣에 쓰나요?
13
14   그런줄 몰랐드니
15   천우에다 버선본 놓고
16   침발려 점을 찍곤
17   내버선 만드는걸.
후기 〈一九三六. 一二.〉

수록 면수 pp. 144~45(39C, p. 65/39D, p. 98).
02 쓰다버린 쓰다 버린. 띄어쓰기 오류 39D도 같다.
03 두었다간 뭣에 쓰나요? 육필 시고의 상태 고 정병욱 교수의 연필 수정 결과를 원본으로 수용한 것이다. 원본과 다름 39C, 39D도 같다.
05 그런줄 그런 줄. 띄어쓰기 오류 39D도 같다.
    몰랐드니 39A에는 '―더―'로 되어 있다. 육필 시고와 다름 39D도 같다.
06 내버선 ①내 버선. 띄어쓰기 오류 39D도 같다. ②39A에는 '(내)보선'으로 되어 있다. 육필 시고와 다름
11 쓰다버린 02행과 같다.
12 두었다간 뭣에 쓰나요? ① 03행과 같다. 원본과 다름 ② 원본에 없는 물음표가 붙었다. 원본과 다름 39C, 39D도 같다.
14 그런줄 몰랐드니 05행과 같다.
15 천우에다 천 우에다. 띄어쓰기 오류 39D도 같다.
16 침발려 ① 침 발려. 띄어쓰기 오류 ② '발려'를 방언으로 인정하여 수용했다. 39D도 같다.
17 내버선 ① 내 버선. 띄어쓰기 오류 ② 39A에는 '보선'으로 되어 있다. 육필 시고와 다름 39C, 39D도 같다.
후기 〈一九三六. 一二.〉 39A에는 '十二月 初'로 되어 있다. 육필 시고와 다름 39D도 같다.

40. 니불

01 지난밤에

02 눈이 소 — 복이 왔네

03 지붕이랑

04 길이랑 밭이랑

05 치워한다고

06 덮어 주는 니불인가 봐

07

08 그러기에

09 치운 겨을에만 나리지

  _1936. 12.

출전『사진판』, pp. 45~46, A43.

참고 육필 시고에는 제목 '니불'이 연필로 '눈'으로 수정되었으나, ① 곧이어 '눈'이라는 같은 제목
의 텍스트가 또 나타난다는 점(이러한 예는『사진판』어느 곳에도 없다), ② 이 연필 글씨의 필체가
고 정병욱 교수의 필체에 가깝다는 점 등을 감안할 때, 이 연필 퇴고는 윤동주의 것이 아님이 분명
하다. 따라서 이 책에서는 원제목 '니불'을 그대로 제목으로 삼았다.

장르 동시.

형태 전 2연(연별 행수: 6 - 2).

어휘 연구

03 집웅 지붕. 〔옛말 → 표준〕▷『이조어사전』, p. 688.

05 치워 추위. 〔북한/옛말 → 표준〕▷『표준국어대사전』, p. 6217.

06 니불 이불. 〔북한/옛말 → 표준〕▷『표준국어대사전』, p. 1324.

09 겨을 겨울. 〔북한/옛말 → 표준〕▷『한국방언사전』, p. 130,『우리말큰사전』, p. 4859.

    나리지 내리지. 〔북한/옛말 → 표준〕▷『한국방언사전』, p. 1314,『우리말큰사전』, p. 4961.

40A

제목 니불

01   지난밤에

02   눈이 소 — 복이왓네

03   집웅이랑

04   길이랑 밭이랑

05   치워한다고

06   덮어주는 니불인가바

07

08   그러기에

09   치운겨을에만 나리지

후기   一九三六 十二月.

수록 면수 pp. 45~46.

제목 니불 육필 시고의 상태 연필로 '눈'으로 수정되었으나, 이는 고 정병욱 교수의 필체인 듯 보인
다. 또한 곧이어 '눈'이라는 같은 제목의 텍스트가 또 기록되어 있는 점도 이 연필 수정이 윤동주의
것이 아니리라는 방증이 된다. 따라서 '니불(→ 이불)'을 원전의 제목으로 선택했다.

02 왓네 왔네.   오기-바로잡음

06 바 봐.   오기-바로잡음

제목 눈
01   지난밤에
02   눈이 소오복이 왔네
03
04   지붕이랑
05   길이랑 밭이랑
06   추워 한다고
07   덮어주는 이불인가봐
08
09   그러기에
10   추운 겨울에만 나리지
후기   一九三六 十二月.

수록 면수 p. 142(40D, p. 100).
제목 눈 육필 시고의 상태 원래 제목은 '니불'이었으나 이를 연필로 삭제하고 '눈'으로 바꾸었다. 그런데 이는 고 정병욱 교수의 필체인 듯 보인다. 또한 곧이어 '눈'이라는 같은 제목의 텍스트가 또 기록되어 있는 점도 이 연필 수정이 윤동주의 것이 아니리라는 또 다른 방증이다. 원본과 다름
02 소오복이 40A에는 '소 ― 복이'로 되어 있다. 육필 시고와 다름 40D→ 소오복히 육필 시고와 다름
03 행을 비웠으나 이는 원본과 일치하지 않는 것이다. 원본과 다름 40D도 같다.
05 추워 40A에는 '치워'로 되어 있다. 육필 시고와 다름 방언이 지닌 어감이 무시되었다. 40D도 같다.
06 덮어주는 덮어 주는. 띄어쓰기 오류 40D도 같다.
　이불 40A에는 '니불'로 되어 있다. 육필 시고와 다름 40D도 같다.
　이불인가봐 이불인가 봐. 띄어쓰기 오류 40D도 같다.
09 추운 40A에는 '치운'으로 되어 있다. 육필 시고와 다름 방언이 지닌 어감이 무시되었다. 40D도 같다.
　겨울 40A에는 '겨을'로 되어 있다. 육필 시고와 다름 방언이 지닌 어감이 무시되었다. 40D도 같다.

41. 사과

01   붉은 사과 한 개를
02   아버지 어머니
03   누나, 나, 넷이서
04   껍질채로 송치까지
05   다 — 노나 먹었소.

출전『사진판』, p. 46, A44.

추정 제작 시기 1936. 12월경.

장르 동시.

형태 전 1연 5행.

어휘 연구

04 채 째. 〔북한 → 표준〕▷『표준국어대사전』, p. 5968.

　　송치 속. 〔북한 → 표준〕참고『표준국어대사전』, p. 3600.

41A

제목　사과

01　붉은사과 한개를

02　아버지 어머니

03　누나, 나, 넷이서

04　껍질채로 송치까지

05　다 — 논아먹엇소.

수록 면수 p. 46.

05 논아 노나.　오기-바로잡음

　　먹엇소 먹었소.　오기-바로잡음

41B

제목　사과

01　붉은 사과 한 개를

02　아버지, 어머니,

03　누나, 나, 넷이서

04　껍질채로 송치까지

05　다아 나눠 먹었소.

　　　〈一九三六년으로 추정〉

수록 면수 p. 193(41D, p. 106).

05 다아 41A에는 '다 —'로 되어 있다. 육필 시고와 다름 41D도 같다.

　　나눠 41A에는 '논아'로 되어 있다. 육필 시고와 다름 어감이 다르다. 41D도 같다.

42. 눈

01   눈이

02   샛하얗게 와서,

03   눈이

04   새물새물하오.

출전『사진판』, p. 46, A45.
추정 제작 시기 1936. 12월경.
장르 동시.
형태 전 1연 4행.
어휘 연구
02 **샛하얗게** 새하얗게. 〔북한 → 표준〕▷『조선말대사전/1』, p. 1959.
04 **새물새물** 참고 ① 입술을 약간 샐그러뜨리며 소리 없이 자꾸 웃는 모양. ¶ 할아버지께서 선물을 받고 어린아이처럼 새물새물 좋아하신다. ② 한데 어울리지 아니하고 자꾸 능청스럽게 구는 모양.

42A

제목 눈
01   눈이
02   샛하야케 와서,
03   눈이
04   새물새물 하오.

수록 면수 p. 46.
02 샛하야케 샛하얗게. 오기-바로잡음

42B

01   눈이
02   샛하얗게 와서,
03   눈이
04   새물새물하오.

수록 면수 p. 194(42C, p. 66/42D, p. 99).
02 (42C)새하얗게 42A의 '샛하야케'와 다르다. 육필 시고와 다름
04 (42D)새물새물 하오 새물새물하오. 띄어쓰기 오류

43. 닭 2

01 ── 닭은 나래가 커두

02　　웨, 날잖나요

03 ── 아마 두엄 파기에

04　　홀, 잊었나 봐.

출전 『사진판』, p. 46, A46.

참고 동시인 이 작품의 제목은 '닭'이나 같은 제목의 다른 작품과 구분하기 위해 '닭 2'를 제목으로 삼았다.

추정 제작 시기 1936. 12월경.

장르 동시.

형태 전 1연 4행.

어휘 연구

01 나래 날개. 〔북한/옛말 → 표준〕▷『표준국어대사전』, p. 1053, 『우리말큰사전』, p. 4961.

  커두 커도. 〔구어/옛말 → 표준〕▷『표준국어대사전』, p. 1680.

02 웨 왜. 〔북한 → 표준〕▷『조선말대사전』, p. 1824, p. 1827.

04 홀 갑자기, 문득. 〔북한 → 표준〕▷『표준국어대사전』, p. 6952.

43A

제목 닭

01 　── 닭은 나래가커두

02 　　　웨, 날잖나요

03 　── 아마 두엄파기에

04 　　　홀, 잊엇나봐.

수록 면수 p. 46.

04 잊엇나 잊었나. 오기-바로잡음

43B

제목 닭

01 　── 닭은 나래가 커도

02 　　　왜, 날잖나요

03 　── 아마 두엄 파기에

04 　　　홀, 잊었나봐.

수록 면수 p. 195(43D, p. 107).

01 커도 43A에는 '커두'로 되어 있다. 육필 시고와 다름 구어체 어감과 다르다. 43D도 같다.

02 왜 43A에는 '웨'로 되어 있다. 육필 시고와 다름 방언이 지닌 어감이 무시되었다. 43D도 같다.

  (43D)날잖나요 43A와 다르다. 육필 시고와 다름 정서법에도 어긋난다.

04 잊었나봐 잊었나 봐. 띄어쓰기 오류

44. 겨을

01   처마 밑에

02   시래기 다람이

03   바삭바삭

04   춥소.

05

06   길바닥에

07   말똥 동그램이

08   달랑 달랑

09   어오.

___1936. 겨울.

출전 『사진판』, ① p. 47, A48, ② p. 66, B13. ②를 원본으로 삼았다.

장르 동시.

형태 전 2연 각 4행.

어휘 연구

제목 겨을 겨울. 〔북한/옛말 → 표준〕▷『한국방언사전』, p. 130, 『우리말큰사전』, p. 4859.

02 다람이 두름. 〔북한/옛말 → 표준〕 북한 방언 '다람다람'의 '다람'에서 파생된 명사인 듯함. 참고 '다람다람' → 〈북한 방언〉 물방울 따위의 자그마한 물건들이 잇따라 매달려 있는 모양. ¶ 빨래줄에 다람다람 맺힌 비방울이 툭 치면 구슬같이 떨어졌다. / 아이들은 유명한 이 거리를 눈에 잘 익혀 두려고 창문 앞에 다람다람 매달렸다. →『조선말대사전/1』, p. 671.

07 동그램이 동그라미. 〔북한 → 표준〕

44A

제목	겨을
01	처마 밑에
02	시래기 다람이
03	바삭바삭
04	춥소.
05	
06	길바닥에
07	말똥 동그램이
08	달랑 달랑
09	어오.
후기	一九三六. 겨을.

수록 면수 p. 66.

01 처마 육필 시고의 상태 『사진판』, p. 47에서는 '난간'으로 되어 있으나, p. 66에서는 이를 그대로 옮겼다가 후에 잉크를 사용, '처마'로 바꾸었다.

02 시래기 육필 시고의 상태 『사진판』, p. 47에서는 '시라지'라는 함경 방언으로 되어 있으나, p. 66에서는 이를 그대로 옮겼다가 후에 잉크를 사용, '시래기'라는 표준어로 바꾸었다.

04 춥소 육필 시고의 상태 '춥소' 위에 연필로 사선을 그어 삭제 지시를 하고, 그 우측에 '추어요'라고 써놓았다. 그러나 이 필체는 그 다음에 나오는 '얼어요'와 함께 고 정병욱 교수의 필체임이 분명해 보인다(이 책 뒤의 제2편 '3. 『사진판』의 퇴고 흔적' 부분 참조).

06~09 육필 시고의 상태 01~04행까지는 행 구분을 위해 원고지 상단 한 칸을 비우고 있으나 06~09행까지는 4칸을 비우고 있다. 그러나 이것은 연 구분을 위한 원고지 여백(05행)이 없었기 때문이다. 그러므로 06~09행의 배치는 A48(p. 47)에 따르는 것이 타당할 것이다.

09 어오 육필 시고의 상태 '어오' 위에 연필로 사선을 그어 삭제 지시를 하고, 그 우측에 '얼어요'라고 써놓았다. 그러나 이 필체는 고 정병욱 교수의 필체임이 분명해 보인다(이 책 뒤의 제2편 '3. 『사진판』의 퇴고 흔적' 부분 참조).

44B

제목　겨울
01　처마 밑에
02　시래기 다래미
03　바삭바삭
04　추어요.
05
06　길바닥에
07　말똥 동그램이
08　달랑달랑
09　얼어요.
후기　一九三六. 겨울.

수록 면수 p. 162(44C, p. 68/44D, p. 88).
제목 겨울 44A에는 '겨울'로 되어 있다. 육필 시고와 다름 방언이 지닌 어감이 무시되었다. 44C, 44D도 같다.
02 다래미 44A에는 '다람이'로 되어 있다. 육필 시고와 다름 '다래미'란 말은 방언에서 다람쥐나 안 달뱅이를 뜻하는 말로 의미가 다르다. →『표준국어대사전』, p. 1345. 44C, 44D도 같다.
04 추어요 연필 퇴고를 그대로 수용한 것이다. 원본과 다름 44C, 44D도 같다. ※ 44C: '추워요'로 옮김.
09 얼어요 연필 퇴고를 그대로 수용한 것이다. 원본과 다름 44C, 44D도 같다.

45. 호주머니

01   넣을 것 없어
02   걱정이든
03   호주머니는,
04
05   겨울만 되면
06   주먹 두 개 갑북갑북.

출전『사진판』, p. 48, A49.
추정 제작 시기 1936. 12.~1937. 1. 사이.
장르 동시.
형태 전 2연(연별 행수: 3 - 2).
어휘 연구
01 옇을 넣을. 〔북한 → 표준〕▷『표준국어대사전』, p. 4431. **참고** '넣다'의 뜻을 지닌 '녛다'라는 옛
말이 참조가 될 듯하다. ¶ 군ㅅ 머글 거슬 창의 녀호디 반ᄃ시 精ᄒ고 만케 ᄒ며 = 廩軍食호디 必
精豊ᄒ며.(『소학언해』)
02 (걱정이)든 던. 〔옛말 → 표준〕▷『우리말큰사전』, p. 5013.
05 겨을 겨울. 〔북한/옛말 → 표준〕▷『한국방언사전』, p. 130, 『우리말큰사전』, p. 4859.
06 갑북 가뜩. 〔북한 → 표준〕▷『표준국어대사전』, p. 150.

45A

제목 호주머니
01 옇을것없서
02 걱정이든
03 후주머니는,
04
05 겨을만 되면
06 주먹두개 갑북갑북.

수록 면수 p. 48.
육필 시고의 상태 1차 완성된 초고를 모두 삭제하고 원고지 하단에 새로 적었다.
제작 시기 추정 전후 기록된 정황으로 보아 「겨을」「黃昏」과 거의 같은 시기인 1936년 12월에서
1937년 1월 사이에 탈고된 작품으로 보인다.
01 옇을 옇을. 오기-바로잡음
    없서 없어. 오기-바로잡음
03 후주머니 호주머니. 오기-바로잡음
06 갑북갑북 육필 시고의 상태 06 부분이 한 행인지 두 행인지 불분명하다.

45B

제목 호주머니
01 넣을 것 없어
02 걱정이던
03 호주머니는,
04

05   겨울만 되면
06   주먹 두 개 갑북 갑북.

수록 면수 p. 186(45C, p. 140/45D, p. 104).
01 넣을 45A에는 '옳을(→ 옇을)'로 되어 있다. 육필 시고와 다름 어감의 차이가 있다. 45C, 45D도
같다.
02 (걱정이)던 45A에는 '―든'으로 되어 있다. 육필 시고와 다름 어감의 차이가 있다. 45C, 45D도 같다.
05 겨울 45A에는 '겨을'로 되어 있다. 육필 시고와 다름 방언이 지닌 어감이 무시되었다. 45C, 45D
도 같다.

46. 黃昏이 바다가 되여

01   하로도 검푸른 물결에
02   흐느적 잠기고 …… 잠기고 ……
03
04   저 ― 웬 검은 고기 떼가
05   물든 바다를 날아 橫斷할고.
06
07   落葉이 된 海草
08   海草마다 슬프기도 하오.
09
10   西窓에 걸린 해말간 風景畵,
11   옷고름 너어는 孤兒의 설음
12
13   이제 첫 航海하는 마음을 먹고
14   방바닥에 나딩구오 …… 딩구오 ………
15
16   黃昏이 바다가 되여
17   오늘도 數많은 배가
18   나와 함께 이 물결에 잠겼을 게오.

출전 『사진판』, ① pp. 48~49, A50, ② p. 67, B14, ③ p. 168(원고지 낱장으로 발견된 유고). ③을 원전으로 삼았다.

제작 시기 표시 ① ②에 각각 1937. 1.이라고 명기되어 있다.

장르 시.

형태 전 6연(연별 행수: 2 – 2 – 2 – 2 – 2 – 3).

어휘 연구

01 하로 하루. 〔옛말 → 표준〕▷『이조어사전』, p. 572.

11 너어는 북한어. 참고 '너어는'은, 방언에서 '널다'(쥐, 개 따위가 이로 쏠거나 씹다)의 활용형인 듯(이 경우, 옛말 '너흘다'〔쏠다, 깨물다〕의 용례가 참조가 될 듯하다. ¶ 슭가락 너흐러〔= 손가락 **깨물어**〕,『삼강행실도』).

　설음 설움. 〔북한 → 표준〕▷『표준국어대사전』, p. 3433.

14 나딍구오 나뒹구오. 〔북한 → 표준〕▷『표준국어대사전』, p. 1784.

　딍구오 뒹구오. 〔북한 → 표준〕▷『표준국어대사전』, p. 1784.

16 되여 되어. 〔북한 → 표준〕▷『표준국어대사전』, p. 4303.

46A

제목　黃昏이바다가되여(詩)
01　하로도 검푸른 물결에
02　흐느적 잠기고 …… 잠기고 ……
03
04　저 — 웬 검은 고기 떼가
05　물든 바다를 날아 橫斷할고.
06
07　落葉이된 海草
08　海草마다 슬프기도 하오.
09
10　西窓에 걸린 해맑간 風景畵,
11　옷고름너어는 孤兒의설음
12
13　이제첫航海하는 마음을 먹고
14　방바닥에 나딍구오 …… 딍구오 ………
15
16　黃昏이 바다가되여
17　오늘도 數많은 배가
18　나와함께 이물결에 잠겨슬 게오.

수록 면수 p. 168.

제목 黃昏이바다가되여(詩) 육필 시고의 상태 ① 『사진판』, p. 48(A50)에는 이 작품의 제목이 '黃

昏'으로 되어 있으나, 이것이 되고 · 이기된 p. 67(B14) 및 p. 168에는 '黃昏이바다가되여'로 되어
있다. ② '되여' → '되어'. 〔옛말 → 표준〕▷『표준국어대사전』, p. 4303.
18 잠겨슬 잠겼을. 오기-바로잡음

46B

제목　黃昏이 바다가 되어
01　하로도 검푸른 물결에
02　흐느적 잠기고 …… 잠기고 ……
03
04　저 ― 웬 검은 고기떼가
05　물든 바다를 날아 橫斷할고.
06
07　落葉이된 海草
08　海草마다 슬프기도 하오.
09
10　西窓에 걸린 해말간 風景畵.
11　옷고름 너어는 孤兒의 서름
12
13　이제 첫 航海하는 마음을 먹고
14　방바닥에 나딩구오 …… 딩구오 ………
15
16　黃昏이 바다가 되어
17　오늘도 數많은 배가
18　나와 함께 이 물결에 잠겼을게오.

수록 면수 pp. 96~97(46C, p. 69/46D, p. 32).
제목 되어 46A에는 '되여'로 되어 있다. 육필 시고와 다름 방언이 지닌 어감이 무시되었다. 46C,
46D도 같다.
11 서름 46A에는 '설음'으로 되어 있다. 육필 시고와 다름 어감이 다르다. 46D도 같다.
16 되어 제목의 경우와 같다. 46C, 46D도 같다.
18 잠겼을게오 46A에는 '잠겨슬 게오'와 같이 띄어쓰기가 되어 있다. 육필 시고와 다름 띄어쓰기 오류

47. 거즛뿌리

01 똑, 똑, 똑,

02 문 좀 열어 주서요.

03 하로밤 자고 갑시다.

04   밤은 깊고 날은 추운데,

05   거, 누굴가?

06 문 열어 주구 보니,

07 검둥이의 꼬리가,

08 거즛뿌리한걸.

09

10 꼬기요, 꼬기요,

11 닭알 낳았다.

12 간난아! 어서 집어 가거라

13   간난이 뛰여가 보니,

14   닭알은 무슨 닭알.

15 고놈의 암탉이

16 대낮에 새ㅅ발간

17 거즛뿌리한걸.

출전 『사진판』, ① pp. 49~50, A51, ② p. 184(이 작품이 발표된 『카톨릭少年』 1937. 10월호의 스크랩 사진). ①을 원본으로 삼았다. ②를 선택하지 않은 것은, 연 구분도 안 된 ②에 비해, ①이 연이나 시행의 배치 등 형태면에서 더 정제된 것으로 판단했기 때문이다.

추정 제작 시기 1937년 초.

장르 동시.

형태 전 2연 각 8행. 각 연 가운데의 제4행, 제5행은 키를 낮추어 적었다.

어휘 연구

제목 거즛뿌리 거짓부리. 〔북한 → 표준〕▷『표준국어대사전』, p. 251.

02 주서요 —서요. 〔북한 → 표준〕

03 하로밤 하룻밤. 〔옛말 → 표준〕▷『이조어사전』, p. 572.

05 누굴가 누굴까. 〔옛말 → 표준〕▷『우리말큰사전』, p. 5030.

06 주구 주고. 〔옛말/구어 → 표준〕▷『우리말큰사전』, p. 4880.

08 거즛뿌리 제목의 경우와 같음.

11 닭알 달걀. 〔북한 → 표준〕▷『표준국어대사전』, p. 1416.

13 뛰여가 뛰어가. 〔옛말 → 표준〕▷『표준국어대사전』, p. 4303.

17 거즛뿌리 제목의 경우와 같음.

47A

제목   童詩 거즛뿌리

01   똑, 똑, 똑,
02   문좀 열어주서요.
03   하로밤 자고갑시다.
04   밤은깊고 날은 추운데,
05   거, 누굴가?
06   문열어주구 보니,
07   검둥이의 꼬리가,
08   거즛뿌리 한걸.
09   ×
10   꼬기요, 꼬기요,
11   닭알 나앗다.
12   간난아! 어서집어가거라
13   간난이 뛰여가보니,
14   닭알은 무슨닭알.
15   고놈의 암탉이
16   대낮에 재ㅅ발간
17   거즛뿌리 한걸.

수록 면수 pp. 49~50.
11 나앗다 낳았다. 오기-바로잡음
15 암닭 암탉. 오기-바로잡음 **참고**『조선말대사전/2』, p. 1375.
16 재ㅅ발간 (새ㅅ발간 →)새빨간. 오기-바로잡음

47B

제목 거짓부리
01 똑, 똑, 똑,
02 문좀 열어 주세요.
03 하루밤 자고 갑시다.
04   밤은 깊고 날은 추운데,
05   거, 누굴까?
06 문열어 주고 보니,
07 검둥이의 꼬리가,
08 거짓부리 한걸.
09
10 꼬기요, 꼬기요,
11 달걀 낳았다.
12 간난아! 어서 집어 가거라
13   간난이 뛰어가 보니,
14   달걀은 무슨 달걀.
15 고놈의 암탉이
16 대낮에 새빨간
17 거짓부리 한걸.

수록 면수 pp. 140~41(47C, p. 70/47D, p. 112).
제목 거짓부리 47A에는 '거즛뿌리'로 되어 있다. 육필 시고와 다름 어감의 차이가 있다. 47C, 47D
도 같다.
02 문좀 문 좀. 띄어쓰기 오류
03 하루밤 47A에는 '하로밤'으로 되어 있다. 육필 시고와 다름 방언이 지닌 어감이 무시되었다.
47C, 47D도 같다.
06 문열어 문 열어. 띄어쓰기 오류
    주고 47A에는 '주구'로 되어 있다. 육필 시고와 다름 구어가 지닌 어감이 무시되었다. 47C, 47D
도 같다.
08 거짓부리 제목의 경우와 같다.
    거짓부리 한걸 거짓부리한걸. 띄어쓰기 오류
11 달걀 47A에는 '닭알'로 되어 있다. 육필 시고와 다름 방언이 지닌 어감이 무시되었다. 47C, 47D
도 같다.

13 뛰어가 47A에는 '뛰여가'로 되어 있다. 육필 시고와 다름 방언이 지닌 어감이 무시되었다. 47C, 47D도 같다.

16 새빨간 47A에는 '재ㅅ발간(→ 새ㅅ발간)'으로 되어 있다. 육필 시고와 다름 어감이 다를 수 있다. 47C, 47D도 같다.

17 거짓부리 한걸 거짓부리한걸. 띄어쓰기 오류 47D도 같다.

48. 둘 다

01   바다도 푸르고,

02   하늘도 푸르고,

03

04   바다도 끝없고,

05   하늘도 끝없고,

06

07   바다에 돌 던저 보고

08   하늘에 침 받어 보오

09

10   바다는 벙글

11   하늘은 잠잠

12

13   둘 다 크기도 하오.

출전『사진판』, p. 50, A52. 잉크를 사용, 1차 퇴고한 직후의 형태를 원본으로 삼았다(이 책 뒤의 제 2편 '3.『사진판』의 퇴고 흔적' 부분 참조).

참고 1차 퇴고 후의 다시 행해진 2차 퇴고는 인정하지 않았다.

추정 제작 시기 1937년 초.

장르 동시.

형태 전 5연(연별 행수: 2 - 2 - 2 - 2 - 1).

어휘 연구

07 던저 던져. 〔북한 → 표준〕

08 침 받어 침 뱉어. 〔북한 → 표준〕▷『표준국어대사전』, p. 2482.

48A-1

제목 둘다
01   바다도 푸르고,
02   하늘도 푸르고,
03
04   바다도 끝없고,
05   하늘도 끝없고,
06
07   바다에 돌 던저보고
08   하늘에 침받어보오
09
10   바다는 벙글
11   하늘은 잠잠
12
13   둘다크기도 하오.

수록 면수 p. 50.

육필 시고의 상태 ① 이 작품은 본디 2연 각 2행으로 완성되었다가 이후 두 차례 이상 퇴고를 거친 것이 분명하다. 이 중 이 책에서는 잉크를 사용, 1차 퇴고한 내용인 전 5연(연별 행수: 2-2-2-2-1)의 형태를 원본으로 삼았다.

② 후에 여기에 다시 연필로 2차 퇴고가 가해진 흔적이 보이나 이는 작품의 의미 구조상 1차 퇴고된 내용에 비해 현저히 못 미치는 것일 뿐만 아니라, 이 연필 퇴고 흔적이 윤동주 자신의 것인지도 확신할 수 없는 사정도 고려한 결과이다(48A-2를 참조하라).

③ 이 작품이 첫번째 습작 노트에 기록된 전후 정황으로 보아 이 작품이 최초로 완성되어 기록된 시기는 1937년 초로 보인다.

48A-2

제목 둘다

01 바다도 푸르고,
02 하늘도 푸르고,
03
04 바다도 끝없고,
05 하늘도 끝없고,
06
07 바다에 돌 던지고
08 하늘에 침받고
09
10 바다는 벙글
11 하늘은 잠잠

수록 면수 p. 50.
08 침받고 침 뱉고. 〔북한 → 표준〕▷『표준국어대사전』, p. 2482.

48B

제목 둘 다

01 바다도 푸르고,
02 하늘도 푸르고,
03
04 바다도 끝없고,
05 하늘도 끝없고,
06
07 바다에 돌던지고
08 하늘에 침뱉고
09
10 바다는 벙글
11 하늘은 잠잠.

후기 〈一九三七년 초로 추정〉

수록 면수 pp. 138~39(48C, p. 71/48D, p. 111).
참고 연필로 퇴고된 48A-2를 원본으로 삼았다. 48C, 48D도 같다.
07 돌던지고 돌 던지고. 떨어쓰기 오류 48D도 같다.
08 침뱉고 ① 48A-2에는 '침받고'로 되어 있다. 육필 시고와 다름 어감의 차이가 있다. 48C, 48D도
같다. ② → 침 뱉고. 떨어쓰기 오류

49. 반듸불

01   가자, 가자, 가자,

02   숲으로 가자.

03   달쪼각을 주으려

04   숲으로 가자

05

06   그믐밤 반듸불은

07   부서진 달쪼각

08

09   가자, 가자, 가자,

10   숲으로 가자.

11   달쪼각을 주으려

12   숲으로 가자.

출전『사진판』, pp. 50~51, A53.

추정 제작 시기 1937년 초.

장르 동시.

형태 전 3연(연별 행수: 4 – 3 – 4). 제2연 및 제3연의 키를 낮추어 적었다.

어휘 연구

제목 반듸불 반딧불. 〔옛말 → 표준〕▷『이조어사전』, p. 366.

03 (달)쪼각 (달)조각. 〔북한 → 표준〕▷『표준국어대사전』, p. 5888.

　주으려 주우러. 〔북한 → 표준〕 참고 어미 '-라'가 '-려'의 형태로 실현된 것은 방언상의 발음이다.

11 주으려 주우러. 〔북한 → 표준〕 03행의 경우와 같다.

49A

제목　반듸불

01　가자, 가자, 가자,

02　숲으로 가자.

03　달쪼각을 주으려

04　숲으로 가자

05

06　　그믐밤 반듸불은

07　　부서진 달쪼각

08

09　　가자, 가자, 가자,

10　　숲으로 가자.

11　　달쪼각을 주흐려

12　　숲으로 가자.

수록 면수 pp. 50~51.

11 주흐려　주으려.　오기 - 바로잡음

49B

제목　반디불

01　가자 가자 가자

02　숲으로 가자.

03　달조각을 주으려

04　숲으로 가자

05

06　　그믐밤 반디불은

07   부서진 달조각,

08

09   가자 가자 가자

10   숲으로 가자.

11   달조각을 주으려

12   숲으로 가자.

후기 〈一九三七년 초로 추정〉

제목 반디불 49A의 '반듸불'과 다르다. 육필 시고와 다름 방언이 지닌 어감이 무시되었다. 49C, 49D도 같다.

01 가자 가자 가자 49A에는 '가자, 가자, 가자,'와 같이 쉼표가 찍혀 있다. 육필 시고와 다름 49C, 49D도 같다.

03 (달)조각 49A에는 '쪼각'으로 되어 있다. 육필 시고와 다름 방언이 지닌 어감이 무시되었다. 49C, 49D도 같다.

07 달조각, ① 49A에는 쉼표가 없다. 육필 시고와 다름 49C, 49D도 같다. ② 03행의 경우와 같이 '쪼각'과 다르다. 육필 시고와 다름 49C, 49D도 같다.

09 가자 가자 가자 01행의 경우와 같다. 육필 시고와 다름 49C, 49D도 같다.

11 (달)조각 03행의 경우와 같다. 49C, 49D도 같다.

50. 밤

01   오양간 당나귀

02   아 ― ㅇ 앙 외마디 울음 울고,

03

04   당나귀 소리에

05   으 ― 아 아 애기 소스라처 깨고,

06

07   등잔에 불을 다오.

08

09   아바지는 당나귀에게

10   짚을 한 키 담아 주고,

11

12   어머니는 애기에게

13   젖을 한 모금 먹이고,

14

15   밤은 다시 고요히 잠드오.

    _1937. 3.

출전『사진판』, ① p. 51, A54, ② p. 68, B15. ②를 원본으로 삼았다.

장르 동시.

형태 전 6연(연별 행수: 2 - 2 - 1 - 2 - 2 - 1).

어휘 연구

01 오양간 외양간. 〔북한 → 표준〕▷『표준국어대사전』, p. 4484.

05 애기 아기. 〔북한 → 표준〕▷『표준국어대사전』, p. 4113.

　　소스라처 소스라처. 〔북한 → 표준〕

참고 대체로 윤동주의 육필 시고를 자세히 보면, 용언 활용시, 음절의 첫소리가 'ㅊ, ㅈ' 등 구개음인 경우, 가운뎃소리 자리에 'ㅕ' 대신 'ㅓ'가 오는 것을 알 수 있다. 가령 다음과 같은 예들이 그러한 경우이다: '문허젓다(→ 무너졌다)'(「꿈은 깨여지고」), '펼처서(→ 펼쳐서)'(「空想」), '바처슬까요(→ 바쳤을까요)'(「만돌이」), '소스라처(→ 소스라쳐)'(「밤」), '뛰처(→ 뛰쳐)'(「悲哀」), '지나첫다(→ 지나쳤다)'(「츠르게네프의언덕」), '처다보면(→ 쳐다보면)'(「길」).

09 아바지 아버지. 〔북한 → 표준〕▷『한국방언사전』, pp. 201~02.

50A

제목　밤

01　오양간 당나귀

02　아 — ㅇ 앙 외마디 울음울고,

03

04　당나귀 소리에

05　으 — 아 아 애기 소스라처깨고,

06

07　등잔에 불을 다오.

08

09　아바지는 당나귀에게

10　짚을 한키 담아주고,

11

12　어머니는 애기에게

13　젖을 한목음 먹히고,

14

15　밤은 다시 고요히 잠드오.

후기　一九三七. 三月.

수록 면수 p. 68.

13 한목음 한 모금. 오기-바로잡음

　　먹히고 먹이고. 오기-바로잡음

50B

제목 밤
01 오양간 당나귀
02 아 ― ㅇ 외 마디 울음울고,
03
04 당나귀 소리에
05 으 ― 아 아 애기 소스라쳐 깨고,
06
07 등잔에 불을 다오.
08
09 아버지는 당나귀에게
10 짚을 한키 담아 주고,
11
12 어머니는 애기에게
13 젖을 한모금 먹이고,
14
15 밤은 다시 고요히 잠드오.
후기 〈一九三七. 三.〉

수록 면수 pp. 94~95(50C, p. 73/50D, p. 33).
02 아 ― ㅇ 50A에는 '아 ― ㅇ 앙'으로 되어 있다. 육필 시고와 다름 50C, 50D도 같다.
　외 마디 50A의 '외마디'와 다르다. 육필 시고와 다름 50A의 '외마디'가 옳다.
　울음울고 울음 울고. 띄어쓰기 오류 50D도 같다.
05 소스라쳐 50A에는 '소스라처'로 되어 있다. 육필 시고와 다름 어감의 차이가 있다. 50C, 50D도 같다.
09 아버지 50A에는 '아바지'로 되어 있다. 육필 시고와 다름 방언이 지닌 어감이 무시되었다. 50C, 50D도 같다.
10 한키 한 키. 띄어쓰기 오류 50D도 같다.

51. 만돌이

01 만돌이가 학교에서 돌아오다가

02 전보대 있는 데서

03 돌재기 다섯 개를 주웠습니다.

04

05 전보대를 겨누고

06 돌 첫개를 뿌렸습니다.

07 —— 딱 ——

08 두 개채 뿌렸습니다.

09 —— 아불사 ——

10 세 개채 뿌렸습니다.

11 —— 딱 ——

12 네 개채 뿌렸습니다.

13 —— 아불사 ——

14 다섯 개채 뿌렸습니다.

15 —— 딱 ——

16

17 다섯 개에 세 개 ………

18 그만하면 되었다.

19 내일 시험,

20 다섯 문데에, 세 문데만 하면 ——

21 손꼽아 구구를 하여 봐도

22 허양 륙십 점이다.

23 볼 거 있나 공 차려 가자.

24

25   그 이튿날 만돌이는

26   꼼짝 못하고 선생님한테

27   흰 종이를 바쳤을까요

28   그렇잖으면 정말

29   륙십 점을 맞았을까요

출전『사진판』, pp. 52~53, A56.
추정 제작 시기 1937년 3월경.
장르 동시.
형태 전 4연(연별 행수: 3 - 11 - 7 - 5).
어휘 연구
02 전보대 전봇대. 〔북한 → 표준〕▷『조선말대사전/2』, p. 141.
03 돌재기 돌. 〔북한 → 표준〕 06행을 보면 '돌'과 같이 사용되었음을 알 수 있다. **참고**『한국방언사전』, pp. 74~76.
06 돌첫개를 첫 번째 돌을. 〔북한 → 표준〕
　뿌렸습니다 냅다 던졌습니다. 〔북한 → 표준〕▷『표준국어대사전』, p. 3072. ¶ 돌멩이를 뿌리다. / 수류탄을 뿌리다.
08 (두개)채 째. 〔북한 → 표준〕▷『표준국어대사전』, p. 5968.
09 아불사 아뿔싸. 〔북한 → 표준〕
18 되였다 되었다. 〔옛말 → 표준〕▷『표준국어대사전』, p. 4303.
20 문데 문제. 〔북한/옛말 → 표준〕 **참고**『우리말큰사전』, p. 4990: 데 → 題辭.
22 허양 거침없이 그냥. 〔북한 → 표준〕▷『표준국어대사전』, p. 6848. → ① 거침없이 그냥. ¶ 허양 뒤로 나가 자빠지다. ② 남는 것 없이 깡그리. ¶ 한 달의 절반은 허양 달아나다. ③ 맥없이 그냥. 또는 곧바로 손쉽게. ¶ 허양 들어 올리다.
　륙 유. 〔북한 → 표준〕▷『표준국어대사전』, p. 1943.
23 (공)차려 (공)차러. 〔북한 → 표준〕 **참고** 어미 '─라'가 '─려'의 형태로 실현된 것은 방언상의 발음이다.
27 힌 흰. 〔북한 → 표준〕▷『한국방언사전』, p. 1263.

51A

제목　만돌이
01　만돌이가 학교에서 돌아오다가
02　전보대 있는데서
03　돌재기 다섯개를 주었읍니다.
04
05　전보대를 겨누고
06　돌첫개를 뿌렸습니다.
07　—— 딱 ——
08　두개채 뿌렸습니다.
09　—— 아불사 ——
10　세개채 뿌렸습니다.
11　—— 딱 ——
12　네개채 뿌렸습니다.
13　—— 아불사 ——

14　다섯개채 뿌렷습니다.

15　―― 딱 ――

16

17　다섯개에 세개 ………

18　그만하면 되엿다.

19　내일 시험,

20　다섯문데에, 세문데만하면 ――

21　손꼽아 구구를 하여봐도

22　허양 륙십점이다.

23　볼거있나 공차려가자.

24

25　그이튿날 만돌이는

26　꼼짝몯하고 선생님한테

27　힌종이를 바처슬까요

28　그렇찬으면 정말

29　륙십점을 맞엇슬까요

수록 면수 pp. 52~53.

03 주었읍니다 주웠습니다.　오기-바로잡음

06 뿌렷습니다 (뿌리) ― 었 ― (습니다).　오기-바로잡음

18 되엿다 (되) ― 였 ― (다).　오기-바로잡음

25 이튼날 이튿날.　오기-바로잡음

26 몯하고 못하고.　오기-바로잡음

27 바처슬까요 바쳤을까요.　오기-바로잡음

28 그렇찬으면 그렇잖으면.　오기-바로잡음

29 맞엇슬까요 맞었을까요.　오기-바로잡음

51B

제목 만돌이

01　만돌이가 학교에서 돌아오다가

02　전보대 있는 데서

03　돌짜기 다섯 개를 주었읍니다.

04

05　전보대를 겨누고

06　돌 첫개를 뿌렷읍니다.

07　―― 딱 ――

08　두 개째 뿌렷읍니다.

09　―― 아뿔싸 ――

10　세 개째 뿌렸읍니다.

11　──── 딱 ────

12　네 개째 뿌렸읍니다.

13　──── 아뿔싸 ────

14　다섯 개째 뿌렸읍니다.

15　──── 딱 ────

16

17　다섯 개에 세 개 ………

18　그만하면 되었다.

19　내일 시험,

20　다섯 문제에, 세 문제만 하면 ────

21　손꼽아 ㅜ구틀 하어봐도

22　허양 육십 점이다.

23　볼 거 있나 공차러 가자.

24

25　그 이튿날 만돌이는

26　꼼짝 못하고 선생님한테

27　흰 종이를 바쳤을까요

28　그렇잖으면 정말

29

30　육십 점을 맞았을까요.

수록 면수 pp. 196~98(51D, pp. 120~21).

03 돌짜기 51A에는 '돌재기'로 되어 있다. 육필 시고와 다름 표준어 목록에도 없고, 원전의 '돌재기'와 어감도 다르다. 51D도 같다.

　　주었읍니다 주웠습니다. 오기-바로잡음

06 뿌렸읍니다 뿌렸습니다. 오기-바로잡음 51D도 같다.

13 아뿔싸 51A에는 '아불사'로 되어 있다. 육필 시고와 다름 방언이 지닌 어감이 무시되었다. 51D도 같다.

18 되었다 51A에는 '되엿다'로 되어 있다. 육필 시고와 다름 방언이 지닌 어감이 무시되었다. 51D도 같다.

20 문제 51A에는 '문데'로 되어 있다. 육필 시고와 다름 방언이 지닌 어감이 무시되었다. 51D도 같다.

22 육십 51A에는 '륙십'으로 되어 있다. 육필 시고와 다름 방언이 지닌 어감이 무시되었다. 51D도 같다.

23 공차러 ① 공 차러. 띄어쓰기 오류 ② 51A에는 '공차려'로 되어 있다. 육필 시고와 다름 어감의 차이가 있다. 51D도 같다.

27 흰 51A에는 '힌'으로 되어 있다. 육필 시고와 다름 방언이 지닌 어감이 무시되었다. 51D도 같다.

30 (맞) ─ 았 ─ (을까요) 51A에는 '(맞) ─ 엇 ─ (슬까요)'로 되어 있다. 육필 시고와 다름 어감의 차이가 있다. 51D도 같다.

52. 나무

01	나무가 춤을 추면
02	바람이 불고,
03	나무가 잠잠하면
04	바람도 자오.

출전『사진판』, p. 54, A58.
추정 제작 시기 1937년 3월경.
장르 동시.
형태 전 1연 4행.

52A

제목　나무
01　나무가 춤을추면
02　　　바람이 불고,
03　나무가 잠잠하면
04　　　바람도자오.

수록 면수 p. 54.

52B

제목　나무
01　나무가 춤을 추면
02　　　바람이 불고,
03　나무가 잠잠하면
04　　　바람도 자오.

수록 면수 p. 192(52D, p. 118).

53. 달밤

01   흐르는 달의 힌 물결을 밀처

02   여윈 나무 그림자를 밟으며,

03   北邙山을 向한 발걸음은 무거웁고

04   孤獨을 伴侶한 마음은 슬프기도 하다.

05

06   누가있어만 싶든 墓地엔 아모도 없고,

07   靜寂만이 군데군데 힌 물결에 폭 젖었다.

    ＿1937. 4. 15.

출전 『사진판』, p. 72, B19.

장르 시.

형태 전 2연(연별 행수: 4 - 2).

어휘 연구

01 힌 흰. 〔북한 → 표준〕▷『한국방언사전』, p. 1263.

　　밀처 밀쳐. 〔북한/옛말 → 표준〕

참고 대체로 윤동주의 육필 시고를 자세히 보면, 용언 활용시, 음절의 첫소리가 'ㅊ, ㅈ' 등 구개음인 경우, 가운뎃소리 자리에 'ㅕ' 대신 'ㅓ'가 오는 것을 알 수 있다. 가령 다음과 같은 예들이 그러한 경우이다: '문허젓다 → 무너졌다'(「꿈은 깨여지고」), '펼처서 → 펼쳐서'(「空想」), '바처슬까요 → 바쳤을까요'(「만돌이」), '소스라처 → 소스라쳐'(「밤」), '뛰처 → 뛰쳐'(「悲哀」), '지나첫다 → 지나쳤다'(「츠르게네프의언덕」), '처다보면 → 쳐다보면'(「길」).

06 있어만 '있는 것만'. **참고** '있어만'이 방언 표현인지는 확실치 않다.

　　싶든 싶던. 〔옛말 → 표준〕▷『우리말큰사전』, p. 5013.

　　아모 아무. 〔옛말 → 표준〕▷『이조어사전』, p. 517.

07 힌 흰. 01행의 경우와 같다.

53A

제목　달밤

01　흐르는 달의 힌물결을 밀처

02　여윈 나무그림자를 밟으며,

03　北邙山을向한 발거름은 무거웁고

04　孤獨을伴侶한 마음은 슯으기도하다.

05

06　누가있어만 싶든 墓地엔 아모도없고,

07　靜寂만이 군데군데 힌물결에 폭젖엇다.

후기　一九三七. 四. 十五.

수록 면수 p. 72.

03 발거름 발걸음. 오기-바로잡음

04 슯으기도 슬프기도. 오기-바로잡음

07 젖엇다 젖었다. 오기-바로잡음

53B

제목　달밤

01　흐르는 달의 흰 물결을 밀쳐

02　여윈 나무그림자를 밟으며,

03   北邙山을 向한 발걸음은 무거웁고

04   孤獨을 伴侶한 마음은 슬프기도 하다.

05

06   누가 있어만 싶은 墓地엔 아무도 없고,

07   靜寂만이 군데군데 흰 물결에 폭 젖었다.

후기   一九三七. 四. 十五.

수록 면수 p. 72(53C, p. 75/53D, p. 34).

01 흰 53A에는 '힌'으로 되어 있다. 육필 시고와 다름 방언이 지닌 어감이 무시되었다. 53C, 53D도 같다.

　　밀쳐 53A에는 '밀처'로 되어 있다. 육필 시고와 다름 방언이 지닌 어감이 무시되었다. 53C, 53D도 같다.

02 나무그림자를 나무 그림자를. 띄어쓰기 오류 53D도 같다.

06 싶은 53A에는 '싶든'으로 되어 있다. 육필 시고와 다름 필연적으로 해석상의 차이를 낳게 된다. 53C, 53D도 같다.

　　아무 53A에는 '아모'로 되어 있다. 육필 시고와 다름 방언이 지닌 어감이 무시되었다. 53C, 53D도 같다.

07 흰 53A에는 '힌'으로 되어 있다. 육필 시고와 다름 방언이 지닌 어감이 무시되었다. 53C, 53D도 같다.

54. 風景

01 봄바람을 등진 초록빛 바다

02 쏟아질 듯 쏟아질 듯 위트럽다.

03

04 잔주름 치마폭의 두둥실거리는 물결은,

05 오스라질 듯 한껏 輕快롭다.

06

07 마스트 끝에 붉은 旗ㅅ발이

08 女人의 머리갈처럼 나부낀다.

09　　　　※　　　　※

10 이 생생한 風景을 앞세우며 뒤세우며

11 외 — ㄴ 하로 거닐고 싶다.

12

13 —— 우중충한 五月 하늘 아래로,

14 —— 바다 빛 포기포기에 繡놓은 언덕으로,

_1937. 5. 29.

출전『사진판』, pp. 70~71, B18.

장르 시.

형태 전 5연 각 2행. 제3연과 제4연 사이에 ※표가 두 개 적혀 있다.

어휘 연구

02 위트렵다 위태롭다.〔북한/옛말 → 표준〕**참고** ①『우리말큰사전』, p. 5297. ②윤동주의 산문「달을쏘다」에는 "友情이란 진정코 위트럽은 잔에 떠노흔 물이다"라는 문장이 나오는데 여기에도 '위트럽다'라는 어휘가 사용되었음을 볼 수 있다. 따라서 이는 실수에 의한 오기로 보기 어렵다(『사진판』, p. 113).

05 오스라질 '으스러질'의 작은말.

07 旗ㅅ발 깃발.

08 머리갈 머리칼.〔북한/옛말 → 표준〕**참고** ①『이조어사전』, p. 28: 칼의 옛말로 '갈'이 있음을 감안해볼 수 있다. ②「瞑想」에도 '머리갈'이 다시 쓰이고 있음을 볼 수 있다. 그러므로 실수로 인한 오기로 보기 어렵다.

11 외一ㄴ 온.〔옛말 → 표준〕▷『이조어사전』, p. 588.

　　하로 하루.〔북한/옛말 → 표준〕▷『표준국어대사전』, p. 6711,『이조어사전』, p. 572.

54A

제목　風景

01　봄바람을 등진 초록빛바다

02　쏘다질듯 쏘다질듯 위트럽다.

03

04　잔주름 치마폭의 두둥실거리는 물결은,

05　오스라질듯 한끝 輕快롭다.

06

07　마스트끝에 붉은 旗ㅅ발이

08　女人의 머리갈처럼나부긴다.

09　　　　　 ※　　　　 ※

10　이생생한 風景을 앞세우며 뒤세우며

11　외 — ㄴ하로 거닐고 싶다.

12

13　—— 우중충한 五月하늘아래로,

14　—— 바다빛 포기포기에 繡놓은언덕으로,

후기　一九三七. 五. 二九.

수록 면수 pp. 70~71.

02 쏘다질 쏟아질. 오기-바로잡음

05 한끝 한껏. 오기-바로잡음

08 나부긴다 나부낀다. 오기-바로잡음

54B

제목　風景

01　봄바람을 등진 초록빛 바다

02　쏟아질듯 쏟아질듯 위트롭다.

03

04　잔주름 치마폭의 두둥실거리는 물결은,

05　오스라질듯 한끝 輕快롭다.

06

07　마스트끝에 붉은 旗ㅅ발이

08　女人의 머리칼처럼 나부낀다.

09　　　　　　☆　　　　　　☆

10　이 생생한 風景을 앞세우며 뒤세우며

11　외 — ㄴ 하로 거닐고 싶다.

12

13　—— 우중충한 五月 하늘 아래로,

14　—— 바다빛 포기포기에 繡놓은 언덕으로.

후기　〈一九三七. 五. 二九.〉

수록 면수 pp. 90~91(54C, p. 76/54D, p. 36).

02 쏟아질듯 쏟아질 듯. ^{띄어쓰기 오류} 54D도 같다.

　　위트롭다 54A에는 '위트럽다'로 되어 있다. 육필 시고와 다름 54D도 같다.

05 오스라질듯 오스라질 듯. ^{띄어쓰기 오류} 54D도 같다.

　　한끝 방언으로 보고 살린 듯하다. 54D도 같다.

07 마스트끝에 마스트 끝에. ^{띄어쓰기 오류} 54D도 같다.

08 머리칼 54A에는 '머리갈'로 되어 있다. 육필 시고와 다름 54D도 같다.

09 ☆ ☆ 54A에는 '※ ※'로 되어 있다. 육필 시고와 다름

13 五月하늘 五月 하늘. ^{띄어쓰기 오류} 54D도 같다.

14 바다빛 바다 빛. ^{띄어쓰기 오류} 54D도 같다.

55. 寒暖計

01   싸늘한 大理石 기둥에 모가지를 비틀어 맨 寒暖計,

02   문득 들여다볼 수 있는 運命한 五尺 六寸의 허리 가는 水銀柱,

03   마음은 琉璃管보다 맑소이다.

04

05   血管이 單調로워 神經質인 輿論動物,

06   가끔 噴水 같은 冷춤을 억지로 삼키기에,

07   精力을 浪費합니다.

08

09   零下로 손구락질할 수돌네 房처럼 칩은 겨울보다

10   해바라기가 滿發할 八月 校庭이 理想곺소이다.

11   피 끓을 그날이 ──

12

13   어제는 막 소낙비가 퍼붓더니 오늘은 좋은 날세올시다.

14   동저골 바람에 언덕으로, 숲으로 하시구려 ──

15   이렇게 가만가만 혼자서 귓속 이야기를 하였습니다.

16   나는 또 내가 모르는 사이에 ──

17

18   나는 아마도 眞實한 世紀의 季節을 따라,

19   하늘만 보이는 울타리 안을 뛰처,

20   歷史 같은 포지슌을 지켜야 봅니다.

　_1937. 7. 1.

출전 『사진판』, pp. 73~74, B21.

장르 시.

형태 전 5연(연별 행수: 3 - 3 - 3 - 4 - 3).

어휘 연구

제목 寒暖計 온도계. 〔북한 → 표준〕▷『표준국어대사전』, p. 6743.

06 (冷)춤 침. 〔북한 → 표준〕▷『표준국어대사전』, p. 6157.

09 손구락 손가락. 〔북한 → 표준〕▷『표준국어대사전』, p. 3574.

　칩은 추운. 〔북한 → 표준〕▷『표준국어대사전』, p. 6217.

　겨을 겨울. 〔북한/옛말 → 표준〕▷『한국방언사전』, p. 130, 『우리말큰사전』, p. 4859.

10 理想곺소이다 '理想이고프다(→ 理想으로 삼고 싶다)'의 하오체 표현.

13 날세 날씨. 〔북한 → 표준〕▷『조선말대사전/1』, p. 559.

14 동저골 동옷, 동저고리의 준말.

19 뛰처 뛰쳐. 〔북한 → 표준〕

20 포지슌 포지션position. ※ 현장성을 보존하기 위해 그대로 살렸다.

55A

제목　寒暖計

01　싸늘한 大理石기둥에 목아지를 비틀어맨 寒暖計,

02　문득 드려다 볼수있는 運命한 五尺六寸의 허리가는 水銀柱,

03　마음은 琉璃管 보다 맑소이다.

04

05　血管이單調로워 神經質인 輿論動物,

06　각금 噴水같은 冷춤을 억지로 삼키기에,

07　精力을 浪費합니다.

08

09　零下로 손구락질할 수돌네房처럼 칩은 겨을보다

10　해바라기가 滿發할 八月校庭이 理想곺소이다.

11　피끓을 그날이 ——

12

13　어제는 막 소낙비가 퍼붓더니 오늘은 좋은 날세올시다.

14　동저골바람에 언덕으로, 숲으로 하시구려 ——

15　이렇게 가만가만 혼자서 귓속이약이를 하엿습니다.

16　나는 또 내가뭏으는사이에 ——

17

18　나는 아마도 眞實한世紀의 季節을떻아,

19　하늘만보이는 울타리않을뛰처,

20　歷史같은 포시슌을 직혀야 봅니다.

후기　一九三七. 七. 一.

수록 면수 pp. 73~74.

01 목아지 모가지. 오기-바로잡음 육필 시고의 상태 원고지에는 "싸늘한 大理石기둥에 목아지를 비틀어／맨 寒暖計"와 같이 행이 갈렸으나 '비틀어맨'이 행 구분 될 이유가 없으므로 한 행으로 간주하였다. 이 텍스트 나머지 부분에 대해서도 같이 판단하였다.

02 드려다 볼 들여다볼. 오기-바로잡음

06 각금 가끔. 오기-바로잡음

07 (浪費)함니다 합니다. 오기-바로잡음

10 (理想)곱소이다 곱소이다 오기-바로잡음

15 이약이 이야기. 오기-바로잡음

　　하엿슴니다 하였습니다. 오기-바로잡음

16 몹으는 모르는. 오기-바로잡음

18 딿아 따라. 오기-바로잡음

19 않을 안을. 오기-바로잡음

20 포시슌 포지슌. 오기-바로잡음 → 포지션 position.

　　직혀야 지켜야. 오기-바로잡음

　　봄니다 봅니다. 오기-바로잡음

55B

제목　寒暖計

01　싸늘한 大理石 기둥에 목아지를 비틀어맨 寒暖計,
02　문득 들여다 볼수 있는 運命한 五尺六寸의 허리 가는
03　水銀柱,
04　마음은 琉璃管 보다 맑소이다.
05
06　血管이 單調로워 神經質인 輿論動物,
07　가끔 噴水같은 冷침을 억지로 삼키기에,
08　精力을 浪費합니다.
09
10　零下로 손구락질 할 수돌네 房처럼 치운 겨울보다
11　해바라기 滿發한 八月校庭이 理想곱소이다.
12　피끓을 그날이 ──
13
14　어제는 막 소낙비가 퍼붓더니 오늘은 좋은 날세올시다.
15　동저고리 바람에 언덕으로, 숲으로 하시구려 ──
16　이렇게 가만 가만 혼자서 귓속이야기를 하였웁니다.
17　나는 또 내가 모르는 사이에 ──
18
19　나는 아마도 眞實한 世紀의 季節을 따라 ──

20   하늘만 보이는 울타리 안을 뛰처,
21   歷史같은 포지션을 지켜야 봅니다.
후기 〈一九三七. 七. 一.〉

수록 면수 pp. 88~89(55C, p. 77/55D, p. 37).
제목 寒暖計 (55C의) '한란계' → 한난계. 오기-바로잡음 『표준국어대사전』, p. 6743.
01 목아지 모가지. 오기-바로잡음 55D도 같다.
　　비틀어맨 비틀어 맨. 띄어쓰기 오류 55D도 같다.
02 들여다 볼수 들여다볼 수. 띄어쓰기 오류 55D도 같다.
　　五尺六寸의 五尺 六寸의. 띄어쓰기 오류 55D도 같다.
　　(55D의) **허리가는** 허리 가는. 띄어쓰기 오류
03 水銀柱 참고 별행으로 처리하지 말았어야 할 부분이다. 육필 시고와 다름
07 (冷)침(을) 55A에는 '춤'으로 되어 있다. 육필 시고와 다름 방언이 지닌 어감이 무시되었다. 55C, 55D도 같다.
10 손구락질 할 손가락질할. 띄어쓰기 오류 55D도 같다.
　　치운 55A에는 '칩은'으로 되어 있다. 육필 시고와 다름 어감이 다르다. 55D도 같다.
　　겨울 55A에는 '겨을'로 되어 있다. 육필 시고와 다름 방언이 지닌 어감이 무시되었다. 55C, 55D도 같다.
11 해바라기 55A에는 '해바라기가'로 되어 있다. 육필 시고와 다름 55C, 55D도 같다.
　　滿發한 55A에는 '滿發할'로 되어 있다. 육필 시고와 다름 필연적으로 해석상의 차이를 낳을 수밖에 없다. 55C, 55D도 같다.
　　八月校庭이 八月 校庭이. 띄어쓰기 오류 55D도 같다.
12 피끓을 피 끓을. 띄어쓰기 오류 55D도 같다.
16 귓속이야기를 귓속 이야기를. 띄어쓰기 오류 55D도 같다.
　　하였읍니다 하였습니다. 오기-바로잡음 55D도 같다.
19 따라 —— 55A에는 '딿아,'로 되어 있다. 줄표가 없다. 육필 시고와 다름 55C, 55D도 같다.
20 뛰쳐 55A에는 '뛰처'로 되어 있다. 육필 시고와 다름 방언이 지닌 어감이 무시되었다. 55C, 55D도 같다.
21 歷史같은 歷史 같은. 띄어쓰기 오류 55D도 같다.

56. 그 女子

01   함께 핀 꽃에 처음 익은 능금은

02   먼저 떨어졌습니다.

03

04   오날도 가을바람은 그냥 붑니다.

05

06   길가에 떨어진 붉은 능금은

07   지나든 손님이 집어 갔습니다.

    _1937. 7. 26.

출전 『사진판』, p. 74, B22.

장르 시.

형태 전 3연(연별 행수: 2 - 1 - 2).

어휘 연구

02 (떨어)―졌―(습니다) ―졌―. 〔북한 → 표준〕

04 오날 오늘. 〔옛말 → 표준〕▷『이조어사전』, p. 572.

07 지나든 지나던. 〔옛말 → 표준〕▷『우리말큰사전』, p. 5013.

56A

제목 그女子

01 함께핀 꽃에 처음익은 능금은

02 먼저 떨어젓슴니다.

03

04 오날도 가을바람은 그냥붐니다.

05

06 길가에 떨어진 불근 능금은

07 지나든 손님이 집어갓슴니다.

후기 一九三七. 七. 二六.

수록 면수 p. 74.

02 (떨어지)―엇―슴―(니다) (떨어지)―었―습―(니다). 오기-바로잡음

04 붐니다 붑니다. 오기-바로잡음

06 불근 붉은. 오기-바로잡음

07 갓슴니다 갔습니다. 오기-바로잡음

56B

제목 그 女 子

01 함께 핀 꽃에 처음 익은 능금은

02 먼저 떨어졌읍니다.

03

04 오날도 가을바람은 그냥 붑니다.

05

06 길가에 떨어진 붉은 능금은

07 지나는 손님이 집어 갔읍니다.

후기 〈一九三七. 七. 二六.〉

수록 면수 p. 176(56D, p. 38).

02 떨어졌읍니다 떨어졌습니다. 오기-바로잡음 56D도 같다.

07 지나는 56A에는 '지나든'으로 되어 있다. 육필 시고와 다름 해석상의 차이를 낳을 수밖에 없다. 56D도 같다.

  갔읍니다 갔습니다. 오기-바로잡음 56D도 같다.

57. 소낙비

01   번개, 뇌성, 왁자지근 뚜다려

02   머 — ㄴ 都會地에 落雷가 있어만 싶다.

03

04   벼루장 엎어논 하늘로

05   살 같은 비가 살처럼 쏟아진다.

06

07   손바닥 만한 나의 庭園이

08   마음같이 흐린 湖水 되기 일쑤다.

09

10   바람이 팽이처럼 돈다.

11   나무가 머리를 이루 잡지 못한다.

12

13   내 敬虔한 마음을 모셔 드려

14   노아 때 하늘을 한 모금 마시다.

　　__1937. 8. 9.

출전『사진판』, pp. 86~87, B34.
장르 시.

형태 전 5연 각 2행.

어휘 연구

01 왁자지근 왁자지껄. 〔북한 → 표준〕▷『표준국어대사전』, p. 4548.

　뚜다려 뚜드려. 〔북한 → 표준〕「가슴 1」에서도 '뚜다려'가 쓰인 것으로 보아 실수의 결과인 오기가 아닌 것을 알 수 있다.

04 벼루장. 벼룻집. 〔북한 → 표준〕▷『조선말대사전/1』, p. 1387.

57A

제목　소낙비

01　번개, 뇌성, 왁자지근 뚜다려

02　머 — ㄴ 都會地에 落雷가 있어만싶다.

03

04　벼루짱 엎어논 하늘로

05　살같은 비가 살처럼 쏫다진다.

06

07　손바닥 만한 나의庭園이

08　마음같이 흐린湖水되기 일수다.

09

10　바람이 팽이처럼 돈다.

11　나무가 머리를 이루 잡지 몯한다.

12

13　내 敬虔한 마음을 모서드려

14　노아때 하늘을 한모금 마시다.

후기　一九三七. 八月. 九日.

수록 면수 pp. 86~87.

04 벼루짱 벼루장. 오기-바로잡음

05 쏫다진다 쏟아진다. 오기-바로잡음

08 일수 일쑤. 오기-바로잡음

11 몯한다 못한다. 오기-바로잡음

13 모서 모셔. 오기-바로잡음

57B

제목　소낙비

01   번개, 뇌성, 왁자지근 뚜다려

02   머 ― ㄴ 都會地에 落雷가 있어만 싶다.

03

04   벼루짱 엎어논 하늘로

05   살같은 비가 살처럼 쏟아진다.

06

07   손바닥만한 나의 庭園이

08   마음같이 흐린 湖水되기 일쑤다.

09

10   바람이 팽이처럼 돈다.

11   나무가 머리를 이루 잡지 못한다.

12

13   내 敬虔한 마음을 모셔드려

14   노아때 하늘을 한모금 마시다.

후기   一九三七. 八月. 九日.

수록 면수 pp. 86~87(57C, p. 78/57D, p. 39).
05 살같은 살 같은. 띄어쓰기 오류 57D도 같다.
07 손바닥만한 손바닥 만한. 띄어쓰기 오류 57C, 57D도 같다.
08 湖水되기 湖水 되기. 띄어쓰기 오류 57D도 같다.
13 모셔드려 모셔 드려. 띄어쓰기 오류 57D도 같다.
14 노아때 노아 때. 띄어쓰기 오류 57D도 같다.
　　한모금 한 모금. 띄어쓰기 오류 57D도 같다.

58. 悲哀

01　호젓한 世紀의 달을 따라

02　알 듯 모를 듯 한데로 거닐과저!

03

04　아닌 밤중에 튀기듯이

05　잠자리를 뛰처

06　끝없는 曠野를 홀로 거니는

07　사람의 心思는 외로우려니

08

09　아 — 이 젊은이는

10　피라미드처럼 슬프구나

후기　一九三七. 八月. 十八日.

출전 『사진판』, p. 77, A25.
장르 시.
형태 전 3연(연별 행수: 2 - 4 - 2).
어휘 연구
02 거닐과저 거닐고자. 〔옛말 → 표준〕▷『우리말큰사전』, p. 4877.
05 뛰처 뛰쳐. 〔북한 → 표준〕

58A

제목　悲哀
01　호젓한 世紀의달을 딿아
02　알뜻 모를뜻 한데로 거닐과저!
03
04　아닌 밤중에 튀기듯이
05　잠자리를 뛰처
06　끝없는 曠野를 홀로 거니는
07　사람의心思는 외로우러니
08
09　아 ― 이젊은이는
10　피라미트처럼 슬프구나
후기　一九三七. 八月. 十八日.

수록 면수 p. 77.
01 딿아 따라.　오기-바로잡음
02 알뜻 모를뜻 알 듯 모를 듯.　오기-바로잡음
07 외로우러니 외로우려니.　오기-바로잡음
10 피라미트 피라미드 pyramid.　오기-바로잡음

58B

제목　悲哀
01　호젓한 世紀의 달을 따라
02　알 듯 모를 듯한 데로 거닐고저!
03
04　아닌밤중에 튀기듯이
05　잠자리를 뛰쳐
06　끝없는 曠野를 홀로 거니는
07　사람의 心思는 외로우려니

08
09   아 — 이 젊은이는
10   피라밋처럼 슬프구나
후기 〈一九三七. 八. 一八.〉

수록 면수 p. 177(58C, p. 136/58D, p. 40).
02 알 듯 모를 듯한 데로 58A에는 '알뜻 모를뜻 한데로'로 되어 있다. 즉 '한데로'의 '한데'는 노천 · 바깥 · 밖 등을 의미하는 명사로 쓰인 것이다. 육필 시고와 다름 58C, 58D도 같다. **참고** "아닌 밤중에 튀기듯이／잠자리를 뛰처／끝없는 曠野를 홀로 거니는"과의 의미상 호응을 고려하면, 원전의 '한데'는 '바깥'(노천露天)을 의미하는 고유어임이 분명하다.

　　거닐고저 58A에는 '거닐과저'로 되어 있다. 육필 시고와 다름 58C, 58D도 같다.
04 아닌밤중에 아닌 밤중에. 띄어쓰기 오류
05 뛰처 58A에는 '뛰처'로 되어 있다. 육필 시고와 다름 방언이 지닌 어감이 무시되었다. 58C, 58D도 같다.
10 피라밋 피라미드. 오기-바로잡음 58D도 같다.

59. 瞑想

01   가츨가츨한 머리갈은 오막살이 처마 끝,

02   휫파람에 콧마루가 서분한 양 간질키오.

03

04   들窓 같은 눈은 가볍게 닫혀,

05   이 밤에 戀情은 어둠처럼 골골이 스며드오.

　　__1937. 8. 20.

出典『사진판』, p. 78, B26.
추정 제작 시기 1937. 8. 20.
장르 시.
형태 전 2연 각 2행.
어휘 연구
01 가츨가츨한 가칠가칠한. 〔북한/옛말 → 표준〕**참고**『우리말큰사전』, p. 4851 → 거츨다 〉거칠다.
　머리갈 머리칼. 〔북한/옛말 → 표준〕**참고** ①『이조어사전』, p. 28: 칼의 옛말로 '갈'이 있음을
감안해볼 수 있다. ②「風景」에도 '머리갈'이 쓰이고 있음을 볼 수 있다. 그러므로 실수로 인한 오기
로 보기 어렵다.
02 쉿파람 '휘파람'의 방언인 듯.
　서분한 서운한. 〔북한 → 표준〕▷『조선말대사전/1』, p. 1724.
　간질키오 '간지럼을 타다'에 해당하는 방언인 듯하다.

59A

제목 瞑想
01　가츨가츨한 머리갈은 오막사리 처마끝,
02　쉿파람에 코ㄴ마루가 서분한양 간질키오.
03
04　들窓같은 눈은 가볍게 닫혀,
05　이밤에 戀情은 어둠처럼 골골히 스며드오.
후기　8. 20.

수록 면수 p. 78.
01 오막사리 오막살이.　오기-바로잡음
02 코ㄴ마루 콧마루.　오기-바로잡음
05 골골히 골골이.　오기-바로잡음
후기 8. 20. 참고 전후 기록의 정황으로 보아 이는 1937년의 '8월 20일'을 가리킴이 분명하다.

59B

제목 瞑想
01　가츨가츨한 머리칼은 오막살이 처마끝,
02　쉬파람에 콧마루가 서운한양 간질키오.
03
04　들窓같은 눈은 가볍게 닫혀,
05　이밤에 戀情은 어둠처럼 골골히 스며드오.
후기　〈一九三七. 八. 二0〉

수록 면수 p. 85(59C, p. 79/59D, p. 41).

01 머리칼 59A에는 '머리갈'로 되어 있다. 육필 시고와 다름 어감이 다르다. 59C, 59D도 같다.

　　처마끝 처마 끝. 띄어쓰기 오류 59C, 59D도 같다.

02 쉬파람 59A에는 '쉿파람'으로 되어 있다. 육필 시고와 다름 어감이 다르다. 59C, 59D도 같다.

　　서운한 59A에는 '서분한'으로 되어 있다. 육필 시고와 다름 방언이 지닌 어감이 무시되었다. 59C, 59D도 같다.

　　서운한양 서운한 양. 띄어쓰기 오류 59D도 같다.

04 들窓같은 들窓 같은. 띄어쓰기 오류 59D도 같다.

05 이밤에 이 밤에. 띄어쓰기 오류 59D도 같다.

　　골골히 골골이. 오기-바로잡음 59D도 같다.

60. 毘盧峯

01   萬象을

02   굽어보기란——

03

04   무릎이

05   오들오들 떨린다.

06

07   白樺

08   어려서 늙었다.

09

10   새가

11   나븨가 된다

12

13   정말 구름이

14   비가 된다.

15

16   옷자락이

17   칩다.

    ＿1937. 9.

출전『사진판』, pp. 96~97, B43.
장르 시.
형태 전 6연 각 2행.
어휘 연구
04 무릎 무릎. 〔북한 → 표준〕▷『한국방언사전』, pp. 355~56.
11 나븨 나비. 〔북한/옛말 → 표준〕▷『한국방언사전』, pp. 986~87,『이조어사전』, p. 133.
17 칩다 춥다. 〔북한 → 표준〕▷『표준국어대사전』, p. 6217.

60A

제목　毘盧峯
01　萬象을
02　굽어 보기란 ——
03
04　무릎이
05　오들오들 떨린다.
06
07　白樺
08　어려서 늙엇다.
09
10　새가
11　나븨가 된다
12
13　정말 구름이
14　비가 된다.
15
16　옷 자락이
17　칩다.
후기　一九三七. 九月.

수록 면수 pp. 96~97.
08 늙엇다 늙었다.　오기-바로잡음

60B

제목　毘盧峯
01　萬象을
02　굽어 보기란 ——

03

04　무릎이

05　오들오들 떨린다.

06

07　白樺

08　어려서 늙었다.

09

10　새가

11　나비가 된다

12

13　정말 구름이

14　비가 된다.

15

16　옷 자락이

17　칩다.

후기　一九三七. 九月.

수록 면수 pp. 82~83(60C, p. 82/60D, p. 43).

02 굽어 보기란 굽어보기란. 띄어쓰기 오류 60D도 같다.

04 무릎이 60A에는 '무렆이'로 되어 있다. 육필 시고와 다름 방언이 지닌 어감이 무시되었다. 60C, 60D도 같다.

11 나비 60A에는 '나븨'로 되어 있다. 육필 시고와 다름 방언이 지닌 어감이 무시되었다. 60C, 60D도 같다.

16 옷 자락이 옷자락이. 띄어쓰기 오류 60D도 같다.

61. 바다

01   실어다 뿌리는

02   바람조차 씨원타.

03

04   솔나무 가지마다 샛춤히

05   고개를 돌리여 뻐드러지고,

06

07   밀치고

08   밀치운다.

09

10   이랑을 넘는 물결은

11   폭포처럼 피여오른다

12

13   海邊에 아이들이 모인다

14   찰찰 손을 싯고 굽으로,

15

16   바다는 자꼬 섧어진다.

17   갈메기의 노래에 ………

18

19   도려다보고 도려다보고

20   돌아가는 오날의 바다여!

___1937. 9. 원산(元山) 송도원(松濤園)서

출전『사진판』, pp. 79~80, B28.

장르 시.

형태 전 7연 각 2행.

어휘 연구

02 씨원타 북한어 '씨원하다'의 준말. ▷『표준국어대사전』, p. 3955: 씨원하다 → 매우 시원하다.

04 솔나무 소나무의 원말.『표준국어대사전』, p. 3585.

　　샛춤히 새침하게. 〔북한 → 표준〕▷『조선말대사전/1』, p. 1952 참조.

05 돌리여 돌리어. 〔북한 → 표준〕▷『표준국어대사전』, p. 4303. **참고** 대체로 윤동주의 육필 시고에는 'ㅣ' 모음 아래 오는 'ㅓ'가 순행 동화를 겪어 'ㅕ'가 되는 경우가 많다.

11 피여오른다 피어오른다. 〔북한 → 표준〕▷『표준국어대사전』, p. 4303.

14 싯고 씻고. 〔옛말 → 표준〕▷『이조어사전』, p. 501.

　　구부로 굽으로. 　오기-바로잡음 〔북한어〕▷『조선말대사전/1』, p. 352.

참고 1 ① 13행과 14행이 도치된 것으로 볼 경우, '구부로'가 '모인다'와 호응되므로 '구보驅步로'의 오기로 파악될 수도 있겠으나, 〈……(海邊에 아이들이) 구보로(14행) 모인다(13행)〉는 '찰찰 손을 싯고' 때문에 아무래도 자연스럽지 못하다.

② 한편 윤동주가 정지용의 시를 열심히 학습한 점을 고려할 경우, 정지용의 「바다 2」(『정지용 시집』, 시문학사, 1936, pp. 5~6)가 이 텍스트를 이해하는 데 참조가 될 듯하다(아래 인용 부분에서 굵은 활자로 강조한 것은 필자).

　　바다는 뿔뿔히/달어 날랴고 했다. //(제1연)
　　푸른 도마뱀떼 같이/재재발렀다. //(제2연)
　　꼬리가 이루/잡히지 않았다. //(제3연)
　　가까스루 몰아다 부치고/
　　변죽을 둘러 손질하여 물기를 시쳤다//(제5연)
　　이 앨쓴 해도(海圖)에/손을 싯고 떼었다.///(제6연)
　　찰찰 넘치도록/돌돌 굴르도록//(제7연)
　　회동그란히 바쳐 들었다!/
　　지구(地球)는 연(蓮)닢인양 옴으라들고 …… 펴고 ……//(제8연)

　　이 부분과의 관련성을 승인한다면, '구부로'의 '굽'은 북한 방언을 사용한 것으로 볼 수 있다. 즉 이 작품의 시적 정황을 정지용의 「바다 2」와 비슷한 것으로 가정해볼 경우, 그 시적 정황은, 주어인 '바다'가 …… "밀치고 밀치우며(3연) …… 폭포처럼 피여오르며(4연) …… 해변까지 다가왔다가 찰찰 손을 씻고 다시 굽으로 밀려나(5연) …… 갈메기의 노래에 서러움을 느끼며(6연) …… 자꾸 뒤돌아보며 돌아가는(7연)" 정황으로 이해된다. 이 경우 '굽'이란 "한껏 (해변으로) 다가온 바다(파도)가 뒤로 밀려나는" (해변의) '저 아래쪽', 즉 육지의 굽도리를 의미하게 된다. 다음을 참조하라.

참고 2『조선말대사전/1』, p. 352. '굽'은 북한 방언에서 ① 사물의 밑이나 아래에 달린 굽도리 ② 사물의 휘어늘어진 한쪽 구석. → 하늘과 지평선이 맞닿은 한쪽 구석을 뜻하는 말.

16 자꼬 자꾸. 〔북한 → 표준〕▷『한국방언사전』, pp. 1124~25.

　　섥어진다 설워진다. 〔북한 → 표준〕▷『한국방언사전』, pp. 1221~22.

17 갈메기 갈매기. 〔북한 → 표준〕▷『한국방언사전』, pp. 864~65.
19 도려다보고 돌아다보고. 〔북한 → 표준〕
20 오날 오늘. 〔옛말 → 표준〕▷『이조어사전』, p. 572.

61A

제목 바다
01   실어다 뿌리는
02   바람 좇아 씨원타.
03
04   솔나무 가지마다 샛춤히
05   고개를 돌리여 뻐들어지고,
06
07   밀치고
08   밀치운다.
09
10   이랑을 넘는 물결은
11   폭포처렴 피여오른다
12
13   海邊에 아이들이 모인다
14   찰찰 손을싯고 구부로,
15
16   바다는 작고 섧어진다.
17   갈메기의 노래에 ………
18
19   도려다보고 도려다보고
20   돌아가는 오날의 바다여!
후기   一九三七. 九月. 元山 松濤園서

수록 면수 pp. 79~80.
02 바람 좇아 바람조차. 오기-바로잡음
05 뻐들어지고 뻐드러지고. 오기-바로잡음
11 폭포처렴 폭포처럼. 오기-바로잡음
14 구부로 굽으로. 오기-바로잡음
16 작고 자꼬. 오기-바로잡음

61B

제목	바다
01	실어다 뿌리는
02	바람 조차 씨원타.
03	
04	솔나무 가지마다 샛춤히
05	고개를 돌리어 뻐들어지고,
06	
07	밀치고
08	밀치운다.
09	
10	이랑을 넘는 물결은
11	폭포처럼 피어오른다.
12	
13	海邊에 아이들이 모인다
14	찰찰 손을 싯고 구보로.
15	
16	바다는 작고 섧어진다.
17	갈매기의 노래에 ………
18	
19	돌아다 보고 돌아다 보고
20	돌아가는 오늘의 바다여!
후기	一九三七. 九月. 元山 松濤園서

수록 면수 pp. 80~81(61C, p. 80/61D, p. 44).

02 바람 조차 바람조차. 띄어쓰기 오류

05 돌리어 61A에는 '돌리여'로 되어 있다. 육필 시고와 다름 방언이 지닌 어감이 무시되었다.

11 피어오른다 61A에는 '피여오른다'로 되어 있다. 육필 시고와 다름 어감의 차이가 있다. 61C, 61D도 같다.

14 ① 구보로 '구부(로)'를 '구보(로)'의 오기로 간주한 것이다. 61C, 61D도 같다. ② '구보로.'에 있는 마침표는 원본에는 쉼표로 되어 있다. 다음 연과의 관계를 고려하면 마침표와 쉼표는 해석상 차이가 크다.

19 돌아다 보고 ① 61A에는 '도려다보고'로 되어 있다. 육필 시고와 다름 어감의 차이가 있다. 61C, 61D도 같다. ② → 돌아다 보고. 띄어쓰기 오류 61D도 같다.

20 오늘 61A에는 '오날'로 되어 있다. 육필 시고와 다름 방언이 지닌 어감이 무시되었다. 61C, 61D도 같다.

62. 山峽의 午後

01 내 노래는 오히려

02 섧은 산울림.

03

04 골짜기 길에

05 떨어진 그림자는

06 너무나 슬프구나.

07

08 午後의 瞑想은

09 아 — 졸려.

   __1937. 9.

출전『사진판』, p. 82, B30.
장르 시.

형태 전 3연(연별 행수: 2 - 3 - 2).

어휘 연구

02 섫은 설운. 〔북한/옛말 → 표준〕▷ 옛말 '슳다(슬퍼하다)'의 이형태로서 윤동주가 사용한 북한 방언 목록에 '섫다'가 있었던 듯하다. 그렇게 추정되는 것은,

① B32 「어머니」의 "이밤이 작고 설혀 지나이다"라는 구절에서 보듯 '설혀'가 나타나고,

② B39 「아우의 印像畵」의 "아우의 설흔 진정코 설흔 對答이다"에서 보듯 '설흔'이 나타나는데,

이 '설혀'와 '설흔'이

③ "울며 슬허 부텻긔 술ᄫᆞ샤디"(『석보상절』11:8)에 나오는 '슬허',

④ "슬홀 비悲"에 나오는 '슬홀' 등과 형태상 유사하기 때문이다.

→『이조어사전』, p. 488, 『우리말큰사전』, p. 5200을 참조하라.

62A

제목　山峽의午後

01　　내 노래는 오히려

02　　섫은 산울림.

03

04　　골자기 길에

05　　떠러진 그림자는

06　　너무나 슬프구나.

07

08　　午後의 瞑想은

09　　아 ─ 졸려.

후기　一九三七. 九.

수록 면수 p. 82.

제목 山峽의午後 육필 시고의 상태 본디 제목이 '산울림'이었으나 이를 삭제하고 '山峽의午後'로 바꾸었다. 그런데 이 교체는『사진판』, p. 101, B48에 '산울림'이라는 동시가 씌어진 후에, 같은 제목을 피하기 위한 고려에서 이루어진 듯하다. 이로 보아 윤동주는 자신의 작품 목록을 상당히 꼼꼼하게 챙기고 있었다는 것을 알 수 있다.

04 골자기 골짜기.　오기-바로잡음

05 떠러진 떨어진.　오기-바로잡음

62B

제목　山峽의午後

수록 면수 p. 84(62C, p. 82/62D, p. 42).

63. 窓

01   쉬는 時間마다

02   나는 窓역호로 합니다.

03

04   —— 窓은 산 가르킴.

05

06   이글이글 불을 피워 주소,

07   이 방에 찬 것이 서립니다.

08

09   단풍잎 하나

10   맴도나 보니

11   아마도 작으마한 旋風이 인 게웨다.

12

13   그래도 싸느란 유리창에

14   해ㅅ살이 쨍쨍한 무렵,

15   上學鐘이 울어만 싶습니다.

    ＿1937. 10.

출전 『사진판』, pp. 78~79, B27.

장르 시.

형태 전 5연(연별 행수: 2 - 1 - 2 - 3 - 3).

어휘 연구

02 역호로 언저리로, 옆으로. 〔북한 → 표준〕▷『표준국어대사전』, p. 4325. **참고** 『사진판』, p. 111 윤동주의 수필 「달을 쏘다」 시작 부분에도, "······ '딱' 스윗치소리와 함께 電燈을 끄고 窓역의 寢臺에 드러누으니······"와 같이 '역'이 쓰이고 있음을 볼 수 있다. 이 용례에서도 '窓역'의 '역'은 '언저리, 옆'을 뜻하는 방언임을 분명히 알 수 있다.

04 가르킴 가르침. 〔북한 → 표준〕▷『한국방언사전』, p. 1266.

14 해ㅅ살 햇살.

63A

제목 窓

01　쉬는 時間마다

02　나는 窓역호로 함니다.

03

04　—— 窓은 산 가르킴.

05

06　이글이글 불을 피워주소,

07　이방에 찬것이 설임니다.

08

09　단풍닢 하나

10　맴 도나 보니

11　아마도 작으만한 旋風이 인게웨다.

12

13　그래도 싸느란 유리창에

14　해ㅅ살이 쨍쨍한 무렵,

15　上學鐘이 울어만 싶습니다.

후기 一九三七. 十月.

수록 면수 pp. 78~79.

02 함니다 합니다. 오기-바로잡음 **참고** 위치를 뜻하는 '역호로'와의 호응을 감안할 때, '함니다'는 아무래도 '갑니다'의 오기인 듯싶다. 그러나 확실치 않아 그대로 인정하기로 한다.

06 이글이글 육필 시고의 상태 원래 형태는 '이륵이륵'이었으나, 주황색 색연필로 '이글이글'로 수정하여놓았다. **참고** '이륵이륵'은 '햇빛이나 불빛 따위가 힘 있게 비치거나 뻗치는 모양'을 나타내는 북한어이다. (→『표준국어대사전』, p. 4916)

07 설임니다 서립니다. 오기-바로잡음

09 단풍닢 단풍잎. 오기-바로잡음

63B

제목 窓
01 쉬는 時間마다
02 나는 窓녘으로 갑니다.
03
04 ── 窓은 산 가르침.
05
06 이글이글 불을 피워주소,
07 이방에 찬것이 서립니다.
08
09 단풍잎 하나
10 맴 도나 보니
11 아마도 작으마한 旋風이 인게웨다.
12
13 그래도 싸느란 유리창에
14 햇살이 쨍쨍한 무렵,
15 上學鐘이 울어만 싶습니다.
후기 〈一九三七. 一0.〉

수록 면수 pp. 78~79(63C, p. 83/63D, p. 45).
02 녘으로 63A에는 '역호로'로 되어 있다. 육필 시고와 다름 63C, 63D도 같다.
참고『사진판』, p. 111 윤동주의 수필「달을 쏘다」시작 부분의, "…… '딱' 스윗치소리와 함께 電燈을 끄고 窓역의 寢臺에 드러누으니……"에 '역' 대신 '녘'을 적용할 경우 의미가 통하지 않는다. 따라서 '역호로'를 '녘으로'로 보는 것은 무리인 듯하다.
　　갑니다 문맥을 고려하여 판단한 듯하나, 확실치 않다.
04 가르침 63A에는 '가르킴'이라고 되어 있다. 육필 시고와 다름『한국방언사전』, p. 1266에는 방언 목록에 '가르킴'이 존재함을 보여주고 있다. 63C, 63D도 같다.
07 이방에 이 방에. 띄어쓰기 오류 63D도 같다.
　　찬것이 찬 것이. 띄어쓰기 오류 63D도 같다.
10 맴 도나 맴도나. 띄어쓰기 오류 63D도 같다.
11 인게웨다 인 게외다. 띄어쓰기 오류 63D도 같다.
　　※ **(63C) 선풍旋風이인 게외다** 선풍이 인 게외다. 띄어쓰기 오류

64. 遺言

01   후어 ─ ㄴ한 房에

02   遺言은 소리 없는 입놀림.

03

04   ─── 바다에 眞珠 캐려 갔다는 아들

05   海女와 사랑을 속삭인다는 맏아들

06   이 밤에사 돌아오나 내다봐라 ───

07

08   平生 외롭든 아버지의 殞命

09   감기우는 눈에 슬픔이 어린다.

10

11   외딴집에 개가 짖고

12   휘양찬 달이 문살에 흐르는 밤.

발표 __조선일보 1939. 2. 6.

출전 『사진판』, ①p. 81, B29, ②p. 185(이 작품이 발표된 조선일보 1939. 2. 6일자 스크랩 사진). ②
를 원본으로 삼되 연이나 행의 배치는 ①을 따랐다. 문장 표현상 ②의 내용은 ①을 다듬은 것이 분
명해 보이지만, 연이나 행의 구분 등 형태면에서는 ②가 ①보다 대폭 후퇴한 것으로 판단되기 때문
이다. 이러한 판단은 얼마 전까지의 우리 신문 편집 관행을 고려한 결과이기도 하다. 알 만한 사람
은 다 알고 있는 것처럼, 투고자가 잘 알려지지 않은 신인일 경우이거나, 지면이 협소할 경우에, 원
고에 적힌 시 형태가 편집이나 조판 과정에서 무시되는 것은 다반사였던 것이 사실이다.

제작 시기 표시 ①에 1937. 10. 24.로 명기되어 있다.

장르 시.

형태 전 4연(연별 행수: 2 - 3 - 2 - 2).

어휘 연구

04 캐려 캐러. 〔북한/옛말 → 표준〕▷ 윤동주의 시에는, 어미 '—러'가 '—려'로 실현되는 경우가
종종 발견되는데, 이는 실수에 의한 오기가 아니라 윤동주가 사용한 방언의 음운상 특징으로 판단
된다.

06 이밤에사 이밤에야. ▷ '—사'는 방언에 나타나는 조사로 표준어의 '—야'에 해당한다.

08 (외롭)든 (외롭)던. 〔북한/옛말 → 표준〕▷『우리말큰사전』, p. 5013.

12 휘양찬 휘영청한. 〔북한 → 표준〕 **참고** 『조선말대사전/2』, p. 1083: 휘영청 → 달빛 따위가 몹시
밝은 모양.

64A

제목　遺言

01　후어 — ㄴ한 房에
02　遺言은 소리업는 입놀림.
03
04　── 바다에 眞珠캐려 갓다는 아들
05　　　海女와 사랑을 속삭인다는 맞아들
06　　　이밤에사 돌아오나 내다봐라 ──
07
08　平生 외롭든 아버지의 殞命
09　감기우는 눈에 슬픔이 어린다.
10
11　외딴집에 개가 짓고
12　휘양찬 달이 문살에 흐르는 밤.

수록 면수 p. 185.

02 소리업는 소리 없는. 오기-바로잡음

04 갓다는 갔다는. 오기-바로잡음

05 맞아들 맏아들. 오기-바로잡음

11 짓고 짖고. 오기-바로잡음

64B

제목	遺言
01	후어 ─ ㄴ한 房에
02	遺言은 소리 없는 입놀림.
03	
04	── 바다에 眞珠캐려 갔다는 아들
05	海女와 사랑을 속삭인다는 맏아들
06	이밤에사 돌아오나 내다 봐라 ──
07	
08	平生 외롭든 아버지의 殞命
09	감기우는 눈에 슬픔이 어린다.
10	
11	외딴집에 개가 짖고
12	휘양찬 달이 문살에 흐르는 밤.
후기	〈一九三七. 一0. 二四〉

수록 면수 pp. 76~77(C, p. 84/D, p. 46).
04 眞珠캐려 眞珠 캐려. 띄어쓰기 오류 64D도 같다.
　　(64C)(진주) 캐려 64A의 '캐려'와 다르다. 육필 시고와 다름
06 이밤에사 이 밤에사. 띄어쓰기 오류 64D도 같다.
　　내다 봐라 내다봐라. 띄어쓰기 오류 64D도 같다.

제2부

1938~1942년 사이의 시편

65. 새로운 길

01   내를 건너서 숲으로

02   고개를 넘어서 마을로

03

04   어제도 가고 오늘도 갈

05   나의 길 새로운 길

06

07   문들레가 피고 까치가 날고

08   아가씨가 지나고 바람이 일고

09

10   나의 길은 언제나 새로운 길

11   오늘도 ········· 내일도 ···········

12

13   내를 건너서 숲으로

14   고개를 넘어서 마을로

　　　_1938. 5. 10.

출전『사진판』. ① pp. 83~84, B31, ② p. 148, D7. ② 를 원본으로 삼았다.
장르 시.
형태 전 5연 각 2행.
어휘 연구
07 문들레 민들레. 〔북한 → 표준〕▷『한국방언사전』, p. 758.

65A

제목　새로운길
01　내를 건너서 숲으로
02　고개를 넘어서 마을로
03
04　어제도 가고 오늘도 갈
05　나의길 새로운길
06
07　문들레가피고 까치가 날고
08　아가씨가 지나고 바람이 일고
09
10　나의길은 언제나 새로운길
11　오늘도 ⋯⋯⋯ 내일도 ⋯⋯⋯⋯
12
13　내를 건너서 숲으로
14　고개를 넘어서 마을로
후기　一九三八. 五. 一〇.

수록 면수 p. 148.

65B

제목　새로운길
01　내를 건너서 숲으로
02　고개를 넘어서 마을로
03
04　어제도 가고 오늘도 갈
05　나의 길 새로운 길
06
07　문들레가 피고 까치가 날고
08　아가씨가 지나고 바람이 일고

수록 면수 pp. 16~17(65C, p. 85/65D, p. 47).

07 (65C)민들레 65A에는 '문들레'로 되어 있다. 육필 시고와 다름 어감의 차이가 있다.

10 (65D)나의길은 나의 길은. 띄어쓰기 오류

66. 산울림

<pre>
01   까치가 울어서
02   산울림,
03   아무도 못 들은
04   산울림.
05
06   까치가 들었다,
07   산울림,
08   저 혼자 들었다,
09   산울림.
</pre>

출전 『사진판』, ① p. 101, B48, ② p. 184(이 작품이 '尹童舟'라는 필명으로 발표된 조선일보사 간, 『少年』지 1939년 3월호의 스크랩 사진). ② 를 원본으로 삼았다.

제작 시기 표시 ① 에는 1938. 5.로 명기되어 있다.

장르 동시.

형태 전 2연 각 4행.

66A

제목　산울림

01　까치가 울어서

02　산울림,

03　아무도 못들은

04　산울림.

05

06　까치가 들었다,

07　산울림,

08　저혼자 들었다,

09　산울림.

수록 면수 p. 184.

66B

제목　산울림

01　까치가 울어서

02　산울림,

03　아무도 못들은

04　산울림.

05

06　까치가 들었다,

07　산울림,

08　저혼자 들었다,

09　산울림.

후기　〈一九三八. 五.〉

수록 면수 p. 128(66C, p. 96/66D, p. 113).

03 못들은 못 들은. 띄어쓰기 오류 음수율을 고려한 결과일 수도 있다.

08 저혼자 저 혼자. 띄어쓰기 오류 음수율을 고려한 결과일 수도 있다.

※ 66C에는 위 두 곳에 띄어쓰기를 제대로 적용했다.

후기 〈一九三八. 五.〉 『사진판』, p. 101, B48에 적혀 있는 제작 일자를 적었다.

67. 비 오는 밤

01   쏴 ― 철석! 파도 소리 문살에 부서저

02   잠 살포시 꿈이 흩어진다.

03

04   잠은 한낱 검은 고래 떼처럼 살래여,

05   달랠 아무런 재조도 없다.

06

07   불을 밝혀 잠옷을 정성스리 여매는

08   三更.

09   念願.

10

11   憧憬의 땅 江南에 또 洪水질 것만 싶어,

12   바다의 鄕愁보다 더 호젓해진다.

　　　__1938. 6. 11.

출전 『사진판』, pp. 88~89, B36.

장르 시.

형태 전 4연(연별 행수: 2 - 2 - 3 - 2).

어휘 연구

01 부서저 부서져. 〔북한/옛말 → 표준〕 **참고** '져'가 '저'로 되는 것은 방언상의 발음. 윤동주의 육필 시고에는 음절의 첫소리가 구개음 'ㅈ, ㅊ'인 경우, 가운뎃소리 자리에 'ㅕ' 대신 'ㅓ'가 오는 것을 자주 볼 수 있다.

04 살래여 '설레어'의 작은말에 해당하는 방언. **참고** ① 『조선말대사전/2』, p. 1751: 설레이다 → 공연히 이리저리 움직이다. 설렁설렁 흔들리다. 마음이 울렁이다. ② 『조선말대사전/2』, p. 1679: 살래살래 → 작은 동작으로 고개를 가볍게 자꾸 흔드는 모양.

05 재조 재주의 원말. 『표준국어대사전』, p. 5263.

07 정성스리 정성스레. 〔북한 → 표준〕

　여매는 여미는. 〔옛말 → 표준〕▷『우리말큰사전』, p. 4938.

67A

제목　비오는밤

01　쏴 ― 철석! 파도소리 문살에 부서저

02　잠살포시 꿈이 흐터진다.

03

04　잠은 한낫 검은고래떼처럼 살래여,

05　달랠 아무런 재조도 없다.

06

07　불을밝혀 잠옷을 정성스리 여매는

08　三更.

09　念願.

10

11　憧憬의 땅 江南에 또洪水질것만시퍼,

12　바다의 鄕愁보다 더 호젓해 진다.

후기　一九三八. 六. 十一.

수록 면수 pp. 88~89.

02 흐터진다 흩어진다. 오기-바로잡음

04 한낫 한낱. 오기-바로잡음

11 시퍼 싶어. 오기-바로잡음

67B

제목　비오는밤
01　쏴 — 철석! 파도소리 문살에 부서져
02　잠 살포시 꿈이 흩어진다.
03
04　잠은 한낱 검은 고래떼처럼 살래어,
05　달랠 아무런 재주도 없다.
06
07　불을 밝혀 잠옷을 정성스리 여미는
08　三更.
09　念願.
10
11　동경의 땅 강남에 또 洪水질것만 싶어,
12　바다의 鄕愁보다 더 호젓해진다.
후기　〈一九三八. 六. ——〉

수록 면수 pp. 72~73(67C, p. 86/67D, p. 48).
01 파도소리 파도 소리. ^{띄어쓰기 오류} 67D도 같다.
　부서져 67A에는 '부서저'로 되어 있다. 육필 시고와 다름 방언이 지닌 어감이 무시되었다. 67D도 같다.
04 고래떼처럼 고래 떼처럼. ^{띄어쓰기 오류} 67D도 같다.
　살래어 67A에는 '살래여'로 되어 있다. 육필 시고와 다름 방언이 지닌 어감이 무시되었다. 67C, 67D도 같다.
05 재주도 67A에는 '재조도'로 되어 있다. 육필 시고와 다름 어감이 다르다. 67C, 67D도 같다.
07 여미는 67A에는 '여매는'으로 되어 있다. 육필 시고와 다름 어감이 다르다. 67C, 67D도 같다.
11 洪水질것만 洪水질 것만. ^{띄어쓰기 오류} 67D도 같다.

68. 사랑의 殿堂

01 　順아 너는 내 殿에 언제 들어왔든 것이냐?

02 　내사 언제 네 殿에 들어갔든 것이냐?

03

04 　우리들의 殿堂은

05 　古風한 風習이 어린 사랑의 殿堂

06

07 　順아 암사슴처럼 水晶 눈을 나려 감어라.

08 　난 사자처럼 엉클린 머리를 고루련다.

09

10 　우리들의 사랑은 한낱 벙어리였다.

11

12 　聖스런 촛대에 熱한 불이 꺼지기 前

13 　順아 너는 앞문으로 내달려라.

14

15 　어둠과 바람이 우리 窓에 부닥치기 前

16 　나는 永遠한 사랑을 안은 채

17 　뒤ㅅ門으로 멀리 사려지련다.

18

19 　이제

20 　네게는 森林속의 아늑한 湖水가 있고,

21 　내게는 峻險한 山脈이 있다.

　＿1938. 6. 19.

출전 『사진판』, pp. 89~90, B37.

장르 시.

형태 전 7연(연별 행수: 2 - 2 - 2 - 1 - 2 - 3 - 3).

어휘 연구

01 들어왔든 들어왔던. 〔옛말 → 표준〕▷『우리말큰사전』, p. 5013.

02 들어갔든 들어갔던. 〔옛말 → 표준〕▷『우리말큰사전』, p. 5013.

07 나려 내려. 〔북한/옛말 → 표준〕▷『한국방언사전』, p. 1314, 『우리말큰사전』, p. 4961.

08 고루련다 고르련다. 〔북한 → 표준〕▷『표준국어대사전』, p. 423.

17 사려지련다 사라지련다. 〔북한/옛말 → 표준〕**참고** 윤동주의 육필 시고에는 어미 '─라'가 '─려'의 형태로 실현되는 것을 종종 볼 수 있는데 이는 방언상의 발음이다(침을 발라 → 춤을 발려, 뚫어 → 뚤려, 팔러 → 팔려).

68A

제목 사랑의殿堂

01 順아 너는 내殿에 언제 들어왔든것이냐?

02 내사 언제 네殿에 들어갔든것이냐?

03

04 우리들의 殿堂은

05 古風한 風習이어린 사랑의殿堂

06

07 順아 암사슴처럼 水晶눈을 나려감어라.

08 난 사자처럼 엉크린 머리를 고루련다.

09

10 우리들의 사랑은 한낫 벙어리 엿다.

11

12 聖스런 촛대에 熱한불이 꺼지기前

13 順아 너는 앞문으로 내 달려라.

14

15 어둠과 바람이 우리窓에 부닥치기前

16 나는 永遠한 사랑을 안은채

17 뒤ㅅ門으로 멀리 사려지련다.

18

19 이제

20 네게는 森林속의 안윽한 湖水가 있고,

21 내게는 峻險한 山脈이있다.

후기 一九三八. 六. 十九.

수록 면수 pp. 89~90.

01 順아 육필 시고의 상태 '順'을 일차로 삭제하고 우측에 다른 글자(확인되지 않음)를 대신 썼으
나 다시 이를 안 보이게 철저히 검은 잉크로 뭉개어 삭제하였다. 그러나 필자는 07 및 13행에 '順
아'가 쓰인 점을 참조하여 01 첫머리에서 삭제된 '順'이 다시 살려진 것으로 판단했다.

　들어왓든 (들어오)-았-(든). 오기-바로잡음

02 들어갓든 (들어가)-았-(든). 오기-바로잡음

08 엉크린 엉클린. 오기-바로잡음

10 한낫 한낱. 오기-바로잡음

　벙어리엿다 벙어리였다. 오기-바로잡음

19 이제 육필 시고의 상태 20행의 우측에 삽입되었다. 별행으로 삽입된 것이 분명하다. 20행에 포
함시키려고 했다면, 육필 초고 여러 곳에 나타나는 원고 작성 관행으로 보아 윤동주는 '이제'를 20
행의 위에 썼을 것이다.

20 안윽한 아늑한. 오기-바로잡음

21 峻儉 峻險. 오기-바로잡음

68B

제목　사랑의 殿堂

01　順아 너는 내 殿에 언제 들어왔든 것이냐?

02　내사 언제 네 殿에 들어갔든 것이냐?

03

04　우리들의 殿堂은

05　古風한 風習이 어린 사랑의 殿堂

06

07　順아 암사슴처럼 水晶눈을 나려감어라.

08　난 사자처럼 엉크린 머리를 고루런다.

09

10　우리들의 사랑은 한낱 벙어리었다.

11

12　聖스런 촛대에 熱한 불이 꺼지기 前

13　順아 너는 앞문으로 내 달려라.

14

15　어둠과 바람이 우리窓에 부닥치기 前

16　나는 永遠한 사랑을 안은채

17　뒷문으로 멀리 사라지런다.

18

19　이제 네게는 森林속의 아늑한 湖水가 있고,

20　내게는 嶮峻한 山脈이 있다.

후기　〈一九三八. 六. 一九〉

수록 면수 pp. 68~69(68C, p. 87/68D, p. 50).

01 (68C)들어왔던 68A에는 '들어왔든' 으로 되어 있다. 육필 시고와 다름 어감의 차이가 있다.

02 (68C)들어갔던 68A에는 '들어갓든' 으로 되어 있다. 육필 시고와 다름 어감의 차이가 있다.

07 水晶눈을 水晶 눈을. 띄어쓰기 오류 68D도 같다.

 나려감어라 나려 감어라. 띄어쓰기 오류 68D도 같다.

 (68C)내려 감아라 68A에는 '나려감어라' 로 되어 있다. 육필 시고와 다름 어감의 차이가 있다.

08 엉크린 엉클린. 오기-바로잡음 68D도 같다.

10 벙어리었다 벙어리였다. 오기-바로잡음 68D도 같다.

13 내 달려라 내달려라. 띄어쓰기 오류 68D도 같다.

15 우리窓에 우리 窓에. 띄어쓰기 오류 68D도 같다.

16 안은채 안은 채. 띄어쓰기 오류 68D도 같다.

17 사라지련다 68A에는 '사려지련다' 로 되어 있다. 육필 시고와 다름 어감의 차이가 있다. 68C, 68D도 같다.

19 이제 네게는 森林속의…… 육필 시고의 상태 원본의 기록 상태로 보면, '이제' 는 별도의 행으로 분리되어야 한다. 육필 시고와 다름 68C, 68D도 같다.

森林속의 森林 속의. 띄어쓰기 오류 68D도 같다.

20 嶮峻 68A에는 '峻俊' 으로 되어 있다. 육필 시고와 다름 '험준'으로 옮긴 68C도 같다.

69. 異蹟

01 발에 터분한 것을 다 빼여 바리고

02 黃昏이 湖水 우로 걸어오듯이

03 나도 삽분삽분 걸어 보리잇가?

04

05 내사 이 湖水가로

06 부르는 이 없이

07 불리워 온 것은

08 참말 異蹟이외다.

09

10 오늘따라

11 戀情, 自惚, 猜忌, 이것들이

12 자꼬 金메달처럼 만저지는구려

13

14 하나, 내 모든 것을 餘念 없이

15 물결에 써서 보내려니

16 당신은 湖面으로 나를 불려내소서.

___1938. 6. 19.

출전『사진판』, pp. 91~92, B38.

장르 시.

형태 전 4연(연별 행수: 3 - 4 - 3 - 3).

어휘 연구

01 참고 터분하다 ① 입맛이 개운하지 아니하다. ② 음식의 맛이 신선하지 못하다. ③ 날씨나 기분 따위가 시원하지 아니하고 매우 답답하고 따분하다.

　　빼여 빼어. 〔북한/옛말 → 표준〕▷『표준국어대사전』, p. 4303.

　　바리고 버리고. 〔북한/옛말 → 표준〕▷『한국방언사전』, p. 1371, 『우리말큰사전』, p. 5134.

02 우 위. 〔북한/옛말 → 표준〕▷『표준국어대사전』, p. 4632, 『우리말큰사전』, p. 5290.

03 삽분삽분 사뿐사뿐. 〔북한 → 표준〕

　　보리잇가 보리이까. 〔옛말 → 표준〕▷『표준국어대사전』, p. 1959, p. 1950.

05 내사 ‘―사’ 는 방언에 나타나는 조사로 표준어의 ‘―야’ 에 해당한다. 『표준국어대사전』, p. 3085.

07 불리워 불려. 〔북한 → 표준〕▷『조선말대사전/1』, p. 1513.

12 자꼬 자꾸. 〔북한 → 표준〕▷『한국방언사전』, pp. 1124~25.

　　만저 만져. 〔북한 → 표준〕

16 불려(내소서) 불러(내소서). 〔북한/옛말 → 표준〕 어미 ‘―러’ 가 ‘―려’ 로 실현되는 것은 방언 의 음운상 특징으로 판단된다.

69A

제목　異蹟

01　발에 터분한 것을 다 빼여 바리고

02　黃昏이 湖水우로 걸어오듯이

03　나도 삽분삽분 걸어 보리 잇가?

04

05　내사 이湖水가로

06　부르는 이 없이

07　불리워 온 것은

08　참말異蹟이 외다.

09

10　오늘따라

11　戀情, 自惚, 猜忌, 이것들이

12　작고 金메달처럼 만저 지는구려

13

14　하나 내 모든것을餘念없이

15　물결에 써서 보내려니

16　당신은 湖面으로 나를 불려내소서.

후기　一九三八. 六. 十九.

수록 면수 pp. 91~92.
12 작고 자꼬. 오기-바로잡음

69B

제목　異蹟
01　발에 터부한 것을 다 빼어 바리고
02　黃昏이 湖水우로 걸어 오듯이
03　나도 사뿐사뿐 걸어 보리이까?
04
05　내사 이 湖水가로
06　부르는 이 없이
07　불리워 온 것은
08　참말 異蹟이외다.
09
10　오늘 따라
11　戀情, 自惚, 猜忌, 이것들이
12　자꼬 金메달처럼 만져지는구려
13
14　하나, 내 모든 것을 餘念 없이
15　물결에 씻어 보내려니
16　당신은 湖面으로 나를 불러 내소서.
후기　〈一九三八. 六. 一九.〉

수록 면수 pp. 70~71(69C, p. 88/69D, p. 49).
01 터부한 69A에는 '터분한' 으로 되어 있다. 육필 시고와 다름 '터부한' 이란 말은 우리말 목록에 없다. 69C, 69D도 같다.
　　빼어 69A에는 '빼여' 로 되어 있다. 육필 시고와 다름 어감이 다르다. 69C, 69D도 같다.
02 湖水우로 湖水 우로. 띄어쓰기 오류 69D도 같다.
　　(69C)湖水 위로 69A에는 '湖水우로' 로 되어 있다. 육필 시고와 다름 어감의 차이가 있다.
　　걸어 오듯이 걸어오듯이. 띄어쓰기 오류 합성어이므로 붙여 써야 한다. 69D도 같다.
03 사뿐사뿐 69A에는 '삽분삽분' 으로 되어 있다. 육필 시고와 다름 어감이 다르다. 69C, 69D도 같다.
10 오늘 따라 오늘따라. 띄어쓰기 오류 '―따라' 는 보조사이므로 붙여 써야 한다. 69D도 같다.
12 '만져―' 69A에는 '만저―' 로 되어 있다. 육필 시고와 다름 방언이 지닌 어감이 무시되었다. 69C, 69D도 같다.
15 씻어 69A에는 '써서' 로 되어 있다. 육필 시고와 다름 의미가 다르다. 69C, 69D도 같다.
16 불러 69A에는 '불려' 로 되어 있다. 육필 시고와 다름 69C, 69D도 같다.
　　불러 내소서 불러내소서. 띄어쓰기 오류 69D도 같다.

70. 아우의 印像畵

01 붉은 니마에 싸늘한 달이 서리여

02 아우의 얼굴은 슬픈 그림이다.

03

04 발걸음을 멈추어

05 살그먼히 애딘 손을 잡으며

06 "너는 자라 무엇이 되려니"

07

08 "사람이 되지"

09 아우의 설흔 진정코 설흔 對答이다.

10

11 슬며 — 시 잡었든 손을 놓고

12 아우의 얼굴을 다시 들여다본다.

13

14 싸늘한 달이 붉은 니마에 젖어,

15 아우의 얼굴은 슬픈 그림이다.

발표 __조선일보 1938. 10. 17.

출전 『사진판』, ① pp. 92~93, B39, ② p. 185(‘延專 尹東柱’라는 필명으로 발표된 조선일보 1938. 10. 17일자 스크랩). ②를 원본으로 삼되 연과 행 배치는 ①을 따랐다. ‘64. 遺言’과 같은 이유에서이다.

제작 시기 표시 ①에는 1938. 9. 15.로 명기되어 있다.

장르 시.

형태 전 5연(연별 행수: 2 – 3 – 2 – 2 – 2).

어휘 연구

01 니마 이마. 〔북한 → 표준〕▷『한국방언사전』, pp. 397~98.

　서리여 서리어. 〔옛말 → 표준〕▷『표준국어대사전』, p. 4303. **참고** 대체로 윤동주의 육필 시고에는 ‘ㅣ’모음 아래 오는 ‘ㅓ’가 순행 동화를 겪어 ‘ㅕ’가 되는 경우가 많다.

05 살그먼히 살그머니. 〔북한 → 표준〕

　애딘 앳된. 〔북한 → 표준〕▷『조선말대사전/2』, p. 1746, 『한국방언사전』, p. 1238.

09 설흔 설운. 〔북한/옛말 → 표준〕▷ 옛말 ‘슳다(슬퍼하다)’의 이형태로서 윤동주가 사용한 북한 방언 목록에 ‘슳다’가 있었던 듯하다. 그렇게 추정되는 것은,

① B32「어머니」의 “이밤이 작고 설혀 지나이다”라는 구절에서 보듯 ‘설혀’가 나타나고,

② B30「山峽의 午後」의 “내 노래는 오히려 / 설흔 산울림”에서 보듯 ‘설흔’이 나타나는데, 이 ‘설혀’와 ‘설흔’이

③ “울며 슬허 부텻긔 슬 ᄫ 샤ᄃᆡ”(『석보상절』 11: 8)에 나오는 ‘슬허’,

④ “슬흘 悲”에 나오는 ‘슬흘’ 등과 형태상 유사하기 때문이다.

→『이조어사전』, p. 488, 『우리말큰사전』, p. 5200을 참조하라.

11 잡었든 잡었던. 〔옛말 → 표준〕▷『우리말큰사전』, p. 5013.

70A

제목　詩 / 아우의 印像畵

01　붉은 니마에 싸늘한 달이 서리여

02　아우의 얼굴은 슬픈 그림이다.

03

04　발거름을 멈추어

05　살그먼히 애딘 손을 잡으며

06　“너는 자라 무엇이 되려니”

07　　　　　×

08　“사람이 되지”

09　아우의 설흔 진정코 설흔 對答이다.

10

11　슬며 — 시 잡었든 손을 노코

12　아우의 얼굴을 다시 드려다 본다.

13

14　싸늘한 달이 붉은 니마에 저저,

15   아우의 얼굴은 슬픈 그림이다.

수록 면수 p. 185, pp. 92~93.
원본의 상태 필명이 '延專 尹東柱'로 되어 있다.
02 얼굴 참고 『사진판』, p. 92에는 '얼골'로 되어 있다.
04 발거름 발걸음. 오기-바로잡음
07 × 『사진판』, pp. 92~93, B39에는 행 비움 표시가 되어 있다.
11 잡엇든 잡었든. 오기-바로잡음
　　노코 놓고. 오기-바로잡음
12 드려다 들여다. 오기-바로잡음
14 저저 젖어. 오기-바로잡음

70B

제목 아우의 印像畵
01   붉은 이마에 싸늘한 달이 서리어
02   아우의 얼골은 슬픈 그림이다.
03
04   발걸음을 멈추어
05   살그머니 애딘 손을 잡으며
06   "늬는 자라 무엇이 되려니"
07   "사람이 되지"
08   아우의 설은 진정코 설은 對答이다.
09
10   슬며시 잡았든 손을 놓고
11   아우의 얼굴을 다시 들여다 본다.
12
13   싸늘한 달이 붉은 이마에 젖어,
14   아우의 얼골은 슬픈 그림이다.
후기 〈一九三八. 九. 一五〉

수록 면수 pp. 66~67(70C, p. 89/70D, p. 51).
참고 02행의 '얼골', 06행의 '늬'가 나타나는 것, 그리고 제작 일자 표시를 볼 때, 『사진판』, pp. 92~93, B39를 원본으로 삼은 것이 분명하다.
01 이마 『사진판』, pp. 92~93, B39와 70A에는 모두 '니마'로 되어 있다. 육필 시고와 다름 어감의 차이가 있다. 70C, 70D도 같다.
　　서리어 『사진판』, pp. 92~93, B39와 70A에는 모두 '서리여'로 되어 있다. 육필 시고와 다름 어감의 차이가 있다. 70C, 70D도 같다.
05 살그머니 『사진판』, pp. 92~93, B39와 70A에는 모두 '살그면히'로 되어 있다. 육필 시고와 다

름 어감의 차이가 있다. 70C, 70D도 같다.

06~07 70A에는 06행과 07행 사이에 '×'가 표시된 것이 보인다. 이는 연 구분을 위한 행 비움을 지시하는 표시이다. 그러나 70B는 이에 따르지 않고 있다. 육필 시고와 다름 70C, 70D도 같다.

08 설은 『사진판』, pp. 92~93, B39와 70A에는 모두 '설흔'으로 되어 있다. 육필 시고와 다름 어감의 차이가 있다. 70C, 70D도 같다.

10 슬며시 『사진판』, pp. 92~93, B39와 70A에는 모두 '슬며—시'로 되어 있다. 육필 시고와 다름 원본과 어감이 다를 수 있다. 70C, 70D도 같다.

　　잡았든 『사진판』, pp. 92~93, B39와 70A에는 모두 '잡엇든'으로 되어 있다. 육필 시고와 다름 어감의 차이가 있다. 70C, 70D도 같다.

11 들여다 본다 들여다본다. 띄어쓰기 오류 70D도 같다.

71. 코쓰모쓰

01   淸楚한 코쓰모쓰는

02   오직 하나인 나의 아가씨,

03

04   달빛이 싸늘히 추운 밤이면

05   넷 少女가 못 견디게 그리워

06   코쓰모쓰 핀 庭園으로 찾어간다.

07

08   코쓰모쓰는

09   귀또리 울음에도 수집어지고,

10

11   코쓰모쓰 앞에 선 나는

12   어렸을 적처럼 부끄러워지나니,

13

14   내 마음은 코쓰모쓰의 마음이오.

15   코쓰모쓰의 마음은 내 마음이다.

      __1938. 9. 20.

출전 『사진판』, p. 94, B40.

장르 시.

형태 전 5연(연별 행수: 2 - 3 - 2 - 2 - 2).

어휘 연구

05 넷 옛. 〔북한/옛말 → 표준〕▷『표준국어대사전』, p. 1200.

06 찾어간다 찾아간다. 〔북한 → 표준〕

09 귀또리 귀뚜라미. 〔북한/옛말 → 표준〕▷『한국방언사전』, pp. 984~86, 『우리말큰사전』, p. 4890.

　　수집어지고 수줍어지고. 〔북한 → 표준〕▷『표준국어대사전』, p. 3672.

71A

제목 <u>코쓰모쓰</u>

01　淸楚한 코쓰모쓰는

02　오직 하나인 나의 아가씨,

03

04　달빛이 싸늘히 추운 밤이면

05　넷 *少女*가 몯견디게 그리워

06　코쓰모쓰 핀 庭園으로 찾어간다.

07

08　<u>코쓰모쓰는</u>

09　귀또리 울음에도 수집어지고,

10

11　<u>코쓰모쓰 앞에선 나는</u>

12　어렷슬적 처럼 부끄러워 지나니,

13

14　<u>내마음은 코쓰모쓰의 마음이오.</u>

15　<u>코쓰모쓰의 마음은 내마음이다.</u>

후기　一九三八. 九. 二十日.

수록 면수 p. 94.

05 몯(견디게) 못. 오기-바로잡음

12 어렷슬 어렸을. 오기-바로잡음

　　어렷슬적 처럼 어렸을 적처럼. 오기-바로잡음

71B

제목 <u>코스모스</u>

01 淸楚한 코스모스는

02 오직 하나인 나의 아가씨,

03

04 달빛이 싸늘히 추운 밤이면

05 옛 少女가 못 견디게 그리워

06 코스모스 핀 庭園으로 찾아간다.

07

08 코스모스는

09 귀또리 울음에도 수집어지고,

10

11 코스모스 앞에선 나는

12 어렸을 적처럼 부끄러워지나니,

13

14 내 마음은 코스모스의 마음이오

15 코스모스의 마음은 내 마음이다.

후기 〈 一九三八. 九. 二0 〉

수록 면수 pp. 178~79(71D, p. 52).

제목 코스모스 71A에는 '코쓰모쓰'로 되어 있다. 시 본문의 경우도 마찬가지다. 육필 시고와 다름 71D도 같다.

05 옛 71A에는 '녯'으로 되어 있다. 육필 시고와 다름 방언이 지닌 어감이 무시되었다. 71D도 같다.

06 찾아간다 71A에는 '찾어간다'로 되어 있다. 육필 시고와 다름 어감의 차이가 있다. 71D도 같다.

09 (71D)수줍어지고 71A에는 '수집어지고'로 되어 있다. 육필 시고와 다름 어감의 차이가 있다.

11 앞에선 앞에 선. 띄어쓰기 오류 71D도 같다.

72. 슬픈 族屬

01 흰 수건이 검은 머리를 두르고

02 흰 고무신이 거츤 발에 걸리우다.

03

04 흰 저고리 치마가 슬픈 몸집을 가리고

05 흰 띠가 가는 허리를 질끈 동이다.

  ＿1938. 9.

출전 『사진판』, ① p. 95, B41, ② p. 158, D15. ② 를 원본으로 삼았다.
장르 시.
형태 전 2연 각 2행.
어휘 연구
01 02 04 05 힌 흰. 〔북한 → 표준〕▷『한국방언사전』, p. 1263.
02 거츤 거친. 〔북한/옛말 → 표준〕▷『조선말대사전/2』, p. 1836, 『우리말큰사전』, p. 4851.
 걸리우다 걸리다. 〔북한 → 표준〕

72A

제목 슬픈族屬
01 힌 수건이 검은 머리를 두르고
02 힌 고무신이 거츤발에 걸리우다.
03
04 힌 저고리 치마가 슬픈 몸집을 가리고
05 힌 띠가 가는 허리를 질끈 동이다.
후기 一九三八. 九.

수록 면수 p. 158.

72B

제목 슬픈 族屬
01 흰 수건이 검은 머리를 두르고
02 흰 고무신이 거친 발에 걸리우다.
03
04 흰 저고리 치마가 슬픈 몸집을 가리고
05 흰 띠가 가는 허리를 질끈 동이다.
후기 〈一九三八. 九.〉

수록 면수 p. 32(72C, p. 90/72D, p. 53).
01 02 04 05 흰 72A에는 '힌'으로 되어 있다. 육필 시고와 다름 방언이 지닌 어감이 무시되었다. 72C, 72D도 같다.
02 거친 72A에는 '거츤'으로 되어 있다. 육필 시고와 다름 방언이 지닌 어감이 무시되었다. 72C, 72D도 같다.

73. 고추밭

01   시들은 닢새 속에서

02   고 빨 — 간 살을 드러내 놓고,

03   고추는 芳年된 아가씬 양

04   땍볕에 자꼬 익어 간다.

05

06   할머니는 바구니를 들고

07   밭머리에서 어정거리고

08   손가락 너어는 아이는

09   할머니 뒤만 따른다.

    _1938. 10. 26.

출전『사진판』, pp. 95~96, B42.

장르 시.

형태 전 2연 각 4행.

어휘 연구

01 시들은 시든. 〔옛말 → 표준〕▷『이조어사전』, p. 494.

　　닢새 잎새. 〔북한 → 표준〕▷『한국방언사전』, pp. 853~55, 『표준국어대사전』, p. 1331.

04 땍볕 뙤약볕. 〔북한 → 표준〕▷『한국방언사전』, pp. 36~37, 『표준국어대사전』, p. 1806.

　　자꼬 자꾸. 〔북한 → 표준〕▷『한국방언사전』, pp. 1124~25.

08 너어는 북한어. **참고** '너어는'은, 방언에서 '널다'(쥐, 개 따위가 이로 쏠거나 씹다)의 활용형인 듯(이 경우, 옛말 '너흘다'〔쏠다, 깨물다〕의 용례가 참조가 될 듯하다. ¶ 슓가락 너흐러〔= 손가락 깨물어〕,『삼강행실도』).

73A

제목　고추밭

01　시드른 닢새속에서

02　고 빨 ― 간살을 드러내 놓고,

03　고추는 芳年된 아가씬양

04　땍볕에 작고 익어간다.

05

06　할머니는 바구니를 들고

07　밭머리에서 어정거리고

08　손가락 너어는 아이는

09　할머니 뒤만 따른다.

후기　一九三八. 十月. 二十六日.

수록 면수 pp. 95~96.

제목 고추밭 육필 시고의 상태 제목에 「　」를 쳤다.

01 시드른 시들은. 오기-바로잡음

04 작고 자꼬. 오기-바로잡음

73B

제목　고추밭

01　시들은 잎새속에서

02　고 빠알간 살을 드러 내 놓고,

03　고추는 芳年된 아가씬양

04　땍볕에 자꼬 익어간다.

05

06   할머니는 바구니를 들고

07   밭머리에서 어정거리고

08   손가락 너어는 아이는

09   할머니 뒤만 따른다.

후기 〈一九三八. 一0. 二十六〉

수록 면수 p. 65(73C, p. 91/73D, p. 54).

01 잎새 73A에는 '닢새' 로 되어 있다. 육필 시고와 다름 방언이 지닌 어감이 무시되었다. 73C, 73D 도 같다.

    잎새속에서 잎새 속에서. 띄어쓰기 오류 73D도 같다.

02 빠알간 73A에는 '빨―간' 으로 되어 있다. 육필 시고와 다름 어감이 다를 수 있다. 73C, 73D도 같다.

    드러 내 드러내. 띄어쓰기 오류

03 아가씬양 아가씬 양. 띄어쓰기 오류 73C, 73D도 같다.

74. 해빛 · 바람

01   손가락에 침 발러

02   쏘 — ㄱ, 쏙, 쏙

03   장에 가는 엄마 내다보려

04   문풍지를

05   쏘 — ㄱ, 쏙, 쏙

06

07   아츰에 햇빛이 빤짝,

08

09   손가락에 침 발러

10   쏘 — ㄱ, 쏙, 쏙

11   장에 가신 엄마 돌아오나

12   문풍지를

13   쏘 — ㄱ, 쏙, 쏙

14

15   저녁에 바람이 솔솔.

출전『사진판』, pp. 97~98, A8. 「창구멍」을 개작했으나 이 책에서는 별개의 작품으로 취급하였다.
추정 제작 시기 1938.
장르 동시.
형태 전 4연(연별 행수: 5-1-5-1).
어휘 연구
제목 해빛 햇빛. 〔북한 → 표준〕▷『표준국어대사전』, p. 6803.
01 발러 발라. 〔북한 → 표준〕▷『한국방언사전』, pp. 1367~68 참조.
04 문풍지를 참고 이 텍스트의 원작이었던 「창구멍」에는 '창구멍'으로 되어 있다. 그런데 문과 문설주 사이의 비좁은 틈을 막기 위한 '문풍지'에 침 발라 구멍을 뚫는다는 설정은 문門의 구조상 아무래도 어색하다.
07 아츰 아침. 〔북한 → 표준〕▷『표준국어대사전』, p. 4021.

74A

제목 童謠 / 해빛 · 바람
01 손가락에 침발러
02 쏘 — ㄱ, 쏙, 쏙
03 장에가는 엄마 내다보려
04 문풍지를
05 쏘 — ㄱ, 쏙, 쏙
06
07 아츰에 햇빛이 빤짝,
08
09 손가락에 침발러
10 쏘 — ㄱ, 쏙, 쏙
11 장에가신 엄마 돌아오나
12 문풍지를
13 쏘 — ㄱ, 쏙, 쏙
14
15 저녁에 바람이 솔솔.

수록 면수 pp. 97~98.
제목 童謠 / 해빛 · 바람 육필 시고의 상태 제목 상단 우측에 장르 명칭을 밝혀놓았다.

74B

제목 햇빛 · 바람
01 손가락에 침발러

02   쏘옥, 쏙, 쏙

03   장에 가는 엄마 내다보려

04   문풍지를

05   쏘옥, 쏙, 쏙

06

07   아침에 햇빛이 빤짝,

08

09   손가락에 침발러

10   쏘옥, 쏙, 쏙

11   장에 가신 엄마 돌아오나

12   문풍지를

13   쏘옥, 쏙, 쏙

14

15   저녁에 바람이 솔솔.
후기   〈一九三八년으로 추정〉

수록 면수 pp. 134~35(74C, p. 92/74D, p. 117).
제목 햇빛 74A에는 '해빛'으로 되어 있다. 육필 시고와 다름 방언이 지닌 어감이 무시되었다. 74C,
74D도 같다.
01 09 침발러 침 발러. 띄어쓰기 오류 74D도 같다.
　　　　(74C)발라 74A에는 '발러'로 되어 있다. 육필 시고와 다름 어감의 차이가 있다.
02 쏘옥 74A에는 '쏘—ㄱ'으로 되어 있다. 육필 시고와 다름 74C, 74D도 같다.
07 아침 74A에는 '아츰'으로 되어 있다. 육필 시고와 다름 방언이 지닌 어감이 무시되었다. 74C,
74D도 같다.

75. 해바라기 얼골

```
01    누나의 얼골은
02        해바라기 얼골
03    해가 금방 뜨자
04        일터에 간다.
05
06    해바라기 얼골은
07        누나의 얼골
08    얼골이 숙어 들어
09        집으로 온다.
```

출전『사진판』, p. 98, B45.
추정 제작 시기 1938.
장르 동시.
형태 전 2연 각 4행.
어휘 연구
01 02 06 07 08 얼골 얼굴. 〔북한/옛말 → 표준〕▷『한국방언사전』, p. 389, 『우리말큰사전』, p. 5264.

75A

제목　해바라기 얼골
01　누나의 얼골은
02　　　해바라기 얼골
03　해가 금방 뜨자
04　　　일터에 간다.
05
06　해바라기 얼골은
07　　　누나의 얼골
08　얼골이 숙어들어
09　　　집으로 온다.

수록 면수 p. 98.

75B

제목　해바라기 얼굴
01　누나의 얼굴은
02　　　해바라기 얼굴
03　해가 금방 뜨자
04　　　일터에 간다.
05
06　해바라기 얼굴은
07　　　누나의 얼굴
08　얼굴이 숙어들어
09　　　집으로 온다.
후기　〈一九三八년으로 추정〉

수록 면수 p. 129(75C, p. 93/75D, p. 114).
제목 및 01 02 06 07 08 얼굴 75A에는 '얼골'로 되어 있다. 육필 시고와 다름 어감의 차이가 있다.

75C, 75D도 같다.

08 숙어들어 숙어 들어. 띄어쓰기 오류 75C, 75D도 같다.

76. 애기의 새벽

01   우리 집에는

02   닭도 없단다.

03   다만

04   애기가 젖 달라 울어서

05   새벽이 된다.

06

07   우리 집에는

08   시계도 없단다.

09   다만

10   애기가 젖 달라 보채여

11   새벽이 된다.

출전 『사진판』, p. 99, B46.
추정 제작 시기 1938년경.
장르 동시.
형태 전 2연 각 5행.
어휘 연구
제목 04 10 애기 아기. 〔북한 → 표준〕▷『표준국어대사전』, p. 4113.
10 보채여 보채어. 〔북한/옛말 → 표준〕▷『표준국어대사전』, p. 4303.

76A

제목　애기의새벽
01　우리집에는
02　닭도 없단다.
03　다만
04　애기가 젖달라 울어서
05　새벽이 된다.
06
07　우리집에는
08　시계도 없단다.
09　다만
10　애기가 젖달라 보채여
11　새벽이 된다.

수록 면수 p. 99.
제목 애기의새벽 육필 시고의 상태 제목 우측에 두 개의 수직선을 그었다. 그러나 원고지 좌측 하단 여백에 적혀 있는 또 다른 '애기의새벽'(2연 각 4행으로 개작改作을 시도한 텍스트)에는 수직선을 긋지 않았다. 이로 보아 윤동주는, 최초로 완성된 텍스트를 2연 각 4행의 형태로 개작한 후, 두 텍스트를 놓고 한동안 선택을 망설이다가, 결국 최초 텍스트를 선택한 것으로 판단된다. 그러나 대부분의 경우 윤동주는 버려진 텍스트에 반드시 '×' 표시를 했다.
08 시계 시게. 오기-바로잡음

76B

제목　애기의 새벽
01　우리집에는
02　닭도 없단다.
03　다만
04　애기가 젖달라 울어서

05   새벽이 된다.
06
07   우리집에는
08   시계도 없단다.
09   다만
10   애기가 젖달라 보채어
11   새벽이 된다.
후기 〈一九三八년으로 추정〉

수록 면수 pp. 132~33(76C, p. 94/76D, p. 116).
01 우리집에는 우리 집에는. 띄어쓰기 오류
04 젖달라 젖 달라. 띄어쓰기 오류
10 보채어 76A에는 '보채여'로 되어 있다. 육필 시고와 다름 방언이 지닌 어감이 무시되었다.

77. 귀뜨라미와 나와

01   귀뜨라미와 나와

02   잔듸밭에서 이야기했다.

03

04   귀뜰귀뜰

05   귀뜰귀뜰

06

07   아무게도 아르켜 주지 말고

08   우리 둘만 알자고 약속했다.

09

10   귀뜰귀뜰

11   귀뜰귀뜰

12

13   귀뜨라미와 나와

14   달 밝은 밤에 이야기했다.

출전 『사진판』, p. 100, B47.

추정 제작 시기 1938년경.

장르 동시.

형태 전 5연 각 2행.

어휘 연구

제목 01 13 귀뜨라미 귀뚜라미. 〔북한 → 표준〕▷『한국방언사전』, p. 985.

02 잔듸 잔디. 〔옛말 → 표준〕▷『이조어사전』, p. 644.

07 아르켜 알려. 〔북한 → 표준〕▷『큰사전』(한글학회, 1958), p. 1973.

77A

제목　귀뜨람이와나와

01　귀뜨람이와 나와

02　잔듸밭에서 이야기 햇다.

03

04　귀뜰귀뜰

05　귀뜰귀뜰

06

07　아무게도 아르켜 주지말고

08　우리둘만 알자고 약속햇다.

09

10　귀뜰귀뜰

11　귀뜰귀뜰

12

13　귀뜨람이와 나와

14　달밝은밤에 이야기 햇다.

수록 면수 p. 100.

제목 01 13 귀뜨람이 귀뚜라미. 오기-바로잡음

　이야기 햇다 이야기했다. 오기-바로잡음

08 약속햇다 약속했다. 오기-바로잡음

77B

제목　귀뜨라미와 나와

01　귀뜨라미와 나와

02　잔디밭에서 이야기했다.

03

04   귀뜰귀뜰

05   귀뜰귀뜰

06

07   아무게도 아르켜 주지말고

08   우리둘만 알자고 약속했다.

09

10   귀뜰귀뜰

11   귀뜰귀뜰

12

13   귀뜨라미와 나와

14   달밝은 밤에 이야기했다.

후기 〈一九三八년으로 추정〉

수록 면수 pp. 130~31(77C, p. 95/77D, p. 115).
02 잔디 77A에는 '잔듸'로 되어 있다. 육필 시고와 다름 방언이 지닌 어감이 무시되었다. 77C, 77D도 같다.
07 주지말고 주지 말고. 띄어쓰기 오류 77D도 같다.
08 우리둘만 우리 둘만. 띄어쓰기 오류 77D도 같다.
14 달밝은 달 밝은. 띄어쓰기 오류 77D도 같다.
제목 01 13 (77C, 77D) 귀뚜라미 77A에는 '귀뜨람이'로 되어 있다. 육필 시고와 다름 방언이 지닌 어감이 무시되었다.

78. 달같이

출전『사진판』, p. 102, B49.
장르 시.
형태 전 1연 5행.
어휘 연구
05 피여 피어. 〔북한/옛말 → 표준〕▷『표준국어대사전』, p. 4303. **참고** 대체로 윤동주의 육필 시고
에는 'ㅣ' 모음 아래 오는 'ㅓ'가 순행 동화를 겪어 'ㅕ'가 되는 경우가 적지 않다.

78A

제목　달같이
01　年輪이 자라듯이
02　달이자라는 고요한 밤에
03　달같이 외로운 사랑이
04　가슴하나 뻐근히
05　年輪처럼 피여나간다.
후기　十四年 九月

수록 면수 p. 102.
후기 十四年 九月 참고 昭和 14년을 뜻한다. 이는 서기로는 1939년이다.

78B

제목　달같이
01　年輪이 자라듯이
02　달이 자라는 고요한 밤에
03　달같이 외로운 사랑이
04　가슴하나 뻐근히
05　年輪처럼 피어 나간다.
후기　〈一九三九. 九.〉

수록 면수 p. 64(78C, p. 97/78D, p. 55).
04 가슴하나 가슴 하나. ^{띄어쓰기 오류} 78D도 같다.
05 피어 78A에는 '피여'로 되어 있다. 육필 시고와 다름 방언이 지닌 어감이 무시되었다. 78C, 78D
도 같다.

79. 薔薇 病들어

01　장미 병들어

02　옮겨 놓을 이웃이 없도다.

03

04　달랑달랑 외로이

05　幌馬車 태워 山에 보낼거나

06

07　뚜 —— 구슬피

08　火輪船 태워 大洋에 보낼거나.

09

10　푸로페라 소리 요란히

11　飛行機 태워 成層圈에 보낼거나

12

13　이것저것

14　다 그만두고

15

16　자라 가는 아들이 꿈을 깨기 前,

17　이 내 가슴에 묻어 다오.

　_1939. 6.

출전 『사진판』, p. 103, B50.
장르 시.
형태 전 6연 각 2행.

어휘 연구
10 푸로페라 프로펠러propeller. 오기-바로잡음 ※현장성을 보존하기 위해 그대로 살렸다.

79A

제목 薔薇病들어
01 장미 병들어
02 옴겨 노흘 이웃이 없도다.
03
04 달랑달랑 외로히
05 幌馬車 태워 山에 보낼거나
06
07 뚜 —— 구슬피
08 火輪船 태워 大洋에 보낼거나.
09
10 푸로페라소리 요란히
11 飛行機 태워 成層圈에 보낼거나
12
13 이것 저것
14 다 구만두고
15
16 자라가는 아들이 꿈을 깨기前,
17 이내 가슴에 무더다오.
후기 十四年. 九月

수록 면수 p. 103.
02 옴겨 옮겨. 오기-바로잡음
  노흘 놓을. 오기-바로잡음
04 외로히 외로이. 오기-바로잡음
14 구만두고 그만두고. 오기-바로잡음
17 무더다오 묻어 다오. 오기-바로잡음
후기 十四年. 九月 참고 昭和 14년을 뜻한다. 이는 서기로는 1939년이다.

79B

제목　薔薇 병들어
01　장미 병들어
02　옮겨 놓을 이웃이 없도다.
03
04　달랑달랑 외로이
05　幌馬車 태워 山에 보낼거나
06
07　뚜 —— 구슬피
08　火輪船 태워 大洋에 보낼거나.
09
10　푸로페라 소리 요란히
11　飛行機 태워 成層圈에 보낼거나
12
13　이것 저것
14　다 그만두고
15
16　자라가는 아들이 꿈을 깨기 前,
17　이내 가슴에 묻어다오.

후기　〈一九三九. 九.〉

수록 면수 pp. 180~81(79C, p. 137/79D, p. 57).
13 이것 저것 이것저것. ^{띄어쓰기 오류} 79D도 같다.
16 자라가는 자라 가는. ^{띄어쓰기 오류} 79D도 같다.
17 묻어다오 묻어 다오. ^{띄어쓰기 오류} 79D도 같다.

80. 츠르게네프의 언덕

01   나는 고갯길을 넘고 있었다 ……… 그 때 세 少年 거지가 나를 지나첬다.

02   첫재 아이는 잔등에 바구니를 둘러메고, 바구니 속에는 사이다 병 간즈매

통 쇳조각, 헌 양말짝 等 廢物이 가득하였다.

03   둘재 아이도 그러하였다.

04   셋재 아이도 그러하였다.

05   텁수룩한 머리털 시커먼 얼골에 눈물 고인 充血된 눈 色 잃어 푸르스럼한

입술, 너들너들한 襤褸 찢겨진 맨발,

06   아 — 얼마나 무서운 가난이 이 어린 少年들을 삼키였느냐!

07   나는 惻隱한 마음이 움즉이였다.

08   나는 호주머니를 뒤지였다. 두툼한 지갑, 時計, 손수건 ……… 있을 것은

죄다 있었다.

09   그러나 무턱대고 이것들을 내줄 勇氣는 없었다. 손으로 만지작만지작거

릴 뿐이였다.

10   多情스레 이야기나 하리라 하고 “애들아” 불러보았다.

11   첫재 아이가 充血된 눈으로 흘끔 도려다볼 뿐이였다.

12   둘재 아이도 그러할 뿐이였다.

13   셋재 아이도 그러할 뿐이였다.

14   그리고는 너는 相關없다는 듯이 自己네끼리 소근소근 이야기하면서 고개

로 넘어갔다.

15   언덕 우에는 아무도 없었다.

16   짙어 가는 黃昏이 밀려들 뿐 ———

_1939. 9.

출전『사진판』, pp. 104~05, B51.

장르 산문시.

형태 전 1연 16행.

어휘 연구

제목 츠르게네프 트루게네프Иван Тургенев, 러시아 시인, 1818~1883. ※현장성을 위해 원본의 외래어 표기를 그대로 살린다.

01 지나첫다 지나쳤다. 〔북한 → 표준〕

※ **02 03 04 11 12 13 '—재'** '—째'. 〔북한/옛말 → 표준〕▷『우리말큰사전』, p. 5320. **참고** 현대어에서 순서를 나타내는 접미사 '—째'는, '—자히 〉—재/채 〉—째'와 같이 음운 변화를 겪어왔다. 이때 '—재/채'가 윤동주가 사용한 함경 방언의 목록에 남아 있었음이 분명하다('51. 만돌이'를 보라).

05 얼골 얼굴. 〔북한/옛말 → 표준〕▷『한국방언사전』, p. 389,『우리말큰사전』, p. 5264.

　푸르스럼한 푸르스름한. 〔북한 → 표준〕

　너들너들한 너덜너덜한. 〔북한 → 표준〕▷『표준국어대사전』, p. 1178. **참고** 너들너들: 여러 갈래로 찢어지거나 해지어 어지럽게 흔들거리는 모양. ¶ 불에 타서 너들너들 해진 치마자락이 바람에 펄럭펄럭 날린다.

06 삼키엿느냐 삼키었느냐. 〔북한/옛말 → 표준〕▷『표준국어대사전』, p. 4303. **참고** 대체로 윤동주의 육필 시고에는 'ㅣ'모음 아래 오는 'ㅓ'가 순행 동화를 겪어 'ㅕ'가 되는 경우가 적지 않다.

07 움즉이엿다 움직이었다. 〔북한/옛말 → 표준〕06행의 경우와 같다.

08 뒤지엿다 뒤지었다. 〔북한/옛말 → 표준〕06행의 경우와 같다.

※ **09 11 12 13 뿐이엿다** 뿐이었다. 〔북한/옛말 → 표준〕06행의 경우와 같다.

11 도려다 돌아다. 〔북한/옛말 → 표준〕

15 우 위. 〔북한/옛말 → 표준〕▷『표준국어대사전』, p. 4632,『우리말큰사전』, p. 5290.

80A

제목　散文詩 / 츠르게네프의언덕

01　나는 고개길을 넘고있엇다 ········ 그때 세少年거지가 나를 지나첫다.

02　첫재 아이는 잔등에 바구니를 둘러메고, 바구니 속에는 사이다병 간즈매통 쇳조각, 헌양말짝 等 廢物이 가득하엿다.

03　둘재 아이도 그러하엿다.

04　셋재 아이도 그러하엿다.

05　텁수룩한 머리털 식컴언 얼골에 눈물고인 充血된 눈 色잃어 푸르스럼한 입술, 너들너들한 襤褸 찢겨진 맨발,

06　아 — 얼마나 무서운 가난이 이어린少年들을 삼키엿느냐!

07　나는 惻隱한마음이 움즉이엿다.

08　나는 호주머니를 뒤지엿다. 두툼한 지갑, 時計, 손수건 ········ 있을것은 죄다있엇다.

09　그러나 무턱대고 이것들을 내줄 勇氣는 없엇다. 손으로 만지작 만지작 거릴뿐이엿다.

10　多情스레 이야기나 하리라하고 "애들아" 불러보앗다.

11   첫재 아이가 充血된 눈으로 흘끔 도려다 볼뿐이엿다.

12   둘재아이도 그러할뿐이 엿다.

13   셋재아이도 그러할뿐이엿다.

14   그리고는 너는 相關없다는듯이 自己네끼리 소근소근 이야기하면서 고개로 넘어갓다.

15   언덕우에는 아무도 없엇다.

16   지터가는 黃昏이 밀려들뿐 ———

후기 十四年 九月

제목 散文詩 / 츠르게네프의언덕 육필 시고의 상태 제목 상단 우측에 '散文詩'라고 장르명을 밝혀
놓았다.

01 고개길 고갯길. 오기-바로잡음

※ 01~15 '—엇/엿/앗—' '—었/였/았—'. 오기-바로잡음

05 식컴언 시커먼. 오기-바로잡음

　(色)읋어 (色) 잃어. 오기-바로잡음 **참고** '푸르스럼한 입술'과의 호응을 고려하면, '色읋어'는 '핏
기 잃은'에 대응하는 표현일 가능성이 높다. 그렇다면, 이 '읋어'는 '잃어'의 오기로 보아야 할 것
이다.

16 지터가는 짙어 가는. 오기-바로잡음

후기 十四年 九月 1939년 9월.

80B

제목 트루게네프의 언덕

01   나는 고개길을 넘고 있었다········· 그 때 세 少年 거지가 나를 지나쳤다.

02   첫째 아이는 잔등에 바구니를 둘러메고, 바구니 속에는 사이다병, 간즈메통, 쇳조각, 헌 양말
　　짝等 廢物이 가득하였다.

03   둘째 아이도 그러하였다.

04   셋째 아이도 그러하였다.

05   텁수룩한 머리털 시커먼 얼굴에 눈물 고인 充血된 눈, 色잃어 푸르스럼한 입술, 너들너들한
　　襤褸, 찢겨진 맨발,

06   아아 얼마나 무서운 가난이 이 어린 少年들을 삼키었느냐!

07   나는 惻隱한마음이 움직이었다.

08   나는 호주머니를 뒤지었다. 두툼한 지갑, 時計, 손수건, ········ 있을 것은 죄다 있었다.

09   그러나 무턱대고 이것들을 내줄 勇氣는 없었다. 손으로 만지작 만지작 거릴뿐이었다.

10   多情스레 이야기나 하리라하고 "애들아" 불러보았다.

11   첫째 아이가 充血된 눈으로 흘끔 돌아다 볼뿐이었다.

12   둘째 아이도 그러할 뿐이었다.

13   셋째 아이도 그러할 뿐이었다.

14   그리고는 너는 相關없다는듯이 自己네 끼리 소근소근 이야기하면서 고개로 넘어 갔다.

15   언덕우에는 아무도 없었다.

16　짙어가는 黃昏이 밀려들뿐 ─────
후기 〈一九三九. 九.〉

수록 면수 pp. 200∼01(80C, p. 98/80D, p. 125).
제목 트루게네프의 언덕 ① 원전에 명기되어 있는 장르 명칭 '散文詩' 가 없다. ② 산문들과 함께 수록하였다. 80D도 같다.
01 고개길 고갯길. 오기-바로잡음 80D도 같다.
　　지나쳤다 80A에는 '지나첫다' 로 되어 있다. 육필 시고와 다름 어감의 차이가 있다. 80C, 80D도 같다.
　※02 03 04 11 12 13 첫째 · 둘째 · 셋째 80A에는 '첫재 · 둘재 · 셋재' 로 되어 있다. 육필 시고와 다름 어감의 차이가 있다. 80C, 80D도 같다.
　　사이다병 사이다 병. 띄어쓰기 오류 80D도 같다.
　　간즈메통 간즈메 통. 띄어쓰기 오류 80D도 같다.
　　양말짝等 양말짝 等. 띄어쓰기 오류
05 얼굴 80A에는 '얼골' 로 되어 있다. 육필 시고와 다름 방언이 지닌 어감이 무시되었다. 80C, 80D도 같다.
　　色잃어 色 잃어. 띄어쓰기 오류
　　(80C)푸르스름한 80A에는 '푸르스럼한' 으로 되어 있다. 육필 시고와 다름 어감의 차이가 있다.
06 아아 80A에는 '아─' 로 되어 있다. 육필 시고와 다름 80C, 80D도 같다.
　　삼키었느냐 80A에는 '삼키엿느냐' 로 되어 있다. 육필 시고와 다름 어감의 차이가 있다. 80C도 같다.
07 움직이었다 80A에는 '움즉이엿다' 로 되어 있다. 육필 시고와 다름 어감의 차이가 있다. 80C, 80D도 같다.
08 뒤지었다 80A에는 '뒤지엿다' 로 되어 있다. 육필 시고와 다름 방언이 지닌 어감이 무시되었다. 80C, 80D도 같다.
09 거릴뿐이었다 거릴 뿐이었다. 띄어쓰기 오류 80D도 같다.
　　뿐이었다 80A에는 '뿐이엿다' 로 되어 있다. 육필 시고와 다름 방언이 지닌 어감이 무시되었다. 80C, 80D도 같다.
10 하리라하고 하리라 하고. 띄어쓰기 오류 80D도 같다.
11 돌아다 80A에는 '도려다' 로 되어 있다. 육필 시고와 다름 방언이 지닌 어감이 무시되었다. 80C, 80D도 같다.
　　돌아다 볼뿐이었다 돌아다볼 뿐이었다. 띄어쓰기 오류
　　(80D)돌아다 볼 뿐이었다 돌아다볼 뿐이었다. 띄어쓰기 오류
14 相關없다는듯이 相關없다는 듯이. 띄어쓰기 오류
　　自己네 끼리 自己네끼리. 띄어쓰기 오류
　　(80D) 넘어 갔다 넘어갔다. 띄어쓰기 오류
15 언덕우에는 언덕 우에는. 띄어쓰기 오류 80D도 같다.
　　(80C)위에는 80A에는 '우에는' 으로 되어 있다. 육필 시고와 다름 방언이 지닌 어감이 무시되었다.
16 짙어가는 짙어 가는. 띄어쓰기 오류 80D도 같다.
　　밀려들뿐 밀려들 뿐. 띄어쓰기 오류 80D도 같다.

81. 산골 물

01 괴로운 사람아 괴로운 사람아

02 옷자락 물결 속에서도

03 가슴속 깊이 돌돌 샘물이 흘러

04 이 밤을 더부러 말할 이 없도다.

05 거리의 소음과 노래 부를 수 없도다.

06 그신 듯이 냇가에 앉았으니

07 사랑과 일을 거리에 맥기고

08 가마니 가마니

09 바다로 가자.

10 바다로 가자.

출전 『사진판』, p. 106, B52.

추정 제작 시기 1939. 9월경.

장르 시.

형태 전 1연 10행.

어휘 연구

04 더부러 더불어. 〔북한/옛말 → 표준〕▷『한국방언사전』, pp. 1083~84.

06 그신듯이 그신 듯이. **참고** '그신 듯이'의 '그시다'의 의미와 관련, 다음 몇 가지가 참조가 될 듯하다.

① 김재홍의 『한국현대시 시어 사전』, p. 144에는 '그시다'를 '비가 그친 듯이'의 뜻으로 풀이하고 있으나, 문맥에 부합될지는 의문이다.

② 국립국어연구원의 『표준국어대사전』, p. 797에는 '그시다'를 '속이다'의 함경 방언으로 풀이하고 있으나, 역시 문맥과 다소 동떨어진다.

③ 윤동주가 전범으로 삼은 정지용의 『정지용시집』(1935), p. 20에는, "고요히 그싯는 손씨로 / 방안 하나 차는 불빛!"(「촉불과 손」의 제1연)이라는 구절이 나오는데, 이 경우 '그싯는'은 '(불을 켜기 위하여) 성냥 개비를 대어 당기다'의 뜻으로 이 역시 문맥과는 거리가 있다.

④ 필자는, 옛말 '긋다/그스다/그스다'('끌다'의 뜻)에서 파생된 피동사被動詞 '그시다'(끌다, 끌리다)가 북한 방언 목록에 있는 것이 아닐까 생각한다. 이 경우 '그신 듯이'는 '끌린 듯이'로 새겨진다. 필자의 이러한 추정은, 03행의 "가슴속 깊이 돌돌 샘물이 흘러"와의 호응을 염두에 둔 것이다. **참고** '잡아당기다'의 방언 목록 중 '끄서댕긴다' '끄슨다'의 존재는 이러한 추정의 근거가 된다. ▷『한국방언사전』, p. 1307.

　　앉었으니 앉았으니. 〔북한 → 표준〕

07 맥기고 맡기고. 〔북한 → 표준〕▷『한국방언사전』, p. 1351.

08 가마니 가만히. 〔북한 → 표준〕▷『한국방언사전』, p. 1057.

81A

제목 『산골물』

01　　괴로운 사람아 괴로운 사람아

02　　옷자락물결 속에서도

03　　가슴속깊이 돌돌 샘물이 흘러

04　　이밤을 더부러 말할이 없도다.

05　　거리의 소음과 노래 부를수없도다.

06　　그신듯이 냇가에 앉어스니

07　　사랑과 일을 거리에 맥기고

08　　가마니 가마니

09　　바다로 가자.

10　　바다로 가자.

수록 면수 p. 106.

81B

제목 산 골 물

01   괴로운 사람아 괴로운 사람아
02   옷자락 물결속에서도
03   가슴속 깊이 돌돌 샘물이 흘러
04   이밤을 더불어 말할이 없도다.
05   거리의 소음과 노래 부를수 없도다.
06   그신듯이 냇가에 앉았으니
07   사랑과 일을 거리에 매끼고
08   가만히 가만히
09   바다로 가자.
10   바다로 가자.

수록 면수 pp. 74~75(81C, p. 99/81D, p. 59).
02 물결속에서도 물결 속에서도. 띄어쓰기 오류 81D도 같다.
04 이밤을 이 밤을. 띄어쓰기 오류 81D도 같다.
　　더불어 81A에는 '더부러'로 되어 있다. 육필 시고와 다름 방언이 지닌 어감이 무시되었다. 81C
도 같다.
　　말할이 말할 이. 띄어쓰기 오류 81D도 같다.
05 부를수 부를 수. 띄어쓰기 오류 81D도 같다.
　　(81C)노래부를 수 노래 부를 수. 띄어쓰기 오류
06 그신듯이 그신 듯이. 띄어쓰기 오류 81D도 같다.
　　앉았으니 81A에는 '앉어스니'로 되어 있다. 육필 시고와 다름 어감의 차이가 있다. 81C, 81D도
같다.
07 매끼고 81A에는 '맥기고'로 되어 있다. 육필 시고와 다름 방언이 지닌 어감이 무시되었다. 81D
도 같다.
　　(81C)맡기고 81A에는 '맥기고'로 되어 있다. 육필 시고와 다름 어감의 차이가 있다.
08 가만히 81A에는 '가마니'로 되어 있다. 육필 시고와 다름 방언이 지닌 어감이 무시되었다. 81C,
81D도 같다.

82. 自畫像

01   산모퉁이를 돌아 논가 외딴 우물을 홀로 찾어가선 가만히 들여다봅니다.

02

03   우물 속에는 달이 밝고 구름이 흐르고 하늘이 펼치고 파아란 바람이 불고
가을이 있습니다.

04

05   그리고 한 사나이가 있습니다.

06   어쩐지 그 사나이가 미워저 돌아갑니다.

07

08   돌아가다 생각하니 그 사나이가 가엾어집니다. 도로 가 들여다보니 사나
이는 그대로 있습니다.

09

10   다시 그 사나이가 미워저 돌아갑니다.

11   돌아가다 생각하니 그 사나이가 그리워집니다.

12

13   우물 속에는 달이 밝고 구름이 흐르고 하늘이 펼치고 파아란 바람이 불고
가을이 있고 追憶처럼 사나이가 있습니다.

_1939. 9.

출전 『사진판』, ① pp. 107~08, B53('自像畵'라는 제목으로), ② pp. 141~42, D2('自畵像'이라는 제목으로). ②를 원본으로 삼았다.

장르 산문시.

형태 전 6연(연별 행수: 1 - 1 - 2 - 1 - 2 - 1).

어휘 연구

01 찾어가선 찾아가선. 〔북한/옛말 → 표준〕

03 펼치고 펼치고. 〔북한/옛말 → 표준〕 **참고** "나는 두팔을 펼처서"(『사진판』, p. 30), "하늘이 펼치고"(『사진판』, p. 107, p. 141, p. 142), "나무 가지 우에 하늘이 펼처있다"(『사진판』, p. 143) 등에서 보듯 윤동주의 텍스트에 이 어휘가 자주 등장하는 것으로 보아 오기로 보기 어렵다.

06 미워저 미워져. 〔북한 → 표준〕

10 미워저 06행의 경우와 같다.

13 펼치고 03행의 경우와 같다.

82A

제목　自畵像

01　산모퉁이를 돌아 논 가 외딴우물을 홀로 찾어가선 가만히 드려다 봅니다.

02

03　우물속에는 달이 밝고 구름이 흐르고 하늘이 펼치고 파아란 바람이 불고 가을이 있습니다.

04

05　그리고 한 사나이가 있습니다.

06　어쩐지 그 사나이가 미워저 돌아갑니다.

07

08　돌아가다 생각하니 그사나이가 가엽서집니다. 도로가 드려다 보니 사나이는 그대로 있습니다.

09

10　다시 그사나이가 미워저 돌아갑니다.

11　돌아가다 생각하니 그사나이가 그리워집니다.

12

13　우물속에는 달이 밝고 구름이 흐르고 하늘이 펼치고 파아란 바람이 불고 가을이 있고 追憶처럼 사나이가 있습니다.

후기　一九三九. 九.

수록 면수 pp. 141~42.

참고 육필 시고의 상태 ① 『사진판』, p. 107을 보면, 이 텍스트의 제목이 '외딴우물' 〉 '자상화自像畵' 〉 '자화상自畵像'으로 바뀌어왔음을 알 수 있다. ② 전 텍스트가 원고지 첫 칸부터 기록하여 행 구분 여부가 확실치 않다.

01 육필 시고의 상태 01~02 부분의 경우 원고지에 기록된 상태로 보아, "산모퉁이를 돌아 논가 외딴우물을 홀로 / 찾어가선 가만히 드려다 봅니다"로 되어 있고, '홀로'의 '로'가 물리적으로 01행

의 원고지 마지막 칸을 채우고 있어, 행이 구분되는 것인지, 구분 없이 이어지는 것인지 판단하기 어렵다. 그러나 ㉠ 산문시 형태로 행 구분이 안 되어 있는 4, 6연의 형태와, 행이 구분되는 것으로 판단할 수 있는 2, 5연의 형태가 이 텍스트 안에 섞여 있다는 점, ㉡ 윤동주의 행 구분 관행으로 볼 때, '홀로 ― 찾아가선'처럼 서로 수식 관계로 밀접하게 연관되어 있는 어구의 경우, 별도로 행 처리된 경우가 거의 보이지 않는다는 점을 감안하여 필자는 이를 한 행으로 보았다.

드려다 봅니다 들여다봅니다. 오기-바로잡음

03 육필 시고의 상태 이 부분 역시 01행과 같은 판단을 내렸다. 특히 이러한 판단은, 이 부분과 똑같은 내용이 6연에서 행 구분 없이 되풀이되고 있다는 사실의 지지를 받는다.

08 가엽서집니다 가엾어집니다. 오기-바로잡음

드려다 보니 01행의 경우와 같다. 오기-바로잡음

82B

제목　自畵像
01　산모퉁이를 돌아 논가 외딴우물을 홀로 찾아가선
02　가만히 들여다 봅니다.
03
04　우물속에는 달이 밝고 구름이 흐르고 하늘이
05　펼치고 파아란 바람이 불고 가을이 있읍니다.
06
07　그리고 한 사나이가 있읍니다.
08　어쩐지 그 사나이가 미워져 돌아갑니다.
09
10　돌아가다 생각하니 그 사나이가 가엾어집니다.
11　도로가 들여다 보니 사나이는 그대로 있읍니다.
12
13　다시 그 사나이가 미워져 돌아갑니다.
14　돌아가다 생각하니 그 사나이가 그리워집니다.
15
16　우물속에는 달이 밝고 구름이 흐르고 하늘이
17　펼치고 파아란 바람이 불고 가을이 있고
18　追憶처럼 사나이가 있읍니다.
후기　〈一九三九. 九.〉

수록 면수 pp. 6~7(82C, p. 100/82D, p. 56).
참고 《연별 행 구분 현황》① 82B: 2-2-2-2-2-3(82D도 같음), ② 82C: 1-1-2-2-2-1.

01 논가 논 가. 띄어쓰기 오류 82D도 같다.
외딴우물을 외딴 우물을. 띄어쓰기 오류 82D도 같다.

찾아가선 82A에는 '찾어가선'으로 되어 있다. 육필 시고와 다름 어감의 차이가 있다. 82C, 82D 도 같다.

02 들여다 봅니다 들여다봅니다. 띄어쓰기 오류 82D도 같다.

※《82B의 제1연의 행 구분》 **참고** 82B에서 제1연을 2행으로 처리한 결과는 육필 시고의 상태와 어긋난다. 즉 육필 시고에는, "산모퉁이를 돌아 논가 외딴우물을 홀로 / 찾아가선 가만히 드려다 봅니다"로 되어 있다. 육필 시고와 다름 82D도 같다.

04 우물속에는 우물 속에는. 띄어쓰기 오류 82D도 같다.

05 펼치고 82A에는 '펄치고'로 되어 있다. 육필 시고와 다름 방언이 지닌 어감이 무시되었다. 82C, 82D도 같다.

있읍니다 있습니다. 육필 시고와 다름 달라진 정서법 규정에 따라 현재는 원본대로 '있읍니다' 와 같이 표기되어야 한다. 82D도 같다.

※《82B의 제2연의 행 구분》 **참고** 82B에서 제2연을 2행으로 처리한 결과 역시, 제1연을 처리했던 것 과 마찬가지로 육필 시고의 상태와 어긋난다. 즉 육필 시고에는, "우물속에는 달이 밝고 구름이 흐 르고 / 하늘이 펼치고 파아란 바람이 불고 가 / 을이 있읍니다"로 되어 있다. 육필 시고와 다름 82D 도 같다.

07 있읍니다 육필 시고와 다름 05행의 경우와 같다. 82D도 같다.

08 미워져 82A에는 '미워저'로 되어 있다. 육필 시고와 다름 방언이 지닌 어감이 무시되었다. 82C, 82D도 같다.

11 도로가 도로 가. 띄어쓰기 오류 82D도 같다.

들여다 보니 들여다보니. 띄어쓰기 오류 82D도 같다.

있읍니다 육필 시고와 다름 05 07행의 경우와 같다. 82D도 같다.

※《82B의 제4연의 행 구분》 **참고** 제4연의 원고지 상태는 이 부분이 행 구분 없는 산문시 형태임을 명백하게 보여주고 있다. 즉 원고지의 육필 기록 상태는 "돌아가다 생각하니 그사나이가 가엾서집 / 니다. 도로가 드려다 보니 사나이는 그 / 대로 있읍니다"와 같이 되어 있다. 아울러 10행/11행으로 구분하여 옮겨놓은 결과도 원전의 상태와는 거리가 멀다는 것을 말해준다. 육필 시고와 다름 82C, 82D도 같다.

13 미워져 육필 시고와 다름 08행의 경우와 같다. 82C, 82D도 같다.

16 우물속에 우물 속에. 띄어쓰기 오류 82D도 같다.

17 펼치고 육필 시고와 다름 05행의 경우와 같다. 82C, 82D도 같다.

18 있읍니다 육필 시고와 다름 05, 07, 11행의 경우와 같다. 82D도 같다.

※《82B의 제6연의 행 구분》 **참고** 제6연의 원고지 상태는 이 부분이 행 구분 없는 산문시 형태임을 명백하게 보여주고 있다. 따라서 82B에서 이 제6연을 3행으로 구분한 것이 도무지 납득이 가지 않 는다. 82D도 같다.

83. 少年

　여기저기서 단풍잎 같은 슬픈 가을이 뚝뚝 떨어진다. 단풍잎 떨어저 나온 자리마다 봄을 마련해 놓고 나무가지 우에 하늘이 펄처 있다. 가만이 하늘을 들여다보려면 눈섭에 파란 물감이 든다. 두 손으로 따뜻한 볼을 쓰서 보면 손바닥에도 파란 물감이 묻어 난다. 다시 손바닥을 들여다본다. 손금에는 맑은 강물이 흐르고, 맑은 강물이 흐르고, 강물 속에는 사랑처럼 슬픈 얼골 ——— 아름다운 順伊의 얼골이 어린다. 少年은 황홀히 눈을 감어 본다. 그래도 맑은 강물은 흘러 사랑처름 슬픈 얼골 —— 아름다운 順伊의 얼골은 어린다.

　　　一九三九.

출전 『사진판』, p. 143, D3.

장르 산문시.

형태 전 1연.

어휘 연구

떨어저 떨어져. 〔북한 → 표준〕

나무가지 나뭇가지. 〔북한 → 표준〕▷『표준국어대사전』, p. 1056.

우 위. 〔북한/옛말 → 표준〕▷『표준국어대사전』, p. 4632.

펼처 펼쳐. **참고** "나는 두팔을 펼처서"(『사진판』, p. 30), "하늘이 펼치고"(『사진판』, p. 107, p. 141, p. 142) 등에서 보듯 윤동주의 텍스트에 이 어휘가 자주 등장하는 것으로 보아 오기로 보기 어렵다.

가만이 가만히. 〔북한 → 표준〕▷『한국방언사전』, p. 1057.

눈섭 눈썹. 〔북한 → 표준〕▷『한국방언사전』, p. 336.

쓰서 씻어. 〔북한/옛말 → 표준〕 **참고** 현대어에서는 '씻―'이 단일 형태로 되어 있지만, 옛말에서는 '㉠ 슷―/㉡ 슺―/㉢ 싯―/㉣ 쓷―'과 같은 다양한 이형태가 존재했다. 각각의 예를 들어보면 다음과 같다. ㉠ 눈을 슷고 곳 니러나더라〔拭目方起〕(『태평광기』1: 24), 『우리말큰사전』, p. 5201. / ㉡ 눛므를 스주니 옷기제 젓는 피오〔拭淚霑襟血〕(『초간 두시언해』8: 28), 『우리말큰사전』, p. 5201. / ㉢ 므슴 믈로 뼈 시스시논가(「월인천강지곡」124), 『우리말큰사전』, p. 5209. / ㉣ 슈건 잡아서 눈믈 쓰스니(『삼역총해』1: 6), 『우리말큰사전』, p. 5230. 따라서 〈㉣ 쓷 ―〉의 형태가 함경 방언에 남아 윤동주의 텍스트에 나타난 것이라고 할 수 있다.

얼골 얼굴. 〔북한/옛말 → 표준〕▷『한국방언사전』, p. 389, 『우리말큰사전』, p. 5264.

사랑처름 사랑처럼. 〔북한 → 표준〕 함경 방언에 '처르'(=처럼)가 있다는 사실을 참조할 만하다. 『표준국어대사전』, p. 5984.

83A

제목 少年

　여기저기서 단풍닢 같은 슬픈가을이 뚝뚝 떠러진다. 단풍닢 떠러저 나온 자리마다 봄을 마련해 놓고 나무가지 우에 하늘이 펼처있다. 가만이 하늘을 드려다보려면 눈섭에 파란 물감이 든다. 두손으로 따뜻한 볼을 쓰서보면 손바닥에도 파란 물감이 묻어난다. 다시 손바닥을 드려다 본다. 손금에는 맑은 강물이 흐르고, 맑은 강물이 흐르고, 강물속에는 사랑처럼 슬픈얼골 ――― 아름다운 順伊의 얼골이 어린다. 少年은 황홀이 눈을 감어 본다. 그래도 맑은 강물은 흘러 사랑처름 슬픈얼골 ―― 아름다운 順伊의 얼골은 어린다.

후기 一九三九.

수록 면수 p. 143.

단풍닢 단풍잎. 오기-바로잡음

떠러진다 떨어진다. 오기-바로잡음

떠러저 떨어저 오기-바로잡음

드려다보려면 들여다보려면. 오기-바로잡음

83B

제목 *少年*

    여기저기서 단풍잎 같은 슬픈가을이 뚝뚝 떨어진다. 단풍잎 떨어져 나온 자리마다 봄을 마련해 놓고 나무가지 우에 하늘이 펼쳐있다. 가만히 하늘을 들여다 보려면 눈섭에 파란 물감이 든다. 두 손으로 따뜻한 볼을 쓰어보면 손바닥에도 파란 물감이 묻어난다. 다시 손바닥을 들여다 본다. 손금에는 맑은 강물이 흐르고, 맑은 강물이 흐르고, 강물속에는 사랑처럼 슬픈얼골 ——— 아름다운 *順伊*의 얼골이 어린다. *少年*은 황홀히 눈을 감어 본다. 그래도 맑은 강물은 흘러 사랑처럼 슬픈얼골 —— 아름다운 *順伊*의 얼골은 어린다.

후기 〈一九三九.〉

수록 면수 pp. 8~9(83C, p. 101/83D, p. 58).

슬픈가을이 슬픈 가을이. 띄어쓰기 오류

(떨어)져 83A에는 '(떠러)저'로 되어 있다. 육필 시고와 다름 방언이 지닌 어감이 무시되었다. 83C, 83D도 같다.

펼쳐 83A에는 '펼처'로 되어 있다. 육필 시고와 다름 방언이 지닌 어감이 무시되었다. 83C, 83D도 같다.

들여다 보려면 들여다보려면. 띄어쓰기 오류 83D도 같다.

강물속에는 강물 속에는. 띄어쓰기 오류 83D도 같다.

슬픈얼골 슬픈 얼골. 띄어쓰기 오류

(83C)얼굴 83A에는 '얼골'로 되어 있다. 육필 시고와 다름 방언이 지닌 어감이 무시되었다.

사랑처럼(마지막 문장의) 83A에는 '처름'으로 되어 있다. 육필 시고와 다름 방언이 지닌 어감이 무시되었다. 83C, 83D도 같다.

84. 慰勞

01　거미란 놈이 흉한 심보로 病院 뒤뜰 난간과 꽃밭 사이 사람 발이 잘 닿지 않는 곳에 그믈을 처 놓았다. 屋外療養을 받는 젊은 사나이가 누워서 치여다 보기 바르게 —

02

03　나비가 한 마리 꽃밭에 날어 들다 그믈에 걸리였다. 노 — 란 날개를 파득거려도 파득거려도 나비는 자꼬 감기우기만 한다. 거미가 쏜살같이 가더니 끝 없는 끝없는 실을 뽑아 나비의 온몸을 감어 버린다. 사나이는 긴 한숨을 쉬었다.

04

05　나(歲)보담 무수한 고생 끝에 때를 잃고 病을 얻은 이 사나이를 慰勞할 말이 —거미줄을 헝클어 버리는 것밖에 慰勞의 말이 없었다.

　　__1940. 12. 3.

출전 『사진판』, ① p. 169, E3, ② p. 171, E5. ② 를 원본으로 삼았다.

장르 산문시.

형태 전 3연.

어휘 연구

01 그믈 그물. 〔북한 → 표준〕▷『한국방언사전』, pp. 571~72.

　처 쳐. 〔북한 → 표준〕

　치여다(보다) 치어다(쳐다)(보다). 〔북한 → 표준〕

03 날어 날아. 〔북한 → 표준〕

　그믈 그물. 〔북한/옛말 → 표준〕 01행의 경우와 같음.

　걸리엿다 걸리었다. 〔북한/옛말 → 표준〕▷『표준국어대사전』, p. 4303.

　자꼬 자꾸. 〔북한/옛말 → 표준〕▷『한국방언사전』, pp. 1124~25.

　감어 감아. 〔북한 → 표준〕

　쉬엿다 쉬었다. 〔북한/옛말 → 표준〕▷『표준국어대사전』, p. 4303.

05 나(歲) '나이'의 준말. ¶ 나 많은 말이 콩 마다할까.

　―보담 ―보다. 〔북한/옛말 → 표준〕▷『표준국어대사전』, p. 2720.

84A

제목　慰勞

01　　거미란 놈이 흉한 심보로 病院 뒷뜰 난간과 꽃밭사이 사람발이 잘 다찌않는 곳에 그믈을 처 놓앗다. 屋外療養을 받는 젊은 사나이가 누어서 치여다 보기 바르게――

02

03　　나비가 한마리 꽃밭에날어들다 그믈에 걸리엿다. 노 ― 란 날개를 파득거려도 파득거려도 나비는 작고 감기우기만한다. 거미가 쏜살같이가더니 끝없는 끝없는 실을 뽑아 나비의 온몸을 감어버린다. 사나이는 긴 한숨을쉬엿다.

04

05　　나(歲)보담 무수한 고생끝에 때를잃고 病을 얻은 이사나이를 慰勞할말이 ― 거미줄을 헝크러 버리는 것박에 慰勞의말이 없엇다.

후기　一九四〇. 十二. 三.

수록 면수 p. 171.

01 뒷뜰 뒤뜰. 오기-바로잡음

　다찌 닿지. 오기-바로잡음

　놓앗다 놓았다. 오기-바로잡음

　누어서 누워서. 오기-바로잡음

03 걸리엿다 걸리었다. 오기-바로잡음

　작고 자꼬. 오기-바로잡음

　쉬엿다 쉬였다. 오기-바로잡음

05 헝크러 헝클어. 오기-바로잡음

박에 밖에. 오기-바로잡음

없엇다 없었다. 오기-바로잡음

84B

제목 慰勞

01   거미란 놈이 흉한 심보로 病院 뒤뜰 난간과 꽃밭사이 사람발이 잘 닿지 않는 곳에 그물을 처 놓았다. 屋外療養을 받는 젊은 사나이가 누어서 치어다 보기 바르게 ——

02

03   나비가 한마리 꽃밭에 날아 들다 그물에 걸리었다. 노 — 란 날개를 파득거려도 파득거려도 나비는 자꾸 감기우기만 한다. 거미가 쏜살같이 가더니 끝없는 끝없는 실을 뽑아 나비의 온몸을 감아 버린다. 사나이는 긴 한숨을 쉬었다.

04

05   나이(歲) 보담 무수한 고생끝에 때를 잃고 病을 얻은 이사나이를 慰勞할 말이 —— 거미줄을 헝클어 버리는 것밖에 慰勞의 말이 없었다.

후기 〈一九四0. 一二. 三.〉

수록 면수 pp. 60~61(84C, p. 103/84D, p. 60).

01 꽃밭사이 꽃밭 사이. 띄어쓰기 오류 84D도 같다.

　　사람발이 사람 발이. 띄어쓰기 오류 84D도 같다.

　　그물 84A에는 '그믈'로 되어 있다. 육필 시고와 다름 방언이 지닌 어감이 무시되었다. 84C, 84D도 같다.

　　처 84A에는 '쳐'로 되어 있다. 육필 시고와 다름 방언이 지닌 어감이 무시되었다. 84C, 84D도 같다.

　　누어서 누워서. 오기-바로잡음 84D도 같다.

　　치어다 84A에는 '치여다'로 되어 있다. 육필 시고와 다름 방언이 지닌 어감이 무시되었다. 84C, 84D도 같다.

　　치어다 보기 치어다보기. 띄어쓰기 오류 84D도 같다.

03 한마리 한 마리. 띄어쓰기 오류 84D도 같다.

　　(걸리)었(다) 84A에는 '(걸리)엿(다)'로 되어 있다. 육필 시고와 다름 어감의 차이가 있다. 84C, 84D도 같다.

　　자꾸 84A에는 '작고'로 되어 있다. 육필 시고와 다름 방언이 지닌 어감이 무시되었다. 84C, 84D도 같다.

　　감아 84A에는 '감어'로 되어 있다. 육필 시고와 다름 방언이 지닌 어감이 무시되었다. 84C, 84D도 같다.

　　쉬었다 84A에는 '쉬엿다'로 되어 있다. 육필 시고와 다름 방언이 지닌 어감이 무시되었다. 84C, 84D도 같다.

05 나이(歲) 84A에는 '나(歲)'로 되어 있다. 육필 시고와 다름 84C, 84D도 같다.

　　나이(歲) 보담 나이보담. 띄어쓰기 오류

　　고생끝에 고생 끝에. 띄어쓰기 오류 84D도 같다.

85. 八福

마태福音 五章 三~十二

01   슬퍼하는 자는 복이 있나니

02   슬퍼하는 자는 복이 있나니

03   슬퍼하는 자는 복이 있나니

04   슬퍼하는 자는 복이 있나니

05   슬퍼하는 자는 복이 있나니

06   슬퍼하는 자는 복이 있나니

07   슬퍼하는 자는 복이 있나니

08   슬퍼하는 자는 복이 있나니

09

10   저희가 永遠히 슬플 것이오.

출전『사진판』, p. 170, E4.
추정 제작 시기 1940. 12월경.
장르 시.
형태 전 2연(연별 행수: 8-1).

85A

제목　八福 / 마태福音五章三~十二
01　슬퍼 하는자는 복이 있나니
02　슬퍼 하는자는 복이 있나니
03　슬퍼 하는자는 복이 있나니
04　슬퍼 하는자는 복이 있나니
05　슬퍼 하는자는복이있나니
06　슬퍼 하는자는복이있나니
07　슬퍼 하는자는복이있나니
08　슬퍼 하는자는복이있나니
09
10　저히가 永遠히 슬플것이오.

수록 면수 p. 170.
참고 1 육필 시고의 상태 이 텍스트의 육필 시고는 원고지가 아닌 백지에 적혀 있다. 그 결과 띄어쓰기에 대한 판단이 쉽지 않다. 이러한 사정은 「八福」 외에도 「慰勞」 「懺悔錄」 「힌그림자」 「사랑스런 追憶」 「흐르는 거리」 「쉽게 씨워진 詩」 「봄」 등 낱장으로 남아 있는 육필 시고에서 두루 마주치게 된다.
참고 2 **제목 八福 / 마태福音五章三~十二** 육필 시고의 상태 ‘八福’이라는 제목은 수정되지 않았으나, 제목 하단 좌측에 적어놓은 내용은 최초의 형태에서 두 차례 수정되었다. 즉 최초에는 ‘마태 五章 四節’ 이라고 했다가, 이 중 ‘四節’ 을 ‘三節’ 로 바꾸었다. 그후 ‘마태 五章 三節’ 을 수직선으로 다 삭제하고 그 옆에 ‘마태 福音 五章 三~十二’ 라고 새로 써놓았다.
10 저히 저희. 오기-바로잡음
참고 3 10행 부분도 여러 차례 수정되었다. 이를 순서대로 밝히면 다음과 같다.
① (제9행으로) 저히가 슬플것이오. 〈 → 여러 수직선으로 삭제〉
② (①의 바로 좌측에) 저히가 위로함을받을것이오. 〈 → 여러 수직선으로 삭제〉
③ (②에서 좌측으로 조금 떨어진 곳에) 저히가 오래 슬플 것이오.
④ (③ 중 ‘오래’ 를 삭제하고) 저히가 永遠히 슬플것이오.
그런데 이 수정 과정이 〈①→②〉 과정이 이루어진 후에 〈③→④〉가 이루어진 것인지, 〈③→④〉가 2연의 내용으로 먼저 확정된 후에 〈①→②〉가 진행된 것인지는 확실히 알 수 없다.

85B

제목　八福 / 마태福音 五章 三～一二
01　슬퍼 하는자는 복이 있나니
02　슬퍼 하는자는 복이 있나니
03　슬퍼 하는자는 복이 있나니
04　슬퍼 하는자는 복이 있나니
05 ˙　슬퍼 하는자는 복이 있나니
06　슬퍼 하는자는 복이 있나니
07　슬퍼 하는자는 복이 있나니
08　슬퍼 하는자는 복이 있나니
09
10　저희가 永遠히 슬플 것이오.
　　〈一九四0. 十二월로 추정〉

수록 면수 pp. 62～63(85C, p. 102/85D, p. 62)

01～08 슬퍼 하는자는 복이 있나니 슬퍼하는 자는 복이 있나니. 띄어쓰기 오류 85D도 같다.

86. 病院

01　살구나무 그늘로 얼골을 가리고, 病院 뒤뜰에 누워, 젊은 女子가 힌옷 아래로 하얀 다리를 드려내 놓고 日光浴을 한다. 한나절이 기울도록 가슴을 앓는다는 이 女子를 찾어오는 이, 나비 한 마리도 없다. 슬프지도 않은 살구나무 가지에는 바람조차 없다.

02

03　나도 모를 아픔을 오래 참다 처음으로 이 곳에 찾어왔다. 그러나 나의 늙은 의사는 젊은이의 病을 모른다. 나한테는 病이 없다고 한다. 이 지나친 試鍊, 이 지나친 疲勞, 나는 성내서는 안 된다.

04

05　女子는 자리에서 일어나 옷깃을 여미고 花壇에서 金盞花 한 포기를 따 가슴에 꼽고 病室 안으로 사려진다. 나는 그 女子의 健康이 —— 아니 내 健康도 速히 回復되기를 바라며 그가 누웠든 자리에 누워 본다.

　＿1940. 12.

출전『사진판』, ① p. 172, E6. ② pp. 146~47, D6. ② 를 원본으로 삼았다.

장르 산문시.

형태 전 3연.

어휘 연구

01 얼골 얼굴. 〔북한/옛말 → 표준〕▷『한국방언사전』, p. 389, 『우리말큰사전』, p. 5264.

　힌옷 흰옷. 〔북한/옛말 → 표준〕▷『한국방언사전』, p. 1263.

　드려내 드러내. 〔북한/옛말 → 표준〕 '—러' 가 '—려' 의 형태로 실현된 예는 윤동주의 육필 시고에서 종종 보이는데 이는 방언상의 발음이다.

　찾어 찾아. 〔북한 → 표준〕

03 찾어왔다 찾아왔다. 〔북한 → 표준〕

05 꼽고 꽂고. 〔북한 → 표준〕▷『표준국어대사전』, p. 1004.

　사려진다 사라진다. 〔북한 → 표준〕

　누웠든 누웠던. 〔옛말 → 표준〕▷『우리말큰사전』, p. 5013.

86A

제목　病院

01　　살구나무 그늘로 얼골을 가리고, 病院뒷뜰에 누어, 젊은 女子가 힌옷 아래로 하얀 다리를 드려내 놓고 日光浴을 한다. 한나절이 기울도록 가슴을 알른다는 이 女子를 찾어 오는 이, 나비 한 마리도 없다. 슬프지도 않은 살구나무가지에는 바람조차 없다.

02

03　　나도 모를 아픔을 오래 참다 처음으로 이곳에 찾어왔다. 그러나 나의 늙은 의사는 젊은이의 病을 모른다. 나안테는 病이 없다고 한다. 이 지나친 試鍊, 이 지나친 疲勞, 나는 성내서는 않된다.

04

05　　女子는 자리에서 일어나 옷깃을 여미고 花壇에서 金盞花 한포기를 따 가슴에 꼽고 病室안으로 살어진다. 나는 그女子의 健康이 —— 아니 내 健康도 速히 回復되기를 바라며 그가 누엇든 자리에 누어본다.

후기　一九四0. 一二.

수록 면수 pp. 146~47.

01 뒷뜰 뒤뜰. 오기-바로잡음

　누어 누워. 오기-바로잡음

　알른다는 앓는다는. 오기-바로잡음

03 찾어왔다 찾아왔다. 오기-바로잡음

　나안테는 나한테는. 오기-바로잡음

　않된다 안된다. 오기-바로잡음

05 살어진다 사러진다. 오기-바로잡음

　누엇든 누웠든. 오기-바로잡음

누어본다 누워본다. 오기-바로잡음

86B

제목　病院

01　　살구나무 그늘로 얼골을 가리고, 病院뒤뜰에 누어, 젊은 女子가 흰옷 아래로 하얀 다리를 드
러내 놓고 日光浴을 한다. 한나절이 기울도록 가슴을 앓는다는 이 女子를 찾어오는 이, 나비 한마
리도 없다. 슬프지도 않은 살구나무가지에는 바람조차 없다.

02

03　　나도 모를 아픔을 오래 참다 처음으로 이곳에 찾어왔다. 그러나 나의 늙은 의사는 젊은이의
病을 모른다. 나한테는 病이 없다고 한다. 이 지나친 試鍊, 이 지나친 疲勞, 나는 성내서는 안된
다.

04

05　　女子는 자리에서 일어나 옷깃을 여미고 花壇에서 金盞花 한포기를 따 가슴에 꽂고 病室안으
로 사라진다. 나는 그 女子의 健康이 —— 아니 내 健康도 速히 回復되기를 바라며 그가 누었든
자리에 누어본다.

후기　一九四0. 一二.

수록 면수 pp. 14~15(86C, p. 104/86D, p. 61).
01 病院뒤뜰에 病院 뒤뜰에. 띄어쓰기 오류 86D도 같다.
　　누어 누워. 오기-바로잡음 86D도 같다.
　　흰옷 86A에는 '힌옷' 으로 되어 있다. 육필 시고와 다름 방언이 지닌 어감이 무시되었다. 86C,
86D도 같다.
　　한마리도 한 마리도. 띄어쓰기 오류 86D도 같다.
　　살구나무가지 살구나무 가지. 띄어쓰기 오류 86D도 같다.
03 안된다 안 된다. 띄어쓰기 오류 86D도 같다.
05 한포기를 한 포기를. 띄어쓰기 오류
　　꽂고 86A에는 '꼽고' 로 되어 있다. 육필 시고와 다름 방언이 지닌 어감이 무시되었다. 86C, 86D
도 같다.
　　病室안으로 病室 안으로. 띄어쓰기 오류 86D도 같다.
　　사라진다 86A에는 '살어진다' 로 되어 있다. 육필 시고와 다름 방언이 지닌 어감이 무시되었다.
86C, 86D도 같다.
　　누었든 누웠든. 오기-바로잡음 86D도 같다.
　　(86C)(누웠)던 86A에는 '(누엇)든' 으로 되어 있다. 육필 시고와 다름 어감의 차이가 있다.
　　누어본다 누워본다. 오기-바로잡음 86D도 같다.

87. 看板 없는 거리

01 停車場 푸랕욤에

02 나렸을 때 아무도 없어,

03

04 다들 손님들뿐,

05 손님 같은 사람들뿐,

06

07 집집마다 看板이 없어

08 집 찾을 근심이 없어

09

10 빨갛게

11 파랗게

12 불붙는 文字도 없어

13

14 모퉁이마다

15 慈愛로운 헌 瓦斯燈에

16 불을 혀 놓고,

17

18 손목을 잡으면

19 다들, 어진 사람들

20 다들, 어진 사람들

21

22 봄, 여름, 가을, 겨을,

23 순서로 돌아들고.

　　＿1941.

출전『사진판』, pp. 149~50, D8.
장르 시.
형태 전 7연(연별 행수: 2 - 2 - 2 - 3 - 3 - 3 - 2).
어휘 연구
01 푸랕욈 플랫폼platform. _{오기-바로잡음} ※ 시어의 현장성을 위해 그대로 살린다.
02 나렸을 내렸을. 〔북한/옛말 → 표준〕▷『우리말큰사전』, p. 4961, 『한국방언사전』, p. 1314.
16 혀 켜. 〔북한/옛말 → 표준〕▷『표준국어대사전』, p. 6876, 『이조어사전』, p. 753.
22 겨을 겨울. 〔북한/옛말 → 표준〕▷『한국방언사전』, p. 130, 『우리말큰사전』, p. 4859.

87A

제목	看板없는거리
01	停車場 푸랕욈에
02	나렸을때 아무도없어,
03	
04	다들 손님들뿐,
05	손님같은 사람들뿐,
06	
07	집집마다 看板이없어
08	집 찾을 근심이없어
09	
10	빨가케
11	파라케
12	불붓는文字도없어
13	
14	모퉁이마다
15	慈愛로운 헌 瓦斯燈에
16	불을 혀놓고,
17	
18	손목을 잡으면
19	다들, 어진사람들
20	다들, 어진사람들
21	
22	봄, 여름, 가을, 겨을,
23	순서로 돌아들고.
후기	一九四一.

수록 면수 pp. 149~50.
01 푸랕욈 플랫폼platform. _{오기-바로잡음}

02 나렷을 나렷을. 오기-바로잡음 → 내렸을.
10 빨가케 빨갛게. 오기-바로잡음
11 파라케 파랗게. 오기-바로잡음
12 불붓는 불붙는. 오기-바로잡음

87B

제목　看板없는거리
01　停車場 플랫폼에
02　나렷을 때 아무도 없어,
03
04　다들 손님들뿐,
05　손님같은 사람들뿐,
06
07　집집마다 看板이 없어
08　집 찾을 근심이 없어
09
10　빨갛게
11　파랗게
12　불 붙는 文字도 없이
13
14　모퉁이마다
15　慈愛로운 헌 瓦斯燈에
16　불을 혀놓고,
17
18　손목을 잡으면
19　다들, 어진사람들
20　다들, 어진사람들
21
22　봄, 여름, 가을, 겨울,
23　순서로 돌아들고.
후기　〈一九四一.〉

수록 면수 pp. 18~19(87C, p. 114/87D, p. 78).
01 플랫폼 87A에는 '푸랕웜'으로 되어 있다. 육필 시고와 다름 시어의 현장성이 희석된다. 87C, 87D도 같다.
02 (87C)내렸을 87A에는 '나렷을'로 되어 있다. 육필 시고와 다름 어감의 차이가 있다.
05 손님같은 손님 같은. 띄어쓰기 오류 87D도 같다.
12 불 붙는 87A에는 '불붓는'과 같이 붙여 썼다. 띄어쓰기 오류 육필 시고와 다름 87D도 같다.

없이 87A에는 '없어'로 되어 있다. 육필 시고와 다름 리듬이 달라지고, 해석상의 차이를 초래하게 된다. 87C, 87D도 같다. ※ **참고** 원전의 상태가 '없이'인지 '없어'인지 육안으로는 확인이 어려우나, 7배율 및 10배율의 확대경을 통해 보면 글자의 획이 '어'로 돌아갔음을 확인할 수 있다.

16 혀놓고 혀 놓고. 띄어쓰기 오류 87C, 87D도 같다.

19 어진사람들 어진 사람들. 띄어쓰기 오류 87D도 같다.

20 어진사람들 19행의 경우와 같다. 87D도 같다.

22 겨울 87A에는 '겨을'로 되어 있다. 육필 시고와 다름 방언이 지닌 어감이 무시되었다. 87C, 87D도 같다.

88. 무서운 時間

01   거 나를 부르는 것이 누구요.

02

03   가랑잎 이파리 푸르러 나오는 그늘인데,

04   나 아직 여기 呼吸이 남어 있소.

05

06   한번도 손들어 보지 못한 나를

07   손들어 표할 하늘도 없는 나를

08

09   어디에 내 한 몸 둘 하늘이 있어

10   나를 부르는 것이오.

11

12   일이 마치고 내 죽는 날 아츰에는

13   서럽지도 않은 가랑잎이 떨어질텐데…………

14

15   나를 부르지 마오.

   ＿1941. 2. 7.

출전『사진판』, p. 154, D12.
장르 시.
형태 전 6연(연별 행수: 1 - 2 - 2 - 2 - 2 - 1).
어휘 연구
03 가랑잎 떡갈잎. 〔북한/옛말 → 표준〕▷『우리말큰사전』, p. 4831, 『표준국어대사전』, p. 22.
04 남어 남아. 〔북한 → 표준〕
12 아츰 아침. 〔북한 → 표준〕▷『표준국어대사전』, p. 4021.

88A

제목 무서운時間
01   거 나를 부르는것이 누구요.
02
03   가랑닢 입파리 푸르러 나오는 그늘인데,
04   나 아직 여기 呼吸이 남어 있소.
05
06   한번도 손들어 보지못한 나를
07   손들어 표할 하늘도 없는 나를
08
09   어디에 내 한몸둘 하늘이 있어
10   나를 부르는 것이오.
11
12   일이 마치고 내 죽는날 아츰에는
13   서럽지도 않은 가랑닢이 떠러질텐데 …………
14
15   나를 부르지마오.
후기 一九四一. 二. 七

수록 면수 p. 154.
03 가랑닢 가랑잎. 오기-바로잡음
    입파리 이파리. 오기-바로잡음
13 가랑닢 가랑잎. 오기-바로잡음
    떠러질텐데 떨어질텐데. 오기-바로잡음

88B

제목 무서운時間
01   거 나를 부르는것이 누구요,

02

03 가랑잎 잎파리 푸르러 나오는 그늘인데,

04 나 아직 여기 呼吸이 남아 있소.

05

06 한번도 손들어 보지못한 나를

07 손들어 표할 하늘도 없는 나를

08

09 어디에 내 한몸 둘 하늘이 있어

10 나를 부르는 것이오.

11

12 일을 마치고 내 죽는날 아츰에는

13 서럽지도 않은 가랑잎이 떨어질텐데 ⋯⋯⋯⋯

14

15 나를 부르지마오.

후기 一九四一. 二. 七

수록 면수 pp. 26~27(88C, p. 105/88D, p. 63).

01 부르는것이 부르는 것이. ^{띄어쓰기 오류} 88D도 같다.

03 잎파리 이파리. ^{오기-바로잡음} 88D도 같다.

04 남아 88A에는 '남어'로 되어 있다. 육필 시고와 다름. 방언이 지닌 어감이 무시되었다. 88C, 88D도 같다.

06 보지못한 보지 못한. ^{띄어쓰기 오류} 88D도 같다.

09 한몸 한 몸. ^{띄어쓰기 오류} 88D도 같다.

12 일을 88A에는 '일이'로 되어 있다. 육필 시고와 다름. 해석상 차이를 낳을 수 있다. 88C, 88D도 같다.

 죽는날 죽는 날. ^{띄어쓰기 오류} 88D도 같다.

15 부르지마오 부르지 마오. ^{띄어쓰기 오류} 88D도 같다.

89. 눈 오는 地圖

01   順伊가 떠난다는 아츰에 말 못할 마음으로 함박눈이 나려, 슬픈 것처럼 窓
밖에 아득히 깔린 地圖 우에 덮인다.

02   房 안을 돌아다보아야 아무도 없다. 壁과 天井이 하얗다. 房 안에까지 눈
이 나리는 것일까, 정말 너는 잃어버린 歷史처럼 홀홀히 가는 것이냐, 떠나기
前에 일러둘 말이 있든 것을 편지를 써서도 네가 가는 곳을 몰라 어느 거리,
어느 마을, 어느 집웅 밑, 너는 내 마음속에만 남어 있는 것이냐, 네 쪼고만
발자욱을 눈이 자꼬 나려 덮여 따라갈 수도 없다. 눈이 녹으면 남은 발자욱
자리마다 꽃이 피리니 꽃 사이로 발자욱을 찾어 나서면 一年 열두 달 하냥 내
마음에는 눈이 나리리라.

        _1941. 3. 12.

출전『사진판』, p. 144, D4.

장르 산문시.

형태 전 1연 2행.

어휘 연구

01 아츰 아침. 〔북한 → 표준〕▷『표준국어대사전』, p. 4021.

 나려 내려. 〔북한/옛말 → 표준〕▷『우리말큰사전』, p. 4961, 『한국방언사전』, p. 1314.

 우 위. 〔북한/옛말 → 표준〕▷『표준국어대사전』, p. 4631, 『우리말큰사전』, p. 5290.

02 나리는 내리는. 〔북한/옛말 → 표준〕▷『우리말큰사전』, p. 4961, 『한국방언사전』, p. 1314.

 있든 있던. 〔북한/옛말 → 표준〕▷『우리말큰사전』, p. 5013.

 남어 남아. 〔북한 → 표준〕

 집웅 지붕. 〔옛말→표준〕▷『이조어사전』, p. 688.

 쪼고만 쪼그만. 〔북한 → 표준〕▷『한국방언사전』, p. 1248.

 발자욱 발자국. 〔북한 → 표준〕▷『표준국어대사전』, p. 2504.

 자꼬 자꾸. 〔북한 → 표준〕▷『한국방언사전』, p. 1125.

 나려 내려. 위와 같음.

 하냥 늘, 계속하여, 줄곧. 〔북한 → 표준〕▷『조선말대사전/2』, p. 872.

 나리리라 내리리라. 위의 '나리는, 나려' 의 경우와 같음.

89A

제목 눈오는地圖

01　順伊가 떠난다는 아츰에 말못할 마음으로 함박눈이 나려, 슬픈것 처럼 窓밖에 아득히 깔린 地圖우에 덥힌다.

02　　房안을 도라다 보아야 아무도 없다. 壁과 天井이 하얗다. 房안에까지 눈이 나리는 것일까, 정말 너는 잃어버린 歷史처럼 홀홀히 가는것이냐, 떠나기前에 일러둘말이 있든것을 편지를 써서도 네가 가는 곳을 몰라 어느거리, 어느마을, 어느집웅밑, 너는 내 마음속에만 남어 있는 것이냐, 네 쪼고만 발자욱을 눈이 작고 나려 덥혀 따라갈수도 없다. 눈이 녹으면 남은 발자욱자리마다 꽃이 피리니 꽃사이로 발자욱을 찾어 나서면 一年열두달 하냥 내마음에는 눈이 나리리라.

후기　一九四一. 三. 一二.

수록 면수 p. 144.

01 말못할 마음으로 육필 시고의 상태 우측에 검은 잉크로 줄이 그어져 있다.

 슬픈것 처럼 육필 시고의 상태 우측에 검은 잉크로 줄이 그어져 있다.

 덥힌다 덮인다. 오기-바로잡음

02 도라다 보아야 돌아다보아야. 오기-바로잡음

 작고 자꼬. 오기-바로잡음

 덥혀 덮여. 오기-바로잡음

제목 눈오는 地圖

順伊가 떠난다는 아츰에 말못할 마음으로 함박눈이 나려, 슬픈것처럼 窓밖에 아득히 깔린 地圖우에 덮인다. 房안을 돌아다 보아야 아무도 없다. 壁과 天井이 하얗다. 房안에까지 눈이 나리는 것일까, 정말 너는 잃어버린 歷史처럼 홀홀히 가는것이냐, 떠나기前에 일러둘 말 이 있든것을 편지를 써서도 네가 가는 곳을 몰라 어느 거리, 어느 마을, 어느 지붕밑, 너는 내 마음속에만 남아 있는 것이냐, 네 쪼고만 발자욱을 눈이 자꼬 나려 덮여 따라 갈수도 없다. 눈이 녹으면 남은 발자욱자리마다 꽃이 피리니 꽃사이로 발자욱을 찾어 나서면 一年 열두달 하냥 내마음에는 눈이 나리리라.

후기 〈一九四一. 三. 一二.〉

수록 면수 pp. 10~11(89C, p. 106/89D, p. 64).

참고 89B는 전체 내용을 1행으로 처리하고 있는데, 이는 2행으로 되어 있는 89A와 다르다. 육필 시고와 다름 89C, 89D도 같다.

제목 눈오는 눈 오는. 띄어쓰기 오류 89D도 같다.

(89C)아침에 89A에는 '아츰에'로 되어 있다. 육필 시고와 다름 어감의 차이가 있다.

말못할 말 못할. 띄어쓰기 오류 89C, 89D도 같다.

(89C)내려 89A에는 '나려'로 되어 있다. 육필 시고와 다름 어감의 차이가 있다.

슬픈것처럼 슬픈 것처럼. 띄어쓰기 오류

地圖우에 地圖 우에. 띄어쓰기 오류 89D도 같다.

房안을 房 안을. 띄어쓰기 오류 89D도 같다.

돌아다 보아야 돌아다보아야. 띄어쓰기 오류 89D도 같다.

房안에까지 房 안에까지. 띄어쓰기 오류 89D도 같다.

(89C)내리는 것일까 89A에는 '나리는'으로 되어 있다. 육필 시고와 다름 어감의 차이가 있다.

가는것이냐 가는 것이냐. 띄어쓰기 오류

떠나기前에 떠나기 前에. 띄어쓰기 오류

있든것을 있든 것을. 띄어쓰기 오류

(89C)있던 것을 89A에는 '있든 것을'로 되어 있다. 육필 시고와 다름 어감의 차이가 있다.

지붕밑 지붕 밑. 띄어쓰기 오류

남아 89A에는 '남어'로 되어 있다. 육필 시고와 다름 방언이 지닌 어감이 무시되었다. 89C, 89D도 같다.

(89C)조그만 89A에는 '쪼고만'으로 되어 있다. 육필 시고와 다름 어감의 차이가 있다.

(89C)자꾸 내려 89A에는 '작고 나려'로 되어 있다. 육필 시고와 다름 어감의 차이가 있다.

따라 갈수도 따라갈 수도. 띄어쓰기 오류

발자욱자리마다 발자욱 자리마다. 띄어쓰기 오류 89D도 같다.

꽃사이로 꽃 사이로. 띄어쓰기 오류 89D도 같다.

열두달 열두 달. 띄어쓰기 오류 89D도 같다.

내마음에는 내 마음에는. 띄어쓰기 오류

(89C)내리리라 89A에는 '나리리라'로 되어 있다. 육필 시고와 다름 어감의 차이가 있다.

90. 새벽이 올 때까지

01   다들 죽어 가는 사람들에게

02   검은 옷을 입히시요.

03

04   다들 살어가는 사람들에게

05   흰옷을 입히시요.

06

07   그리고 한 寢臺에

08   가즈런이 잠을 재우시요

09

10   다들 울거들랑

11   젖을 먹이시요

12

13   이제 새벽이 오면

14   나팔소리 들려올 게외다.

     _1941. 5.

출전『사진판』, p. 153, D11.

장르 시.

형태 전 5연 각 2행.

어휘 연구

02 05 08 11 요 오. 오기-바로잡음 ※ 현장성을 위해 그대로 살려둔다.

04 살어가는 살아가는. 〔북한 → 표준〕

05 힌 흰. 〔북한 → 표준〕▷『한국방언사전』, p. 1263.

08 가즈런이 가지런히. 〔북한 → 표준〕▷『한국방언사전』, p. 1152.

90A

제목   새벽이올때까지

01   다들 죽어가는 사람들에게

02   검은 옷을 입히시요.

03

04   다들 살어가는 사람들에게

05   힌 옷을 입히시요.

06

07   그리고 한 寢臺에

08   가즈런이 잠을 재우시요

09

10   다들 울거들랑

11   젖을 먹이시요

12

13   이제 새벽이 오면

14   나팔소리 들려 올게외다.

후기   一九四一. 五.

수록 면수 p. 153.

02 05 08 11 요 오. 오기-바로잡음

90B

제목   새벽이 올때까지

01   다들 죽어가는 사람들에게

02   검은 옷을 입히시요.

03

04   다들 살어가는 사람들에게

05   흰 옷을 입히시요.

06

07   그리고 한 寢臺에

08   가즈런히 잠을 재우시요

09

10   다들 울거들랑

11   젖을 먹이시요

12

13   이제 새벽이 오면

14   나팔소리 들려 올게외다.

후기   〈一九四一. 五.〉

수록 면수 pp. 24~25(90C, p. 109/90D, p. 65).

제목 올때까지 올 때까지. 띄어쓰기 오류

01 죽어가는 죽어 가는. 띄어쓰기 오류

※ **02 05 08 11 (90C)오** 90A에는 '요'로 되어 있다. 육필 시고와 다름 오기를 바로잡은 것이긴 하나 제작 당시의 어감이 희석되었다.

05 흰 90A에는 '힌'으로 되어 있다. 육필 시고와 다름 방언이 지닌 어감이 무시되었다. 90C, 90D도 같다.

　　흰 옷을 흰옷을. 띄어쓰기 오류 90D도 같다.

14 들려 올게외다 들려올 게외다. 띄어쓰기 오류 90D도 같다.

91. 十字架

01 　쫓아오든 햇빛인데

02 　지금 敎會堂 꼭대기

03 　十字架에 걸리였습니다.

04

05 　尖塔이 저렇게도 높은데

06 　어떻게 올라갈 수 있을가요.

07

08 　鐘소리도 들려오지 않는데

09 　휘파람이나 불며 서성거리다가,

10

11 　괴로왔든 사나이,

12 　幸福한 예수 · 그리스도에게

13 　처럼

14 　十字架가 許諾된다면

15

16 　모가지를 드리우고

17 　꽃처럼 피여나는 피를

18 　어두워 가는 하늘 밑에

19 　조용히 흘리겠읍니다.

　　_1941. 5. 31.

출전 『사진판』, pp. 155~56, D13.

장르 시.

형태 전 5연(연별 행수: 3 - 2 - 2 - 4 - 4).

어휘 연구

01 쫓아오든 쫓아오던. 〔옛말 → 표준〕▷『우리말큰사전』, p. 5013.

03 걸리였습니다 걸리었습니다. 〔옛말 → 표준〕▷『표준국어대사전』, p. 4303.

11 괴로왔든 괴로웠던. 〔북한/옛말 → 표준〕▷『한국방언사전』, pp. 1164~65, 『우리말큰사전』, p. 5013.

17 피여나는 피어나는. 〔옛말 → 표준〕▷『우리말큰사전』, p. 5013.

91A

제목　十字架

01　쫓아오든 햇빛인데

02　지금 敎會堂 꼭대기

03　十字架에 걸리였습니다.

04

05　尖塔이 저렇게도 높은데

06　어떻게 올라갈수 있을가요.

07

08　鐘소리도 들려오지 않는데

09　휫파람이나 불며 서성거리다가,

10

11　괴로왔든 사나이,

12　幸福한 예수·그리스도에게

13　처럼

14　十字架가 許諾된다면

15

16　목아지를 드리우고

17　꽃처럼 피여나는 피를

18　어두어가는 하늘밑에

19　조용이 흘리겠읍니다.

후기　一九四一. 五. 三一.

수록 면수 pp. 155~56.

제목 十字架 육필 시고의 상태 제목 위에 검은 잉크로 조그맣게 'x' 표시를 해놓았다.

09 휫파람 휘파람. 오기-바로잡음

11 괴로왔든 괴로오-았-든. 오기-바로잡음

16 목아지 모가지. 오기-바로잡음

18 어두어가는 어두워 가는. 오기-바로잡음

91B

제목　十字架
01　쫓아오든 햇빛인데
02　지금 教會堂 꼭대기
03　十字架에 걸리었읍니다.
04
05　尖塔이 저렇게도 높은데
06　어떻게 올라갈수 있을까요.
07
08　鐘소리도 들려오지 않는데
09　휘파람이나 불며 서성거리다가.
10
11　괴로웠든 사나이,
12　幸福한 예수·그리스도에게
13　처럼
14　十字架가 許諾된다면
15
16　목아지를 드리우고
17　꽃처럼 피어나는 피를
18　어두어가는 하늘 밑에
19　조용이 흘리겠읍니다.
후기　一九四一. 五. 三一.

수록 면수 pp. 28~29(91C, p. 110/91D, p. 69).
01 (91C)쫓아오던 91A에는 '쫓아오든' 으로 되어 있다. 육필 시고와 다름 어감의 차이가 있다.
03 걸리었읍니다 91A에는 '걸리였습니다' 로 되어 있다. ㉠ 육필 시고와 다름 어감의 차이가 있다.
91C, 91D도 같다. ㉡ '―읍니다' 는 현행 맞춤법상 오기임. 91D도 같다.
06 올라갈수 올라갈 수. 띄어쓰기 오류 91D도 같다.
　　있을까요 91A에는 '있을가요' 로 되어 있다. 육필 시고와 다름 어감의 차이가 있다. 91C, 91D도
같다.
11 괴로웠든 91A에는 '괴로왔든' 으로 되어 있다. 육필 시고와 다름 어감의 차이가 있다. 91C, 91D
도 같다.
16 목아지 모가지. 오기-바로잡음 91D도 같다.
17 피어나는 91A에는 '피여나는' 으로 되어 있다. 육필 시고와 다름 어감의 차이가 있다. 91C, 91D
도 같다.
18 어두어가는 어두워 가는. 오기-바로잡음·띄어쓰기 오류 91D도 같다.

92. 눈 감고 간다

01   太陽을 사모하는 아이들아

02   별을 사랑하는 아이들아

03

04   밤이 어두웠는데

05   눈 감고 가거라.

06

07   가진 바 씨앗을

08   뿌리면서 가거라

09

10   발부리에 돌이 채이거든

11   감었든 눈을 와짝 떠라.

        ＿1941. 5. 31.

출전『사진판』, p. 159, D16.
장르 시.
형태 전 4연 각 2행.
어휘 연구
11 감었든 감었던. 〔옛말 → 표준〕▷『우리말큰사전』, p. 5013.

92A

제목　눈감고간다
01　　太陽을 사모하는 아이들아
02　　별을 사랑하는 아이들아
03
04　　밤이 어두었는데
05　　눈감고 가거라.
06
07　　가진바 씨앗을
08　　뿌리면서 가거라
09
10　　발뿌리에 돌이 채이거든
11　　감었든 눈을 왓작떠라.
후기　一九四一. 五. 三一.

수록 면수 p. 159.
04 어두었는데 어두웠는데. 오기-바로잡음
10 발뿌리 발부리. 오기-바로잡음
11 왓작 와짝. 오기-바로잡음

92B

제목　눈 감고 간다
01　　太陽을 사모하는 아이들아
02　　별을 사랑하는 아이들아
03
04　　밤이 어두었는데
05　　눈 감고 가거라.
06
07　　가진바 씨앗을
08　　뿌리면서 가거라

09
10   발뿌리에 돌이 채이거든
11   감었든 눈을 와짝 떠라.
후기 〈一九四一. 五. 三一.〉

수록 면수 p. 33(92C, p. 111/92D, p. 68).
04 어두었는데 어두웠는데. 오기-바로잡음 92D도 같다.
07 가진바 가진 바. 띄어쓰기 오류 92D도 같다.
10 발뿌리 발부리. 오기-바로잡음 92D도 같다.
※ 92D는 92B의 제1, 제2연을 묶어 제1연으로 하고, 제3, 제4연을 묶어 제2연으로 하여, 전체 내용을 2연으로 처리하였는데 이는 92A와 다르다. 육필 시고와 다름

93. 太初의 아츰

01   봄날 아츰도 아니고

02   여름, 가을, 겨을,

03   그런 날 아츰도 아닌 아츰에

04

05   빨 — 간 꽃이 피여났네,

06   해ㅅ빛이 푸른데,

07

08   그 前날 밤에

09   그 前날 밤에

10   모든 것이 마련되였네.

11

12   사랑은 뱀과 함께

13   毒은 어린 꽃과 함께

출전『사진판』, p. 151, D9.
추정 제작 시기 1941. 5. 31.
장르 시.
형태 전 4연(연별 행수: 3 - 2 - 3 - 2).
어휘 연구
제목 01 03 아츰 아침. 〔북한 → 표준〕▷『표준국어대사전』, p. 4021.
02 겨을 겨울. 〔북한/옛말 → 표준〕▷『한국방언사전』, p. 130, 『우리말큰사전』, p. 4859.
05 피여났네 피어났네. 〔옛말 → 표준〕▷『표준국어대사전』, p. 4303.
10 마련되였네 마련되었네. 〔옛말 → 표준〕▷『표준국어대사전』, p. 4303.

93A

제목　太初의아츰
01　봄날 아츰도 아니고
02　여름, 가을, 겨을,
03　그런날 아츰도 아닌 아츰에
04
05　빨 — 간 꽃이 피여낫네,
06　해ㅅ빛이 푸른데,
07
08　그前날밤에
09　그前날밤에
10　모든것이 마련되엿네.
11
12　사랑은 뱀과 함께
13　毒은 어린 꽃과 함게

수록 면수 p. 151.
05 피여낫네 피어났네. 오기-바로잡음
10 마련되엿네 마련되었네. 오기-바로잡음
13 함게 함께. 오기-바로잡음

93B

제목　太初의 아침
01　봄날 아침도 아니고
02　여름, 가을, 겨울,
03　그런날 아침도 아닌 아침에

04

05   빨 — 간 꽃이 피어났네,

06   햇빛이 푸른데,

07

08   그 前날 밤에

09   그 前날 밤에

10   모든것이 마련되었네.

11

12   사랑은 뱀과 함께

13   毒은 어린 꽃과 함께.

수록 면수 pp. 20~21(93C, p. 107/93D, p. 66).

제목 01 03 아침 93A에는 '아츰'으로 되어 있다. 육필 시고와 다름 어감의 차이가 있다. 93C, 93D 도 같다.

02 겨울 93A에는 '겨을'로 되어 있다. 육필 시고와 다름 방언이 지닌 어감이 무시되었다. 93C, 93D 도 같다.

03 그런날 그런 날. 띄어쓰기 오류 93D도 같다.

05 피어났네 93A에는 '피여낫네'로 되어 있다. 육필 시고와 다름 어감의 차이가 있다. 93C, 93D도 같다.

06 햇빛 93A에는 '해ㅅ빛'으로 되어 있다. 육필 시고와 다름 방언이 지닌 어감이 무시되었다. 93C, 93D도 같다.

10 모든것 모든 것. 띄어쓰기 오류

　　마련되었네 93A에는 '마련되엿네'로 되어 있다. 육필 시고와 다름 어감의 차이가 있다. 93C, 93D도 같다.

94. 또 太初의 아츰

01   하얗게 눈이 덮이였고

02   電信柱가 잉잉 울어

03   하나님 말슴이 들려온다.

04

05   무슨 啓示일가.

06

07   빨리

08   봄이 오면

09   罪를 짓고

10   눈이

11   밝어

12

13   이앤가 解産하는 수고를 다하면

14

15   無花果 잎사귀로 부끄런 데를 가리고

16

17   나는 이마에 땀을 흘려야겠다.

       _1941. 5. 31.

출전 『사진판』, p. 152, D10.

장르 시.

형태 전 6연(연별 행수: 3 - 1 - 5 - 1 - 1 - 1).

어휘 연구

제목 아츰 아침. 〔북한 → 표준〕▷『표준국어대사전』, p. 4021.

01 덮이엿고 덮이었고. 〔옛말 → 표준〕▷『표준국어대사전』, p. 4303.

03 말슴 말씀. 〔옛말 → 표준〕▷『이조어사전』, p. 305.

05 啓示일가 啓示일까. 〔옛말 → 표준〕▷『표준국어대사전』, p. 4856.

11 밝어 밝아. 〔북한 → 표준〕

13 이앺 이브Eve. 오기-바로잡음 ※ 시어의 현장성을 위해 그대로 살려둔다.

94A

제목 또太初의아츰

01   하얗게 눈이 덮이엿고

02   電信柱가 잉잉 울어

03   하나님말슴이 들려온다.

04

05   무슨 啓示일가.

06

07   빨리

08   봄이 오면

09   罪를 짓고

10   눈이

11   밝어

12

13   이앺 가 解産하는 수고를 다하면

14

15   無花果 잎사귀로 부끄런데를 가리고

16

17   나는 이마에 땀을 흘려야겟다.

후기 1941. 5. 31.

수록 면수 p. 152.

01 덮이엿고 덮이였고. 오기-바로잡음

13 이앺 이브Eve. 오기-바로잡음

17 흘려야겟다 흘려야겠다. 오기-바로잡음

제목 또 太初의 아츰
01   하얗게 눈이 덮이었고
02   電信柱가 잉잉 울어
03   하나님 말씀이 들려온다.
04
05   무슨 啓示일가.
06
07   빨리
08   봄이 오면
09   罪를 짓고
10   눈이
11   밝어
12
13   이브가 解産하는 수고를 다하면
14
15   無花果 잎사귀로 부끄런데를 가리고
16
17   나는 이마에 땀을 흘려야겠다.
후기 〈一九四一. 五. 三一〉

수록 면수 pp. 22~23(94C, p. 108/94D, p. 67).
01 덮이었고 94A에는 '덮이엿고'로 되어 있다. 육필 시고와 다름 어감의 차이가 있다. 94C, 94D도 같다.
03 말씀 94A에는 '말슴'으로 되어 있다. 육필 시고와 다름 방언이 지닌 어감이 무시되었다. 94C, 94D도 같다.
13 이브 94A에는 '이앤'로 되어 있다. 육필 시고와 다름 방언이 지닌 어감이 무시되었다. 94C, 94D도 같다.
15 부끄런데를 부끄런 데를. 오기-바로잡음 94D도 같다.
후기 〈一九四一. 五. 三一〉 아라비아 숫자로 표기된 원본과 다르다.

95. 못 자는 밤

01   하나, 둘, 셋, 네

02   …………………………

03   밤은

04   많기도 하다.

출전『사진판』, p. 173, E7.
추정 제작 시기 1941. 6월경.
장르 시.
형태 전 1연 4행.

95A

제목　못자는밤
01　　하나, 둘, 셋, 네
02　　·····················
03　　밤은
04　　많기도 하다.

수록 면수 p. 173.

95B

제목　못 자는 밤
01　　하나, 둘, 셋, 네
02　　·····················
03　　밤은
04　　많기도 하다.

수록 면수 p. 63(95C, p. 112/95D, p. 119).

96. 돌아와 보는 밤

01   세상으로부터 돌아오듯이 이제 내 좁은 방에 돌아와 불을 끄옵니다. 불을
켜두는 것은 너무나 피로롭은 일이옵니다. 그것은 낮의 延長이옵기에 ——

02

03   이제 窓을 열어 空氣를 바꾸어 드려야 할턴데 밖을 가만이 내다보아야 房
안과 같이 어두워 꼭 세상 같은데 비를 맞고 오든 길이 그대로 빗속에 젖어
있사옵니다.

04

05   하로의 울분을 씻을 바 없어 가만히 눈을 감으면 마음속으로 흐르는 소
리, 이제, 능금처럼 저절로 익어 가옵니다.

  _1941. 6.

출전 『사진판』, ① p. 174, E8, ② p. 145, D5. ②를 원본으로 삼았다.

장르 산문시.

형태 전 3연 각 1행.

어휘 연구

01 피로롭은 윤동주의 조어造語. **참고** '— 롭다': (모음으로 끝나는 일부 명사 뒤에 붙어) '그러함' 또는 '그럴 만함'의 뜻을 더하고 형용사를 만드는 접미사. ¶ 명예롭다/신비롭다/자유롭다/풍요롭다/향기롭다.

03 할턴데 할텐데. 〔북한 → 표준〕

　　가만이 가만히. 〔북한 → 표준〕▷『한국방언사전』, p. 1057.

　　오든 오던. 〔옛말 → 표준〕▷『우리말큰사전』, p. 5013.

05 하로 하루. 〔북한/옛말 → 표준〕▷『이조어사전』, p. 733, 『한국방언사전』, p. 160.

96A

제목　돌아와보는밤

01　　세상으로부터 돌아오듯이 이제 내 좁은 방에 돌아와 불을 끄옵니다. 불을 켜두는것은 너무나 피로롭은 일이옵니다. 그것은 낮의 延長이옵기에 ——

02

03　　이제 窓을 열어 空氣를 밖구어 드려야 할턴데 밖을 가만이 내다 보아야 房안과같이 어두어 꼭 세상같은데 비를 맞고 오든길이 그대로 비속에 젖어 있사옵니다.

04

05　　하로의 울분을 씻을바 없어 가만히 눈을 감으면 마음속으로 흐르는 소리, 이제, 思想이 능금처럼 저절로 익어 가옵니다.

후기　一九四一. 六.

수록 면수 p. 145.

03 밖구어 바꾸어. 오기-바로잡음

　　어두어 어두워. 오기-바로잡음

　　비속 빗속. 오기-바로잡음

96B

제목　돌아와 보는 밤

01　　세상으로부터 돌아오듯이 이제 내 좁은 방에 돌아와 불을 끄옵니다. 불을 켜 두는 것은 너무나 피로롭은 일이옵니다. 그것은 낮의 延長이옵기에 ——

02

03　　이제 窓을 열어 空氣를 바꾸어 드려야 할텐데 밖을 가만히 내다 보아야 房안과같이 어두어 꼭 세상같은데 비를 맞고 오든 길이 그대로 비속에 젖어있사옵니다.

04

05　　하로의 울분을 씻을바 없어 가만히 눈을 감으면 마음 속으로 흐르는 소리, 이제, 思想이 능금
　　처럼 저절로 익어 가옵니다.

후기　〈一九四一. 六.〉

수록 면수 pp. 12~13(96C, p. 113/96D, p. 71).
03 할텐데 96A에는 '할턴데'로 되어 있다. 육필 시고와 다름 방언이 지닌 어감이 무시되었다. 96C,
96D도 같다.
　　가만히 96A에는 '가만이'로 되어 있다. 육필 시고와 다름 방언이 지닌 어감이 무시되었다. 96C,
96D도 같다.
　　내다 보아야 내다보아야. 띄어쓰기 오류 96D도 같다.
　　房안과같이 房 안과 같이. 띄어쓰기 오류
　　(96C)방안과 같이 방 안과 같이. 띄어쓰기 오류 96D도 같다.
　　어두어 어두워. 오기-바로잡음 96D도 같다.
　　세상같은데 세상 같은데. 띄어쓰기 오류 96D도 같다.
　　비속에 빗속에. 오기-바로잡음 96D도 같다.
05 씻을바 씻을 바. 띄어쓰기 오류 96D도 같다.

97. 바람이 불어

01	바람이 어디로부터 불어와
02	어디로 불려 가는 것일가.
03	
04	바람이 부는데
05	내 괴로움에는 理由가 없다.
06	
07	내 괴로움에는 理由가 없을가.
08	
09	단 한 女子를 사랑한 일도 없다.
10	時代를 슬퍼한 일도 없다.
11	
12	바람이 자꼬 부는데
13	내 발이 반석 우에 섰다.
14	
15	강물이 자꼬 흐르는데
16	내 발이 언덕 우에 섰다.

_1941. 6. 2.

출전『사진판』, p. 157, D14.
장르 시.
형태 전 6연(연별 행수: 2 − 2 − 1 − 2 − 2 − 2).
어휘 연구
02 07 (으)ㄹ가 (으)ㄹ까. 〔옛말 → 표준〕▷『표준국어대사전』, p. 4856.
12 15 자꼬 자꾸. 〔북한 → 표준〕▷『한국방언사전』, p. 1125.
13 16 우 위. 〔북한/옛말 → 표준〕▷『표준국어대사전』, p. 4631, 『우리말큰사전』, p. 5290.

97A

제목 바람이불어
01   바람이 어디로부터 불어와
02   어디로 불려가는 것일가.
03
04   바람이 부는데
05   내 괴로움에는 理由가 없다.
06
07   내 괴로움에는 理由가 없을가.
08
09   단 한女子를 사랑한 일도 없다.
10   時代를 슬퍼한 일도 없다.
11
12   바람이 작고 부는데
13   내발이 반석우에 섯다.
14
15   강물이 작고 흐르는데
16   내발이 언덕우에 섯다.
후기 〈一九四一. 六. 二〉

수록 면수 p. 157.
12 15 작고 자꼬. 오기-바로잡음
13 16 섯다 섰다. 오기-바로잡음

97B

제목 바람이 불어
01   바람이 어디로부터 불어와
02   어디로 불려가는 것일까.

03

04   바람이 부는데

05   내 괴로움에는 理由가 없다.

06

07   내 괴로움에는 理由가 없을까,

08

09   단 한女子를 사랑한 일도 없다.

10   時代를 슬퍼한 일도 없다.

11

12   바람이 자꼬 부는데

13   내발이 반석우에 섰다.

14

15   강물이 자꼬 흐르는데

16   내발이 언덕우에 섰다.

후기   〈一九四一. 六. 二〉

수록 면수 pp. 30~31(97C, p. 115/97D, p. 70).
02 불려가는 불려 가는. 띄어쓰기 오류 97D도 같다.
　　것일까 97A에는 '것일가' 로 되어 있다. 육필 시고와 다름 방언이 지닌 어감이 무시되었다.
97C, 97D도 같다.
07 없을까 위의 경우와 같다. 97C, 97D도 같다.
09 한女子를 한 女子를. 띄어쓰기 오류
13 내발이 내 발이. 띄어쓰기 오류 97D도 같다.
　　반석우에 반석 우에. 띄어쓰기 오류 97D도 같다.
　　(97C)반석 위에 97A에는 '반석우에' 로 되어 있다. 육필 시고와 다름 어감의 차이가 있다.
16 내발이 내 발이. 띄어쓰기 오류 97D도 같다.
　　언덕우에 언덕 우에. 띄어쓰기 오류 97D도 같다.
　　(97C)언덕 위에 97A에는 '언덕우에' 로 되어 있다. 육필 시고와 다름 어감의 차이가 있다.

98. 또 다른 故鄕

01   故鄕에 돌아온 날 밤에

02   내 白骨이 따라와 한방에 누웠다.

03

04   어두운 房은 宇宙로 通하고

05   하늘에선가 소리처럼 바람이 불어온다.

06

07   어둠 속에 곱게 風化作用하는

08   白骨을 들여다보며

09   눈물짓는 것이 내가 우는 것이냐

10   白骨이 우는 것이냐

11   아름다운 魂이 우는 것이냐

12

13   志操 높은 개는

14   밤을 새워 어둠을 짖는다.

15

16   어둠을 짖는 개는

17   나를 쫓는 것일 게다.

18

19   가자 가자

20   쫓기우는 사람처럼 가자

21   白骨 몰래

22   아름다운 또 다른 故鄕에가자.

    ＿1941. 9.

출전 『사진판』, pp. 160~61, D17.
장르 시.
형태 전 6연(연별 행수: 2 - 2 - 5 - 2 - 2 - 4).

98A

제목 또다른故鄉
01   故鄉에 돌아온날밤에
02   내 白骨이 따라와 한방에 누엇다.

03

04   어둔 房은 宇宙로 通하고
05   하늘에선가 소리처럼 바람이 불어온다.

06

07   어둠속에 곱게 風化作用하는
08   白骨을 드려다 보며
09   눈물 짓는것이 내가 우는것이냐
10   白骨이 우는것이냐
11   아름다운 魂이 우는것이냐

12

13   志操 높은 개는
14   밤을 새워 어둠을 짖는다.

15

16   어둠을 짖는 개는
17   나를 쫓는 것일게다.

18

19   가자 가자
20   쫓기우는 사람처럼 가자
21   白骨몰래
22   아름다운 또다른 故鄕에가자.
후기 一九四一. 九.

수록 면수 pp. 160~61.
제목 또다른故鄕 육필 시고의 상태 검은 잉크로 조그맣게 '×' 표시를 해놓았다.
02 누엇다 누웠다. 오기-바로잡음
04 어둔 어두운. 오기-바로잡음
08 드려다 보며 들여다보며. 오기-바로잡음

98B

제목 또 다른 故鄕
01 故鄕에 돌아온 날 밤에
02 내 白骨이 따라와 한방에 누었다.
03
04 어둔 房은 宇宙로 通하고
05 하늘에선가 소리처럼 바람이 불어온다.
06
07 어둠 속에서 곱게 風化作用하는
08 白骨을 들여다 보며
09 눈물 짓는 것이 내가 우는 것이냐
10 白骨이 우는 것이냐
11 아름다운 魂이 우는 것이냐
12
13 志操 높은 개는
14 밤을 새워 어둠을 짖는다.
15
16 어둠을 짖는 개는
17 나를 쫓는 것일게다.
18
19 가자 가자
20 쫓기우는 사람처럼 가자
21 白骨 몰래
22 아름다운 또 다른 故鄕에 가자.
후기 〈一九四一. 九.〉

수록 면수 pp. 34~35(98C, p. 116/98D, p. 72).
02 (98C)한 방에 한방에. 띄어쓰기 오류
　　누었다 누웠다. 오기-바로잡음 98D도 같다.
04 어둔 어두운. 오기-바로잡음 98C, 98D도 같다.
07 어둠 속에서 98A에는 '어둠속에'로 되어 있다. 육필 시고와 다름 98D도 같다.
08 들여다 보며 들여다보며. 띄어쓰기 오류 98D도 같다.
09 눈물 짓는 눈물짓는. 띄어쓰기 오류
17 것일게다 것일 게다. 띄어쓰기 오류 98D도 같다.

99. 길

01   잃어버렸습니다.

02   무얼 어디다 잃었는지 몰라

03   두 손이 주머니를 더듬어

04   길에 나아갑니다.

05

06   돌과 돌과 돌이 끝없이 연달아

07   길은 돌담을 끼고 갑니다.

08

09   담은 쇠문을 굳게 닫어

10   길 우에 긴 그림자를 드리우고

11

12   길은 아츰에서 저녁으로

13   저녁에서 아츰으로 통했습니다.

14

15   돌담을 더듬어 눈물짓다

16   처다보면 하늘은 부끄럽게 푸릅니다.

17

18   풀 한 포기 없는 이 길을 걷는 것은

19   담 저쪽에 내가 남어 있는 까닭이고,

20

21   내가 사는 것은, 다만,

22   잃은 것을 찾는 까닭입니다.

_1941. 9. 31.

출전『사진판』, pp. 162~63, D18.

장르 시.

형태 전 7연(연별 행수: 4 - 2 - 2 - 2 - 2 - 2 - 2).

어휘 연구

06 연달어 연달아. 〔북한 → 표준〕

09 닫어 닫아. 〔북한 → 표준〕

10 우 위. 〔북한/옛말 → 표준〕▷『표준국어대사전』, p. 4631,『우리말큰사전』, p. 5290.

12 아츰 아침. 〔북한 → 표준〕▷『표준국어대사전』, p. 4021.

13 아츰 위와 같음.

16 처다보면 쳐다보면. 〔북한 → 표준〕

19 남어 남아. 〔북한 → 표준〕

99A

제목　길

01　잃어 버렸습니다.

02　무얼 어디다 잃었는지 몰라

03　두손이 주머니를 더듬어

04　길에 나아갑니다.

05

06　돌과 돌과 돌이 끝없이 연달어

07　길은 돌담을 끼고 갑니다.

08

09　담은 쇠문을 굳게 닫어

10　길우에 긴 그림자를 드리우고

11

12　길은 아츰에서 저녁으로

13　저녁에서 아츰으로 통했습니다.

14

15　돌담을 더듬어 눈물 짓다

16　처다보면 하늘은 부끄럽게 프릅니다.

17

18　풀 한포기 없는 이길을 걷는것은

19　담저쪽에 내가 남어 있는 까닭이고,

20

21　내가 사는것은, 다만,

22　잃은것을 찾는 까닭입니다.

후기　一九四一. 九. 三一.

수록 면수 pp. 162~63.
16 프름니다 푸릅니다. 오기-바로잡음

99B

제목　길
01　잃어 버렸읍니다.
02　무얼 어디다 잃었는지 몰라
03　두 손이 주머니를 더듬어
04　길게 나아갑니다.
05
06　돌과 돌과 돌이 끝없이 연달어
07　길은 돌담을 끼고 갑니다.
08
09　담은 쇠문을 굳게 닫어
10　길우에 긴 그림자를 드리우고
11
12　길은 아침에서 저녁으로
13　저녁에서 아침으로 통했읍니다.
14
15　돌담을 더듬어 눈물 짓다
16　쳐다보면 하늘은 부끄럽게 푸릅니다.
17
18　풀 한포기 없는 이 길을 걷는 것은
19　담 저쪽에 내가 남어 있는 까닭이고,
20
21　내가 사는 것은, 다만,
22　잃은 것을 찾는 까닭입니다.
후기　〈一九四一. 九. 三一.〉

수록 면수 pp. 36~37(99C, p. 117/99D, p. 73).
01 잃어 버렸읍니다 잃어버렸습니다. 띄어쓰기 오류 · 오기-바로잡음 99D도 같다.
04 길게 99A에는 '길에'로 되어 있다. 육필 시고와 다름 전혀 다른 해석을 낳게 된다. 99C, 99D도 같다.
06 (99C)연달아 99A에는 '연달어'로 되어 있다. 육필 시고와 다름 어감상 차이가 있다.
09 (99C)닫아 99A에는 '닫어'로 되어 있다. 육필 시고와 다름 어감상 차이가 있다.
10 길우에 길 우에. 띄어쓰기 오류
　　(99C)위에 99A에는 '우에'로 되어 있다. 육필 시고와 다름 어감상 차이가 있다.
13 ―읍니다 ―습니다. 오기-바로잡음

15 눈물 짓다 눈물짓다. 띄어쓰기 오류 99D도 같다.

16 쳐다보면 99A에는 '처다보면'으로 되어 있다. 육필 시고와 다름 어감의 차이가 있다. 99C, 99D도 같다.

18 한포기 한 포기. 띄어쓰기 오류 99D도 같다.

19 (99C)남아 99A에는 '남어'로 되어 있다. 육필 시고와 다름 어감상 차이가 있다.

100. 별 헤는 밤

01   季節이 지나가는 하늘에는

02   가을로 가득 차 있습니다.

03

04   나는 아무 걱정도 없이

05   가을 속의 별들을 다 헤일 듯합니다.

06

07   가슴속에 하나 둘 새겨지는 별을

08   이제 다 못 헤는 것은

09   쉬이 아츰이 오는 까닭이오,

10   來日 밤이 남은 까닭이오,

11   아직 나의 靑春이 다하지 않은 까닭입니다.

12

13   별 하나에 追憶과

14   별 하나에 사랑과

15   별 하나에 쓸쓸함과

16   별 하나에 憧憬과

17   별 하나에 詩와

18   별 하나에 어머니, 어머니,

19

20   어머님, 나는 별 하나에 아름다운 말 한마디식 불러봅니다. 小學校때 冊
床을 같이 했든 아이들의 일홈과, 佩, 鏡, 玉 이런 異國少女들의 일홈과 벌서
애기 어머니 된 게집애들의 일홈과, 가난한 이웃사람들의 일홈과, 비둘기, 강
아지, 토끼, 노새, 노루, 「뿌랑시쓰 · 짬」「라이넬 · 마리아 · 릴케」 이런 詩人
의 일홈을 불러 봅니다.

21

22   이네들은 너무나 멀리 있습니다.

23   별이 아슬이 멀듯이,

24

25   어머님,

26   그리고 당신은 멀리 北間島에 게십니다.

27

28   나는 무엇인지 그리워

29   이 많은 별빛이 나린 언덕 우에

30   내 일홈자를 써보고,

31   흙으로 덮어 버리었습니다.

32

33   따는 밤을 새워 우는 버레는

34   부끄러운 일홈을 슬퍼하는 까닭입니다.

      _1941. 11. 5.

출전『사진판』, pp. 164~66, D19.

장르 시.

형태 전 9연(연별 행수: 2 - 2 - 5 - 6 - 1 - 2 - 2 - 4 - 2).

어휘 연구

05 가을속의 육필 시고의 상태 '가을속의'는 이음을 지시하는 줄표(~)를 사용, 04, 05행 사이에 첨가된 것이다. 이 부분을 별도의 행으로 볼 수도 있겠으나,『사진판』 p. 61의 '山林'이 퇴고되어『사진판』, p. 167로 이기移記된 과정을 살펴보면, 이 줄표(~)는 별도의 행을 지시하는 문장 부호로 보기 어렵다.

　　헤일 셀. 〔북한 → 표준〕▷『표준국어대사전』, p. 6866.

09 아츰 아침. 〔북한 → 표준〕▷『표준국어대사전』, p. 4021.

09 10 까닭이오 까닭이요. 오기-바로잡음 ※ 시어의 현장성을 위해 그대로 살린다.

20 (한마디)식 씩. 〔옛말 → 표준〕▷『표준국어대사전』, p. 3807.

　　했든 했던. 〔옛말 → 표준〕▷『우리말큰사전』, p. 5013.

　　일홈 이름. 〔북한/옛말 → 표준〕▷『한국방언사전』, p. 287,『우리말큰사전』, p. 5312.

　　벌서 벌써. 〔북한 → 표준〕▷『한국방언사전』, p. 1103.

　　애기 아기. 〔북한 → 표준〕▷『표준국어대사전』, p. 4113.

　　게집애 계집애. 〔북한 → 표준〕▷『한국방언사전』, p. 184.

　　「뿌랑시쓰 · 짬」 프랑시스 잠Francis Jammes, 프랑스 시인, 1868~1938. ※ 시어의 현장성을 위해 그대로 살린다.

　　「라이넬 · 마리아 · 릴케」 라이너 마리아 릴케Rainer Maria Rilke, 독일 시인, 1875~1926. ※ 시어의 현장성을 위해 그대로 살린다.

23 아슬이 〔북한 방언〕아찔아찔할 정도로 높거나 낮다. **참고** 북한 방언 '아슬하다'에서 파생된 말. ¶아슬하게 높은 텔레비죤 방송탑(『조선말대사전』).

26 게십니다 계십니다. 〔북한 → 표준〕 **참고** '계집애 → 게집애'를 참조할 것.

29 우 위. 〔북한/옛말 → 표준〕▷『표준국어대사전』, p. 4631,『우리말큰사전』, p. 5290.

30 34 일홈 이름. 〔북한/옛말 → 표준〕▷『한국방언사전』, p. 287.

31 버리였습니다 버리었습니다. 〔옛말 → 표준〕▷『표준국어대사전』, p. 4303.

33 버레 벌레. 〔북한 → 표준〕▷『한국방언사전』, p. 1008.

35 후기 1941. 11. 5. **참고** 윤동주의 원고 작성 관행으로 보아, 이「별 헤는 밤」이 여기에서 1차 완성되었음을 보여주고 있는 부분이다. 따라서 36~39행은 최초 텍스트에 없었던 부분이다. 필자는 36~39행이 원전의 텍스트에서 배제되어야 할 것으로 판단하고 있다. 이에 대한 여러 서지적 증거들 및 이를 바탕으로 한 원전 확정 문제에 대한 자세한 논의는 이 책 뒤의 제3편 '4. 육필 초고 첨삭 부분'을 보라.

100A

제목　별헤는밤

01　　季節이 지나가는 하늘에는

02　　가을로 가득 차있습니다.

03

04　　　나는 아무 걱정도 없이

05　　　가을속의 별들을 다 헤일듯합니다.

06

07　　　가슴속에 하나 둘 색여지는 별을

08　　　이제 다 못헤는것은

09　　　쉬이 아츰이 오는 까닭이오,

10　　　來日밤이 남은 까닭이오,

11　　　아직 나의 靑春이 다하지 않은 까닭입니다.

12

13　　　별하나에 追憶과

14　　　별하나에 사랑과

15　　　별하나에 쓸쓸함과

16　　　별하나에 憧憬과

17　　　별하나에 詩와

18　　　별하나에 어머니, 어머니,

19

20　　　어머님, 나는 별 하나에 아름다운 말 한마디식 불러봅니다. 小學校때 冊床을 같이 햇든 아이
　　들의 일홈과, 佩, 鏡, 玉 이런 異國少女들의 일홈과 벌서 애기 어머니 된 게집애들의 일홈과, 가
　　난한 이웃사람들의 일홈과, 비둘기, 강아지, 토끼, 노새, 노루, 「푸랑시쓰·쨤」 「라이넬·마리
　　아·릴케」 이런 詩人의 일홈을 불러봅니다.

21

22　　　이네들은 너무나 멀리 있습니다.

23　　　별이 아슬이 멀듯이,

24

25　　　어머님,

26　　　그리고 당신은 멀리 北間島에 게십니다.

27

28　　　나는 무엇인지 그러워

29　　　이많은 별빛이 나린 언덕우에

30　　　내 일홈자를 써보고,

31　　　흙으로 덥허 버리엿습니다.

32

33　　　따는밤을 새워 우는 버레는

34　　　부끄러운 일홈을 슬퍼하는 까닭입니다.

35　　　**후기**　　　一九四一. 十一. 五.

36　　　그러나 겨을이 지나고 나의별에도 봄이 오면

37　　　무덤우에 파란 잔디가 피여나듯이

38　　　내일홈자 묻힌 언덕우에도

39　　　자랑처럼 풀이 무성 할게외다.

07 색여지는 새겨지는. 오기-바로잡음

20 ※육필 시고의 상태 이 부분은 행 구분 없이 여러 문장이 한 연을 이루고 있는 부분이다. 따라서 「별 헤는 밤」은 산문시의 형식이 일부 가미된 시 형태를 보여주고 있다.

　햇든 했든. 오기-바로잡음

28 그러워 '그리워'. 오기-바로잡음 **참고** 『사진판』, p. 108 「자상화自像畵」에도 "돌아 가다 생각하니 / 그사나이가 그러워 짐니다"와 같이 '그리워'가 '그러워'로 씌어진 것을 볼 수 있다.

31 덥허 덮어. 오기-바로잡음

　버리엿습니다 버리였습니다. 오기-바로잡음

35 후기 一九四一. 十一. 五. **참고** 윤동주의 원고 작성 관행으로 보아, 이 「별 헤는 밤」이 여기에서 1차 완성되었음을 보여주고 있는 부분이다. 따라서 36~39행은 최초 텍스트에 없었던 부분이다. 필자는 36~39행이 원전의 텍스트에서 배제되어야 할 것으로 판단하고 있다. 이에 대한 여러 서지적 증거들 및 이를 바탕으로 한 원전 확정 문제에 대한 자세한 논의는 이 책 뒤의 제3편 '4. 육필 초고 첨삭 부분'을 보라.

100B

제목　별헤는 밤
01　季節이 지나가는 하늘에는
02　가을로 가득 차 있습니다.
03
04　나는 아무 걱정도 없이
05　가을 속의 별들을 다 헤일듯합니다.
06
07　가슴 속에 하나 둘 새겨지는 별을
08　이제 다 못헤는 것은
09　쉬이 아침이 오는 까닭이오,
10　來日 밤이 남은 까닭이오,
11　아직 나의 靑春이 다하지 않은 까닭입니다.
12
13　별하나에 追憶과
14　별하나에 사랑과
15　별하나에 쓸쓸함과
16　별하나에 憧憬과
17　별하나에 詩와
18　별하나에 어머니, 어머니,
19
20　어머님, 나는 별 하나에 아름다운 말 한마디씩 불러봅니다. 小學校때 冊床을 같이 했든 아이들의 이름과, 佩, 鏡, 玉 이런 異國 少女들의 이름과, 벌써 애기 어머니 된 계집애들의 이름과, 가

난한 이웃 사람들의 이름과, 비둘기, 강아지, 토끼, 노새, 노루, 「프랑시스 · 쨤」「라이넬 · 마리
아 · 릴케」이런 詩人의 이름을 불러봅니다.

21
22　　이네들은 너무나 멀리 있습니다.
23　　별이 아슬히 멀듯이,

24
25　　어머님,
26　　그리고 당신은 멀리 北間島에 계십니다.

27
28　　나는 무엇인지 그리워
29　　이 많은 별빛이 나린 언덕우에
30　　내 이름자를 써 보고,
31　　흙으로 덮어 버리었습니다.

32
33　　따는 밤을 새워 우는 버레는
34　　부끄러운 이름을 슬퍼하는 까닭입니다.

35
36　　그러나 겨울이 지나고 나의 별에도 봄이 오면
37　　무덤우에 파란 잔디가 피어나듯이
38　　내 이름자 묻힌 언덕우에도
39　　자랑처럼 풀이 무성할게외다.
　　　　　─一九四一. ──. 五.

수록 면수 pp. 38∼41(100C, pp. 118∼19/100D, pp. 74∼75).

제목 별헤는 별 헤는. 띄어쓰기 오류 100D도 같다.

05 헤일듯합니다 헤일 듯합니다. 띄어쓰기 오류 100D도 같다.

08 못헤는 못 헤는. 띄어쓰기 오류 100D도 같다.

09 아침 100A에는 '아츰'으로 되어 있다. 육필 시고와 다름 어감이 다르다.

09 10 (100C)까닭이요 100A에는 '까닭이오'로 되어 있다. 육필 시고와 다름

13∼18 별하나에 별 하나에. 띄어쓰기 오류 100D도 같다.

20 (한마디)씩 100A에는 '식'으로 되어 있다. 육필 시고와 다름 어감이 다르다. 100C, 100D도 같다.

　불러봅니다 불러 봅니다. 띄어쓰기 오류 100D도 같다.

　小學校때 小學校 때. 띄어쓰기 오류 100D도 같다.

　(100C)(같이) 했던 100A에는 '(같이) 햇든'으로 되어 있다. 육필 시고와 다름

　이름 100A에는 '일홈'으로 되어 있다. 육필 시고와 다름 어감이 다르다. 100C, 100D도 같다.

　게집애 100A에는 '게집애'로 되어 있다. 육필 시고와 다름 어감이 다르다. 100C, 100D도 같다.

　「프랑시스 · 쨤」 100A에는 '뿌랑시쓰 · 쨤'으로 되어 있다. 육필 시고와 다름 100C에는 '프랑시
스 쨤', 100D에는 '푸랑시쓰 쨤'으로 되어 있다.

　(100C)라이너 마리아 릴케 100A에는 '라이넬 · 마리아 · 릴케'로 되어 있다. 육필 시고와 다름

23 아슬히 100A에는 '아슬이'로 되어 있다. 육필 시고와 다름 어감이 다르다. 100C, 100D도 같다.

26 계십니다 100A에는 '게십니다'로 되어 있다. 육필 시고와 다름 어감이 다르다. 100C, 100D도 같다.

29 언덕우에 언덕 우에. 띄어쓰기 오류 100D도 같다.

 (100C)(언덕)위 100A에는 '우'로 되어 있다. 육필 시고와 다름 37, 38행도 같다.

33 (100C)벌레는 100A에는 '버레는'으로 되어 있다. 육필 시고와 다름 어감이 다르다.

36 겨울 100A에는 '겨을'로 되어 있다. 육필 시고와 다름 100C, 100D도 같다.

37 무덤우에 무덤 우에. 띄어쓰기 오류 100D도 같다.

38 언덕우에도 언덕 우에도. 띄어쓰기 오류 100D도 같다.

39 무성할게외다 무성할 게외다. 띄어쓰기 오류 100D도 같다.

 一九四一. 一一. 五. 100A에는 34행의 뒤에 적혀 있다. 육필 시고와 다름

101. (序詩)

01   죽는 날까지 하늘을 우러러

02   한 점 부끄럼이 없기를,

03   잎새에 이는 바람에도

04   나는 괴로워했다.

05   별을 노래하는 마음으로

06   모든 죽어가는 것을 사랑해야지

07   그리고 나한테 주어진 길을

08   걸어가야겠다.

09

10   오늘 밤에도 별이 바람에 스치운다.

      __1941. 11. 20.

출전 『사진판』, p. 140, D1.
장르 시.
형태 전 2연(연별 행수: 8 - 1).

101A

01   죽는 날까지 하늘을 우르러
02   한점 부끄럼이 없기를,
03   잎새에 이는 바람에도
04   나는 괴로워했다.
05   별을 노래하는 마음으로
06   모든 죽어가는것을 사랑해야지
07   그리고 나안테 주어진 길을
08   거러가야겠다.
09
10   오늘밤에도 별이 바람에 스치운다.
후기 1941.11.20.

수록 면수 p. 140.
참고 육필 시고의 상태 자선 시집自選詩集 『하늘과 바람과 별과 詩』에 서문 대신 표지 이면에 제목
없이 첫번째로 수록됨.
01 우르러 우러러. 오기-바로잡음
07 나안테 나한테. 오기-바로잡음
08 거러가야겠다 걸어가야겠다. 오기-바로잡음

101B

제목 序詩
01   죽는 날까지 하늘을 우러러
02   한점 부끄럼이 없기를,
03   잎새에 이는 바람에도
04   나는 괴로와했다.
05   별을 노래하는 마음으로
06   모든 죽어가는 것을 사랑해야지
07   그리고 나한테 주어진 길을
08   걸어가야겠다.
09
10   오늘밤에도 별이 바람에 스치운다.

후기 〈一九四一.一一.二0.〉

수록 면수 p. 1(101C, p. 37/101D, p. 76).
제목 序詩 101A에는 제목이 없다. 육필 시고와 다름
02 한점 한 점. 띄어쓰기 오류 101D도 같다.
10 오늘밤에도 오늘 밤에도. 띄어쓰기 오류 101D도 같다.
후기 〈一九四一.一一.二0.〉101A에는 원고지 하단에 아라비아 숫자로 '1941.11.20.' 과 같이 써 놓았다. 육필 시고와 다름

102. 肝

01 　바닷가 해빛 바른 바위 우에

02 　습한 肝을 펴서 말리우자,

03

04 　코카사쓰 山中에서 도망해 온 토끼처럼

05 　둘러리를 빙빙 돌며 肝을 직히자.

06

07 　내가 오래 기르든 여윈 독수리야!

08 　와서 뜯어먹어라, 시름없이

09

10 　너는 살지고

11 　나는 여위여야지, 그러나,

12

13 　거북이야!

14 　다시는 龍宮의 誘惑에 안 떨어진다.

15

16 　푸로메디어쓰 불쌍한 푸로메디어쓰

17 　불 도적한 죄로 목에 맷돌을 달고

18 　끝없이 沈澱하는 푸로메드어쓰.

　＿1941. 11. 29.

출전『사진판』, p. 175, E9.

장르 시.

형태 전 6연(연별 행수: 2 - 2 - 2 - 2 - 2 - 3).

어휘 연구

01 해빛 햇빛. 〔북한 → 표준〕▷『표준국어대사전』, p. 6803.

　　우 위. 〔북한/옛말 → 표준〕▷『표준국어대사전』, p. 4631, 『우리말큰사전』, p. 5290.

05 둘러리 둘레. 〔북한 → 표준〕▷『한국방언사전』, pp. 1039~40.

　　직히자 지키자. 〔옛말 → 표준〕▷『이조어사전』, p. 685.

07 기르든 기르던. 〔옛말 → 표준〕▷『우리말큰사전』, p. 5013.

11 여위여야지 여위어야지. 〔옛말 → 표준〕▷『표준국어대사전』, p. 4303.

16 푸로메디어쓰 프로메테우스Prometheus. ※ 시어의 현장성을 위해 그대로 살린다.

18 푸로메드어쓰 프로메테우스Prometheus. ※ 시어의 현장성을 위해 그대로 살린다.

102A

제목　肝

01　바닷가 해빛 바른 바위우에

02　습한 肝을 펴서 말리우자,

03

04　코카사쓰山中에서 도맹해온 토끼처럼

05　둘러리를 빙빙 돌며 肝을 직히자.

06

07　내가 오래 기르든 여윈 독수리야!

08　와서 뜨더먹어라, 시름없이

09

10　너는 살지고

11　나는 여위여야지, 그러나,

12

13　거북이야!

14　다시는 龍宮의 誘惑에 않떠러진다.

15

16　푸로메디어쓰 불상한 푸로메디어쓰

17　불 도적한 죄로 목에 맷돌을 달고

18　끝없이 沈澱하는 푸로메드어쓰.

후기　一九四一. 十一. 二九日.

수록 면수 p. 175.

04 도맹 도망. 오기-바로잡음

08 뜨더먹어라 뜯어먹어라. 오기-바로잡음

14 않떠러진다 안 떨어진다. 오기-바로잡음
16 불상한 불쌍한. 오기-바로잡음

102B

제목 肝

01   바닷가 햇빛 바른 바위우에
02   습한 肝을 펴서 말리우자,
03
04   코카사쓰山中에서 도망해온 토끼처럼
05   둘러리를 빙빙 돌며 肝을 지키자,
06
07   내가 오래 기르든 여윈 독수리야!
08   와서 뜯어 먹어라, 시름없이
09
10   너는 살지고
11   나는 여위여야지, 그러나,
12
13   거북이야!
14   다시는 龍宮의 誘惑에 안떨어진다.
15
16   푸로메테우스 불쌍한 푸로메테우스
17   불 도적한 죄로 목에 맷돌을 달고
18   끝없이 沈澱하는 푸로메테우스.

후기   〈一九四一. 十一. 二九〉

수록 면수 pp. 58～59(102C, p. 120/102D, p. 77).
01 햇빛 102A에는 '해빛'으로 되어 있다. 육필 시고와 다름 어감이 다르다. 102C, 102D도 같다.
　　바위우에 바위 우에. 띄어쓰기 오류 102D도 같다.
　　(102C)위에 102A에는 '우에'로 되어 있다. 육필 시고와 다름 어감이 다르다.
04 코카사쓰山中에서 코카사쓰 山中에서. 띄어쓰기 오류
　　도망해온 도망해 온. 띄어쓰기 오류 102D도 같다.
05 지키자 102A에는 '직히자'로 되어 있다. 육필 시고와 다름 어감이 다르다. 102C, 102D도 같다.
08 뜯어 먹어라 뜯어먹어라. 띄어쓰기 오류 102D도 같다.
10 (102C)살찌고 102A에는 '살지고'로 되어 있다. 육필 시고와 다름 '살지고'(형용사)와 '살찌고'(동사)는 품사가 다르다.
14 안떨어진다 안 떨어진다. 띄어쓰기 오류 102D도 같다.
16 푸로메테우스 102A에는 '푸로메디어쓰'로 되어 있다. 육필 시고와 다름 102C도 같다.
18 푸로메테우스 102A에는 '푸로메드어쓰'로 되어 있다. 육필 시고와 다름 102C도 같다.

103. 懺悔錄

01　　파란 녹이 낀 구리 거울 속에

02　　내 얼골이 남어 있는 것은

03　　어느 王朝의 遺物이기에

04　　이다지도 욕될가.

05

06　　나는 나의 懺悔의 글을 한 줄에 줄이자.

07　　─滿 二十四 年 一 個月을

08　　　무슨 기쁨을 바라 살아왔든가

09

10　　내일이나 모레나 그 어느 즐거운 날에

11　　나는 또 한 줄의 懺悔錄을 써야 한다.

12　　─그때 그 젊은 나이에

13　　　웨 그런 부끄런 告白을 했든가.

14

15　　밤이면 밤마다 나의 거울을

16　　손바닥으로 발바닥으로 닦어 보자.

17

18　　그러면 어느 隕石 밑으로 홀로 걸어가는

19　　슬픈 사람의 뒷모양이

20　　거울 속에 나타나 온다.

　　__(1942). 1. 24.

출전 『사진판』, p. 176, E10.

장르 시.

형태 전 5연(연별 행수: 4 - 3 - 4 - 2 - 3).

어휘 연구

02 얼골 얼굴. 〔북한 → 표준〕▷『한국방언사전』, p. 389.

　　남어 남아. 〔북한 → 표준〕

04 욕될가 욕될까. 〔옛말 → 표준〕▷『표준국어대사전』, p. 4856.

08 살아왔든가 살아왔던가. 〔옛말 → 표준〕▷『우리말큰사전』, p. 5013.

13 웨 왜. 〔북한 → 표준〕▷『조선말대사전』, p. 1824, p. 1827.

　　했든가 했던가. 〔옛말 → 표준〕▷『우리말큰사전』, p. 5013.

16 닦어 닦아. 〔북한 → 표준〕

후기 一月 二十四日. **참고** 이 텍스트는 윤동주가 일본 유학에 오르기 직전인 1942년 1월에 쓴 것임을 여러 친지들이 증언한 바 있다.

103A

제목　懺悔錄

01　파란 녹이 낀 구리 거울속에

02　내얼골이 남어있는것은

03　어느王朝의遺物이기에

04　이다지도 욕될가.

05

06　나는 나의懺悔의글을 한줄에 주리자.

07　─ 滿二十四年一個月 을

08　　무슨깁븜을바라살아왔든가

09

10　내일이나 모레나 그어느 즐거운날에

11　나는 또 한줄의 懺悔錄 을 써야 한다.

12　─ 그때 그 젊은 나이에

13　　웨그런 부끄런 告白을 했든가.

14

15　밤이면 밤마다 나의 거울을

16　손바닥으로 발바닥으로 닦어보자.

17

18　그러면 어느 隕石밑으로 홀로거러가는

19　슬픈사람의 뒷모양이

20　거울속에 나타나온다.

후기　一月 二十四日.

수록 면수 p. 176.

제목 懺悔錄 육필 시고의 상태 제목 우측에 수직선이 그어져 있다.

06 주리자 줄이자. 오기-바로잡음

08 깁븜 기쁨. 오기-바로잡음

18 거러가는 걸어가는. 오기-바로잡음

후기 一月 二十四日. 참고 이 텍스트는 윤동주가 일본 유학에 오르기 직전인 1942년 1월에 쓴 것임을 여러 친지들이 증언한 바 있다.

103B

제목 懺悔錄

01   파란 녹이 낀 구리거울속에

02   내 얼골이 남어 있는 것은

03   어느 王朝의 遺物이기에

04   이다지도 욕될가.

05

06   나는 나의 懺悔의 글을 한줄에 주리자.

07   ―滿二十四年―個月을

08   무슨 기쁨을 바라 살어 왔든가

09

10   내일이나 모레나 그 어느 즐거운 날에

11   나는 또 한줄의 懺悔錄을 써야한다.

12   ― 그때 그 젊은 나이에

13   웨 그런 부끄런 告白을 했든가.

14

15   밤이면 밤마다 나의 거울을

16   손바닥으로 발바닥으로 닦어 보자.

17

18   그러면 어느 隕石밑으로 홀로 걸어가는

19   슬픈 사람의 뒷모양이

20   거울속에 나타나온다.

후기 〈一九四二. 一. 二四〉

수록 면수 pp. 56~57(103C, p. 121/103D, p. 79).

01 구리거울속에 구리 거울 속에. 띄어쓰기 오류 103D도 같다.

02 (103C)남아 103A에는 '남어'로 되어 있다. 육필 시고와 다름

04 (103C)욕될까 103A에는 '욕될가'로 되어 있다. 육필 시고와 다름

06 한줄에 한 줄에. 띄어쓰기 오류 103D도 같다.

　　주리자 줄이자. 오기-바로잡음

07 滿二十四年一個月을 滿 二十四 年 一 個月을. ^{띄어쓰기 오류} 103D도 같다.

08 살어 103A에는 '살아'로 되어 있다. 육필 시고와 다름

　살어 왔든가 살어왔든가. ^{띄어쓰기 오류} 103D도 같다.

　(103C)왔던가 103A에는 '왔든가'로 되어 있다. 육필 시고와 다름

11 한줄의 한 줄의. ^{띄어쓰기 오류} 103D도 같다.

　써야한다 써야 한다. ^{띄어쓰기 오류} 103D도 같다.

16 (103C)닭아 103A에는 '닭어'로 되어 있다. 육필 시고와 다름

18 隕石밑으로 隕石 밑으로. ^{띄어쓰기 오류} 103D도 같다.

20 거울속에 거울 속에. ^{띄어쓰기 오류} 103D도 같다.

　나타나온다 나타나 온다. ^{띄어쓰기 오류} 103D도 같다.

104. 힌 그림자

01 黃昏이 짙어지는 길모금에서

02 하로 종일 시드른 귀를 가만이 기우리면

03 땅검의 옮겨지는 발자취 소리,

04

05 발자취 소리를 들을 수 있도록

06 나는 총명했든가요.

07

08 이제 어리석게도 모든 것을 깨달은 다음

09 오래 마음 깊은 속에

10 괴로워하든 수많은 나를

11 하나, 둘 제 고장으로 돌려보내면

12 거리 모통이 어둠 속으로

13 소리 없이 사라지는 힌 그림자,

14

15 힌 그림자들

16 연연히 사랑하든 힌 그림자들,

17

18 내 모든 것을 돌려보낸 뒤

19 허전히 뒷골목을 돌아

20 黃昏처럼 물드는 내 방으로 돌아오면

21

22 信念이 깊은 으젓한 羊처럼

23 하로 종일 시름없이 풀포기나 뜯자.

　　＿(1942). 4. 14.

출전 『사진판』, pp. 177~78, E11.

장르 시.

형태 전 6연(연별 행수: 3 - 2 - 6 - 2 - 3 - 2).

어휘 연구

참고 원고지가 아닌 보고서 용지에 쓴 까닭에 띄어쓰기에 대한 판단이 어렵다.

제목 힌 흰. 〔북한 → 표준〕▷『한국방언사전』, p. 1263.

01 길모금 길목. 〔북한 → 표준〕

02 하로 하루. 〔옛말 → 표준〕▷『이조어사전』, p. 572. 23행의 '하로'도 같다.

　　시드른 시든. 〔옛말 → 표준〕▷『우리말큰사전』, p. 5204.

　　가만이 가만히. 〔북한 → 표준〕▷『한국방언사전』, p. 1057.

　　기우리면 기울이면. 〔옛말 → 표준〕▷『표준국어대사전』, p. 904.

03 땅검 땅거미. 〔북한 → 표준〕▷『조선말대사전/2』, p. 1200.

06 총명했든가요 총명했던가요. 〔옛말 → 표준〕▷『우리말큰사전』, p. 5013.

10 괴로워하든 괴로워하던. 〔옛말 → 표준〕▷『우리말큰사전』, p. 5013.

12 모통이 모퉁이. 〔북한 → 표준〕▷『한국방언사전』, pp. 89~90.

13 15 16 힌 흰. 〔북한 → 표준〕▷『한국방언사전』, p. 1263.

16 사랑하든 사랑하던. 〔옛말 → 표준〕▷『우리말큰사전』, p. 5013.

22 으젓한 의젓한. 〔북한 → 표준〕

104A

제목　힌그림자

01　　黃昏이 지터지는 길모금에서

02　　하로종일 시드른 귀를 가만이 기우리면

03　　땅검의 옴겨지는 발자취소리,

04

05　　발자취소리를 들을수있도록

06　　나는총명했든가요.

07

08　　이제 어리석게도 모든것을 깨다른다음

09　　오래 마음 깊은속에

10　　괴로워하든 수많은 나를

11　　하나, 둘 제고장으로 돌려보내면

12　　거리모통이 어둠속으로

13　　소리없이사라지는힌그림자,

14

15　　힌그림자들

16　　연연히 사랑하든 힌그림자들,

17

18   내모든것을 돌려보낸 뒤
19   허전히 뒷골목을 돌아
20   黃昏처럼 물드는 내방으로 돌아오면
21
22   信念이 깊은 으젓한 羊처럼
23   하로 종일 시름없이 풀포기나 뜻자.
후기   四. 十四.

수록 면수 pp. 177~78.
참고 원고지가 아닌 보고서 용지에 쓴 까닭에 띄어쓰기에 대한 판단이 어렵다.
01 지터지는 짙어지는. 오기-바로잡음
03 옴겨지는 옮겨지는. 오기-바로잡음
08 깨다른 깨달은. 오기-바로잡음
23 뜻자 뜯자. 오기-바로잡음
후기 四. 十四. 'RIKKYO UNIVERSITY' 라고 인쇄된 일본 立教大學의 리포트 용지가 사용되어, 작품의 제작 연도가 1942년임을 말해주고 있다(윤동주 연보 참조).

104B

제목   흰 그림자
01   黃昏이 짙어지는 길모금에서
02   하로종일 시들은 귀를 가만히 기울이면
03   땅검의 옮겨지는 발자취소리,
04
05   발자취소리를 들을수 있도록
06   나는 총명했든가요.
07
08   이제 어리석게도 모든 것을 깨달은 다음
09   오래 마음 깊은 속에
10   괴로워하든 수많은 나를
11   하나, 둘 제고장으로 돌려보내면
12   거리모통이 어둠속으로
13   소리없이 사라지는 흰 그림자,
14
15   흰 그림자들
16   연연히 사랑하든 흰 그림자들,
17
18   내 모든 것을 돌려보낸 뒤
19   허전히 뒷골목을 돌아

20	黃昏처럼 물드는 내방으로 돌아오면
21	
22	信念이 깊은 으젓한 羊처럼
23	하로종일 시름없이 풀포기나 뜯자.

후기 〈一九四二. 四. 十四.〉

수록 면수 pp. 44~45(104C, p. 122/104D, p. 80).

제목 흰 104A에는 '힌'으로 되어 있다. 육필 시고와 다름 어감이 다르다. 104C, 104D도 같다.

02 하로종일 하로 종일. 띄어쓰기 오류 23행의 경우도 같다. 104D도 같다.

(104C)하루 종일 104A에는 '하로종일'로 되어 있다. 육필 시고와 다름 어감이 다르다.

가만히 104A에는 '가만이'로 되어 있다. 육필 시고와 다름 어감이 다르다. 104C, 104D도 같다.

05 발자취소리 발자취 소리. 띄어쓰기 오류 104D도 같다.

들을수 들을 수. 띄어쓰기 오류 104D도 같다.

06 (104C)총명했던가요 104A에는 '총명했든가요'로 되어 있다. 육필 시고와 다름 어감이 다르다.

10 (104C)괴로워하던 104A에는 '괴로워하든'으로 되어 있다. 육필 시고와 다름 어감이 다르다.

11 제고장으로 제 고장으로. 띄어쓰기 오류 104D도 같다.

12 거리모통이 거리 모통이. 띄어쓰기 오류 104D도 같다.

어둠속으로 어둠 속으로. 띄어쓰기 오류 104D도 같다.

13 소리없이 소리 없이. 띄어쓰기 오류 104D도 같다.

흰 104A에는 '힌'으로 되어 있다. 육필 시고와 다름 15, 16행의 '흰'의 경우도 같다. 104C, 104D도 같다.

16 (104C)사랑하던 104A에는 '사랑하든'으로 되어 있다. 육필 시고와 다름 어감이 다르다.

20 내방으로 내 방으로. 띄어쓰기 오류 104D도 같다.

105. 흐르는 거리

01 으스럼이 안개가 흐른다. 거리가 흘러간다.

02 저 電車, 自動車, 모든 바퀴가 어디로 흘리워 가는 것일가? 定泊할 아무
港口도 없이, 가련한 많은 사람들을 싣고서, 안개 속에 잠긴 거리는,

03

04 거리 모통이 붉은 포스트 상자를 붙잡고, 섰을라면 모든 것이 흐르는 속
에 어렴풋이 빛나는 街路燈, 꺼지지 않는 것은 무슨 象徵일까? 사랑하는 동
무 朴이여! 그리고 金이여! 자네들은 지금 어디 있는가? 끝없이 안개가 흐르
는데,

05

06 "새로운 날 아츰 우리 다시 情답게 손목을 잡어 보세" 몇 字 적어 포스트
속에 떨어트리고, 밤을 새워 기다리면 金徽章에 金단추를 삐였고 巨人처럼
찬란히 나타나는 配達夫, 아츰과 함께 즐거운 來臨,

07

08 이 밤을 하욤없이 안개가 흐른다.

  __(1942). 5. 12.

출전『사진판』, pp. 179~80, E13.

장르 산문시.

형태 전 4연(연별 행수: 2 - 1 - 1 - 1).

어휘 연구

01 으스럼이 으스름히. 〔북한 → 표준〕 **참고** 으스름: 빛 따위가 침침하고 흐릿한 상태. ¶ 어느 결에 해는 기울어 으스름 황혼이다.(박종화, 『금삼의 피』) / 만리동 고개 위의 저녁놀이 검은 구름장으로 어느덧 가리워지고 주위엔 으스름이 깔렸다.(이문희, 『흑맥』) →『표준국어대사전』, p. 4842.

02 흘리워 흘려. 〔북한 → 표준〕▷『조선말대사전/2』, p. 1021.

 것일가 것일까. 〔옛말 → 표준〕▷『표준국어대사전』, p. 4856.

04 모통이 모퉁이. 〔북한 → 표준〕▷『한국방언사전』, pp. 89~90.

06 삐였고 끼웠고. **참고** ①『정지용시집』(시문학사, 1935. 10. 27.), p. 58에 "금단초 다섯개를 삐우고 가쟈, 파아란 바다 우에"라는 구절이 나온다. 이로 보아 '삐다/삐이다'라는 표현이 당시에 '(단추를) 끼우다'라는 뜻으로 실제로 쓰였던 것으로 보인다. ② 북한어에서의 삐다·삐이다의 뜻과 사용례: ㉠ 삐다 ¶ 대성산 유희장엔 사람이 삐일 사이가 없이 찾아들었다.(『선대』) / 정방산의 이름난 살구꽃 무렵에는 언제나 이렇게 구경군들이 삐이지 않는다는 것이었다.(『배움의 천리길』) ㉡ 삐이다 ¶ 무릎이 삐이다 / 발목 삐인 것은 인차 손을 쓰지 않으면 도지기를 잘한다는데.(『누리에 붙는 불』) →『조선말대사전/2』, p. 1254, p. 1256.

 아츰 아침. 〔북한 → 표준〕▷『표준국어대사전』, p. 4021.

08 하욤없이 하염없이. 〔북한 → 표준〕

105A

제목   흐르는거리

01   으스럼이 안개가 흐른다. 거리가 흘러간다.

02   저 電車, 自動車, 모든 바퀴가 어디로 흘리워 가는 것일가? 定泊할 아무港口도없이, 가련한 많은 사람들을 실고서, 안개속에 잠긴 거리는,

03

04   거리 모통이 붉은 포스트상자를 붓잡고, 서슬라면 모든것이 흐르는속에 어렴푸시빛나는 街路燈, 꺼지지 않는것은 무슨 象徵일까? 사랑하는동무 朴이여! 그리고 金이여! 자네들은 지금 어디 있는가? 끝없이 안개가 흐르는데,

05

06   "새로운날아츰 우리 다시 情답게 손목을 잡어 보세" 몇字 적어 포스트속에 떠러트리고, 밤을 새워 기다리면 金徽章에 金단추를 삐였고 巨人처럼 찬란히 나타나는 配達夫, 아츰과 함께 즐거운 來臨,

07

08   이밤을 하욤없이 안개가 흐른다.

후기   五月 十二日.

수록 면수 pp. 179~80.

02 실고서 싣고서. 오기-바로잡음

04 붓잡고 붙잡고. 오기-바로잡음

　서슬라면 섰을라면. 오기-바로잡음

　어렴푸시 어렴풋이. 오기-바로잡음

06 떠러트리고 떨어트리고. 오기-바로잡음

후기 五月 十二日. 육필 시고의 상태 ‘RIKKYO UNIVERSITY’ 라고 인쇄된 일본 立敎大學의 리포트 용지가 사용되어, 작품의 제작 연도가 1942년임을 말해주고 있다(윤동주 연보 참조).

105B

제목 흐르는 거리

01　으스럼히 안개가 흐른다. 거리가 흘러간다. 저 電車, 自動車, 모든 바퀴가 어디로 흘리워 가는 것일가? 定泊할 아무 港口도 없이, 가련한 많은 사람들을 실고서, 안개속에 잠긴 거리는,

02

03　거리 모통이 붉은 포스트상자를 붙잡고, 섰을라면 모든 것이 흐르는 속에 어렴풋이 빛나는 街路燈, 꺼지지 않는 것은 무슨 象徵일까? 사랑하는 동무 朴이여! 그리고 金이여! 자네들은 지금 어디 있는가? 끝없이 안개가 흐르는데,

04

05　“새로운날 아츰 우리 다시 情답게 손목을 잡어 보세” 몇字 적어 포스트 속에 떨어트리고, 밤을 새워 기다리면 金徽章에 金단추를 삐었고 巨人처럼 찬란히 나타나는 配達夫, 아침과 함께 즐거운 來臨,

06

07　이밤을 하염없이 안개가 흐른다.

후기 〈一九四二. 五. 十二.〉

수록 면수 pp. 48~49(105C, p. 123/105D, p. 81).

01 육필 시고의 상태 105A에 ‘으스럼히~ 흘러간다’ 까지는 별행으로 처리되어 있다. 그러나 105B 는 이를 무시하고 있다. 육필 시고와 다름 105C, 105D도 같다.

　으스럼히 105A에는 ‘으스럼이’로 되어 있다. 육필 시고와 다름 105D도 같다.

　(105C)으스름히 105A에는 ‘으스럼이’로 되어 있다. 육필 시고와 다름

05 새로운날 새로운 날. 띄어쓰기 오류

　아침 105A에는 ‘아츰’으로 되어 있다. 육필 시고와 다름 105C, 105D도 같다.

　몇字 몇 字. 띄어쓰기 오류 105D도 같다.

　삐었고 105A에는 ‘삐였고’로 되어 있다. 육필 시고와 다름 105C, 105D도 같다.

07 이밤을 이 밤을. 띄어쓰기 오류

　하염없이 105A에는 ‘하욤없이’로 되어 있다. 육필 시고와 다름

후기 〈一九四二. 五. 十二.〉 원전에는 연도 표시가 없으나 이를 밝혀 적어 넣었다.

106. 사랑스런 追憶

01 봄이 오든 아츰, 서울 어느 쪼그만 停車場에서
02 希望과 사랑처럼 汽車를 기다려,
03
04 나는 푸라트·폼에 간신한 그림자를 떨어트리고,
05 담배를 피웠다.
06
07 내 그림자는 담배 연기 그림자를 날리고,
08 비둘기 한 떼가 부끄러울 것도 없이
09 나래 속을 속, 속, 햇빛에 비춰, 날었다.
10
11 汽車는 아무 새로운 소식도 없이
12 나를 멀리 실어다 주어,
13
14 봄은 다 가고 —— 東京 郊外 어느 조용한 下宿房에서, 옛 거리에 남은 나
    를 希望과 사랑처럼 그리워한다.
15
16 오늘도 汽車는 몇 번이나 無意味하게 지나가고,
17
18 오늘도 나는 누구를 기다려 停車場 가차운
19 언덕에서 서성거릴 게다.
20
21 —— 아아 젊음은 오래 거기 남어 있거라.
    __(1942). 5. 13.

출전『사진판』, pp. 178~79, E12.

장르 시.

형태 전 8연(연별 행수: 2 - 2 - 3 - 2 - 1 - 1 - 2 - 1).

어휘 연구

01 오든 오던. 〔옛말 → 표준〕▷『우리말큰사전』, p. 5013.

　아츰 아침. 〔북한 → 표준〕▷『표준국어대사전』, p. 4021.

04 푸라트 · 폼 플랫폼 platform. ^{오기-바로잡음} ※ 시어의 현장성을 위해 살린다.

09 나래 날개. 〔북한 → 표준〕▷『표준국어대사전』, p. 1053.

　날었다 날았다. 〔북한 → 표준〕

18 가차운 가까운. 〔북한 → 표준〕▷『한국방언사전』, pp. 1139~41.

21 남어 남아. 〔북한 → 표준〕

후기 五月 十三日. 육필 시고의 상태 'RIKKYO UNIVERSITY'라고 인쇄된 일본 立教大學의 리포트 용지가 사용되어, 작품의 제작 연도가 1942년임을 말해주고 있다(윤동주 연보 참조.)

106A

제목　사랑스런 追憶

01　봄이 오든 아츰, 서울 어느 쪼그만 停車場에서

02　希望과 사랑처럼汽車를 기다려,

03

04　나는푸라트 · 폼 에 간신한 그림자를 터러트리고,

05　담배를 피웠다.

06

07　내 그림자는 담배연기 그림자를 날리고,

08　비둘기 한떼가 부끄러울 것도없이

09　나래속을 속, 속, 햇빛에 빛워, 날었다.

10

11　汽車는 아무 새로운 소식도 없이

12　나를 멀리 실어 다 주어,

13

14　봄은 다가고 —— 東京郊外어느조용한下宿房에서, 옛거리에남은나를 希望과 사랑처럼 그리
　워한다.

15

16　오늘도 汽車는 몇번이나 無意味하게지나가고,

17

18　오늘도 나는 누구를 기다려 停車場가차운

19　언덕에서 서성거릴 게다.

20

21　—— 아아 젊음은 오래 거기 남어있거라.

후기 　五月 十三日.

수록 면수 pp. 178~79.
04 푸라트ㆍ옴 플랫폼platform. 오기-바로잡음
　　터러트리고 떨어트리고. 오기-바로잡음
09 빛워 비쳐. 오기-바로잡음
후기 五月 十三日. 육필 시고의 상태 'RIKKYO UNIVERSITY'라고 인쇄된 일본 立敎大學의 리포트 용지가 사용되어, 작품의 제작 연도가 1942년임을 말해주고 있다(이 책 제2편의 윤동주 연보 참조).

106B

제목 　사랑스런 追憶
01 　봄이 오든 아침, 서울 어느 쪼그만 停車場에서
02 　希望과 사랑처럼 汽車를 기다려,
03
04 　나는 플랫폼에 간신한 그림자를 털어트리고,
05 　담배를 피웠다.
06
07 　내 그림자는 담배연기 그림자를 날리고,
08 　비둘기 한떼가 부끄러울 것도 없이
09 　나래속을 속, 속, 햇빛에 비춰, 날었다.
10
11 　汽車는 아무 새로운 소식도 없이
12 　나를 멀리 실어다 주어,
13
14 　봄은 다 가고 —— 東京郊外 어느 조용한
15 　下宿房에서, 옛거리에 남은 나를 希望과
16 　사랑처럼 그리워한다.
17
18 　오늘도 汽車는 몇번이나 無意味하게 지나가고,
19
20 　오늘도 나는 누구를 기다려 停車場 가차운 언덕에서
21 　서성거릴게다.
22
23 　—— 아아 젊음은 오래 거기 남아 있거라.
후기 　〈一九四二. 五月 十三〉

수록 면수 pp. 46~47(106C, p. 124/106D, p. 82).
01 (106C)오던 105A에는 '오든'으로 되어 있다. 육필 시고와 다름 어감에 차이가 있다.

아침 105A에는 '아츰'으로 되어 있다. 육필 시고와 다름 어감이 다르다. 106C, 106D도 같다.

(106C)조그만 105A에는 '쪼그만'으로 되어 있다. 육필 시고와 다름 어감에 차이가 있다.

04 플랫폼 105A에는 '푸라트·폼'으로 되어 있다. 육필 시고와 다름 106C도 같다.

털어트리고 떨어트리고. 오기-바로잡음 106D도 같다.

07 담배연기 담배 연기. 띄어쓰기 오류 106D도 같다.

08 한떼가 한 떼가. 띄어쓰기 오류 106D도 같다.

09 나래속을 나래 속을. 띄어쓰기 오류 106D도 같다.

14 東京郊外 東京 郊外. 띄어쓰기 오류 106D도 같다.

15 옛거리에 옛 거리에. 띄어쓰기 오류 106D도 같다.

※ 14, 15, 16행 육필 시고의 상태 이 부분은 1행으로 처리되었어야 할 부분이다. 육필 시고에는 "봄은 다가고 —— 東京郊外어느조용한下宿房 / 에서, 옛거리에남은나를 希望과 사랑처럼 / 그리워한다"와 같이 적혀 있어 이 부분에서 윤동주가 행 구분을 하지 않았음을 보여주고 있다. 그런데 106B의 14, 15, 16행 구분은 육필 시고의 상태와 어긋나는 것이다. 육필 시고와 다름

18 몇번이나 몇 번이나. 띄어쓰기 오류

21 서성거릴게다 서성거릴 게다. 띄어쓰기 오류

※ 20, 21행 육필 시고의 상태 20, 21행에 해당하는 원전의 육필 시고 상태는 "오늘도 나는 누구를 기다려 停車場 가차운 / 언덕에서 서성거릴게다"로 되어 있다. 그런데 20/21행과 같은 구분은 원전과 다른 것이다. 육필 시고와 다름

※ 106C에서는 이 부분(20, 21행)을 한 행으로 처리했다.

※ 106D에서는 14~21행을 한 연으로 묶어 처리했다. 육필 시고와 다름

107. 쉽게 씨워진 詩

01 窓밖에 밤비가 속살거려

02 六疊房은 남의 나라,

03

04 詩人이란 슬픈 天命인 줄 알면서도

05 한 줄 詩를 적어 볼가,

06

07 땀내와 사랑내 포그니 품긴

08 보내 주신 學費 封套를 받어

09

10 大學 노一트를 끼고

11 늙은 敎授의 講義 들으려 간다.

12

13 생각해 보면 어린 때 동무들

14 하나, 둘, 죄다 잃어버리고

15

16 나는 무얼 바라

17 나는 다만, 홀로 沈澱하는 것일가 ?

18

19 人生은 살기 어렵다는데

20 詩가 이렇게 쉽게 씨워지는 것은

21 부끄러운 일이다.

22

23 六疊房은 남의 나라.

24 窓밖에 밤비가 속살거리는데,

25

26   등불을 밝혀 어둠을 조곰 내몰고,

27   時代처럼 올 아츰을 기다리는 最後의 나,

28

29   나는 나에게 적은 손을 내밀어

30   눈물과 慰安으로 잡는 最初의 握手.

      ＿1942. 6. 3.

출전 『사진판』, pp. 180~82, E14.

장르 시.

형태 전 10연(연별 행수: 2 - 2 - 2 - 2 - 2 - 2 - 3 - 2 - 2 - 2).

어휘 연구

제목 씨워진 씌어진. 〔북한 → 표준〕▷『한국방언사전』, p. 1407.

05 (적어)볼가 (적어)볼까. 〔옛말 → 표준〕▷『표준국어대사전』, p. 4856. 17행의 '것일가(→ 것일까)'의 경우도 같다.

07 포그니 포근히. 〔북한 → 표준〕 '가마니(→ 가만히)' (『한국방언사전』, p. 1057 참조)의 경우를 참조하라.

　　품긴 풍긴. 〔옛말 → 표준〕▷『표준국어대사전』, p. 6644.

08 받어 받아. 〔북한 → 표준〕

11 들으려 들으러. 〔북한/옛말 → 표준〕 어미 '―으러'가 '―으려'로 실현되는 것은 방언상의 발음이다. 『조선말대사전/1』, p. 942.

20 씨워지는 씌어지는. 〔북한 → 표준〕▷『한국방언사전』, p. 1407.

26 조곰 조금. 〔북한 → 표준〕▷『한국방언사전』, p. 1127.

27 아츰 아침. 〔북한 → 표준〕▷『표준국어대사전』, p. 4021.

29 적은 작은. 〔북한 → 표준〕▷『한국방언사전』, p. 1248.

107A

제목　쉽게씨워진 詩

01　窓밖에 밤비가 속살거려

02　六疊房은 남의 나라,

03

04　詩人이란 슬픈天命인줄알면서도

05　한줄 詩를 적어볼가,

06

07　땀내와 사랑내 포그니 품긴

08　보내주신 學費封套를 받어

09

10　大學노 ― 트를 끼고

11　늙은教授의講義 들으려간다.

12

13　생각해보면 어린때동무들

14　하나, 둘, 죄다 잃어버리고

15

16　나는 무얼 바라

17　나는 다만, 홀로 沈澱하는것일가 ?

18

19   人生은 살기어렵다는데
20   詩가 이렇게 쉽게 씨워지는것은
21   부끄러운 일이다.
22
23   六疊房은 남의 나라.
24   窓밖에밤비가속살거리는데,
25
26   등불을 밝혀 어둠을 조곰 내몰고,
27   時代처럼 올 아츰을 기다리는 最後의 나,
28
29   나는 나에게 적은 손을 내밀어
30   눈물과 慰安으로잡는 最初의 握手.
후기   一九四二. 六. 三.

수록 면수 pp. 180~82.

107B

제목   쉽게 씨워진 詩
01   窓밖에 밤비가 속살거려
02   六疊房은 남의 나라,
03
04   詩人이란 슬픈 天命인줄 알면서도
05   한줄 詩를 적어 볼가,
06
07   땀내와 사랑내 포근히 품긴
08   보내주신 學費 封套를 받어
09
10   大學 노―트를 끼고
11   늙은 敎授의 講義 들으려 간다.
12
13   생각해 보면 어린때 동무들
14   하나, 둘, 죄다 잃어 버리고
15
16   나는 무얼 바라
17   나는 다만, 홀로 沈澱하는 것일까 ?
18
19   人生은 살기 어렵다는데
20   詩가 이렇게 쉽게 씨어지는 것은

21   부끄러운 일이다.

22

23   六疊房은 남의 나라.

24   窓밖에 밤비가 속살거리는데,

25

26   등불을 밝혀 어둠을 조곰 내몰고,

27   時代처럼 올 아침을 기다리는 最後의 나,

28

29   나는 나에게 적은 손을 내밀어

30   눈물과 慰安으로 잡는 最初의 握手.

후기 〈一九四二. 六. 三〉

수록 면수 pp. 50~52(107C, pp. 125~26/107D, pp. 83~84).

제목 씌어진 107A에는 '씨워진'으로 되어 있다. 육필 시고와 다름 어감이 다르다.

01 24 (107C)창 밖 窓밖. 띄어쓰기 오류

04 天命인줄 天命인 줄. 띄어쓰기 오류 107D도 같다.

05 한줄 한 줄. 띄어쓰기 오류 107D도 같다.

05 (107C)적어 볼까 107A에는 '적어 볼가' 로 되어 있다. 육필 시고와 다름 어감이 다르다.

07 포근히 107A에는 '포그니' 로 되어 있다. 육필 시고와 다름 어감이 다르다. 107C, 107D도 같다.

08 보내주신 보내 주신. 띄어쓰기 오류 107D도 같다.

    (107C)받아 107A에는 '받어' 로 되어 있다. 육필 시고와 다름 어감이 다르다.

11 (107C)들으러 107A에는 '들으려' 로 되어 있다. 육필 시고와 다름 어감이 다르다.

13 어린때 어린 때. 띄어쓰기 오류 107D도 같다.

14 잃어 버리고 잃어버리고. 띄어쓰기 오류 107D도 같다.

17 것일까 107A에는 '것일가' 로 되어 있다. 육필 시고와 다름 어감이 다르다. 107C도 같다.

20 씨어지는 107A에는 '씨워지는' 으로 되어 있다. 육필 시고와 다름 어감이 다르다.

27 아침 107A에는 '아츰' 으로 되어 있다. 육필 시고와 다름 어감이 다르다. 107C, 107D도 같다.

29 (107C)작은 107A에는 '적은' 으로 되어 있다. 육필 시고와 다름 어감이 다르다.

108. 봄 2

01 봄이 血管 속에 시내처럼 흘러

02 돌, 돌, 시내 가차운 언덕에

03 개나리, 진달레, 노 — 란 배추꽃,

04

05 三冬을 참어 온 나는

06 풀포기처럼 피여난다.

07

08 즐거운 종달새야

09 어느 이랑에서나 즐거웁게 솟처라.

10

11 푸르른 하늘은

12 아른, 아른, 높기도 한데 ················

출전 『사진판』, p. 182, E15.
추정 제작 시기 1942. 6.
장르 시.
형태 전 4연(연별 행수: 3 - 2 - 2 - 2).
어휘 연구
02 가차운 가까운. 〔북한 → 표준〕▷『한국방언사전』, pp. 1139~41.
03 진달레 진달래. 〔북한 → 표준〕▷『한국방언사전』, p. 770, 『우리말큰사전』, p. 5354.
05 참어온 참아 온. 〔북한 → 표준〕
06 피여난다 피어 난다. 〔옛말 → 표준〕▷『표준국어대사전』, p. 4303.

108A

제목 봄

01 봄이 血管 속에 시내처럼 흘러
02 돌, 돌, 시내가차운 언덕에
03 개나리, 진달레, 노 ― 란 배추꽃,
04
05 三冬을 참어온 나는
06 풀포기 처럼 피여난다.
07
08 즐거운 종달새야
09 어느 이랑에서나 즐거웁게 솟처라.
10
11 푸르른 하늘은
12 아른, 아른, 높기도 한데 ‥‥‥‥‥‥‥

수록 면수 p. 182.
참고 육필 시고의 상태 ① 원제原題는 '봄'이지만, 같은 이름의 다른 텍스트와 구분하기 위해 이 책에서는 제목을 '봄 2'로 했다. ② 立教大學 리포트 용지에, 「쉽게 씨워진 시」에 이어 적혀 있는 점으로 보아 제작 시기는 「쉽게 씨워진 시」와 비슷한 시기인 1942년 6월경으로 추정된다.

108B

제목 봄

01 봄이 血管 속에 시내처럼 흘러
02 돌, 돌, 시내 가차운 언덕에
03 개나리, 진달래, 노오란 배추꽃,
04

05   三冬을 참어온 나는
06   풀포기처럼 피여난다.

07

08   즐거운 종달새야
09   어느 이랑에서나 즐거웁게 솟쳐라.

10

11   푸르른 하늘은
12   아른아른 높기도 한데 ················

수록 면수 pp. 53~54(108C, p. 127/108D, p. 85).
03 진달래 108A에는 '진달레'로 되어 있다. 육필 시고와 다름 어감이 다르다. 108C, 108D도 같다.
　　노오란 108A에는 '노―란'으로 되어 있다. 육필 시고와 다름
05 참어온 참어 온. ^{띄어쓰기 오류} 108C, 108D도 같다.
09 솟쳐라 108A에는 '솟처라'로 되어 있다. 육필 시고와 다름 어감이 다르다. 108C, 108D도 같다.
12 아른아른 108A에는 '아른, 아른,'으로 되어 있다. 육필 시고와 다름 108C, 108D도 같다.

제3부

미완성 · 삭제 시편

109. 蒼空

01   그 여름날,

02   熱情의 포푸라는,

03   오려는 蒼空의 푸른 젖가슴을

04   어루만지려

05   팔을 펼처 흔들거렀다.

06   끓는 太陽 그늘 좁다란 地點에서.

07

08   天幕 같은 하늘 밑에서,

09   떠들든 소나기,

10   그리고 번개를,

11   춤추든 구름은 이끌고,

12   南方으로 도망가고,

13   높다랗게 蒼空은, 한 폭으로

14   가지 우에 퍼지고,

15   둥근달과 기러기를 불러왔다.

16

17   푸드른 어린 마음이 理想에 타고,

18   그의 憧憬의 날 가을에

19   凋落의 눈물을 비웃다.

　　__1935. 10. 20. 平壤서.

출전 『사진판』, pp. 35~36, A27.

장르 시.

형태 전 3연(연별 행수: 6 - 8 - 3).

어휘 연구

05 펼처 펼쳐. 〔북한 → 표준〕

  흔들거렀다 흔들거렸다. 〔북한 → 표준〕

09 떠들든 떠들던. 〔북한/옛말 → 표준〕▷『우리말큰사전』, p. 5013.

11 춤추든 춤추던. 〔북한/옛말 → 표준〕▷『우리말큰사전』, p. 5013.

14 우 위. 〔북한/옛말 → 표준〕▷『표준국어대사전』, p. 4632. 『우리말큰사전』 p. 5290.

17 푸드른 북한어. **참고 1** '푸드른'이라는 형용사는 '아츰'(『사진판』, p. 85 삭제 부분)에도 '푸드오'의 형태로 나타나고 있다. 따라서 이 '푸드른'/'푸드오'는 북한 방언 목록에 존재했던 어휘인 듯 보이며, 이 어휘의 의미는 '푸른'에 가까운 것으로 추정된다. **참고 2** 문제의 이 어휘가 '푸들푸들/푸들대다'와 어근을 공유한다고 볼 경우, 이 어휘의 의미는 '생동감'을 포함한다고 볼 수 있다.

109A

제목 蒼空 / (未定稿)

01 그 여름날,

02 熱情의 포푸라는,

03 오려는 蒼空의 푸른 젓가슴을

04 어루만지려

05 팔을 펼어 흔들거럿다.

06 끌는 太陽그늘 좁다란地點에서.

07 　　　　×

08 天幕같은 하늘 밑에서,

09 떠들든 소낙이,

10 그리고 번개를,

11 춤추든 구름은 이끌고,

12 南方으로 도망가고,

13 높다라케 蒼空은, 한폭으로

14 가지우에 퍼지고,

15 둥근달 과 기럭이를 불러왔다.

16 　　　　×

17 푸드른 어린마음이 理想에타고,

18 그의憧憬의날 가을에

19 凋落의눈물을 비웃다.

후기 一九三五年 十月 二十日. 平壤서.

수록 면수 pp. 35~36.

제목 蒼空 / (未定稿) '未定稿'라고 적은 것으로 보아, 채 완성되지 않은 원고임을 알 수 있다.

03 젓가슴 젖가슴. 오기-바로잡음

04 어루만지려 육필 시고의 상태 이 부분 뒤에 '하엿다'가 괄호에 넣어져 추가되었다가 다시 삭제되었다.

05 펼어 펼쳐. **참고** '5. 空想'에 "나는 두팔을 펼처서"라는 표현에 유추하여 '펼어'를 '펼쳐'의 오기로 추정했다. 육필 시고의 상태 이 부분은 원래 '들어'였으나, 이 중 '들'이 수직선으로 삭제되고 그 우측에 '펼'자로 교체되었다. 이에 따라 아래 글자도 수정되었어야 하나 웬일인지 '―어'는 그대로 남았다. 다만 '―어' 우측에 연필로 '쳐'자가 적혀 있으나 이는 윤동주가 한 것으로 볼 수 없다. 그 이유는 ① 윤동주의 육필 시고에는 북한 방언의 영향으로 구개음 용언의 어미 활용에서 구개음 'ㅊ' 아래 'ㅕ'가 오는 경우가 거의 없다. 실제로 '펼처'라고 쓴 부분은 있어도, '펼쳐'(또는 '펼쳐')라고 적은 부분은 없다. ② 이 연필의 필체는 고 정병욱 교수의 필체와 흡사하다.

　　흔들거렷다 흔들거렸다. 오기-바로잡음

06 끌는 끓는. 오기-바로잡음

09 소낙이 소나기. 오기-바로잡음

12 도망가고 육필 시고의 상태 '도망가고'의 '―가―'가 연필로 삭제되고 그 우측에 '하'가 연필로 씌어 있으나, 이는 고 정병욱 교수의 필체이다. 따라서 원전에서 배제하였다.

13 높다라케 높다랗게. 오기-바로잡음

15 기럭이 기러기. 오기-바로잡음

　　불러왓다 불러왔다. 오기-바로잡음

17 푸드른 육필 시고의 상태 이 부분은 원래 '푸른'으로 적혔으나, 이 중 '―른'이 원문과 같은 푸른 잉크로 삭제되고 같은 필기구로 '―드른'으로 교체되었다. 따라서 이러한 물리적 증거로 보아, 윤동주가 일부러 '푸드른'을 선택했음을 알 수 있다.

109B

제목 蒼 空

01　　그 여름날

02　　熱情의 포푸라는

03　　오려는 蒼空의 푸른 젖가슴을

04　　어루만지려

05　　팔을 펼쳐 흔들거렸다.

06　　끓는 太陽그늘 좁다란 地點에서.

07

08　　天幕같은 하늘밑에서

09　　떠들든 소나기

10　　그리고 번개를,

11　　춤추든 구름은 이끌고

12　　南方으로 도망하고,

13　　높다랗게 蒼空은, 한폭으로

14   가지우에 퍼지고,

15   둥근달과 기러기를 불러왔다.

16

17   푸드른 어린마음이 理想에 타고,

18   그의 憧憬의날 가을에

19   凋落의 눈물을 비웃다.

후기   〈一九三五. 一0. 二0 平壤에서〉

수록 면수 pp. 118~19(109C, p. 41/109D, p. 12).

02 (109C)포플러 109A에는 '포푸라'로 되어 있다. 육필 시고와 다름 시어의 현장성이 무시되었다.

05 펼쳐 참고 연필 퇴고를 그대로 인정한 결과다. 109A에는 '펼어'로 되어 있다. 육필 시고와 다름 109C, 109D도 같다.

　　흔들거렸다 109A에는 '흔들거렷다'로 되어 있다. 육필 시고와 다름 어감이 다르다. 109C, 109D도 같다.

06 太陽그늘 太陽 그늘. 띄어쓰기 오류 109D도 같다.

08 天幕같은 天幕 같은. 띄어쓰기 오류 109D도 같다.

　　하늘밑에서 하늘 밑에서. 띄어쓰기 오류 109D도 같다.

12 도망하고 참고 연필 퇴고를 그대로 인정한 결과다. 109C, 109D도 같다.

13 한폭으로 한 폭으로. 띄어쓰기 오류 109D도 같다.

14 가지우에 가지 우에. 띄어쓰기 오류 109D도 같다.

　　(109C)가지 위에 109A에는 '가지 우에'로 되어 있다. 육필 시고와 다름 어감이 다르다.

17 (109D)푸르른 109A에는 '푸드른'으로 되어 있다. 육필 시고와 다름 어감이 다르다.

　　어린마음이 어린 마음이. 띄어쓰기 오류 109D도 같다.

18 憧憬의날 憧憬의 날. 띄어쓰기 오류 109D도 같다.

※ 109D의 연과 행 배치: 9행(제1연) – 5행(제2연) – 3행(제3연)으로 되어 있는데, 이는 6행(제1연) – 8행(제2연) – 3행(제3연)으로 되어 있는 109A와 다른 것이다. 육필 시고와 다름

110. 가슴 2

01   늦은 가을 스르램이

02   숲에 쌔워 恐怖에 떨고,

03

04   웃음 웃는 흰 달 생각이

05   도망가오.

    __1935. 3. 25.

출전 『사진판』, ① p. 27, A16, ② p. 58, B2. ②를 원본으로 선택했다.

장르 시.

형태 전 2연 각 2행.

어휘 연구

01 스르램이 쓰르라미. 〔북한 → 표준〕

02 쌔워 싸여. 〔북한 → 표준〕▷『표준국어대사전』, p. 3930.

04 힌 흰. 〔북한 → 표준〕▷『한국방언사전』, p. 1263.

110A

제목 가슴 / 2

01   늦은가을 스르램이

02   숲에쌔워 恐佈에떨고,

03   ×

04   웃음웃는 힌달생각이

05   도망가오.

후기 一九三六. 三. 二十五.

수록 면수 p. 58.

육필 시고의 상태 『사진판』, p. 27, A16에는 삭제 표시가 되어 있지 않으나 p. 58, B2에는 검은 잉크로 '×' 표가 그어져 있다. 『사진판』 이전에는 이 텍스트의 존재가 알려지지 않았다.

02 恐佈 恐怖. 오기-바로잡음

111. 참새

01   앞마당을 백노지ㄴ 것처럼

02   참새들이 글씨 공부하지요

03

04   쨋, 쨋, 입으론 부르면서,

05   두 발로는 글씨 공부하지요.

06

07   하로 종일 글씨 공부하여도

08   쨋 자 한 자밖에 더 못 쓰는 걸.

_1936. 12.

출전『사진판』, p. 44, A39. 최초로 완성된 내용(①)에 연필로 크게 '×'를 그어 삭제 표시한 후, 원고지 하단에 개작한 텍스트(②)를 기록했다. ②를 원본으로 선택했다.

장르 동시.

형태 전 3연 각 2행.

어휘 연구

07 하로 하루. 〔옛말 → 표준〕▷『이조어사전』, p. 572.

111A-1

제목 참새 / 미정(未正)

01   앞마당을 백노지ㄴ것처럼

02   참새들이 글씨공부하지요

03   ×

04   쩩, 쩩, 입으론 부르면서,

05   두발로는 글씨공부하지요.

06   ×

07   하로종일 글씨공부하여도

08   쩩자한자 박에더몯쓰는걸.

후기 一九三六. 十二月.

수록 면수 p. 44.

제목 참새 / 미정(未正) ① '未定' 이라고 적은 것으로 보아, 한때 완성이 보류되었던(또는 끝내 완성되지 않은) 원고임을 알 수 있다. ② 최초로 완성된 내용(다음에 옮겨놓은 111A-2)에 연필로 크게 '×'를 그어 삭제 표시한 후, 원고지 하단에 개작한 텍스트(111A-1)를 기록했다. 삭제 표시 '×'를 수용하여 111A-1를 원전으로 선택했다.

01 앞마당을 백노지ㄴ것처럼 육필 시고의 상태 연필로 이 부분을 지우고 "가을지난 마당을 백노지인양"으로 고쳐놓았다. 그러나 이는 최초의 원고 형태(111A-2)로 돌아간 것이다. 따라서 이 책에서는 이 연필 수정 부분을 인정하지 않았다.

02 육필 시고의 상태 초기 완성 형태가 전체 삭제되고, 그 대신 원고지 하단 좁은 여백에 개작된 내용이 적혀 있다. 그런데 원전의 육필 시고 상태는 01, 02행 부분의 경우 실제로는 "ⓐ앞마당을/ⓑ백노지ㄴ것처럼/ⓒ참새들이/ⓓ글씨공부하지요"와 같이 4행으로 되어 있는데, 이 4행 중 ⓐ와 ⓒ는 행의 시작 부분임이 분명하다. 문제는 ⓑ와 ⓓ행이 ⓐ ⓒ보다 낮은 위치에서 시작된다는 점이다. 그래서 필자는 잠정적으로, 윤동주가 원고지 여백의 협소함 때문에 ⓑ ⓓ를 각각 ⓐ ⓒ에 이어 척지 못하고 옆으로 비켜 적은 것으로 간주했다. 이에 따라 이 부분을 'ⓐ~ⓑ / ⓒ~ⓓ'와 같이 2행으로 보았다. 4, 5행 부분 및 7, 8행 부분도 이와 같이 해석한 결과다. (한편, 필자는 이 텍스트의 경우, 연필 수정 내용은 원전의 내용에서 배제했다. 이 책 뒤의 제2편 '3.『사진판』의 퇴고 흔적' 부분 참고.)

08 박에 밖에. 오기-바로잡음

  몯 못. 오기-바로잡음

111A-2

제목　참새 / 미정(未正)
01　　가을지난 마당을 백노지인양
02　　참새들이 글씨를 공부하지요.
03　　　　　　×
04　　째액째액 입으론 읽으면서도
05　　두발로는 글씨를 연습하지요.
06　　　　　　×
07　　하로종일 글씨는 연습하여도
08　　쪅자한자 발게는 더몬쓰는걸.

수록 면수 p. 44(최초 형태 – 원고지 상단 '×'로 삭제된 부분).
08 발게는 밖에는. 오기-바로잡음
　　몬 못. 오기-바로잡음

111A-3

제목　참새 / 미정(未正)
01　　가을지난 마당은 하이얀종이
02　　참새들이 글씨를 공부하지요.
03　　　　　　×
04　　째액째액 입으론 받아읽으며
05　　두발로는 글씨를 연습하지요.
06　　　　　　×
07　　하로종일 글씨를 공부하여도
08　　쪅자한자 발게는 더몬쓰는걸.

수록 면수 p. 44(111A-2에 연필로 퇴고된 상태).
08 발게는 밖에는. 오기-바로잡음
　　몬 못. 오기-바로잡음

111B

제목　참 새
01　　가을지난 마당은 하이얀종이
02　　참새들이 글씨를 공부하지요
03

04	째액째액 입으로 받아읽으며,
05	두발로는 글씨를 연습하지요.
06	
07	하로종일 글씨를 공부하여도
08	쨕자한자 밖에는 더못쓰는걸.

후기 〈一九三六. 一二〉

수록 면수 p. 143(111C, p. 63/111D, p. 101).

참고 ① 111A-3을 원본으로 삼은 것이다. ② 전체 삭제된 부분을 원전으로 삼은 것은 이해할 수 없는 일이다. ③ 7·5조(3음보율)를 고려, 띄어쓰지 않았다.

04 입으로 111A-3에는 '입으론' 으로 되어 있다. 육필 시고와 다름

※111C는 111B의 내용에 띄어쓰기를 적용한 것 외엔 같다.

※111D는 111B와 같다.

112. 아츰

01   획, 획, 획 소꼬리가 부드러운 채ㅅ직질로 어둠을 쫓아,

02   캄, 캄, 캄, 어둠이 깊다 깊다 밝으오.

03

04   이제 이 동리의 아츰이,

05   풀살 오른 소 엉덩이처럼 기름지오

06   이 동리 콩죽 먹는 사람들이,

07   땀물을 뿌려 이 여름을 자래웠소.

08

09   닢, 닢, 풀닢마다 땀방울이 맺었소.

10   여보! 여보! 이 모든 것을 아오.

후기   _1936.

출전 『사진판』, ① p. 47, A47, ② pp. 85∼86, B33('곷칠것' 이라고 지시하여 미정 상태임을 나타
냄). ①에서 1차 완성된 내용을 원본으로 선택했다(이 책 뒷부분 제2편 '3. 『사진판』'의 퇴고 흔적
을 참조하라).

장르 시.

형태 전 3연(연별 행수: 2 – 4 – 2).

어휘 연구

01 채ㅅ직질 채찍질.

04 아츰 아침. 〔북한 → 표준〕▷『표준국어대사전』, p. 4021.

07 땀물 땀. 〔북한 → 표준〕

　자래윘소 자라게 하였소, 길렀소. 〔북한 → 표준〕▷『조선말대사전/2』, p. 21.

09 닢 잎. 〔북한 → 표준〕

　맺었소 맺혔소. 〔북한 → 표준〕

112A-1

제목　아츰

01　　휙, 휙, 휙 소꼬리가 부드러운 채ㅅ직질로 어둠을 쫓아,

02　　캄, 캄, 캄, 어둠이 깁다깁다 밝으오.

03

04　　이제 이동리의 아츰이,

05　　풀살오른 소엉덩이 처럼 기름지오

06　　이동리 콩죽먹는 사람들이,

07　　땀물을 뿌려 이여름을 자래윘소.

08

09　　닢, 닢, 풀닢마다 땀방울이 맺엇소.

10　　여보! 여보! 이 모든것을 아오.

후기　(一九三六).

수록 면수 p. 47.

참고 육필 시고의 상태 『사진판』, p. 47, A47의 내용을 pp. 85∼86, B33으로 퇴고하여 옮겼으나
'곷칠것' 이라고 지시하여 시고가 미정未正 상태임을 나타냈다. 미정 상태인 B33 대신, A47에서 1
차로 완성된 112A-1을 원본으로 선택했다. 그 이유는 이 책 뒷부분 제2편 '3. 『사진판』'의 퇴고 흔
적'을 참조하라.

02 깁다깁다 깊다 깊다. 오기-바로잡음

07 자래윘소 자래웠소. 오기-바로잡음

09 맺엇소 맺었소. 오기-바로잡음

제목 아츰

01 휙, 휙, 휙 소꼬리가 부드러운 채ㅅ직질로 어둠을 쫓아,

02 캄, 캄, 어둠이 깁다깁다 밝으오.

03

04- (삭제) 이제 이동리의 아츰이, ·················· ('곳칠것' 으로 보류됨)

05- (삭제) 풀살오른 소엉덩이 처럼 푸드오 ········ ('곳칠것' 으로 보류됨)

06- (삭제) 이洞里 콩죽먹은 사람들이, ············· ('곳칠것' 으로 보류됨)

07 땀물을 뿌려 이여름을 자래윗소.

08

09 닢, 닢, 풀닢마다 땀방울이 맺엇소.

10

11 꾸김살 없는 이아츰을,

12 深呼吸하오 또하오.

후기 一九三六.

수록 면수 p. 85.
07 자래윗소 육필 시고의 상태 연필로 삭제하고 '길렀오'로 바꾸었다. 그러나 이는 윤동주의 퇴고로 볼 수 없다(이 책 뒷부분의 제2편 '3.『사진판』의 퇴고 흔적' 부분을 참조하라).

제목 아츰

01 휙, 휙, 휙,

02 소꼬리가 부드러운 채찍질로

03 어둠을 쫓아,

04 캄, 캄, 어둠이 깊다깊다 밝으오.

05

06 이제 이 洞里의 아침이,

07 풀살 오는 소엉덩이처럼 푸드오

08 이 洞里 콩죽 먹은 사람들이

09 땀물을 뿌려 이 여름을 길렀오.

10

11 잎, 잎, 풀잎마다 땀방울이 맺혔오.

12

13 구김살 없는 이 아침을

14 深呼吸하오 또 하오.

후기 〈一九三六.〉

수록 면수 pp. 98~99(112C, p. 67/112D, p. 30).

참고 112B는 일단 112A-2를 원본으로 삼은 것으로 보이지만, 112A-2와 어긋나는 부분이 있다.

01 02 03 112A-2에는 이 부분이 한 행으로 되어 있다. 육필 시고와 다름 112C, 112D도 같다.

02 채찍질로 112A-2에는 '채ㅅ직질'로 되어 있다. 육필 시고와 다름 112C, 112D도 같다.

04 깊다깊다 깊다 깊다. 띄어쓰기 오류 112C, 112D도 같다.

06 이제 이 洞里의 아침이 112A-2에는 이 부분이 삭제되어 있다. 육필 시고와 다름 112C, 112D도 같다.

07 풀살 오는 소엉덩이처럼 푸드오 112A-2에는 이 부분이 삭제되어 있다. 육필 시고와 다름 112C, 112D도 같다.

08 이 洞里 콩죽 먹은 사람들이 112A-2에는 이 부분이 삭제되어 있다. 육필 시고와 다름 112C, 112D도 같다.

09 길렀오 육필 시고의 상태 연필 퇴고를 수용한 결과다. 112C, 112D도 같다.

11 잎 112A-2에는 '닢'으로 되어 있다. 육필 시고와 다름 어감이 다르다. 112C, 112D도 같다.

　맺혔오 112A-2에는 '맺엇소'로 되어 있다. 육필 시고와 다름 어감이 다르다. 112C, 112D도 같다.

13 아침 112A-2에는 '아츰'으로 되어 있다. 육필 시고와 다름 어감이 다르다. 112C, 112D도 같다.

113. 할아바지

출전『사진판』, ① p. 52, A55, ② p. 69, B16(삭제됨). 육필 시고의 상태에 따라 ①을 원본으로 삼았다.

장르 동시.

형태 전 1연 2행.

어휘 연구

01 씁은 쓴. 〔북한 → 표준〕▷『한국방언사전』, p. 1232.

02 자꼬 자꾸.『한국방언사전』, p. 1125.

113A

제목　할아바지

01　　왜떡이 씁은 데도

02　　작고 달다고 하오.

후기　一九三七. 三. 一0.

수록 면수 p. 52.

육필 시고의 상태 p. 52, A55로 기록되었다가, p. 69, B16으로 이기되었으나 검은 잉크로 수직선을 여러 번 그어 삭제 지시되었다. 육필 시고의 상태에 따라 A55를 원전으로 선택했다.

02 작고 자꼬. 오기-바로잡음

113B

제목　할아바지

01　　왜떡이 씁은 데도

02　　자꼬 달라고 하오.

후기　一九三七. 三. 一0.

수록 면수 p. 195(113D, p. 109).

01 씁은 데도 씁은데도. 띄어쓰기 오류

02 달라고 113A에는 '달다고'로 되어 있다. 육필 시고와 다름 해석상 차이가 크다.

114. 개 2

01   "이 개 더럽잖니"

02   아 —— 니 이웃집 덜렁수캐가

03   오늘 어슬렁 어슬렁 우리 집으로 오더니

04   우리 집 바두기의 미구멍에다 코를 대고

05   씩씩 내를 맡겠지 더러운 줄도 모르고,

06   보기 숭해서 막 차며 욕해 쫓았더니

07   꼬리를 휘휘 저으며

08   너희들보다 어떻겠냐 하는 상으로

09   뛰여 가겠지요 나 —— 참.

출전 『사진판』, p. 53, A57(삭제 지시됨).
참고 이 작품의 원제는 '개' 이나 앞에 나오는 같은 제목의 '37. 개 1' 과 구분하기 위해 '개 2' 로 제목을 삼았다.
추정 제작 시기 1937. 봄.
장르 동시.
형태 전 1연 9행.
어휘 연구
육필 시고의 상태 p. 53, A57로 기록되었으나 푸른 잉크로 '×' 표시됨.
02 덜렁수캐 북한 방언▷『조선말대사전/1』, p. 739. **참고** 북한 방언의 '덜렁수캐' : '한 곳에 듬직이 있지 못하고 이리저리 돌아다니기를 좋아하는 개' 또는 그러한 사내를 비웃어 이르는 말.
03 오날 오늘. 〔옛말 → 표준〕▷『이조어사전』, p. 572.
04 미구멍 밑구멍. 〔북한 → 표준〕▷『한국방언사전』, p. 357.
06 숭해서 흉해서. 〔북한 → 표준〕▷『조선말대사전/2』, p. 1864.
09 뛰여 뛰어. 〔옛말 → 표준〕▷『표준국어대사전』, p. 4303.

114A

제목　童詩 "개"
01　"이 개 더럽잔니"
02　아 —— 니 이웃집 덜렁 숯개가
03　오날 어슬렁 어슬렁 우리집으로 오더니
04　우리집 바두기의 미구멍에다 코를대고
05　씩씩 내를 맛겠지 더러운줄도 모르고,
06　보기 숭해서 막차며 욕해 쫓앗더니
07　꼬리를 휘휘 저으며
08　너희들보다 어떻겟냐하는 상으로
09　뛰여 가겟지요 나 —— 참.

수록 면수 p. 53.
육필 시고의 상태 p. 53, A57로 기록되었으나 푸른 잉크로 '×' 표시됨.
01 더럽잔니 더럽잖니. 오기-바로잡음
02 덜렁 숯개 덜렁수캐. 오기-바로잡음
05 맛겠지 맡겠지. 오기-바로잡음
06 쫓앗더니 쫓았더니. 오기-바로잡음
09 가겟지요 가겠지요. 오기-바로잡음

115. 장

01   이른 아츰 안낙네들은 시들은 生活을

02   바구니 하나 가득 담아 니고 ……

03   업고 지고 …… 안고 들고 ……

04   모여드오 자꾸 장에 모여드오.

05

06   가난한 生活을 골골이 벌여 놓고

07   밀려가고, 밀려오고 ………

08   제마다 生活을 웨치오 …… 싸우오.

09

10   왼 하로 올망졸망한 生活을

11   되질하고 저울질하고 자질하다가

12   날이 저물어 안낙네들이

13   씁은 生活과 바꾸어 또 니고 돌아가오.

후기   _1937. 봄.

출전 『사진판』, pp. 69~70, B17(삭제 지시됨).

장르 시.

형태 전 3연(연별 행수: 4 - 3 - 4).

어휘 연구

01 아츰 아침. 〔북한 → 표준〕▷『표준국어대사전』, p. 4201.

　　안낙네 아낙네. 〔북한 → 표준〕

　　시들은 시든. 〔북한 → 표준〕

02 니고 이고. 〔북한 → 표준〕

08 제마다 저마다. 〔북한 → 표준〕

　　웨치오 외치오. 〔북한 → 표준〕▷『표준국어대사전』, p. 4738.

10 왼 온. 〔옛말 → 표준〕▷『우리말큰사전』, p. 5288.

　　하로 하루. 〔옛말 → 표준〕▷『이조어사전』, p. 572.

13 씁은 쓴. 〔북한 → 표준〕▷『한국방언사전』, p. 1232.

115A

제목　장

01　이른아츰 안낙네들은 시들은 生活을

02　바구니 하나 가득 담아니고 ……

03　업고 지고 …… 안고 들고 ……

04　모여드오 작구 장에 모여드오.

05

06　가난한 生活을 골골히 버려놓고

07　밀려가고, 밀려오고 ………

08　제마다 生活을 웨치오 …… 싸우오.

09

10　왼하로 올망졸망한 生活을

11　되질하고 저울질하고 자질하다가

12　날이 저무러 안낙네들이

13　씁은生活과 박구어 또 니고돌아가오.

후기　一九三七. 봄.

수록 면수 pp. 69~70.

육필 시고의 상태 『사진판』, pp. 69~70, B17에 수록되었으나 '×'를 그어 삭제 지시. B1~B16에 수록된 텍스트들이 첫번째 습작 노트에서 퇴고 · 이기된 작품이므로, 「창窓」(B)에 수록된 새 작품으로는 사실상 첫번째 작품이라고 할 수 있다.

04 작구 자꾸. 오기-바로잡음

06 골골히 골골이. 오기-바로잡음

　　버려 벌여. 오기-바로잡음

12 저무러 저물어. 오기-바로잡음
13 박구어 바꾸어. 오기-바로잡음

115B

제목　장
01　이른 아침 아낙네들은 시들은 生活을
02　바구니 하나 가득 담아 이고 ……
03　업고 지고 …… 안고 들고 ……
04　모여드오 자꾸 장에 모여드오.
05
06　가난한 生活을 골골이 버려놓고
07　밀려가고, 밀려오고 ………
08　제마다 생활生活을 외치오 …… 싸우오.
09
10　왼하로 올망졸망한 生活을
11　되질하고 저울질하고 자질하다가
12　날이 저물어 아낙네들이
13　쓴 生活과 바꾸어 또 이고 돌아가오.
후기　〈一九三七. 봄〉

수록 면수 p. 93(115C, p. 74/115D, p. 35).
01 아낙네 115A에는 '안낙네'로 되어 있다. 육필 시고와 다름 어감이 다르다. 115C, 115D도 같다.
02 이고 115A에는 '니고'로 되어 있다. 육필 시고와 다름 어감이 다르다. 115C, 115D도 같다.
06 버려놓고 벌여 놓고. 오기-바로잡음 · 떠어쓰기 오류 115D도 같다.
08 (115C)저마다 115A에는 '제마다'로 되어 있다. 육필 시고와 다름 어감이 다르다.
　　외치오 115A에는 '웨치오'로 되어 있다. 육필 시고와 다름 어감이 다르다. 115C, 115D도 같다.
10 왼하로 왼 하로. 떠어쓰기 오류 115D도 같다.
13 쓴 115A에는 '쏩은'으로 되어 있다. 육필 시고와 다름 어감이 다르다. 115C, 115D도 같다.

116. 鬱寂


```
01    처음 픠워 본 담바 맛은
02    아츰까지 목 안헤서 간질간질타.
03
04    어제밤에 하도 鬱寂하기에
05    가만히 한 대 픠워 보았더니.
       __1937. 6.
```

출전『사진판』, p. 72, B20(삭제 지시됨).

장르 시.

형태 전 2연 각 2행.

어휘 연구

01 픠워 피워. 〔옛말 → 표준〕▷『우리말큰사전』, p. 5391.

  담바 담배. 〔북한/옛말 → 표준〕▷『한국방언사전』, p. 480, 『이조어사전』, p. 200.

02 아츰 아침. 〔북한 → 표준〕▷『표준국어대사전』, p. 4021.

  안헤서 안에서. 〔옛말 → 표준〕▷『우리말큰사전』, p. 5245, 『이조어사전』, p. 523.

  간질간질타 간질간질하다. ※ 표음적 표기임.

04 어제밤 어젯밤. 〔북한 → 표준〕▷『표준국어대사전』, p. 4228.

116A

제목 鬱寂

01   처음 피워본 담바맛은

02   아츰까지 목낳에서 간질간질 타.

03

04   어제밤에 하도 鬱寂하기에

05   가만히 한대픠워 보앗더니.

후기   一九三七. 六.

수록 면수 p. 72.

육필 시고의 상태 p. 72, B20에 수록되었으나 푸른 색연필로 ‘×’를 그어 삭제 지시함.

02 낳에서 안헤서. 오기-바로잡음

  간질간질타 간질간질하다. ※ 표음적 표기임.

05 보앗더니 보았더니. 오기-바로잡음

117. 夜行

01   正刻! 마음이 아픈 데 있어 膏藥을 붙이고

02   시들은 다리를 끄을고 떠나는 行裝,

03   —— 汽笛이 들리잖게 운다.

04   사랑스런 女人이 타박타박 땅을 굴려 쫓기에

05   하도 무서워 上架橋를 기여 넘다.

06   —— 이제로부터 登山 鐵道.

07   이윽고 思索의 포푸라턴넬로 들어간다.

08   詩라는 것을 反芻하다 마땅히 反鄒하여야 한다.

09   —— 저녁 煙氣가 놀로 된 以後.

10   휘ㅅ바람 부는 햇귀뜰램이의

11   노래는 마듸 마듸 끊어져

12   그믐달처럼 호젓하게 슬프다.

13   늬는 노래 배울 어머니도 아바지도 없나 보다

14   —— 늬는 다리 가는 쬐그만 보헤미앤.

15   내사 보리밭 동리에 어머니도

16   누나도 있다.

17   그네는 노래 부를 줄 몰라

18   오늘밤도 그윽한 한숨으로 보내리니 ——.

19   그믐달아! 나와 같이 다음 날 아츰에 到着하자!

    _1937. 7. 26.

출전『사진판』, pp. 75~76, B23(삭제 지시됨).

장르 시.

형태 전 1연 19행.

어휘 연구

02 시들은 시든. 〔북한 → 표준〕

05 기여 기어. 〔북한 → 표준〕▷『표준국어대사전』, p. 4303.

10 휘ㅅ바람 휘파람. 〔북한 → 표준〕

　　귀뜰램이 귀뚜라미. 〔북한 → 표준〕 참고『한국방언사전』, pp. 984~86.

13 늬 너. 〔북한 → 표준〕▷『한국방언사전』, pp. 244~45.

　　아바지 아버지. 〔북한 → 표준〕 참고『한국방언사전』, pp. 201~02.

14 쬐그만 쪼그만. 〔북한 → 표준〕 참고『한국방언사전』, pp. 1247~48.

　　보헤미앤 보헤미안Bohemian.

15 내사 내야. ▷ '야'의 방언.『표준국어대사전』, p. 3085.

19 그믐달아! 나와 같이 다음 날 아츰에 到着하자! 육필 시고의 상태 이 내용은 다음과 같은 내용에서 퇴고된 것이다: '나는 다시 초생달을 처다보구 처다보다 다음날에 到着하여야 한다.'

　　아츰 아침. 〔북한/옛말 → 표준〕▷『표준국어대사전』, p. 4021.

117A

제목 야행(夜行)

01　正刻! 마음이 앞은데있어 膏藥을붗이고

02　시들은 다리를 끟을고 떻나는 行裝,

03　── 汽笛이 들리잖게 운다.

04　사랑스런女人이 타박타박 땅을 굴려 쫓기에

05　하도 무서워 上架橋를 기여넘다.

06　── 이제로붙어 登山鐵道.

07　이윽고 思索의 포푸라턴넬로 들어간다.

08　詩라는것을反芻하다 맛당이 反鄒하여야한다.

09　── 저녁煙氣가 놀로된 以後.

10　휘ㅅ바람부는 햇 귀뜰램이의

11　노래는 마듸마듸 끟어저

12　그믐달처럼 호젓하게슬프다.

13　늬는 노래배울 어머니도 아바지도 없나보다

14　── 늬는 다리 가는 쬐그만보헤미앤.

15　내사 보리밭동리에 어머니도

16　누나도 있다.

17　그네는 노래부를줄 몰라

18　오늘밤도 그윽한한숨으로 보내리니 ──.

19　그믐달아 ! 나와같이다음날아츰에到着하자!

후기 一九三七. 七. 二六.

수록 면수 pp. 75~76.
육필 시고의 상태『사진판』, pp. 75~76, B23에 수록되었으나, p. 75에서는 검은 잉크로 무려 25개
의 사선을 'X'로 교차시켜 전편 삭제 지시하였고, p. 76에서도 검은 잉크와 붉은 색연필로 수직선
을 그어 삭제 지시했다.
01 앞은 아픈. 오기-바로잡음
　　붗이고 붙이고. 오기-바로잡음
02 끟을고 끄을고. 오기-바로잡음
　　떻나는 떠나는. 오기-바로잡음
06 붙어 부터. 오기-바로잡음
08 맛당이 마땅히. 오기-바로잡음
11 끟어저 끊어져. 오기-바로잡음

118. 비ㅅ뒤

<pre>
01   "어 —— 얼마나 반가운 비냐"
02   할아바지의 즐거움.
03
04   가물 들었든 곡식 자라는 소리
05   할아바지 담바 빠는 소리와 같다.
06
07   비ㅅ뒤의 해ㅅ살은
08   풀닢에 아름답기도 하다.
</pre>

출전『사진판』, p. 76, B24(삭제 지시됨).

추정 제작 시기 1937. 7~8월경.

장르 동시.

형태 전 3연 각 2행.

어휘 연구

02 할아바지 할아버지. 〔북한/옛말 → 표준〕 **참고**『한국방언사전』, pp. 219~20.

04 들었든 들었던. 〔북한 → 표준〕▷『우리말큰사전』, p. 5013.

05 담바 담배. 〔북한/옛말 → 표준〕▷『한국방언사전』, p. 480, 『이조어사전』, p. 200.

08 풀닢 풀잎. 〔북한/옛말 → 표준〕▷『이조어사전』, p. 178.

118A

제목

01　"어 ── 얼마나 반가운 비냐"

02　할아바지의 즐거움.

03

04　가물들엇든 곡식 자라는소리

05　할아바지 담바 빠는 소라와같다.

06

07　비ㅅ뒤의 해ㅅ살은

08　풀닢에 아름답기도 하다.

수록 면수 p. 76.

참고 육필 시고의 상태『사진판』, p. 76, B24에 수록되었으나, 연필로 'ｘ'를 그어 전편 삭제를 지시했다.

04 들엇든 들었든. 오기-바로잡음

05 소라 소리. 오기-바로잡음

119. 어머니

01   어머니!

02   젖을 빨려 이 마음을 달래여 주시오.

03   이 밤이 작고 설혀지나이다.

04

05   이 아이는 턱에 수염자리 잡히도록

06   무엇을 먹고 자랐나이까?

07   오늘도 흰 주먹이

08   입에 그대로 물려있나이다.

09

10   어머니

11   부서진 납人形도 슬혀진 지

12   벌서 오랩니다.

13

14   철비가 후누주군이 나리는 이 밤을

15   주먹이나 빨면서 새우리까?

16   어머니! 그 어진 손으로

17   이 울음을 달래여 주시요.

　　　__1938. 5. 28.

출전 『사진판』, pp. 84~85, B31(삭제 지시됨).

장르 시.

형태 전 4연(연별 행수: 3 - 4 - 3 - 4).

어휘 연구

02 달래여 달래어. 〔옛말 → 표준〕▷『표준국어대사전』, p. 4303. 17행도 같다.

03 자꼬 자꾸. 〔북한 → 표준〕▷『한국방언사전』, pp. 1124~25.

　　설혀 설워. 〔북한/옛말 → 표준〕▷ 옛말 '슳다(슬퍼하다)'의 이형태로서 윤동주가 사용한 북한 방언 목록에 '슳다'가 있었던 듯하다. 그렇게 추정되는 것은,

① B30 「山峽의 午後」의 "슳은 산울림"이라는 구절에서 보듯 '슳은'이 나타나고,

② B39 「아우의 印像畵」의 "아우의 설흔 진정코 설흔 對答이다"에서 보듯 '설흔'이 나타나는데, 이 '설혀'와 '설흔'이

③ "울며 슬허 부텻긔 슬ᄫᅡ 샤ᄃᆡ"(『석보상절』 11:8)에 나오는 '슬허',

④ "슬흘 悲懺"에 나오는 '슬흘' 등과 형태상 유사하기 때문이다.

　→ 『이조어사전』, p. 488, 『우리말큰사전』, p. 5200을 참조하라.

07 오날 오늘. 〔옛말 → 표준〕▷『이조어사전』, p. 572.

　　힌 흰. 〔북한 → 표준〕▷『한국방언사전』, p. 1263.

11 슬혀진 싫어진. 〔옛말 → 표준〕▷『표준국어대사전』, p. 3746.

12 벌서 벌써. 〔북한 → 표준〕

14 후누주군이 후줄근히. 〔북한 → 표준〕

　　나리는 내리는. 〔북한 → 표준〕▷『우리말큰사전』, p. 4961, 『한국방언사전』, p. 1314.

119A

제목　어머니

01　어머니!

02　젖을 빨려 이마음을 달래여주시오.

03　이밤이 작고 설혀 지나이다.

04

05　이아이는 턱에 수염자리잡히도록

06　무엇을 먹고 잘앗나이까?

07　오날도 힌주먹이

08　입에 그대로 물려있나이다.

09

10　어머니

11　부서진 납人形도 슬혀진지

12　벌서 오랩니다.

13

14　철비가 후누주군이 나리는 이밤을

15　주먹이나 빨면서 새우릿가?

16   어머니! 그어진손으로

17   이 울음을 달래여주시요.

후기   一九三八. 五. 二八.

수록 면수 pp. 84~85.
참고 육필 시고의 상태 『사진판』, pp. 84~85, B31에 수록되었으나, 검은색 잉크로 12개의 사선을
'×'로 교차시켜 전편 삭제 지시했다.
03 작고 자꼬. 오기-바로잡음
06 잘앗나이까 자랐나이까. 오기-바로잡음
15 새우릿가 새우리까. 오기-바로잡음

제4부

산문편

120. 달을 쏘다

    번거롭던 四圍가 잠잠해지고 時計 소리가 또렷하나 보니 밤은 저윽히[1] 깊을 대로 깊은 모양이다. 보든[2] 冊子를 冊床머리에 밀어 놓고 잠자리를 수습한 다음 잠옷을 걸치는 것이다. "딱" 스윗치[3] 소리와 함께 電燈을 끄고 窓 역[4]의 寢臺에 드러누우니 이 때까지 밝은 휘양찬[5] 달밤이였든[6] 것을 感覺치 못하였댔다. 이것도 밝은 電燈의 惠澤이였을가.[7]

    나의 陋醜한 房이 달빛에 잠겨 아름다운 그림이 된다는 것보담도[8] 오히려 슬픈 船艙이 되는 것이다. 창살이 이마로부터 코마루[9], 입술 이렇게 하야[10] 가슴에 여맨[11] 손등에까지 어른거려 나의 마음을 간질이는 것이다. 옆에 누운 분의 숨소리에 房은 무시무시해진다. 아이처럼 황황해지는 가슴에 눈을 치떠서 밖을 내다보니 가을 하늘은 역시 맑고 우거진 松林은 한 폭의 墨畵다. 달빛은 솔가지에 솔가지에 쏟아저[12] 바람인 양 쏴 — 소리가 날 듯하다. 들리는 것은 時計 소리와 숨소리와 귀또리[13] 울음뿐 벅쩍 고던[14] 寄宿舍도 절간보다 더 한층 고요한 것이 아니냐?

---

1 적이. 〔북한 → 표준〕▷『표준국어대사전』, p. 5286.

2 보던. 〔옛말 → 표준〕▷『우리말큰사전』, p. 5013.

3 스위치switch. ^{오기 - 바로잡음} ※ 어휘의 현장성을 위해 그대로 살린다.

4 옆, 언저리. 〔북한 → 표준〕▷『표준국어대사전』, p. 4325.

5 휘영청한. 〔북한 → 표준〕 ※ **참고** ① 「遺言」(1937. 10)에도 이미 사용한 바 있는 어휘다 → '휘양찬 달이 문살에 흐르는 밤' ②『한국현대시 시어 사전』, p. 1111. 휘영찬 → 확 트이어 시원스러운 ③『조선말대사전/2』, p. 1083. 휘영청 → 달빛 따위가 몹시 밝은 모양.

6 이었던. 〔옛말 → 표준〕▷『표준국어대사전』, p. 4303.

7 이었을까. 〔옛말 → 표준〕▷『표준국어대사전』, p. 4856.

8 —보다도. 〔북한 → 표준〕▷『표준국어대사전』, p. 2720.

9 콧마루. 〔북한 →표준〕▷『표준국어대사전』, p. 6260.

10 —하여. 〔옛말 → 표준〕▷『우리말큰사전』, p. 5251.

11 여민. 〔옛말 → 표준〕▷『우리말큰사전』, p. 4938.

12 쏟아져. 〔북한 → 표준〕

13 귀뚜라미. 〔북한 → 표준〕▷『한국방언사전』, p. 985.

14 큰소리로 시끄럽게 떠들던. 〔북한 → 표준〕▷『조선말대사전/1』, p. 207.

나는 깊은 思念에 잠기우기 한창이다. 딴은 사랑스런 아가씨를 私有할 수 있는 아름다운 想華도 좋고, 어린 적 未練을 두고 온 故鄕에의 鄕愁도 좋거니와 그보담 손쉽게 表現 못할 深刻한 그 무엇이 있다.

바다를 건너온 H君의 편지 사연을 곰곰 생각할수록 사람과 사람 사이의 感情이란 微妙한 것이다. 感傷的인 그에게도 必然코 가을은 왔나 부다.[15]

편지는 너무나 지나치지 않았든가.[16] 그中 한 토막,

"君아! 나는 지금 울며 울며 이 글을 쓴다. 이 밤도 달이 뜨고, 바람이 불고, 人間인 까닭에 가을이란 흙냄새도 안다. 情의 눈물, 따뜻한 藝術學徒였던 情의 눈물도 이 밤이 마지막이다."

또 마지막 켠[17]으로 이런 句節이 있다.

"당신은 나를 永遠히 쫓아 버리는 것이 正直할 것이오."

나는 이 글의 뉴안쓰[18]를 解得할 수 있다. 그러나 事實 나는 그에게 아픈 소리 한마디 한 일이 없고 설흔[19] 글 한 쪽 보낸 일이 없지 아니한가. 생각건대 이 罪는 다만 가을에게 지워 보낼 수밖에 없다.

紅顔書生으로 이런 斷案을 나리는 것은 외람한 일이나 동무란 한낱 괴로운 存在요 友情이란 진정코[20] 위트럽은[21] 잔에 떠 놓은 물이다. 이 말을 反對할 者 누구랴. 그러나 知己 하나 얻기 힘든다 하거늘 알뜰한 동무 하나 잃어버린다는 것이 살을 베여[22]내는 아픔이다.

---

15 보다. 〔북한 → 표준〕▷『표준국어대사전』, p. 2720.

16 않았던가. 〔옛말 → 표준〕▷『우리말큰사전』, p. 5013.

17 편, 쪽. 〔북한 → 표준〕▷『조선말대사전/2』, p. 663.

18 뉘앙스nuance. ※ 어휘의 현장성을 위해 그대로 살린다.

19 설운. 〔북한/옛말 → 표준〕▷ 옛말 '슳다(슬퍼하다)'의 이형태로서 윤동주가 사용한 북한 방언 목록에 '섧다'가 있었던 듯하다. 그렇게 추정되는 것은, ① B30 「山峽의 午後」의 "섧은 산울림"이라는 구절에서 보듯 '섧은'이 나타나고, ② B39 「아우의 印像畵」의 "아우의 설흔 진정코 설흔 對答이다"에서 보듯 '설흔'이 나타나는데, 이 '설혀'와 '설흔'이 ③"울며 슬허 부텻긔 슬ᄫ샤ᄃᆡ"(『석보상절』 11: 8)에 나오는 '슬혀', ④ "슬홀 悲"에 나오는 '슬홀' 등과 형태상 유사하기 때문이다. →『이조어사전』, p. 488,『우리말큰사전』, p. 5200을 참조하라.

20 진정. 〔북한 → 표준〕▷『조선말대사전/2』, p. 394.

21 위태로운. 〔북한 → 표준〕 참고 ①『우리말큰사전』, p. 5297. ② 윤동주의 시 「풍경」에도 사용되고 있는 것으로 보아 오기로 보기 어렵다.

나는 나를 庭園에서 發見하고 窓을 넘어 나왔다든가 房門을 열고 나왔다든가
웨[23] 나왔느냐 하는 어리석은 생각에 頭腦를 괴롭게 할 必要는 없는 것이다. 다
만 귀뜨람이[24] 울음에도 수집어지는[25] 코쓰모쓰 앞에 그윽히[26] 서서 딱터 삘링쓰
의 銅像 그림자처럼 슬퍼지면 그만이다. 나는 이 마음을 아무에게나 轉嫁시킬
심보는 없다. 옷깃은 敏感이어서 달빛에도 싸늘히 추워지고 가을 이슬이란 선
득선득하여서 설흔 사나이의 눈물인 것이다.

발걸음은 몸둥이를[27] 옮겨 못가에 세워 줄 때 못 속에도 역시 가을이 있고, 三
更이 있고 나무가 있고, 달이 있다.

그 刹那 가을이 怨望스럽고 달이 미워진다. 더듬어 돌을 찾어[28] 달을 向하야
죽어라고 팔매질을 하였다. 痛快! 달은 散散이 부서지고 말었다.[29] 그러나 놀랐
든[30] 물결이 잦어들[31] 때 오래잖어[32] 달은 도로 살아난 것이 아니냐, 문득 하늘을
처다보니[33] 얄미운 달은 머리 우[34]에서 빈정대는 것을 ――

나는 곳곳한[35] 나무가지[36]를 고누어[37] 띠를 째서 줄을 매워 훌륭한 활을 만들었다.
그리고 좀 탄탄한 갈대로 활살을[38] 삼아 武士의 마음을 먹고 달을 쏘다. ― 끝 ―

__1938. 10. 투고/1939. 1. 조선일보 학생란 발표.

---

22 베어. 〔북한 → 표준〕▷『표준국어대사전』, p. 4303.

23 왜. 〔북한 → 표준〕▷『조선말대사전/2』, p. 1824, p. 1827.

24 귀뚜라미. 〔북한 → 표준〕▷『한국방언사전』, p. 985.

25 수줍어지는. 〔북한 → 표준〕▷『표준국어대사전』, p. 3672.

26 그윽이. 〔북한 → 표준〕▷『조선말대사전/1』, p. 373.

27 몸뚱이를. 〔북한 → 표준〕▷『한국방언사전』, pp. 354~55.

28 찾아. 〔북한 → 표준〕

29 말았다. 〔북한 → 표준〕

30 놀랐던. 〔옛말 → 표준〕▷『우리말큰사전』, p. 5013.

31 잦아들. 〔북한 → 표준〕

32 오래잖아. 〔북한 → 표준〕

33 쳐다보니. 〔북한 → 표준〕

34 위. 〔북한/옛말 → 표준〕▷『조선말대사전/2』, pp. 1580~81, 『표준국어대사전』, p. 4632.

35 꼿꼿한. 〔북한 → 표준〕

36 나뭇가지. 〔북한 → 표준〕▷『표준국어대사전』, p. 1056.

37 겨누어. 〔북한 → 표준〕 ¶ 학교에 다달은 경관 놈들은 날이 시퍼런 총창을 고누어 들고 명신 학
교 문 앞에 버티여 있습니다.(「만경대」)『표준국어대사전』, p. 412.

38 화살을. 〔옛말 → 표준〕▷『우리말큰사전』, p. 5409.

출전『사진판』, pp. 111~15.
장르 산문(수필).
분량 제목 포함 200자 원고지 약 8장 반.

120A

번거롭던 四圍가 잠잠해지고 時計소리가 또렷하나 보니 밤은 저윽히 깊을대로 깊은 모양이다. 보든冊子를 冊床머리에 미러[39]놓고 잠자리를 수습한다음 잠옷을 걸치는 것이다. "딱"스윗치[40] 소리와 함께 電燈을 끄고 窓 역의 寢臺에 드러누으니[41] 이때까지 박[42]은 휘양찬 달밤이엿든[43]것을 感覺치 못하엿댓다.[44] 이것도 밝은 電燈의 惠澤이엿을가.[45]

나의 陋醜한 房이 달빛에 잠겨 아름다은[46]그림이 된다는것보담도 오히려 슬픈 船艙이 되는것이다. 창살이 이마로부터 코마루, 입술 이렇게하야 가슴에 여맨 손등에까지 어른거려 나의마음을 간지리는[47]것이다. 여페[48]누운 분의 숨소리에 房은 무시무시해 진다. 아이처럼 황황해지는 가슴에 눈을 치떠서 박글[49]내다보니 가을하늘은 역시 맑고 우거진 松林은 한폭의 墨畵다. 달비츤[50] 솔가지에 솔가지에 쏘다저[51] 바람인양 쏴 — 소리가 날듯하다.[52] 들리는것은 時計소리와 숨소리와 귀또리울음뿐 벅쩍고던 寄宿숨도 절깐[53]보다 더한층 고요한것이 아니냐?

나는 깊은 思念에 잠기우기한창이다. 딴은 사랑스런 아가씨를 私有할수있는 아름다운 想華도 좋고, 어린쩍[54] 未練을 두고온 故鄉에의 鄕愁도 좋거니와 그보담 손쉽게 表現못할 深刻한 그무엇이있다.

바다를 건너온 H君의 편지사연을 곰곰생각할수록 사람과사람사이의 感情이란 微妙한것이다. 感傷的인 그에게도 必然코 가을은 왓나부다.[55]

편지는 너무나 지나치지 않엇든가.[56] 그中한토막,

"君아! 나는 지금 울며울며 이글을 쓴다. 이밤도 달이뜨고, 바람이 불고, 人間인까닭에 가을이란 흙냄새도 안다. 情의 눈물 따뜻한 藝術學徒엿던[57]情의 눈물도 이밤이 마지막이다."

또 마지막 켠으로 이런句節이있다.

"당신은 나를永遠히 쪼차[58]버리는것이 正直할것이오."

나는 이글의 뉴안쓰[59]를 解得할수있다. 그러나 事實나는 그에게 아픈소리한마디 한일이없고 설혼 글 한쪽 보낸일이 없지 아니한가. 생각건대 이罪는 다만 가을에게 지워 보낼수박게[60] 없다.

紅顏書生으로 이런 斷案을 나리는 것은 외람한 일이나 동무란 한낫[61] 괴로운 存在요 友情이란 진정코 위트럽은 잔에 떠노흔[62] 물이다. 이말을反對할者 누구랴. 그러나 知己하나 엇기[63] 힘든다하거늘 알뜰한 동무하나 일허[64]버린다는것이 살을베여내는 아품[65]이다.

나는 나를 庭園에서 發見하고 窓을 넘어 나왓다든가[66] 房門을 열고 나왓다든가 웨 나왓느냐하는 어리석은 생각에 頭腦를 괴롭게할 必要는 없는것이다. 다만 귀뜨람이 울음에도 수집어지는 코쓰모쓰 앞에 그윽히서서 딱터뼬링쓰의 銅像그림자처럼 슬퍼지면 그만이다. 나는 이마음을 아무에게나 轉家[67]식힐[68] 심보는 없다. 옷깃은 敏感이어서 달비체도[69] 싸늘히 추어지고[70] 가을 이슬이란 선득선득하여서 설혼 사나이의 눈물인 것이다.

발거름은[71] 몸둥이를 옴겨[72] 못가에 세워줄때 못속에도 역시 가을이있고, 三更이 있고 나무가 있고, 달이있다.[73]

그刹那 가을이 怨望스럽고 달이 미워진다. 더듬어 돌을 찾어 달을 向하야 죽어라고 팔매질을 하엿다.[74] 痛快! 달은 散散히 부서지고 말엇다.[75] 그러나 놀랏든[76] 물결이 자저들[77]때 오래잔허[78] 달은 도로 살아난것이 아니냐, 문득 하늘을 처다 보니 얄미운 달은 머리우에서 빈정대는 것을 ——
　　나는 곳곳한 나무가[79]를 고나[80] 띠를 째서 줄을메워 훌륭한 활을 만들엇다.[81] 그리고 좀탄탄한 갈
대로 활살을 삼아 武士의 마음을 먹고 달을 쏘다. — 끝 —

「一九三八 十月 投稿/一九三九 一月 朝鮮日報 學生欄 發表」

수록 면수 pp. 111~15.

39 밀어. 오기 - 바로잡음

40 스위치 switch. 오기 - 바로잡음

41 드러누우니. 오기 - 바로잡음

42 밖. 오기 - 바로잡음

43 이였든. 오기 - 바로잡음 → 이었던. 〔옛말 → 표준〕

44 못하였댔다. 오기 - 바로잡음

45 이였을가. 오기 - 바로잡음 → 이었을까. 〔북한 → 표준〕

46 아름다운. 오기 - 바로잡음

47 간질이는. 오기 - 바로잡음

48 옆에. 오기 - 바로잡음

49 밖을. 오기 - 바로잡음

50 달빛은. 오기 - 바로잡음

51 쏟아저. 오기 - 바로잡음 → 쏟아져. 〔북한 → 표준〕

52 날 듯하다. 오기 - 바로잡음

53 절간. 오기 - 바로잡음

54 적. 오기 - 바로잡음

55 왔나부다. 오기 - 바로잡음 → 왔나보다. 〔구어 → 표준〕

56 않었든가. 오기 - 바로잡음 → 않았던가. 〔옛말 → 표준〕

57 였던. 오기 - 바로잡음

58 쫓아. 오기 - 바로잡음

59 뉘앙스 nuance.

60 밖에. 오기 - 바로잡음

61 한낱. 오기 - 바로잡음

62 떠 놓은. 오기 - 바로잡음

63 얻기. 오기 - 바로잡음

64 잃어. 오기 - 바로잡음

65 아픔. 오기 - 바로잡음

66 나왔다든가. 오기 - 바로잡음

67 轉嫁. 오기 - 바로잡음

68 시킬. 오기 - 바로잡음

69 달빛에도. 오기 - 바로잡음

70 추워지고. 오기 - 바로잡음

71 발걸음은. 오기 - 바로잡음

72 옮겨. 오기 - 바로잡음

73 육필 초고의 상태 우측에 '(달이있고……)'라는 내용이 적혀 있어, 한때 퇴고를 망설였던 흔적이 보인다.

74 하였다. 오기 - 바로잡음

75 散散이……말었다. 오기 - 바로잡음 → ……말았다. 〔북한 → 표준〕

76 놀랐든. 오기 - 바로잡음 → 놀랐던. 〔옛말 → 표준〕

77 잦어들. 오기 - 바로잡음 → 잦아들. 〔북한 → 표준〕

78 오래잖어. 오기 - 바로잡음 → 오래잖아. 〔북한 → 표준〕

79 나무가지. 오기 - 바로잡음 → 나뭇가지 〔북한 → 표준〕

80 고누어. 오기 - 바로잡음 〔북한어〕고누다: '겨누다'의 북한어. ¶ 다달은 경관 놈들은 날이 시퍼런 총창을 고누어 들고 명신 학교 문 앞에 버티어 있습니다.(「만경대」)『표준국어대사전』, p. 412.

81 만들었다. 오기 - 바로잡음

120B

번거롭던 四圍가 잠잠해지고 時計소리가 또렷하나 보니 밤은 저윽히[82] 깊을대로[83] 깊은 모양이다. 보든[84] 冊子를 冊床 머리에[85] 밀어놓고[86] 잠자리를 수습한 다음 잠옷을 걸치는 것이다. 「딱」 스위치[87] 소리와 함께 電燈을 끄고 窓역의[88] 寢臺에 드러누으니 이때까지[89] 밖은 휘양찬 달밤이었든 것을 感覺치 못하였었다.[90] 이것도 밝은 電燈의 惠澤이었을가.[91]

나의 陋醜한 房이 달빛에 잠겨 아름다운 그림이 된다는 것보담도 오히려 슬픈 船艙이 되는 것이다. 창살이 이마로부터 코마루[92], 입술 이렇게 하여 가슴에 여맨[93] 손등에까지 어른거려 나의 마음을 간지르는[94] 것이다. 옆에 누은[95]분의 숨소리에 房은 무시무시해진다. 아이처럼 황황해지는 가슴에 눈을 치떠서 밖을 내다보니 가을 하늘은 역시 맑고 우거진 松林은 한폭의[96]墨畵다. 달빛은 솔가지에 솔가지에 쏟아져[97] 바람인양[98] 쏴 — 소리가 날듯하다.[99] 들리는 것은 時計소리와 숨소리와 귀또리울음뿐[100] 벅쩍 고던[101] 寄宿舍도 절깐[102]보다 더 한층 고요한 것이 아니냐?

나는 깊은 思念에 잠기우기 한창이다. 따는[103] 사랑스런 아가씨를 私有할수 있는 아름다운 想華도 좋고, 어린 쩍[104] 未練을 두고 온 故鄕에의 鄕愁도 좋거니와 그보담 손쉽게 表現못할[105] 深刻한 그 무엇이 있다.

바다를 건너 온 H君의 편지사연을[106] 곰곰 생각할수록 사람과 사람사이의 感情이란 微妙한 것이다. 感傷的인 그에게도 必然코 가을은 왔나 보다.[107]

편지는 너무나 지나치지 않았던가.[108] 그中 한토막,[109]

「君아! 나는 지금 울며울며[110] 이 글을 쓴다. 이 밤도 달이 뜨고, 바람이 불고, 人間인 까닭에 가을이란 흙냄새도 안다. 情의 눈물, 따뜻한 藝術學徒였던 情의 눈물도 이 밤이 마지막이다.」

또 마지막 켠으로 이런 句節이 있다.

「당신은 나를 永遠히 쫓아버리는 것이 正直할 것이오.」

나는 이 글의 뉴안쓰를 解得할수[111] 있다. 그러나 事實 나는 그에게 아픈 소리 한 마디 한 일이 없고 설은[112] 글 한쪽[113] 보낸 일이 없지 아니한가. 생각컨대[114] 이 罪는 다만 가을에게 지워 보낼수 밖에[115] 없다.

紅顔書生으로 이런 斷案을 나리는[116] 것은 외람한 일이나 동무란 한낱 괴로운 存在요 友情이란 진정코 위태로운[117] 잔에 떠 놓은[118] 물이다. 이 말을 反對할者[119] 누구랴. 그러나 知己 하나 얻기 힘든다 하거늘 알뜰한 동무 하나 잃어 버린다는[120] 것이 살을 베어내는[121] 아픔이다.

  나는 나를 庭園에서 發見하고 窓을 넘어 나왔다든가 房門을 열고 나왔다든가 왜 나왔느냐 하는 어리석은 생각에 頭腦를 괴롭게 할 必要는 없는 것이다. 다만 귀뜨라미[122] 울음에도 수집어지는 코스모스[123] 앞에 그윽히 서서 닥터·빌링쓰의[124] 銅像 그림자처럼 슬퍼지면 그만이다. 나는 이 마음을 아무에게나 轉嫁시킬 심보는 없다. 옷깃은 敏感이어서 달빛에도 싸늘히 추어지고[125] 가을 이슬이란 선득선득하여서 설은[126] 사나이의 눈물인 것이다.

  발걸음은 몸둥이를[127] 옮겨 못가에 세워줄때[128] 못속에도[129] 역시 가을이 있고, 三更이 있고 나무가 있고, 달이 있다.

  그 刹那 가을이 怨望스럽고 달이 미워진다. 더듬어 돌을 찾어[130] 달을 向하야 죽어라고 팔매질을 하였다. 痛快! 달은 散散히[131] 부서지고 말았다.[132] 그러나 놀랐든[133] 물결이 자자들때[134] 오래잖아[135] 달은 도로 살아난 것이 아니냐, 문득 하늘을 쳐다보니[136] 얄미운 달은 머리우에서[137] 빈정대는 것을 ………

  나는 곳곳한 나무가지를 고나 띠를 째서 줄을 메워 훌륭한 활을 만들었다. 그리고 좀 탄탄한 갈대로 화살을[138] 삼아 武士의 마음을 먹고 달을 쏘다.

  〈一九三八. 一0.〉

수록 면수 pp. 203~07(120C, pp. 157~59/120D, pp. 122~24).

82 (120C) 저윽이. 120A에는 '저윽히'로 되어 있다. 육필 초고와 다름

83 깊을 대로. 띄어쓰기 오류 120D도 같다.

84 (120C) 보던. 120A에는 '보든'으로 되어 있다. 육필 초고와 다름

85 冊床 머리에. 띄어쓰기 오류 120D도 같다.

86 밀어 놓고. 띄어쓰기 오류 120D도 같다.

87 120A에는 '스윗치'로 되어 있다. 육필 초고와 다름 120C도 같다. **(120D)** 스윗치. 육필 초고와 다름

88 (120C) 창녘의. **(120D)** 창역의. 120A에는 '窓역의'로 되어 있다. 육필 초고와 다름

89 이 때까지. 띄어쓰기 오류 120C, 120D도 같다.

90 120A에는 '못하엿댓다'로 되어 있다. 육필 초고와 다름

91 120A에는 '이엿을가'로 되어 있다. 육필 초고와 다름 120D도 같다. **(120C)** 이었을까. 육필 초고와 다름

92 (120C, 120D) 콧마루. 120A에는 '코마루'로 되어 있다. 육필 초고와 다름

93 (120C) 여민, **(120D)** 여린. 120A에는 '여맨'으로 되어 있다. 육필 초고와 다름

94 120A에는 '간지리는'으로 되어 있다. 육필 초고와 다름 ※ **참고:** 표준어는 '간질이는'이다.

95 120A에는 '누운'으로 되어 있다. 육필 초고와 다름

96 한 폭의. 띄어쓰기 오류 120D도 같다.

97 120A에는 '쏘다저'로 되어 있다. 육필 초고와 다름

98 바람인 양. 띄어쓰기 오류 120D도 같다.

99 날 듯하다. 띄어쓰기 오류 120D도 같다.

100 귀또리 울음뿐. 띄어쓰기 오류

101 (120D) 벅쩍거리던. 120A에는 '벅쩍고던'으로 되어 있다. 육필 초고와 다름

102 절간. 오기 - 바로잡음

103 따은. 오기 - 바로잡음 120D도 같다. 120A에도 '따은'으로 되어 있다. 육필 초고와 다름

104 ① 적. 오기 - 바로잡음 120D도 같다. ② **(120C)** 어릴 적. 120A에는 '어린적'으로 되어 있다. 육필 초고와 다름

105 表現 못할. ^{띄어쓰기 오류} 120D도 같다.

106 편지 사연을. ^{띄어쓰기 오류} 120D도 같다.

107 120A에는 '부다' 로 되어 있다. 육필 초고와 다름 120C, 120D도 같다.

108 120A에는 '않엇든가' 로 되어 있다. 육필 초고와 다름 120C, 120D도 같다.

109 한 토막. ^{띄어쓰기 오류}

110 울며 울며. ^{띄어쓰기 오류} 120C, 120D도 같다.

111 解得할 수. ^{띄어쓰기 오류}

112 120A에는 '설혼' 으로 되어 있다. 육필 초고와 다름 120C, 120D도 같다.

113 한 쪽. ^{띄어쓰기 오류} 120D도 같다.

114 생각건대. ^{오기 - 바로잡음} 120C, 120D도 같다.

115 보낼 수밖에. ^{띄어쓰기 오류}

116 **(120C)** 내리는. 120A에는 '나리는' 으로 되어 있다. 육필 초고와 다름

117 120A에는 '위트럽은' 으로 되어 있다. 육필 초고와 다름 120C, 120D도 같다.

118 **(120C)** 떠 놓은. ^{띄어쓰기 오류} 120D도 같다.

119 反對할 者. ^{띄어쓰기 오류}

120 잃어버린다는. ^{띄어쓰기 오류}

121 120A에는 '베여내는' 으로 되어 있다. 육필 초고와 다름 120C, 120D도 같다.

122 **(120C)** 귀뚜라미, **(120D)** 귀뚜람이. 120A에는 '귀뜨람이' 로 되어 있다. 육필 초고와 다름

123 120A에는 '코쓰모쓰' 로 되어 있다. 육필 초고와 다름 120C도 같다.

124 **(120C)** 닥터 빌링스, **(120D)** 딱터 삐링쓰. 120A에는 '딱터삘링쓰' 로 되어 있다. 육필 초고와 다름

125 추워지고. ^{오기 - 바로잡음} 120D도 같다.

126 120A에는 '설혼' 으로 되어 있다. 육필 초고와 다름 120C, 120D도 같다.

127 **(120C)** 몸뚱이. 120A에는 '몸둥이를' 로 되어 있다. 육필 초고와 다름

128 **(120D)** 세워줄 때. 세워 줄 때. ^{띄어쓰기 오류}

129 못 속에도. ^{띄어쓰기 오류} 120D도 같다.

130 **(120C)** 찾아. 120A에는 '찾어' 로 되어 있다. 육필 초고와 다름

131 散散이. ^{오기 - 바로잡음} 120D도 같다.

132 120A에는 '말엇다' 로 되어 있다. 육필 초고와 다름 120C, 120D도 같다.

133 **(120C)** 놀랐던. 120A에는 '놀랏든' 으로 되어 있다. 육필 초고와 다름

134 **(120C)** 잦아들 때. **(120D)** 자자들 때. 120A에는 '자저들때' 로 되어 있다. 육필 초고와 다름

135 120A에는 '오래잔허' 로 되어 있다. 육필 초고와 다름 120C, 120D도 같다.

136 120A에는 '처다보니' 로 되어 있다. 육필 초고와 다름 120C, 120D도 같다.

137 ① 머리 우에서 ^{띄어쓰기 오류} 120D도 같다. ② **(120C)** 머리 위에서. 120A에는 '머리우에서' 로 되어 있다. 육필 초고와 다름

138 120A에는 '활살을' 로 되어 있다. 육필 초고와 다름 120C, 120D도 같다.

121. 별똥 떨어진 데

밤이다.

하늘은 푸르다 못해 濃灰色으로 캄캄하나 별들만은 또렷또렷 빛난다. 침침한 어둠뿐만 아니라 오삭오삭 춥다. 이 육중한 氣流 가운데 自嘲하는 한 젊은이가 있다. 그를 나라고 불러 두자.

나는 이 어둠에서 胚胎되고 이 어둠에서 生長하여서 아직도 이 어둠 속에 그 대로 生存하나 보다. 이제 내가 갈 곳이 어딘지 몰라 허우적거리는 것이다. 하기는 나는 世紀의 焦點인 듯 憔悴하다. 얼핏 생각하기에는 내 바닥을 반듯이 받들어 주는 것도 없고 그렇다고 내 머리를 갑박이[1] 나려[2]누르는 아모것도[3] 없는 듯하다마는 內幕은 그렇지도 않다. 나는 도무지 自由스럽지 못하다. 다만 나는 없는 듯 있는 하로사리처럼[4] 盧空에 浮遊하는 한 点에 지나지 않는다. 이것이 하로사리처럼 輕快하다면 마침 多幸할 것인데 그렇지를 못하구나!

이 点의 對稱 位置에 또 하나 다른 밝음(明)의 焦點이 도사리고 있는 듯 생각한다.[5] 덥석 웅키였으면[6] 잡힐 듯도 하다.

마는 그것을 휘잡기에는 나 自身이 鈍質이라는 것보다 오히려 내 마음에 아무런 準備도 배포치 못한 것이 아니냐. 그리고 보니 幸福이란 별스런 손님을 불러들이기에도 또 다른 한가닥 구실을 치르지 않으면 안 될가[7] 보다.

이 밤이 나에게 있어 어린 적처럼 한낱 恐怖의 장막인 것은 벌서[8] 흘러간 傳

---

1 '갑박' 은 '갑북(→ 가뜩)' 이라는 북한 방언의 이형태로 판단된다.

2 내려. 〔북한/옛말 → 표준〕▷『한국방언사전』, p. 1314, 『우리말큰사전』, p. 4961.

3 아무것도. 〔옛말 → 표준〕▷『우리말큰사전』, p. 5238.

4 하루살이. 〔북한 → 표준〕▷『한국방언사전』, p. 1029.

5 생각한다. 오기 - 바로잡음 → '생각된다'. 〔북한 → 표준〕▷『조선말대사전/1』, p. 1959.

6 움키었으면. 〔북한 → 표준〕▷『한국방언사전』, pp. 1425~26.

7 ―ㄹ까. 〔옛말 → 표준〕▷『표준국어대사전』, p. 4856.

8 벌써. 〔북한 → 표준〕▷『한국방언사전』, p. 1103.

說이오. 따라서 이 밤이 享樂의 도가니라는 이야기도 나의 念頭에선 아직 消化시키지 못할 돌덩이다. 오로지 밤은 나의 挑戰의 好敵이면 그만이다.

이것이 생생한 觀念 世界에만 머므른다면[9] 애석한 일이다. 어둠 속에 깜박깜박 조을며 다닥다닥 나라니[10]한 草家들이 아름다운 詩의 華詞가 될 수 있다는 것은 벌서[11] 지나간 쩨네레슌[12]의 이야기요, 오늘에 있어서는 다만 말 못하는 悲劇의 背景이다.

이제 닭이 홰를 치면서 맵짠 울음을 뽑아 밤을 쫓고 어둠을 즛내몰아[13] 동켠으로 휘—ㄴ이[14] 새벽이란 새로운 손님을 불러온다 하자. 하나 輕妄스럽게 그리 반가워할 것은 없다. 보아라 假令 새벽이 왔다 하더래도[15] 이 마을은 그대로 暗澹하고 나도 그대로 暗澹하고 하여서 너나 나나 이 가랑지[16]길[17]에서 躊躇 躊躇 아니치 못할 存在들이 아니냐.

나무가 있다.

그는 나의 오란[18] 리웃[19]이오, 벗이다. 그렇다고 그와 내가 性格이나 環境이나 生活이 共通한 데 있어서가 아니다. 말하자면 極端과 極端사이에도 愛情이 貫通할 수 있다는 奇蹟的인 交分의 한 標本에 지나지 못할 것이다.

나는 처음 그를 퍽 不幸한 存在로 가소롭게 여겼다. 그의 앞에 설 때 슬퍼지고 惻隱한 마음이 앞을 가리군[20] 하였다. 마는 오늘 돌이켜 생각건대 나무처럼 幸福한 生物은 다시 없을 듯하다. 굳음에는 이루 비길 데 없는 바위에도 그리 탐탁치는 못할망정 滋養分이 있다 하거늘 어디로 간들 生의 뿌리를 박지 못하

---

9 머무른다면. 〔옛말 → 표준〕▷『우리말큰사전』, p. 5052.
10 나란히. 〔북한 → 표준〕▷『한국방언사전』, p. 1076.
11 벌써. 〔북한 → 표준〕▷『한국방언사전』, p. 1103.
12 제너레이션generation. ※ 어휘의 현장성을 위해 그대로 살린다.
13 짓—. 〔옛말 → 표준〕▷『우리말큰사전』, p. 5350.
14 훤히. 〔옛말 → 표준〕▷『우리말큰사전』, p. 5413.
15 하더라도. 〔북한 → 표준〕
16 가랑이. 〔북한 → 표준〕▷『한국방언사전』, p. 310.
17 갈래길. 〔북한 → 표준〕
18 오랜. 〔옛말 → 표준〕▷『우리말큰사전』, p. 5279.
19 이웃. 〔북한 → 표준〕
20 가리곤. 〔옛말 → 표준〕▷『우리말큰사전』, p. 4880.

며 어디로 간들 生活의 不平이 있을소냐, 칙칙하면 솔솔 솔바람이 불어오고, 심
심하면 새가 와서 노래를 부르다 가고, 출출하면 한 줄기 비가 오고, 밤이면 數
많은 별들과 오손도손[21] 이야기할 수 있고 —— 보다 나무는 行動의 方向이란
거치장스런[22] 課題에 逢着하지 않고 人爲的으로든 偶然으로써든 誕生시켜 준
자리를 지켜 無盡無窮한 營養素를 吸取하고 玲瓏한 해ㅅ빛을 받아들여 손쉽게
生活을 營爲하고 오로지 하늘만 바라고 뻗어질 수 있는 것이 무엇보다 幸福스
럽지 않으냐.

이 밤도 課題를 풀지 못하야[23] 안타까운 나의 마음에 나무의 마음이 漸漸 옮
아오는 듯하고, 行動할 수 있는 자랑을 자랑치 못함에 뼈저리는 듯하나 나의 젊
은 先輩의 雄辯이 曰 先輩도 믿지 못할 것이라니 그러면 怜悧한 나무에게 나의
方向을 물어야 할 것인가.

어디로 가야 하느냐 東이 어디냐 西가 어디냐 南이 어디냐 北이 어디냐 아
라![24] 저 별이 번쩍 흐른다. 별똥 떨어진 데가 내가 갈 곳인가 보다. 하면 별똥
아! 꼭 떨어저야[25] 할 곳에 떨어저야 한다.

---

21 오순도순. 〔북한 → 표준〕▷『조선말대사전/2』, p. 1537.
22 거추장스러운. 〔북한 → 표준〕▷『조선말대사전/1』, p. 128.
23 못하여. 〔옛말 → 표준〕▷『우리말큰사전』, p. 5251.
24 아! 〔북한 → 표준〕 참고 모르던 것을 깨달을 때 내는 소리. ¶ 아, 그래서 선생님이 저렇게 화가
나신 거구나. ② 이와 유사한 방언으로 '어라!／얼레!／얼라!' 등이 있다.
25 (떨어)—져—(야.) 〔북한 → 표준〕

출전 『사진판』, pp. 116~20.
장르 산문(수필).
분량 제목 포함 200자 원고지 약 9장 반.

121A

밤이다.

하늘은 푸르다 못해 濃灰色으로 캄캄하나 별들만은 또렷또렷 빛난다. 침침한 어둠뿐만 아니라 오삭오삭 춥다. 이육중한 氣流가운데 自嘲하는 한 젊은이가 있다. 그를 나라고 불러두자.

나는 이 어둠에서 胚胎되고 이 어둠에서 生長하여서 아직도 이 어둠속에 그대로 生存하나 보다. 이제 내가 갈곳이 어딘지 몰라 허우적거리는 것이다. 하기는 나는 世紀의 焦點인듯 憔悴하다. 얼핏 생각커기에는[26] 내바닥을 반듯이 받들어 주는 것도 없고 그렇다고 내 머리를 갑박이 나려 누르는 아모것도 없는듯하다 만은[27] 內幕은 그러치도[28] 않다. 나는 도무[29] 自由스럽지 못하다. 다만 나는 없는듯 있는 하로사리처럼 虛空에 浮遊하는 한点에 지나지 않는다. 이것이 하로사리처럼 輕快하다면 마침 多幸할것인데 그렇지를 못하구나!

이 点의 對稱位置에 또하나 다른 밝음(明)의 焦點이 도사리고 있는듯 생각킨다. 덥석 웅키였으면 잡힐듯도 하다.

만은[30] 그것을 휘잡기에는 나 自身이 鈍質이라는것보다 오히려 내 마음에 아무런 準備도 배포치 못한것이 아니냐. 그리고보니 幸福이란 별스런 손님을 불러 들이기에도 또다른 한가닭[31] 구실을 치르지 않으면 안될가 보다.

이밤이 나에게있어 어린적처럼 하낱[32] 恐佈[33]의 장막인것은 벌서 흘러간 傳說이오. 따라서 이밤이 享樂의 도가니라는 이야기도 나의 念頭에선 아직 消化식히지[34]못할 돌덩이다. 오로지 밤은 나의 挑戰의 好敵이면 그만이다.

이것이 생생한 觀念世界에만 머므른다면 애석한 일이다. 어둠속에 깜박깝박[35] 조을며 다닥다닥 나라니[36]한 草家들이 아름다은[37] 詩의華詞가 될수있다는 것은 벌서 지나간 쩨네레슌[38]의 이야기요, 오늘에 있어서는 다만 말못하는 悲劇의 背景이다.

이제 닭이 홰를 치면서 맵짠울음을 뽑아 밤을 쫓고 어둠을 즛내몰아 동켠으로 휙—ㄴ이 새벽이란 새로운 손님을 불러온다 하자. 하나 輕妄스럽게 그리 반가워 할것은 없다. 보아라 假令 새벽이 왔다[39] 하더래도 이 마을은 그대로 暗澹하고 나도 그대로 暗澹하고 하여서 너나 나나 이 가랑지길에서 躊躇 躊躇 아니치 못할 存在들이 아니냐.

나무가있다.

그는 나의 오란 리웃이오, 벗이다. 그렇다고 그와 내가 性格이나 環境이나 生活이 共通한데 있어서가 아니다. 말하자면 極端과 極端사이에도 愛情이 貫通할 수있다는 奇蹟的인 交分의 한標本에 지나지 못할것이다.

나는 처음 그를 퍽 不幸한 存在로 가소롭게 여겻다[40]. 그의 앞에 설때 슬퍼지고 惻隱한 마음이 앞을 가리군 하엿다[41]. 만은[42] 오늘 도리켜[43] 생각건대 나무처럼 幸福한 生物은 다시 없을듯 하다. 굳음에는 이루 비길데 없는 바위에도 그리 탐탁치는 못할망정 滋養分이 있다 하거늘 어디로 간들 生의 뿌리를 박지 못하며 어디로 간들 生活의 不平이 있을 소냐, 칙칙하면 솔솔 솔바람이 불어오고, 심심하면 새가 와서 노래를 부르다 가고, 촐촐하면 한줄기 비가 오고, 밤이면 數많은 별들과 오손도손

이야기할수있고 —— 보다 나무는 行動의 方向이란 거치장스런 課題에 逢着하지 않고 人爲的으로 든 偶然으로서든[44] 誕生식혀준[45] 자리를 직혀[46] 無盡無窮한 營養素를 吸取하고 玲瓏한 해ㅅ빛을 받아드려[47] 손쉽게 生活을 營爲하고 오로지 하늘만 바라고 뻐더질수[48] 있는것이 무엇보다 幸福스럽지 않으냐.

　이밤도 課題를 풀지 못하야 안타까운 나의 마음에 나무의 마음이 漸漸올마[49]오는듯하고, 行動할수있는 자랑을 자랑치 못함에 뼈저리는듯 하나 나의 젊은 先輩의 雄辯이 曰 先輩도 믿지못할것이라니 그러면 怜悧한 나무에게 나의 方向을 물어야 할것인가.

　어디로 가야 하느냐 東이 어디냐 西가 어디냐 南이 어디냐 北이 어디냐 아라! 저별이 번쩍 흐른다. 별똥떨어진데가 내가 갈곳인가 보다. 하면 별똥아! 꼭 떨어저야 할곳에 떨어저야 한다.

수록 면수 pp. 116~20.

26 생각허기에는 → 생각하기에는. 오기 - 바로잡음

27 없는 듯하다마는. 오기 - 바로잡음

28 그렇지도. 오기 - 바로잡음

29 도무지. 오기 - 바로잡음

30 마는. 오기 - 바로잡음

31 한 가닥. 오기 - 바로잡음

32 한낱. 오기 - 바로잡음

33 恐怖의 오기.

34 —시키지. 오기 - 바로잡음

35 깜박깜박. 오기 - 바로잡음

36 나란히. 〔북한/옛말 → 표준〕▷『한국방언사전』, p. 1076.

37 아름다운. 오기 - 바로잡음

38 제너레이션 generation.

39 왔다. 오기 - 바로잡음

40 여겼다. 오기 - 바로잡음

41 하였다. 오기 - 바로잡음

42 마는. 오기 - 바로잡음

43 돌이켜. 오기 - 바로잡음

44 偶然으로써든. 오기 - 바로잡음

45 —시켜 준. 오기 - 바로잡음

46 지켜. 오기 - 바로잡음

47 받아들여. 오기 - 바로잡음

48 뻗어질 수. 오기 - 바로잡음

49 옮아. 오기 - 바로잡음

121B

　밤이다.

하늘은 푸르다 못해 濃灰色으로 캄캄하나 별들만은 또렷또렷 빛난다. 침침한 어둠뿐만 아니라 오 삭오삭 춥다. 이 육중한 氣流가운데[50] 自嘲하는 한 젊은이가 있다. 그를 나라고 불러두자[51].

나는 이 어둠에서 胚胎되고 이 어둠에서 生長하여서 아직도 이 어둠속에[52] 그대로 生存하나 보 다[53]. 이제 내가 갈곳이[54] 어딘지 몰라 허우적거리는 것이다. 하기는 나는 世紀의 焦點인듯[55] 憔悴하 다. 얼핏 생각하기에는 내 바닥을 반듯이 받들어 주는 것도 없고 그렇다고 내 머리를 갑박이[56] 나려 누르는[57] 아모것도 없는 듯하다 만은[58] 內幕은 그렇지도 않다. 나는 도무지 自由스럽지 못하다. 다만 나는 없는듯[59] 있는 하로살이[60]처럼 虛空에 浮遊하는 한点에[61] 지나지 않는다. 이것이 하로사리처럼 輕快하다면 마침 多幸할 것인데 그렇지를 못하구나!

이 点의 對稱位置에 또하나[62] 다른 밝음(明)의 焦點이 도사리고 있는듯[63] 생각킨다[64]. 덥석 웅키였 으면[65] 잡힐듯도[66] 하다.

마는 그것을 휘잡기[67]에는 나 自身이 鈍質이라는것보다[68] 오히려 내 마음에 아무런 準備도 배포치 못한것이[69] 아니냐. 그리고 보니 幸福이란 별스런 손님을 불러 들이기에도[70] 또다른[71] 한가닥[72] 구실 을 치르지 않으면 안될가[73] 보다.

이밤이[74] 나에게 있어 어린적처럼[75] 한낱 恐怖의 장막인 것은 벌써[76] 흘러간 傳說이오. 따라서 이 밤이[77] 享樂의 도가니라는 이야기도 나의 念頭[78]에선 아직 消化시키지 못할 돌덩이다. 오로지 밤은 나의 挑戰의 好敵이면 그만이다.

이것이 생생한 觀念世界에만 머물은다면[79] 애석한 일이다. 어둠속에[80] 깜박깜박 조을며 다닥다닥 나라니한[81] 草家들이 아름다운 詩의 華詞가 될수[82] 있다는 것은 벌써[83] 지나간 쩨네레슌[84]의 이야기 요, 오늘에 있어서는 다만 말 못하는[85] 悲劇의 背景이다.

이제 닭이 홰를 치면서 맵짠 울음을 뽑아 밤을 쫓고 어둠을 즛내몰아[86] 동켠으로 휘—ㄴ히[87] 새벽 이란 새로운 손님을 불러온다 하자. 하나 輕妄스럽게 그리 반가워할 것은 없다. 보아라 假令 새벽이 왔다 하더래도[88] 이 마을은 그대로 暗澹하고 나도 그대로 暗澹하고 하여서 너나[89] 이 가랑지길에서 躊躇 躊躇 아니치 못할 存在들이 아니냐.

나무가 있다.

그는 나의 오랜[90] 이웃[91]이요, 벗이다. 그렇다고 그와 내가 性格이나 環境이나 生活이 共通한데[92] 있어서가 아니다. 말하자면 極端과 極端사이에도[93] 愛情이 貫通할수[94] 있다는 奇蹟的인 交分의 標本 에[95] 지나지 못할 것이다.

나는 처음 그를 퍽 不幸한 存在로 가소롭게 여겼다. 그의 앞에 설때[96] 슬퍼지고 惻隱한 마음이 앞 을[97] 가리군[98] 하였다. 마는 돌이켜[99] 생각컨대[100] 나무처럼 幸福한 生物은 다시 없을듯[101] 하다. 굳음 에는 이루 비길데[102] 없는 바위에도 그리 탐탁치는 못할망정 滋養分이 있다 하거늘 어디로 간들 生 의 뿌리를 박지 못하며[103] 어디로 간들 生活의 不平이 있을소냐, 칙칙하면 솔솔 솔바람이 불어오고, 심심하면 새가 와서 노래를 부르다 가고, 출출하면 한줄기[104] 비가 오고, 밤이면 數많은 별들과 오손 도손 이야기 할수[105] 있고 —— 보다 나무는 行動의 方向이란 거치장스런[106] 課題에 逢着하지 않고 人 爲的으로든 偶然으로서든[107] 誕生시켜 준 자리를 지켜 無盡無窮한 營養素를 吸取하고 玲瓏한 햇빛 을[108] 받아들여 손쉽게 生活을 營爲하고 오로지 하늘만 바라고 뻗어질수[109] 있는것이[110] 무엇보다 幸 福스럽지 않으냐.

이밤도[111] 課題를 풀지 못하야[112] 안타까운 나의 마음에 나무의 마음이 漸漸 옮아오는[113] 듯 하고[114], 行動할수[115] 있는 자랑을 자랑치 못함에 뼈저리듯[116] 하나[117] 나의 젊은 先輩의 雄辯에[118] 日 先輩도 믿 지못할[119] 것이라니 그러면 怜悧한 나무에게 나의 方向을 물어야 할것인가[120].

어디로 가야 하느냐 東이 어디냐 西가 어디냐 南이 어디냐 北이 어디냐 아차![121] 저별이[122] 번쩍 흐른다. 별똥 떨어진 데가 내가 갈곳인가[123] 보다. 하면 별똥아! 꼭 떨어져야할[124] 곳에 떨어져야[125] 한다.

수록 면수 pp. 208~13(121C, pp. 154~56/121D, 126~28).

50 氣流 가운데. 띄어쓰기 오류

51 불러 두자. 띄어쓰기 오류

52 어둠 속에. 띄어쓰기 오류 121D도 같다.

53 (**121D**) 生存하나보다. 띄어쓰기 오류

54 갈 곳이. 띄어쓰기 오류

55 焦點인 듯. 띄어쓰기 오류

56 (**121D**) 갑자기. 121A에는 '갑박이' 로 되어 있다. 육필 초고와 다름

57 (**121C**) 내려 누르는. 121A에는 '나려 누르는' 으로 되어 있다. 육필 초고와 다름 띄어쓰기 오류

58 듯하다마는. 띄어쓰기 오류

59 없는 듯. 띄어쓰기 오류 121D도 같다.

60 121A에는 '하로사리' 로 되어 있다. 육필 초고와 다름 (**121C**) 하루살이. 육필 초고와 다름

61 한 点에. 띄어쓰기 오류

62 또 하나. 띄어쓰기 오류

63 있는 듯. 띄어쓰기 오류

64 생각한다. 또는 생각된다. 오기 - 바로잡음

65 (**121C**) 움키었으면. 121A에는 '웅키었으면' 으로 되어 있다. 육필 초고와 다름

66 잡힐 듯도. 띄어쓰기 오류

67 (**121D**) 휘합기. 121A에는 '휘잡기' 로 되어 있다. 육필 초고와 다름

68 鈍質이라는 것보다. 띄어쓰기 오류

69 못한 것이. 띄어쓰기 오류

70 불러들이기에도. 띄어쓰기 오류

71 또 다른. 띄어쓰기 오류

72 한 가닥. 띄어쓰기 오류 121D도 같다.

73 안 될가. 띄어쓰기 오류 121D도 같다. (**121C**) 안 될까. 121A에는 '안 될가' 로 되어 있다. 육필 초고와 다름

74 이 밤이. 띄어쓰기 오류

75 어린 적처럼. 띄어쓰기 오류

76 121A에는 '벌서' 로 되어 있다. 육필 초고와 다름 121C, 121D도 같다.

77 이 밤이. 띄어쓰기 오류

78 (**121D**) 念願. 121A에는 '念頭' 로 되어 있다. 육필 초고와 다름

79 121A에는 '머므른다면' 으로 되어 있다. 육필 초고와 다름 121D도 같다. (**121C**) 머무른다면. 육필 초고와 다름

80 어둠 속에. 띄어쓰기 오류 121D도 같다.

81 나라니 한. 띄어쓰기 오류 (**121C**) 나란히 한. 121A에는 '나리니한' 으로 되어 있다. 육필 초고와 다름 (**121D**) 나란히한. 육필 초고와 다름

82 될 수. 띄어쓰기 오류

83 121A에는 '벌서' 로 되어 있다. 육필 초고와 다름 121C, 121D도 같다.

84 (121C) 제너레이션. 121A에는 '쩨네레슌'으로 되어 있다. 육필 초고와 다름 **(121D)** 제네레슌. 육필 초고와 다름

85 (121C) 말못하는. 띄어쓰기 오류 121D도 같다.

86 (121C) 짓내몰아. 121A에는 '줏내몰아'로 되어 있다. 육필 초고와 다름

87 121A에는 '휘ㅡㄴ이'로 되어 있다. 육필 초고와 다름 121D도 같다. **(121C)** 휘언히. 육필 초고와 다름

88 (121C) 하더라도. 121A에는 '하더래도'로 되어 있다. 육필 초고와 다름

89 (121D) 너나나나. 띄어쓰기 오류

90 121A에는 '오란'으로 되어 있다. 육필 초고와 다름 121C, 121D도 같다.

91 121A에는 '리웃'으로 되어 있다. 육필 초고와 다름 121C, 121D도 같다.

92 共通한 데. 띄어쓰기 오류 121D도 같다.

93 極端 사이에도. 띄어쓰기 오류

94 貫通할 수. 띄어쓰기 오류

95 121A에는 '한 標本에'로 되어 있다. 육필 초고와 다름 121C, 121D도 같다.

96 설 때. 띄어쓰기 오류

97 (121D) 앞에. 121A에는 '앞을'로 되어 있다. 육필 초고와 다름

98 (121C) 가리곤. 121A에는 '가리군'으로 되어 있다. 육필 초고와 다름

99 121A에는 '오늘 도리켜'로 되어 있다. 육필 초고와 다름 121C, 121D도 같다.

100 생각건대. 오기 - 바로잡음

101 없을 듯. 띄어쓰기 오류

102 비길 데. 띄어쓰기 오류 121D도 같다.

103 (121D) 못하여. 121A에는 '못하며'로 되어 있다. 육필 초고와 다름

104 한 줄기. 띄어쓰기 오류 121D도 같다.

105 이야기할 수. 띄어쓰기 오류

106 (121C) 거추장스런. 121A에는 '거치장스런'으로 되어 있다. 육필 초고와 다름

107 偶然으로써든. 오기 - 바로잡음 121C, 121D도 같다.

108 121A에는 '해ㅅ빛을'로 되어 있다. 육필 초고와 다름 121C, 121D도 같다.

109 뻗어질 수. 띄어쓰기 오류

110 있는 것이. 띄어쓰기 오류

111 이 밤도. 띄어쓰기 오류

112 (121C) 못하여. 121A에는 '못하야'로 되어 있다. 육필 초고와 다름

113 (121C) 옮아 오는. 띄어쓰기 오류

114 옮아오는 듯하고. 띄어쓰기 오류 121D도 같다.

115 行動할 수. 띄어쓰기 오류

116 121A에는 '뼈저리는듯'으로 되어 있다. 육필 초고와 다름 121C, 121D도 같다.

117 뼈저리는 듯하나. 띄어쓰기 오류 121C, 121D도 같다.

118 121A에는 '雄辯이'로 되어 있다. 육필 초고와 다름 121C, 121D도 같다.

119 믿지 못할. 띄어쓰기 오류

120 할 것인가. 띄어쓰기 오류

121 121A에는 '아라!'로 되어 있다. 육필 초고와 다름 121C, 121D도 같다.

122 저 별이. 띄어쓰기 오류

123 갈 곳인가. _{띄어쓰기 오류}

124 ① 121A에는 '떨어저야' 로 되어 있다. 육필 초고와 다름 121C, 121D도 같다. ② 떨어져야 할. _{띄어쓰기 오류} 121D도 같다.

125 121A에는 '떨어저야' 로 되어 있다. 육필 초고와 다름 121C, 121D도 같다.

122. 花園에 꽃이 핀다

개나리, 진달래[1], 안즌방이[2], 라일락 문들레[3] 찔레 복사[4] 들장미 해당화 모란 릴리[5] 창포 추립[6] 카네슌[7] 봉선화 백일홍 채송화 다리아[8] 해바라기 코쓰모쓰[9]──코쓰모쓰가 홀홀히 떨어지는 날 宇宙의 마즈막은[10] 아닙니다. 여기에 푸른 하늘이 높아지고, 빨간, 노란 단풍이 꽃에 못지않게 가지마다 물들었다가 귀또리 울음이 끊어짐과 함께 단풍의 세계가 문허지고[11] 그 우에[12] 하로[13]밤 사이에 소복히 힌[14]눈이 나려, 나려[15]쌓이고 火爐에는 빨간 숯불이 피여[16]오르고 많은 이야기와 많은 일이 이 화로가[17]에서 이루어집니다.

讀者 諸賢! 여러분은 이 글이 씨워지는[18] 때를 獨特한 季節로 짐작해서는 아니 됩니다. 아니, 봄, 여름, 가을, 겨을[19], 어느 철로나 想定하셔도 無妨합니다.

---

1 진달래. 〔북한/옛말 → 표준〕▷『한국방언사전』, p. 770.

2 앉은뱅이꽃(함경남도 · 강원도 → 채송화, 평안도 · 강원도 → 제비꽃). 〔북한 → 표준〕▷『표준국어대사전』, p. 4064. **참고** 본문 뒤에 열거되고 있는 꽃 가운데 '채송화'가 있는 것으로 보아 '제비꽃'을 의미하는 듯하다.

3 민들레. 〔북한/옛말 → 표준〕 **참고** 『한국방언사전』, p. 758.

4 '복숭아'의 준말.

5 릴리 lily(→ 백합, 나리).

6 튤립 tulip.

7 카네이션 carnation.

8 달리아 dahlia.

9 코스모스 cosmos.

10 마지막. 〔옛말 → 표준〕▷『우리말큰사전』, p. 5044.

11 무너지고. 〔옛말 → 표준〕▷『우리말큰사전』, p. 5067.

12 위. 〔북한/옛말 → 표준〕▷『표준국어대사전』, p. 4632, 『우리말큰사전』, p. 5290.

13 하루. 〔옛말 → 표준〕▷『이조어사전』, p. 572.

14 흰. 〔북한 → 표준〕▷『한국방언사전』, p. 1263.

15 내려. 〔북한/옛말 → 표준〕▷『우리말큰사전』, p. 4961, 『한국방언사전』, p. 1314.

16 피어. 〔옛말 → 표준〕▷『표준국어대사전』, p. 4303.

17 화롯가. 〔북한 → 표준〕▷『조선말대사전/2』, p. 1098.

18 씌어지는. 〔북한 → 표준〕▷『한국방언사전』, p. 1407.

19 겨울. 〔북한/옛말 → 표준〕▷『한국방언사전』, p. 130, 『우리말큰사전』, p. 4859.

사실 一年 내내 봄일 수는 없습니다. 하나 이 花園에는 사철내 봄이 靑春들과 함께 싱싱하게 등대하여 있다고 하면 過分한 自己宣傳일가요[20]. 하나의 꽃밭이 이루어지도록 손쉽게 되는 것이 아니라 고생과 努力이 있어야 하는 것입니다. 따는 얼마의 單語를 모아 이 拙文을 지적거리는[21] 데도 내 머리는 그렇게 明晳한 것은 못 됩니다. 한 해 동안을 내 頭腦로써가 아니라 몸으로써 일일이 헤아려 細胞 사이마다 간직해 두어서야 겨우 몇 줄의 글이 이루어집니다. 그리하야[22] 나에게 있어 글을 쓴다는 것이 그리 즐거운 일일 수는 없습니다. 봄바람의 苦悶에 짜들고, 綠陰의 倦怠에 시들고, 가을 하늘 感傷에 울고, 爐邊의 思索에 졸다가 이 몇 줄의 글과 나의 花園과 함께 나의 一年은 이루어집니다.

시간을 먹는다는 (이 말의 意義와 이 말의 妙味는 칠판 앞에 서 보신 분과 칠판 밑에 앉어[23] 보신 분은 누구나 아실 것입니다) 그것은 確實히 즐거운 일임에 틀림없습니다. 하로[24]를 休講한다는 것보다 (하긴 슬그머니 깨먹어[25] 버리면 그만이지만) 다못[26] 한 시간, 豫習, 宿題를 못 해 왔다든가, 따분하고 졸리고 한 때, 한 시간의 休講은 진실로 살로 가는 것이여서[27], 萬一 敎授가 不便하여 못 나오셨다[28]고 하더라도 미처 우리들의 禮儀를 갖출 사이가 없는 것입니다.

그러나 이것을 우리들의 망발과 시간의 浪費라고 速斷하서서[29] 아니 됩니다. 여기에 花園이 있습니다.

한 포기 푸른 풀과 한 떨기의 붉은 꽃과 함께 웃음이 있습니다. 노—트장을 적시는 것보다, 汗牛充棟에 묻혀 글줄과 씨름하는 것보다, 더 明確한 眞理를 探求할 수 있을는지 보다 더 많은 知識을 獲得할 수 있을는지 보다 더 效果的인

---

20 (이)ㄹ까요. 〔옛말 → 표준〕▷『표준국어대사전』, p. 4856.
21 지저거리는 〔북한〕▷『표준국어대사전』, p. 5773, 『조선말대사전/2』, pp. 362~63.
22 그리하여. 〔옛말 → 표준〕
23 앉아. 〔북한 → 표준〕
24 하루. 〔북한/옛말 → 표준〕▷『이조어사전』, p. 572.
25 까먹어. 〔북한 → 표준〕 참고『표준국어대사전』, p. 962.
26 다만. 〔북한 → 표준〕 참고『표준국어대사전』, p. 1351.
27 것이어서. 〔옛말 → 표준〕▷『표준국어대사전』, p. 4303.
28 나오셨다. 〔북한 → 표준〕
29 하셔서. 〔북한 → 표준〕

成果가 있을지를 누가 否認하겠습니까.

　나는 이 貴한 時間을 슬그머니 동무들을 떠나서 단 혼자 花園에 거닐 수 있습니다. 단 혼자 꽃들과 풀들과 이야기할 수 있다는 것이 얼마나 多幸한 일이겠습니까. 참말 나는 溫情으로 이들을 대할 수 있고 그들은 웃음으로 나를 맞어 줍니다. 그 웃음을 눈물로 對한다는 것은 나의 感傷일가요[30]. 孤獨, 精寂도 確實히 아름다운 것임에 틀림이 없으나, 여기에 또 서로 마음을 주는 동무가 있는 것도 多幸한 일이 아닐 수 없습니다. 우리 花園 속에 모인, 동무들 중에, 집에 學費를 請求하는 편지를 쓰는 날 저녁이면 생각하고 생각하든[31] 끝 겨우 몇 줄 써보낸다는 A君, 기뻐해야 할 書類(通稱 月給 封套)를 받어 든[32] 손이 떨린다는 B君, 사랑을 爲하여서는 밥맛을 잃고 잠을 잊어버린다는 C君, 思想的 撞着에 自殺을 期約한다는 D君 …… 나는 이 여러 동무들의 갸륵한 心情을 내 것인 것처럼 理解할 수 있습니다. 서로 너그러운 마음으로 對할 수 있습니다.

　나는 世界觀, 人生觀, 이런 좀더 큰 問題보다 바람과 구름과 햇빛과 나무와 友情, 이런 것들에 더 많이 괴로워해 왔는지도 모르겠습니다. 단지 이 말이 나의 逆說이나, 나 自身을 흐리우는[33]데 지날 뿐일가요[34].

　一般은 現代 學生 道德이 腐敗했다고 말합니다. 스승을 섬길 줄을 모른다고들 합니다. 옳은 말슴[35]들입니다. 부끄러울 따름입니다. 하나 이 결함을 괴로워하는 우리들 억개[36]에 지워 曠野로 내쫓아 버려야 하나요. 우리들의 아픈 데를 알어[37]주는 스승, 우리들의 생채기를 어루만저[38] 주는 따뜻한 世界가 있다면 剝脫된 道德일지언정 기우려[39] 스승을 眞心으로 尊敬하겠습니다. 溫情의 거리에

---

30 ―(이)ㄹ까요. 〔옛말 → 표준〕▷『표준국어대사전』, p. 4856.

31 ―하던. 〔옛말 → 표준〕▷『우리말큰사전』, p. 5013.

32 받아 든. 〔북한 → 표준〕

33 육필 시고의 상태 우측에 '가르우는' 이라고 써놓았는데, 퇴고를 망설인 듯하다.

34 ―(이)ㄹ까요. 〔옛말 → 표준〕▷『표준국어대사전』, p. 4856.

35 말씀. 〔옛말 → 표준〕▷『우리말큰사전』, p. 5048.

36 어깨. 〔옛말 → 표준〕▷『우리말큰사전』, p. 5263.

37 알아. 〔북한 → 표준〕

38 어루만저. 〔북한 → 표준〕

39 기울여. 〔옛말 → 표준〕▷『우리말큰사전』, p. 4906.

서 원수를 만나면 손목을 붙잡고 목 놓아 울겠습니다.

世上은 해를 거듭, 砲聲에 떠들썩하건만 극히 조용한 가운데 우리들 동산에서 서로 融合할 수 있고 理解할 수 있고 從前의 (　)가[40] 있는 것은 時勢의 逆效果일까요.

봄이 가고, 여름이 가고, 가을, 코쓰모쓰가 홀홀히 떨어지는 날 宇宙의 마즈막[41]은 아닙니다. 단풍의 世界가 있고, ― 履霜而堅氷至 ― 서리를 밟거든 얼음이 굳어질 것을 각오하라 ―가 아니라 우리는 서리발[42]에 끼친 落葉을 밟으면서 멀리 봄이 올 것을 믿습니다.

爐邊에서 많은 일이 이루어질 것입니다.

---

40 육필 시고의 상태 '―가' 앞에 원고지 칸이 비워져 있다.
41 마지막. 〔옛말 → 표준〕▷『우리말큰사전』, p. 5044.
42 서릿발. 〔북한 → 표준〕▷『표준국어대사전』, p. 1723.

출전 『사진판』, pp. 121~25.
장르 산문(수필).
분량 제목 포함 200자 원고지 약 11장 반(퇴고 분량 포함).

122A

개나리, 진달래, 안즌방이, 라일락 문들레 찔레 복사 들장미 해당화 모란 릴럭[43] 창포 추립 카네슌 봉선화 백일홍 채송화 다리아 해바라기 코쓰모쓰 —— 코쓰모쓰가 홀홀히 떠러[44]지는날 宇宙의 마즈막은 아닙니다. 여기에 푸른하늘이 놉하지고[45], 빨간, 노란 단풍이 꽃에 못지 않게 가지마다 물들엇다가[46] 귀도리[47]울음이 끊어 짐과 함께 단풍의 세게[48]가 문허지고 그우에 하로밤 사이에 소복이[49] 힌눈이 나려, 나려싸이고[50] 火爐에는 빨간 숫불[51]이 피여오르고 많은이야기와 많은 일이 이화로가에서 일우어짐니다[52].

讀者諸賢! 여러분은 이글이 씨워지는 때를 獨特한 季節로 짐작해서는 아니됩니다[53]. 아니, 봄, 여름, 가을, 겨을, 어느 철로나 想定하셔도 無방[54]합니다. 사실 一年내내 봄일수는 없습니다. 하나 이 花園에는 사철내 봄이 靑春들과함께 싱싱하게 등대하여있다고 하면 過分한 自己宣傳일가요. 하나의 꽃밭이 이루어지도록 손쉽게 되는 것이 아니라 고생과 努力이 있어야 하는 것입니다. 따는 얼마의 單語를 모아 이 拙文을 지적거리는 데도 내 머리는 그렇게 明晳한 것은 못됩니다[55]. 한해동안을 내 頭腦로서가[56] 아니라 몸으로서[57] 일일히[58] 헤아려 細胞 사이마다 간직해 두어서야 겨우 몇 줄의 글이 일우어[59]집니다. 그리하야 나에게 있어 글을 쓴다는 것이 그리 즐거운 일일 수는 없습니다. 봄바람의 苦悶에 짜들고, 綠陰의 倦怠에 시들고, 가을하늘 感傷에 울고, 爐邊의 思索에 졸다가 이몇줄의 글과 나의 花園과 함께 나의 一年은 이루어짐니다[60].

시간을 먹는다는 (이 말의 意義와 이 말의 妙味는 칠판 앞에 서보신분과 칠판 밑에 앉어 보신 분은 누구나 아실것입니다[61]) 그것은 確實히 즐거운 일임에 틀림없습니다. 하로를 休講한다는 것보다 (하긴 슬그먼히[62] 깨먹어 버리면 그만이지만) 다못 한시간, 豫習, 宿題를 못해왔다든가[63], 따분하고 졸리고한때, 한사간[64]의 休講은진실로 살로 가는 것이어서, 萬一敎授가 不便하여 못나오섯다[65]고 하더라도 미처우리들의 禮儀를 가출[66] 사이가 없는 것임니다[67].

그러나 이것을 우리들의 망발과 시간의 浪費라고 速斷하서서 아니 됩니다[68]. 여기에 花園이 있습니다.

한포기 푸른 풀과 하털기[69]의붉은 꽃과 함께 웃음이있습니다[70]. 노—트장을 적시는 것보다, 牛汗充棟[71]에 무처[72] 글줄과 씨름하는것보다, 더 明確한 眞理를 探求할수 있을런지[73] 보다 더많은知識을 獲得할수있을런지[74] 보다더 效果的인 成果가있을지를 누가 否認하겟습니까[75].

나는 이貴한 時間을 슬그머니 동무들을떠나서 단혼자 花園에 거닐수 있습니다. 단혼자 꽃들과 풀들가[76] 이야기 할수 있다는 것이 얼마나 多幸한 일이겟습니까[77]. 참말 나는 溫情으로 이들을 대할수 있고 그들은 우슴[78]으로 나를 맞어줍니다[79]. 그우슴[80]을 눈물로 對한다는것은 나의 感傷일가요. 孤獨, 精寂도 確實히 아름다운것임에 틀림이 없으나, 여긔[81]에 또 서로마음을 주는 동무가 있는것도 多幸한 일이 아닐수 없습니다. 우리 花園속에 모인, 동무들 중에, 집에 學費를 請求하는 편지를 쓰는 날 저녁이면 생각하고 생각하든끝 겨우 몇줄 써보낸다는 A君, 김버[82]해야할 書留[83](通稱月給封套)를 받어든 손이 떨린다는 B君, 사랑을 爲하여서는 밥맛을잃고 잠을 이저버린다는[84] C君, 思想的 撞着에 自殺을 期約한다는 D君 …… 나는이여러동무들의 갸륵한 心情을 내것인것처럼 理解할수 있습니다. 서로 너그러운 마음으로 對할수있습니다.

나는 世界觀, 人生觀, 이런 좀더큰 問題보다 바람과 구름과 햇빛과 나무와 友情, 이런것들에 더많이 괴로워해 왔는지도[85] 모르겟습니다[86]. 단지 이말이 나의 逆說이나, 나自身을 흐리우는[87]데 지날 뿐일가요.

一般은 現代 學生道德이腐敗 햇다고[88] 말합니다[89]. 스승을 섬길줄을 모른다고들 합니다[90]. 올흔[91] 말슴들임니다[92]. 부끄러울 따름임니다[93]. 하나 이결함을 괴로워하는 우리들 억개에 지워 曠野로 내쫓차[94] 버려야 하나요. 우리들의 아픈데를 알어주는 스승, 우리들의 생채기를 어루만저주는 따뜬한[95] 世界가 있다면 剝脫된道德일지언정 기우려스승을 眞心으로 尊敬하겟습니다[96]. 溫情의거리에서 원수를 맞나면[97] 손목을 붓잡고[98] 목노아[99] 울겟습니다[100].

世上은 해를 거듭 砲聲에 떠들석하것만[101] 극히 조용한 가운데 우리들 동산에서 서로 融合할수있고 理解할수있고 從前의 가[102] 있는 것은 時勢의 逆效果일까요.

봄이가고, 여름이가고, 가을, 코쓰모쓰가 홀홀히 떠러지는날 宇宙의 마즈막은 아닙니다[103]. 단푼의[104] 世界가 있고, ― 履霜而堅氷至 ― 서리를 밥거든[105] 어름[106]이 굳어질것을 각오하라 ―가아니라 우리는 서리발에 끼친 落葉을 밥으면서[107] 멀리 봄이 올것을 믿습니다.

爐邊에서 많은 일이 일우어질것입니다[108].

수록 면수 pp. 121~25.

43 릴리lily. 오기 - 바로잡음 **참고** '나리'로 썼다가 '릴릭'으로 퇴고했다. 따라서 릴리lily(→ 백합, 나리)의 오기가 분명하다.

44 떨어. 오기 - 바로잡음

45 높아지고. 오기 - 바로잡음

46 (물들)―었―(다가). 오기 - 바로잡음

47 귀또리. 오기 - 바로잡음 → 귀뚜라미. 〔북한/옛말 → 표준〕▷『한국방언사전』, pp. 984~85, 『우리말큰사전』, p. 4890.

48 세계. 오기 - 바로잡음

49 소복히. 오기 - 바로잡음

50 쌓이고. 오기 - 바로잡음

51 숯불. 오기 - 바로잡음

52 이루어집니다. 오기 - 바로잡음

53 아니됩니다. 오기 - 바로잡음

54 無妨.

55 됩니다. 오기 - 바로잡음

56 ―로써가. 오기 - 바로잡음

57 ―으로써. 오기 - 바로잡음

58 일일이. 오기 - 바로잡음

59 이루어. 오기 - 바로잡음

60 ―집니다. 오기 - 바로잡음

61 ―입니다. 오기 - 바로잡음

62 슬그머니. 오기 - 바로잡음

63 왔다든가. 오기 - 바로잡음

64 시간. 오기 - 바로잡음

65 나오셨다 오기 - 바로잡음 → 나오셨다. 〔북한 → 표준〕

66 갖출. 오기 - 바로잡음

67 —입니다. 오기 - 바로잡음

68 —ㅂ니다. 오기 - 바로잡음

69 한 떨기. 오기 - 바로잡음

70 육필 초고의 상태 붉은 색연필로 '웃을수'를 고쳐 '웃음이'로 바꾸었다.

71 汗牛充棟. 오기 - 바로잡음

72 묻혀. 오기 - 바로잡음

73 있을는지. 오기 - 바로잡음

74 있을는지. 오기 - 바로잡음

75 하겠습니까. 오기 - 바로잡음

76 풀들과. 오기 - 바로잡음

77 겠습니까. 오기 - 바로잡음

78 웃음. 오기 - 바로잡음

79 맞어 줍니다. 오기 - 바로잡음 → 맞아 줍니다. 〔북한 → 표준〕

80 웃음. 오기 - 바로잡음

81 여기. 오기 - 바로잡음

82 기뻐 —. 오기 - 바로잡음

83 書類. 오기 - 바로잡음

84 잊어 버린다는. 오기 - 바로잡음

85 왔는지도. 오기 - 바로잡음

86 겠습니다. 오기 - 바로잡음

87 육필 초고의 상태 우측에 '가르우는'이라고 써놓았는데, 퇴고를 망설인 듯하다.

88 —했다고. 오기 - 바로잡음

89 —합니다. 오기 - 바로잡음

90 —합니다. 오기 - 바로잡음

91 옳은. 오기 - 바로잡음

92 —들입니다. 오기 - 바로잡음

93 —입니다. 오기 - 바로잡음

94 내쫓아. 오기 - 바로잡음

95 따뜻한. 오기 - 바로잡음

96 —겠습니다. 오기 - 바로잡음

97 만나면. 오기 - 바로잡음

98 붙잡고. 오기 - 바로잡음

99 목 놓아. 오기 - 바로잡음

100 —겠습니다. 오기 - 바로잡음

101 떠들썩하건만. 오기 - 바로잡음

102 육필 초고의 상태 '—가' 앞에 원고지 칸이 비워져 있다.

103 —ㅂ니다. 오기 - 바로잡음

104 단풍의. 오기 - 바로잡음

105 밟거든. 오기 - 바로잡음

106 얼음. 오기 - 바로잡음

107 밟으면서. 오기 - 바로잡음

108 이루어질 것입니다. 오기 - 바로잡음

122B

개나리, 진달래[109], 안즌방이[110], 라이락[111] 문들레[112], 찔레, 복사, 들장미, 해당화, 모란, 릴리, 창포, 추립, 카네슌, 봉선화, 백일홍, 채송화, 다리아[113], 해바라기 코스모스[114]——— 코스모스[115]가 홀홀히 떨어지는날[116] 宇宙의 마지막은[117] 아닙니다. 여기에 푸른하늘이[118] 높아지고, 빨간 노란 단풍이[119] 꽃에 못지않게 가지마다 물들었다가 귀또리울음이[120] 끊어짐과 함께 단풍의 세계가 무너지고[121] 그 우에[122] 하로밤[123] 사이에 소복이[124] 흰눈이[125] 나려나려[126] 쌓이고 火爐에는 빨간 숯불이 피어[127] 오르고[128] 많은 이야기와 많은 일이 이 화로가[129]에서 이루어집니다.

讀者諸賢! 여러분은 이 글이 씌어지는[130] 때를 獨特한 季節로 짐작해서는 아니됩니다[131]. 아니, 봄, 여름, 가을, 겨울[132], 어느 철로나 想定하셔도 無妨합니다. 사실 一年 내내 봄일수는 없습니다[133]. 하나 이 花園에는 사철내[134] 봄이 靑春들과 함께 싱싱하게 등대하여 있다고 하면 過分한 自己宣傳일가요[135]. 하나의 꽃밭이 이루어지도록 손쉽게 되는 것이 아니라 고생과 勞力이 있어야 하는 것입니다. 따는 얼마의 單語를 모아 이 拙文을 지적거리는데도[136] 내 머리는 그렇게 明晳한 것은 못됩니다[137]. 한해동안을[138] 내 頭腦로서가[139] 아니라 몸으로서[140] 일일이 헤아려 細胞사이마다[141] 간직해두어서야[142] 겨우 몇줄의[143] 글이 일우어집니다[144]. 그리하야[145] 나에게 있어 글을 쓴다는 것이 그리 즐거운 일일수는[146] 없읍니다[147]. 봄바람의 苦悶에 짜들고 綠陰의 倦怠에 시들고, 가을하늘[148] 感傷에 울고, 爐邊의 思索에 졸다가 이 몇줄의[149] 글과 나의 花園과 함께 나의 一年은 이루어 집니다[150].

시간을 먹는다는 (이말의[151] 意義와 이말의[152] 妙味는 칠판 앞에 서보신[153] 분과 칠판밑에 앉아[154] 보신 분은 누구나 아실것입니다[155]) 것은 確實히 즐거운 일임에 틀림 없습니다[156]. 하루[157]를 休講한다는 것보다[158] (하긴 슬그머니 까먹어[159] 버리면 그만이지만) 다못 한시간[160], 宿題를[161] 못해왔다든가[162], 따분하고 졸리고 한때[163], 한시간의[164] 休講은 진실로 살로 가는 것이어서[165], 萬一 敎授가 不便하여서[166] 못나오셨다고[167] 하더라도 미처 우리들의 禮儀를 갖출 사이가 없는 것입니다[168]. 그러나 이것을 우리들의 망발과 시간의 浪費라고 速斷하셔서[169] 아니됩니다[170]. 여기에 花園이 있습니다[171]. 한포기[172] 푸른 풀과 한떨기의[173] 붉은 꽃과 함께 웃음이 있읍니다[174]. 노—트장을 적시는 것보다, 汗牛充棟에 무처[175] 글줄과 씨름 하는[176] 것보다, 더 正確한[177] 眞理를 探求할수[178] 있을런지[179] 보다 더 많은 知識을 獲得할 수 있을런지[180] 보다 더 效果的인 成果가 있을지를 누가 否認하겠읍니까[181].

나는 이 貴한 時間을 슬그머니 동무들을 떠나서 단 혼자 花園을[182] 거닐수[183] 있읍니다[184]. 단 혼자 꽃들과 풀들과 이야기할수[185] 있다는 것이 얼마나 多幸한 일이겠읍니까[186]. 참말 나는 溫情으로 이들을 대할수[187] 있고 그들은 나를[188] 웃음으로 나를 맞어[189] 줍니다. 그 웃음을 눈물로 對한다는 것은 나의 感傷일가요[190]. 孤獨, 精寂도 確實히 아름다운 것임에 틀림이 없으나, 여기에 또 서로 마음을 주는 동무가 있는 것도 多幸한 일이 아닐수[191] 없읍니다[192]. 우리 花園속에[193] 모인 동무들 중에, 집에 學費를 請求하는 편지를 쓰는 날 저녁이면 생각하고 생각하든 끝 겨우 몇 줄 써보낸다는 A君, 기뻐해야할[194] 書留[195](通稱月給封套[196])를 받어든[197] 손이 떨린다는 B君, 사랑을 爲하아서는[198] 밥맛을 잃고 잠을 잊어버린다는 C君, 思想的撞着에[199] 自殺을 期約한다는 D君 …… 나는 이 여러 동무들의 갸륵한 心情을[200] 내것인[201] 것처럼 理解할수[202] 있읍니다[203]. 서로 너그러운 마음으로 對할수[204] 있읍니다[205].

나는 世界觀, 人生觀, 이런 좀더 큰 問題보다 바람과 구름과 햇빛과 나무와 友情, 이런것들에[206] 더 많이 괴로워해 왔는지도 모르겠읍니다[207]. 단지 이 말이 나의 逆說이나, 나自身을[208] 흐리우는데[209] 지날뿐일가요[210]. 一般은 現代 學生道德이[211] 腐敗했다고 말합니다. 스승을 섬길줄을[212] 모른다고들 합니다. 옳은 말씀[213]들입니다. 부끄러울 따름입니다. 하나 이 결함을 괴로워하는 우리들 어깨[214]에 지워 曠野로 내쫓아 버려야 하나요, 우리들의 아픈데를[215] 알아[216]주는 스승, 우리들의 생채기를 어루만져[217] 주는[218] 따뜻한 世界가 있다면 剝脫된 道德일지언정 기우려[219] 스승을 眞心으로 尊敬하겠읍니다[220]. 溫情의 거리에서 원수를 만나면 손목을 붙잡고 목놓아[221] 울겠읍니다[222].

世上은 해를 거듭 砲聲에 떠들석[223]하건만 극히 조용한 가운데 우리들 동산에서 서로 融合할수[224] 있고 理解 할수[225] 있고 從前의 X가[226] 있는 것은 時勢의 逆效果일까요.

봄이 가고, 여름이 가고, 가을, 코스모스[227]가 홀홀히 떨어지는 날 宇宙의 마지막[228]은 아닙니다. 단풍의 世界가 있고, ― 履霜而堅氷至 ― 서리를 밟거든 얼음이 굳어질 것을 각오하라가[229] 아니라, 우리는 서리발[230]에 끼친 落葉을 밟으면서 멀리 봄이 올것을[231] 믿습니다.

爐邊에서 많은 일이 이뤄질[232] 것입니다.

수록 면수 pp. 214~20(122C, pp. 145~47/122D, pp. 129~31).

109 122A에는 '진달레' 로 되어 있다. 육필 초고와 다름 122C, 122D도 같다.

110 (122C) 앉은뱅이. 122A에는 '안즌방이' 로 되어 있다. 육필 초고와 다름

111 122A에는 '라일락' 으로 되어 있다. 육필 초고와 다름 122D도 같다.

112 (122C) 민들레. 122A에는 '문들레' 로 되어 있다. 육필 초고와 다름

113 (122C) 달리아. 122A에는 '다리아' 로 되어 있다. 육필 초고와 다름

114 122A에는 '코쓰모쓰' 로 되어 있다. 육필 초고와 다름 122C도 같다.

115 122A에는 '코쓰모쓰' 로 되어 있다. 육필 초고와 다름 122C도 같다.

116 떨어지는 날. 띄어쓰기 오류

117 122A에는 '마즈막' 으로 되어 있다. 육필 초고와 다름 122C, 122D도 같다.

118 푸른 하늘이. 띄어쓰기 오류

119 122A에는 '빨간' 다음에 쉼표인 듯한 점이 찍혀 있다. 육필 초고와 다름 122C, 122D도 같다.

120 귀또리 울음이. 띄어쓰기 오류

121 122A에는 '문허지고' 로 되어 있다. 육필 초고와 다름 122C, 122D도 같다.

122 (122C) 위에. 122A에는 '우에' 로 되어 있다. 육필 초고와 다름

123 (122C) 하룻밤. 122A에는 '하로밤' 으로 되어 있다. 육필 초고와 다름

124 소복히. 오기 - 바로잡음 122C, 122D도 같다.

125 122A에는 '힌눈이' 로 되어 있다. 육필 초고와 다름 122C, 122D도 같다.

126 122A에는 '나려, 나려' 로 되어 있다. 육필 초고와 다름 122D도 같다. **(122C)** 내려, 내려. 육필 초고와 다름

127 122A에는 '피여' 로 되어 있다. 육필 초고와 다름 122C, 122D도 같다.

128 (122C) 피어 오르고. 띄어쓰기 오류

129 (122C) 화롯가. 122A에는 '화로가' 로 되어 있다. 육필 초고와 다름

130 122A에는 '씨워지는' 으로 되어 있다. 육필 초고와 다름 122C도 같다.

131 아니 됩니다. 띄어쓰기 오류

132 122A에는 '겨을'로 되어 있다. 육필 초고와 다름 122C, 122D도 같다.

133 습니다. 오기 – 바로잡음 122D도 같다.

134 (122C) 사철 내. 122A에는 '사철내'로 되어 있다. 육필 초고와 다름 띄어쓰기 오류

135 (122C) ─ㄹ까요. 122A에는 '─ㄹ가요'로 되어 있다. 육필 초고와 다름

136 지적거리는 데도. 띄어쓰기 오류

137 못 됩니다. 띄어쓰기 오류

138 한 해 동안을. 띄어쓰기 오류 (122D) 한해 동안을. 띄어쓰기 오류

139 頭腦로써가. 오기 – 바로잡음 122D도 같다.

140 몸으로써. 오기 – 바로잡음

141 細胞 사이마다. 띄어쓰기 오류

142 간직해 두어서야. 띄어쓰기 오류

143 몇 줄의. 띄어쓰기 오류

144 이루어집니다. 오기 – 바로잡음

145 (122C) 그리하여. 122A에는 '그리하야'로 되어 있다. 육필 초고와 다름

146 일일 수는. 띄어쓰기 오류

147 습니다. 오기 – 바로잡음 122D도 같다.

148 가을 하늘. 띄어쓰기 오류

149 몇 줄의. 띄어쓰기 오류

150 이루어집니다. 띄어쓰기 오류

151 이 말의. 띄어쓰기 오류

152 이 말의. 띄어쓰기 오류

153 서 보신. 띄어쓰기 오류 122C, 122D도 같다.

154 122A에는 '앓어'로 되어 있다. 육필 초고와 다름 122C, 122D도 같다.

155 아실 것입니다. 띄어쓰기 오류

156 틀림없습니다. 띄어쓰기 오류 · 오기 – 바로잡음 122D도 같다.

157 122A에는 '하로'로 되어 있다. 육필 초고와 다름 122C, 122D도 같다.

158 休講한다는 것보다. 띄어쓰기 오류

159 122A에는 '깨먹어'로 되어 있다. 육필 초고와 다름 122C, 122D도 같다.

160 한 시간. 띄어쓰기 오류

161 122A에는 '豫習, 宿題를'로 되어 있다. 육필 초고와 다름

162 못 해 왔다든가. 띄어쓰기 오류 (122C, 122D) 못해 → 못 해. 띄어쓰기 오류

163 한 때. 띄어쓰기 오류

164 한 시간의. 띄어쓰기 오류

165 122A에는 '것이여서'로 되어 있다. 육필 초고와 다름 122C, 122D도 같다.

166 122A에는 '不便하여'로 되어 있다. 육필 초고와 다름 122C도 같다. (122D) 不便하서서. 육필 초고와 다름

167 ① 못 나오셨다고. 띄어쓰기 오류 ② 122A에는 '못나오셨다고'로 되어 있다. 육필 초고와 다름 122C, 122D도 같다.

168 122A에는 여기서 줄을 바꾸었다. 육필 초고와 다름 122C, 122D도 같다.

169 122A에는 '─하서서'로 되어 있다. 육필 초고와 다름

170 아니 됩니다. 띄어쓰기 오류

171 122A에는 여기서 줄을 바꾸었다. 육필 초고와 다름 122C, 122D도 같다.

172 한 포기. 띄어쓰기 오류

173 한 떨기의. 띄어쓰기 오류

174 습니다. 오기 - 바로잡음 122D도 같다.

175 묻혀. 오기 - 바로잡음

176 씨름하는. 띄어쓰기 오류

177 122A에는 '明確한' 으로 되어 있다. 육필 초고와 다름 122C, 122D도 같다.

178 探求할 수. 띄어쓰기 오류

179 있을는지. 오기 - 바로잡음 122D도 같다.

180 있을는지. 오기 - 바로잡음 122D도 같다.

181 습니까. 오기 - 바로잡음 122D도 같다.

182 122A에는 '花園에' 로 되어 있다. 육필 초고와 다름 122C, 122D도 같다.

183 거닐 수. 띄어쓰기 오류

184 습니다. 오기 - 바로잡음 122D도 같다.

185 이야기할 수. 띄어쓰기 오류

186 습니까. 오기 - 바로잡음 122D도 같다.

187 대할 수. 띄어쓰기 오류

188 원고에 없는 어절이 들어갔다. 육필 초고와 다름

189 (122C) 맞아. 122A에는 '맞어' 로 되어 있다. 육필 초고와 다름

190 (122C) ―ㄹ까요. 122A에는 '―ㄹ가요' 로 되어 있다. 육필 초고와 다름

191 아닐 수. 띄어쓰기 오류

192 습니다. 오기 - 바로잡음 122D도 같다.

193 花園 속에. 띄어쓰기 오류 122D도 같다.

194 기뻐해야 할. 띄어쓰기 오류

195 書類. 오기 - 바로잡음 122D도 같다.

196 通稱 月給 封套. 띄어쓰기 오류 122D도 같다.

197 받어 든. 띄어쓰기 오류 122D도 같다. **(122C)** 받아. 육필 초고와 다름

198 122A에는 '爲하여서는' 으로 되어 있다. 육필 초고와 다름 122D도 같다.

199 思想的 撞着에. 띄어쓰기 오류

200 (122D) 情을. 122A에는 '心情을' 로 되어 있다. 육필 초고와 다름

201 내 것인. 띄어쓰기 오류

202 理解할 수. 띄어쓰기 오류

203 습니다. 오기 - 바로잡음 122D도 같다.

204 對할 수. 띄어쓰기 오류

205 습니다. 오기 - 바로잡음 122D도 같다.

206 이런 것들에. 띄어쓰기 오류

207 습니다. 오기 - 바로잡음 122D도 같다.

208 나 自身을. 띄어쓰기 오류

209 흐리우는 데. 띄어쓰기 오류

210 지날 뿐일가요. 띄어쓰기 오류 **(122C)** ―ㄹ까요. 122A에는 '―ㄹ가요' 로 되어 있다. 육필 초고와 다름

122A에는 여기서 줄을 바꾸었다. 육필 초고와 다름 122C, 122D도 같다: 앞의 예.

211 學生 道德이. 띄어쓰기 오류 122D도 같다.

212 섬길 줄을. 띄어쓰기 오류

213 122A에는 '말슴'으로 되어 있다. 육필 초고와 다름 122C, 122D도 같다.

214 122A에는 '억개'로 되어 있다. 육필 초고와 다름 122C, 122D도 같다.

215 아픈 데를. 띄어쓰기 오류 122D도 같다.

216 122A에는 '알어'로 되어 있다. 육필 초고와 다름 122C, 122D도 같다.

217 122A에는 '어루만저'로 되어 있다. 육필 초고와 다름 122C, 122D도 같다.

218 어루만져 주는. 띄어쓰기 오류

219 (122C, 122D) 기울여. 122A에는 '기우려'로 되어 있다. 육필 초고와 다름

220 습니다. 오기 - 바로잡음 122D도 같다.

221 목 놓아. 띄어쓰기 오류 122C, 122D도 같다.

222 습니다. 오기 - 바로잡음 122D도 같다.

223 떠들썩. 오기 - 바로잡음 122D도 같다.

224 融合할 수. 띄어쓰기 오류

225 理解할 수. 띄어쓰기 오류

226 육필 초고의 상태 'X' 표 대신에 원고지 칸이 비워져 있다. 육필 초고와 다름 122C, 122D도 같다.

227 122A에는 '코쓰모쓰'로 되어 있다. 육필 초고와 다름 122C도 같다.

228 122A에는 '마즈막'으로 되어 있다. 육필 초고와 다름 122C, 122D도 같다.

229 122A에는 줄표를 사용하여 '각오하라 ─ 가'와 같이 되어 있다. 육필 초고와 다름 122C, 122D도 같다.

230 (122C) 서릿발, **(122D)** 서리발. 122A에는 '서리발'로 되어 있다. 육필 초고와 다름

231 올 것을. 띄어쓰기 오류

232 122A에는 '일우어질'로 되어 있으므로 '이루어질'로 옮겼어야 했다. 육필 초고와 다름 122C, 122D도 같다.

123. 終始

終点이 始点이 된다. 다시 始点이 終点이 된다.

아츰[1], 저녁으로 이 자국을 밥게[2] 되는데 이 자국을 밥게 된 緣由가 있다. 일즉이[3] 西山大師가 살았을 듯한 우거진 松林 속, 게다가 덩그러시[4] 살림집은 외따로 한 채뿐이였으나[5] 食口로는 굉장한 것이여서[6] 한 지붕 밑에서 八道 사투리를 죄다 들을 만큼 모아 놓은 미끈한 壯丁들만이 욱실욱실하였다. 이곳에 法令은 없었으나 女人 禁納區였다. 萬一 强心臟의 女人이 있어 不意의 侵入이 있다면 우리들의 好奇心을 저윽히[7] 자아내였고[8], 房마다 새로운 話題가 생기군[9] 하였다. 이렇듯 修道 生活에 나는 소라 속처럼 安堵하였든[10] 것이다.

事件이란 언제나 큰 데서 動機가 되는 것보다 오히려 적은 데서 더 많이 發作하는 것이다.

눈 온 날이였다[11]. 同宿하는 친구의 친구가 한 時間 남짓한 門안[12] 들어가는 車 時間까지를 浪費하기 爲하야 나의 친구를 찾어[13] 들어와서 하는 對話였다.

"자네 여보게 이 집 귀신이 되려나?"

"조용한 게 공부하기 작히나 좋잖은가"

---

1 아침. 〔북한 → 표준〕▷『표준국어대사전』, p. 4021.

2 밟게. 〔북한 → 표준〕▷『한국방언사전』, p. 1369.

3 일찍이. 〔옛말 → 표준〕▷『우리말큰사전』, p. 5311.

4 덩그러니. 〔북한 → 표준〕

5 —이었으나. 〔옛말 → 표준〕▷『표준국어대사전』, p. 4303.

6 —이어서. 〔옛말 → 표준〕▷『표준국어대사전』, p. 4303.

7 적이. 〔북한 → 표준〕▷『조선말대사전/2』, p. 115.

8 —내었고. 〔옛말 → 표준〕▷『표준국어대사전』, p. 4303.

9 생기곤. 〔옛말 → 표준〕▷『우리말큰사전』, p. 4880.

10 하였던. 〔옛말 → 표준〕▷『우리말큰사전』, p. 5013.

11 이었다. 〔옛말 → 표준〕▷『표준국어대사전』, p. 4303.

12 참고 서울의 사대문 안. 곧 서울시의 중심부.

13 찾아. 〔북한 → 표준〕

"그래 책장이나 뒤적뒤적하면 공부ㄴ 줄 아나 電車간에서 내다볼 수 있는 光景 停車場에서 맛볼 수 있는 光景, 다시 汽車 속에서 對할 수 있는 모든 일들이 生活 아닌 것이 없거든, 生活 때문에 싸우는 이 雰圍氣에 잠겨서, 보고, 생각하고, 分析하고, 이거야말로 眞正한 意味의 敎育이 아니겠는가 여보게! 자네 책장만 뒤지고 人生이 어드렇니[14] 社會가 어드렇니 하는 것은 十六世紀에서나 찾어볼[15] 일일세, 斷然 門안으로 나오도록 마음을 돌리게"

나한테 하는 勸告는 아니였으나[16] 이 말에 귀 틈 뚫려 상푸둥[17] 그러리라고 생각하였다. 非但 여기만이 아니라 人間을 떠나서 道를 닦는다는 것이 한낱 娛樂이오, 娛樂이매 生活이 될 수 없고, 生活이 없으매 이 또한 죽은 공부가 아니랴. 하야 공부도 生活化하여야 되리라 생각하고 불일내에 門안으로 들어가기를 內心으로 斷定해 버렸다. 그 뒤 每日같이 이 자국을 밟게 된 것이다.

나만 일즉이[18] 아츰[19] 거리의 새로운 感觸을 맛볼 줄만 알었더니 벌서[20] 많은 사람들의 발자욱[21]에 舖道[22]는 어수선할 대로 어수선했고 停留場에 머믈[23] 때마다 이 많은 무리를 죄다 어디 갖다 떠뜨릴 心算인지 꾸역꾸역 자꾸 박아 싣는데 늙은이 젊은이 아이 할 것 없이 손에 꾸러미를 안 든 사람은 없다. 이것이 그들 생활의 꾸러미요, 同時에 倦怠의 꾸러민지도 모르겠다.

이 꾸러미를 든 사람들의 얼골[24]을 하나하나식[25] 뜯어보기로 한다. 늙은이 얼

---

14 '어드러하니'의 준말 → 어떠하니. 〔북한 → 표준〕▷『조선말대사전/2』, p. 1421.

15 찾아볼. 〔북한 → 표준〕

16 아니었으나. 〔옛말 → 표준〕▷『표준국어대사전』, p. 4303.

17 북한어. **참고** ① 감탄사. '상푸둥'과 함께 쓰이는 방언으로는 '내쾌'가 있다. **참고** ② 내쾌: '내가 괴이하게 생각하였더니, 과연 그렇구나.' '내 그런 줄 이미 알았다'라는 뜻으로 쓰임. ¶ 전에 왔던 양주 격정이의 동무로구나. 내쾌! 행낙이가 아니더라.(홍명희, 『임꺽정』) → ㉠ 이희승, 『국어대사전』(1981), p. 1858, p. 660, ㉡ 『표준국어대사전』, p. 1139.

18 일찍이. 〔옛말 → 표준〕▷『우리말큰사전』, p. 5311.

19 아침. 〔북한 → 표준〕▷『표준국어대사전』, p. 4021.

20 벌써. 〔북한 → 표준〕▷『한국방언사전』, p. 1103.

21 발자국. 〔북한 → 표준〕▷『표준국어대사전』, p. 2504.

22 鋪道의 속자. ※ 어휘의 현장성을 위하여 그대로 살린다.

23 머물. 〔옛말 → 표준〕▷『우리말큰사전』, p. 5052.

24 얼골. 〔북한/옛말 → 표준〕▷『한국방언사전』, p. 389, 『우리말큰사전』, p. 5264.

25 —식. 〔옛말 → 표준〕▷『표준국어대사전』, p. 3807.

골이란 너무 오래 世波에 짜들어서 問題도 안 되겠거니와 그 젊은이들 낯짝이
란 도무지 말슴[26]이 아니다. 열이면 열이 다 憂愁 그것이오 百이면 百이 다 悲慘
그것이다. 이들에게 웃음이란 가물에 콩싹이다. 必境 귀여우리라는 아이들의
얼골을 보는 수밖에 없는데 아이들의 얼골이란 너무나 蒼白하다. 或時 宿題를
못 해서 先生한테 꾸지람 들을 것이 걱정인지 풀이 죽어 쭈그러뜨린 것이 活氣
란 도무지 찾어[27]볼 수 없다. 내 상도 必然코 그 꼴일텐데 내 눈으로 그 꼴을 보
지 못하는 것이 多幸이다. 萬一 다른 사람의 얼골을 보듯 그렇게 자주 내 얼골
을 對한다고 할 것 같으면 벌서 夭死하였을는지도 모른다.

　나는 내 눈을 疑心하기로 하고 斷念하자!

　차라리 城壁 우에 펼친[28] 하늘을 처다[29]보는 편이 더 痛快하다. 눈은 하늘과
城壁 境界線을 따라 자꾸 달리는 것인데 이 城壁이란 現代로써 캄푸라지한[30]
넷[31] 禁城이다. 이 안에서 어떤[32] 일이 이루어졌으며 어떤[33] 일이 行하여지고 있
는지 城 밖에서 살아왔고 살고 있는 우리들에게는 알 바가 없다. 이제 다만 한
가닥 希望은 이 城壁이 끊어지는 곳이다.

　企待는 언제나 크게 가질 것이 못 되어서[34] 城壁이 끊어지는 곳에 總督府 道
廳 무슨 參考館, 遞信局, 新聞社, 消防組, 무슨 株式會社, 府廳, 洋服店 古物商
等 나란히 하고 연달아 오다가 아이스케이크 看板에 눈이 잠간[35] 머무는데 이
놈을 눈 나린[36] 겨을[37]에 빈집을 지키는 꼴이라든가, 제 身分에 맞잖는 가게를 지

---

26 말씀. 〔옛말 → 표준〕▷『우리말큰사전』, p. 5048.

27 찾아. 〔북한 → 표준〕

28 펼친. 〔북한 → 표준〕 **참고** "나는 두팔을 펼처서"(『사진판』, p. 30), "하늘이 펼치고"(『사진판』, p.
107, p. 141, p. 142), "나무가지 우에 하늘이 펼처있다"(『사진판』 p. 143) 등에서 보듯 윤동주의 텍
스트에 이 어휘가 자주 등장하는 것으로 보아 오기로 보기 어렵다.

29 처다 ―. 〔북한 → 표준〕

30 카무플라주 camouflage. 불어 ※ 어휘의 현장성을 위하여 그대로 살린다.

31 옛. 〔옛말 → 표준〕▷『우리말큰사전』, p. 4940.

32 육필 시고의 상태 '어드런'을 잉크로 지우고 연필을 사용하여 '어떤'으로 바꾸었다.

33 육필 시고의 상태 '어드런'을 잉크로 지우고 연필을 사용하여 '어떤'으로 바꾸었다.

34 못되어서. 〔옛말 → 표준〕▷『표준국어대사전』, p. 4303.

35 잠깐. 〔북한 → 표준〕▷『표준국어대사전』, p. 5186.

36 내린. 〔북한/옛말 → 표준〕▷『우리말큰사전』, p. 4961, 『한국방언사전』, p. 1314.

키는 꼴을 살짝 옐림[38]에 올리여 본달 것 같으면 한 幅의 高等 諷刺 漫畵가 될
터인데 하고 나는 눈을 감고 생각하기로 한다. 事實 요지음[39] 아이스케이크 看
板 身世를 免치 아니치 못할 者 얼마나 되랴. 아이스케이크 看板은 情熱에 불
타는 炎署가 眞正코 아수롭다[40].

눈을 감고 한참 생각하느라면 한가지 꺼리끼는[41]것이 있는데 이것은 道德律
이란 거치장스러운[42] 義務感이다. 젊은 녀석이 눈을 딱 감고 버티고 앉아 있다
고 손구락질[43]하는 것 같하야[44] 번쩍 눈을 떠 본다. 하나 가차이[45] 慈善할 對象이
없음에 자리를 잃지 않겠다는 心情보다 오히려 아니꼽게 본 사람이 없었으리란
데 安心이 된다.

이것은 果斷性 있는 동무의 主張이지만 電車에서 만난 사람은 원수요, 汽車
에서 만난 사람은 知己라는 것이다. 딴은 그러리라고 얼마큼 首肯하였댔다. 한
자리에서 몸을 비비적거리면서도 "오늘을 좋은 날세[46]올시다." "어디서 나리시
나요[47]"쯤의 인사는 주고받을 법한데, 一言半句 없이 뚱 — 한 꼴들이 작히나 큰
원수를 맺고 지나는 사이들 같다. 만일 상냥한 사람이 있어 요만쯤[48]의 禮儀를
밥는다[49]고 할 것 같으면 電車속의 사람들은 이를 精神 異狀者[50]로 대접할 게다.
그러나 汽車에서는 그렇지 않다. 名衛을 서로 바꾸고 故鄕 이야기, 行方 이야기
를 꺼리낌[51] 없이 주고받고 심지어 남의 旅勞를 自己의 旅勞인 것처럼 걱정하고

---

37 겨울. 〔북한/옛말 → 표준〕▷『한국방언사전』, p. 130, 『우리말큰사전』, p. 4859.

38 필름 film. ※어휘의 현장성을 위하여 그대로 살린다.

39 요즈음. 〔옛말 → 표준〕▷『이조어사전』, p. 589.

40 아쉽다. 〔북한 → 표준〕▷『국어대사전』(이희승, 1981), p. 2293.

41 거리끼는. 〔북한 → 표준〕▷『한국방언사전』, pp. 1155~56.

42 거추장스런. 〔북한 → 표준〕▷『조선말대사전/1』, p. 128.

43 손가락질. 〔북한 → 표준〕▷『한국방언사전』, p. 383.

44 같아서. 〔옛말 → 표준〕▷『우리말큰사전』, p. 4916.

45 가까이. 〔북한 → 표준〕▷『한국방언사전』, p. 1140.

46 날씨. 〔북한 → 표준〕▷『조선말대사전/1』, p. 559.

47 내리시나요. 〔북한/옛말 → 표준〕▷『우리말큰사전』, p. 4961, 『한국방언사전』, p. 1314.

48 요만큼. 〔북한 → 표준〕

49 밟는다. 〔북한 → 표준〕▷『한국방언사전』, p. 1369.

50 精神異常者.

51 거리낌. 〔북한 → 표준〕▷『한국방언사전』, pp. 1155~56.

이 얼마나 多情한 人生 行路냐.

이러는 사이에 南大門을 지나첫다[52]. 누가 있어 "자네 每日 같이 南大門을 두 번식[53] 지날 터인데 그래 늘 보군 하는가"라는 어리석은 듯한 멘탈 테스트[54]를 낸다면은 나는 啞然해지지 않을 수 없다. 가만히 記憶을 더듬어 본달 것 같으면 늘이 아니라 이 자국을 밟은 以來 그 모습을 한 번이라도 처다본[55]적이 있었든[56] 것 같지 않다. 하기는 그것이 나의 生活에 緊한 일이 아니매 當然한 일일 게다. 하나 여기에 하나의 敎訓이 있다. 回數가 너무 잦으면 모든 것이 皮相的이 되여[57]버리나니라[58].

이것과는 關聯이 먼 이야기 같으나 無聊한 時間을 까기 爲하야 한 마디 하면서 지나가자.

시골서는 제노라[59]고 하는 양반이였든[60] 모양인데 처음 서울 구경을 하고 돌아가서 며칠 동안 배운 서울 말씨를 서뿔리[61] 써 가며 서울 거리를 손으로 형용하고 말로써 떠버려[62] 옮겨 놓드란데[63], 停車場에 턱 나리니[64] 앞에 古色이 蒼然한 南大門이 반기는 듯 가로막혀 있고, 總督府 집이 크고, 昌慶苑에 百 가지 禽獸가 봄 직했고 德壽宮의 넷 宮殿이 懷抱를 자아냈고, 和信 昇降機는 머리가 힝— 했고, 本町엔 電燈이 낮처럼 밝은데 사람이 물밀리듯 밀리고 電車란 놈이 윙윙 소리를 지르며 지르며 연달아 달리고 —— 서울이 自己 하나를 爲하야 이루어진 것처럼 우쭐했는데 이것쯤은 있을 듯한 일이다. 한데 게도 방정꾸러기

---

52 지나쳤다. 〔북한 → 표준〕
53 ―씩. 〔옛말 → 표준〕▷『표준국어대사전』, p. 3807.
54 mental test → 지능 검사.
55 쳐다본. 〔북한 → 표준〕
56 있었던. 〔옛말 → 표준〕▷『우리말큰사전』, p. 5013.
57 되어. 〔옛말 → 표준〕▷『표준국어대사전』, p. 4303.
58 ―느니라. 〔옛말 → 표준〕▷『우리말큰사전』, p. 4960.
59 내로라. 〔북한 → 표준〕
60 ―이었던. 〔북한/옛말 → 표준〕▷『표준국어대사전』, p. 4303, 『우리말큰사전』, p. 5013.
61 섣불리. 〔북한 → 표준〕▷『표준국어대사전』, p. 3369.
62 떠벌려. 〔북한 → 표준〕
63 놓더라는데. 〔옛말 → 표준〕▷『우리말큰사전』, p. 5013.
64 내리니. 〔북한/옛말 → 표준〕▷『우리말큰사전』, p. 4961, 『한국방언사전』, p. 1314.

가 있어

"南大門이란 懸板이 참 名筆이지요"

하고 물으니 對答이 傑作이다.

"암 名筆이구말구[65] 南字 大字 門字 하나하나 살아서 막 꿈틀거리는 것 같데"

어느 모로나 서울 자랑하려는 이 양반으로서는 可當한 對答일 게다. 이분에게 阿峴 고개 막바지기[66]에, — 아니 치벽한[67] 데 말고 — 가차이[68] 鐘路 뒤골목[69]에 무엇이 있든가[70]를 물었드면[71] 얼마나 當慌해 했으랴.

나는 終点을 始点으로 바꾼다.

내가 나린[72] 곳이 나의 終点이오. 내가 타는 곳이 나의 始点이 되는 까닭이다. 이 쩌른[73] 瞬間 많은 사람 사이에 나를 묻는 것인데 나는 이네들에게 너무나 皮相的이 된다. 나의 휴맨니티[74]를 이네들에게 發揮해 낸다는 재조[75]가 없다. 이네들의 깁붐[76]과 슬픔과 아픈 데를 나로서는 測量한다는 수가 없는 까닭이다. 너무 漠然하다. 사람이란 回數가 잦은 데와 量이 많은 데는 너무나 쉽게 皮相的이 되나 보다. 그럴사록[77] 自己 하나 看守하기에 奔忙하나 보다.

씨그날[78]을 밥고[79] 汽車는 왱 — 떠난다. 故鄕으로 向한 車도 아니건만 空然히

---

65 —이고말고. 〔옛말 → 표준〕▷『우리말큰사전』, p. 4880.

66 막바지. 〔북한 → 표준〕 참고 '언덕바지'의 '—바지'와 '언덕배기'의 '—배기'는 모두 '꼭대기 또는 비탈진 곳'의 의미를 지닌 접미사이다. 그런데 '—바지기'는 방언에서 이 두 접미사의 형태소가 상호 침투된 결과인 듯하다.

67 외진 곳에 치우쳐서 구석진. 〔북한 → 표준〕▷『표준국어대사전』, p. 6187.

68 가까이. 〔북한 → 표준〕▷『한국방언사전』, p. 1140.

69 뒷골목. 〔북한 → 표준〕▷『표준국어대사전』, p. 1712.

70 있던가. 〔옛말 → 표준〕▷『우리말큰사전』, p. 5013.

71 물었다면. 〔옛말 → 표준〕▷『우리말큰사전』, p. 5011.

72 내린. 〔북한/옛말 → 표준〕▷『우리말큰사전』, p. 4961, 『한국방언사전』, p. 1314.

73 짧은. 〔북한 → 표준〕▷『한국방언사전』, p. 1255.

74 휴머니티 humanity. ※ 어휘의 현장성을 위하여 그대로 살린다.

75 재주. 〔옛말 → 표준〕▷『표준국어대사전』, p. 5263.

76 기쁨. 〔북한 → 표준〕▷『한국방언사전』, p. 1171.

77 그럴수록. 〔옛말 → 표준〕▷『이조어사전』, p. 268.

78 시그널 signal(신호). ※ 어휘의 현장성을 위하여 그대로 살린다.

79 밟고. 〔북한 → 표준〕▷『한국방언사전』, p. 1369.

가슴은 설렌다. 우리 汽車는 느릿느릿 가다 숨차면 假停車場에서도 선다. 每日 같이 웬 女子들인지 주룽주룽[80] 서 있다. 제마다 꾸러미를 안었는데 例의 그 꾸러민 듯 싶다. 다들 芳年된 아가씨들인데 몸매로 보아하니 工場으로 가는 職工들은 아닌 모양이다. 얌전히들 서서 汽車를 기다리는 모양이다. 判斷을 기다리는 모양이다. 하나 輕妄스럽게 琉璃窓을 通하여 美人 判斷을 나려서는 안 된다. 皮相 法則이 여기에도 適用될지 모른다. 透明한 듯하나 믿지 못할 것이 琉璃다. 얼골을 찌개[81] 논[82] 듯이 한다든가 이마를 좁다랗게 한다든가 코를 말코로 만든다든가 턱을 조개턱으로 만든다든가 하는 惡戲를 琉璃窓이 때때로 敢行하는 까닭이다. 判斷을 나리는[83] 者에게는 別般 利害 關係가 없다손 치더래도 判斷을 받는 當者에게 오려든[84] 幸運이 逃亡갈는지를 누가 保障할소냐. 如何間 아무리 透明한 꺼풀일지라도 깨끗이 벗겨[85] 바리는[86] 것이 마땅할 것이다.

이윽고 턴넬[87]이 입을 버리고[88] 기다리는데 거리 한가운데 地下 鐵道도 아닌 턴넬이 있다는 것이 얼마나 슬픈 일이냐. 이 턴넬이란 人類 歷史의 暗黑 時代요 人生 行路의 苦悶相이다. 空然히 바퀴 소리만 요란하다. 구역날 惡質의 煙氣가 스며든다. 하나 未久에 우리에게 光明의 天地가 있다.

턴넬을 벗어났을 때 요지음[89] 複線 工事에 奔走한 勞働者들을 볼 수 있다. 아츰[90] 첫車에 나갔을 때에도 일하고 저녁 늦車에 들어올 때에도 그네들은 그대로 일하는데 언제 始作하야[91] 언제 그치는지 나로서는 헤아릴 수 없다. 이네들이야

---

80 주렁주렁. 〔북한 → 표준〕▷『표준국어대사전』, p. 5620.

81 쪼개. 〔북한 → 표준〕▷『한국방언사전』, p. 1448.

82 놓은(준말).

83 내리는. 〔북한/옛말 → 표준〕▷『우리말큰사전』, p. 4961, 『한국방언사전』, p. 1314.

84 오려던. 〔옛말 → 표준〕▷『우리말큰사전』, p. 5013.

85 벗겨. 〔북한 → 표준〕

86 버리는. 〔북한 → 표준〕▷『한국방언사전』, p. 1371.

87 터널tunnel. 〔북한 → 표준〕▷『표준국어대사전』, p. 6383. ※ 어휘의 현장성을 위하여 그대로 살린다.

88 벌리고. 〔옛말 → 표준〕▷『우리말큰사전』, p. 5100.

89 요즈음. 〔옛말 → 표준〕▷『이조어사전』, p. 589.

90 아침. 〔북한 → 표준〕▷『표준국어대사전』, p. 4021.

91 始作하여. 〔옛말 → 표준〕▷『우리말큰사전』, p. 5251.

말로 建設의 使徒들이다. 땀과 피를 애끼지[92] 않는다. (원고지 27칸 정도 -2행- 오려짐)

그 육중한 도락구[93]를 밀면서도 마음만은 遙遠한 데 있어 도락구 판장에다 서투른 글씨로 新京行이니 北京行이니 南京行이니 라고 써서 타고 다니는 것이 아니라 밀고 다닌다. 그네들의 마음을 엿볼 수 있다. 그것이 苦力에 慰安이 안 된다고 누가 主張하랴.

이제 나는 곧 終始를 바꿔야 한다. 하나 내 車에도 新京行, 北京行, 南京行을 달고 싶다. 世界一週行이라고 달고 싶다. 아니 그보다 眞正한 내 故鄕이 있다면 故鄕行을 달겠다. 다음 到着하여야 할 時代의 停車場이 있다면 더 좋다.

---

92 아끼지. 〔북한 → 표준〕▷『한국방언사전』, p. 1234.
93 트럭. 〔일본식 발음 → 표준〕▷『조선말대사전/1』, p. 753. ※ 어휘의 현장성을 위하여 그대로 살린다.

출전 『사진판』, pp. 126~37.
장르 산문(수필).
분량 제목 포함 200자 원고지 약 23장.

123A

終点이 始点이된다. 다시 始点이 終点이 된다.

아츰, 저녁으로 이 자국을 밥게 되는데 이 자국을 밥게된 緣由가 있다. 일즉이 西山大師가 살아슬 뜻한[94] 욱어진[95] 松林속, 게다가 덩그러시 살림집은 외따로 한채뿐이엿으나[96] 食口로는 굉장한것이여서 한 집웅[97]밑에서 八道사투리를 죄다 들을만큼 몽아[98]놓은 미끈한 壯丁들만이 욱실욱실하엿다[99]. 이곳에 法令은 없어스나[100] 女人禁納區엿다[101]. 萬一 强心臟의 女人이 있어 不意의 侵入이 있다면 우리들의 好奇心을 저윽히 자아내엿고[102], 房마다 새로운 話題가 생기군 하엿다[103]. 이렇듯 修道生活에 나는 소라속처럼 安堵하엿든[104] 것이다.

事件이란 언제나 큰데서 動機가 되는 것보다 오히려 적은데서 더 많이 發作하는 것이다.

눈온날이 엿다[105]. 同宿하는 친구의 친구가 한時間 남짓한 門안들어가는 車時間까지를 浪費하기 爲하야 나의 친구를 찾어들어와서 하는 對話엿다[106].

"자네 여보게 이집 귀신이 되려나?"

"조용한게 공부하기 자키나[107] 좋잔은가[108]"

"그래 책장이나 뒤적뒤적하면 공부ㄴ줄 아나 電車간에서 내다볼수있는 光景 停車場에서 맛볼수있는光景, 다시 汽車속에서 對할수있는 모든일들이 生活아닌것이 없거든, 生活때문에 싸우는 이 雰圍氣에 잠겨서, 보고, 생각하고, 分析하고, 이거야 말로 眞正한 意味의 敎育이 아니겟는가[109] 여보게! 자네 책장만 뒤지고 人生이 어드럿니[110] 社會가 어드럿니 하는것은 十六世紀에서나 찾어볼일일세, 斷然 門안으로 나오도록 마음을 돌리게"

나안테[111] 하는 勸告는 아니엿으나[112] 이말에 귀틈뚤려[113] 상푸둥 그러리라고 생각하엿다[114]. 非但 여기만이 아니라 人間을 떠나서 道를 닥는다는[115]것이 한낱 娛樂이오, 娛樂이매 生活이 될수없고, 生活이 없으매 이또한 죽은 공부가 아니랴. 하야 공부도 生活化하여야 되리라 생각하고 불일내에 門안으로 들어가기를 內心으로 斷定해 버렷다[116]. 그뒤 每日 같이 이 자국을 밥게 된것이다.

나만 일즉이 아츰거리의 새로운 感觸을 맛볼줄만 알엇더니[117] 벌서 많은 사람들의 발자욱에 舖道[118]는 어수선할대로 어수선햇고[119] 停留場에 머믈때마다 이많은 무리를 죄다 어디갓다[120] 터트빌[121] 心算인지 꾸역꾸역 작구[122] 박아실는데[123] 늙은이 젊은이 아이할것없이 손에 꾸럼이[124]를 않[125]든 사람은 없다. 이것이 그들 생활의 꾸럼이오[126], 同時에 倦怠의 꾸럼인지도 모르겟다[127].

이꾸럼이를 든 사람들의 얼골을 하나하나식 뜨더[128]보기로 한다. 늙은이 얼골이란 너무오래 世波에 짜들어서 問題도 않되겟거니와[129] 그젊은이들 낯짝이란 도무지 말슴이아니다. 열이면 열이 다 憂愁 그것이오 百이면 百이 다 悲慘그것이다. 이들에게 우슴[130]이란 가믈[131]에 콩싹이다. 必境 귀여우리라는 아이들의 얼골을 보는수박게[132] 없는데 아이들의 얼골이란 너무나 蒼白하다. 或시 宿題를 못해서 先生안테[133] 꾸지람들을것이 걱정인지 풀이죽어 쭈그러떠린[134] 것이 活氣란 도무지 찾어 볼수없다. 내상도 必然코 그꼴일텐데 내눈으로 그꼴을 보지못하는것이 多幸이다. 萬一 다른사람의 얼골을 보듯 그렇게 자주 내얼골을 對한다고 할것같으면 벌서 夭死하엿을런지도[135] 모른다.

나는 내눈을 疑心하기로 하고 斷念하자!

차라리 城壁우에 펼친 하늘을 처다보는 편이 더 痛快하다. 눈은 하늘과 城壁境界線을 따라 작구[136] 달리는 것인데 이 城壁이란 現代로써 캄푸라지한[137] 넷禁城이다. 이안에서 어떤[138]일이 일우어저스며[139] 어떤[140]일이 行하여지고 있는지 城박[141]에서 살아왔고[142] 살고있는 우리들에게는 알바가 없다. 이제 다만 한가닥 希望은 이 城壁이 끈어지는[143] 곳이다.

企待는 언제나 크게 가질것이 못되여서 城壁이 끈어지는 곳에 總督府 道廳 무슨參考館, 遞信局, 新聞社, 消防組, 무슨 株式會社, 府廳, 洋服店 古物商等 나라니[144] 하고 연달아 오다가 아이스케이크 看板에 눈이 잠간[145] 머무는데 이놈을 눈나린 겨을에 빈집을 직히는[146] 꼴이라든가, 제身分에 맞잔는[147] 가개를 직히는 꼴을 살작[148] 옐림[149]에 올리여 본달것 같으면 한幅의 高等諷刺漫畵가 될터인데 하고 나는 눈을감고 생각하기로 한다. 事實 요지음 아이스케이크 看板身世를 免치 아니치 못할者 얼마나 되랴. 아이스케이크 看板은 情熱에 불타는 炎署가 眞正코 아수롭다.

눈을 감고 한참 생각하느라면 한가지 꺼리끼는것이 있는데 이것은 道德律이란 거치장스러운 義務感이다. 젊은녀석이 눈을 딱감고 벌이고[150] 앉아 있다고 손구락질하는것 같하야 번쩍 눈을 떠본다. 하나 가차이 慈善할 對象이 없음에 자리를 일치[151]않겠다는[152] 心情보다 오히려 아니꼽게본 사람이 없어스리란[153]데 安心이된다.

이것은 果斷性있는 동무의 主張이지만 電車에서 맞난[154] 사람은 원수요, 汽車에서 맞난사람은 知己라는 것이다. 딴은 그러리라고 얼마큼 首肯하였댓다[155]. 한자리에서 몸을 비비적거리면서도 "오늘을 좋은 날세 올시다." "어디서 나리시나요"쯤의 인사는 주고 받을 법한데, 一言半句없이 뚱 — 한 꼴들이 자키나[156] 큰 원수를맺고 지나는 사이들 같다. 만일 상량한[157]사람이있어 요만쯤의 禮儀를 밥는다고 할것같으면 電車속의 사람들은 이를 精神異狀者로 대접할게다. 그러나 汽車에서는 그렇지 않다. 名銜을 서로 박구고[158] 故鄉이야기, 行方이야기를 꺼리낌없이 주고받고 심지어 남의 旅勞를 自己의旅勞인것처럼 걱정하고 이얼마나 多情한 人生行路냐.

이러는사이에 南大門을 지나첫다[159]. 누가 있어 "자네 每日같이 南大門을 두번식 지날터인데 그래 늘 보군하는가"라는 어석은[160]듯한 멘탈테쓰트를 낸다면은 나는 啞然해지지 않을수없다. 가만히 記憶을 더듬어 본달것 같으면 늘이 아니라 이 자국을 밟은以來 그모습[161]을 한번이라도 처다본적이 있엇든[162]것 같지않다. 하기는 그것이 나의生活에 緊한일이 않이매[163] 當然한 일일게다. 하나 여기에 하나의敎訓이 있다. 回數가 너무 잦으면 모든것이 皮相的이 되여버리나니라[164].

이것과는 關聯이 먼 이야기같으나 無聊한時間을 까기 爲하야 한마디 하면서 지나가자.

시골서는 제노라고하는 양반이엿든[165]모양인데 처음 서울구경을하고 돌아가서 며칠동안 배운 서울말씨를 서뿔리 써가며 서울거리를 손으로 형용하고 말로서[166] 떠벌려 옴겨노트란데[167], 停車場에 턱 나리니 앞에 古色이 蒼然한 南大門이 반기는듯 가로 막혀있고, 總督府집이 크고, 昌慶苑에 百가지 禽獸가 봄즉햇고[168] 德壽宮의 넷宮殿이 懷抱를 자아냇고[169], 和信昇降機는 머리가 힝—햇고[170], 本町엔 電燈이 낮처럼 밝은데 사람이 물밀리듯 밀리고 電車란 놈이 윙윙소리를 질으며[171] 질으며 연달아 달리고 —— 서울이 自己하나를 爲하야 이루워진[172]것처럼 웃줄햇는데[173] 이것쯤은 있을듯한 일이다. 한데 게도 방정꾸러기가 있어

"南大門이란 懸板이 참 名筆이지요"

하고 물으니 對答이 傑作이다.

"암 名筆이구말구 南字 大字 門字하나하나 살아서 막 꿈틀거리는것 같데"

어느모로나 서울자랑하려는 이양반으로서는 可當한 對答일게다. 이분에게 阿峴고개 막바지기에, —아니 치벽한데 말고 — 가차이 鐘路 뒤골목에 무엇이 있든가를 물엇드면[174] 얼마나 當慌해 햇스랴[175].

나는 終点을 始点으로 박군다[176].

내가 나린곳이 나의終点이오. 내가 타는 곳이 나의 始点이 되는까닭이다. 이쩌른 瞬間 많은사람 사이에 나를 묻는것인데 나는 이네들에게 너무나 皮相的이된다. 나의 휴맨니티[177]를 이네들에게 發揮해낸다는 재조가 없다. 이네들의 깁븜[178]과 슬픔과 앞은[179]데를 나로서는 測量한다는수가 없는까닭이다. 너무 漠然하다. 사람이란 回數가 잦은데와 量이 많은데는 너무나 쉽게 皮相的이 되나보다. 그럴사록 自己 하나 看守하기에 奔忙하나보다.

씨그날[180]을 밥고 汽車는 왱 — 떠난다. 故鄕으로 向한 車도아니건만 空然히 가슴은 설렌다. 우리 汽車는 느릿느릿 가다 숨차면 假停車場에서도 선다. 每日같이 왼[181]女子들인지 주룽주룽서 있다. 제마다 꾸럼이를 아넜는데 例의 그꾸럼인듯 싶다. 다들 芳年된 아가씨들인데 몸매로보아하니 工場으로 가는 職工들은 아닌모양이다. 얌전히들 서서 汽車를 기다리는 모양이다. 判斷을 기다리는 모양이다. 하나 輕妄스럽게 琉璃窓을 通하여 美人判斷을 나려서는 않된다[182]. 皮相法則이 여기에도 適用될지 모른다. 透明한듯하나 믿지못할것이 琉璃다. 얼골을 찌개논듯이 한다든가 이마를 좁다랗게한다든가 코를 말코로 만든다든가 턱을 조개턱으로 만든다든가하는 惡戲를 琉璃窓이 때때로 敢行하는 까닭이다. 判斷을 나리는者에게는 別般 利害關係가 없다손치더래도 判斷을 받는當者에게 오려든 幸運이 逃亡갈런지[183]를 누가保障할소냐. 如何間 아무리 透明한 꺼풀일지라도 깨끗이 벳겨바리는 것이 맛당할[184] 것이다.

이윽고 턴넬[185]이 입을 버리고 기다리는데 거리 한가운데 地下鐵道도 않인[186] 턴넬이 있다는것이 얼마나 슬픈일이냐. 이 턴넬이란 人類歷史의 暗黑時代요 人生行路의 苦悶相이다. 空然히 박휘[187]소리만 요란하다. 구역날 惡質의 煙氣가 스며든다. 하나未久에 우리에게 光明의 天地가있다.

턴넬을 버서낫을[188]때 요지음 複線工事에 奔走한 勞働者들을 볼수있다. 아츰 첫車에 나갓을[189]때에도 일하고 저녁 늦車에 들어올때에도 그네들은 그대로 일하는데 언제 始作하야[190] 언제 끝이는지[191] 나로서는 헤아릴수없다. 이네들이야말로 建設의使徒들이다. 땀과피를 애끼지않는다. (원고지 27칸 정도 -2행- 오려짐)

그윽중한[192] 도락구를 밀면서도 마음만은 遙遠한데 있어 도락구 판장에다 서투른 글씨로 新京行이니 北京行이니 南京行이니 라고써서 타고다니는것이아니라[193] 밀고 다닌다. 그네들의 마음을 엿볼수있다. 그것이 苦力에慰安이 않된다[194]고 누가 主張하랴.

이제나는 곧 終始를 박귀야[195]한다. 하나 내車에도 新京行, 北京行, 南京行을 달고 싶다. 世界一週行이라고 달고싶다. 아니 그보다 眞正한 내故鄕이 있다면 故鄕行을 달겟다[196]. 다음 到着하여야할 時代의 停車場이 있다면 더좋다.

수록 면수 pp. 126~37.

94 살았을 듯한. 오기 - 바로잡음

95 우거진. 오기 - 바로잡음

96 —이였으나 오기 - 바로잡음 → 이었으나. 〔옛말 → 표준〕▷『표준국어대사전』, p. 4303.

97 지붕. 오기 - 바로잡음

98 모아. 오기 - 바로잡음

99 하였다. 오기 - 바로잡음

100 없었으나. 오기 - 바로잡음

101 였다. 오기 - 바로잡음

102 —내였고. 오기 - 바로잡음 → 내었고. 〔옛말 → 표준〕▷『표준국어대사전』, p. 4303.

103 하였다. 오기 - 바로잡음

104 ─하였든. 오기 - 바로잡음 → 하였던. 〔옛말 → 표준〕▷『우리말큰사전』, p. 5013.

105 ─이였다. 오기 - 바로잡음 → 이었다. 〔옛말 → 표준〕▷『표준국어대사전』, p. 4303.

106 ─였다. 오기 - 바로잡음

107 작히나. 오기 - 바로잡음

108 좋잖은가. 오기 - 바로잡음

109 아니겠는가. 오기 - 바로잡음

110 어드렇니. 오기 - 바로잡음

111 나한테. 오기 - 바로잡음

112 아니였으나. 오기 - 바로잡음 → 아니었으나. 〔옛말 → 표준〕▷『표준국어대사전』, p. 4303.

113 뚫려. 오기 - 바로잡음

114 ─하였다. 오기 - 바로잡음

115 닦는다는. 오기 - 바로잡음

116 버렸다. 오기 - 바로잡음

117 알었더니. 오기 - 바로잡음 → 알았더니. 〔북한 → 표준〕

118 鋪道의 속자.

119 ─했고. 오기 - 바로잡음

120 갖다. 오기 - 바로잡음

121 터뜨릴. 오기 - 바로잡음

122 자꾸. 오기 - 바로잡음

123 신는데. 오기 - 바로잡음

124 꾸러미. 오기 - 바로잡음

125 안. 오기 - 바로잡음

126 꾸러미요. 오기 - 바로잡음

127 모르겠다. 오기 - 바로잡음

128 뜯어. 오기 - 바로잡음

129 안 되겠거니와. 오기 - 바로잡음

130 웃음. 오기 - 바로잡음

131 가물. 오기 - 바로잡음

132 밖에. 오기 - 바로잡음

133 한테. 오기 - 바로잡음

134 쭈그러뜨린. 오기 - 바로잡음

135 ─하였을는지도. 오기 - 바로잡음

136 자꾸. 오기 - 바로잡음

137 카무플라주camouflage. 불어 ※ 어휘의 현장성을 위하여 그대로 살린다.

138 육필 시고의 상태 '어드런'을 잉크로 지우고 연필을 사용하여 '어떤'으로 바꾸었다.

139 이루어졌으며. 오기 - 바로잡음

140 육필 시고의 상태 '어드런'을 잉크로 지우고 연필을 사용하여 '어떤'으로 바꾸었다.

141 밖. 오기 - 바로잡음

142 ─왔고. 오기 - 바로잡음

143 끊어지는. 오기 - 바로잡음

144 나란히. 오기 - 바로잡음

145 잠깐. 〔북한 → 표준〕▷『표준국어대사전』, p. 5186.

146 지키는. 오기 - 바로잡음

147 맞잖는. 오기 - 바로잡음 → '맞지 않는' 의 준말.

148 살짝. 오기 - 바로잡음

149 필름film. ※ 어휘의 현장성을 위하여 그대로 살린다.

150 버티고. 오기 - 바로잡음

151 잃지. 오기 - 바로잡음

152 않겠다는. 오기 - 바로잡음

153 없었으리란. 오기 - 바로잡음

154 만난. 오기 - 바로잡음

155 ―하였댔다. 오기 - 바로잡음

156 작히나. 오기 - 바로잡음

157 상냥한. 오기 - 바로잡음

158 바꾸고. 오기 - 바로잡음

159 지나쳤다. 〔북한 → 표준〕

160 어리석은. 오기 - 바로잡음

161 모습. 오기 - 바로잡음

162 있었든. 오기 - 바로잡음 → 있었던. 〔옛말 → 표준〕▷『우리말큰사전』, p. 5013.

163 아니매. 오기 - 바로잡음

164 ―느니라. 〔옛말 → 표준〕▷『우리말큰사전』, p. 4960.

165 ―이였든. 오기 - 바로잡음 → ―이었던. 〔옛말 → 표준〕▷『표준국어대사전』, p. 4303, 『우리말큰사전』, p. 5013.

166 말로써. 오기 - 바로잡음

167 옮겨 놓드란데. 오기 - 바로잡음 → 옮겨 놓더라는데. 〔옛말 → 표준〕▷『우리말큰사전』, p. 5013.

168 ―직했고. 오기 - 바로잡음

169 자아냈고. 오기 - 바로잡음

170 했고. 오기 - 바로잡음

171 지르며. 오기 - 바로잡음

172 이루어진. 오기 - 바로잡음

173 우쭐했는데. 오기 - 바로잡음

174 물었드면. 오기 - 바로잡음 → 물었다면. 〔북한 → 표준〕

175 ― 했으랴. 오기 - 바로잡음

176 바꾼다. 오기 - 바로잡음

177 휴머니티humanity. ※ 어휘의 현장성을 위하여 그대로 살린다.

178 기쁨. 〔북한 → 표준〕▷『한국방언사전』, p. 1171.

179 아픈. 오기 - 바로잡음

180 시그널signal(신호). ※ 어휘의 현장성을 위하여 그대로 살린다.

181 웬. 오기 - 바로잡음

182 안 된다. 오기 - 바로잡음

183 ─ 갈는지 오기 - 바로잡음

184 마땅할. 오기 - 바로잡음

185 터널tunnel. 〔북한 → 표준〕▷『표준국어대사전』, p. 6383. ※ 어휘의 현장성을 위하여 그대로 살린다.

186 아닌. 오기 - 바로잡음

187 바퀴. 오기 - 바로잡음

188 벗어났을. 오기 - 바로잡음

189 나갔을. 오기 - 바로잡음

190 始作하여. 〔옛말 → 표준〕▷『우리말큰사전』, p. 5251.

191 그치는지. 오기 - 바로잡음

192 육중한. 오기 - 바로잡음

193 육필 초고의 상태 '타고다닌것이아니라'와 같이 붙여 썼는데 이는 강조를 위한 의도적 표기일 가능성
을 전적으로 배제할 수 없다.

194 안 된다. 오기 - 바로잡음

195 바꿔야. 오기 - 바로잡음

196 달겠다. 오기 - 바로잡음

123B

終點이 始點이 된다. 다시 始點이 終點이 된다.

아침[197] 저녁으로 이 자국을 밟게[198] 되는데 이 자국을 밟게 된 緣由가 있다. 일직이[199] 西山大師가 살았을듯한[200] 우거진 松林 속, 게다가 덩그러시 살림집은 외따로 한채뿐이었으나[201] 食口로는 굉장한 것이어서[202] 한 지붕 밑에서 八道 사투리를 죄다 들을 만큼 모아놓은[203] 미끈한 壯丁들만이 욱실욱실 하였다[204]. 이곳에 法令은 없었으나 女人 禁納區였다. 萬一 强心臟의 女人이 있어 不意의 侵入이 있다면 우리들의 好奇心을 저윽히[205] 자아내었고[206] 房마다 새로운 話題가 생기군[207] 하였다. 이렇듯 修道 生活에 나는 소라속처럼[208] 安堵하였든[209] 것이다.

事件이란 언제나 큰데[210]서 動機가 되는 것보다 오히려 적은데[211]서 더 많이 發作하는 것이다.

눈 온 날이었다[212]. 同宿하는 친구의 친구가 한時間 남짓한 門안 들어가는 車時間까지를 浪費하기 爲하야 나의 친구를 찾아[213] 들어와서 하는 對話였다.

「자네 여보게 이집[214] 귀신이 되려나?」

「조용한 게 공부하기 자키나[215] 좋잖은가」

「그래 책장이나 뒤적뒤적하면 공분줄[216] 아나, 電車간에서 내다 볼수있는[217] 光景, 停車場에서 맛볼수있는[218] 光景, 다시 汽車 속에서 對할수[219] 있는 모든 일들이 生活아닌[220] 것이 없거든, 生活때문에[221] 싸우는 이 雰圍氣에 잠겨서, 보고, 생각하고, 分析하고, 이거야 말로[222] 眞正한 意味의 敎育이 아니겠는가. 여보게! 자네 책장만 뒤지고 人生이 어드렇니 社會가 어드렇니 하는 것은 十六世紀에서나 찾아볼[223] 일일세, 斷然 門안으로 나오도록 마음을 돌리게」

나 한테[224] 하는 勸告는 아니었으나[225] 이 말에 귀틈이[226] 뚫려 상푸둥 그러리라고 생각하였다. 非但 여기만이 아니라 人間을 떠나서 道를 닦는다는 것이 한낱 娛樂이오, 娛樂이매 生活이 될수[227] 없고 生活이 없으매 이 또한 죽은 공부가 아니랴[228]. 공부도 生活化하여야 되리라 생각하고 불일내에 門안으로 들어가기를 內心으로 斷定해 버렸다. 그뒤[229] 每日같이 이 자국을 밟게[230] 된 것이다.

나만 일직이[231] 아침[232]거리의[233] 새로운 感觸을 맛볼 줄만 알었더니[234] 벌써[235] 많은 사람들의 발자욱에 鋪道[236]는 어수선할 대로 어수선했고 停留場에 머물[237]때마다[238] 이 많은 무리를 죄다 어디 갖다 터뜨릴 心算인지 꾸역꾸역 자꾸 박아 싣는데 늙은이 젊은이 아이 할것[239] 없이 손에 꾸러미를 안든[240] 사람은 없다. 이것이 그들 생활의 꾸러미요, 同時에 권태의 꾸러민지도 모르겠다.

이 꾸러미를 든 사람들의 얼굴[241]을 하나하나씩[242] 뜯어 보기로[243] 한다. 늙은이 얼굴[244]이란 너무 오래 世波에 짜들어서 問題도 안되겠거니와[245] 그 젊은이들 낯짝이란 도무지 말씀[246]이 아니다. 열이면 열이 다 憂愁 그것이오 百이면 百이 다 悲慘 그것이다. 이들에게 웃음이란 가믈[247]에 콩싹이다. 필경 귀여우리라는 아이들의 얼굴[248]을 보는수 밖에[249] 없는데 아이들의 얼굴[250]이란 너무나 蒼白하다. 或시 宿題를 못 해서 先生한테 꾸지람 들을 것이 걱정인지 풀이 죽어 쭈그러뜨린 것이 活氣란 도무지 찾아[251]볼수[252] 없다. 내 상도 必然코 그 꼴일텐데 내 눈으로 그 꼴을 보지 못하는 것이 多幸이다. 萬一 다른 사람의 얼굴[253]을 보듯 그렇게 자주 내 얼굴[254]을 對한다고 할것[255] 같으면 벌써[256] 夭死하였을런지도[257] 모른다.

나는 내 눈을 疑心하기로 하고 斷念하자!

차라리 城壁우[258]에 펼친[259] 하늘을 처다[260]보는 편이 더 痛快하다. 눈은 하늘과 城壁 境界線을 따라 자꾸 달리는 것인데 이 城壁이란 現代로서[261] 캄푸라지한[262] 옛[263] 禁城이다. 이 안에서 어떤 일이 이루어졌으며 어떤 일이 行하여지고 있는지 城밖[264]에서 살아왔고 살고 있는 우리들에게는 알바가[265] 없다. 이제 다만 한가닥[266] 希望은 이 城壁이 끊어지는 곳이다.

期待는 언제나 크게 가질 것이 못 되어서[267] 城壁이 끊어지는 곳에 總督府, 道廳, 무슨 參考館, 遞信局, 新聞社, 消防組 무슨 株式會社, 府廳, 洋服店, 古物商等[268] 나란히 하고 연달아 오다가 아이스케이크[269]看板에 눈이 잠간[270] 머무는데 이놈을[271] 눈 나린[272] 겨울[273]에 빈 집을[274] 지키는 꼴이라든가, 제 身分에 맞지않는[275] 가게를 지키는 꼴을 살작 필림[276]에 올리어[277] 본달것[278] 같으면 한幅의[279] 高等諷刺漫畵가 될터인데[280] 하고 나는 눈을 감고 생각하기로 한다. 事實 요지음 아이스케이크看板[281] 身世를 免치 아니치 못할 者 얼마나 되랴. 아이스케이크看板[282]은 情熱에 불타는 炎署가 眞正코 아수롭다.

눈을 감고 한참 생각하느라면 한가지 꺼리끼리는[283]것이 있는데 이것은 道德律이란 거치장스러운[284] 義務感이다. 젊은 녀석이 눈을 딱 감고 버티고 앉아 있다고 손구락질[285]하는것[286] 같아야[287] 번쩍 눈을 떠 본다. 하나 가차이 慈善할 對象이 없음에 자리를 잃지 않겠다는 心情보다 오히려 아니꼽게 본 사람이 없었으리란데[288] 安心이 된다.

이것은 果斷性있는[289] 동무의 主張이지만 電車에서 만난 사람은 원수요, 汽車에서 만난 사람은 知己라는 것이다. 따는[290] 그러리라고 얼마큼 首肯하였었다[291]. 한자리[292]에서 몸을 비비적거리면서도 「오늘을 좋은 날세[293] 올시다.[294]」「어디서 나리시나요[295]」쯤의 인사는 주고 받을[296] 법한데, 一言半句 없이[297] 뚱─한 꼴들이 자키나[298] 큰 원수를 맺고 지나는 사이들 같다. 만일 상냥한 사람이 있어 요만쯤의 禮儀를 밟는다[299]고 할것[300] 같으면 電車속의 사람들은 이를 精神異狀者로 대접할게다[301]. 그러나 汽車에서는 그렇지 않다. 名啣[302]을 서로 바꾸고 故鄕 이야기, 行方 이야기를 꺼리낌없이[303] 주고 받고[304] 심지어 남의 旅勞를 自己의 旅勞인 것처럼 걱정하고, 이 얼마나 多情한 人生行路냐?

이러는 사이에 南大門을 지나쳤다[305]. 누가 있어 「자네 每日같이 南大門을 두번씩[306] 지날 터인데 그래 늘 보군[307] 하는가」라는 어리석은 듯한 멘탈테스트[308]를 낸다면[309] 나는 啞然해지지 않을수[310] 없다. 가만히 記憶을 더듬어 본달것[311] 같으면 늘이 아니라 이 자국을 밟은 以來 그 모습을 한번이라도[312] 처다본[313]적이[314] 있었든[315]것[316] 같지않다. 하기는 그것이 나의 生活에 緊한 일이 아니매 當然한 일일게다[317]. 하나 여기에 하나의 敎訓이 있다. 回數가 너무 잦으면 모든 것이 皮相的이 되어[318]버리나니라[319].

이것과는 關聯이 먼 이야기 같으나 無聊한 時間을 까기 爲하야 한마디[320] 하면서 지나가자.

시골서는 제노라고[321] 하는[322] 양반이었든[323] 모양인데 처음 서울 구경을 하고 돌아가서 며칠동안[324] 배운 서울 말씨를 서뿔리[325] 써가며[326] 서울거리를[327] 손으로 형용하고 말로서 떠버려[328] 옮겨 놓드란데[329], 停車場에 턱 나리니 앞에 古色이 蒼然한 南大門이 반기는듯[330] 가로 막혀[331] 있고, 總督府 집이[332] 크고 昌慶苑에 百가지[333] 禽獸가 봄즉했고[334], 德壽宮의 옛[335] 宮殿이[336] 懷抱를 자아냈고, 和信 昇降機는 머리가 힝—[337] 했고, 本町엔 電燈이 낮처럼 밝은데 사람이 물밀리듯[338] 밀리고 電車란 놈이 윙윙 소리를 지르며 지르며 연달아 달리고 —— 서울이 自己 하나를 爲하야 이루워[339] 진것처럼[340] 우쭐했는데 이것쯤은 있을듯한[341] 일이다. 한데 게도 방정꾸러기가 있어

「南大門이란 懸板이 참 名筆이지요」

하고 물으니 對答이 傑作이다.

「암 名筆이구말구[342] 南字 大字 門字 하나하나 살아서 막 꿈틀거리는것 같데」

어느 모로나 서울자랑하려는[343] 이 양반으로서는 可當한 對答일게다[344]. 이분에게 阿峴洞[345] 고개 막바지에[346], — 아니 치벽한데 말고, — 가차이 鐘路 뒷골목[347]에 무엇이 있든가[348]를 물었드면[349] 얼마나 唐慌[350]해 했으랴.

나는 終點을 始點으로 바꾼다.

내가 나린[351] 곳이 나의 終點이오[352]. 내가 타는 곳이 나의 始點이 되는 까닭이다. 이 짧은[353] 瞬間 많은 사람들 속에[354] 나를 묻는 것인데 나는 이네들에게 너무나 皮相的이 된다. 나의 휴매니티[355]를 이네들에게 發揮해 낸다는 재주[356]가 없다. 이네들의 기쁨[357]과 슬픔과 아픈데[358]를 나로서는 測量한다는 수가 없는 까닭이다. 너무 漠然하다. 사람이란 回數가 잦은데[359]와 量이 많은데[360]는 너무나 쉽게 皮相的이 되나보다[361]. 그럴수록[362] 自己하나[363] 看守하기에 奔走[364]하나 보다.

시그날[365]을 밟고[366] 汽車는 왱 — 떠난다. 故鄕으로 向한 車도 아니건만 空然히 가슴은 설렌다. 우리 汽車는 느릿느릿 가다 숨차면 假停車場에서도 선다. 每日같이 웬 女子들인지 주렁주렁 서 있다[367]. 제마다 꾸러미를 안었는데[368] 例의 그 꾸러민듯 싶다. 다들 芳年된 아가씨들인데 몸매로 보아하니 工場으로 가는 職工들은 아닌 모양이다. 얌전히들 서서 汽車를 기다리는 모양이다. 判斷을 기다리는 모양이다. 하나 輕妄스럽게 琉璃窓을 通하여 美人 判斷을 나려서는 안된다[369]. 皮相的 法則[370]이 여기에도 適用될지 모른다. 透明한듯하여[371] 믿지못할 것이 琉璃다. 얼골을 찌깨논[372]듯이[373] 한다든가 이마를 좁다랗게 한다든가 코를 말코로 만든다든가 턱을 조개턱으로 만든다든가 하는 惡戱를 琉璃窓이 때때로 敢行하는 까닭이다. 判斷을 나리는[374] 者에게는 別般 利害關係가 없다 손치더라도[375] 判斷을 받는 當者에게 오려든[376] 幸運이 逃亡갈런지를 누가 保障할소냐. 如何間 아무리 透明한 꺼풀일지라도 깨끗이 벗겨[377] 바리는[378]것이[379]마땅할 것이다.

이윽고 턴넬[380]이 입을 벌리고[381] 기다리는데 거리 한가운데 地下鐵道도 아닌 턴넬이 있다는 것이 얼마나 슬픈 일이냐. 이 턴넬이란 人類歷史의 暗黑時代요 人生行路의 苦悶相이다. 空然히 바퀴소리만 요란하다. 구역날[382] 惡質의 煙氣가 스며든다. 하나 未久에 우리에게 光明의 天地가 있다.

턴넬을 벗어났을때[383] 요지음[384] 複線工事에 奔走한 勞動者[385]들을 볼수[386] 있다. 아침[387] 첫車에 나갔을때에도[388] 일하고 저녁 늦車에 들어 올때에도[389] 그네들은 그대로 일하는데 언제 始作하야[390] 언제 그치는지[391] 나로서는 헤아릴수[392] 없다. 이네들이야말로 建設의 使徒들이다. 땀과 피를 애끼지[393]않는다[394][395].

그 육중한 도락구[396]를 밀면서도 마음만은 遙遠한데[397] 있어 도락구 판장에다 서투른 글씨로 新京行이니 北京行이니 南京行이니 라고 써서 타고 다니는 것이 아니라 밀고 다닌다. 그네들의 마음을

볼수[398] 있다. 그것이 苦力에 慰安이 안된다고[399] 누가 主張하랴.

　이제 나는 곧 終始를 바꿔야 한다. 하나 내車에도[400] 新京行, 北京行, 南京行을 달고 싶다. 世界—週行이라고 달고 싶다. 아니 그보다도[401] 眞正한 내 故鄕이 있다면 故鄕行을 달겠다. 다음 到着하여야할[402] 時代의 停車場이 있다면 더 좋다.

수록 면수 pp. 221~34(123C, pp. 148~53/123D, pp. 132~37).

197 123A에는 '아츰' 으로 되어 있다. 육필 초고와 다름 123C, 123D도 같다.

198 123A에는 '밥게' 로 되어 있다. 육필 초고와 다름 123C, 123D도 같다.

199 123A에는 '일즉이' 로 되어 있다. 육필 초고와 다름 123C, 123D도 같다.

200 살았을 듯한. 띄어쓰기 오류

201 123A에는 '한채뿐이엿으나' 로 되어 있다. ① 육필 초고와 다름 123C, 123D도 같다. ② 한 채. 띄어쓰기 오류

202 123A에는 '이여서' 로 되어 있다. 육필 초고와 다름 123C, 123D도 같다.

203 모아 놓은. 띄어쓰기 오류

204 욱실욱실하였다. 띄어쓰기 오류 123D도 같다.

205 (**123C**) 저으기. 육필 초고와 다름

206 123A에는 '내엿고' 로 되어 있다. 육필 초고와 다름 123C, 123D도 같다.

207 (**123C**) 생기곤. 육필 초고와 다름

208 소라 속처럼. 띄어쓰기 오류 123D도 같다.

209 (**123C**) 하였던. 육필 초고와 다름

210 큰 데. 띄어쓰기 오류 123D도 같다.

211 적은 데. 띄어쓰기 오류 123D도 같다. (**123C**) 작은 데. 육필 초고와 다름

212 123A에는 '이엿다' 로 되어 있다. 육필 초고와 다름 123C, 123D도 같다.

213 123A에는 '찾어' 로 되어 있다. 육필 초고와 다름 123C, 123D도 같다.

214 이 집. 띄어쓰기 오류 123D도 같다.

215 123A에는 '작히나' 로 되어 있다. 육필 초고와 다름 123D도 같다.

216 123A에는 '공부ㄴ줄' 로 되어 있다. ① 육필 초고와 다름 123C, 123D도 같다. ② 공분 줄. 띄어쓰기 오류 123D도 같다.

217 내다볼 수 있는. 띄어쓰기 오류 (**123D**) '내다 볼 수 있는'. 띄어쓰기 오류

218 맛볼 수 있는. 띄어쓰기 오류

219 對할 수. 띄어쓰기 오류

220 生活 아닌. 띄어쓰기 오류 123D도 같다.

221 生活 때문에. 띄어쓰기 오류

222 이거야말로 띄어쓰기 오류 123D도 같다.

223 (**123C**) 찾아볼. 육필 초고와 다름

224 나한테. 띄어쓰기 오류

225 123A에는 '아니엿으나' 로 되어 있다. 육필 초고와 다름 123C, 123D도 같다.

226 123A에는 '귀틈' 으로 되어 있다. 육필 초고와 다름 123C, 123D도 같다.

227 될 수. 띄어쓰기 오류

228 123A에 있는 '하야 가 없다. 육필 초고와 다름 123D도 같다. (**123C**) '하여'. 육필 초고와 다름

229 그 뒤. 띄어쓰기 오류 123D도 같다.

230 123A에는 '밥게'로 되어 있다. 육필 초고와 다름 123C, 123D도 같다.

231 123A에는 '일즉이'로 되어 있다. 육필 초고와 다름 (**123C, 123D**) '일찍이'. 육필 초고와 다름

232 123A에는 '아츰'으로 되어 있다. 육필 초고와 다름 123C, 123D도 같다.

233 아침 거리의. 띄어쓰기 오류 123D도 같다.

234 (**123C**) 알았더니. 육필 초고와 다름

235 123A에는 '벌서'로 되어 있다. 육필 초고와 다름 123C, 123D도 같다.

236 123A에는 '舗道'로 되어 있다. 육필 초고와 다름 123C, 123D도 같다.

237 123A에는 '머믈'로 되어 있다. 육필 초고와 다름 123C, 123D도 같다.

238 머물 때마다. 띄어쓰기 오류

239 할 것. 띄어쓰기 오류 123D도 같다.

240 안 든. 띄어쓰기 오류 123D도 같다.

241 123A에는 '얼골'로 되어 있다. 육필 초고와 다름 123C, 123D도 같다.

242 123A에는 '一식'으로 되어 있다. 육필 초고와 다름 123C, 123D도 같다.

243 뜯어보기로. 띄어쓰기 오류 123D도 같다.

244 123A에는 '얼골'로 되어 있다. 육필 초고와 다름 123C, 123D도 같다.

245 안 되겠거니와. 띄어쓰기 오류 123D도 같다.

246 123A에는 '말슴'으로 되어 있다. 육필 초고와 다름 123C, 123D도 같다.

247 가물. 오기 - 바로잡음 123D도 같다.

248 123A에는 '얼골'로 되어 있다. 육필 초고와 다름 123C, 123D도 같다.

249 보는 수밖에. 띄어쓰기 오류

250 123A에는 '얼골'로 되어 있다. 육필 초고와 다름 123C, 123D도 같다.

251 123A에는 '찾어'로 되어 있다. 육필 초고와 다름 123C, 123D도 같다.

252 찾아볼 수. 띄어쓰기 오류

253 123A에는 '얼골'로 되어 있다. 육필 초고와 다름 123C, 123D도 같다.

254 123A에는 '얼골'로 되어 있다. 육필 초고와 다름 123C, 123D도 같다.

255 할 것. 띄어쓰기 오류 123D도 같다.

256 123A에는 '벌서'로 되어 있다. 육필 초고와 다름 123C, 123D도 같다.

257 '一는지도'. 오기 - 바로잡음 123D도 같다.

258 城壁 우. 띄어쓰기 오류 123D도 같다. (**123C**) '위'. 육필 초고와 다름

259 123A에는 '펄친'으로 되어 있다. 육필 초고와 다름 123C, 123D도 같다.

260 123A에는 '처다'로 되어 있다. 육필 초고와 다름 123C, 123D도 같다.

261 123A에는 '現代로써'로 되어 있다. 육필 초고와 다름 오기 - 바로잡음 123C, 123D도 같다.

262 (**123C**) '캄플라주'. 육필 초고와 다름

263 123A에는 '넷'으로 되어 있다. 육필 초고와 다름 123C, 123D도 같다.

264 城 밖. 띄어쓰기 오류

265 알 바가. 띄어쓰기 오류

266 한 가닥. 띄어쓰기 오류

267 123A에는 '되여서'로 되어 있다. 육필 초고와 다름 123C, 123D도 같다.

268 古物商 等. 띄어쓰기 오류 123D도 같다.

269 (**123C**) 아이스케크. 육필 초고와 다름

270 (123C, 123D) '잠깐'. 육필 초고와 다름

271 이 놈을. 띄어쓰기 오류

272 (123C) '내린'. 육필 초고와 다름

273 123A에는 '겨을' 로 되어 있다. 육필 초고와 다름 123C, 123D도 같다.

274 빈집을. 띄어쓰기 오류 123D도 같다.

275 123A에는 '맞잔는' 으로 되어 있다. ①육필 초고와 다름 123C, 123D도 같다. ② 맞지 않는. 띄어쓰기 오류 123D도 같다.

276 123A에는 '옐림' 으로 되어 있다. ①육필 초고와 다름 123C, 123D도 같다. ② '필림'. → 필름. 오기 - 바로잡음 123D도 같다.

277 123A에는 '올리여' 로 되어 있다. 육필 초고와 다름 123C, 123D도 같다.

278 본달 것. 띄어쓰기 오류

279 한 幅의. 띄어쓰기 오류

280 (123D) 될 터인데. 띄어쓰기 오류

281 아이스케이크 看板. 띄어쓰기 오류

282 아이스케이크 看板. 띄어쓰기 오류

283 123A에는 '꺼리끼는' 으로 되어 있다. 육필 초고와 다름 123D도 같다. **(123C)** 거리끼는. 육필 초고와 다름

284 (123C) '거추장스런'. 육필 초고와 다름

285 (123C) '손가락질'. 육필 초고와 다름

286 손구락질하는 것. 띄어쓰기 오류

287 123A에는 '같하야' 로 되어 있다. 육필 초고와 다름 123D도 같다. **(123C)** '같아서'. 육필 초고와 다름

288 없으리란 데. 띄어쓰기 오류 123D도 같다.

289 果斷性 있는. 띄어쓰기 오류 123D도 같다.

290 123A에는 '딴은' 으로 되어 있다. 육필 초고와 다름 123D도 같다.

291 123A에는 '首肯하였댔다' 로 되어 있다. 육필 초고와 다름 123C, 123D도 같다.

292 (123D) 한 자리. 띄어쓰기 오류

293 (123C) 날씨. 육필 초고와 다름

294 날세올시다. 띄어쓰기 오류 123D도 같다.

295 (123C) 내리시나요. 육필 초고와 다름

296 주고받을. 띄어쓰기 오류 123D도 같다.

297 一言半句 없이. 띄어쓰기 오류

298 123A에는 '작히나' 로 되어 있다. 육필 초고와 다름 123D도 같다.

299 123A에는 '밥는다' 로 되어 있다. 육필 초고와 다름 123C, 123D도 같다.

300 할 것. 띄어쓰기 오류

301 대접할 게다. 띄어쓰기 오류 123D도 같다.

302 123A에는 '名銜' 으로 되어 있다. 육필 초고와 다름 123D도 같다.

303 꺼리낌 없이. 띄어쓰기 오류

304 주고받고. 띄어쓰기 오류 123D도 같다.

305 123A에는 '지나첫다' 로 되어 있다. 육필 초고와 다름 123C, 123D도 같다.

306 123A에는 '一식' 으로 되어 있다. 육필 초고와 다름 123C, 123D도 같다. 두 번씩. 띄어쓰기 오류 123D도 같다: 앞의 예.

307 **(123C)** 보곤. 육필 초고와 다름

308 멘탈 테스트. 띄어쓰기 오류 123D도 같다.

309 123A에는 '낸다면은'로 되어 있다. 육필 초고와 다름 123C, 123D도 같다.

310 않을 수. 띄어쓰기 오류

311 본달 것. 띄어쓰기 오류

312 한 번이라도. 띄어쓰기 오류 123D도 같다.

313 123A에는 '처다본'으로 되어 있다. 육필 초고와 다름 123C, 123D도 같다.

314 처다본 적이. 띄어쓰기 오류

315 **(123C, 123D)** 있었던. 육필 초고와 다름

316 있었든 것. 띄어쓰기 오류

317 일일 게다. 띄어쓰기 오류 123D도 같다.

318 123A에는 '되여'로 되어 있다. 육필 초고와 다름 123C, 123D도 같다.

319 되어 버리나니라. 띄어쓰기 오류 123D도 같다.

320 한 마디. 띄어쓰기 오류

321 **(123D)** 제노라. 육필 초고와 다름

322 제노라고 하는. 띄어쓰기 오류

323 123A에는 'ㅡ이였든'으로 되어 있다. 육필 초고와 다름 123D도 같다. **(123D)** 'ㅡ이었던'. 육필 초고
와 다름

324 며칠 동안. 띄어쓰기 오류 123D도 같다.

325 **(123C)** 섣불리. 육필 초고와 다름

326 써 가며. 띄어쓰기 오류

327 서울 거리를. 띄어쓰기 오류 123D도 같다.

328 **(123C)** 떠벌여. 육필 초고와 다름 → 떠벌려. 오기 - 바로잡음

329 123A에는 '노트란데'로 되어 있다. 육필 초고와 다름 123C도 같다.

330 반기는 듯. 띄어쓰기 오류 123D도 같다.

331 가로막혀. 띄어쓰기 오류 123D도 같다.

332 總督府 집이. 띄어쓰기 오류 123D도 같다.

333 百 가지. 띄어쓰기 오류 123D도 같다.

334 봄 즉했고. 띄어쓰기 오류 123C, 123D도 같다.

335 123A에는 '넷'으로 되어 있다. 육필 초고와 다름 123C, 123D도 같다.

336 옛 宮殿이. 띄어쓰기 오류 123C도 같다.

337 **(123C)** 횡ㅡ. 육필 초고와 다름

338 **(123D)** 물밀듯. 육필 초고와 다름

339 이루어. 오기 - 바로잡음 123D도 같다.

340 이루워진 것처럼. 띄어쓰기 오류

341 있을 듯한. 띄어쓰기 오류

342 123A에는 'ㅡ이구말구'로 되어 있다. 육필 초고와 다름 오기 - 바로잡음 123D도 같다.

343 서울 자랑하려는. 띄어쓰기 오류

344 對笒일 게다. 띄어쓰기 오류

345 123A에는 '阿峴'으로 되어 있고, '洞'은 없다. 육필 초고와 다름 123C, 123D도 같다.

346 123A에는 ‘막바지기’로 되어 있다. 육필 초고와 다름 123C, 123D도 같다.

347 123A에는 ‘뒤골목’으로 되어 있다. 육필 초고와 다름 123C, 123D도 같다.

348 **(123C)** 있던가. 육필 초고와 다름

349 **(123C)** 물었다면. 육필 초고와 다름

350 123A에는 ‘當慌’으로 되어 있다. 육필 초고와 다름

351 **(123C)** 내린. 육필 초고와 다름

352 **(123C)** ‘종점이요.’ 육필 초고와 다름

353 123A에는 ‘쩌른’으로 되어 있다. 육필 초고와 다름 123C, 123D도 같다.

354 123A에는 ‘사람사이에’로 되어 있다. 육필 초고와 다름 123C, 123D도 같다.

355 123A에는 ‘휴맨니티’로 되어 있다. 육필 초고와 다름 123D도 같다. **(123D)** 휴머니티. 육필 초고와 다름

356 123A에는 ‘재조’로 되어 있다. 육필 초고와 다름 123C, 123D도 같다.

357 123A에는 ‘깁붐’으로 되어 있다. 육필 초고와 다름 123C, 123D도 같다.

358 아픈 데. 띄어쓰기 오류 123D도 같다.

359 잦은 데. 띄어쓰기 오류 123D도 같다.

360 많은 데. 띄어쓰기 오류 123D도 같다.

361 되나 보다. 띄어쓰기 오류 123D도 같다.

362 123A에는 ‘그럴사록’으로 되어 있다. 육필 초고와 다름 123C, 123D도 같다.

363 自己 하나. 띄어쓰기 오류 123D도 같다.

364 123A에는 ‘奔忙’으로 되어 있다. 육필 초고와 다름 123D도 같다.

365 123A에는 ‘씨그날’로 되어 있다. 육필 초고와 다름 **(123C)** 시그널. 육필 초고와 다름

366 123A에는 ‘밥고’로 되어 있다. 육필 초고와 다름

367 **(123D)** ‘서있다’. 띄어쓰기 오류

368 **(123C)** 안았는데. 육필 초고와 다름

369 안 된다. 띄어쓰기 오류

370 123A에는 ‘皮相法則’으로 되어 있다. 육필 초고와 다름 123C, 123D도 같다.

371 123A에는 ‘透明한듯하나’로 되어 있다. 육필 초고와 다름 123C도 같다. 투명한 듯하여. 띄어쓰기 오류: 앞의 예.

372 찌깨 논. 띄어쓰기 오류 123C, 123D도 같다.

373 찌개 논 듯이. 띄어쓰기 오류

374 **(123C)** 내리는. 육필 초고와 다름

375 123A에는 ‘치더래도’로 되어 있다. 육필 초고와 다름 123C, 123D도 같다. 없다손 치더라도. 띄어쓰기 오류 123D도 같다: 앞의 예.

376 **(123C)** 오려던. 육필 초고와 다름

377 **(123C)** 벗겨. 육필 초고와 다름

378 **(123C)** 버리는. 육필 초고와 다름

379 벳겨 바리는 것이. 띄어쓰기 오류 123D → 벳겨바리는 것이. 띄어쓰기 오류

380 **(123C)** 터널. 육필 초고와 다름

381 123A에는 ‘버리고’로 되어 있다. 육필 초고와 다름 123CD도 같다.

382 **(123C)** 구역 날. 띄어쓰기 오류

383 벗어났을 때. 띄어쓰기 오류

384 (123C) 요즈음. 육필 초고와 다름

385 123A에는 '勞働者'로 되어 있다. 육필 초고와 다름 123D도 같다.

386 볼 수. 띄어쓰기 오류

387 123A에는 '아츰'으로 되어 있다. 육필 초고와 다름 123C, 123D도 같다.

388 나갔을 때에도. 띄어쓰기 오류

389 들어올 때에도. 띄어쓰기 오류

390 (123C) 始作하여. 육필 초고와 다름

391 123A에는 '끝이는지(→ 끄치는지)'로 되어 있다. 육필 초고와 다름 123C, 123D도 같다.

392 헤아릴 수. 띄어쓰기 오류

393 (123C) 아끼지. 육필 초고와 다름

394 애끼지 않는다. 띄어쓰기 오류

395 원고의 일부가 삭제된 사실이 적시되지 않았다. 123C, 123D도 같다.

396 (123C) '도락구'(작은따옴표를 사용했다). 육필 초고와 다름

397 遙遠한 데. 띄어쓰기 오류 123D도 같다.

398 123A에는 '엿볼수'로 되어 있다. 육필 초고와 다름

399 안 된다고. 띄어쓰기 오류

400 내 車에도. 띄어쓰기 오류

401 123A에는 '그보다'로 되어 있다. '―도'가 없다. 육필 초고와 다름 123C, 123D도 같다.

402 到着하여야 할. 띄어쓰기 오류

제2편

원전 확정을 위한 서지 연구

원전 확정을 위한 서지 연구

1. 『사진판』의 서지적 국면

1-1. 『사진판』의 체제

『사진판』의 체제는 모두 3부로 구성되어 있고, 이 앞뒤에 『사진판』에 대한 편주자의 해제(3부의 앞), 조카 윤인주의 후기(이하 3부의 뒤), 부록 등이 붙어 있다.

물론 『사진판』 체제의 중심은 제1부~제3부이고, 그중에서도 연구자의 눈길을 끄는 곳은 단연 제1부이다.

제1부(pp. 13~186)는 '사진판 윤동주 자필 시고'라는 제목으로 되어 있는데, 여기에는 윤동주의 육필 시고 사진 자료(167컷, pp. 15~182) 및 신문·잡지에 발표된 작품 스크랩 등의 사진 자료(9컷, pp. 183~85)가 수록되어 있다. 이 부분에 대해서는 뒤에서 다시 언급하겠다.

제2부(pp. 187~202)는 '사진판 자필 메모, 소장서 자필 서명'이라는 제목으로 되어 있고, 여기에는 윤동주가 자신의 소장 도서 등에 남긴 서명(11컷), 소장 시집에 남긴 메모(11컷), 백석白石 시집 『사슴』의 윤동주 자필 필사본(표지 포함, 8컷), 그리고 소장 도서 이곳저곳에 남긴 육필 및 독서흔(7컷) 등의 사진 자료가 수록되어 있다.

제3부(pp. 203~348)는 '시고 본문 및 주'라는 제하에 편주자들이 제1부의 육필 시고를 판독하고 주를 붙인 내용을 수록하고 있다. 이 부분은 윤동주 연구

자들을 위해 이 책의 편주자들이 얼마만큼의 열정과 사명감을 지니고 노력했는지 충분히 짐작게 하고 있다. 하지만 역시 연구자에게는 2차 자료라는 한계를 지니는 것이다.

한편, 『사진판』 맨 뒤에 붙어 있는 부록은 속표지 포함 모두 24쪽으로 되어 있다. 이 부분은 윤동주의 개인 소장 도서 목록, 스크랩 내용 일람, 작품 연보를 겸한 시고집별詩稿集別 수록 내용 대조표, (윤동주의 실제 고 윤일주 교수가 생전에 작성한 내용을 다시 보완한) 윤동주 연보, 색인 등을 수록하여 연구자의 편의를 도모하고 있다.

1-2. 『사진판』 수록 사진 자료 상황

앞서 언급한 바와 같이 『사진판』 제1부에는 모두 167컷에 달하는 윤동주의 육필 시고 사진 자료가 수록되어 있으며 매 컷은 원고지 두 장을 담고 있다.[1]

그런데 167컷의 사진 자료에 담긴 윤동주의 육필 시고는 모두 149개이며,[2] 이들은 다섯 묶음[3]에 분산 수록되어 있다. 다음 사진들은 각각 이 다섯 묶음 첫 부분의 모습들이다.

---

1 물론 표지의 경우는 해당되지 않는다.
2 제목만 있는 '짝수갑'의 경우는 숫자에서 제외되었다.
3 이 다섯 묶음을 이후로는 편의상 A, B, C, D, E로 약칭하도록 하겠다.

A. '나의 습작기의 시詩 아닌 시詩'로 제목이 붙은 최초 습작 노트[4]

그림 1
최초 습작 노트의 표지. '藝術은 길
고 人生은 쩝(짧)다'는 자필 메모가
비너스 그림 우측에 씌어 있다.

B. '창窓'이라는 제목이 붙은 두번째 묶음[5]

그림 2
두번째 묶음의 표지. '窓'이라는 제
목이 붙어 있다.

---

4 '나의 습작기의 시 아닌 시'라는 제목은, 글귀의 내용으로 미루어볼 때, 이 노트가 만들어질 때로
부터 상당한 기간이 경과된 후에 붙여진 듯하다. 여기에는 모두 58개의 육필 시고가 수록되어 있다
(이 숫자에는 제목만 남아 있는 동시 「짝수갑」이 포함되지 않는다).
5 이 묶음의 앞부분은 A에서 선별한 작품 16편을 옮겨 적고 있다. 따라서 이 부분은 자선 시집의 성
격에 가깝다. 그러나 이 부분 이후로는 A와 같은 습작 노트의 성격이 짙다. 여기에는 모두 53편의 육
필 시고가 수록되어 있는데, 이 중 18편(「창구멍」의 모티프를 수용한 「해빛 · 바람」을 제외할 경우는
17편이다)은 A에 있는 것을 퇴고하여 이기移記한 것이다.

C. 『사진판』에서 '산문집'이라고 지칭한 세번째 묶음[6]

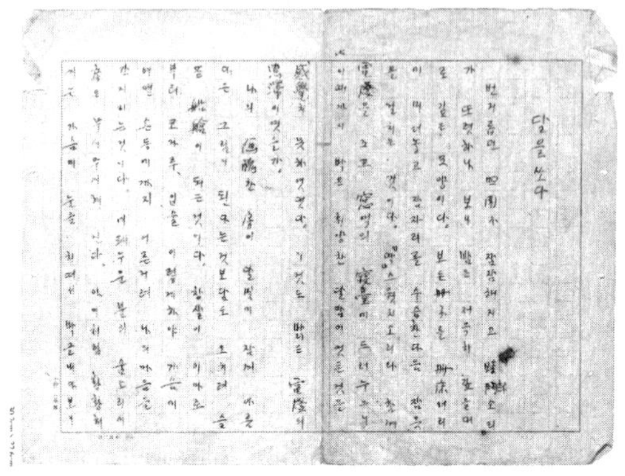

그림 3

산문 육필 초고를 한데 묶은 세번째 묶음의 첫 부분. 조선일보 1939년 1월 23일자 4면 '學生 페-지'에 발표된 수필 「달을 쏘다」의 초고 (200자 원고지 8장 반 분량)이다.

D. 네번째 묶음 - 육필 자선 시집 『하늘과 바람과 별과 시』[7]

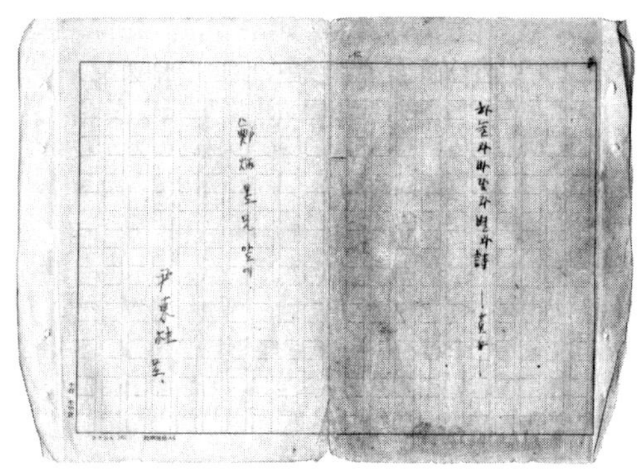

그림 4

겉표지(사진 우측) 하단에 기록된 필명은 '童舟'이다. 한편 속표지 (사진 좌측)에 '정병욱 형 앞에'라는 글귀가 적힌 것이 보인다.

---

6 『사진판』해제 부분의 설명에 의하면 이 부분은 '개별 원고들이 한 책으로 묶여진 것'이다. 자기 관리에 엄격했던 윤동주의 성품을 여기서도 엿볼 수 있다. 모두 네 편의 산문이 묶여 있다.
7 잘 알려진 대로 모두 19편의 작품이 수록되어 있다. 이 중 세 작품은 B에서 이기한 것이다.

E. 다섯번째 묶음 – '습유拾遺 작품군作品群'[8]

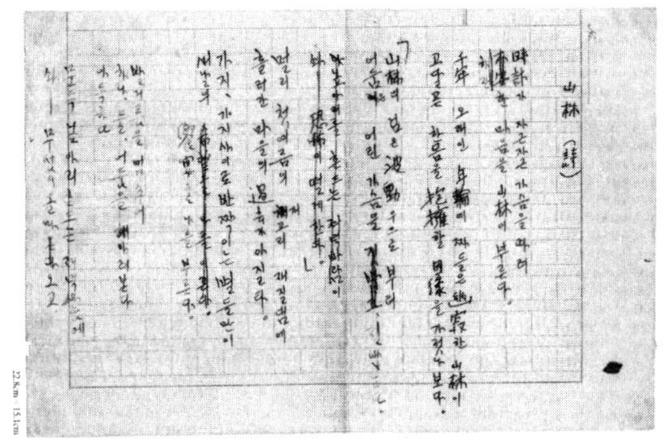

그림 5

다섯번째 묶음에 포함되어 있는 「山林」의 육필 시고. 이것은 두 번이나 퇴고·이기된 경우이다. 즉 A, B, E에 모두 수록되어 있는 작품이다.

이 A, B, C, D, E 다섯 묶음별 수록 상황을 정리하면 다음과 같다.[9]

구분	A	B	C	D	E	계
성격	최초 습작 노트	자선 시집·습작 노트	산문 묶음	자선 시집	습유 작품군	–
제목	나의 습작기의 시 아닌 시	창	–	하늘과 바람과 별과 시	–	–
육필 초고 수	58*	53	4	19	15	149
제작 시기	1934~1937	1937~1939	1938~?	1941	1940~1942	
중복·이기	–	(A에서▶) 17	–	(B에서▶) 3	(B에서▶) 2 (◀D로) 2 (E에서 중복) 1	25
중복 제외	58*	36(35)	4	16	10	124(123)
수록 육필 시고 구분	시 26 동시 32	시 30(29) 산문시 1 동시 5	수필 4	시 11 산문시 5	시 8 산문시 2	시 75(74), 동시 37, 산문시 8, 수필 4
생존시 발표	6	3	1	–	–	10

---

8 낱장의 형태로 되어 있는 15편의 육필 시고를 묶어 편의상 하나의 묶음 단위로 처리한 것이다. 이 15편의 시고 중 2편은 B에서 이기한 것이다. 한편 이 중 2편은 선별되어 D『하늘과 바람과 별과 시』로 이기되었다. 그리고 「위로慰勞」라는 작품의 경우는, 최초 초고 형태와 이를 정서淨書·이기한 것이 이 묶음에 함께 수록되어 있다.

9 ① 표에서 A의 '육필 흔적 수' 58편은 「짝수갑」(동시: 제목만 있고 본문은 없음)을 제외한 것임.

위의 통계에서 확인할 수 있는 사실은 다음과 같다.

1) 『사진판』에 수록된 육필 초고는 모두 149편이다.[10]
2) 이 중 퇴고 후 이기되어 전체적으로 보아 중복 수록된 것은 모두 25편이
   다. 이는 윤동주의 시적 정진이나 텍스트 관리를 위한 노력이 상당했음을
   의미하며, 동시에 윤동주의 작품 사이에는 매우 긴밀한 상호 텍스트적 맥
   락이 조성되고 있을 가능성을 시사해주기도 하는 것이다.
3) 이기의 과정을 도시하면 다음과 같으며, 도표에서 보듯 D가 서지적書誌的
   관점에서 중심점에 놓인다는 것을 알 수 있다.

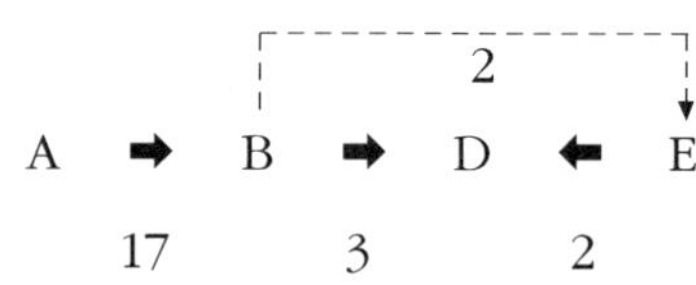

4) 따라서 중복 수록 부분을 제외할 경우, 『사진판』에 수록된 육필 초고 총수
   는 총 124개이다(판독 불가능한 「가로수」를 제외할 경우는 123편이다).
5) 여기에서 다시 산문(수필) 4편을 제외하면 시(동시 포함)의 육필 시고 총
   수는 모두 119편(「가로수」 제외)이다.
6) 전체 119편에 달하는 육필 시고를 장르별로 다시 구분하면, 시 74편(「가로
   수」 제외), 산문시 8편,[11] 동시 37편[12]이다.

---

② '수록 육필 시고 구분'에서 B항의 '동시 5'는 「해빛·바람」을 별개의 작품으로 간주한 결과이다.
③ '수록 육필 시고 부분' D항에서 '산문시'를 5편으로 잡았는데, 이는 B53의 「자상화自像畵」가 D
에 「자화상自畵像」으로 퇴고·이기되면서 산문시로 형태가 변경되었다고 판단한 결과이다.
10 『사진판』 해제는 모두 150편이라고 하고 있으나, 제목만 남아 있는 「짝수갑」의 경우는 제외되어
야 할 것이다(여기에서 전문이 삭제되고, 판독 역시 불가능한 「가로수」도 다시 제외하여야 할 것이
다. 그렇게 되면 모두 148편으로 보아야 할 것이다).
11 만약 산문시의 형태로 퇴고·이기된 D의 「자화상」 대신, B의 「자상화」를 기준으로 잡게 되면, 시
의 수는 76편, 산문시의 수는 7편으로 잡을 수도 있다.
12 이는 『사진판』에서 분류한 것과 다르다. 이 책에서는 필자의 판단 기준에 따라 '동시'로 분류하였
다. 가령 A에 수록된 「버선본」의 경우 『사진판』 부록에서는 일반 시로 분류했으나, 필자는 '동시'로
분류했다. 참고로 「버선본」의 전문을 인용하면 다음과 같다.
   "어머니!/누나 쓰다버린 습자지는/두어둬서 멀합니까?//그런줄 몰랐더니/습자지에다 내 보선

7) 생존시 발표작은 모두 10편이며 이 중 6편이 초기 습작 노트인 A에서 선별된 것이다. 이는 윤동주의 창작 의욕이 '활자화活字化'로 가일층 고무되었을 가능성이 크다는 것을 말해주는 것이다.

8) 장르별로 볼 때, 동시의 86.5%(37편 중 32편)가 A에 수록되어 있으나 C, D, E에는 보이지 않는다. 이와는 대조적으로 C, D, E에는 산문 형식(산문수필 또는 산문시)이 전체 수록 편수의 36.6%(30편 중 11편)를 점하고 있다. 이는 윤동주의 형태적 관심이 초기의 동시에 머무르다가 후기에는 산문시 쪽으로 옮겨갔음을 말해주는 것이다.

1-3. 『사진판』 수록 육필 시고의 제작 연도별 상황과 창작 이력

『사진판』 제1부에 수록된 전체 사진 자료 상황에 대한 통계 자료를 제작 연도별로 재분류하면 다음과 같다.[13]

순번	제작 연도	동시	시		산문 (수필)	소계	비고
			시	산문시			
1	1934	1	2	–	–	3	
2	1935	1	5	–	–	6	『숭실활천崇實活泉』에 시(1작품) 발표
3	1936	21	19	–	–	40	『카톨릭少年』에 동시(2작품) 발표
4	1937	9	16	–	–	25	『카톨릭소년』에 동시(3작품) 발표
5	1938	5	9	–	1	15	조선일보에 시(1작품) 발표
6	1939	–	3	3	3(?)	9	조선일보에 수필(1작품) 및 시(1작품), 『소년』(조선일보사간)에 동시(1작품) 발표
7	1940	–	1	2	–	3	
8	1941	–	14	2	–	16	「自像畵」를 산문시 「自畵像」으로 개작
9	1942	–	5	1	–	6	1.19. 창씨계 제출, 도일하여 4월 立敎大學 입학
소계	–	37	74	8	4	123	(▲ 시 3 / 동시 6 / 수필 1 작품 발표)

놓고/가위로 오려/버선본 만드는걸./××/어머니!/내가 쓰다버린 몽당연필은/두어뒀서 멀합니까//그런줄 몰랐더니/천우에다 버선본놓고/침발려 점을찍곤/내보선 만드는걸."(1936. 12. 초)

이 통계 자료를, 『사진판』 부록에 있는 '윤동주 연보'와 대조할 경우 다음과 같은 추정이 가능해진다.

1) 윤동주가 시작 활동을 본격화한 것은 1936년이며, 이 시기에 그가 주력한 장르는 동시이다.

2) 이보다 앞선, 1935년 10월 평양 숭실중학교 재학시 학교 YMCA 문예부에서 발간하는 『숭실활천崇實活泉』 제15호에, 그의 시 「공상空想」이 최초로 활자화되어 게재된 것이 시작 활동을 본격화한 결정적 계기가 된 듯이 보인다.

3) 그가 쓴 동시 「병아리」와 「비ㅅ자루」가 당시 연길에서 간행되던 『카톨릭 소년』이라는 잡지에 1936년 11월과 12월에 걸쳐 잇달아 발표되고 있는 점으로 미루어, 1936년에 그가 동시 창작에 주력한 것은 연변의 문학적 환경, 즉 발표 매체 사정과 밀접한 관련이 있는 듯 보인다.

4) 그의 동시 창작은 1938년 4월 그가 연변을 떠나, 연희전문학교에 입학, 서울로 유학하면서 사실상 중단 상태[14]에 접어든다. 이후 1939년 10월 17일 그의 시 「아우의인상화印像畵」가 중앙지 조선일보에 게재되면서 그의 관심은 시와 산문 쪽에 집중된다. 이로 미루어 그가 서울에 진출하여 연변과 다른 문학적 환경에 놓이게 되었다는 현실과, 시로써 자신의 가능성을 확인하게 된 것이 동시 창작을 중단하게 된 결정적 이유로 추정된다.

---

13 육필 초고는 대부분 제작 연도가 명기되어 있지만 개중에는 누락된 것도 있다. 이 경우는 이기 이전이나 이후의 사진 자료에 보이는 내용을 참조했다. 그마저도 없을 경우는 전후에 기록된 흔적에 나타나는 제작 시기를 바탕으로 추정했음을 밝혀둔다(표 안의 산문 수필항에 '?'는 제작 시기가 추정된 것임을 나타냄).

14 B(두번째 묶음)에는 동시 시고로는 마지막으로 「해빛·바람」 「해바라기얼골」 「애기의새벽」 「귀뚜람이와나와」 「산울림」 등 5편이 나란히 적혀 있다. 그런데 이 중 마지막 시고인 「산울림」 끝부분에만 '一九三八. 五'라고 창작 시기가 명기되어 있고 앞의 것에는 창작 시기가 명기되어 있지 않다. 그러나 『사진판』에는 이보다 앞서 1938년 10월 26일 완성된 것으로 되어 있는 「고추밭」이 실려 있는 것으로 보아 이를 바탕으로 추정한다면 1938년 10월 전후가 될 것이다. 그러나 윤동주의 경우 시작 노트에 작품을 적는 시점이 작품이 완성되고 나서 한참 후인 경우도 있으므로 정확한 완성 일자는 알 수 없다. 특히 동시의 경우 윤동주는 대부분의 경우 이미 완성해두었던 것을 한꺼번에 몰아 기록했다.

5) 1938년 후반기 윤동주는 동시를 그만둔 대신 산문 창작에 본격 착수한 것으로 보인다. 1938년 10월 그가 투고한 수필 「달을쏘다」가 1939년 1월 23일자 조선일보 4면 '학생 페-지'에 게재될 무렵, 그는 잇달아 세 편의 산문을 창작한다. 그런데 이 산문 창작은 그의 시작과 밀접한 관계를 지니는 것이다. 실제로 그의 후기 시편 상당수[15]가 네 편의 산문들과 상호 텍스트적 맥락을 지니고 있는 것을 확인할 수 있다.

6) 산문 창작을 시작한 것과 때를 같이하여 그의 시 형태가 산문시 쪽으로의 폭을 넓히게 된다. 1939년 이후 그는 모두 8편의 산문시를 쓰게 되는데, 이는 같은 시기에 창작한 시 23편에 비해 결코 적은 비율이 아니며, 시로 먼저 썼던 「자상화」를 산문시 「자화상」으로 개작한 사실과 함께 그의 시 창작 패턴에 주목할 만한 변화가 일어난 것이라고 볼 수 있다.

1-4. 윤동주 작품 연보

연도. 월. 일	구분	『사진판』의 작품명	비고	윤동주 개인사
1934. 12. 24.		초한대		
1934. 12. 24.		삶과죽음		
1934. 12. 24.	동시	래일은없다		
1935. 1. 18.		거리에서		9월 평양숭실중 3학년 편입
1935.		空想	1935년 10월, 『숭실활천』에 발표	수학여행
1935. 10. 27.		꿈은깨여지고	1936년 7월 27일 개작	
1935. 10. 20.		蒼空	'未定稿' 라고 표시	
1935. 10.		南쪽하늘		
1935. 12.	동시	조개껍질		
1936. 1. 6.	동시	고향집		
1936. 1. 6.	동시	병아리	『카톨릭소년』 1936년 11월호에 발표	

---

15 1939. 9. 이후 씌어진 작품들. 특히, 「츠르게네프의언덕」 「자상화」 「참회록」 「또다른고향」 「바람이 불어」 「길」 등이 그렇다.

연도. 월. 일	구분	『사진판』의 작품명	비고	윤동주 개인사
1936.	동시	오줌쏘개디도	『카톨릭소년』 1937년 1월호에 발표.	신사 참배 거부로 숭실학교 폐교(3월)
1936.	동시	창구멍	후에 「해빛 · 바람」으로 개작	용정의 광명학원 4학년 편입(3월)
1936.	동시	기와장내외		송몽규, 민족 운동 관계로 일경에 고초(3월)
1936. 2. 10.		비둘기		『정지용시집』 정독
1936. 3. 20		離別		李箱의 작품 스크랩
1936. 3. 20		食券		일어판 세계문학전집 탐독
1936. 3. 24.		牡丹峯에서		한국 작가의 소설과 시를 탐독하고 스크랩
1936. 3. 25.		黃昏		용정 외가에서 동요 시인 강소천 만남
1936. 3. 25.		가슴 1		
1936. 3. 25.		가슴 2	×표시로 삭제	
1936. 3.		종달새		
1936. 봄		닭		
1936. 5.		山上		
1936. 5.		午後의球場		
1936. 6. 10.		이런날		
1936. 6. 26.		陽地쪽		
1936. 6. 26.	동시	山林		
1936. 7. 24.		가슴 3		
1936. 여름	동시	谷間		
1936.	동시	빨래		
1936. 9. 9.		비ㅅ자루	『카톨릭소년』 1936년 12월호에 발표	
1936. 9. 9.	동시	해ㅅ비		
1936. 10. 초	동시	비행긔		
1936. 10. 23. 밤		가을밤		
1936. 가을	동시	굴뚝		
1936. 10.	동시	무얼먹구사나	『카톨릭소년』 1937년 1월	

연도. 월. 일	구분	『사진판』의 작품명	비고	윤동주 개인사
			호에 발표	
1936. 10.	동시	봄		
1936. 12.	동시	참새	'未定' 이라고 표시	
1936.	동시	개		
1936.	동시	편지		
1936. 12. 초	동시	버선본		
1936. 12.	동시	니불		
1936.	동시	사과		
1936.		눈		
1936.	동시	닭	앞의 「닭」을 동시로 개작한 것	
1936.		아츰	'곳칠것' 으로 탈고 보류	
1936. 겨울	동시	겨을		
1936.		호주머니		
1937. 1.		黃昏이바다가되여		
1937.	동시	거즛뿌리	『카톨릭소년』 1937년 10월호에 발표	
1937.	동시	둘다		
1937.	동시	반듸불		
1937. 3.	동시	밤		광명중학 농구 선수로 활약
1937. 3. 10.	동시	할아바지	수직선으로 삭제	
1937.	동시	만돌이		
1937.	동시	개	×표로 삭제	
1937.	동시	나무		
1937. 봄		장	×표로 삭제	
1937. 4. 15.		달밤		
1937. 5. 29.		風景		
1937. 6.		鬱寂	×표로 삭제	
1937. 7. 1.		寒暖計		
1937. 7. 26.		그女子		
1937. 7. 26.		夜行	선을 많이 그어 완전 삭제	
1937.	동시	비ㅅ뒤	×표로 삭제	

연도. 월. 일	구분	『사진판』의 작품명	비고	윤동주 개인사
1937. 8. 9.		소낙비		백석 시집 『사슴』 필사(8월)
1937. 8. 18.		悲哀		
1937. 8. 20.		瞑想		
1937. 9.		毘盧峯		금강산 및 원산 송도원 수학여행
1937. 9.		바다		
1937. 9.		山峽의午後		진로 문제로 부친과 갈등 『영랑시집』 정독
1937. 10.		窓		
1937. 10. 24.		遺言	1939년 2월 6일 조선일보	
1938. 5. 10		새로운길	시 형태 변경	광명중 5학년 졸업(2월)
1938. 5. 28		어머니	선을 많이 그어 삭제	연희전문학교 문과 입학(4월)
1938. 5.	동시	산울림	『소년』(조선일보) 1939년 3월호에 발표	3년간 기숙사 생활
1938. 6. 1	산문시	街路樹	선을 많이 그어 삭제	최현배, 이양하 선생에게 배움
1938. 6. 11		비오는밤		용정 북부교회 여름성경학교 교사
1938.		사랑의 殿堂		
1938. 6. 19		異蹟		
1938. 9. 15.		아우의印像畵	조선일보 1938년 10월 17일 발표	
1938. 9. 20.		코쓰모쓰		
1938. 9.		슬픈族屬		
1938. 10. 26.		고추밭		
1938.	동시	해빛 · 바람		
1938.	동시	해바라기얼골		
1938.	동시	애기의새벽	개작 시도 후 환원	
1938.	동시	귀뜨람이와나와		
1938 ?	산문	달을쏘다	조선일보 1939년 1월 23일 발표	
1939 ?	산문	별똥떨어진데		
1939 ?	산문	花園에꽃이핀다		

연도. 월. 일	구분	『사진판』의 작품명	비고	윤동주 개인사
1939 ?	산문	終始		
1939. 9.		달같이		『문장』『인문평론』 구독
1939. 9.		薔薇病들어		신문 발표 문학 작품 스 크랩 계속
1939. 9.	산문시	츠르게네프의언덕		
1939.		산골물		
1939. 9.	(산문시)	自畵像	일반 시에서 산문시로 개작	
1939.	산문시	少年		
1940. 12. 3.	산문시	慰勞	백지에 기록	연희전문 후배 정병욱 입 학, 교유
1940.		八福	백지에 기록	협성교회에 다니며 영어 성서반 참가
1940. 12.	산문시	病院	백지에 기록 후 원고지로 이기	외삼촌 김약연 선생에게 『시경』 배움
1941.		看板없는거리		릴케, 발레리, 지드 등 외 국 문학 탐독
1941. 2. 7.		무서운時間		프랑스어 자습
1941. 3. 12.	산문시	눈오는地圖		논산, 부여 낙화암 여행
1941. 5.		새벽이올때까지		
1941. 5. 31.		十字架		소설가 김송 집에 하숙(5월)
1941. 5. 31.		눈감고간다		서정주 시집『화사집』탐독
1941.		太初의아츰		
1941. 5. 31.		또太初의아츰		
1941.	산문시	못자는밤		
1941. 6.		돌아와보는밤		
1941. 6. 2.		바람이불어		
1941. 9.		또다른故鄉		
1941. 9. 31.		길		
1941. 11. 5.		별 헤는 밤	9연으로 일차 퇴고	자선 시집『하늘과 바람 과 별과 시』출간 시도했 으나 좌절

연도. 월. 일	구분	『사진판』의 작품명	비고	윤동주 개인사
1941. 11. 20.		—	「序詩」로 잘못 알려진 작품	윤동주의 도일을 위해 고향에서 '平沼(히라누마)'로 창씨
1941. 11. 29.		肝		전시 학제 단축으로 연희전문 졸업(12월)
1942. 1. 24.		懺悔錄	편지지에 작성	키에르케고르 탐독
1942. 4. 14.		힌 그림자	릿교대 용지에 작성	동경 릿교(立敎) 대학 문학부 영문과 입학(4월)
1942. 5. 12.		흐르는거리	릿교대 용지에 작성	시 5편을 서울 친구에게 우송
1942. 5. 13.		사랑스런追憶	릿교대 용지에 작성	
1942. 6. 3.		쉽게씨워진 詩	릿교대 용지에 작성	
1942.		봄	릿교대 용지에 작성	도시샤 대학 영문학과 선과 입학

2. 윤동주의 육필 시고가 유고 시집 이본異本에 수용되는 양상

2-1. 『하늘과 바람과 별과 시』 초판 · 중판 · 3판에 수용되는 양상

『사진판』 제1부에 수록되어 있는 124개의 육필 시고들은, 이미 잘 알려진 것처럼 해방 후 윤동주의 유족과 친지[16]에 의해서 '하늘과 바람과 별과 시' 라는 제목의 유고遺稿 시집으로 선별 · 편집 · 간행된다.

1948년에 발간된 초판 『하늘과 바람과 별과 시』에는 모두 31편의 '작품' 이 수록되는데 그 내역은 다음과 같다.[17]

---

16 『하늘과 바람과 별과 시』의 초판본 간행에 중심적 역할을 한 것은, 널리 알려진 대로 윤동주의 실제 고 윤일주 교수와, 윤동주의 연희전문 후배 고 정병욱 교수이다.

17 ① 이 글은 1948. 1. 10. 발행된 초판본을 입수하지 못한 상태에서 작성되었다. 필자가 초판본 대신 참조한 자료는, 1) 『(사진판) 윤동주 자필 시고 전집』(1999. 3. 1.), 2) 『하늘과 바람과 별과 시』 중판본(1955. 2. 15. 발행본), 3) 『하늘과 바람과 별과 시』 3판본(책에는 '중판' 이라고 되어 있으나, 『사진판』 자료에서 사용한 용어에 따라 '3판본' 으로 부른다. 필자가 참조한 것은 1977. 6. 30. 발행본 및 1981. 8. 25. 발행본이다) 등이다.

② 중판본과 3판본을 대조해보면, 텍스트의 수록 순서가 1~4부까지는 정확히 쪽수까지 일치한다. 그런 까닭에 표의 '수록 순서' 는 편의상 마지막 판본인 3판본(1981)을 따랐다. '3-05' 라고 했을 경우 이는 3판본 3부에 다섯번째로 수록되었음을 의미한다.

③ 표에서 '사진판 출처' 항목란에 표시된 A, B, C, D, E는 앞서 말한 바와 같이 제1부의 사진 자료 묶음 단위를 순서대로 나타낸 것이다. A, B 등 영문자 뒤의 숫자는 이 묶음 안에서의 수록 순서를 의미한다.

▶ 1948년 초판본에 수록된 육필 흔적들

수록 순서	『사진판』 출처	수록 작품명	장르	제작 시기(연/월)	
0-00	D-01	(序詩)	시	1941	11
1-01	D-02	自畵像	산문시	1939	9
1-02	D-03	少年	산문시	1939	
1-03	D-04	눈 오는 地圖	산문시	1941	3
1-04	D-05	돌아와 보는 밤	산문시	1941	6
1-05	D-06	病院	산문시	1940	12
1-06	D-07	새로운 길	시	1938	5
1-07	D-08	看板없는 거리	시	1941	
1-08	D-09	太初의 아침	시	1941	
1-09	D-10	또 太初의 아침	시	1941	5
1-10	D-11	새벽이 올 때까지	시	1941	5
1-11	D-12	무서운 時間	시	1941	2
1-12	D-13	十字架	시	1941	5
1-13	D-14	바람이 불어	시	1941	6
1-14	D-15	슬픈 族屬	시	1938	9
1-15	D-16	눈감고 간다	시	1941	5
1-16	D-17	또 다른 故鄕	시	1941	9
1-17	D-18	길	시	1941	9
1-18	D-19	별헤는 밤	시	1941	11
2-01	E-11	흰 그림자	시	1942	4
2-02	E-12	사랑스런 追憶	시	1942	5
2-03	E-13	흐르는 거리	산문시	1942	5
2-04	E-14	쉽게 씌어진 詩	시	1942	6
2-05	E-15	봄	시	1942	
3-03	E-05	慰勞	산문시	1940	12
3-02	E-09	肝	시	1941	11
3-01	E-10	懺悔錄	시	1942	1
3-24	B-15	밤	동시	1937	3
3-13	B-29	遺言	시	1937	10
3-08	B-39	아우의 印像畵	시	1938	9
3-12	B-52	산 골 물	시	1939	

위와 같이 초판 『하늘과 바람과 별과 시』에 수록된 것이 모두 31편으로 그친 데에는 자료적 한계 때문이었다. 윤인석이 쓴 『사진판』 후기[18]에 다음과 같은 내용이 언급되어 있다.

필자의 아버지[19]도 1946년 6월, 고향 용정을 떠나 서울로 오시게 되었다. 서울에 도착하자마자 정병욱 교수를 찾았고, 1947년 2월 16일 2주기 추모 모임 자리에서 시집 발간을 구체적으로 추진하기로 하였다. 그리고 두 분은 자선시집[20]과 이미 발표된 작품, 그리고 친지[21]들이 보관하고 있던 원고들을 토대로 1948년 2월 정음사를 통하여 초판을 발간하였다.

윤인석의 회고에 따르면 결국 초판본 『하늘과 바람과 별과 시』는 『사진판』의 A, B, C가 없는 상태에서 출간된 셈이다. 결국 초판본은,

1) 정병욱이 소장하고 있던 윤동주 자선 시집 『하늘과 바람과 별과 시』 수록 19편(『사진판』의 D 수록분 전부)
2) 조선일보에 발표되었던 「유언」과 「아우의인상화」 2편
3) 일본 유학 시절 윤동주가 강처중에게 보내온 낱장 시고(『사진판』의 E) 5편[22]
4) 기타 작품 5편[23]

등으로 구성된 것이다. 따라서 초판본 편집에서는 확보된 작품을 모두 실었던

---

18 『사진판』, p. 350 상단 참조.
19 고 윤일주 교수를 지칭한다.
20 윤동주가 당초 만든 자선 시집 『하늘과 바람과 별과 시』 3부 중, 정병욱에게 주었던 것. 그 당시 이미 2부(윤동주 자신의 것 및 은사 이양하 교수에게 증정된 것)는 찾을 길이 없는 상태였으므로 이것이 유일본이었다.
21 송우혜는 『윤동주 평전』(세계사, 2001)에서 이 친지 중 초판 시집에 가장 적극성을 보인 사람이 윤동주의 연전延專 문과 동기였던 강처중이라고 밝히고 있다. 앞의 표에 『사진판』 출처 중 E(습유拾遺 작품군)로 되어 있는 것은 대부분 강처중이 소중히 보관하고 있다 내어놓은 것이라는 것이다.
22 「흰그림자」 「사랑스런추억」 「흐르는거리」 「쉽게씨워진 시」 「봄」.
23 「밤」 「산골물」(이상 『사진판』 B 수록분), 「위로」 「간」 「참회록」(이상 『사진판』 E 수록분).

셈이므로 처음부터 '작품'을 '선별'할 여지가 없었다. 그러니까 그 당시 1)의 19 작품 외에 '윤동주의 자필 작품'으로 확보된 것은 다 수록한 셈이다.

한편, 초판본에 이들 작품이 수록된 순서는 다음과 같다.

▶ 서시 및 제1부: 윤동주 자선 시집 『하늘과 바람과 별과 시』 수록 19편

▶ 제2부: 윤동주가 강처중에게 보내온 낱장 시고(『사진판』의 E) 5편

▶ 제3부: 조선일보에 발표되었던 「유언」과 「아우의인상화」 및 기타 작품 5편 등 7편

그러나 중판인 1955년본의 경우 사정은 달라진다. 다시 『사진판』 후기를 쓴 윤인석의 증언을 들어보자.

서울에 있는 자료와 원고만으로는 부족하다고 느낀 아버지는 고향에 있는 가족들에게 서울로 나오는 식구가 있으면 큰아버지[24]의 유고, 유품들을 가지고 올 것을 부탁하였고, 1947년 12월, 갓 결혼하신 혜원 고모 내외분이 원고 노트(①②)[25]와 가족 사진첩 등을 가지고 고향을 떠났다. 〔……〕 1948년 12월 연천을 거쳐 38선을 넘으셨다. 이렇게 서울로 옮겨 온 원고들 중에서 선별된 작품들이 추가되어 1955년 2월에 『하늘과 바람과 별과 시』 증보판이 발행되었다. 〔……〕

위 증언이 사실이라면 1955년 중판본 발간을 준비하고 있을 때는, (현재의 『사진판』에서 E에 포함되어 있는) 「팔복」과 「못자는밤」만을 빼놓고는 모든 자료가 다 구비되어 있었다는 셈이 된다. 그런데 중판본 총 수록 편수는 93편이다. 결국 편집 과정에서 일부 자료가 제외된 채 초판본 대비 62편이 추가된 것이다. 그 추가된 62편은 다음과 같다.

---

24 윤동주를 가리킴.

25 『사진판』 제1부 수록분 첫 두 묶음 단위인 A · B.(앞서 이 책에서는 『사진판』의 시고 묶음을 A, B…… 등으로 약칭하기로 한 바 있다.)

수록 순서	『사진판』 출처	수록 작품명	장르	제작 시기(연/월)	
3-42	A-01	초 한 대	시	1934	12
3-41	A-02	삶과 죽음	시	1934	12
4-21	A-04	조개껍질	동시	1935	12
4-20	A-06	병아리	동시	1936	1
4-19	A-07	오줌싸개 지도	동시	1936	
4-18	A-09	기왓장 내외	동시	1936	
3-36	A-10	비둘기	시	1936	2
3-40	A-19	거리에서	시	1935	1
3-30	A-21	이런날	시	1936	6
3-28	A-26	꿈은 깨어지고	시	1935	10
3-39	A-27	蒼空	시	1935	10
4-17	A-30	빗자루	동시	1936	9
4-16	A-31	햇비	동시	1936	9
4-15	A-36	굴뚝	동시	1936	가을
4-14	A-37	무얼 먹고 사나	동시	1936	10
4-13	A-38	봄	동시	1936	10
4-10	A-39	참새	동시	1936	12
4-12	A-41	편지	동시	1936	
4-11	A-42	버선본	동시	1936	12. 초
4-09	A-43	봄	동시	1936	12
4-08	A-51	거짓부리	동시	1937	
4-07	A-52	둘 다	동시	1937	
4-06	A-53	반디불	동시	1937	
3-37	B-01	黃昏	시	1936	3
3-34	B-02	가슴 1	시	1936	3
3-35	B-04	가슴 2	시	1936	7
3-31	B-05	山上	시	1936	5
3-32	B-06	陽地쪽	시	1936	6
3-38	B-08	南쪽 하늘	시	1935	10
3-27	B-09	빨래	시	1936	
3-33	B-10	닭	시	1936	봄
4-22	B-13	겨울	동시	1936	겨울

수록 순서	『사진판』 출처	수록 작품명	장르	제작 시기(연/월)	
3-23	B-17	장	시	1937	봄
3-21	B-18	風景	시	1937	5
3-22	B-19	달밤	시	1937	4
3-20	B-21	寒暖計	시	1937	7
3-18	B-26	瞑想	시	1937	8
3-14	B-27	窓	시	1937	10
3-15	B-28	바다	시	1937	9
3-17	B-30	山峽의 午後	시	1937	9
3-26	B-33	아침	시	1936	
3-19	B-34	소낙비	시	1937	8
3-11	B-36	비오는 밤	시	1938	6
3-09	B-37	사랑의 殿堂	시	1938	6
3-10	B-38	異蹟	시	1938	6
3-07	B-42	고추밭	시	1938	10
3-16	B-43	毘盧峯	시	1937	9
4-05	B-44	햇빛 · 바람	동시	1938	
4-02	B-45	해바라기 얼굴	동시	1938	
4-04	B-46	애기의 새벽	동시	1938	
4-03	B-47	귀뜨라미와 나와	동시	1938	
4-01	B-48	산울림	동시	1938	5
3-06	B-49	달같이	시	1939	9
6-01	B-51	트루게네프의 언덕	산문시	1939	9
6-02	C-01	달을 쏘다	산문(수필)	1938	10투고
6-03	C-02	별똥 떨어진데	산문(수필)	1939~1940	
6-04	C-03	花園에 꽃이 핀다	산문(수필)	1939~1940	
6-05	C-04	終始	산문(수필)	1939~1940	
3-29	E-01	山林	시	1936	6
3-25	E-02	黃昏이 바다가 되어	시	1937	1
3-04	E-04	八福	시	1940	
3-05	E-07	못 자는 밤	시	1941	

이들 62작품을 추가로 수록하여 모두 93작품을 수록하게 된 중판본은 모두 5
부와 후기의 체제로 편집되었는데, 제1부 및 제2부의 수록 작품은 초판본과 같

다. 그 자세한 내용은 다음과 같다.

▶ 서시 및 제1부: 윤동주 자선 시고 『하늘과 바람과 별과 시』 19편
▶ 제2부: 일본 유학 시절 윤동주가 강처중에게 보내온 낱장 시고(『사진판』의 E에서 5편[26])
▶ 제3부: 초판본 제3부 수록 작품 7작품을 포함한 42편(『사진판』의 A에서 7편, B에서 29편, E에서 6편)
▶ 제4부: '동시' 22편 (『사진판』의 A에서 16편, B에서 6편)
▶ 제5부: 산문시 1편 및 산문 4편(『사진판』의 B에서 「츠르게네프의언덕」 1편, C에 실린 4편 전부)

이때의 편집 기준은 다음과 같은 것으로 분석된다.

1) 초판본의 제1·2부는 그대로 쪽수까지 살려 싣는다.
2) ① 제3부에는 초판본 3부에 실린 7작품을 당연히 포함시킨다.
2) ② ①과는 별도로 제3부에는 윤동주의 시고 노트 A와 B에서 선별한 일반 시를 싣는다.
2) ③ 이 경우 수록 순서는 제작 시기별로 하되 최근 것을 먼저 싣는다.
3) ① 제4부는 A와 B에서 선별한 동시를 싣는다.
3) ② 이 경우 수록 순서는 제3부와 같은 기준을 적용한다.
4) ① 제5부는 산문시 및 C의 산문 4편을 싣는다.
4) ② 이 경우 조선일보에 발표되었던 「달을쏘다」를 먼저 싣는다.

여기서 1)과 4)의 기준은 별문제가 없어 보인다. 그러나 2)-②와 3)-①은 다음과 같은 점에서 문제가 된다.

---

26 「흰그림자」 「사랑스런추억」 「흐르는거리」 「쉽게씨워진 시」 「봄」.

가) A와 B에서 텍스트를 선별할 경우, 윤동주가 타계한 상태에서 어떤 기준을 적용할 것인가?

나) A와 B에 기록된 자필 시고 중, '동시' '동요'라는 분류명이 명기되어 있는 것이 있는 반면 그렇지 않은 것도 있다. 이 경우 어떻게 일반 시와 동시를 구분할 것인가?

위의 문제점 중 가)의 경우 다음과 같은 문제를 포괄한다.

▶ A, B, D, E에는 퇴고되어 이기移記된 시고가 다수 존재한다. 이 경우 복수의 시고詩稿 중 어떤 것을 '텍스트'로 선별할 것인가?

▶ 또한 A와 B에는 한 원고지에 두 형태로 동시에 씌어진 시고가 있다. 이 경우 어떤 것을 '텍스트'로 선별할 것인가?

▶ A와 B에는 「아츰」이나 「풍경」처럼 채 탈고가 안 된 듯이 보이는 시고가 있다. 이 육필 시고의 경우 어떻게 처리할 것인가?

▶ A와 B의 시고 중, 퇴고 과정에서 전체적으로나 부분적으로 삭제 지시를 한 것이 있다. 그런데 이 삭제 지시 중에는 '일제 강점기'라는 특수한 상황이 빚어낸 것으로 이해되는(즉 자기 검열에 의한 것이기는 하나 사실상 타율적으로 보이는) 것이 있다. 그때와는 다른 광복 이후의 상황에서 이 삭제 부분을 어떻게 처리할 것인가?

시인이 타계하고 없는 상황에서 '유고 시집'을 낸다는 것은 실로 이와 같은 복잡한 문제를 파생시키는 것이다.

여기에 더욱 사정이 복잡해진 것은, 이미 윤동주가 타계한 이후이지만, 초판본 발간의 결과 1955년 현재, 윤동주는 현대 시인으로 문단의 각별한 주목을 받기 시작한 상태였다.

그렇다면, 『하늘과 바람과 별과 시』 초판본에 A와 B에 있는 육필 시고를 추가로 수록하는 작업은 앞서 언급한 여러 문제점을 고려, 신중을 기했어야 마땅했다.

물론 중판본의 편집자도 이 점에 대한 고려를 전혀 하지는 않았을 것이다.

그러나 이 책의 제3편 '원전 확정을 위한 해석적 연구'에서 이 점에 대해 일

부 지적하고자 하지만, 중판본의 편집에는 앞서 언급한 바와 같은, 사전에 숙고
되었어야 할 여러 사항이 충분히 관철되지 않은 것 같다.

한편 1976년에 출판된 3판본은 중판본(93편 수록)에 다시 23편을 추가하여
모두 116편을 수록하고 있다. 이때의 편집 기준은 '본인(윤동주)이 지우거나,
×표 등이 붙어 있는 것을 제외한 전 작품'[27]이었다.

아울러 3판본의 편집은 '초판본＋일부 작품→중판본'의 편집 관행을 그대로
답습한 것으로 분석된다. 3판본은, 총 5부로 편집된 중판본의 제4부, 제5부 사
이에 1개 부를 추가한, 6부의 형태로 편집되었다. 그 결과,

▶ 제1부(＝중판 제1부), 제2부(＝중판 제2부), 제3부(＝중판 제3부), 제4부
  (＝중판 제4부), 제5부(＝추가 수록 23편), 제6부(＝중판 제5부)

의 형태가 되었다.

그런데 3판본에 다시 추가된 23편은 다음과 같다.

▶ 1976년 3판본(제5부)에 추가된 육필 시고들

수록 순서	『사진판』 출처	수록 작품명	장르	제작 시기(연/월)	
5-12	A-03	내일은 없다	동시	1934	12
5-15	A-05	고향집	동시	1936	1
5-03	A-11	離別	시	1936	3
5-01	A-12	食券	시	1936	3
5-04	A-13	牡丹峯에서	시	1936	3
5-02	A-17	종달새	시	1936	3
5-11	A-20	空想	시	1935	10
5-05	A-22	午後의 球場	시	1936	5
5-17	A-32	비행기	동시	1936	10. 초
5-14	A-40	개	동시	1936	
5-19	A-44	사과	동시	1936	

---

27 『사진판』 p. 351, 윤인석의 후기 내용에서 인용.

수록 순서	『사진판』 출처	수록 작품명	장르	제작 시기(연/월)	
5-20	A-45	눈	동시	1936	겨울
5-13	A-49	호주머니	동시	1936	
5-22	A-55	할아버지	동시	1937	3
5-23	A-56	만돌이	동시	1937	
5-21	A-46	닭	동시	1936	
5-18	A-58	나무	동시	1937	
5-16	B-11	가을밤	시	1936	10
5-06	B-12	谷間	시	1936	여름
5-07	B-22	그女子	시	1937	7
5-08	B-25	悲哀	시	1937	8
5-09	B-40	코스모스	시	1938	9
5-10	B-50	薔薇 병들어	시	1939	9

　이 23편은, 중판본의 편집 때처럼, A와 B에서 일반 시 및 동시를 추가로 선별하여 수록하는 형식이었다. 물론 수록 방법에 있어 추가 선별 시고를 일반 시와 동시로 분류하려 한 것의 경우 중판 편집 때와 같다. 그러나 중판 편집 때의 수록 순서와 같은 기준은 적용되지 않은 것으로 분석된다. 대체로 중판 때에 비해서 상대적으로 편집 내용이 더 무질서해 보인다.

　이제 『사진판』(1999)의 모든 자료와, 『하늘과 바람과 별과 시』 중판본(1955, 93편 수록) 및 3판본(1976, 116편 수록)의 수록 내용을 대조하여 불행히도 중판본 및 3판본 편집에 끼지 못한 윤동주의 육필 시고들을 살펴보기로 하자. 이 누락된 육필 시고들이야말로 중판본 및 3판본 편집 당시, 그러니까 추가 수록 시고를 A와 B에서 선별했을 당시의 선별 기준에 대해 가늠해볼 수 있는 실증적 근거가 될 수밖에 없기 때문이다. 결국 이들 누락 작품의 공통점을 분석하는 작업은 중판 및 3판 편집을 주도했던 윤동주의 실제인 고 윤일주 교수와, 윤동주의 지기였던 고 정병욱 교수의 의중, 그리고 편집 작업에 개입되었을 정황 등을 가늠해볼 수 있는 작업이기도 하기 때문이다.

　다음은 중판 및 3판 편집 과정에서 누락된 육필 시고들이다.

▶ 중판본(1955) 및 3판본에서 누락된 육필 흔적들

순번	『사진판』 출처	『사진판』의 작품명	장르	제작 시기	중판 누락	3판 누락
1	A-03	래일은없다	동시	1934	○	
2	A-05	고향집	동시	1936	○	
3	A-11	離別	시	1936	○	
4	A-12	食券	시	1936	○	
5	A-13	牡丹峯에서	시	1936	○	
6	A-17	종달새	시	1936	○	
7	A-20	空想	시	1935	○	
8	A-22	午後의 球場	시	1936	○	
9	A-32	비행긔	동시	1936	○	
10	A-40	개	동시	1936	○	
11	A-44	사과	동시	1936	○	
12	A-45	눈	동시	1936	○	
13	A-46	닭	동시	1936	○	
14	A-49	호주머니	동시	1936	○	
15	A-55	할아바지	동시	1937	○	
16	A-56	만돌이	동시	1937	○	
17	A-58	나무	동시	1937	○	
18	B-11	가을밤	시	1936	○	
19	B-12	谷間	시	1936	○	
20	B-22	그女子	시	1937	○	
21	B-25	悲哀	시	1937	○	
22	B-40	코쓰모쓰	시	1938	○	
23	B-50	薔薇 病들어	시	1939	○	
24	A-08	창구멍	동시	1936 추정	○	○
25	A-17/B-03	가슴 2	시	1936	○	○
26	A-58	개	동시	1937 추정	○	○
27	B-20	鬱寂	시	1937	○	○
28	B-23	夜行	시	1937	○	○
29	B-24	비ㅅ뒤	시	1937 추정	○	○
30	B-32	어머니	시	1938	○	○
31	B-35	街路樹	시	1938	○	○

그러나 현재로서는 중판 및 3판의 편집 과정에서 어떠한 연유로 이들 작품들이 누락되었는지 명확히 밝힐 수는 없다. 그 이유로는 우선, 중판 및 3판의 편집 주체들이 타계한 상태일 뿐만 아니라, 설령 여러 증거들을 취합하여 자세한 누락 경위를 파악하고자 한다고 해도 상당한 시일과 노력이 소요되어야 할 것으로 보이기 때문이다.

따라서 여기에서는 이 자료들을 정리·제시하고, 이 자료가 윤동주 시 연구사의 충분한 논의거리가 될 수 있음을 시사한 정도로 그치기로 한다.

다만 필자로서는 3판 편집 과정에서 일부 작품들을 누락시킨 '기준'이 아무래도 납득하기 어려웠다는 점을 지적하고 넘어가고 싶다.

이 책의 제3편 '1. 삭제 시편'에서 이 문제를 언급할 예정이지만, 3판 편집 과정에서 소외된 8편 중에는 「개」「울적」「비ㅅ뒤」 등 윤동주 연구에 있어 소중한 자료가 될 만한 작품이 포함되어 있기 때문이다.

아무튼 『사진판』의 등장으로 그간 윤동주 연구의 원전으로 간주되어온 『하늘과 바람과 별과 시』는 이제 더 이상 원전으로서 자기 주장을 할 수 없게 되었다는 것이 필자의 판단이다.

이 책 제1편 '원전 확정을 위한 교정·교감 연구'에서도 이미 상당 부분 확인된 바 있지만, 『하늘과 바람과 별과 시』가 윤동주 연구의 원전으로서 문제가 있다는 점은 서지적 측면의 검토 과정에서도 다시 드러나고 있다.

2-2. 권영민 편저, 『하늘과 바람과 별과 시』[28]에 수용되는 양상

한편 윤동주 서거 50주년을 맞이한 1995년 광복절을 앞두고, 권영민 교수에 의하여 다음과 같은 취지[29]로 '윤동주 전집' 2권(1·2)이 편집되어 출간된다.

---

28 권영민 편저, 『하늘과 바람과 별과 시』(문학사상사 간, 서거 50주년 기념 '윤동주 전집 1', 1995). 이하 『50주년 판』으로 부르기로 한다.
29 권영민, 「광복 50년의 한국 문학과 윤동주 – 윤동주 전집을 엮으면서」, 『50주년 판』 1권, p. 15.

　　윤동주의 시와 작품을 모두 망라하여 수록하고, 그의 작품을 더욱 바르게 또한 깊게 이해하고 감상하는 데 큰 도움이 되도록, 윤동주 연구에 힘써 온 20인의 21편에 이르는 글을 모아 윤동주 연구의 결정판이 되기를 바라며, 열의와 성의를 다하여 기획·편집했다.

　　여기에서 관심의 대상이 되었던 것은 물론, "윤동주의 시와 작품을 모두 망라하여 수록"했다고 한 '윤동주 전집 1', 즉 『50주년 판』이다. 권 교수는 앞에 인용한 글 본문에서 이 『50주년 판』의 내용 및 체제와 관련하여 다음과 같이 언급했다.[30]

　　1) 이 전집의 내용은 제1권에 윤동주가 남긴 모든 작품이라고 할 시 97편과 4편의 산문을 수록했다.
　　2) (『50주년 판』에 수록한) 시와 산문의 경우는 초판본 『하늘과 바람과 별과 시』(1948)와, 윤동주 특집호로 엮은 『나라사랑』(1976)을 참고했으며,
　　3) 윤동주 시인의 동생인 윤일주尹一柱 씨의 협조를 얻어 발굴, 1973년(『문학사상』) 3월호에 발표한 8편의 시를 당시의 기사와 함께 전함으로써, 그의 모든 작품을 이 전집 제1권에 수록했다.
　　4) 97편의 시와 4편의 산문은 지금까지 알려진 소수의 동시 습작품(1973년 본지에 유고 시 발표 당시 윤일주 씨가 작품화 이전의 습작이라고 해서 그 유고 발표 때 제외했던 초고들)을 제외하고 윤동주가 남긴 작품의 전부다.
　　5) 새롭게 그 연보와 참고 서지를 정리했으며, 현행 표기법에 맞춰 고쳤다.

　　이 『50주년 판』이, 앞서 2-1에서 밝힌 바와 같이, 작품 수록 체제상 얼마간 무질서해 보이는 정음사 간, 『하늘과 바람과 별과 시』와 달리 새롭게 체제를 꾸며 보고자 한 것은 나름대로 평가할 만한 부분이다.

---

30 같은 책, pp. 16~17.

그러나 비록 『사진판』 출간 이전의 상황이었던 점을 감안하더라도 다소 의아한 점이 없지 않은 것 또한 사실이다.

우선 『50주년 판』의 뒷부분에 붙인 '윤동주 연보'를 보자. 이 연보는 1991년 현재 "『하늘과 바람과 별과 시』는 판을 거듭하면서 계속 증보되어 지금까지 발견된 윤동주의 작품 116편이 모두 실린 완보판이 간행되었다"[31]라고 언급하고 있다.

그렇다면 97편의 시와 4편의 산문을 담았다는 『50주년 판』은 15편을 누락시키고 있는 셈이 된다. 그런데 『50주년 판』이 어떻게 '윤동주의 작품 전부'를 담은 깃인지 의문이 아닐 수 없다.

물론 『50주년 판』의 편저자인 권 교수는 앞서 인용한 4)에 언급한 바와 같이, '소수의 동시 습작품을 제외하고'라는 단서를 붙이고는 있다. 그러나 누락된 이 15편이 우선 '소수'라고 볼 수도 없겠거니와, 나아가 이 15편이 모두 '동시'가 아니라는 점도 문제다. 장르에 대한 관점의 차이는 다소간 있을 수 있다. 그러나 이 15편 중 동시로 분류될 수 있는 것들은 대체로 「눈(이불)」 「닭 2」 「나무」 「사과」 「할아바지」 「만돌이」 등 6편에 불과하며, 나머지 「식권」 「종달새」 「이별」 「모란봉에서」 「오후의 구장」 「그 여자」 「코쓰모쓰」 「공상」 「가을밤」 등은 윤동주 스스로 동시로 구분해놓지도 않았을 뿐만 아니라, 동시로 받아들이고자 해도 동시 장르에 대한 통념상 다소간 망설이지 않을 수 없는 것들이다.

또한 '습작품'이라는 평가적 기준을 적용하는 데도 어려움이 따른다. 물론 윤동주는 첫 시작 노트에 '나의 습작기의 시 아닌 시'라는 제목을 붙여놓았다. 그러나 이 노트에 수록된 작품 중, 대중 매체인 『카톨릭소년』에 발표된 4편을 포함해서, 활자화된 것이 도합 5편에 이른다. 또한 이 첫 노트에서 두번째 시작 노트인 '창窓' (이 노트의 앞부분은 습작 노트 차원을 벗어난다)으로 이기한 것들이, ('창'의) 시작 부분에서만 무려 16작품에 달한다. 결국 '나의 습작기의 시 아닌 시'라는 제목은 겸사로 볼 수밖에 없다.

설령 윤동주의 동생인 고 윤일주 교수가 한 말을 그대로 받아들였다 해도

---

[31] 같은 책, p. 232.

문제가 사라지는 것은 결코 아니다. 앞서 2-1에서 밝힌 바와 같이 『하늘과 바람과 별과 시』에는 이 '습작' 중 상당수가 중판(1955) 및 3판(1976)에 수록되고 있다. 고 윤일주 교수가 이미 20년 전 『하늘과 바람과 별과 시』 3판(1976)에 수록, 공개한 바 있는 작품들을 어찌 '습작품'이라고 하여 제외시킬 수가 있을까?

이렇듯 무려 20년이나 앞서(1976), 수많은 '습작'들을 포함하여 무려 116편이나 수록하고 있는 『하늘과 바람과 별과 시』 3판(1976)이 나왔는데도, 이보다 훨씬 적은 101편으로 엮은 『50주년 판』이 어찌 '윤동주가 남긴 작품의 전부를 수록'했다고 할 수가 있는가.

또 있다. 『50주년 판』은 '윤동주의 미발표 처녀시'라는 독자들의 관심을 끌 만한 표제를 붙여, pp. 135~42 부분에 작품 8편을 싣고 있는데 이러한 편집 역시 납득하기 어렵다.

실상 이 8편의 작품들은 이미 20년 전인 1976년에 『하늘과 바람과 별과 시』 3판에 수록되어 일반에 널리 공개된 것들이다. 물론 『50주년 판』이 출간된 시점이 1976년 이전이었다면 '미발표 처녀시'라는 표제는 정당했을 것이다. 그러나 윤동주 특집을 꾸민 『나라사랑』 23호가 이러한 사실을 이미 공개한 바 있고, 또한 『하늘과 바람과 별과 시』 3판이 이를 모두 수록 공개한 지 20년 가까이 지난 시점에서 '미발표 처녀시'라는 표제가 과연 합당한 것인지 의문이다.

결국 앞서 인용한 내용 중 1) 2) 3) 4) 부분의 언급은, 누가 보더라도 단순한 착오에 의한 편집 결과로는 인정하지 않을 것이다.

문학을 애호하는 독자들은, 자기가 아끼는 문인이 이미 작고했을 경우, 누구나 결정판을 지니고 싶어한다. 부실한 책을 여러 권 지니는 것보다는 결정판 한 권을 지니는 것이 여러모로 좋기 때문이다. 윤동주를 사랑하는 이 땅의 젊은이들도 마찬가지였을 것이다. 윤동주의 '미발표 처녀시'를 포함하여 '윤동주의 작품 전부'를 담았다는 책이 나왔다는데, 윤동주를 사랑하는 순진한 청년들이 어찌 이 책을 지니려 하지 않겠는가? 그러나 『50주년 판』은 필자가 보기에, 우선 작품 수록 편수부터가 『하늘과 바람과 별과 시』 3판을 넘어설 만한 요건을 갖추지 못하고 있는 것이다.

그럼에도 불구하고 이 『50주년 판』은 『하늘과 바람과 별과 시』에 비해 다음과 같은 몇 가지 달라진 점을 보여주고 있다.

1) 대체로 윤동주의 시 작품들을 제작 시기별로 재배열했다. 물론 이러한 편집의 결과 독자들은 『하늘과 바람과 별과 시』에서와 달리 시간적 순서에 입각해 윤동주의 작품을 볼 수 있게 되었다.
2) 윤동주가 스스로 원고에 '산문시'라고 명기한 「츠르게네프의 언덕」은 그동안 『하늘과 바람과 별과 시』의 체제에서 '산문'과 함께 묶임으로써 사실상 '산문' 취급을 받아왔다. 그런데 『50주년 판』은 이를 산문에서 분리하여 시 작품과 한데 묶어 편집함으로써 이러한 오류를 바로잡았다.
3) 제3부에 윤동주의 가계도를 제시하고, '작품 연보'를 제시하는 등 독자를 위해 몇 가지 자료를 제시하였다.
4) 『하늘과 바람과 별과 시』에는 세로쓰기로 되어 있던 것을 가로쓰기로 바꾸었으며, 윤동주 시에 적지 않게 나타나는 북한 방언을 표준어로 바꾸고, 작품 내용을 현행 띄어쓰기에 맞도록 다듬었다. 또한 한자 표기를 상당 부분 한글로 바꾸었다(물론 북한 방언을 표준어로 바꾼 점, 한자 표기를 한글로 바꾼 점 등은 일반 독자의 입장에서는 친절한 배려가 될 수 있겠지만, 윤동주 연구자로서는 '원전의 손상'으로 간주될 법한 것이므로 공과를 속단하기 곤란하다).

한편, 이 『50주년 판』은 다음과 같은 점에서 몇 가지 문제점을 지니고 있다.

1) 앞서 지적한 바와 같이 『하늘과 바람과 별과 시』 3판에 비해 15편의 작품을 누락시킴으로써 수록 작품 수(산문 포함 101편 수록) 측면에서 후퇴한 결과를 낳았다. 이러한 작품 수록이 의도적인 것이었다고 해도, 편자도 먼저 텍스트를 독자에게 충실히 제시해야 한다는 원칙을 외면한 결과로 이는 또 다른 문제가 아닐 수 없다.
2) 북한 방언을 현대 표준어로 바꾸고, 한자 표기를 한글 표기로 바꾼 결과,

연구자에게는 1차 자료에서 멀어진 결과가 되었다.

3) 원작이나 기출판된 자료에 일부 명기된, 동시 · 산문시 등과 같은 장르 명칭을 일절 밝히지 않았다. 장르 개념은 시인의 창작 태도에도 결정적 영향을 끼치지만, 독자들의 작품 이해에도 적지 않은 영향을 미치게 마련이다. 그러나 『50주년 판』에는 이러한 배려가 없다.

4) 아울러 1차 자료를 보지 못한 상태에서 편집되었다는 한계 때문에, 정음사 본 『하늘과 바람과 별과 시』에 나타난 오류를 상당 부분 그대로 답습하지 않을 수 없었다(제1편 '원전 확정을 위한 교정 · 교감 연구'를 참조하라).

끝으로 『50주년 판』의 체제 및 수록 내용을 정리한 자료를 제시하겠다.

『50주년 판』의 체제 및 수록 내용

수록 순서	수록 쪽수	체제 분류	『50주년 판』 수록 작품명	제작 시기			비고 / 원전의 제목
				연	월	일	
1	37	제1부	서시	1941	11	20	제1부의 제목 – 하늘과 바람과 별과 시 / 원전에는 제목이 없음
2	38	〃	초 한 대	1934	12	24	초한대
3	39	〃	삶과 죽음	1934	12	24	삶과죽음
4	40	〃	거리에서	1935	1	18	거리에서
5	41	〃	창공(蒼空)	1935	10	20	蒼空
6	42	〃	남(南)쪽 하늘	1935	10		南쪽하늘
7	43	〃	조개 껍질	1935	12		조개껍질
8	44	〃	병아리	1936	1	6	병아리
9	45	〃	오줌싸개 지도	1937		초	오줌쏘개디도
10	46	〃	기왓장 내외	1936	초	추정	기와장내외
11	47	〃	비둘기	1936	2	10	비둘기
12	48	〃	황혼	1936	3	25	黃昏
13	49	〃	가슴 1	1936	3	25	가슴 1
14	50	〃	산상(山上)	1936	5		山上
15	51	〃	이런 날	1936	6	10	이런날
16	52	〃	양지(陽地)쪽	1936	6	26	陽地쪽

수록 순서	수록 쪽수	체제 분류	『50주년 판』 수록 작품명	제작 시기			비고 / 원전의 제목
				연	월	일	
17	53	〃	산림(山林)	1936	6	26	山林
18	54	〃	닭	1936		봄	닭
19	55	〃	가슴 2	1936	7	24	가슴 3
20	56	〃	꿈은 깨어지고	1935	7	27	꿈은깨여지고
21	57	〃	빨래	1936			빨래
22	58	〃	빗자루	1936	9	9	비ㅅ자루
23	59	〃	햇비	1936	9	9	해ㅅ비
24	60	〃	굴뚝	1936		가을	굴뚝
25	61	〃	무얼 먹고 사나	1936	10		무얼먹구사나
26	62	〃	봄	1936	10		봄
27	63	〃	참새	1936	12		참새
28	64	〃	편지	1936	12	추정	편지
29	65	〃	버선본	1936	12	초	버선본
30	66	제1부	눈	1936	12	추정	눈
31	67	〃	아침	1936			아츰
32	68	〃	겨울	1936		겨울	겨을
33	69	〃	황혼(黃昏)이 바다가 되어	1937	1		黃昏이바다가되여
34	70	〃	거짓부리	1937			거즛뿌리
35	71	〃	둘 다	1937			둘다
36	72	〃	반딧불	1937			반듸불
37	73	〃	밤	1937	3		밤
38	74	〃	장	1937		봄	장
39	75	〃	달밤	1937	4	15	달밤
40	76	〃	풍경(風景)	1937	5	29	風景
41	77	〃	한란계(寒暖計)	1937	7	1	寒暖計
42	78	〃	소낙비	1937	8	9	소낙비
43	79	〃	명상(瞑想)	1937	8	20	瞑想
44	80	〃	바다	1937	9		바다
45	81	〃	산협(山峽)의 오후(午後)	1937	9		山峽의오후
46	82	〃	비로봉(毘盧峯)	1937	9		毘盧峯
47	83	〃	창(窓)	1937	10		窓
48	84	〃	유언(遺言)	1937	10	24	遺言
49	85	〃	새로운 길	1938	5	10	새로운길

수록 순서	수록 쪽수	체제 분류	『50주년 판』 수록 작품명	제작 시기			비고 / 원전의 제목
				연	월	일	
50	86	〃	비 오는 밤	1938	6	11	비오는밤
51	87	〃	사랑의 전당(殿堂)	1938	6	19	사랑의殿堂
52	88	〃	이적(異蹟)	1938	6	19	異蹟
53	89	〃	아우의 인상화(印像畵)	1938	9	15	아우의印像畵
54	90	〃	슬픈 족속(族屬)	1938	9		슬픈族屬
55	91	〃	고추밭	1938	10	26	고추밭
56	92	〃	햇빛 · 바람	1938		추정	해빛 · 바람
57	93	〃	해바라기 얼굴	1938		추정	해바라기얼골
58	94	〃	애기의 새벽	1938		추정	애기의새벽
59	95	〃	귀뚜라미와 나와	1938		추정	귀뜨람이와나와
60	96	〃	산울림	1938	5		산울림
61	97	〃	달같이	1939	9		달같이
62	98	〃	투르게네프의 언덕	1939	9		츠르게네프의언덕
63	99	〃	산골 물	1939	9	추정	산골물
64	100	〃	자화상(自畵像)	1939	9		自畵像
65	101	〃	소년(少年)	1939			少年
66	102	제1부	팔복(八福)	1940	12	추정	八福
67	103	〃	위로(慰勞)	1940	12	3	慰勞
68	104	〃	병원(病院)	1940	12		病院
69	105	〃	무서운 시간(時間)	1941	2	7	무서운時間
70	106	〃	눈오는 지도(地圖)	1941	3	12	눈오는地圖
71	107	〃	태초(太初)의 아침	1941			太初의아츰
72	108	〃	또 태초(太初)의 아침	1941	5	31	또太初의아츰
73	109	〃	새벽이 올 때까지	1941	5		새벽이올때까지
74	110	〃	십자가(十字架)	1941	5	31	十字架
75	111	〃	눈감고 간다	1941	5	31	눈감고간다
76	112	〃	못 자는 밤	1941	6	추정	못자는밤
77	113	〃	돌아와 보는 밤	1941	6		돌아와보는밤
78	114	〃	간판(看板) 없는 거리	1941			看板없는거리
79	115	〃	바람이 불어	1941	6	2	바람이불어
80	116	〃	또 다른 고향(故鄕)	1941	9		또다른故鄕
81	117	〃	길	1941	9	31	길
82	118	〃	별 헤는 밤	1941	11	5	별헤는밤

수록 순서	수록 쪽수	체제 분류	『50주년 판』 수록 작품명	제작 시기			비고 / 원전의 제목
				연	월	일	
83	120	〃	간(肝)	1941	11	29	肝
84	121	〃	참회록(懺悔錄)	1942	1	24	懺悔錄
85	122	〃	흰 그림자	1942	4	14	힌그림자
86	123	〃	흐르는 거리	1942	5	12	흐르는거리
87	124	〃	사랑스런 추억(追憶)	1942	5	13	사랑스런追憶
88	125	〃	쉽게 씌어진 시(詩)	1942	6	3	쉽게씨워진詩
89	127	〃	봄	1942			봄
90	135	〃	곡간(谷間)	1936		여름	'미발표 처녀시' 로 분류/谷間
92	136	〃	비애(悲哀)	1937	8	18	'미발표 처녀시' 로 분류/悲哀
92	137	〃	장미(薔薇) 병들어	1939	9		'미발표 처녀시' 로 분류/薔薇病들어
93	138	〃	내일은 없다	1934	12	24	'미발표 처녀시' 로 분류/래일은없다
94	139	〃	비행기	1936	10	초	'미발표 처녀시' 로 분류/비행긔
95	140	〃	호주머니	1936			'미발표 처녀시' 로 분류/호주머니
96	141	〃	개	1936			'미발표 처녀시' 로 분류/개
97	142	〃	고향 집	1936	1	6	'미발표 처녀시' 로 분류/고향집
98	145	제2부	화원(花園)에 꽃이 핀다	1948	11·12월호		『신천지新天地』에 발표
99	148	〃	종시(終始)	1948	11·12월호		『신천지』에 발표
100	154	〃	별똥 떨어진 데	1948	12		『민성民聲』에 발표
101	157	〃	달을 쏘다	1949	7·8월호		『학풍學風』에 발표

2-3. 김학동 편저, 『별하나에 사랑과 별하나에 시』[32]에 수용되는 양상

　김학동 교수가 편집 발간한 이 『새문사 본』은 『하늘과 바람과 별과 시』 3판과 같은 116편을 수록하고 있다. 윤동주의 육필 시고를 담은 1차 자료 『사진판』이 발간되기 이전이므로, 1997년 당시로는 윤동주의 작품으로서 공개된 것은 모두 수록한 셈이다. 김학동 교수가 이 『새문사 본』을 편집하게 된 취지는 다음과 같은 이 책 머리말 부분에 잘 나타나 있다.

---

32 새문사 간, 1998. 이후 『새문사 본』으로 부르기로 한다.

이 시집은 이제까지 나온 시집과는 다르게 편성했다. 작품의 제작순이 아니면, 발표순에 따라서 배열했다. 이는 어떤 딴 의도가 있어서 그런 게 아니라, 윤동주의 생애와 작품과 관련시켜 보고자 함이다. 따라서 작가론을 통시적 차원에서 하는 사람에게 많은 도움이 될 것으로 생각된다.[33]

위의 언급에서 빠져 있으나, 이 『새문사 본』은 116편의 작품을 시와 동시, 산문 등 장르별로 분류하여 싣고 있다. 필자가 생각하기에 이러한 체제는 앞서 언급한 바와 같은 『하늘과 바람과 별과 시』 및 『50주년 본』이 지닌 체제상의 취약점을 어느 정도 극복한 것이다. 또한 이 『새문사 본』의 연구편에 실린, '시와 산문-서지적 국면'의 내용(자료 포함)은 연구자의 노고를 느끼기에 충분할 만큼 충실한 것이며, 이 책 뒤에 제시한 생애 및 작품 연보 등의 자료 역시 매우 세심하게 작성된 것이다.

그러나 『50주년 판』과 마찬가지로 1차 자료에 접근하지 못한 상태에서 편집된 관계로 정음사 본 『하늘과 바람과 별과 시』에 나타난 문제점을 그대로 답습한 결과가 되었다.

참고로 이 『새문사 본』의 체제 및 수록 내용을 정리하면 다음과 같다.

『새문사 본』의 체제 및 수록 내용

수록 순서	수록 쪽수	체제 분류	『새문사 본』 수록 작품명	제작 시기			비고 / 원전의 제목
				연	월	일	
1	8	시	초한대	1934	12	24	초한대
2	9	시	삶과 죽음	1934	12	24	삶과죽음
3	10	시	거리에서	1935	1	18	거리에서
4	11	시	南쪽 하늘	1935	10		南쪽하늘
5	12	시	蒼空	1935	10	20	蒼空
6	13	시	空想	1935	10		『崇實活泉』/空想

---

33 『새문사 본』 편집자 서문, 「책머리에」(1997. 10)의 부분.

수록 순서	수록 쪽수	체제 분류	『50주년 판』 수록 작품명	제작 시기			비고 / 원전의 제목
				연	월	일	
7	14	시	黃昏	1936	2	25	黃昏
8	15	시	비둘기		3	10	비둘기
9	16	시	종달새	1936	3		종달새
10	17	시	食券	1936	3	20	食券
11	18	시	離別	1936	3	20	離別
12	19	시	牡丹峯에서	1936	3	24	牡丹峯에서
13	20	시	가슴 1	1936	3	25	가슴 1
14	21	시	가슴 2	1936	7	24	가슴 3
15	22	시	닭	1936		봄	닭
16	23	시	午後의 球場	1936	5		午後의球場
17	24	시	山上	1936	5		山上
18	25	시	陽地쪽	1936		6	陽地쪽
19	26	시	이런날	1936	6	10	이런날
20	27	시	山林	1936	6	26	山林
21	28	시	谷間	1936		여름	谷間
22	29	시	꿈은 깨어지고	1935	7	27	꿈은깨여지고
23	30	시	아침	1936			아츰
24	31	시	빨래	1936			빨래
25	32	시	黃昏이 바다가 되어	1937	1		黃昏이바다가되여
26	33	시	밤	1937	3		밤
27	34	시	달밤	1937	4	15	달밤
28	35	시	장	1937		봄	장
29	36	시	風景	1937	5	29	風景
30	37	시	寒暖計	1937	7	1	寒暖計
31	38	시	그 女子	1937	7	26	그女子
32	39	시	소낙비	1937	8	9	소낙비
33	40	시	悲哀	1937	8	18	悲哀
34	41	시	瞑想	1937	8	20	瞑想
35	42	시	山峽의 午後	1937	9		山峽의午後
36	43	시	毘盧峯	1937	9		毘盧峯
37	44	시	바다	1937	9		바다
38	45	시	窓	1937	10		窓
39	46	시	遺言	1937	10	24	遺言

수록 순서	수록 쪽수	체제 분류	『50주년 판』 수록 작품명	제작 시기			비고 / 원전의 제목
				연	월	일	
40	47	시	새로운길	1938	5	10	새로운길
41	48	시	비오는 밤	1938	6	11	비오는밤
42	49	시	異蹟	1938	6	15	異蹟
43	50	시	사랑의 殿堂	1938	6	19	사랑의殿堂
44	51	시	아우의 印像畵	1938	9	15	아우의印像畵
45	52	시	코쓰모쓰	1938	9	20	코쓰모쓰
46	53	시	슬픈 族屬	1938	9		슬픈族屬
47	54	시	고추밭	1938	10	26	고추밭
48	55	시	달같이	1939	9		달같이
49	56	시	自畵像	1939	9		自畵像
50	57	시	薔薇 병들어	1939	9		薔薇病들어
51	58	시	少年	1939			少年
52	59	시	산골물	1939		추정	산골물
53	60	시	慰勞	1940	12	3	慰勞
54	61	시	病院	1940	12		病院
55	62	시	八福	1940		추정	八福
56	63	시	무서운 時間	1941	2	7	무서운時間
57	64	시	눈오는 地圖	1941	3	12	눈오는地圖
58	65	시	새벽이 올 때까지	1941	5		새벽이올때까지
59	66	시	太初의 아침	1941		추정	太初의아츰
60	67	시	또 太初의 아침	1941	5	31	또太初의아츰
61	68	시	눈감고 간다	1941	5	31	눈감고간다
62	69	시	十字架	1941	5	31	十字架
63	70	시	바람이 불어	1941	6	2	바람이불어
64	71	시	돌아와 보는 밤	1941	6		돌아와보는밤
65	72	시	또 다른 故鄕	1941	9		또다른故鄕
66	73	시	길	1941	9	31	길
67	74	시	별헤는 밤	1941	11	5	별헤는밤
68	76	시	序詩	1941	11	20	
69	77	시	肝	1941	11	29	肝
70	78	시	看板없는 거리	1941			看板없는거리
71	79	시	懺悔錄	1942	1	24	懺悔錄
72	80	시	흰 그림자	1942	4	14	힌그림자

수록 순서	수록 쪽수	체제 분류	『50주년 판』 수록 작품명	제작 시기			비고 / 원전의 제목
				연	월	일	
73	81	시	흐르는 거리	1942	5	12	흐르는거리
74	82	시	사랑스런 追憶	1942	5	13	사랑스런追憶
75	83	시	쉽게 씨워진 詩	1942	6	3	쉽게씨워진詩
76	85	시	봄	1942		추정	봄
77	86	동시	내일은 없다	1934	12	24	래일은없다
78	87	동시	조개껍질	1935	12		조개껍질
79	88	동시	겨울	1935		추정	겨을
80	89	동시	병아리	1936	1	6	병아리
81	90	동시	고향집	1936	1	6	고향집
82	91	동시	빗자루	1936	9	9	비ㅅ자루
83	92	동시	햇비	1936	9	9	해ㅅ비
84	93	동시	비행기	1936	10	초	비행긔
85	94	동시	무얼 먹구 사나	1936	10		무얼먹구사나
86	95	동시	가을 밤	1936	10	23	가을밤
87	96	동시	굴뚝	1936		가을	굴뚝
88	97	동시	봄	1936	10		봄
89	98	동시	버선본	1936	12		버선본
90	99	동시	눈 1	1936		추정	눈
91	100	동시	눈 2	1936	12		눈(니불)
92	101	동시	참새	1936	12		참새
93	102	동시	기왓장내외	1936			기와장내외
94	103	동시	오줌싸개 지도	1936			오줌쏘개디도
95	104	동시	호주머니	1936			호주머니
96	105	동시	개	1936			개
97	106	동시	사과	1936		추정	사과
98	107	동시	닭	1936		추정	닭
99	108	동시	편지	1936		추정	편지
100	109	동시	할아버지	1937	3	10	할아바지
101	110	동시	반디불	1937		추정	반듸불
102	111	동시	둘 다	1937		추정	둘다
103	112	동시	거짓부리	1937		추정	거즛뿌리
104	113	동시	산울림	1938	5		산울림
105	114	동시	해바라기 얼굴	1938		추정	해바라기얼골

수록 순서	수록 쪽수	체제 분류	『50주년 판』 수록 작품명	제작 시기			비고 / 원전의 제목
				연	월	일	
106	115	동시	귀뚜라미와 나와	1938		추정	귀뜨람이와나와
107	116	동시	애기의 새벽	1938		추정	애기의새벽
108	117	동시	햇빛 · 바람	1938		추정	해빛 · 바람
109	118	동시	나무	–	–	–	나무
110	119	동시	못자는 밤	1941		추정	못자는밤
111	120	동시	만돌이	–	–	–	만돌이
112	122	산문	달을 쏘다	1938	10		달을쏘다
113	125	산문	트르게네프의 언덕	1939	9		츠르게네프의언덕
114	126	산문	별똥 떨어진데	–	–	–	별똥떨어진데
115	129	산문	花園에 꽃이 핀다	–	–	–	花園에꽃이핀다
116	132	산문	終始	–	–	–	終始

2-4. 『사진판』 대비, 『하늘과 바람과 별과 시』 및 이본 시집 누락 작품

끝으로 윤동주 연구자들을 위하여, 제작 시기에 따라 정리한 『사진판』 수록 작품 목록을 제시하겠다. 또한 이것과 대비하여 『하늘과 바람과 별과 시』 3판, 『50주년 판』 『새문사 본』에 각각 누락된 윤동주의 작품을 밝힌 자료를 함께 밝혀두고자 한다.

누락 작품 대조표

※ 'ⅹ' 표는 누락 작품임을 표시

『사진판』 수록 작품					『하늘과 바람과 별과 시』 3판	권영민 편 『50주년 판』	김학동 편 『새문사 본』
연도	월	일	구분	작품명			
1934	12	24		초한대			
〃	12	24		삶과죽음			
〃	12	24	동시	래일은없다			
1935	1	18		거리에서			
1935				空想		ⅹ	

『사진판』 수록 작품					『하늘과 바람과 별과 시』 3판	권영민 편 『50주년 판』	김학동 편 『새문사 본』
연도	월	일	구분	작품명			
1935	10	27		꿈은깨여지고			
1935	10	20		蒼空			
1935	10			南쪽하늘			
1935	12		동시	조개껍질			
1936	1	6	동시	고향집			
1936	1	6	동시	병아리			
1936			동시	오줌쏘개디도			
1936			동시	창구멍	×	×	×
1936			동시	기와장내외			
1936	2	10		비둘기			
1936	3	20		離別		×	
1936	3	20		食券		×	
1936	3	24		牡丹峯에서		×	
1936	3	25		黃昏			
1936	3	25		가슴 1			
1936	3	25		가슴 2	×	×	×
1936	3			종달새			
1936		봄		닭			
1936	5			山上			
1936	5			午後의球場		×	
1936	6	10		이런날			
1936	6	26		陽地쪽			
1936	6	26		山林			
1936	7	24		가슴 3			
1936		여름		谷間			
1936				빨래			
1936	9	9	동시	비ㅅ자루			
1936	9	9	동시	해ㅅ비			
1936	10	초	동시	비행긔			
1936	10	23밤		가을밤		×	
1936		가을	동시	굴뚝			
1936	10		동시	무얼먹구사나			
1936	10		동시	봄			

『사진판』 수록 작품					『하늘과 바람과 별과 시』 3판	권영민 편 『50주년 판』	김학동 편 『새문사 본』
연도	월	일	구분	작품명			
1936	12		동시	참새			
1936			동시	개			
1936			동시	편지			
1936	12	초	동시	버선본			
1936	12		동시	눈(니불)		×	
1936			동시	사과		×	
1936			동시	눈		×	
1936			동시	닭			
1936				아츰		×	
1936		겨울	동시	겨을			
1936			동시	호주머니			
1937	1			黃昏이바다가되여			
1937			동시	거즛뿌리			
1937			동시	둘다			
1937			동시	반듸불			
1937	3		동시	밤			
1937	3	10	동시	할아바지			
1937			동시	만돌이		×	
1937			동시	개	×	×	×
1937			동시	나무		×	
1937		봄		장			
1937	4	15		달밤			
1937	5	29		風景			
1937	6			鬱寂	×	×	×
1937	7	1		寒暖計			
1937	7	26		그女子		×	
1937	7	26		夜行	×	×	×
1937			동시	비ㅅ뒤	×	×	×
1937	8	9		소낙비			
1937	8	18		悲哀			
1937	8	20		瞑想			
1937	9			毘盧峯			
1937	9			바다			

『사진판』 수록 작품					『하늘과 바람과 별과 시』 3판	권영민 편 『50주년 판』	김학동 편 『새문사 본』
연도	월	일	구분	작품명			
1937	9			山峽의午後			
1937	10			창			
1937	10	24		遺言			
1938	5	10		새로운길			
1938	5	28		어머니	×	×	×
1938	5		동시	산울림			
1938	6	1		街路樹	(판독 불능)	(판독 불능)	(판독 불능)
1938	6	11		비오는밤			
1938				사랑의殿堂			
1938	6	19		異蹟			
1938	9	15		아우의印像畵			
1938	9	20		코쓰모쓰		×	
1938	9			슬픈族屬			
1938	10	26		고추밭			
1938			동시	해빛·바람			
1938			동시	해바라기얼골			
1938			동시	애기의새벽			
1938			동시	귀뜨람이와나와			
1938?			산문	달을쏘다			
1939?			산문	별똥떨어진데			
1939?			산문	終始			
1939?			산문	花園에꽃이핀다			
1939	9			달같이			
1939	9			薔薇病들어			
1939	9		산문시	츠르게네프의언덕			
1939				산골물			
1939	9		(산문시)	自畵像			
1939			산문시	少年			
1940	12	3	산문시	慰勞			
1940				八福			
1940	12		산문시	病院			
1941				看板없는거리			
1941	2	7		무서운時間			

『사진판』 수록 작품					『하늘과 바람과 별과 시』 3판	권영민 편 『50주년 판』	김학동 편 『새문사 본』
연도	월	일	구분	작품명			
1941	3	12	산문시	눈오는地圖			
1941	5			새벽이올때까지			
1941	5	31		十字架			
1941	5	31		눈감고간다			
1941				太初의아츰			
1941	5	31		또太初의아츰			
1941	6		산문시	돌아와보는밤			
1941	6	2		바람이불어			
1941	9			또다른故鄉			
1941	9	31		길			
1941				못자는밤			
1941	11	5		별헤는밤			
1941	11	20		(서시)			
1941	11	29		肝			
1942	1	24		懺悔錄			
1942	4	14		힌그림자			
1942	5	12	산문시	흐르는거리			
1942	5	13		사랑스런追憶			
1942	6	3		쉽게씨워진詩			
1942				봄			
누락 작품 소계(「街路樹」 제외 123편 중)					7	21	7

3. 『사진판』의 퇴고 흔적

3-1. 『사진판』에 나타나는 퇴고·이기의 양상

『사진판』에 남겨진 윤동주의 육필 시고는 그가 시작에 얼마나 열과 성을 경주했는지, 그리고 시대적인 분위기 등 여러 제약 속에서 얼마나 고심했는지를 생생히 보여준다. 『사진판』에 수록된 육필 시고에는 무수한 퇴고의 자취와 더불어 부단히 시도된 이기移記의 과정도 그대로 보여준다. 우선 26번[34]이나 시도된 이기 상황과, 그 과정에서 나타나는 퇴고 상황을 정리하면 다음과 같다.

▶『사진판』 수록 육필 시고의 이기 양상

순번	제목	수록	구분	연도 표시	퇴고의 양상
1	가슴 1	A15	시	1936. 3. 25.	2연에서 1행 삭제
	가슴 1	B02	시	1936. 3. 25.,평양서	퇴고 내용 이기 / 다시 어휘 수정
2	가슴 2	A16	시	1936. 3. 25.	퇴고 흔적 / (제2연 1행)
	가슴 2	B03	시	1936. 3. 25.	퇴고 내용 이기 / 제2연 2행으로
3	가슴 3	A25	시	1936. 7. 24.	
	가슴 3	B04	시	1936. 7. 24.	한자 병기, 띄어쓰기 교정

---

34 같은 원고지 안에서 이기된 「참새」「둘다」「새로운길」「애기의새벽」까지 포함시키면, 『사진판』의 이기는 그보다 훨씬 많다.

순번	제목	수록	구분	연도 표시	퇴고의 양상
4	겨을	A48	동시	1936. 겨울	'춥소'(1연 4행), '어오'(2연 4행)
	겨을	B13	동시	1936. 겨울	어휘 수정('추어요' '얼어요'로)
5	谷間	A34	시	−	전 6연 각 4행, 후에 제5연 삭제 퇴고
	谷間	B12	시	1936. 여름	전 5연으로 이기 후 제5연 삭제, 제4연 4행 수정
6	南쪽 하늘	A28	시	1935. 10. 平에서	퇴고 흔적(색연필로 흐리게 옆줄)
	南쪽 하늘	B08	시	1935. 10. 평양에서	1연 말미 줄표 삽입 / 2연 1·2행 행 구분 수정
7	닭	A33	시	−	2연(15행/2행)에서 제2연 삭제 후, 1연 14행으로 퇴고
	닭	A46	동시	−	「닭」과 동일한 모티프를 1연 4행의 문답체 동시로
	닭	B10	시	1936. 봄	「닭」을 4연으로 했다가, 4연 삭제 후 3연 각 4행으로
8	흐르는 거리	E08	시	−	원고지 반쪽 옆으로 세워 칸 무시하고 씀. '돌아와보는밤'은 제1연으로, 전 6연, 행수는 1-3-2-3-1-4
	돌아와보는밤	D05	산문시	1941. 6.	전 3연의 산문시, 위 1연을 제목으로, 위 2·3연을 제1연으로, 4·5연을 내용 추가하여 제2연으로, 위 6연을 제3연으로
9	밤	A54	동시	−	전 6연, 행수는 2-2-1-2-2-1, 어휘 퇴고
	밤	B15	동시	1937. 3.	위 퇴고 내용 그대로 이기
10	病院	E06	산문시	−	백지에 씀, 여러 곳에 퇴고 흔적, 전 3연
	病院	D06	산문시	1940. 12.	한 단어 교체 외에는 위 퇴고 내용 그대로 이기
11	빨래	A29	시	1936.	전 1연 4행에서 2연 각 2행으로 퇴고
	빨래	B09	시	1936.	일부 어휘 교체 후 위 퇴고 내용 이기
12	山林	A24	시	1936. 6. 26.	전 4연, 행수는 4-3-6-2, 제2연 3행 수정 퇴고
	山林	B07	시	1936. 6. 26.	위 내용 일부 삭제 및 첨가 후, 전 6연 각 2행으로 이기
	山林	E01	시	−	위 내용에서 제4연 끝으로 이동하고 그 앞에 1연 첨가, 어휘 첨가 변경 있음.
13	山上	A18	시	1936. 5.	전 3연, 행수는 5-5-3, 퇴고 흔적 있음.
	山上	B05	시	−	위 내용에 연도 표시 지우고 1연 추가했다가 삭제
14	새로운길	B31	시	1938. 5. 10.	전 5연 각 4행에서 전 5연 각 2행으로 변경 퇴고
	새로운길	D07	시	1938. 5. 10.	위 퇴고 내용 그대로 이기
15	슲은族屬	B41	시	1938. 9.	전 2연 각 2행, 어휘 수정 퇴고
	슬픈族屬	D15	시	1938. 9.	위 내용에서 제2연 1행 어휘 수정 후, 나머지 그대로 이기
16	아츰	A47	시	1936.	전 4연, 행수는 2-4-2-2, 제4연 1행 일부 삭제
	아츰	B33	시	1936.	위 내용 중 2연 1·2·3행 퇴고 대상으로 보류, 3연 행 삭제, 4연 일부 수정. 본문에 'x' 표시했다가 철회한 흔적.
17	陽地쪽	A23	시	1936. 6. 26.	원래 전 2연 각 4행에서 제2연 대폭 수정.

순번	제목	수록	구분	연도 표시	퇴고의 양상
	陽地쪽	B06	시	1936. 봄.	일부 수정 후 3연으로 수정, 행수는 4-2-2
18	慰勞	E03	산문시	–	전 3연, 몇 군데 퇴고 흔적
	慰勞	E05	산문시	1940. 12. 3.	위 내용 거의 그대로 이기
19	自像畵	B53	시	–	전 8연, 행수는 2-5-2-2-4-2-2-1, 원제 '외딴우물' 을 '자상화' 로 수정
	自畵像	D02	산문시	1939. 9.	제목 '자화상' 으로 수정, 위 내용을 6연의 산문시로 재배열
20	창구멍	A08	동시	–	전 2연 각 4행, 3음보율(7·5조)
	해빛·바람	B44	동시	–	모티프만 수용하여 전면 개작, 전 4연 5-1-5-1행
21	할아바지	A55	동시	1937. 3. 10.	전 1연 2행, 서술어 '하다'를 '하오'로 수정 퇴고
	할아바지	B16	동시	1937. 3. 10.	위 내용 그대로 이기, 여러 겹 수직선으로 제목, 본문 삭제
22	黃昏	A14	시	1936. 3. 25.	전 3연, 행수는 2-3-3
	黃昏	B01	시	1936. 3. 25. 평양서	위 내용 그대로 이기
23	黃昏	A50	시	1937. 1.	전 6연 각 2행, 최초 5연, 3연은 후에 삽입, 여러곳 퇴고
	黃昏이바다가되여	B14	시	1937. 1.	제목 수정, 위 내용에서 3·4연 수정, 6연에 1행 추가
	黃昏이바다가되여	E02	시	–	위 내용 그대로 이기

　　이상과 같이 『사진판』 육필 시고에 남겨진 무수한 퇴고·이기의 흔적은 윤동주 유작의 원전 확정 작업에 적지 않은 난관이 되고 있는 것은 사실이다. 하지만 이 흔적들이 윤동주 시 텍스트 연구의 보고寶庫가 될 여지가 적지 않은 것 또한 부인할 수 없는 사실이다.

　　필자가 보기에 이 흔적들은 윤동주의 텍스트가 형성되는 과정에 대한 결정적 정보를 담고 있다고 판단되는데, 이 책의 원전 확정 작업은 실제로 이 퇴고 및 이기 과정의 흔적에 상당 부분 의존하여 이루어지기도 했다(자세한 것은 이 책 제3편의 '2. 퇴고 흔적을 통해서 본 윤동주의 자기 검열' 및 '3. 이기 흔적을 통해서 본 원전 확정의 문제'를 참조하라).

3-2. 연필 퇴고 흔적에 대한 몇 가지 고찰

『사진판』에 수록된 윤동주의 육필 시고에는 무수한 퇴고 및 이기 흔적이 남아 있는데, 이러한 무수한 퇴고 흔적은 물론 윤동주가 기울인 시적 노력을 생생하게 웅변해주는 것들이지만, 이제 윤동주가 순절殉節한 지 반세기가 지난 시점에서 그가 남긴 육필 시고를 바탕으로 그의 문학 유산을 정리하여 후손에게 남기고자 하는 연구자에게는 만만치 않은 어려움이 되고 있는 것 또한 사실이다.

그런데 연구자를 더욱 곤혹스럽게 하는 것은 이 육필 시고의 퇴고 흔적들 중 윤동주 자신의 것으로 보이지 않는 것이 존재한다는 사실이다.

물론 『사진판』 육필 원고 상단에 연필로 씌어진 다음과 같은 흔적들은 문제가 되지 않는다.

1) "窓"에 改作轉記 「햇빛 바람」……(『사진판』, p. 22 상단)
2) "窓"에 轉記…… (『사진판』, p. 26 상단)
3) "轉記後 削除"……(『사진판』, p. 27 상단)

이것들은 분명 유고 시집 『하늘과 바람과 별과 시』를 편집하는 과정에서 적힌 것이며,[35] 기재된 위치 또한 텍스트와 일정한 거리를 두고 있어 편집자가 남긴 필적이라는 것은 누구나 한눈에 쉽게 알아볼 수 있다.

문제는 원고지의 텍스트 상에 가해진 퇴고 흔적이다. 대체로 이 흔적은 몇 가지의 경우로 구분된다.

1) 원고와 같은 색 잉크로 된 것.[36]
2) 원고와 다른 색 잉크로 된 것.[37]

---

[35] 따라서 이것은 윤동주의 실제인 고 윤일주 교수나 중판 편집부터 편집을 주도했던 고 정병욱 교수 두 분 중 한 분의 필적임이 분명하다.
[36] 예컨대 『사진판』, p. 29, A19 「거리에서」에 가해진 퇴고 흔적과 같은 경우.
[37] 예컨대 『사진판』, p. 22, A07 「오줌쏘개디도」에 가해진 퇴고 흔적과 같은 경우.

3) 푸른 색연필로 된 것.[38]

4) 주황색 색연필로 된 것.[39]

5) 연필로 된 것.[40]

　1)의 경우는 당연히 문제될 것이 없으며, 필체 또한 누가 보아도 원작의 글씨와 대동소이하다. 즉 윤동주의 육필임을 한눈에 알아볼 수 있게 하는 것들이다.

　2)의 경우도 별문제가 되지 않는다. 원전 연구에 임하는 사람에게는 2)가 오히려 고마운 존재이다. 왜냐하면 2)는 이 퇴고가 언제 어떤 동기를 가지고 가해졌는지를 일러주는 유력한 물리적 증거가 되기도 하기 때문이다(가령 『사진판』, p. 22의 「오줌쏘개디도」에 남겨진 퇴고가 그러한 경우에 속한다).

　3) 및 4)의 경우도 별로 문제될 것이 없다. 왜냐하면 윤동주가 손수 필사한 백석 시집 『사슴』 등, 『사진판』이 보여주고 있는 사진 자료에는 같은 필기구를 사용하여 남긴 윤동주의 자필 흔적이 다수 보이기 때문이다.

　문제는 5)의 경우이다. 윤동주가 시작 활동에 주력하던 1930~40년대는 시기적으로 보아 '개칠改漆'을 금기시하던 붓글씨 관행이 일반 글쓰기에도 아직 강렬하게 남아 있던 시기였다고 할 수 있다. 윤동주 자필 시고에 남아 있는 퇴고 흔적 대부분이 연필이 아닌 것으로 되어 있다는 사실 역시 그러한 시대적 분위기를 일러주는 또 다른 예이기도 하다.

　'개칠'이란 자신이 썼으나 마음에 안 드는 원래의 글씨를 다시 붓을 대어 수정하되, 다시 붓을 댔다는 사실을 되도록 은폐하고자 하는 동기에서 감행되는 것이다. 붓을 대었으되, 내용을 고치거나 삭제했다는 것을 남이 알아볼 수 있도록 명백히한 경우는 그러므로 '개칠'이라고 하지 않는다. 누구나 알고 있듯 자신의 실수를 은폐하고자 감행되는 '개칠'은 우리 서예 문화에서 정직성과 관련되는 부끄러운 행위로 간주된다.

　필자가 기억하기로는, 시ㆍ소설ㆍ수필 따위의 '작품'을 원고지에 쓰는 경우

---

38 예컨대 『사진판』, p. 71, B18 「風景」에 가해진 퇴고 흔적과 같은 경우.

39 예컨대 『사진판』, p. 78, B27 「窓」에 가해진 퇴고 흔적과 같은 경우.

40 예컨대 『사진판』, p. 18, A01 「초한대」에 남겨진 퇴고 흔적과 같은 경우.

이거나, 남에게 예의를 갖추어 편지를 쓰는 경우, 대부분 잉크 등 지워지지 않는 필기구를 사용했지, 연필이라는 필기구를 사용하는 경우란 얼마 전까지도 거의 없었다. 또한 이를 수정하여 다시 쓰고자 할 경우에도, 처음부터 새로 정서淨書를 하는 수는 있어도, 연필을 사용하여 수정하는 경우는 있었던 것 같지 않다.

그러므로 이러한 연필 수정이 허용될 수 있는 경우란 극히 예외적인 상황이 아니면 안 된다. 가령 원고를 작성한 본인이 아닌 제3자가 남의 원고에 조심스럽게 자신의 의견을 보태기 위해 손을 대는 것과 같은 경우가 그러한 경우에 속할 것이다. 이 경우 연필로 손을 대는 것은, 물론 원고를 쓴 본인이 (연필로 써서 보낸) 자신의 의견을 수용하지 않을 경우, 이를 지워버릴 수 있도록 하기 위해서이다.

이상과 같은 우리 글쓰기 문화의 관행을 전제할 때, 윤동주의 자필 시고에 앞서 말한 바와 같은 1)~4)의 퇴고 자국 외에 별도로 연필 퇴고 자국이 남아 있다는 것은 처음부터 의혹을 불러일으키기에 충분한 것이다.

게다가 윤동주의 자필 시고에 남겨진 연필 퇴고 자국들이 윤동주 자신의 것이 아니라는 추정은 앞서 말한 정황 외에도 다음 몇 가지 사실적 근거의 지지를 받는다.

1) 국어학적 관점에서 볼 때, 연필로 된 퇴고 내용 중 일부는 원래 육필 시고와 일정한 차이를 드러내고 있어 이 퇴고의 주체가 윤동주가 아니리라는 추정의 근거가 된다.

2) 원래 텍스트의 의미 구조라는 관점에서 볼 때, 연필로 된 퇴고 내용 중 일부는 원래 텍스트의 의미 구조를 손상시킬 정도로 도저히 납득하기 어려운 것으로서 역시 원래 텍스트의 생산자인 윤동주가 이러한 퇴고를 했을 리 없다는 추정을 하도록 만들고 있다.

3) 연필로 된 퇴고 흔적의 필체 중에는, 『하늘과 바람과 별과 시』 중판(1955) 편집 과정에 관여했던 고 정병욱 교수의 필체와 같은 것이 있다.

만약 1)~3)과 같은 사실적 근거에 의해 연필 퇴고 자국의 주체가 윤동주 본인이 아니라는 것이 드러날 경우 이 퇴고 내용은 당연히 원전 확정 작업에서 배제되어야 할 것이다.

이제 1)~3)의 사실적 근거들을 하나씩 검토해보기로 하자.

3-2-1. 연필 퇴고 자국에 대한 국어학적 고찰

우선 앞서 언급한 1)의 경우, 즉 국어학적 관점에서 볼 때 퇴고의 주체가 윤동주가 아니라는 추정을 가능하게 하는 연필 퇴고 자국의 사례로는 다음과 같은 것이 있다.

(1): 『사진판』, p. 45에 기록된 A42 「버선본」의 연필 퇴고 자국
(2): 『사진판』, p. 85에 기록된 B33 「아츰」의 연필 퇴고 자국
(3): 『사진판』, p. 35에 기록된 A27 「蒼空」의 연필 퇴고 자국

위에 든 (1)의 연필 퇴고 자국은 다음에 제시하는 텍스트의 03, 12행 부분에서 보이고 있다(굵은 활자로 필자가 강조한 부분 참조).

제목　버선본[41]

01　　어머니!

02　　누나 쓰다버린 습자지는

03　　**두어둬서 멀합니까 ?** 〔→ (두)**었다간 뭣에 쓰나요**: 연필로 수정〕

04　　　　　　　×

05　　그런줄 몰랏더니

06　　습자지에다 내 버선 놓고

07　　가위로 오려

08　　버선본 만드는걸.

---

41 당초 '보선본' 이었던 것을 원문과 같은 필기구인 검은색 잉크를 사용하여 '버선본' 으로 고침.

09   ×   ×

10   어머니!

11   내가 쓰다버린 몽당연필은

12   두어둬서 멀합니까〔→ (두)**었다간 뭣에 쓰나요**: 연필로 수정〕

13   ×

14   그런줄 몰랏더니

15   천우에다 버선본놓고

16   침발려 점을찍곤

17   내보선 만드는걸.

후기 一九三六. 十二月 初

이 연필 퇴고 자국에서 우선 눈에 띄는 것은 "(두)었다간 뭣에 쓰나요"에 과거 시제 선어말 어미 '—었—'의 형태가 보인다는 점이다. 그런데 『사진판』에 있는 육필 시고를 음운론적 측면에서 검토해보면, 1938년 이전 원고에는 윤동주가 과거 시제 선어말 어미를 '—ㅆ/았/었—'과 같이 쓴 적이 거의 없다는 것을 알 수 있다(형용사 '—있다'의 형태에서는 "旋風이 닐고 **있**네"에서처럼 'ㅆ' 받침이 보일 때도 있다). 실제로 같은 텍스트인 「보선본」 안의 다른 부분에서도 '몰—**랏**—더니'(「버선본」, p. 45)와 같이 나타날 뿐만 아니라, 그 직전과 직후의 육필 시고에서도

눈이가득이—**왓**—습니다.(「편지」, p. 44)
다—논아먹—**엇**—소(「사과」, p. 46)
자래—**윗**—소 / 맺—**엇**—소(「아츰」, p. 47)

등과 같이 쓰인 점이 관찰된다. 이외에도 이러한 증거는 다음과 같이 『사진판』 곳곳에서 쉽게 발견할 수 있다.

나는 깨끗한 祭物을 보—**앗**—다.(「초한대」, p. 17)

생각할 사이가 없─**엇**─다.(「삶과죽음」, p. 18)

다 들어 **갓**─지요.(「병아리」, p. 22)

꿈은눈을─**떳**─다(「꿈은깨여지고」, p. 34)

지나든 손님이 집어─**갓**─습니다.(「그女子」, p. 74)

바다에 眞珠캐려 **갓**─다는 아들.(「遺言」, p. 81)

달밝은밤에 이야기─**햇**─다.(「귀뜨람이와나와」, p. 100)

나는 고개길을 넘고있─**엇**─다.(「츠르게네프의언덕」, p. 104)

感覺치 못하─**엿**─**댓**─다.(「달을쏘다」, p. 111)

물론 예외적인 경우가 보이기는 한다. 가령 『사진판』, p. 52에는 꼭 한군데, "돌재기 다섯개를 주─**었**─읍니다"에서처럼 '─었─'이 예외적으로 관찰된다. 그러나 이 텍스트의 다른 곳에서는, '뿌─**렷**─습니다(4회 반복) / 되─**엿**─다' 등과 같이 여전히 '─ㅆ/앗/엇─' 형태의 선어말 어미 표기가 기피되고 있는 것을 확인할 수 있다.

따라서 이상 지적한 이러한 어학적 증거는 이 연필 퇴고 자국의 주체가 윤동주가 아니라는 점을 강력히 시사하는 것이다.

한편 어휘론 및 방언론적 관점에서도 퇴고 이전 내용인 "두어둬서 멀합니까"는 북한 방언에서 흔히 구사되는 투박한 표현인 반면, 중부 이남에서는 다소 낯선 말투이다. 이에 반해 '두었다간 뭣에 쓰나요'는 서울에서도 흔히 들을 수 있는 표준어에 가까운 말투라는 점을 유념할 필요가 있다. 이러한 점은 이 텍스트가 1936년 12월에 완성되어 윤동주의 서울 유학이 시작되는 1938년 이전이라는 점을 감안할 때 시사하는 바 큰 것이다(물론 이 연필 퇴고 자국이 고 정병욱 교수의 필체에 가깝다는 점 역시 간과할 수 없는 것이다. 그러나 필체 부분에 대한 언급은 뒤에서 따로 하기로 하겠다).

한편, 위에 든 (2)의 연필 퇴고 자국은 다음과 같다(굵은 활자로 필자가 강조한 부분 참조).

연필 퇴고 이전: 땀물을 뿌려 이여름을 **자래윗소**

연필 퇴고 이후: 땀물을 뿌려 이여름을 **길렀오**.

이 역시 (1)의 경우와 마찬가지로 과거 시제 선어말 어미가 '—ㅅ—'에서 '—ㅆ—'으로 바뀐 점에 주목하지 않을 수 없다.

아울러 퇴고 이전의 '자래윗소'(기본형: '자래우다')가 전형적인 북한 방언인 반면, '길렀오'(기본형: '기르다')의 경우는 그렇지 않다는 점을 지적하지 않을 수 없다.

따라서 (2)의 연필 퇴고 자국은 (1)과 마찬가지로 이 퇴고의 주체가 윤동주 본인이 아니리라는 점을 강하게 시사하고 있다(이 연필 퇴고 자국 역시 (1)처럼 고 정병욱 교수의 필체에 가까운 것이라는 점을 지적해두고자 한다).

(1)과 (2)의 경우에 더하여 (3)의 사례(『사진판』, p. 35에 기록된 「창공」의 연필 퇴고 자국) 역시 연필 퇴고의 주체가 윤동주가 아닐 것이라는 어학적 근거로 볼 수 있는 것이다. 다음을 보자.

퇴고 이전의 최초 형태 : 팔을 **들어** 흔들거럿다.　　··········· ①

같은 색 잉크 퇴고 이후 : 팔을 **펼어** 흔들거럿다.　　··········· ②

연필 퇴고한 이후 : 팔을 **펼어(쳐↵)** 흔들거럿다.　　··········· ③

육필 시고의 상태는 최초의 형태가 ①이었음을 보여주고 있다. 그런데 '들어'라는 표현이 마음에 안 들었는지 윤동주는 ①을 적은 것과 같은 푸른색 잉크로 '들어'의 '들'에 수직선을 그어 삭제 표시를 한 후, 우측에 '펼'자를 써놓았다. 물론 이때 '어'를 같이 수정하지 않은 것은 방심의 결과로 보인다.

그런데 문제는 ②의 형태에서 채 수정이 안 된 '—어' 우측에(그러니까 '펼'의 아래쪽에) 연필로 '쳐'를 적어놓았다는 점이다. 이렇게 되면 ③의 결과 이 부분의 표현은 당연히 '펼쳐'가 될 수밖에 없는데, 윤동주의 육필 시고 다른 곳에서는 '펼처'라는 표기는 보일망정, '펼쳐'로 나타나는 경우는 보이지 않는다는 점이다.

다음의 예를 보자.

나는 두팔을 **펼처서**(p. 30)··········ⓐ

우물 속에는／달이 밝고／구름이 흐르고／하늘이 **펼치고**(p. 107)··········ⓑ

차라리 城壁우에 **펼친** 하늘을 처다보는 편이(p. 129) ··········ⓒ

구름이 흐르고 하늘이 **펼치고**(p. 141)··········ⓓ

구름이 흐르고 하늘이 **펼치고**(p. 142)··········ⓔ

나무가지 우에 하늘이 **펼처있다.**(p. 143)··········ⓕ

위 예문 ⓑ ⓒ ⓓ ⓔ는 윤동주의 어휘 목록에 '펼치다' 대신 '펼치다'가 있었음을 보여준다. 이 '펼치다'의 어간에 '―어/아'의 연결 어미가 붙으면 윤동주의 경우 '펼처'로 실현되는 것이 아니라 ⓐ(1935년 완성)와 ⓕ(1939년 완성)의 예처럼 '펼처'로 실현됨을 보여주고 있다. 그런데 ⓐ는 (3)(1934. 12. 24.에 텍스트가 완성됨)과 근접한 시점의 예이고 ⓕ의 경우는 5년쯤 뒤의 예이다.

1934~1935년 당시 북한 방언의 사용자였던 윤동주에게는 용언의 활용 형태에서 구개음 'ㅈ, ㅊ'을 포함하고 있는 '―지/치―' 뒤에 어미 '―어/아―'가 올 경우 대부분 '―여―'와 같이 이중 모음으로 실현되는 음운 축약 현상이 일어나지 않는다. 다음의 예를 보자.

문허―**젓**―다.(p. 28)

가―**젓**―다(p. 33)

자―**젓**―다(p. 40)

바―**처**―슬가요(p. 57)

소스라―**처**(p. 68)

뛰―**처**(p. 77)

지나―**첫**―다(p. 104)

떨어―**저**―야(p. 120)

처―다보면(p. 162)

이상과 같은 예들은 (3)에 나타나는 연필 퇴고 '一쳐'의 주체가 윤동주가 아닐 것이라는 추정을 뒷받침하는 어학적인 근거들로 간주된다.

이상 검토한 바와 같이 국어학적 관점에서 윤동주의 육필 시고를 볼 때, A42 「버선본」, B33 「아츰」, A27 「창공」 등에 가해진 연필 퇴고 자국은 윤동주의 것이 아니다. 물론 증거는 이외에도 더 있다. 가령 북한 방언 '가마목'을 표준어에 가까운 '부뜨막'으로 고친 A38 「봄」의 연필 자국이나, '춥소' '어오'를 '추어요' '얼어요'로 고친 B13 「겨울」 역시 윤동주의 퇴고로 보기 어려운 것들이다.

3-2-2. 연필 퇴고 자국의 필체에 대한 실증적 고찰

윤동주의 육필 시고에 남겨진 연필 퇴고 자국 중 일부는 얼핏 보기에도 윤동주의 필체라고 하기에는 생소한 경우가 있다. 만약 이 퇴고 흔적이 윤동주의 것이 아니라면 이 흔적은 결국 윤동주의 육필 시고에 접근했던 이의 것이 아닐 수 없다.

그런데 『사진판』 부록 '윤동주 연보' 1955년 항목에는 이런 내용이 소개되고 있다.

(1955) 2월, 윤동주 10주기를 기념하여 89편의 시와 4편의 산문을 엮어 다시 시집 『하늘과 바람과 별과 시(詩)』를 정음사에서 펴내다. 편집은 **정병욱의 자문을 받아** 윤일주가 담당하고〔……〕

한편 『사진판』은 이 '윤동주 연보'가 "고故 윤일주尹一柱 교수가 작성한 것을 토대로 하였"다고 밝혀놓고 있다. 따라서 위에 인용한 '윤동주 연보'의 내용은 『하늘과 바람과 별과 시』를 편집한 당사자인 윤일주 교수가 직접 작성한 것으로 신뢰해도 무방할 것이다. 따라서 위의 내용대로라면 연필 퇴고 자국의 주인이 만약 윤동주 본인이 아니라면 결국 윤일주·정병욱 두 분 중 한 분이 되어야 할 것이다.

그런데 필자는 윤동주의 자필 시고에 누군가 연필로 다듬고자 했다면 그것은

고 윤일주 교수가 아니라 국문학자인 정병욱 교수가 될 가능성이 높다고 판단
했다. 위에 인용한 내용 중 "정병욱의 자문을 받아……" 부분이 이러한 판단이
전혀 엉뚱한 것이 아닐 것이라는 심증을 갖도록 만들었다. 그래서 필자는 고 정
병욱 교수의 자필 흔적을 구하기 위해 애쓰다 마침내 서울특별시 평창동 소재

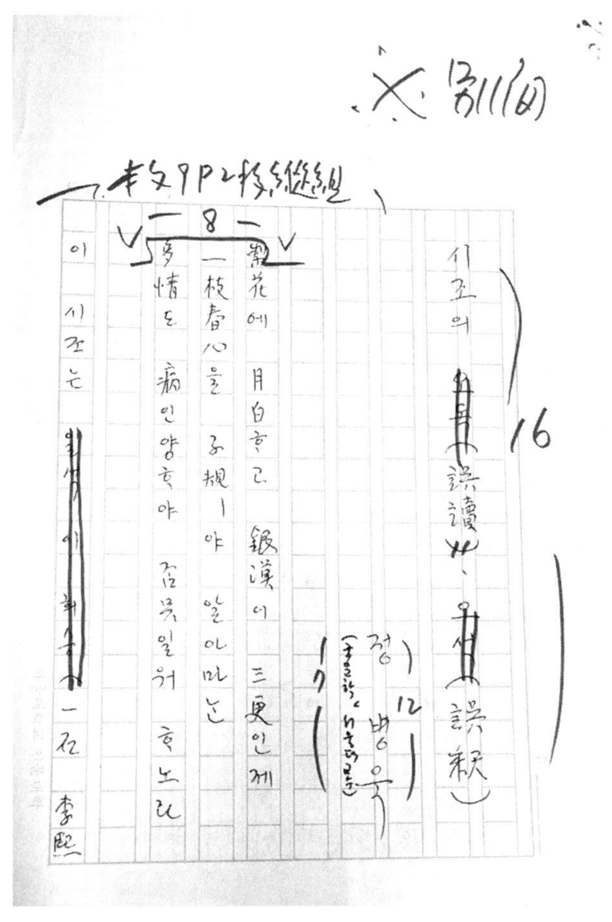

그림 6
『문학사상』 1981년 4월호에 '子規야 알아마는'이란 제목으로 게재된 기고문의 원고. 고 정병욱 교수의 육필
로 모두 원고지 20쪽으로 되어 있는데 사진은 그 첫 장이다.

영인문학관에서 고 정병욱 교수의 육필 원고를 발견할 수 있었다.[42] 이 육필 원고는 『문학사상』 1981년 4월호[43]에 게재하기 위하여 고 정병욱 교수가 작성한 2백자 원고지 20장 묶음인데 그림 6은 그 첫 장의 모습이다.

　필자는 우선 『사진판』에 최초로 나타나는 연필 흔적으로, 윤동주의 다른 필체와 확연히 달라 보이는 다음 (4)의 예를 고 정병욱 교수의 육필과 비교하여 보았다.

(4) : 『사진판』, p. 18에 기록된 「초한대」의 연필 퇴고 자국

퇴고 이전의 형태 :　　　　暗黑이 창구멍으로 도망한
연필 퇴고 이후의 형태 :　暗黑이 창구멍으로 도망간

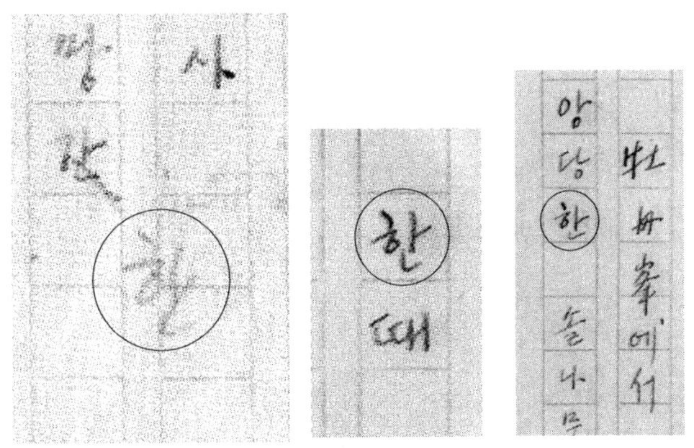

그림 7

좌측 사진은 『사진판』 p. 18에 있는 「초한대」의 '(도망)간' 을 지우고 '한' 으로 고친 연필 퇴고 자국. 사진 중앙은 『사진판』 p. 25에 있는 「食券」에서 떠온 윤동주의 육필이고, 우측 역시 『사진판』 같은 쪽에 있는 「牡丹峯에서」에서 떠온 윤동주의 육필이다. 중앙과 우측의 필체가 같은 반면, 좌측의 것은 이 두 필체와 상당히 다르다.

---

42 이 기회를 빌려 많은 문인의 자료를 볼 수 있게 기회를 제공해준 영인문학관(관장 강인숙 교수)에 깊은 감사를 드린다.
43 이 원고는 '子規야 알아마는' 이라는 제목으로 『문학사상』 1981년 4월호에 게재되었다.

　사진에서 좌측 첫번째의 것은 '간' 을 '한' 으로 수정한 문제의 연필 퇴고 흔적이고, 두번째 및 세번째 것은 『사진판』 p. 25에서 따온 윤동주의 육필 '한' 의 모습이다. 누가 보더라도 첫번째의 연필 퇴고 흔적 '한' 과, 두번째 및 세번째의 '한' 은 같은 필체가 아니다.

　이번에는 앞에 언급한 고 정병욱 교수의 육필 원고에서 발췌한 '한' 을 보자.

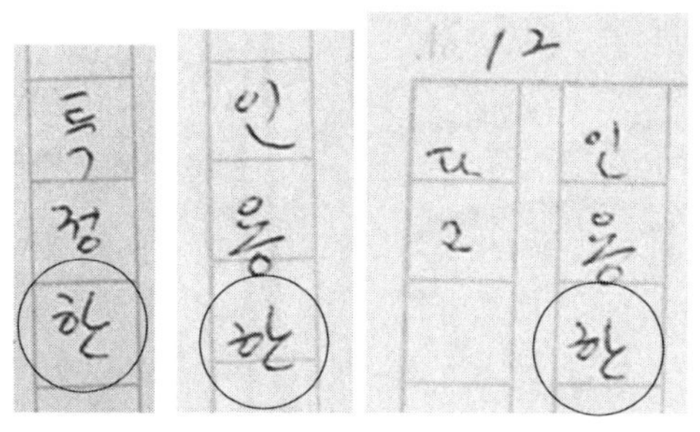

그림 8
좌측의 '특정한' 은 원고지 20쪽에서, 중앙의 '인용한' 은 원고지 2쪽에서, 우측의 '인용한' 은 그림에서 보이듯 원고지 12쪽에서 각각 떠온 것으로 이 '한' 이라는 필체가 여러 곳에서 빈번히 나옴을 보이고자 했다. 여기서 확인되는 필체는 그림 7 좌측의 연필 퇴고 자국과 동일함을 알 수 있다.

　이 사진에 나타나는 '한' 의 필체는 앞에 제시한 연필 퇴고 자국의 필체와 매우 흡사하다. 따라서 이와 같은 사실은 (4)에서 행해진 연필 퇴고의 주체가 윤동주가 아니며, 『하늘과 바람과 별과 시』의 편집 과정을 주도했던 고 정병욱 교수라는 것을 입증해주는 것이다. 『사진판』, p. 36에 보이는 연필 퇴고 흔적 '하' 의 경우도 위와 같은 과정을 통해서 고 정병욱 교수의 필체임이 드러나는 경우이다.

　(5) : 『사진판』, p. 36에 기록된 「창공」(1935. 10. 20)에 남겨진 연필 퇴고 자국
퇴고 이전의 형태 :　　　南方으로 도망가고
연필 퇴고 이후의 형태 :　南方으로 도망하고

그런데 (4)와 (5)의 다음과 같은 퇴고 내용은, 의미론적으로 보아도 이것이 꼭 이루어져야 했을 만큼 그렇게 절박한 것이라고는 생각되지 않는다.

(4)의 연필 퇴고 내용: '도망간 → 도망한'
(5)의 연필 퇴고 내용: '도망가고 → 도망하고'

필자는 『하늘과 바람과 별과 시』의 편집이 정작 윤동주 자신에 의해 이루어졌다면 위와 같은 퇴고는 시도되지 않았을 것이라고 생각한다.

이번에는 다른 예를 보기로 하자.

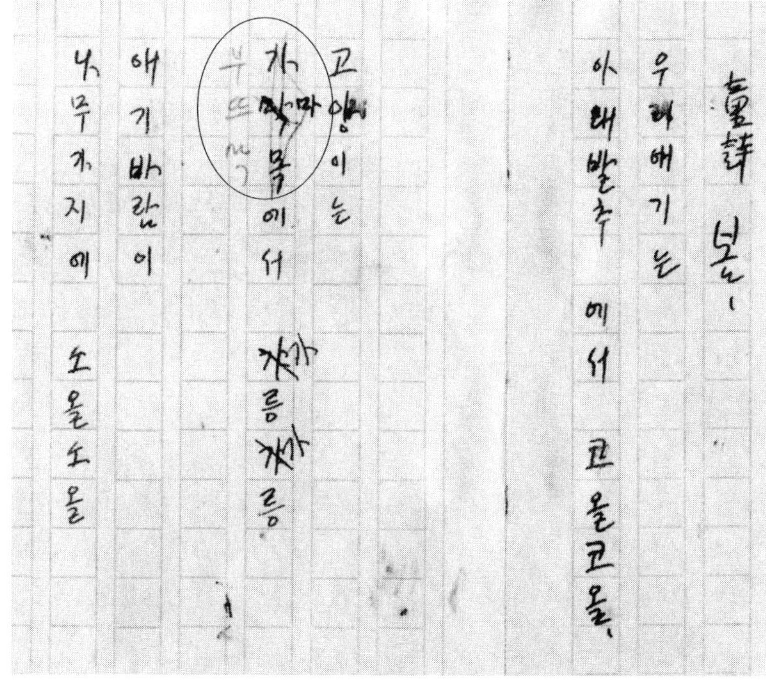

그림 9

『사진판』 p. 43에 기록된 동시 「봄」. 2연 2행에서 북한 방언 '가마목' 이 연필로 표준어 '부뜨막' 으로 고쳐졌음을 볼 수 있다. 이 역시 고 정병욱 교수의 필체이다.

(6): 『사진판』, p. 43에 기록된 「봄」(1936. 10.)의 연필 퇴고 자국

연필 퇴고 이전의 형태: 고양이는／**가마목**에서 가릉가릉 ········ 제2연

연필 퇴고 이후의 형태: 고양이는／**부뜨막**에서 가릉가릉 ········ 제2연

북한 방언인 '가마목' 이 표준어인 '부뜨막' 으로 교체되었음을 알 수 있다.

그런데 이 연필 퇴고 흔적인 '부뜨막' 역시도 고 정병욱 교수의 필체가 분명
해 보인다. 다음을 보자.

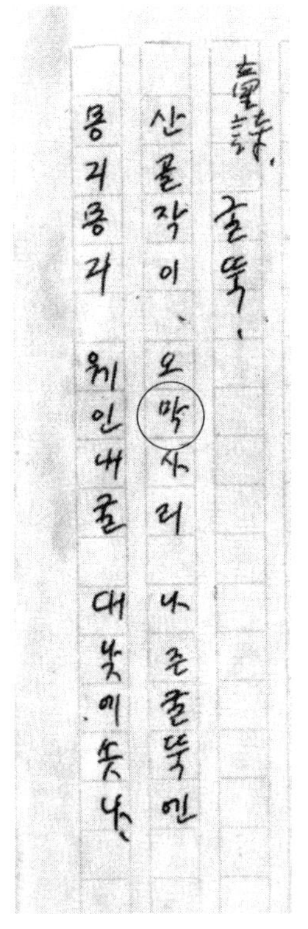

<table>
<tr><td>

그림 10

『사진판』 p. 42의 「굴뚝」. 윤동주가
쓴 '막' 자를 볼 수 있다.

</td><td>

그림 11

고 정병욱 교수가 쓴 원고지 16쪽에서
떠온 것이다. 여기의 '부' 자와 '막' 자
는 연필 퇴고의 그 필체와 같다.

</td></tr>
</table>

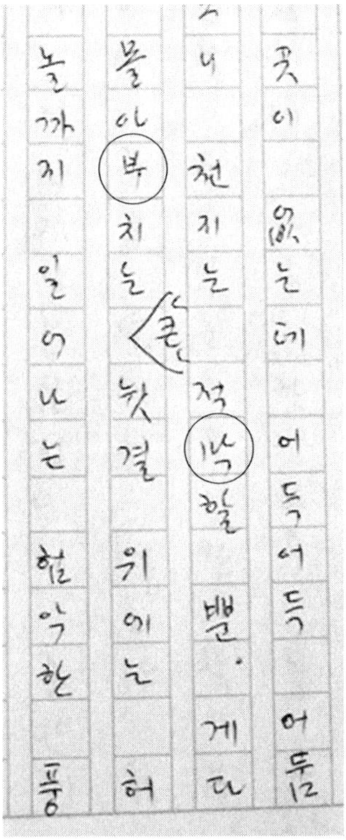

사진에서 보듯, 부뜨막에 나타나는 '막'의 필체 역시 윤동주의 것이라기보다는 고 정병욱 교수의 필체에 가깝다.

좌측에 있는 『사진판』, p. 42의 사진은 윤동주 필체의 '막'이 어떤 모양인지를 보여주고 있다. 이것은 앞서 제시한 '부뜨막'의 '막'과 상당히 다른 모양이다. 아울러 이 좌측 사진에 나오는 (제목의) '뚝', ('산골작이'의) '작', ('대낮'의) '낮' 등에서 글자 획이 돌아간 모습 역시 앞서 제시한 연필 퇴고 자국 '부뜨막'의 '막'이 윤동주의 필체가 아니라는 점을 '오막사리'의 '막'과 함께 일러주고 있다.

이와는 달리 우측 사진은 앞서 언급한 고 정병욱 교수의 육필 원고지 16쪽의 부분을 옮겨온 것이다. 여기에서는 연필 퇴고 흔적 '부뜨막'의 두 글자 '부'자와 '막'자의 주인이 누구인지 짐작할 수 있는 흔적이 담겨 있다. 즉, 우측 사진에 보이는(우측에서 두번째 행에 나오는) '적막할'의 '막'자와, (그 다음 행에 나오는) '몰아부치는'의 '부'자가 바로 그것이다.

원고지에 나타나는 이 '부'자, '막'자의 획의 모양 및 글자 전체의 모습을 들여다보고 나서 다시 '부뜨막'에 포함된 '부'자 및 '막'자의 모습을 보게 되면 누구나 이 글자들이 서로 흡사하다는 사실을 인정하게 될 것이다.

이러한 점은 물론 '가마목'을 지우고 나서 이를 연필을 사용, '부뜨막'으로 고친 장본인이 고 정병욱 교수임을 여실히 말해주는 것이다.

이 밖에도 이러한 과정을 통해 비교해보면,

(7): 『사진판』, p. 44에 기록된 「버선본」의 연필 퇴고 자국

　　　두어둬서 멀합니까 → **두었다간 뭣에 쓰나요**

(8): 『사진판』, p. 45에 기록된 작품 제목의 연필 퇴고 자국

　　　니불 → **눈**

(9): 『사진판』, p. 66에 기록된 B13 「겨을」의 연필 퇴고 자국

　　　춥소 → **추어요**

어오 → 얼어요

등에서의 연필 퇴고 주체도 윤동주가 아니라 고 정병욱 교수라는 점을 어렵지 않게 확인할 수 있다.[44]

결국 이상 행한 바와 같은 연필 퇴고 자국에 대한 물리적 검증 결과는 『사진판』에 남겨진 연필 퇴고의 전부는 아닐지라도, 적어도 상당 부분이 『하늘과 바람과 별과 시』 편집의 주체였던 고 정병욱 교수에 의해 행해졌다는 것을 웅변해 주는 것이다.

3-2-3. 연필 퇴고 자국에 대한 해석적 고찰

윤동주의 육필 시고에 남겨진 연필 퇴고 자국 중 일부의 예는, 시 형태에 대한 해석적 분석을 시도할 경우, 이 퇴고의 주체가 윤동주가 아닐 가능성을 강하게 시사한다. 다음 (10)과 (11)의 경우가 바로 그러하다.

(10): 『사진판』, p. 50에 기록된 「둘다」의 연필 퇴고 자국

(11): 『사진판』, p. 44에 기록된 「참새」의 연필 퇴고 자국

3-2-3-1. 「둘다」[45]

전후 기록 상황을 감안할 때, 「참새」가 씌어진 이듬해인 1937년에 씌어진 것으로 보이는 「둘다」의 육필 시고는 이 텍스트의 최초 형태가 다음과 같이 2연 각 2행으로 된 소품이었다는 것을 말해주고 있다.

---

44 『사진판』의 서지적 상황 역시 이러한 사실을 지지한다고 볼 수 있다. 즉, p. 44의 '니불'이 연필로 '눈'으로 수정된 것은, 이 작품 바로 다음(『사진판』, p. 45)에 '눈'이라는 같은 제목으로 다른 작품이 등장한다는 점에서 상식적으로 잘 납득이 되지 않는 것이기도 하다. 물론 『사진판』에는 같은 제목의 다른 작품들이 등장하기도 한다. 『사진판』, pp. 39~40의 일반 시 「닭」과, 이를 동시의 형태로 개작한 p. 46의 「닭」이 그러한 예에 해당한다. 그러나 두 「닭」은, 같은 시적 모티프를 공유하고 있을 뿐만 아니라, 서지적으로 볼 때도 서로 상당한 거리를 두고 기록되어 있으므로, '니불' 및 '눈'의 경우와는 분명 구별되는 것이라고 할 수 있다.

45 최초 습작 노트(A)에 53번째로 기록되어 있으며, 『하늘과 바람과 별과 시』에는 중판부터 수록되었다.

바다도 푸르고,

하늘도 푸르고,   ········(최초 형태의 1연)

그러기에

둘다 다 좋지(소)[46].   ········(최초 형태의 2연)

이 최초 텍스트에서 바다와 하늘은 '푸르기' 때문에 시적 화자에게 "둘다 다 좋"은 것으로 간주된다. 메시지가 평범하고 단출하기는 하지만 그런대로 깔끔하게 다듬어져 '푸르름(이상)'을 지향하는 소년(시적 화자)의 소박한 정서를 잘 형상화하고 있는 작품이다.

그런데 이 형태는 2연이 삭제된 후에, 4연이 추가되는 퇴고 과정을 밟게 된다. 이 퇴고의 결과 「둘다」의 내용은 다음과 같이 수정된다.

바다도 푸르고,

하늘도 푸르고,   ········ (1차 퇴고 후의 1연)

바다도 끝없고

하늘도 끝없고,   ········ (1차 퇴고 후 새로 추가된 2연)

바다에 돌 던저보고

하늘에 침받어보오.   ········ (1차 퇴고 후 새로 추가된 3연)

바다는 벙글

하늘은 잠잠   ········ (1차 퇴고 후 새로 추가된 4연)

둘다크기도 하오.   ········ (1차 퇴고 후 새로 추가된 5연)

---

46 '좋소'에서 '좋지'로 수정되었다가 연 전체와 더불어 삭제되었다(1차 퇴고).

이상과 같이 1차 퇴고를 거쳐 수정된 텍스트에서 '바다'와 '하늘'은 최초의 텍스트처럼 그저 단순히 푸르기만 한(1연) 존재가 아니다. '바다'와 '하늘'은 시적 화자에게 '둘다' '끝없'이 '크기도' 한(2연, 5연) 존재로 인식된다.

그러나 이 거대함은 결코 물리적인 차원에 국한되지 않는다. 시적 자아가 짓궂게도 "돌 던저보고" "침받어보"는 모욕적인 행동으로 도발했음에도 불구하고, 거대한 '바다'와 '하늘'은 신경질적으로 반응하지 않고 오히려 '벙글' 거리거나 '잠잠' 한 태도를 보인다. 따라서 시적 화자에게 '바다'와 '하늘'은 정신적인 측면, 이를테면 도량度量이라는 측면에서도 거대함이 느껴지는 존재인 것이다.

물론 물리적 측면에서 다가오는 '바다와 하늘의 푸르름·거대함'은 누구나 느낄 수 있는 일상적 경험에 불과하다. 따라서 이「둘다」가 일상적 경험을 넘어 새로운 경험을 제공하고 있다면, 그것은 '돌 던지고 침 뱉는' 도발에도 불구하고 의연하기만 한 '바다'와 '하늘'의 '푸르고 큰' 도량에 경이로움을 금치 못하고 있는 시적 자아의 계도적啓導的 체험이다. 그렇다. 독자는 이러한 시적 자아의 체험을 따라감으로써, '늘 푸르고(또는 푸르른 이상을 지니고) 크나큰 도량을 지닌 존재는 하찮은 트집이나 모욕 따위에는 아랑곳하지 않는다' 는 메시지로 이끌리게 되는 것이다. 그러므로 이「둘다」는 1차 퇴고 과정을 거쳐 범작凡作의 수준을 간단히 넘어서게 된 것이라고 볼 수 있다.

또한 이러한 1차 퇴고에도 불과하고 최초 텍스트가 지닌 통사적 질서는 조금도 손상되지 않고 있다는 점에 주목할 필요가 있다. 즉 1차 텍스트에서의 문장 주어는 '바다·하늘(1연)/ 둘다(2연)' 이다. 그런데 이러한 질서는 수정 텍스트에도 고스란히 보존되고 있다. 물론 3연의 1, 2행에서 주어는 생략된 '나' 이다. 그러나 3연의 시적 진술은 "돌 던저보고/침받어보"는 도발적 상황의 조성에 대한 진술이다. 따라서 이 3연의 문장은, '바다·하늘·둘다' 가 주어로 기능하고 있는 4연 및 5연의 진술을 예비하고 있는 종속적 자격을 지닐 수밖에 없는 것이다. 그러므로 3연의 진술이 전체 텍스트에서 가지게 되는 위상은, 의미론적으로 괄호 안에 들어 있는 것과 마찬가지로 부수적인 것에 불과한 것이다. 따라서 이 3연을 괄호 쳐놓으면 결국 1, 2연에서의 주어는 다시 한번 4, 5연에서도 그대로 되풀이되고 있는 셈인 것이다. 결국 최초 텍스트가 지닌 주어·술어의 질서는 1차 퇴고에도 불구하고 그대로 남아 있는 것이다.

그런데 최초의 원고에서 1차로 퇴고된 이 내용이 '연필'로 다시 다음과 같이 수정된다.

바다도 푸르고,
하늘도 푸르고,　　　………(1차 퇴고 후의 1연)

바다도 끝없고
하늘도 끝없고,　　　………(1차 퇴고 후의 2연)

바다에 돌 던지고
하늘에 침받고　　　………(2차 퇴고로 수정된 3연)

바다는 벙글
하늘은 잠잠　　　………(1차 퇴고 후의 4연) /
　　　　　　　　　　(5연은 2차 퇴고의 결과 삭제됨)

1차 퇴고된 3연의 표현, '돌 던저보고' '침받어보오'의 '—보다'는, '바다'와 '하늘'의 도량을 시험하기 위한 시적 자아의 의도적 도발임을 분명히 드러내는 표현이다. 그런데 이것이 '돌 던지고'와 '침받고'로 수정된 결과, 시적 화자의 '돌 던지고 침 뱉는 행동'이 '의도적 도발'이라는 표현 가치가 완전히 소멸되고 말았다. 결국 시적 자아의 행동이 아무런 동기나 의미도 없이 저질러진 '철딱서니 없는 행동'이 되고 만 것이다.

더구나 이해할 수 없는 점은, 이 수정의 결과 이전 형태의 통사적 질서가 마구 헝클어졌다는 점이다.

가령 2차 퇴고로 수정된 결과, 3연의 '——(돌 던지)고 / ——(침받)고'의 어미 '—고'가, 1연의 '——(푸르)고, / ——(푸르)고', 2연의 '——(끝없)고, /

———(끝없)고'의 어미 '―고'를 같은 형태로 되풀이하게 되어 얼마간 동음반복의 효과를 거두게 되었다는 점을 일단 인정한다고 치자.

하지만 수정 결과 텍스트 전체가 입게 된 의미 구조의 손상이 너무 크다. 이렇게 "바다에 돌 던지고／하늘에 침받고"로 수정된 3연이, "바다는 벙글／하늘은 잠잠"으로 남아 있는 4연과 어떻게 통사론적으로 연결될 수 있겠는가?

또한 이전 형태에서는 '바다·하늘·둘다'가 전체 텍스트에서 시종일관 주어의 자격을 유지했었다. 그런데 이러한 전체 텍스트의 통사적 질서가 완전히 무너지게 되었다. '바다·하늘'이 주어 구실을 하는 문장 사이에, '나'가 주어 노릇을 하는 문장이 느닷없이 끼어들게 된 결과 그렇게 되고 만 것이다.

더구나 수정 결과 5연이 삭제되고 나니, 전체 텍스트가 전달하고자 하는 메시지가 도무지 아리송해지고 말았다. 즉, '(내가 돌을 던지고 침을 뱉어도) 푸르고 끝없는 바다·하늘이 실없이 웃고 잠잠하기만 하더라'는 보고報告인지,

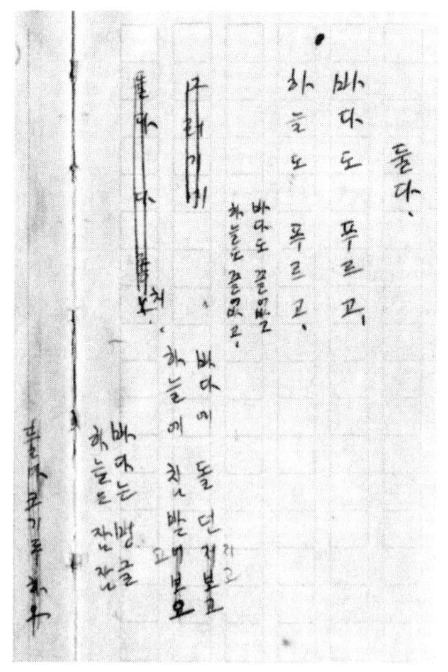

그림 12
최초 습작 노트(A)에 53번째 기록된 「둘다」

'(푸르고 끝없는 바다와 하늘에다) 내가 돌을 던지고 침을 뱉었다'라는 실없는
행동에 대한 자백自白인지, 전체 텍스트의 의미가 뒤숭숭하게 되고 만 것이다.

　당대의 어수선한 국어 환경으로 윤동주의 텍스트에 비록 정서법에 어긋나는
표기가 다수 보이고 있는 것은 사실이지만, '시적 진술 나름대로의 논리'에 관
한 한 그의 육필 초고들은 그의 글쓰기가 얼마나 반듯한지를 한결같이 보여주
고 있다. 그러한 점을 감안하면 이러한 퇴고는 누가 보더라도 납득되지 않는 것
이다.

　그렇다. 요컨대 성공적으로 보이는 1차 퇴고와, 상대적으로 납득하기 어려운
2차 퇴고는, 같은 사람이 한 것이라고는 믿어지지 않을 만큼 그 수준에서 현격
한 차이를 드러내고 있다고 볼 수 있다.

　이 대목에서 1차 퇴고(최초 원고 1, 2연 중, 최초의 2연을 삭제하고 여기에
새로 2, 3, 4, 5연을 추가한 것)가 선명한 잉크로 가해진 데 반해, 이 2차 퇴고가
연필로 감행되었다는 점에 자꾸 눈길이 가게 되는 것은 무엇 때문일까?

3-2-3-2. 「참새」[47]

　그의 동시 「병아리」와 「비ㅅ자루」가,
1936년 11월과 12월 잇달아 당시 연길에
서 간행되던 『카톨릭소년』에 게재되었던
점으로 미루어, 이 『카톨릭소년』이라는 발
표 매체가 그의 초기 동시 창작 활동과 밀
접한 관련이 있으리라는 추정은 이미 언급
한 바와 같다.

　이러한 추정이 사실과 크게 어긋나지 않
는다면, 「참새」가 씌어진 1936년 12월은,
「병아리」와 「비ㅅ자루」의 『카톨릭소년』지
게재로, 윤동주의 시작 활동이 한껏 고무

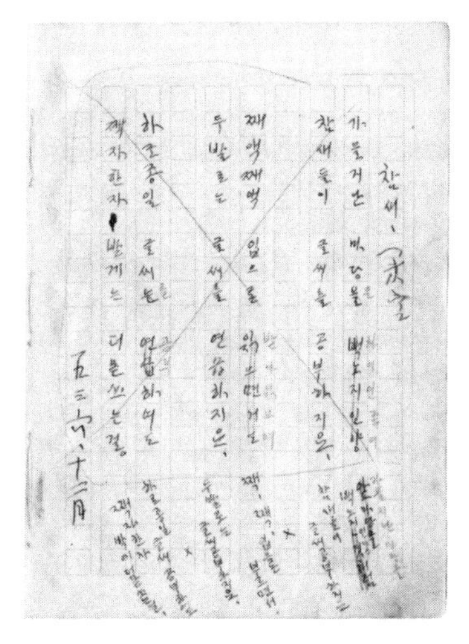

그림 13
A에 40번째로 수록된 「참새」

---

47 최초 습작 노트(A)에 40번째 수록되어 있으며, 제작 시기는 1936년 12월로 명기되어 있다.

된 시기였다고 할 만하다.

　또한 윤동주 연보에 의하면, 윤동주는 이 무렵 동요 시인 강소천을 만난 것으로 되어 있다. 따라서 「참새」는 윤동주가 동시 창작에 어느 때보다도 의욕적이었던 시기에 창작된 것으로 볼 수 있다.

　그런데 『사진판』의 육필 시고는 이 「참새」가 처음에 다음과 같이 3연 각 2행, 3음보(7·5조)의 가지런한 형태로 씌어졌다는 것을 보여주고 있다.

　　가을지난 마당을 백노지인양
　　참새들이 글씨를 공부하지요.　　……… (최초 텍스트의 1연)
　　째액째액 입으론 읽으면서도
　　두발로는 글씨를 연습하지요.　　……… (최초 텍스트의 2연)
　　하로종일 글씨는 연습하여도
　　쨕자한자 받게는 더몯쓰는걸.　　……… (최초 텍스트의 3연)

　그러나 이것이 'Ⅹ' 표시로 삭제되고, 각 2행으로 된 연聯의 형태를 수정하여 그 원고지 아래 여백에 옮겨 쓰게 되는데, 이 대목에서 주목할 만한 점은, 시적 진술의 내용에 있어서는 수정된 결과가 수정 이전의 상태와 대동소이한 반면, 형태와 율격의 경우에는 대폭 바뀌었다는 점이다.

　즉 각 연 2행의 원래 형태를 수정하여 재배치했는데, 이 과정에서 원래의 율격이 대폭 바뀌어 원래 형태가 지닌 3음보(7·5조) 규칙성이 완전히 허물어지고 있다. 다음을 보자.

　　앞마당을 백노지ㄴ 것처럼
　　참새들이 글씨공부하지요.　　………(원고지 아래 여백에 1차 수정한 1연)

　　짹, 짹, 입으론 부르면서
　　두발로는 글씨공부하지요.　　………(원고지 아래 여백에 1차 수정한 2연)

하로종일 글씨공부하여도

쨋자한자 박에더몯쓰는걸.   ………(원고지 아래 여백에 1차 수정한 3연)

결국「참새」의 최초 형태에 1차로 퇴고를 가해 원고지 하단에 옮겨놓게 된 것은, 3음보의 율격을 벗어나려는 시인의 의도를 반영하고 있는 것으로 볼 수 있다.

이러한 노력은 '「창구멍」→「해빛·바람」'의 퇴고 과정에 부분적으로 엿보이는 것과 동일한 것이기에, 윤동주에게 있어서는 결코 새삼스러운 것이 아니라고 할 수 있다.

실제로 관심을 가지고 다시 살펴보면, 그의 육필 흔적 중 3음보의 율격을 일사불란하게 취하고 있는 것은 1936년에 씌어진 동시「기와장내외」와「굴뚝」[48]뿐이다. 그렇다면 윤동주에게는 3음보의 율격이 시의 형태상 아무래도 '구태舊態'로 보였던 것일까? 여하간 그가 '「창구멍」→「해빛·바람」'에서 행한 퇴고의 경우처럼 이「참새」의 경우에도 가급적 3음보의 율격에서 벗어나고자 했던 것은, 이 1차 퇴고 내용으로 보아 분명하다.

그런데 한 가지 흥미 있는 점은, 3음보의 율격을 벗어나려는 의도를 지닌 듯한 이 1차 퇴고에 부분적(제1연)으로 또다시 퇴고가 가해진다는 점이다. 다음을 보자.

가을지난 마당을 백노지인양

참새들이 글씨공부하지요.

          (원고지 아래 여백의 1연 제1행을 다시 연필로 수정한 결과)

그 결과 제1연 제1행은 3음보의 율격으로 되돌아간 결과가 되었는데 문제는 이러한 퇴고가 1차 퇴고의 의도와 상충된다는 점이다. 한데 눈길을 끄는 대목은 이 이해할 수 없는 퇴고 역시,「둘다」에서의 납득할 수 없는 2차 퇴고와 같이 연필로 가해졌다는 점이다.

---

48 두 작품 모두 최초 습작 노트(A)에 수록되어 있다.「기와장내외」는 전후 기록 상황으로 보아 1936년 작으로 추정되며,「굴뚝」은 제작 시기가 '1936 가을'로 명기되어 있다.

또 있다. 이 「참새」가 『하늘과 바람과 별과 시』 중판(1955)에 실리면서, 엉뚱하게도 퇴고 이전의 형태, 즉 'X' 표시로 삭제 지시된 상단 부분[49]이 선택되어 수록되었다는 점이다. 물론 이것은 'X' 표시로 최초 텍스트를 삭제하도록 한 지시를 무시한 것이다. 'X' 표시는 분명 최초 텍스트가 원고지 아래 여백에 적혀 있는 수정 텍스트로 대체되었음을 나타내는 것이다.

엉뚱한 점은 그뿐이 아니다. 이 'X' 표시로 삭제된 부분 안에서도 퇴고의 흔적이 발견된다는 점이다. 그런데 이 부분의 퇴고 역시 잉크가 아니라 연필 자국으로 되어 있다는 점이 다시 눈길을 끈다.[50] 문제는 이 부분의 퇴고가, 원고지 아래 여백에 퇴고해놓은 텍스트와는 달리, 최초 원고가 취했던 율격, 즉 3음보의 율격을 고스란히 유지한 채 이루어지고 있다는 점이다. 연필로 퇴고된 양상을 최초 형태와 더불어 제시하면 다음과 같다.

◎(원작 1연)가을지난 마당을 백노지인양 / 참새들이 글씨를 공부하지요.
▶(연필 수정) ──── ── 은 하이얀종이 /──── ──── ────
◎(원작 2연)째액째액 입으론 읽으면서도 / 두발로는 글씨를 연습하지요
▶(연필 수정) ──── ── 받아읽으며 /──── ──── ────
◎(원작 3연)하로종일 글씨는 연습하여도 / 쩍자한자 받게는 더몯쓰는걸.
▶(연필 수정) ──── ── 를 공부하여도 /──── ──── ────

사실 이렇게 수정된 내용을 아래에서 보듯 따로 떼어내놓고 보면, 이 수정이 그토록 절박한 필요성을 지닌 것이었다고는 생각되지 않는다.

백노지인양 → 하이얀종이 ········ (1연의 변경 내용)
읽으면서도 → 받아읽으며 ········ (2연의 변경 내용)
연습하여도 → 공부하여도 ········ (3연의 변경 내용)

---

[49] 『사진판』에서 인용한 그림 상단의 'X' 표시로 삭제된 부분 참조. 이 'X' 표시가 윤동주의 것이 틀림없다면 그는 3연 각 2행, 3음보로 쓴 최초의 원고 전체를 삭제한 것이 분명하다.
[50] 『사진판』의 컬러 사진 자료는 이 점을 분명히 보여준다.

아니, 오히려 이 내용 변경은 어찌 생각하면 다소 의아하기까지 하다.

우선 2연의 변경 내용을 보기로 하자. 참새가 무엇인가 '받아읽는'다면 당연히 그것을 불러주고 있는 누군가가 있어야 할 것 아닌가? 이 '참새'가 혹시 새끼로 설정되었다면 '어미' 참새의 소리를 '받아읽'을 수도 있겠지만, 텍스트에는 그런 점에 대해서는 아무런 언급도 없다. 게다가 필자의 기억으로는, 참새 새끼가 겁없이 마당을 돌아다니는 경우를 본 적이 있었던 것 같지도 않다.

여기에 더하여 '백노지'[51]를 '하이얀종이'로 바꾼 1연의 변경도 좀 엉뚱하다. 백로지(갱지)의 색깔은 누구나 알고 있듯, 결코 하얗지 않으며 다소 누른빛을 띠고 있다. 따라서 마당의 흙바닥에 대한 비유적 표현으로는 그래도 허용될 법하다. 텍스트의 시적 정황 역시도 그냥 "가을 지난 마당"일 뿐이지, 눈이 온 것으로는 되어 있지 않다. 그런데 (설령 서리가 내린 초겨울 아침의 마당이라고 할지라도) 흙바닥을 비유하고자 하는 언어로 '하이얀 종이'가 선택된 것은 어딘지 어색하다. 따라서 실제로 참새가 쨍쨍거리며 돌아다닌 마당을 지켜본 1차적 실체험의 소유자가 직접 퇴고했다고 간주하기에는 아무래도 엉뚱하지 않을 수 없는 것이다.

그럼에도 불구하고 이 연필로 수정된 내용은 『하늘과 바람과 별과 시』 중판에 수록된 내용과 정확하게 일치한다.

결국 이상 행한 바와 같은, 「참새」 육필 시고에 대한 필자의 텍스트 분석이 지지를 받을 수 있다면, 「참새」의 육필 시고가 『하늘과 바람과 별과 시』(중판, 1955)에 옮겨지는 과정에서, 어떤 방식으로든 제3자의 개입이 있었으리라는 심증 역시 간단하게 부정될 수는 없으리라고 생각한다.[52]

3-2-4. 이 부분의 마무리
이상 (1)~(10)에 대한 앞서의 논의를 간단히 정리해보면 다음과 같다.

---

[51] 백로지白鷺紙, 지면이 좀 거칠고 품질이 낮은 '갱지更紙'를 속되게 부르는 말.
[52] 이와 같은 필자의 판단은 「참새」의 원전을 확정하는 데 그대로 반영되었다는 점을 밝혀둔다.

(1): 「버선본」(『사진판』, p. 45)

(2): 「아츰」(『사진판』, p. 85)

(3): 「蒼空」(『사진판』, p. 35)

　………… 이상 국어학적 증거로 윤동주의 퇴고가 아님을 밝힌 예

(4): 「초한대」(『사진판』, p. 18)

(5): 「蒼空」(『사진판』, p. 36)

(6): 「봄」(『사진판』, p. 43)

(7): 「버선본」(『사진판』, p. 44)

(8): 「니불」(『사진판』, p. 45)

(9): 「겨을」(『사진판』, p. 66)

　………… 이상 필체에 대한 실증적 고찰로 윤동주의 퇴고가 아님을 밝힌 예

(10): 「둘다」(『사진판』, p. 50)

(11): 「참새」(『사진판』, p. 44)

　………… 이상 텍스트에 대한 해석을 통해 윤동주의 퇴고로 보기 어려움을 밝힌 예

그런데 위와 같이 정리된 결과를 한번 더 들여다보면, 국어학적 분석 결과와 필체에 대한 실증적 검토 결과가 상당 부분 일치하는 것을 확인할 수 있다.

즉 국어학적으로 검토했을 때 윤동주의 퇴고가 아닌 것으로 확인된 「버선본」과 「창공」의 경우는, 필체에 대한 실증적 검토 결과에서도 윤동주의 필체가 아닌 것으로 확인되고 있는 것이다(물론 「봄」 「겨을」 등도 같은 예로 볼 수 있다).

한편 다음과 같은 정황, 즉

① 위에서 문제가 된 (연필 퇴고가 가해진) 텍스트들 중 「봄」 「참새」 「버선본」 「니불」 「둘다」 「겨을」 등은 모두 동시에 속하며, 『사진판』에 기록된 위치로 보아, 서로 가까운 곳에 있다(p. 66에 있는 「겨을」이 좀 떨어져 기록된 것으로 보이지만, 이기 이전의 최초 텍스트가 p. 47에 있다는 점을 감

안하면 결국 가까운 곳에 기록되어 있다고 볼 수 있다).

② 위에서 문제가 된 (연필 퇴고가 가해진) 텍스트들은 모두『하늘과 바람과 별과 시』중판본(1955) 편집 과정에서 새로 수록된 작품이다. 그런데『사진판』'윤동주 연보'는 이 중 판본 편집에 고 정병욱 교수가 '자문' 역할을 수행했다고 보고하고 있다.

이상 ① ②의 서지적 정황 역시 이 문제의 연필 퇴고가 고 정병욱 교수에 의해 행해진 것이라는 추정을 강하게 뒷받침하고 있다. 결국 정음사 본『하늘과 바람과 별과 시』중판본을 편집하면서 고 정병욱 교수는 윤동주의 육필 시고의 일부 텍스트에 연필을 사용하여 수정을 시도했으며, 이 작업은 주로 동시 텍스트를 중심으로 이루어진 것이라고 조심스럽게 추단推斷할 수 있다.

바로 이러한 정황 때문에 이 책 제1편 '원전 확정을 위한 교정·교감 연구'에서, 필자는 앞서 언급한 문제의 연필 퇴고 자국을 원전에서 배제하였음을 밝혀 둔다.

제3편

원전 확정을 위한 해석적 연구
—『사진판』 육필 초고를 중심으로

원전 확정을 위한 해석적 연구
—『사진판』 육필 초고를 중심으로

1. 삭제 시편

이 책의 앞부분(제2편: 2. 윤동주의 육필 시고가 유고 시집 이본에 수용되는
양상)에서 이미 언급한 바와 같이, 정음사 본『하늘과 바람과 별과 시』 3판을 편
집하면서 편집자들은 「창구멍」 「가슴 2」 「개 2」 「울적」 「야행夜行」 「비ㅅ뒤」
「어머니」 등의 텍스트를 배제했다. 그래서『사진판』(1999)이 발간되기 이전에
연구자들은 이들 텍스트가 존재하는지조차 알 수가 없었다.

그런데 이들 텍스트는 왜 그동안 공개되지 않았던 것일까. 이들이 지닌 공통
점, 즉 전체 삭제를 지시하는 '×' 형태의 퇴고 흔적이 전적인 이유일까? 아니,
그럴 수는 없다. 「할아버지」 역시 여러 겹의 수직선으로 '아주 꼼꼼히' 전체 텍
스트가 삭제되었음에도 당당히 '윤동주의 작품'으로 복권復權되어『하늘과 바
람과 별과 시』 3판(1976)에 나타나지 않았는가? 그뿐이 아니다. 「할아버지」 옆
에 있던 「장」도 '×' 표시가 붙어 있다. 따라서 이 역시 삭제되어야 마땅했음에
도 일찍이 중판본에 등장, 1955년 이래 '윤동주의 작품'으로 당당히 대접받고
있는 것이다.

따라서 똑같이 전체 삭제되었으나 일찍이 공개된 바 있는 「할아버지」와 「장」
의 경우를 염두에 둔다면, 이들 작품이 그동안 공개되지 않았다는 사실은 정음
사 본『하늘과 바람과 별과 시』를 편집함에 있어 어떤 형태로든 자의적 기준이
적용되어왔다는 점을 강하게 시사하는 것이다.

편집자 또는 유가족이 적용해왔던 그 '기준'은 무엇이었을까? 그러나 정음사

본 『하늘과 바람과 별과 시』의 편집을 주도한 바 있는, 윤일주 · 정병욱 두 분 교수가 타계한 지금 그 '기준' 을 밝히기는 쉽지 않으리라 생각된다.

다만 필자는 그동안 공개되지 않았던 이들 작품 중 「개 2」「울적」「비스뒤」 등 세 작품은 윤동주 연구에 있어 상당한 가치를 지니고 있다는 점을 지적하고 자 하며, 바로 이런 이유에서 윤동주 시의 원전을 확정함에 있어 이들 작품을 모두 포함시켰다는 점을 밝혀두고자 한다.

1-1. 「개 2」

우선 그동안 세상에 공개되지 않았던 텍스트 중 「개 2」부터 만나보기로 하자.

먼저 작품의 의의는 관점에 따라 얼마든지 달리 평가될 수 있다는, 어찌 보면 당연한 이치부터 말하고 싶다.

그렇게 주장하고자 하는 이유가 있다. 『하늘과 바람과 별과 시』를 편집하면 서 이 「개 2」를 제외했던 편집자의 눈에는 이 「개 2」가 '윤동주의 것' 이라서, '윤동주의 흠' 이 될 것 같아서 치지도외되었을지 모르지만, 필자의 판단은 전혀 다르다. 필자의 생각에는 이 「개 2」가 '윤동주의 것' 이라서 오히려 아주 소중하 게 취급되어야 한다고 생각된다.

왜냐하면, 다음 1)~3) 때문이다.

1) 윤동주가 남긴 육필 흔적 중, '성性(욕망)' 이 시적 담론에 떠오른 유일한 작품이다.

2) 이 의인화된 '개' 는, 「유언」에 나오는 '개' 와 더불어, 저 널리 알려진 「또 다른고향」의 '개' 와 상호 텍스트적 맥락을 형성하고 있다.

3) 따라서 이 「개 2」는 「또다른고향」의 해석에 일정한 지침을 줄 수 있는 실 증적 자료로 활용될 가능성을 열어놓고 있다.

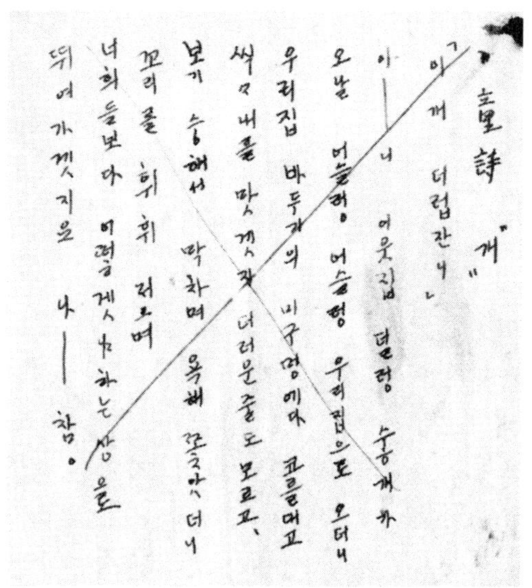

그림 1
『사진판』의 첫번째 묶음(A)에 57번째로 수록되어 있는 「개」. 『사진판』의 원색 사진에는, 삭제를 지시하는 × 표시가 청색 잉크의 가는 선으로 그어져 있음을 확인할 수 있다.

작품의 의미 구조를 분석하기 위해서 우선 「개 2」의 본문을 살펴보기로 하자.

①「이 개 더럽잔니」

②아 — 니 이웃집 덜렁 숭개가

③오날 어슬렁 어슬렁 우리집으로 오더니

④우리집 바두기의 미구멍에다 코를대고

⑤씩씩 내를 맛겟지 더러운줄도 모르고,

⑥보기 숭해서 막차며 욕해 쫏앗더니

⑦꼬리를 휘휘 저으며

⑧너희들보다 어떻겟냐하는 상으로

⑨뛰여가겟지요 나 —— 참.

제목 위에 '동시'라고 명기된 이 「개 2」는 운율로 보아 산문시의 형태에 가까워 보이지만, 나름대로는 ①에서 ⑨까지 행 구분이 분명하므로 형식상 산문시라고는 할 수 없다.

이 「개 2」의 의미 구조를 파악하기 위해서 시적 정황에 개입하는 두 주체, 즉 시적 화자와 '이웃집 수캐'를 분리시키고, 이 둘 사이의 상호 작용을 들여다보기로 하자.

우선 ①~⑨는 행별로 나누기 어려워 보인다. 왜냐하면 ②⑤⑨행에는 시적 화자와 '이웃집 수캐'가 동시에 개입되어 있기 때문이다. 따라서 ①~⑨를 다음과 같이 나누어보고자 한다.

1) '이웃집 수캐'의 행동에 대한 시적 화자의 부정적 반응 … B1

2) '이웃집 수캐'의 성적 행동 … A1

3) '이웃집 수캐'의 행동에 대한 시적 화자의 부정적 반응과 적대적 행동… B2

4) '이웃집 수캐'의 반발과 인간(시적 화자가 포함된다)에 대한 냉소적 행동

… A2

5) 4)에 대한 시적 화자의 어이없어하는 반응 … B3

위의 분절 단위들을 시간적 순서로 재구성해보면,

A1 → B2 → A2 → B1 & B3

과 같이 된다. 여기서 B1을 맨 뒤에 위치시킨 것은 B1이 B3과 마찬가지로 'A1 → B2 → A2'에 대한 사후 평가적 의미, 즉 메타 담론의 성격을 갖는다고 보기 때문이다. 그런데 곰곰 살펴보면 'A1 → B2 → A2' 사이에도 인식적 차원의 층위가 서로 다르다. A1에 대한 메타 담론이 B2이고, B2에 대한 메타 담론이 A2이기 때문이다. 따라서 인식의 층위까지를 드러내고자 하면 앞서의 도표는 다음과 같이 된다.

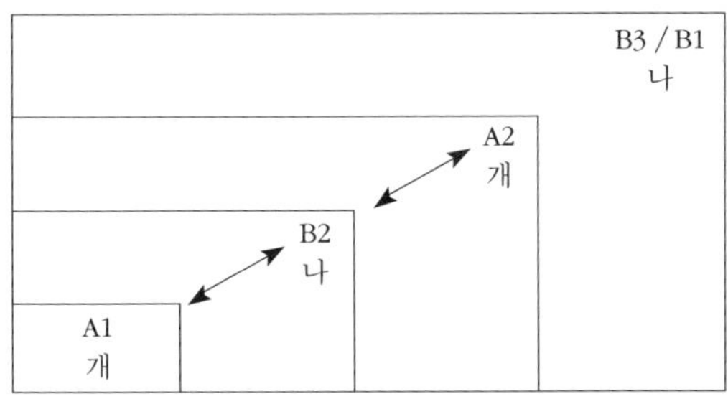

이제 이 도표를 놓고 제목이 '개'라는 점을 고려하여 '개'의 입장에서 생각해 보기로 하자.

1) A1: (개의 입장에서는) A1은 생리적 본능에 따른 자연스러운 행동일 뿐이다.

2) B2: 인간(시적 화자)이 자기 중심적 기준을 내세우며 억압하고 있다.

3) A2: 인간들의 자기 중심적 기준은 '개'보다 근거 없이 높은 것이라고 비난했다.

4) B3 & B1: 인간(시적 화자)이 대답을 못 하고 있다 & 저희끼리 괜히 구시렁댄다.

1)~4)의 추이와 결과는 '개'의 입장에서는(물론 인간은 동의하지 않겠지만) 윤리적으로 '통쾌한 승리'라고 할 만하다. '개'는 '윤리적(인간적) 기준'을 인정하지 않으므로 어차피 인간과의 싸움에서 처음부터 잃을 것이 없다.

결국 인간(또는 시적 화자)이 승산이 없었던 싸움을 걸어왔다가 실없이 패하고 만 것이다.

그런데 시적 화자와의 윤리적 싸움에서 승리를 거둔 이 '개'는 의인화된 개다. 사람이 겁주면 힘없이 쫓기는 무력한 가축이 아니라, 판단력이 있고 논리를 내세워 따질 줄도 아는 존재인 것이다.

의인화란 원래 시적 주체(시적 화자이든, 그 시적 화자를 내세운 시인이든)의, 대상에 대한 감정 이입이 없이는 불가능하다. 따라서 의인화된 대상은 처음부터 시적 주체와 분리될 수 없는 것이다.

따라서 「개 2」에 등장하여 시적 주체(시적 화자 또는 윤동주 자신)를 이기고 있는 '개'는 그동안 잠재되어 있던 윤동주의 정신적 분신이다.

그런데 윤동주의 정신적 분신인 이 '개'는 "우리집 바두기의 미구멍"에 코를 대기도 하고, 그것을 못마땅하게 여기는 인간의 위선을 도리어 꾸짖기도 한다. 그렇다면 이 '개'는 야누스다. 욕망의 얼굴을 한쪽에 지니고 있으면서도, 다른 한쪽의 얼굴로는 인간의 위선을 준엄하게 규탄하는 야누스다.

나아가 이 '개'는 윤동주의 마음 저편 보이지 않는 곳에서 들끓고 있던 심리적 갈등이기도 하다. 자신의 내부에 욕망이 존재함을 알고 있으며, 동시에 이것을 거북해하지만 이를 꾸짖고 내쫓을 자신이 없는 애처로운 정신적 몸부림이다.

어찌 윤동주만이 그렇겠는가? 이 글을 적는 필자도 그렇고, 이 글을 읽고 있을 독자도 그렇다. 세상의 누구나 그가 신이 아닌 한 「개 2」에 등장하는 바와 같은 개를 한 마리씩 기르고 있다고 보아야 한다. 다만 겉으로는 모두들 자신의 개가 집을 나간 척하는 것일 뿐이다.

따라서 「개 2」는 아무렇게나 끼적거린 낙서가 아니다. 또한 윤동주가 「개 2」를 남기고 있다는 것이 결코 부끄러운 일도 아니다. 필자로서는 아직 성 담론이 금기시되던 그 시기에 「개 2」를 남긴 윤동주가 오히려 얼마나 자랑스러운지 모른다. 「개 2」는 그가 얼마나 자기 성찰에 철저했는가, 솔직했는가, 아니 얼마나 '시쓰기'에서 용감했는가를 보여주는 생생한 증거이다.

그럼에도 1999년 『사진판』이 세상에 나오기 이전까지 「개 2」의 존재가 알려지지 않았다는 것은 아쉬운 일이다. 윤동주의 '개'는 그러니까 환갑을 넘기고서야 세상에 모습을 드러낸 셈이다.

1-2. 「울적」

앞서 언급한, 「개 2」에 그어진 삭제 지시 'ｘ'가 푸른색 잉크의 가는 선인 반면, 「울적」은, 망설임 없이 단호하게 그은 푸른색 색연필 자국으로 되어 있다.

그런데 「울적」의 경우와 같은, 푸른색 색연필로 된 삭제 지시 'ⅹ'는 『사진판』 전체를 살펴봐도 거의 보이지 않는다. '거의'라는 표현을 쓴 것은 꼭 한 군데 더 있기 때문이다. 「울적」보다 조금 앞에 기록된 「풍경」의(1차 탈고 후 추가된 듯한) 뒷부분이 그곳이다.

물론 같은 필기도구는 그것이 사용된 시기도 '거의 같을 가능성'을 의미하는 것이다. 그런데 조금 자세히 살펴보면, 「풍경」의 부분 삭제와 「울적」의 전체 삭제 지시는 필기도구(또는 삭제 시기)에서만 유사성을 보이는 게 아니다. 삭제를 하게 된 동기 역시 유사하다고 볼 수 있다.

먼저 2연 2행의 소품으로 씌어진 「울적」을 검토하기로 하자.

> 처음 픠워본 담바맛은
> 아츰까지 목앓에서 간질간질 타.(1연)
>
> 어제밤에 하도 鬱寂하여서
> 가만히 한대픠워 보앗더니.(2연)
> 　　　　一九三七. 六　　　　— 이상 「울적」 전문

고백적 어조로 된 이 「울적」은 의미 맥락으로 보아 1연과 2연이 도치된 형태다. 1연이 '아츰까지' '간질간질함'으로 남아 있는 '담바맛'에 대한 고백인 반면, 2연은 담배를 피우게 된 동기가 토로된 것이기 때문이다.

조부가 장로인 독실한 개신교 가정에서 성장한 윤동주에게, 1937년 6월 「울적」이 씌어질 때까지도 '담배'는 가까이해서는 안 되는 금기였던 것일까?

1937년이라면 윤동주는 우리 나이로 21세다. 그러니까 스물한 살 때까지 입에 대지 않았던 담배라면, '어젯밤의 울적'이 결코 간단하지 않은 것이었음을 고백한 것이 된다. 다시 말해서 기독교 신자로서 입에 담배를 댔다는 '부끄러운 고백'을 감행할 만큼, 자신의 '울적'을 토로하고픈 욕구가 더 절실했다는 말이다. 따라서 '간질간질함'은 어떤 엄청난 '울적함'을 털어놓아야 할 것 같은 심리적 상태를 근육 감각적 심상으로 바꾼 것으로 볼 수 있다.

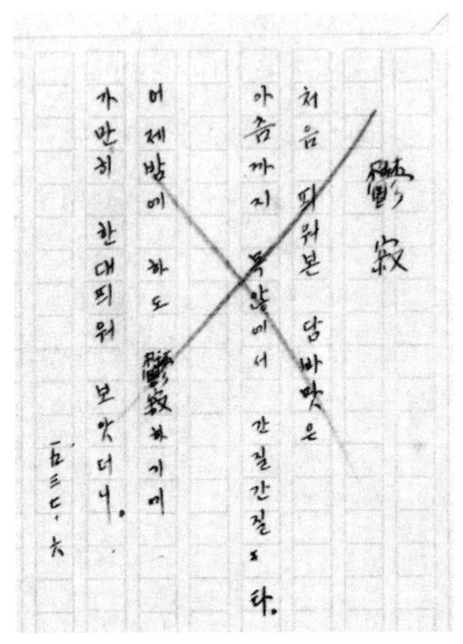

그림 2
『사진판』의 두번째 묶음 '窓'(B)에 20번째로 수록된 「鬱寂」.

그런데 윤동주는 어느 날의 일기와도 같은 이 「울적」을 왜 삭제했을까? 꼭 그래야 할 필요가 있었을까?

이쯤에서 같은 푸른 색연필로 삭제 지시를 내리고 있는 「풍경」으로 눈을 돌려보자. 『사진판』에서는 드물게 사용된 푸른 색연필 자국에 무슨 단서가 남아 있을지도 모를 일이기 때문이다.

두번째 시작 노트인 '창窓'에 20번째로 수록된 「울적」보다 바로 앞서 18번째로 기록되어 있는 「풍경」은, 첫 습작 노트에 등장하는 「아츰」의 경우와 같이 『정지용시집』[1]과 상호 텍스트적 관계를 맺고 있는 작품이다.

실제로 「풍경」에는 『정지용시집』에 실려 있는 「다시 해협」「갑판甲板 우」 등의 텍스트로부터 드리워진 그림자가 여기저기 얼룩져 있다.

남의 옷이 내 몸에 썩 잘 맞을 수 없듯이, 어느 텍스트의 의미 구조에 포함되어 있던 것들이, 낯선 텍스트로 건너와서 이내 적당한 자리를 차지할 수는 없는 일이다. 그래서인지 이 「풍경」도 「아츰」처럼 '퇴고 자국'이 많다. '一九三七. 五. 二九'라는 제작 일자 표시가 1차 씌어졌다 삭제된 그 뒤(그러니까 그 뒤는 첨가 부분이다)를 보면 1연이 추가되고 있는데, 여기에 다시 1연이 또 추가된다. 삭제, 첨가, 삭제, 첨가…… 존경하는 선배 시인 정지용과 끙끙거리며 씨름하는 땀냄새가 물씬 풍기고 그 땀방울이 사방에 튀어 자국을 남기고 있는 것이 「풍경」이다.

---

1 시문학사, 서울, 1935. 10. 24.

우선 「다시 해협」 「갑판 우」 등 정지용의 텍스트로부터 드리워진 '그림자'의 양상을 살피기 위해 『정지용시집』의 p. 43, 「갑판 우」부터 살펴보기로 하자.

이 텍스트는 6연으로 되어 있는데, 이 전체 텍스트는 크게 세 부분으로 나뉜다. 그리고 이 구획의 경계선 노릇을 하는 것은 문장 부호 '※'이다. 즉 전체 6연의 「갑판 우」는 (1연 9행) / (2-2-1행의 2·3·4연) / (2-2행의 5·6연)과 같이 세 부분으로 나뉘고, 그 나뉘는 자리에 '※'이 구획 표시로 두 차례 사용되고 있다. 이 「갑판 우」의 2연 이하를 인용하면 다음과 같다.

> 바다 바람이 그대 머리에 아른대는구료,
> 그대 머리는 슬픈듯 하늘거리고.(2연)
>
> 바다 바람이 그대 치마폭에 니치 대는구료,
> 그대 치마는 부끄러운듯 나붓기고.(3연)
>
> 그대는 바람 보고 꾸짖는구료.(4연)
> ※
> 별안간 뛰여들삼어도 설마 죽을라구요
> 빠나나 껍질로 바다를 놀녀대노니,(5연)
>
> 젊은 마음 꼬이는 구비도는 물구비
> 두리 함끠 굽어보며 가비얍게 웃노니.(6연)[2]

이제 「풍경」을 보도록 하자. 그러면 우선 가운데 부분에 「갑판 우」처럼 '※' 표시가 겹으로 사용된 것이 눈에 들어온다.

---

2 이상 『정지용시집』, pp. 42~43.

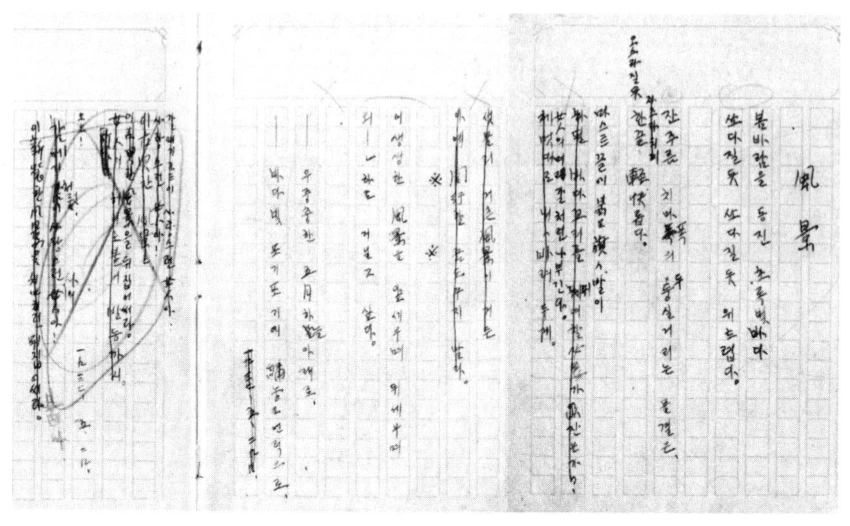

그림 3
『사진판』의 두번째 묶음 '窓' (B)에 18번째로 수록된「風景」. 푸른 색연필로 삭제 지시를 내리고 있는 부분은 마지막 부분이다.

　또한 거기에 더하여「풍경」(삭제된 부분 포함) 속에는 다음과 같은「갑판 우」의 '그림자'가 확인되고 있다.

　　　잔주름 치마폭의 두둥실 거리는 물결은　········· 2연 1행

　　　여인의 머리갈처럼나부긴다.　　　　　········· 3연에 추가되었다 삭제된 부분

　　　갈메기같이 사랑스런 女人아!
　　　사랑스런 女人아!
　　　이 古典한 풍경을 뒤집어써라
　　　女人의 허리로붙어 발등까지　　　········· 1차 추가 후 푸른 색연필로 삭
　　　　　　　　　　　　　　　　　　　　　제된 부분

갈메기처럼 사랑스런 나의 女人아!

이 新裝한風景을 치마처럼 뒤집어써라　………　2차 추가 후 함께 삭제된 부분

　물론「풍경」의 여기저기에서 등장하는 '여인·치마·바람' 등의 이미지는
「갑판 우」라는 텍스트가 드리우고 있는 '그림자' 이다.

　그런데「풍경」에 드리워진 정지용 텍스트의 '그림자' 는 이「갑판 우」의 것보
다「다시 해협海峽」[3]의 것이 훨씬 더 선명하다. 이번엔「다시 해협」의 2·4연을
보자.

　① 마스트 끝에 붉은 旗가 하늘 보다 곱다.
　② 甘藍 포기 포기 솟아 오르듯 茂盛한 물이랑이어!……(2연)

　③ 海峽이 물거울 쓰러지듯 휘뚝 하였다.
　해협은 업지러지지 않었다. ……(4연)[4]

　이제는「풍경」(삭제된 부분 포함) 속에 드리운「다시 해협」의 '그림자' 를 보
기로 하자.「갑판 우」의 '그림자' 와 섞여 있긴 하지만 다음과 같은 부분이 포착
된다.

　봄바람을 등진 초록빛바다
　④ 쏘다질듯 쏘다질듯 위트럽다……(1연)

　⑤ 마스트끝에 붉은 旗ㅅ발이
　(하필 바다꼬리를 꿰어찰必要가 없잔은가? …… 삭제)
　女人의 머리칼처럼나부긴다.
　(제멋대로 내ㅅ바려 두게. ……… 삭제) ……(2연)

---

3 같은 시집, pp. 24~25.
4 ①②③ 등의 번호를 매기고, 부분적으로 굵은 활자로 바꾸어 강조한 것은 필자.

　　—— 우중충한 五月 하늘아래로,

　　—— ⑥ **바다빛 포기포기에 繡놓은언덕**으로, ……(6연)[5]

　「풍경」(삭제된 부분 포함) 속에 드리운 「다시 해협」의 그림자는 ‘① ⋯→ ⑤/ ② ⋯→ ⑥/③ ⋯→ ④’ 에서 그대로 입증되듯 비교적 선명한 편이다.

　그러나 언젠가는 ‘존경하는 선배 정지용’을 넘어서겠다고 벼르는 투지만만한 젊은 시인 윤동주가 ①②③을 들여오면서 「다시 해협」에 구축된 의미 구조까지 곁들여 완제 부품의 상태로 자신의 작품 「풍경」으로 들여왔을 리 만무하다. 두 텍스트를 잘 들여다보면, 「다시 해협」에서 건너온 ① ② ③은 ④ ⑤ ⑥ 자리에서 대폭 다듬어지거나, 낯선 자리에 놓이거나, ‘다른 역할’을 담당하고 있다.

　이 대목에서, 가난해서 새 옷을 사 입지 못하던 저 궁핍하던 시절의 경험을 돌이켜보자. 다들 어려웠기 때문에 아버지의 옷이 아들에게 물려지곤 했던 시절, 물려지는 아버지의 옷은 치수나 모양 등이 고쳐지게 마련이었다. 물론 이 과정에서 아버지의 옷은 이리저리 잘려나가게 마련이었고, 그도 제대로 안 될 때는 전부 다 버려지기도 했었다.

　유추類推라는 한계가 있긴 하지만 선배의 시를 놓고 습작하는 과정과 이것이 뭐 그리 크게 다를 것이 있겠는가? 「풍경」의 최초 형태 뒤에 두 연이 추가되었다가 푸른색 색연필로 퇴출된 것도 결국 같은 경우라고 볼 수 있다.

　그런데 어찌 생각하면, 「풍경」의 ‘삭제 지시’에 사용된 것과 같은 동일한 푸른색 색연필로 전체 삭제된 「울적」의 경우도, 「풍경」에서의 삭제와 유사한 사연을 안고 있는 듯 보인다. 정지용의 「다시 해협」을 다시 보자. 이 텍스트 제9연은 다음과 같다.

---

5 ④⑤⑥의 번호를 매기고, 부분적으로 굵은 활자로 바꾸어 강조한 것은 필자.

수물 한살 적 첫 **航路**에
戀愛보담 담배를 먼저 배웠다.

　그런데「울적」이 씌어진 1937년 윤동주의 우리 나이는 앞에서 한차례 언급한
바와 같이 21세다. 그리고「울적」은 '하도 울적해서 스물한 살에 핀 첫 담배의
맛'을 노래한 것이다.
　존경하는 선배 시인인 정지용을 배우고, 마침내 넘어가려 한 윤동주의 노력
이 어느 정도였는지 짐작이 간다.
　그러나 잘 판단해보면, "수물 한살 첫 항로에 연애보담 먼저 배운" 정지용의
'첫 담배'가「울적」에 도입되는 과정에서 윤동주에 맞게 그 '치수'가 적절히 조
정된 것 같지 않다.「울적」의 2연 2행의 아담한 소품 형태 속에서 정지용의 '첫
담배'는 아무래도 '윤동주의 첫 담배'로 가공되기 어려웠을 것이다. 아무튼 이
러한 '치수' 조정의 실패가, 푸른 색연필로「울적」을 삭제하게 된 사정으로(그
전부는 아니라고 해도 어떤 형식으로든지) 작용한 듯싶다.

　삭제 퇴고의 또 다른 이유로 추리해볼 수 있는 것은 텍스트에 개입된 '담배'
이다. '담배'는, 북간도에서 개신교 신앙에 관한 한 지도적 위치에 있었던 윤동
주 집안의 가풍과는 역시 잘 어울릴 수가 없었을 것이다.
　물론『사진판』의 마지막 묶음 '습유拾遺 작품군'에 포함되어 있는「사랑스런
추억」에도 '담배'는 나온다.

　　나는푸라트 · 폼에 간신한그림자를터러트리고,
　　담배를 피웠다.(2연)

　　내 그림자는 담배 연기 그림자를 날리고,
　　비둘기 한떼가 부끄러울것도없이
　　나래속을 속, 속, 햇빛에 빛워, 날었다.(3연)

그러나 이때 윤동주의 나이는 '스물하나'가 아니라 '스물여섯'이었다. 그리고 「사랑스런추억」은 일본의 '立敎大學(릿교 대학)' 리포트 용지에 씌어져 있다. '담배'에서 어느 정도 자유로울 '나이'이고, '환경'이기도 하다. 그래서 「울적」의 경우와는 '글쓰기'의 조건이 다소 달랐다고 할 수 있다.

요컨대 담배 때문인지 아니면 다른 사정 때문인지는 정확하게 단정할 수 없으나, 전체 텍스트가 삭제 지시된 「울적」이, 같은 경우의 「할아바지」「장」과는 달리, 그동안 줄곧 공개되지 않았던 점은 윤동주 연구에 있어 다소 아쉬운 대목이 아닐 수 없다. 그것은 「울적」이 「풍경」「아츰」 등과 더불어 윤동주의 시적 노력이 어떠한 경로를 통해 이루어졌는지를 가늠해볼 수 있는 좋은 자료로 여겨지기 때문이다. 거듭 지적한다면, 「울적」은 윤동주가 당대 시단의 대부였다고 할 수 있는 시인 정지용을 전범으로 삼았다는 사실을 아주 진솔하게 증언하고 있는 텍스트이다. 21세 때에 첫 담배를 피웠다고 하는 정지용의 고백까지 직접 추체험하고자 했을 정도의 열의라면 윤동주의 '시 공부'에 대한 열의는 결코 보통 수준의 열의가 아니다. 바로 이러한 사실을 엿볼 수 있다는 한 가지 점만으로도 「울적」은 윤동주의 원전으로 대접받을 만한 가치가 충분하다고 판단된다.

1-3. 「비스뒤」

앞서 언급한 「울적」이 삭제된 이유 가운데 '담배 문제'가 개입되었을지도 모른다는 추리는, 「울적」과 거의 같은 시기에 씌어졌으나 마찬가지로 삭제된 「비스뒤」에도 눈길이 돌아가게 만든다.

'×'표로 삭제된 「비스뒤」에도 문제의 '담배'가 등장한다. 물론 「울적」의 경우와 달리, 여기에서 '담바 빠는' 이는 시적 화자인 '나'가 아니라 '할아바지'이다. 그러나 어찌 생각하면 그래서 오히려 더 문제가 됐을 수도 있다.

　그럼에도 불구하고, 『사진판』에서 전체 텍스트가 삭제 지시된 것과, 이들 작품이 『하늘과 바람과 별과 시』 편집 과정에서 제외된 것은 전혀 다른 차원의 문제가 아닐 수 없다. 거듭 언급하건대 똑같이 'X' 표시로 삭제되었으면서도 일찌감치 세상에 나온 「할아바지」와 「장」의 경우와 달리 취급되었기 때문이다.

　한편 「비ㅅ뒤」의 삭제 퇴고 흔적 'X' 표시는, 푸른 색연필로 된 「울적」에서의 'X'와 달리, 흐릿한 연필 자국으로 되어 있다. 그래서 자연히 다음과 같은 의문과 마주치게 된다.

　똑같이 '담배 문제'로 삭제한 것이라면, 왜 「울적」은 푸른 색연필로 단호하게 'X'를 긋고, 「비ㅅ뒤」는 그와는 달리 무언가 망설인 듯 연필로 흐리게 'X'를 그었을까. 「비ㅅ뒤」에 'X'를 그은 이가 과연 윤동주임에는 틀림이 없는 것일까?

　필자는 이 '연필 자국'의 임자가 윤동주일 것이라는 판단에는 다소 유보적 입장을 취하고 싶다. 이 책 앞부분에서 이미 검토한 바와 같이 『사진판』의 육필 시고에 남겨진 '연필 자국' 중에는 분명 윤동주의 것이 아닌 것이 존재하기 때문이다.

　어쨌거나 텍스트의 의미 구조나 표현의 참신성에서 판단한다면, 「비ㅅ뒤」가 그동안 공개되지 않았다는 점은 이해하기 어렵다. 「할아바지」나 「장」에 비해 결코 손색이 없을 만큼 텍스트의 완성도가 높은 것으로 판단되기 때문이다.

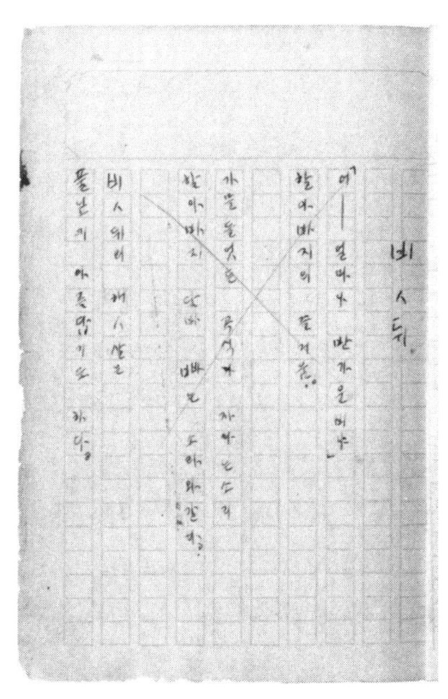

그림 4

『사진판』의 두번째 묶음 '窓' (B)에 24번째로 수록되어 있는 「비ㅅ뒤」.

「어 —— 얼마나 반가운비냐」
할아바지의 즐거움.(1연)

가믈[6] 들엇든 곡식 자라는 소리
할아바지 담바 빠는 소리와[7] 같다.(2연)

비ㅅ뒤의 해ㅅ살은
풀닢에 아름답기도 하다.(3연)   —이상 『사진판』, p. 76, 「비ㅅ뒤」 전문

이 「비ㅅ뒤」에서 초점화되고 있는 것은 1연만을 보면 '할아바지의 즐거움'이 되겠지만, 텍스트 전체로는 '반가운 비'다. 2연의 주어가 '곡식 자라는 소리'이고, 3연의 주어가 '비ㅅ뒤의 해ㅅ살'로 되어 있는 통사적 형태가 그런 해석을 지지하고 있다.

2연의 "할아바지 담바 빠는 소리"는, 1연에 표현된 바와 같이, 농사에 관심이 많은 '할아바지의 즐거움'을 실감하게 하는 청각적 이미지다. 그런데 이 '담바 빠는 소리'가 '곡식 자라는 소리'와 같다고 한 표현은 일품이다.

'할아바지'와 '곡식'이 혼연일체가 된 듯, 모처럼의 비, 그 반가움에 흠뻑 젖어 있다. 그런데 인간/자연의 경계를 뛰어넘어 '할아바지'와 '곡식'을 감각적으로 한데 묶고 있는 것이 바로 '담바 빠는 소리'이다. 그러므로 '담바'는 「비ㅅ뒤」의 미적 구조상 중핵에 해당한다.

물론 「비ㅅ뒤」역시 『정지용시집』의 영향권 안에 있는 것은 사실이다. 이 책 p. 108에 있는 정지용의 「할아버지」를 보면, 이 텍스트가 「비ㅅ뒤」에 '어떤 계기'로서 작용했을 가능성이 어느 정도 감지된다. 시적 정황을 구성하고 있는 요소라는 기준에서 보면, 정지용의 이 「할아버지」와 「비ㅅ뒤」가 상당 부분 유사한

---

6 가물.
7 '소리와'의 오기誤記.

것이 사실이기 때문이다. 그러면 정지용의 「할아버지」를 불러다 놓고 살펴보기
로 하자.

할아버지가
담배ㅅ대를 물고
들에 나가시니,
궂은 날도
곱게 개이고,　　………(1연)

할아버지가
도롱이를 입고
들에 나가시니,
가믄 날도
비가 오시네.　………　(2연)　—이상 「할아버지」 전문

　이 작품의 시적 정황을 구성하고 있는 요소들은 '할아버지, 담뱃대, 도롱이,
들판, 가뭄, 비' 등이다. 이 중에서 '도롱이'를 빼고 '곡식, 풀잎'을 대입하면,
대체로 「비ㅅ뒤」의 그것들이 된다.
　그러나 정지용의 「할아버지」는 「비ㅅ뒤」와 상당히 다른 작품이다. 우선 「할
아버지」의 초점은 '가뭄 뒤의 반가운 비'가 아니라 '할아버지'이다.
　아울러 정지용이 이 「할아버지」에서 시도한 시적 작업은 논리 구조의 변경과
깊은 관련이 있다.
　즉 정지용은 이 텍스트에서, 'A면 B다'라는 현실의 논리적 질서를, 시적 정
황에서는 'B면 A다'로 바꾸어놓은 것이다. 좀더 구체적으로 말하면 '날씨를 보
고 옷차림을 바꾸는 할아버지'라는 객관적 인식을, '할아버지의 옷차림을 보고
바뀌는 날씨'라는 시적 인식으로 바꾼 것이다. 객관적 현실에서는 독립 변수와
종속 변수로 서로 위상이 구별되는 '날씨'와 '인간(할아버지)' 사이의 관계를,
시적 정황 안에서 뒤바꾸어놓은 것이다.

그런데 이것은 '가뭄 뒤의 반가운 비'가 빚어내는 즐거움을 묘사하고 있는
「비ㅅ뒤」와 상당히 다르다.

오히려 윤동주가 남긴 텍스트 중, 정지용의 이 「할아버지」와 근사한 것이 있
다면, 그것은 「나무」이다. 윤동주의 「나무」를 인용하면 이렇다.

   나무가 춤을추면
     바람이 불고,
   나무가 잠잠하면
     바람도 자오.　　　　　—「나무」 전문(『사진판』, p. 54)

정지용의 「할아버지」와 윤동주의 「비ㅅ뒤」 「나무」 사이에 나타나는 이러한
상호 텍스트적 관련 양상은, 선배 시인 정지용을 배우고 뛰어넘으려는 윤동주
의 '진지한 태도'를 웅변하는 것이기도 하다.

앞서의 분석 결과에서 충분히 추리될 수 있는 바와 같이, 윤동주는 존경하는
선배 시인 정지용을 배우기 위해서 정지용의 텍스트 중, 배울 점이 있는 것을
선택하여 그 텍스트의 미적 구조를 다양하게 실험한 것이 분명하다.

방금 논의의 대상으로 삼은 「할아버지」를 예로 든다면, 그가 여기에서 취한
방법은 선배 정지용의 텍스트를 소재적 측면과 논리적 측면으로 분리하는 것이
다. 그 다음 텍스트의 미적 구조 안에서 서로 단단히 결합해 있는 이 두 측면을
아주 조심스럽게 분해해낸다. 그후에 윤동주는 정지용을 넘어서기 위해서, 그
분해물을 '자신의 방식'으로 하나하나 조립해본다.

그렇다. 「나무」는 「할아버지」의 논리적 구조가 '나무, 바람'이라는 다른 소재
들에 조심스럽게 적용된 결과물이다.

또한 「비ㅅ뒤」는 「할아버지」를 구성했던 소재적 요소들이 '윤동주의 논리' 대
로 새롭게 구조화된 결과이다.

따라서 「나무」와 「비ㅅ뒤」는 『정지용시집』 영향권 안에 있는 것은 사실이지
만, 이 시집에 수록된 텍스트 「할아버지」와는 별개의 작품으로 취급되어야 하

고, 또한 별개의 작품으로서 그 자격도 충분하다.

바로 이러한 이유 때문에, 「비ㅅ뒤」는 「나무」와 더불어 윤동주 시 연구 및 그의 개인적 '시사詩史'에서 나름대로 중요한 위치를 차지하고 있는 작품으로 판단된다.

그런데 도대체 왜 60년이 넘도록 햇빛을 보지 못했던 것일까? 얼마간의 비약을 무릅쓴다면 '담배'가 의심스럽다는 점을 거듭 고백하지 않을 수 없다.

그러한 의심은 「울적」「비ㅅ뒤」의 경우처럼 「개 2」가 오랫동안 공개되지 않았던 사정을 감안해볼 때 더욱 그렇다. 「개 2」가 『하늘과 바람과 별과 시』의 편집 과정에서 3판의 편집에서까지 치지도외되었던 것은 '성性 담론' 때문임이 거의 분명하다. 그렇다면 『하늘과 바람과 별과 시』의 편집에 적용된 내부 기준 중에는 '도덕적 잣대'가 있었을 개연성이 높아 보인다.

그런데 다른 종류의 '잣대'와는 달리 '도덕적 잣대'의 경우, 우리 사회의 문화적 전통 안에서는 가족과 개인이 분리되지 않는다. 어린아이가 잘못을 저질렀을 경우 '뉘 집 자식이냐?'를 빼놓지 않고 물어보던 과거의 관행이 그러한 점을 잘 말해준다.

이 대목에서 윤동주의 조부가 고향 북간도에서 '교회의 장로'로서 존경을 받는 위치에 있었다는 사실을 상기할 필요가 있어 보인다. 그리고 『하늘과 바람과 별과 시』의 편집 작업이 한국 현대시의 역사를 정립하는 작업임이 분명하지만, 이 유고 시집에 참여했던 유가족에게는 '윤동주 일가의 위상과 직결되는 작업'으로 간주되었으리라는 점도 고려되어야 할 것 같다.

'담배 문제'를 제쳐놓고, 「울적」과 「비ㅅ뒤」가 편집 과정에서 소외될 만한 충분한 이유를 달리 찾을 수 있을까? 물론 『정지용시집』의 영향을 문제 삼을 여지가 아주 없는 것은 아니다. 그러나 이 두 텍스트가 지닌 『정지용시집』과의 상호텍스트성이, 치지도외의 이유로서 작용했다고 볼 수는 없을 것 같다. 왜냐하면 이러한 추리는 앞서 논의한 바 있는 「아츰」이나 「풍경」이 다른 대접을 받았던 사실과는 배치되기 때문이다.

1-4. 이 부분의 마무리

앞서 필자는 A57 「개 2」 및 B20 「울적」, B24 「비스뒤」가 『하늘과 바람과 별과 시』의 편집 과정에서 무려 반세기가 넘도록 소외되어온 이유로서, 성적 담론에 대한 거부감, 그리고 '담배'에 대한 유가족의 입장이 편집 기준으로 적용되었으리라는 추정을 했다.

그러나 필자의 이러한 '추정'은 물론 아주 조심스러울 수밖에 없는 것이다. 한마디로 『사진판』이 나오게 된 사연' 때문이다.

사실 유가족의 결심이 아니었으면 『사진판』은 나올 수 없었고, 필자가 이러한 글을 감히 쓸 수도 없다. 그런데도 불구하고 그 『사진판』을 놓고 도리어 유가족을 조금이나마 불편하게 만드는 것은, 어찌 생각하면 '물에 빠진 사람 건져주니 보따리 내놓으라' 는 식의 후안무치가 아닐 수 없다.

필자의 좁은 견문 탓인지 모르나, 필자가 보기에 이 『사진판』이 연구자에게 베풀어주는 가치는, 우리 현대시 연구사상 연구자가 한 번도 누려보지 못하던 것이다. 그만큼 윤동주의 증인으로서 유가족이 해야 할 의무는 사실상 초과 달성된 것이라고 볼 수 있다.

그래서 '연필 흔적'과 '담배'를 문제 삼는 것이 필자에게는 아주 부담스러울 수밖에 없다.

실제로 필자는 『사진판』의 출간 소식을 듣고, 미리 서점에 주문을 해놓고 거의 매일 서점에 전화를 해가며 기다리다 마침내 이 책을 품고 공부방으로 뛰듯이 돌아오면서 거의 전율에 가까운 흥분을 느꼈다는 점을 고백하고 싶다. 이 보잘것없는 글을 쓰는 지금 이 순간에도 『사진판』이 나오기까지 애쓴 모든 분에게 필자가 느끼는 고마움은 아주 크다.

하지만 필자는, 순절한 시인 윤동주가 우리 역사의 공인公人인 것처럼, 그의 유작 역시 이제 우리 모두의 문화적 공공재公共財일 수밖에 없다는 점을 강조하고 싶다.

더구나 앞서 언급한 바와 같이, A57 「개 2」 및 B20 「울적」, B24 「비스뒤」 등

세 작품은 필자가 판단하기에 윤동주 연구에 있어 아주 소중한 가치를 지니는 것이다. 따라서 윤동주가 남긴 문학적 유산을 제대로 평가하기 위해서, 원전부터 새롭게 확정될 필요가 있다고 판단하고 있는 필자로서, 과거『하늘과 바람과 별과 시』를 편집함에 있어 윤동주의 유가족이 적용했을 모종의 기준을 그대로 따를 수는 없었다.

2. 퇴고 흔적을 통해서 본 윤동주의 자기 검열

누구나 인정하듯 과거사를 평가하는 데 있어 '뒤에 태어난 자의 오만'은 경계되어야 마땅하다. 가령 육당 최남선과 같은 인물의 역사적 공과를 논하는 경우, '뒤에 태어난 자의 오만'은 자칫 인식론적인 함정이 될 가능성이 크다. 이 함정에 빠질 경우, 논의 자체가 안이한 수준으로 떨어져, 해도 그만 안 해도 그만인 부정 일변도의 뻔한 논의가 될 공산이 크다. 사람인 이상 시대적 제약에서 자유로운 자는 아무도 없다. 따라서 '뒤에 태어난 자의 오만'은 부메랑처럼 언젠가는 자신마저도 제물로 삼고자 할 것이 분명하다.

필자는 똑같은 논리가 윤동주의 원전 확정 작업에도 적용되어야 한다고 믿는다. 윤동주가 타계하고 없는 지금, 여러 차례 수정이 가해진 윤동주의 육필 시고를 앞에 놓고 원전을 확정함에 있어, 당대 현실에 대한 충분한 고려 없이, 무조건 일률적인 기준을 적용한다면, 이는 공정하다는 평가 대신 자칫 단순하다는 비난을 불러올 수조차 있다. 따라서 고쳐 쓰기가 이루어질 수밖에 없었던 당대의 여러 정황은 거듭 숙고되어 마땅할 것이다.

그럼에도 불구하고 최종 텍스트라는 이유만으로 이를 무조건 원전으로 간주한다면 이는 결코 바람직한 태도라고 볼 수 없다. 마찬가지로 대중 매체에 이미 발표되었다는 이유만으로 무조건 원전으로 취급되는 것도 신중하지 못한 자세라고 판단된다.

주지하는 바와 같이 윤동주의 글쓰기는 일제 강점이라는 혹독한 시대적 조건

속에서 이루어졌다. 게다가 그의 글쓰기 중 상당 부분은 시대적 현실과 대립각을 이루고 있었다. 그래서일까, 실제로 그는 산문 「화원에 꽃이 핀다」에서 다음과 같이 고백하고 있기도 하다.

따는 얼마의 單語를 모아 이 拙文을 지적거리는[8] 데도 내 머리는 그렇게 明晳한 것은 못 됩니다. 한 해 동안을 내 頭腦로써가 아니라 몸으로써 일일이 헤아려 細胞 사이마다 간직해 두어서야 겨우 몇 줄의 글이 이루어집니다. 그리하야[9] 나에게 있어 글을 쓴다는 것이 그리 즐거운 일일 수는 없습니다.

그러므로 고쳐 쓰고 고쳐 쓴 결과 여러 벌의 형태로 남아 있는 그의 육필 시고에서 원전을 골라내는 데는 반드시 '시대적 조건'이 고려되어야 한다고 본다.

텍스트 분석을 통해 이제 곧 밝히고자 하지만, 동시 「오줌쏘개디도」와 「할아바지」 그리고 「곡간谷間」 등의 텍스트는, 자신의 텍스트를 수정하는 윤동주의 떨리는 손길 또한 눈에 보이지 않는 메타 텍스트로 끌어안고 있다. 일제 강점기와 같은 시대에 대중 매체를 통해 무언가를 발표하려 하면서 시대적 제약을 고려하지 않는다는 것은 불가능하다. 따라서 형식상 당사자의 손질로 수행된 수정이라고 할지라도 반드시 옥석은 가려져야 하리라고 생각된다.

거칠기 짝이 없는 분석에 기대어 필자가 잠정적으로 내린 해석이긴 하지만, 육필 시고에 남아 있는 동시 「오줌쏘개디도」와 「할아바지」 그리고 「곡간」 등의 최초 형태는 모두 당대 현실에 대한 비판적·저항적 인식을 형상화하고 있는 것들이다. 하지만 작품 외적인 이유, 그러니까 당대의 엄혹한 시대적 제약으로 부득이 퇴고의 과정을 겪게 되는 것들이다.

---

8 지저거리는 〔북한〕▷『표준국어대사전』, p. 5773, 『조선말대사전/2』, pp. 362~63.
9 그리하여. 〔옛말 → 표준〕

2-1. 「오줌쏘개디도」의 경우

「오줌쏘개디도」는 최초 습작 노트(A)에 7번째로 기록되었다가 나중에 『카톨
릭소년』 1937년 1월호에 '尹童柱'라는 필명하에 '오좀 싸개지도地圖'라는 제
목으로 게재되었던 작품이다.

원색으로 된 『사진판』의 자료를 보면, 원래 이 원고가 흑색 잉크로 작성되었
다는 것을 알 수 있다. 그런데 여기에 필기도구상 서로 구별되는 세 종류의 퇴
고 흔적이 가해지고 있다. 즉, 최초 필적과 같은 흑색 잉크, 연필, 푸른 잉크 등
에 의한 퇴고 흔적 등이 그것이다.

이 세 퇴고 자국의 순서를 가늠해보면, 같은 흑색 잉크로 퇴고된 것이 가장
먼저의 것이고, 그 다음이 청색 잉크로 퇴고된 것이고, 연필로 퇴고된 것이 가
장 나중의 것으로 판단된다.

그렇게 판단할 수 있는 근거는 이렇다.

1) 흑색 잉크 자국의 퇴고는 최초 원고의 필기 수단과 같은 것이어서 최초 원
고 작성 시기와 비슷한 때 시도된 퇴고로 추정할 수 있고, 퇴고 범위 역시 아주
제한적이다.

2) 최초의 습작 노트 A에 가해진 육필 흔적을 필기 수단이라는 기준에서 관
찰하면, A1에서 A23까지는 본문이 모두 흑색 잉크로 되어 있다. 반면 이보다
나중 시기에 기록될 수밖에 없는 A24부터 A39까지의 본문 흔적은 모두 청색 잉
크로 되어 있다. 따라서 최초의 원고를 상당 부분 수정한 청색 잉크로 된 퇴고
흔적은 흑색 잉크로 된 퇴고 흔적보다 나중 것이라고 볼 수밖에 없다.

3) 연필로 된 퇴고 흔적은 청색 잉크 흔적이 무시하고 있는 띄어쓰기 표시
(∨)까지 포함하고 있는데다가, 결정적인 것은 청색 잉크의 퇴고 흔적에까지 다
시 수정 지시를 내리고 있다는 점이다.

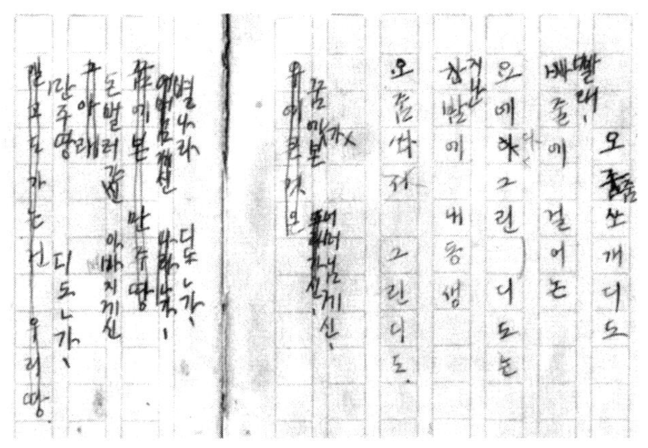

그림 5
A07 「오줌쏘개디도」의 모습.

퇴고 흔적에 대한 이러한 판단을 적용하여, 퇴고 과정을 따라가보면 다음과 같다.

1) 최초 형태

바줄에 걸어논
요에다그린 디도는
간밤에 내동생
오줌쏴서 그린디도 ·········· (이상 최초 형태의 제1연)

우에큰 것은
꿈에본 만주땅
그아래
길고도가는건 우리땅 ·········· (이상 최초 형태의 제2연)

2) 청색 잉크 퇴고 후의 형태

빨래줄에 걸어논
요에다그린 디도는
지난밤에 내동생
오줌쏴서 그린디도 ……(제1연 / 굵은 활자는 청색 잉크로 수정된 부분)

꿈에가본 어머님게신
별나라 디도ㄴ가
돈벌러간 아바지게신
만주땅 디도ㄴ가 ……(제2연 / 연 전체의 내용이 청색 잉크로 변경되었다)

3) 연필 퇴고 후의 결과

——— ———
요에다 그린디도(→ 2)의 '그린디도는'에서 '는'이 삭제됨)
——— ———
오줌쏴 그린디도 (→ 2)의 '오줌쏴서'에서 '서'가 삭제됨) ………(제1연)

——— ———
——— ———
——— 아버지 —— (→ 2)의 '아바지'가 '아버지'로 수정됨)
——— ———
………(제2연)

위의 인용에서 확인할 수 있는 바와 같이 1)에서 2)로 퇴고되면서 제2연의 내용이 전면 수정되고 있다.

1)에서 시적 화자는, '간밤'에 '내동생'이 '요에다그린 디도'를 놓고, '만주땅'과 더불어 '우리땅'을 연상하고 있다. 여기서 '우리땅'은 '길고도가는' 형태

로 보아 한반도를 의미하는 것이 분명하다. 그러니까 '내동생'은 꿈속에서도 조국 한반도를 '오줌'을 쌀 정도로 그리워한 것이고, 시적 화자 역시 아우가 '요에다그린 디도'가 조국 한반도임을 한눈에 알아본 것이다. 결국 1)이 형상화하고 있는 것은 '형제의 간절한 조국애'이다.

그런데 이것이 2)에서 대폭 변경되고 있다. 1)의 '만주땅'이 '어머님게신/별나라'로, '길고도가는' '우리땅'이 '돈벌러간 아바지게신' '만주땅'으로 교체되고 있다. 결국 '길고도가는' '우리땅', 한반도가 텍스트에서 퇴출된 것이다.

이에 따라 북간도의 애국 소년이었던 시적 화자는 졸지에 조국 땅의 가련한 소년, 그것도 어머니를 여의고, 가난한 가장인 아버지마저 돈 벌러 멀리 만주로 떠나간 상태의, 애처로운 소년 가장이 되어버린 것이다.

웃어야 할지 울어야 할지 모를 엄청난 변화가 일어나, 그 결과 「오줌쏘개디도」가 전혀 엉뚱한 텍스트가 되어버렸고, 그 결과 최초의 의미 구조는 아예 실종되어버린 셈이다.

이와는 달리 2)에서 3)으로의 수정은 텍스트의 의미 구조에 대한 변경이 전혀 없다. 다만 위 인용에서 드러나듯 부분적으로 음수율을 손질하고, 어휘를 표준어로 교체한 것뿐이다.

그런데 이 대목에서 윤동주가 스크랩해놓은 1937년 1월호의 「오줌싸개지도」가 문제가 된다. 이 스크랩 사진을 잠시 들여다보기로 하자.

제1연 2·4행의 '요에다 그린지도는'과 '오줌쏴서 그린지도'로 보아 이 형태는 한눈에 2)와 가까운 것임을 알 수 있다.

물론 '디도'가 '지도'로, '어머님·아바지'가 '엄마·아빠'로 교체된 것은 출판사의 편집 결과에

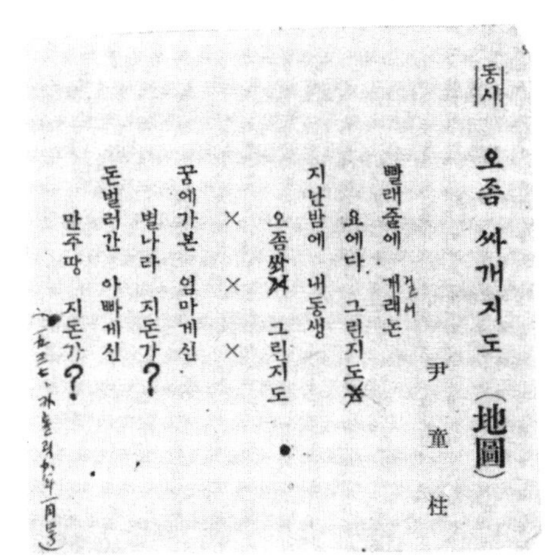

그림6
『카톨릭 少年』 1937년 1월호에 게재된 모습
—윤동주의 퇴고 자국이 보인다.

의한 것일 수도 있으므로 논외로 치자.

그러나 스크랩한 내용 위에 다시 퇴고를 한 점이 흥미롭다. '그린지도는'과 '오좀쏴서'를 각각 한 음절씩 줄여, 2행과 4행을 같은 음절 수로 하여 음수율을 이끌어내려 하고 있다. 그런데 이 퇴고의 결과는 3)에 가깝다.

따라서 이런 추정을 한번 해볼 수 있다. 즉,

①윤동주의 글이 1937년 1월 『카톨릭소년』에 발표되었다.
②그 직후, 윤동주는 스스로가 이 인쇄된 결과물을 (사진과 같이) 스크랩했다.
③윤동주가 이 스크랩 위에다 직접 문장 부호, 철자법, 음수율을 고려, 퇴고를 가했다.
④연필을 사용, 육필 시고 위에 (스크랩에 퇴고된 것과 같은 내용을) 퇴고했다.

필자의 판단으로는 '① → ② → ③'의 추정에는 오류가 없으리라고 생각한다. 왜냐하면, 스크랩 위에 남겨진 필적이 윤동주의 것이 틀림없기 때문이다.

그러나 '③ → ④'의 순서가 맞을지 '④ → ③'의 순서가 맞을지에 대해서는 솔직히 자신이 없다.

다만, '③ → ④'가 사실일 경우, 육필 시고에 남겨진 연필 흔적은, 대중 매체에 발표하고 난 후의 소급 퇴고 흔적이 될 것이므로, 이는 윤동주의 퇴고 작업이 '첫 습작 노트 → 두번째 시작 노트 → ……'와 같은 시간적 순서로만 이루어지지 않고, '…… → 두번째 시작 노트 → 첫 습작 노트'에서처럼, 시간적 순서로 보아 역방향으로 행해지기도 했다는 방증이 될 수 있으리라는 점이다. 만약 이러한 추정이 맞다면 윤동주의 퇴고 작업이나 자신의 시고집 관리는 매우 철저한 것이었다고 볼 수 있다.

한편 푸른 잉크에 의한 퇴고는 이 텍스트가 『카톨릭소년』에 투고되는 과정과 상당한 연관을 지니는 것으로 볼 수 있다. 시를 쓰고 있는 문학 청년 개인이 품고 다니던 습작 노트와, 일반 대중에 널리 유포되는 『카톨릭소년』이라는 대중 매체는 그 사회적 의미가 판이하게 다를 수밖에 없다.

따라서 이 텍스트가 원래의 1)에서 2)로 수정되는 과정에 윤동주 개인의 발화 욕구만이 개입되었다고 볼 수는 없다. 이른바 바흐친이 말하는 '사회적 컨텍스트'[10]와의 상당한 거래가 있었다고 보아야 할 것이다.

1936~1937년 당시는 이미 간도가 일제의 엄혹한 통제하에 들어간 시기다. 따라서 윤동주의 시 텍스트에 '또 다른 발화 주체'로서 시종일관 개입하고 있던 그 당시의 '사회적 컨텍스트'는, 오늘날의 '글쓰기'에 개입하고 있는 느슨한 그 것과는 폭력성의 면에서 차원이 달랐다고 보아야 한다.

그러므로, 「오줌쏘개디도」의 시적 화자가, '애국 소년'에서 '가련한 소년 가장'으로 바뀐 것에 대해 오늘날의 독자가 감히 폭소를 터뜨릴 수는 없다. 이 희극적 굴절이야말로, 후일 30이 채 안 된 윤동주에게 순절의 쓴잔을 들게 만든 '사회적 컨텍스트'가 빚어낸 결과물로서, 당대 역사의 간고艱苦함을 웅변하는 생생한 증거이기도 하다. 게다가 더욱 중요한 것은, 오늘날 우리가 보잘것없는 경제적 성취에 도취하여 서서히 망각해가고는 있지만, 그것이 실은 우리가 결코 잊지 말아야 할 '눈물 어린 우리 자신의 역사'라는 사실이다.

---

10 "……바흐친의 주요 관심은 언어가 어떻게 주어진 사회적 상황 속에서 작용하는가 하는 문제보다는 오히려 언어가 어떻게 주어진 사회적 상황 속에서 변화하는가 하는 문제에 관심이 있기 때문이다. 비역사성을 강조하는 사회언어학자들이나 언어사회학자들과는 달리 그는 언어가 생성 · 변화하는 과정에 남다른 주의를 기울였던 것이다. 그는 언어가 생성하는 과정을, '(물질 기반으로부터) 먼저 사회적 상호 작용이 생겨나고 그 속에서 언어적 의사 소통과 상호 작용이 생겨나며, 후자에서 언어 수행의 형식이 생겨나고, 그리고 맨 마지막으로 이런 생성 과정은 언어 형태의 변화 속에 반영된다'고 말한다." 김욱동, 『대화적 상상력—바흐친의 문학이론』, 문학과지성사, 1991, p. 155.

2-2. 「할아바지」의 경우

이 작품은 1937년 3월 10일 최초 습작 노트(A)에 55번째로 기록되었다가, 후에 퇴고·이기되어 두번째 시작 노트 '창'(B)에 16번째로 수록된 1연 2행의 소품이다. 그러나 후에 전체 삭제되었는데 그 사정은 앞서 언급한 「오줌쏘개디도」와 마찬가지로 글쓰기를 제약하고 있던 시대적 특수성 때문인 것으로 판단된다.

우선 A56 「할아바지」의 최초 형태를 보기로 하자.

왜떡이 쓴은 데도
작고 달다고 하오.

여기에서 초점화되고 있는 것은 '왜떡'의 맛이다. '왜떡'에 대한 시적 화자의 미각적 경험은 '쓴은〔苦〕' 것이다. 그런데 이것은 '작고(자꾸) 달다'는 '할아바지'의 경험과는 대립되는 것이다.

물론 시적 화자의 미각적 경험은 생물학적인 것이 아니다. 그는 '왜떡'을 물리적인 대상으로 본 것이 아니라 정신적인 대상, 즉 '왜놈의 것' 또는 '단순히 배를 채울 뿐인 것'으로 보고 반응한 것이다. 이에 반하여 '할아바지'의 반응이 물리적인 차원의 것임은 물론이다.

이 텍스트를 해석함에 있어 작자 윤동주의 개인사[11]를 끌고 오는 것은 별 의

---

11 이 「할아바지」의 창작 배경을 가늠해볼 수 있는 정황이 아주 없지는 않다. 『사진판』 부록의 윤동주 연보 1937년 부분을 보면, 이 당시 윤동주는 상급 학교 진학 문제를 놓고 부친 윤영석과 갈등을 빚었던 것으로 되어 있다. 즉 문학을 지망하는 윤동주에게 부친은 의학을 택하라고 요구했다는 것이다. 이 갈등은 결국 문과 공부를 허락하라는 조부 윤하현의 권유를 부친이 받아들임으로써 끝난 것으로 되어 있다.

　한편, 송우혜는 『윤동주 평전』(세계사, 2001. 8., p. 174 이하)에서 이때의 상황을 자세히 보고하면서 이렇게 말하고 있다.

　"……윤장로(윤동주의 조부 ─ 필자)의 댁은 소작 주어 농사짓고 있는 웬만한 규모의 부농에 속하는 살림이어서 곡식이 곧 재산이었다. 굉장히 큰 뒤주에 곡식들을 저장했었다. 윤장로는 그 곡식들을 막 퍼내어 동주의 뒷바라지 준비를 했다. 윤혜원 씨(윤동주의 누이 ─ 필자)는 그런 모습을 보노

미가 없다. 왜냐하면 '왜떡'을 놓고 상반된 반응을 보이고 있는 상황이라든가, 시적 정황을 구성하고 있는 등장인물 '할아바지'와 시적 화자 역시 시적 허구虛構임이 전제된 것이기 때문이다.

여하간 이「할아바지」의 허구적 정황에서 상대적으로 강조되는 것은 시적 화자의 '반일적 정서'이거나 '물질적 가치에 대한 부정적 시각' 또는 이 양자가 결합된 태도이다.

그런데 이「할아바지」가 B16에서는 여러 겹의 수직선으로 삭제되고 있다. 결국 '왜떡'이 쓰다고 한 반일적 정서가 문제된 것으로 볼 수 있다.

그러나 이「할아바지」는 B16에서 남겨진 것과 같은 '격렬한 삭제 흔적'에도 불구하고 『하늘과 바람과 별과 시』 3판(1976)[12]에 수록됨으로써 뒤늦게나마 복권되는 행운을 누리고 있다.

하지만 그림에서 보듯 이 '복권'은 불완전한 것이다. (그림 7 참조)

원래 텍스트의 '작고'를 '자꼬'로 수정하여 실은 것은 별 문젯거리가 아니라고 할 수 있다. 그러나 '달다고 하오'와 '달라고 하오'는 서로 타협할 수 있는 표현이 아닌 것이다.

결국 『하늘과 바람과 별과 시』 3판 편집상의 이 오류는 사이비「할아바지」에

라니 절로 〈우리 할아버지는 참 대단한 분〉이라는 생각이 우러나더란 것이다. 그런데 나중에 보니 할아버지는 또 할아버지대로의 복안이 있었다. '오빠가 서울로 떠날 무렵이 되니까 **할아버지가 오빠에게 자꾸 단단히 타이르시더군요. 〈너 이젠 그저 열심히 공부해서 꼭 고등고시를 해라.** 거기 합격해서 성공하도록 해라. 그리고 장가가면 공부 못 하게 되니 절대 일찍 장가갈 생각은 말아라. 그저 열심히 공부해서 꼭 고등고시에 합격하고 성공해야 한다〉라고요.' 꼭 의과가 아니라도 고등고시란 걸 붙으면 크게 출세한다는 이야길 어디서 들으셨던 모양이었다. 동주는 할아버지의 그런 말씀을 그저 조신하게 듣기만 했다. 그러나 나중에 서울로 떠나기 직전에 누이동생을 보고는 분명하게 밝혀놓더란 것이다. **'할아버지가 자꾸 저러셔도, 고등고시하는 건 아예 과가 다른 거다. 고등고시는 법과를 해야 하는 거지, 문과 해갖고는 안 되는 거야.'** 〔……〕"(굵은 활자로 강조─필자)

12 필자가 참조한 것은 1981년 8월 25일 정음사에서 출간된 것이다.

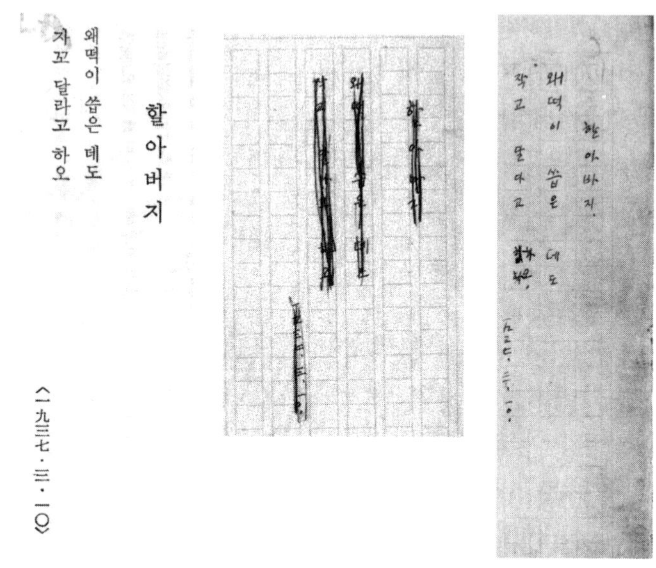

그림 7
오른쪽으로부터 차례로 A55, B16, 그리고 『하늘과 바람과 별과 시』 3판에 수록된 모습이다.

게 원전 행세를 하도록 한 것이다. 2004년 6현재 어느 인터넷 사이트에는 이 텍스트가 다음과 같은 형태로까지 소개되어 있다.

왜 떡을 쑵는 데도
자꼬 달라고 하오

2-3. 「곡간」[13]의 경우

윤동주의 습작 초기에 해당하는 1936년 여름[14]에 씌어진 「곡간」의 최초 육필 흔적인 A35를 보면, 퇴고 이전의 원래 형태가 6연으로 되어 있음을 확인할 수 있다(그림 8 참조).

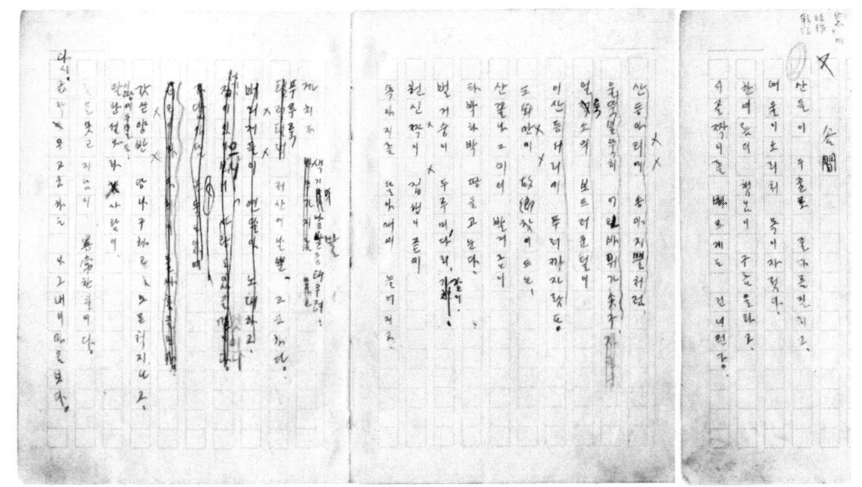

그림 8

『사진판』의 첫번째 묶음(A)에 34번째로 기록된「谷間」.

이를 옮겨보면 다음과 같다.

산들이 두줄로 줄다름질치고,

여울이소리처 목이자젓다,

한여름의 햇님이 구름을타고,

이골짝이를 빠르게도 건너런다. ………(이상 1연)

산등아리에 송아지뿔처럼,

울뚝불뚝히 어린바위가(자라구 ↗¹⁵)솟구,

얼(럭 ↗)룩소의 보드러운털이

---

13 『사진판』의 첫번째 묶음(A)에 34번째로 기록되었다가 퇴고되어, 두번째 묶음인 ‘창’(B)에 12번째로 이기되었다. 『하늘과 바람과 별과 시』 초판·중판에는 실리지 않다가 3판에 수록되었다.

14 이때는 신사 참배 거부 문제로 평양 숭실중학이 자진 폐교됨(1936. 3)에 따라, 1935년 9월 이 학교에 전·입학했던 윤동주가 평양 유학을 중단하고 고향 용정에 돌아와, 광명학원 중학부 4학년에 다시 전·입학하여 다닐 때이다.

15 이하 ‘↗’는 삭제를 나타내는 표시로, ‘↰’는 첨가를 나타내는 표시로 쓰기로 한다.

이산등서리에 푸러케자랏다. ……… (이상 2연)

三年만에 故鄕찾이[16]드는,
산꼴나그네의 발거름이
타박타박 땅을고눈다.
벌거숭이 두루미다리(가치 ↗)같이 ……… (이상 3연)

헌신짝이 집행이끝에
목아지를 달아매여 늘어지고,
까치가 (나무가지를 물고 ↗)색기의날발을태우려
(펄럭펄럭 ↗)푸루룩 저산에날뿐, 고요하다. ……… (이상 4연)

〔버러지들이 연달아 노래하고,〕↗
〔저기, 집이(있나보니 ↗)있으니 사람도있을(껄이다 ↗)것이다〕↗
〔가담가담 논둑도있어〕↗
〔늙은이와 아희의 물싸홈을보다〕↗ ……… (이상 5연) ……… (전체 연 삭제)

갓쓴양반 당나구타고 모른척지나고,
(이땅에두물든) ↵
말탄섬나라 사람이,
길을뭇고 지남이 異常한일이다.
(다시), ↵ 곬작은고요하다 나그내의마음보다. ……… (이상 6연)

이 A35는 시상의 흐름에 따라 1·2연/3·4연/5·6연 등 세 부분으로 나뉠
수 있다.

첫 부분인 1·2연은 '곡간'의 풍경을 묘사한 부분이다. 그리고 그 다음 두번째

---

16 '찾어'의 오기. B34(『사진판』, p. 41)에는 '찾어'로 되어 있다.

부분인 3·4연은, 이곳이 고향인 '나그네'가 '三年만에' '찾아드는' 초라한 행색과 그를 맞이하는 고향의 고요함에 초점을 맞추고 있다. 마지막으로 세번째 부분인 5·6연은 나그네의 시선에 포착된 고향 마을의 정경으로, 두 명의 수상한 행인이 지나가긴 하지만 이내 다시 고요함에 빠져드는 '곡간'의 분위기에 대한 묘사이다.

이 세 부분을 좀더 분석해보기로 하자.
1) 1·2연에 묘사된 '곡간'(그러니까 '골짜기' 또는 '골짜기 마을')은 윤동주의 고향 '명동촌'의 정경인 듯하다.[17]

그러나 '곡간'이 실제로 어느 구체적인 공간을 표상하느냐를 따지는 것은 A35의 해석에 별 영향을 주지 못할 듯하다. 왜냐하면, 6연과의 의미론적 연관 속에서 이 '곡간'이 '북간도'의 표상이라는 것은 간단히 추리될 수 있기 때문이다(그 이유에 대한 언급은 잠시 뒤로 미루겠다).

더불어 이 작품의 해석에 있어서도, '명동촌'이라는 국부적 지역에 집착하기보다는, 이 지역까지를 포괄하는 '북간도' 전체의 지정학적 의미가 더 중요하다고 볼 수 있기 때문이다(이에 대한 더 자세한 언급 역시 조금 뒤로 미루겠다).

오히려 주목해야 할 것은 이 부분에서 이루어지고 있는 「곡간」의 묘사 양상이다. 우선 1연 1·2행의 '산'과 '여울'이 매우 역동적으로 묘사되고 있다. '산

---

17 김정우, 「윤동주의 소년 시절」, 『나라사랑』 제23집, 1976년, p. 115 이하 참조.
　"(윤동주의 고향인) 명동촌의 자연 풍경을 설명해야겠다. 이 마을은 **사방이 산으로 둘러싸여 있는** 아늑한 큰 마을이다. 동북서로 완만한 호선형(弧線形) 구름('구릉'의 오기인 듯하다—필자)이 병풍처럼 마을 뒤로 둘려 있고, 그 서북단에는 **선바위란 삼형제 바위들이 창공에 우뚝 솟아** 절경을 이루며 서북풍을 막아 주고 있다. **그 바위들 후면에는 우리 조상들의 싸움터로 여겨지는 산성이 있고** 화살 같은 유물들이 가끔 발견되곤 하였다. **이 삼형제 바위는 명동 사람들의 공원이기도 하였다.** 동쪽에서 뻗어 오던 장백 산맥이 오랑캐령인 오봉산과 살바위란 날카로운 산들을 원점으로 하여 서남쪽으로 지맥이 이루어지면서 **마을 정면에는 고산 준령이 첩첩이 뻗어 선바위를 스쳐 간다.** 봄이 오면 마을 야산에는 진달래·개살구꽃·산앵두꽃·함박꽃·나리꽃·할미꽃·방울꽃들이 시새어 피고, **앞강가 우거진 버들숲 방천**에는 버들강아지가 만발하여 마을은 꽃과 향기 속에 파묻힌 무릉 도원이었다. 〔……〕"(굵은 활자체로 강조—필자)

들은' 집단을 이루어('두줄로') 줄달음치고, 이곳의 '여울' 역시 '목이 잦아' 들 정도로 무언가를 소리치고 있다. 여기에 '예사롭지 않은 시간의 흐름'으로 해석할 수 있는 '구름을 탄' '햇님'의 움직임 역시 '빠르'다.

2연의 묘사 역시 안온한 것이 아니다. '산등아리'에 솟은 '어린바위'는 '울뚝불뚝'한 '송아지뿔'로 묘사되고, 그곳의 '푸러케 자란' 풀 역시 '얼룩소'의 '털'로 그려지고 있다. 여기서의 '송아지'는 '울뚝불뚝한 뿔'과 호응되는 한, 목가적 이미지로 해석될 수 없다. '송아지 못된 것은 엉덩이에 뿔 난다'라는 속담에서 추리될 수 있는 바와 같이, '순치되지 않은 거친 송아지'라야 문맥에 걸맞다.

이상의 분석을 종합하면 1·2연에서 묘사되고 있는 '곡간'은 무언가 일촉즉발의 폭발 잠재성을 그 안에 지니고 있는 공간이며, '햇님'의 빠른 운행으로 폭발의 위기감이 증폭되고 있는 공간이다.

2) 3·4연에서 초점화되고 있는 '나그네'는 일견 매우 초라한 행색이다. 그는 '집행이'를 짚고 있을 뿐만 아니라 그의 다리 역시 '벌거숭이 두루미 다리' 같이 앙상하기만 하다. 또한 '헌신짝'이 '늘어진' 것으로 보아 그는 오랜 행역行役에 지친 자이기도 하다.

그러나 그럼에도 불구하고 그의 발걸음은 '타박타박 땅을 고눈다'는 점에서 힘겨워 보이기는 해도 비칠대는 것으로는 볼 수 없다. '고누다'라는 북한 방언은 '발굽을 세워 디디다'는 뜻이기 때문이다. 나아가 이러한 뜻 외에도 이 '고누다'는 '총을 겨누다'에서의 '겨누다'라는 뜻으로도 더 자주 사용되고 있기도 하다.

한편, '三年만에 고향찾아드는'이라는 묘사가 그 당시 북간도의 주민에게는 구체적 사실을 지시하는 어떤 '약호略號'였겠지만, 필자로서는 알 수 없다.[18] 텍

---

18 다만 근대사를 전공한 정세현의 보고에서 약간의 시사를 얻을 뿐이다. 정세현의 보고에 의하면, 1920년대에 이미 항일 무장 투쟁의 전진 기지의 본거지였던 북간도에, 1929년 연말부터 광주학생운동의 여파가 몰아닥쳤고, 1930년 초부터 북간도의 학교들이 대부분 궐기에 참여했다는 것이다. 그리고 이 때문에 많은 학생·교원·시민이 구속되었다는 것이다. 그는 말한다. "광주학생운동의 전국적

스트 안에서도 이를 해석하도록 하는 어떤 구체적 단서 역시, 필자의 눈에는 보이지 않는다.

그러나 전혀 해석의 여지가 봉쇄되고 있는 것은 아니다. 왜냐하면 그 다음 부분(4연)에 등장하는 '나그네'의 모습이 까치의 비행에 겹쳐지고 있기 때문이다.

4연의 까치는 '두줄로 줄다름질치'고 있으며(1연), '송아지뿔처럼' 어린 바위가 '울뚝불뚝히' 솟아 있는(2연), '저산'을 향하여 날고 있다. 그런데 '저산'을 향한 이 까치의 비행은 '색기의 날발을 태우려'[19]는 것, 즉 자기 새끼에게 자신의 비행을 배우게 하려는 것이다.

따라서 '나그네'의 초라하고 힘들어 보이는 '三年만'의 귀향이 이러한 문맥 속에 놓인 것이라면 그것은 더 이상 초라한 귀향일 수 없다. 고향으로 돌아오고 있는 그는 결국 '까치'처럼 '곡간'에서 자라고 있는 그의 다음 세대에게 그가 3년 전에 감행했던 어떤 비행을 가르치게 될 것이다. 따라서 그를 맞이하고 있는 고향 '곡간'의 정적은, 그를 기다리고 있는 곡간의 비장한 분위기 그 자체가 아닐 수 없다.

인 확대 운동에 호응한 간도 학생들의 궐기로 말미암아 은진 37명, 명신 34명, 동아 6명, 동흥 31명, 대성 36명(이상 구속자 인원 수 앞의 명칭은 학교명임—필자), 시민 17명, 교원 3명이 한때 구속되었다. 〔……〕 청산리 전투에서 패배한 일제가 간도의 우리 동포에 대한 대학살 사건을 일으킨 것은 만주의 독립 운동 세력을 위축시키기 위한 살인마와 같은 만행으로 기록된 것이다. 이같이 어둡고 어려운 사태를 겪은 간도에서 〔……〕 간도 지방의 학생들이 다시 궐기·호응한 것은 전 만주의 독립 운동을 책원하고 지도하다시피 된 이 지방 특유의 반일 분위기 및 그 저변화에서 기대할 수 있었던 소산이다. 윤동주는 일제가 만주사변을 일으키던 해(1931. 9. 18.—필자)에 광주학생운동에 적극 참여한 바 있는 은진중학교에 입학하였다.(그러나 이는 『사진판』의 윤동주 연보와 상치된다. 연보에는 은진중학교 입학이 1932년으로 되어 있다—필자)" 이상, 정세현, 「윤동주 시대의 어둠」, 『나라사랑』 제23집, 1976, pp. 26~27에서 인용.

19 "색기의 날발을 태우려" 한다는 표현의 의미를 필자는 다음과 같이 추적하였다.

① '날발'은 '걸음발'처럼 '날아가는 것' 또는 '날아가는 본새'를 뜻하는 북한 방언이다.

② 또한 '발을 타다'는 표현은 "우리 집 강아지들이 발을 타기 시작했다"에서와 같이 "강아지 따위가 걸음을 걷기 시작하다"는 의미를 지니고 있는 표현이다.

③ '태우다'는 '타다'의 사동使動 표현이다.

①②③을 아울러 추리해보면, '색기의 날발을 태우려'의 의미는 '새끼의 비행을 가르치려'라는 것을 알 수 있다.

3) A35의 세번째 부분인 5·6연에 담긴 메시지는 명료하게 포착되지 않는다. 무엇보다 표현의 통일성에 문제가 있어 보인다.

우선 5연의 묘사 시점은 다소 혼란스럽다. 왜냐하면, 2행의 '집이있으니 사람도 있을것이다'라는 발화가 '나그네'의 것인지 제3자인 시적 화자의 것인지 다소 애매해 보이기 때문이다. 그러나 3·4행의 경우, '가담가담 논둑도 있어/늙은이와 아희의 물싸홈을보다'라는 묘사는 '나그네의 눈'을 통해서 이루어지고 있는 것이 분명하다. 따라서 전체적으로 '5연'의 묘사는 '나그네의 눈'을 통해 이루어지고 있는 것으로 보아야 할 것 같다.

아무튼 5연에서 초점화되고 있는 것은 '버러지' 및 '늙은이, 아희'만 눈에 띄는 고향 '곡간'의 고요한 모습, 즉 청년이 보이지 않는 마을의 적막한 풍경이다.

한편, 6연의 '당나구타고' '모른척' 지나는 '갓쓴양반'이 한민족의 지배 계층인 '양반'을 함축하는 표현인 점은 의문의 여지가 없다. 이와 더불어 '이땅에 두물든(→ 드물던)/말탄섬나라 사람'이 이곳에 막 진출한 일본인을 지시하는 표현인 점도 분명하다. 그렇다면 6연은, '곡간'이라는 공간이 실은 북간도라는 점을 명확히하고 있는 셈이다.

그렇게 볼 수 있는 이유는 이렇다. 함경도 출신 시인 이용악이 일찍이 「오랑캐꽃」[20]이란 작품으로 이미 토로한 바 있듯이, 함경도 사람에게는 동족으로부터 '오랑캐 피가 섞인 준準 오랑캐'로 소외당하고 있다는 의식이 강하다.[21] 그런데 일찍이 북간도로 진출하여 이곳 '오랑캐 땅'에 뿌리를 내린 사람들이, 윤동주 일가의 경우와 같은, 바로 이 함경도 사람들이라는 점을 상기할 필요가 있다. 또한 여기에 일제가 북간도로 대거 진출하여 이곳에 대한 지배권을 확실

---

20 "구름이 모여 골짝골짝을 구름이 흘러/백년이 몇백년이 뒤를 이어 흘러갔나/너는 오랑캐의 피 한 방울 받지 않았것만 오랑캐꽃/너는 돌가마도 털메투리도 모르는 오랑캐꽃/두 팔로 햇빛을 막아줄께/울어보렴 목놓아 울어나보렴 오랑캐꽃"(「오랑캐꽃」제2연~)

21 이러한 소외감은 김동환의 「국경의 밤」에서도 암시되고 있다. 「국경의 밤」 제2부에 형상화되고 있는 중심 인물 '순이順伊'―여진족의 혈통을 이어받고 있음―의 가계家系에 대한 묘사, 그리고 그녀의 사랑과 고뇌를 감안하라. 〔……〕 그런데 명동소학교를 졸업할 당시 윤동주를 비롯한 졸업생 일동에게 학교에서 김동환의 시집 『국경의 밤』을 기념품으로 나누어주었다는 동학 김정우의 회고는 「곡간」의 해석과 결코 무관하지 않으리라 생각한다. 〈김정우 시인의 「윤동주의 소년 시절」(1976, 『나라 사랑』 23호, p. 121)을 보라.〉

히한 것이 만주사변(1931) 전후라는 사실도 6연과 더불어 컨텍스트를 이룬다. 결국 6연 1·2행은 '곡간'을 북간도 아닌 다른 곳으로 볼 수 있는 해석을 허락하지 않고 있다.

이 텍스트에서 형상화되고 있는 '곡간'이 1930년대 중반의 '북간도' 일대를 감돌고 있던 지역 정서를 반영하고 있다면, A35의 마무리 부분에서 강조되고 있는, '다시' '곬작'에 깃든 '고요'란, 결코 두메산골 특유의 한가함이 아니다. 좌절감이나 비애감과 완전히 분리된 것은 아니겠지만, 이 고요는 텍스트 전체의 의미 구조에 기대면서, 폭발 가능성을 안고 있는 무언가 벌어질 것만 같은 일촉즉발의 고요함을 상징하고 있다고 볼 수 있다.

그런데 6연 4행에서 이 '곡간'의 '고요'는 '나그내의마음보다' 더 고요한 것으로 되어 있다. 따라서 앞서의 분석처럼 이 '고요함'이 폭발 잠재성을 의미한다면, '나그내'를 맞는 '곡간'의 저항적 의지는 '나그내'의 그것보다 더 강고하다는 의미로도 읽혀진다.

이상의 분석 1) 2) 3)을 종합하면, 「곡간」은 3년 만에 초라한 행색으로 돌아온 '산꼴나그네' 및 그의 눈에 비친 고향의 모습에 대한 묘사를 겉으로 내세우고 있지만 실은 일촉즉발의 긴장된 분위기를 띠고 있는 북간도에 대한 상징적 스케치이다. 즉, '당나구 탄' '갓쓴 양반'은 이곳의 분위기를 '모른척' 애써 외면하고 있지만, 이곳 '곡간'은, '울뚝불뚝한 송아지뿔' 같은 이곳 사람들과, '길을 묻고 지나가는' '말 탄 섬나라 사람' 사이의 충돌이 예고되고 있는 험악한 장소라는 것을 주장하고자 하고 있다. 따라서 A35 「곡간」은, 다소 산만하고 다듬어지지 않은 형태이긴 하지만, 결국 북간도가 싸움을 외면하고 있는 조국과는 달리 항일 투쟁을 포기하지 않고 있는 불굴의 전장이라는 것을 노래하고 있는 상징적 묘사시라고 해석할 수 있다.

한편, 이 텍스트에 내장된 의미 구조의 균형(또는 안정성)이라는 측면에서 본다면, 이 A35의 원래 형태가 전 6연의 구조를 취하고 있었던 것은, 이 텍스트에서 전개되고 있는 시상이 크게 세 부분의 짜임으로 되어 있음을 감안한다면, 각 부분마다 2연을 고르게 배치한 셈이 되므로, 나름대로는 의미가 있었던 것이다.

하지만 묘사 시점이라는 측면에서 볼 때는, 이 A35의 최초 형태(전 6연)에서 제5연이 전체 텍스트의 통일성을 저해하고 있다는 점은 문제가 아닐 수 없다 (이러한 점은 이미 앞에서도 지적된 바 있다). 따라서 윤동주가 최초의 퇴고 과정에서 이 제5연을 삭제해버린 것은 전체 텍스트의 완성도를 높이기 위한 불가피한 작업이었다고 볼 수 있다.

그렇긴 해도, 앞서의 분석에서 분명히 드러났듯, A35의 전체 의미 구조로 보아, 원래 형태(전 6연의 구조)에서 제6연(그러니까 1차적 퇴고를 거친 후 제5연이 된 부분)마저 퇴출될 수는 결코 없는 것이다. 왜냐하면 이 부분이 사라지면 「곡간」의 전체 의미 구조는 붕괴되는 것으로 보이기 때문이다.

여하간 윤동주는 전 6연에서 제5연을 자발적으로 삭제한 1차적 퇴고 과정을 마친 후, 5연으로 새롭게 다듬어진 「곡간」을 깔끔하게 정서하여 B12로 옮겨간 다(이러한 사실은 그가 이 「곡간」이라는 텍스트에 비교적 강한 집착을 지니고 있었다는 점을 방증하는 것이기도 하다).

그러면 이제 전 5연으로 새롭게 정비되어 B12 자리로 건너간 「곡간」을 보기로 하자.

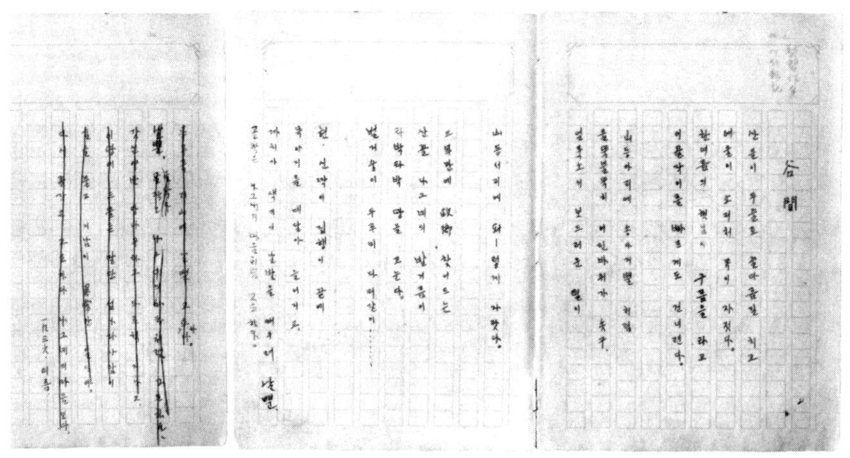

그림 9 B12 「谷間」 전체의 모습. 마지막 제5연이 삭제된 모습이 보인다.

사진을 통하여 B12의 최초 형태를 찬찬히 들여다보면, A35의 최초 형태(전 6연)의 마지막이었던 부분(A35의 제6연)이 B12로 고스란히 옮겨져, 전 5연의 구조에서 마지막 자리(그러니까 제5연의 자리)를 차지하고 있는 것이 확인된다.

그런데 얼마 후, 사진에서 확인되는 바와 같이, 전 5연으로 구성된 이 B12 최초의 형태에서 다시 이 부분(B12의 제5연, 그러니까 A35의 제6연이었던 부분—아래 인용 부분 참조)이 엉뚱하게도 수직선으로 삭제되고 있다.

도대체 무슨 이유 때문일까? 그러나 성급한 예단을 피하기 위해서라도 삭제 전후의 윤동주의 손놀림부터 따라가보기로 하자.

원래 B12의 제4연 및 제5연은 다음과 같이 되어 있었다.

헌 신짝이 집행이 끝에
목아지를 매달아 늘어지고,
까치가 색기의 날발을 태우려
푸르륵 저山에 날뿐 고요하다.   ······(B12 최초 형태에서의 제4연)

갓쓴양반 당나구타고 모른척 지나고,
이땅에 드물든 말탄 섬나라사람이
길을 묻고 지남이 異常한 일이다.
다시 골작은 고요하다 나그네의 마음보다 ······(B12 최초 형태에서의 제5연)

그런데 이 B12의 제5연이 앞서 말한 바와 같이 삭제되는 과정에서, 제5연의 일부 내용(위에서 굵게 표시한 부분)이 삭제되지 않고 남아 제4연으로 자리를 옮겨가게 된다.

그 결과 B12 최초 형태에서의 제4연 3·4행 부분도 (제5연이 삭제되는 과정의 여파로) 변화를 겪게 된다. 즉,

　　까치가 색기의 날발을 태우려　　　……(B12 최초 형태에서 제4연 3행)

　　푸르륵 저山에 날뿐 고요하다.　　　……(B12 최초 형태에서 제4연 4행)

부분이 변화하여, 제4연이 최종적으로 다음과 같이 정리된다.

　　헌 신짝이 집행이 끝에

　　모가지를 매달아 늘어지고,

　　까치가 색기의 날발을 태우려 날뿐,　　……(최초 형태에서 바뀐 제4연 3행)

　　골작은 나그내의 마음처럼 고요하다.　……(최초 형태에서 바뀐 제4연 4행)

이때 제4연의 마지막 행 **'골작은 나그네의 마음처럼 고요하다'**는 부분은
물론 앞서 언급한 바와 같이, 이미 삭제된 제5연의 마지막 제4행이 삭제되지 않
고 남아 자리를 옮겨온 것이다.

그렇다. 윤동주는 자신이 처한 시대적 한계 때문에 제5연을 부득이 삭제할
수밖에 없다고 생각했지만, 그렇더라도 마지막 연의 제4행만큼은 살려내고 싶
었던 것이다. 아니, 그게 아니다. B12의 최초 형태에서 5연 전체를 그대로 놔두
고 싶었지만, 다음과 같은 5연 1·2·3행은 도저히 남겨둘 수 없다고 판단했던
듯하다.

　　갓쓴양반 당나구타고 모른척 지나고,

　　이땅에 드물든 말탄 섬나라사람이

　　길을 묻고 지남이 異常한 일이다.

이제 왜 5연이 삭제되었는지는 구태여 따질 필요가 없을 정도로 자명해졌다.
'섬나라사람'들의 예사롭지 않은 검열을 의식하고, '이땅에 드물든 말탄 섬나
라사람' 운운의 내용을 부득이 삭제해야 했던 것이다.

이상과 같은 필자의 분석에 기대면, 「곡간」에 가해진 퇴고가 그 동기에 있어 단선적이지 않았다는 것을 알 수 있다.

즉, 전 6연으로 짜인 A35의 최초 형태로부터 B12 4연 4행의 마지막 형태에 도달하기까지, 순차적으로 A35 최초 형태에서 제5연, 제6연이 각각 삭제되어 퇴출된 셈인데, 이 두 연의 삭제 동기는 서로 이질적이다.

본디 전 6연으로 씌어진 「곡간」 최초의 형태에서, 1차로 제5연을 삭제했던 것이 작품의 완성도를 위해 자발적으로 감행된 삭제로 보이는 반면, 제6연의 삭제는 아무래도 당대의 문학적 환경이 강요한 타율적 삭제라고 볼 수밖에 없다.

따라서 이 복잡한 자기 검열 과정 곳곳에서 생성된 여러 「곡간」 텍스트 중 과연 무엇을 원전으로 선택해야 하느냐 하는 문제는 결코 간단한 것이 아니다. 누가 필자에게 이 문제에 대한 견해를 묻는다면 필자는 B12로 이기된 직후의 5연으로 된 텍스트가 원전으로 간주되어야 한다고 대답하고 싶다.[22]

2-4. 이 부분의 마무리

동시인 A7 「오줌쏘개디도」는 1937년 1월 간도 지방에서 간행되던 『카톨릭소년』에 '尹童柱'라는 필명으로 게재되었던 작품이다. 그런데 A7에 흑색 잉크, 청색 잉크, 연필 등으로 가해진 퇴고 흔적을 분석해보면, 이 「오줌쏘개디도」가 『카톨릭소년』에 게재되는 과정에서 심각하게 훼손되었다는 사실이 밝혀진다.

그리하여 A7이 원래 구축했던 '형제의 간절한 조국애'라는 주제가 무너지고, '부모를 그리는 소년 가장의 애처로움'으로 텍스트의 의미가 변질된다. 결국 A7은 『카톨릭소년』이라는 대중 매체에 실리는 과정에서 당대 사회의 컨텍스트에 부딪혀 본래의 메시지를 포기하도록 강요당한 경우로 볼 수 있다.

1연 2행의 소품으로 된 「할아버지」는 1937년 3월 10일 씌어져 A56에 기록된 동시이다. B16으로 이기될 정도로 작자의 아낌을 받은 경우지만, 역시 「오줌쏘

---

22 실제로 『정본 윤동주 시 전집』을 엮는 데 있어 필자는 이러한 판단을 적용했다.

개디도」의 경우와 같이, '왜떡' 운운의 표현 때문에 시대적 한계에 부딪혀 전체 텍스트가 삭제된 경우이다. 그러나 이 작품은『하늘과 바람과 별과 시』3판에 뒤늦게 수록되는데, 안타깝게도 편집상의 심각한 오류 때문에 지금까지 독자들에게 엉뚱한 내용으로 전해지고 있고, 현재(1981년 8월)도 이 오류가 극복되고 있지 못한 작품이다.

A35 「곡간」은 1936년 여름에 씌어진 것으로 최초의 형태는 6연 각 4행으로 되어 있다. 그런데 이 최초의 형태는 시상의 전개에 따라 각 2연씩 세 부분으로 나뉜다. 그 첫 부분인 1·2연은 일촉즉발의 위기감이 증폭되고 있는 '곡간'의 정경이 묘사되고 있다. 그리고 두번째 부분인 3·4연은 3년 만에 고향 '곡간'에 찾아오는 초라한 행색의 사나이에 대한 묘사이다. 한편 마지막 부분인 5·6연은, 이 사나이를 맞는 '곡간'이 실은 북간도라는 저항적 공간이라는 사실을 암시하면서, 이곳에 다시 형성되는 이상한 분위기와, 긴장감이 감도는 정적에 초점을 맞추고 있다. 비록 다소 산만한 형태이긴 하지만, 결국 이 세 부분이 서로 맞물리면서 구축되는 A35 최초 형태의 주제는, 북간도를 상징하는 '곡간'이 불굴의 항일 전장이라는 것이다.

윤동주는 이 최초의 형태에서, 시적 통일성을 저해하는 제5연을 먼저 삭제한 후 B12로 이기한다. 물론 「곡간」이 B12로 이기되었다는 것은 그가 이 텍스트에 상당한 애착을 가졌다는 증거이다. 그런데 정작 문제가 되는 것은 이 B12에서 엉뚱하게도 다시 마지막 부분인 제5연이 삭제된다는 점이다. 필자의 분석 과정에서 드러나듯 이 B12의 제5연은 「곡간」에서는 빼놓을 수 없는 핵심적인 역할을 하는 부분이다. 그럼에도 이 부분에 들어 있는 '이땅에 드물든 말탄 섬나라 사람이 길을 묻고 지남'이라는 표현이 아무래도 당대의 사회적 분위기상 문젯거리가 된 듯이 보인다. 결국 윤동주는, 당대의 '사회적 컨텍스트' 때문에 이 부분을 들어낸다. 그리고 그 자리를 메우기 위하여 이리저리 봉합을 시도하지만, 불행히도 이 작업은 미봉에 그치고 만다. 결국 시대적 한계가 이 「곡간」의 의미 구조를 훼손하고 만 것이다.

결국 「오줌쏘개디도」 「할아바지」 「곡간」 등 세 작품의 경우, 여러 차례의 퇴

고를 거친 텍스트의 형태가 최종 텍스트임에는 분명하지만 결코 윤동주의 자발
적 글쓰기의 결과라고 볼 수는 없을 것이다. 따라서 필자는 이 세 작품의 경우,
윤동주의 자기 검열이 행해지기 이전의 최초 완성 형태를 원본으로 선택했다.

3. 이기 흔적을 통해서 본 원전 확정의 문제

3-1. 「아츰」[23] 의 경우

A47의 「아츰」을 B33의 「아츰」으로 퇴고·이기하게 된 데에는 시적 모티프의 차용이 문제가 되었던 것으로 보인다.

윤동주의 육필 시고에는 정지용, 서정주, 백석 등 당대 선배 시인의 영향은 물론, 투르게네프와 같은 외국 시인의 영향을 받은 것으로 보이는 부분이 도처에서 발견된다.

이 A47 「아츰」의 경우도 바로 그런 예이다. 인용한 『사진판』의 그림에서 확인되듯 A47 「아츰」은 텍스트가 1차로 완성된 후, 추가로 정지용의 시구와 유사한 부분, 즉 '이 아츰을／深呼吸하오 또하오'가 여기에 추가된다.[24]

『사진판』 부록에 있는 윤동주 연보 1936년 부분을 보면, 윤동주는 이해에 일본판 『세계문학전집』과 더불어 『정지용시집』(1935. 10.)을 '정독'한 것으로 되어 있다.[25] 실제로 이 시기(1936) 이후부터 시작 활동의 마지막 시기(1942)까지

---

23 『사진판』의 첫번째 묶음(A)에 47번째로 기록되었다가 추고되어, 두번째 묶음인 '창'(B)에 33번째로 이기되었다. 『하늘과 바람과 별과 시』 초판에는 실리지 않다가 중판에 수록되었다.

24 필자가 그렇게 판단하는 것은 제3연의 뒤에 연필로 씌어진 '(一九三六)'이라는 제작 연도가 보이기 때문이다. 당시의 글쓰기 관행에 따라 윤동주는 텍스트가 완성되면 대개의 경우 텍스트 완성 시기를 원고 말미에 적어놓고 있다. 그러므로 비록 희미하게 남아 있기는 하지만, 3연 뒤에 이 완성 연도가 적혀 있다는 것은 이 텍스트가 1차적으로 제3연의 형태로 탈고되었음을 의미하는 것이다.

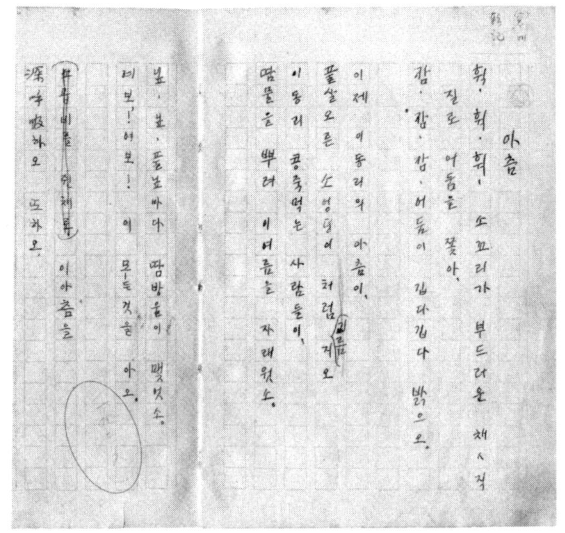

그림 10

『사진판』A의 47번째에 수록된 「아츰」. 점선으로 표시한 내부에 는 '(一九三六)'이라는 연도 표시 가 희미하게 적혀 있다. 즉 작품 이 끝난 부분에 제작 일자 표기를 하는 윤동주의 시작 관행상, 작품 은 일차적으로 이 앞에서 완결되 었던 것이 분명하다. 그렇다면 마 지막 연은 나중에 첨가된 것이 분 명하다.

씌어진 그의 육필 시고에는 이 『정지용시집』의 영향을 받은 것으로 보이는 부분 이 20군데 가까이 발견된다.[26]

앞서 언급한 「아츰」의 마지막 연, '이 아츰을 / 深呼吸하오 또하오' 역시 『정 지용시집』 p. 13에 나오는 시구와 유사성을 보인다. 즉 이곳에는,

좋은 아츰 ——
나는 탐하듯이 呼吸하다.
때는 구김살 없는 힌돛을 달다.

라는 부분(전 5연 중 제5연)이 있는데 공교롭게도 이 작품의 제목 역시 '아츰'

---

25 『사진판』 부록 '윤동주 연보' 1936년 부분 참조.

26 이곳에서 언급한 「아츰」 외에 「山林」(A24) → 「山林」(B07) → 「山林」(E01)', 「黃昏」(A14) → 「황혼이 바다가 되어」(B01) → 「황혼이바다가되여」(C02)' 등에 가해진 퇴고의 양상 역시 모두 「아 츰」과 유사한 사연을 안고 있는 경우로 볼 수 있다.

이며, 위의 구절 역시 이 작품의 마지막 연이다.

그런데 문제는 윤동주의 A47 「아츰」 마지막 연에 삽입된,

(소곱비를 쥔채로) 이아츰을 / 深呼吸하오 또하오.[27]

가 그 앞부분과 의미상 잘 호응되지 않는다는 점에 있다.

이를 보다 명확히하기 위하여 우선 A47 「아츰」의 의미 구조를 분석해보기로
하자. A47 전체를 옮겨보면 다음과 같다.

획, 획, 획, 소꼬리가 부드러운 채ㅅ직질로 어둠을 쫓아.
캄, 캄, 캄, 어둠이 깁다깁다 밝으오.(1연)

이제 이동리의 아츰이,
풀살오른 소엉덩이처럼 (기름↙[28])지오.
이동리 콩죽먹는 사람들이,
땀물을 뿌려 이여름을 자래웠소.(2연)

닢, 닢, 풀닢마다 땀방울이 맺엇소.
여보! 여보! 이 모-든 것을 아오.(3연)
(1936)
(소곱비를 쥔채로↗) 이아츰을
深呼吸하오 또하오.(4연)

---

27 괄호 안의 부분은 그림에서 보듯 삭제 · 퇴고된 부분임.
28 여기서 '↙' 표시는 삽입, '↗' 표시는 삭제가 되었음을 나타낸다.

제1연은 '소꼬리'가 어둠을 쫓고 아침을 불러들이는 것으로 되어 있다. 물론 농사를 짓는 데 큰 도움이 되었던 '소'는 얼마 전까지 우리 농촌에서 흔히 목격되는 친근한 존재였고, 농가에서는 가족처럼 여겨지기도 했다. 그래서인지 소 또는 소의 활기찬 동작이 농군의 근면함을 형상화하는 표현에 등장하는 것은 우리 현대 문학 작품에서 종종 목격되는 일로 드문 경우가 아니었다. 따라서 '소꼬리'가 '부드러운 채ㅅ직'이 되어 어둠을 쫓아내고 '아츰'을 불러왔다는 것은 감각적이지만 자연스러운 표현이다. 물론 이때의 '아츰'은 밝고 건강한 아침일 수밖에 없다.

2연에서는 1연의 시상을 이어, 쇠꼬리의 힘찬 채찍질로 초대된 '아츰'이 '소 엉덩이처럼 기름진' 것으로 묘사된다. 또한 시적 화자는 (꼬리를 힘차게 휘둘러 아침을 불러온 부지런한 소처럼) 이곳의 부지런한 농군들이 '땀물을 뿌려 이여름을' 자라게 했다('자래웠다')고 선언한다. 그러므로 아침 풀잎에 맺힌 수많은 이슬은 모두 농군의 땀방울인 셈이다.

그렇게 선언한 시적 화자는 3연에서는 가상적 청자에게 '여보! 여보! 이 모-든 것을 아오' 하며 묻는다.

어조로 보아 시적 화자는 가상적 청자보다 우위에 있는 지도적 존재이다. 그는 가상적 청자에게 '근면한 땀의 결과'인 아침을 인식시키겠다는 설득적 의도를 숨김없이 드러내고 있는데, 이 설득적 의도가 곧 이 작품의 주제라고 할 수 있다.

그러므로 이 작품은 '여보! 여보! 이 모-든것을 아오' 하는 깨우치듯 하는 시적 화자의 물음(3연)으로 전체 내용이 완결된 것이다.

그런데 그 뒤에 엉뚱하게 '(소곱비를 쥔채로↗) 이아츰을 / 深呼吸 하오 또하오'(4연)가 덧붙는 것은 쓸데없는 사족임이 분명하다. 왜냐하면, 앞서 언급했듯 1~3연의 어조는 가상적 청자를 설득하려는 것임에 비해, 4연의 그것은 고백적인 것으로 서로 이질적인 것일 수밖에 없기 때문이다. 어찌 사족일 뿐이겠는가. 이 이질적 어조의 4연이 첨가되면 1~3연에 이미 구축된 의미 구조에 심각한 손상까지 가게 된다.

시적 완성을 꿈꾸는 시인에게 이러한 부조화가 결코 만족스러울 리 없다. 하

지만 그가 끌어온 '좋은 아츰 ——/나는 탐하듯이 呼吸하다'라는 구절은 그가
존경하고 있으며, 언젠가는 '자신의 좋은 작품'으로 넘어서고 싶기도 한 선배
시인 정지용의 작품 「아츰」에서 끌어온 것이다. 윤동주가 '이아츰을/深呼吸하
오 또하오'라는 A47의 구절을 삭제하지 않고 B33까지 옮겨간 것은 그가 이 구
절을 포기하지 않고 살려서 마침내 정지용을 뛰어넘고 싶었음을 의미한다.

　　그러나 굴러온 돌을 우대하려면, 박힌 돌을 빼내지 않으면 안 된다. 그는 이
구절을 위해 작품 전체에 대대적으로 손질을 하게 된다. 그래서 이 작품은 마침
내 B33으로 옮겨진 후에도 복잡한 퇴고 과정에 시달리게 되는 것이다. B33의
모습은 그러한 사정을 잘 보여준다.

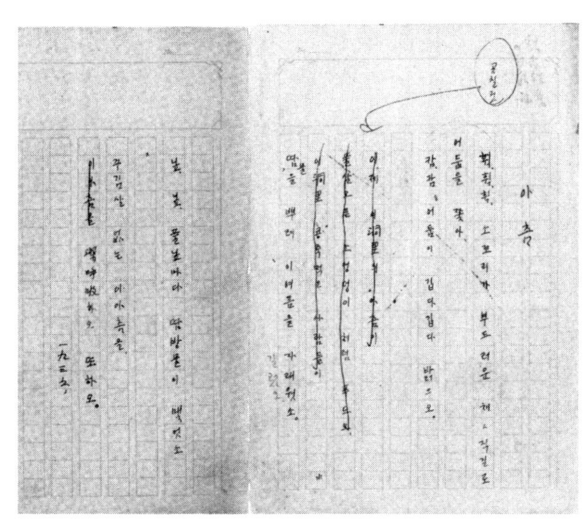

그림 11
B의 33번째에 수록된 「아츰」. 『사
진판』 pp. 85~86. 결국 퇴고를
완료하지 못한 상태로 보류했음
을 확인할 수 있다.

　　이치로 보아 이미 자체로 완결된 의미 구조체인 윤동주의 「아츰」과, 역시 나
름대로 완결된 의미 구조체인 정지용의 「아츰」은 서로 다를 수밖에 없다. 정교
한 기계일수록 아무 부속품이나 가져다 끼워 맞출 수 없듯이, 뒤늦게 따온 남의
'시구詩句'가 이미 완성된 자신의 작품 구조에 어울릴 수 없는 것이다. B33의
그림에 잘 나타나듯 윤동주는 '구김살 없는 **이아츰을/深呼吸하오 또하오**'
를 살리려고 원작을 변형시키는 헌신적 노력(인용한 사진에서 B33의 1·2연에

가해진 퇴고 자국을 보라)마저 불사했지만 결국 실패하고 만 것이다.

그러나 이러한 실패는 습작 과정에서 누구나 흔히 겪게 되는 것이다. 아무런 창작 노력 없이 처음부터 완성도 높은 시를 쓴다는 것은 사실상 불가능하다는 것을 시를 써본 사람은 다 알 것이다.[29] B33에 수록된 「아츰」의 육필 흔적이 그의 시적 실패를 말해주고 있지만, 관점을 달리하여 보면, 시작에 정진하는 과정에서 뿌려진 윤동주의 땀이 얼마나 많았는지를 웅변해주는 것이기도 하다.

그런데 이 대목에서 부득이 한마디 덧붙이지 않을 수 없는 것은 앞서 분석한 바와 같은 이 「아츰」이 『하늘과 바람과 별과 시』에 중판본부터 실리게 된 경위가 필자에게는 잘 납득이 되지 않는다는 점이다.

1955년 중판 편집 당시 편집자에게는 A, B 두 개의 육필 흔적이 확보되어 있었다. 그런데 이 두 육필 흔적 중 편집자는 어떤 것을 선택한 것일까? 아니 어떤 기준을 적용한 것일까? 『하늘과 바람과 별과 시』 중판본(3판본)의 「아침」은 A47의 「아츰」도 아니고, B33의 「아츰」도 아니다.

우선 『하늘과 바람과 별과 시』 중판본(3판본)의 「아침」 1연은 불완전하나마 B33에서 가져온 것으로 보인다. 왜냐하면, 4행의 '캄, 캄,'이 두 번에 그치고 있기 때문에 그렇게 판단할 수 있다. 필자가 '불완전하나마'라고 단서를 단 것은

---

29 "블룸Harold Bloom은 텍스트 생산의 정신적이고 의식적인 측면을 강조한다. 어떤 문학 작품도 그 자체로서는 존재할 수 없고 오직 다른 작품과의 관련성에서만 존재한다고 주장하는 블룸은, 작가의 무의식보다는 오히려 의도와 같은 의식적 행위에 의해 텍스트가 생산된다고 말한다. 그에 의하면 상호 텍스트적 관계는 선배 작가와 후배 작가 사이에서 이루어지는 일종의 투쟁의 산물이다. 〔……〕 이런 관점에서 볼 때 시는 강한 시인들이 목숨을 걸고 강한 선조들과 끊임없이 투쟁하는 일종의 '심리적 전투장'이나 크게 다름없다. 그리고 시의 역사 또한 이런 투쟁의 역사에 지나지 않는다. 블룸은 '약한 시인들'에 대해서는 이렇다 할 만한 관심을 보이지 않는다. 왜냐하면 그들은 '강한 시인들'과는 달리 시적 공간을 위해 끝까지 투쟁하는 대신 선배 시인들을 단순히 '이상화'하기 때문이다." 김욱동, 「포스트모더니즘과 상호 텍스트성」, 『서강 영문학』 제2집, 서강영문학회, 1990 가을, pp. 21~23.

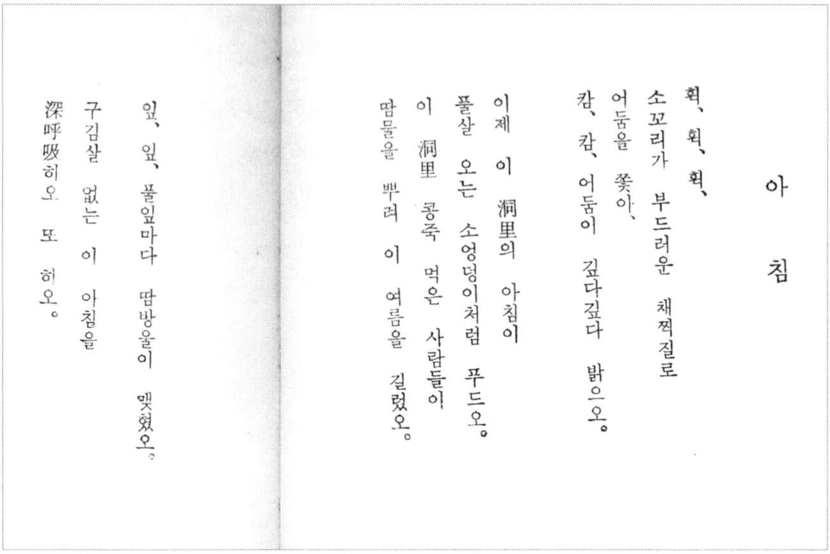

아 침

획, 획, 획,
소꼬리가 부드러운 채찍질로
어둠을 쫓아,
캄, 캄, 어둠이 깊다깊다 밝으오.

이제 이 洞里의 아침이
풀살 오는 소영덩이처럼 푸드오.
이 洞里 콩죽 먹은 사람들이
땀물을 뿌려 이 여름을 길렀오.

잎, 잎, 풀잎마다 땀방울이 맺혔오.
구김살 없는 이 아침을
深呼吸히오 또 히오。

그림 12

『하늘과 바람과 별과 시』에 실린 「아츰」의 모습. 중판본 상태가 안 좋아 이 그림은 1981년 3판본에서 떴다. 그러나 내용은 1955년 중판본과 쪽수까지 똑같다.

그러나 행수가 다르기 때문이다. A47의 「아츰」과 B33의 「아츰」은 둘 다 1연이 2행으로 되어 있다(그림 12에서 곧바로 확인할 수 있다).

하여간 만약 『하늘과 바람과 별과 시』 중판본의 「아침」이 B33을 '원전原典'으로 삼은 것이라면, 2연은 가져올 수 없다. B33의 그림에서 보듯, 이 부분은 첫 3행이 수직선으로 삭제된데다가, '곷칠것'이란 퇴고 예정 지시가 붙어 있기 때문이다.

아울러 B33의 삭제되고 보류된 2연 2행의 서술어 '푸드오'라는 사투리는 그대로 『하늘과 바람과 별과 시』 중판본(3판본)의 「아침」에 옮겨진 반면, B33의 같은 연 4행에 있는 '자래윗소'라는 사투리는, 연필로 '길렀오'라고 고쳐지고,[30] 이 고쳐진 내용이 그대로 『하늘과 바람과 별과 시』 중판본의 「아침」에 옮겨졌

---

30 이 연필 자국을 남긴 주체가 과연 누구인지는 이 책 앞 제2편 '3. 『사진판』의 퇴고 흔적' 부분에서 실증적으로 규명된 바 있다.

다. 그런데 이 '연필 퇴고'가 윤동주가 아니라 그의 지기知己인 고 정병욱 교수에 의해 가해진 것이라는 것은 이 책 앞부분에서 밝힌 바와 같다.

한편 『하늘과 바람과 별과 시』 중판본의 「아침」이 A47에서 가져온 것이라면 문제는 또 달라진다. 우선 3연부터가 A47은 2행으로 되어 있는 반면, 중판본의 「아침」은 1행이다. 물론 4연 첫 행도 다르고, 1·2연도 조금씩 다르다.

이쯤 되면 과연 『하늘과 바람과 별과 시』 중판본에 실려 있는 「아침」이 윤동주의 작품인지 편집자의 작품인지 잘 판단이 서지 않게 된다.

물론 이 땅의 다른 많은 문학인들처럼 필자 역시 윤동주의 젊은 목숨이 스민 이 소중한 작품을 온갖 역사적 질곡에서 지켜내고 마침내 우리 문학사의 암흑기를 빛나게 한 유가족 및 친지의 노고에 고마움을 느낀다. 그러나 1차 자료에 충실하게 원전을 확정하는 것 또한 중요한 일이라고 판단했다.

필자는 이 책의 원본 확정 작업에서 최초 완성 형태를 원본으로 선택했음을 밝혀둔다.

3-2. 「애기의새벽」[31]의 경우

전후 기록 상황으로 보아, 1938년경 씌어진 것으로 추정[32]되는 이 「애기의새벽」은 윤동주가 동시 쓰기를 그만두기 직전의 작품이다.

그런데 이 작품의 육필 시고 상태는 서지적 관점에서 볼 때 예외적인 경우에 속한다. 같은 원고지에 삭제 지시 없이 두 텍스트가 공존하고 있기 때문인데 윤동주의 기록 관행으로 볼 때 이와 유사한 경우는 거의 없다. 대부분의 경우 최초 텍스트에 어떤 형태로든 삭제 지시를 하고 이를 변경한 내용을 원고지 여백

---

31 『사진판』의 두번째 묶음인 '창'(B)에 46번째로 기록되어 있다. 『하늘과 바람과 별과 시』에는 중판부터 수록되고 있다.

32 이보다 앞서 기록된 작품 「고추밭」의 제작 일자가 1938. 10. 26.로 되어 있다는 점을 감안한 것이다. 그러나 시작 노트에 작품을 적은 시점이 작품이 완성되고 나서 한참 후인 경우도 있으므로 정확한 완성 일자는 알 수 없다. 특히 동시의 경우 이미 완성해두었던 것을 한꺼번에 몰아 기록한 경우가 대부분이므로 더욱 그렇다.

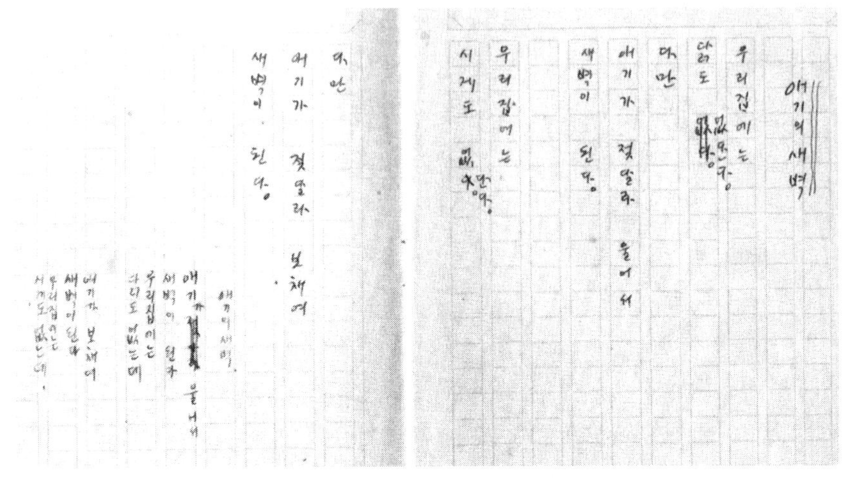

그림 13
『사진판』의 두번째 묶음인 '창' (B)에 46번째로 기록된 육필 시고.

에 적고 있기 때문이다.

물론 원전을 확정하고자 하는 입장에서는 같은 원고지에 기록된 두 텍스트 모두를 원본으로 간주할 수는 없다. 이치로 보아 1차로 적혀진 텍스트와 별도로 원고지 여백에 나중에 기록된 텍스트가 있다면, 후자가 최초의 형태를 수정한 결과가 될 것이므로 마땅히 이것이 원본으로 선택되어야 할 것이다. 그러나 문제는 그리 간단하지 않다. 인용한 사진에서 확인되듯, 최초 형태의 제목 우측에 두 개의 수직선이 그어져 있기 때문이다.

여하간, 이 「애기의새벽」의 경우, 원래의 형태와 퇴고된 형태 중 윤동주가 어느 것을 선택할지 한동안 결정을 미루고 있었던 것은 분명해 보인다. 그렇다면 과연 어느 쪽을 원본으로 간주해야 할 것인가.

먼저 1차로 기록된 최초의 형태를 보자. 원고지 하단에 옮겨 적기 이전 원래의 형태는 인용한 그림에서 확인되듯 2연 각 5행의 형태이며, 이를 그대로 옮기면 다음과 같다.

우리집에는

닭도 (없다↗)없단다   …… ①

다만

애기가 젖달라 울어서

새벽이 된다.   …… ② / (이상 퇴고 전 1연)

우리집에는

시게도 없(다↗)단다.   …… ①′

다만

애기가 젖달라 보채여

새벽이 된다.   …… ②′/(이상 퇴고 전 2연)

①과 ①′는 '닭도 없고 시게도 없는' 생활의 궁핍함을 형상화하고 있는 부분이며, ②와 ②′는 그러한 궁핍한 일상이 시작되는 '새벽'을 극적으로 묘사한 부분이다. 그러나 ①과 ①′의 '없단다'는 '없다'를 수정한 결과임에도 불구하고 다분히 설명적이다. '다만'으로 강조되어 이어지긴 했지만, ① · ①′ → ② · ②′'의 형태로 연결되다 보니 어쩐지 '시'라기보다는 '산문'에 가까운 느낌을 주고 있다.

따라서 원래의 이 형태가 수정되어 원고지 하단에 다음과 같이 이기된 것은 '시'다운 분위기를 갖추기 위한 형태적 모색으로 보인다.

애기가(젖달라↗) 울어서

새벽이 된다.   …… ②

우리집에는

닭도 없는데   …… ① / (이상 퇴고 후 1연)

애기가 보채어

새벽이 된다.   …… ②′

우리집에는

시게도 없는데.　　　　　……　①´ / (이상 퇴고 후 2연)

먼저 퇴고 전의 '①→②'가 '②→①'로 바뀐 점이 눈에 들어온다. 이와 더불어 사진의 해당 부분에서 확인되듯 처음에는 '젖달라'가 남아 있다가 후에 삭제되었다.

이와 같은 수정에 따라 이 작품의 분위기는 상당히 달라진다. 우선 ①과 ①´가 각 연의 앞부분에 배치됨으로써 궁핍한 생활에 대한 묘사가 '극적'인 분위기로 전환된다.

또한 변경 이전 형태의 ①과 ①´에 있었던 '젖달라'가 삭제된 것도 의미가 적지 않다. 아기의 울음이 '젖달라'는 요청을 의미한다면, 이는 생활의 궁핍과 곧바로 연결되지 않을 가능성이 높다. 아기가 배고파 우는 것은 자연스러운 생리적 현상이고 따라서 이는 부잣집의 경우에도 얼마든지 흔하게 목격될 수 있는 광경이기 때문이다. 그보다는 역시 '젖달라'가 삭제되고 난 후의, '애기가 울어서/새벽이 된다'는 표현이 새벽에 아기가 우는 것이 거의 매일 새벽부터 반복되는 상습적인 현상이라는 해석을 자연스레 불러일으키면서, 배고픔 외에도 우는 아기를 달래지 못하는 여러 딱한 사정을 환기하도록 만든다.

따라서 ① ②의 자리를 바꾸고 '젖달라'를 삭제하여 퇴고한 것은 궁핍한 생활을 극적으로 묘사하는 데 효과적이었다고 볼 수 있다.

그러나 이 퇴고가 성공적이었던 것만은 아니다. 원래 형태에서 구축된 의미 구조가 결과적으로 손상되었기 때문이다. 즉, ②와 ②´의 뒷자리로 물러나면서, ①과 ①´의 의미론적 지위가 상당히 흔들리고 있다. 각 연의 시작 자리에서라면, ①과 ①´는 그래도 자신의 필요성을 주장할 수 있다. 왜냐하면 퇴고되기 이전의 형태가 구축하고 있는 의미 구조 때문이다.

이를 좀더 자세히 살펴보기 위해서 ①과 ②를 각각 독립된 발화로 보기로 하자. 이때, 서로 독립된 발화 ①과 ②가 의미를 지닐 수 있기 위해서는 각각 ㉠

과 ⓛ을 필요로 한다.

〔다른 집에서는 닭소리와 시계의 종소리가 새벽이 왔다는 것을 알린다〕

(→ ㉠)

우리집에는 (㉠의 경우와 같은) 닭이나 시계가 없다.(→ ①)

〔우리집에는 새벽을 알리는 닭이나 시계가 없다〕(→ ⓛ)

(ⓛ의 닭·시계 대신) 배고파 우는 애기의 울음 소리가 새벽을 알린다.

(→ ②)

이때 ①과 ⓛ은 의미론적으로 동치同値이다. 따라서 ②의 앞에 ⓛ 대신 ①
이 오는 것은, 다소 설명적인 느낌을 주긴 해도 의미론적으로 보아 이상할 것까
지는 없다.

그러나 ②가 앞에 오고 그 뒤에 ①이 올 경우, 이는 부자연스럽다. 왜냐하면
의미론적으로는 ②의 앞에는 (생략된 형태로나마) 이미 ⓛ이 서 있다고 볼 수
있기 때문에, 그 뒤에 ①이 다시 오는 것은 의미론적으로 중복이기 때문이다.

'②→①'의 구조를 'ⓛ→②'가 도치된 형태로 볼 경우도 어색하기는 마찬
가지다. 논리적으로 ②가, ①이나 ⓛ의 충분 조건이 될 수 없기 때문이다.[33]

결국 설명적인 표현을 바꾸어 시다운 형태로 수정하고자 한 윤동주의 퇴고는
진퇴양난에 빠진 셈이 된다.

그래서일까? '애기의새벽'이라는 동일한 제목으로 원고지 한 장에 남겨진 두
개의 육필 시고 위에는, 다른 곳에서라면 이런 경우 어느 한쪽에 당연히 그어졌
을, 삭제 표시 'ⅹ'가 없다. 이 사실은, 두 곳에 동시에 씌어진 「애기의새벽」이
서로 독립적인 두 편의 작품으로 씌어졌다는 것을 나타내는 것이 결코 아니다.

---

[33] 물론 ①이나 ⓛ이 '우리집에는 (새벽을 알려주는) 닭(또는 시계)이 필요 없다'는 내용이라면 사
정은 달라진다. 하지만 이 '필요 없다'는 표현이 「애기의새벽」에서 초점화하고자 하는 '생활의 궁핍
함'을 형상화할 수 있는 적절한 표현이라고는 할 수 없다.

그렇다. 그것은 앞서 추정한 것처럼 윤동주가 탈고를 미루고 한동안 망설였음을 의미하는, 보이지 않는 흔적임이 분명하다.

요컨대 '애기의 울음으로 새벽이 다가오는 궁핍한 현실'을 고발하고자 한 이 「애기의새벽」은 '산문'에 가까운 설명적 표현을 '시답게' 바꾸려는 동기에서 퇴고·이기된 듯 보이나, 그 결과는 기대에 미치지 못한 경우로 분석된다.

따라서 필자는 이 책에서 최초 형태를 원본으로 선택했다.

3-3. 「창구멍」[34] 「해빛·바람」의 경우

「참새」 「둘다」 「새로운길」 「애기의새벽」, 'A33 「닭」 → A46 「닭」 → B10 「닭」' 등에서 시도된 퇴고·이기의 경우와 마찬가지로 「창구멍」 →「해빛·바람」으로의 개작改作은, 시 형태에 대한 윤동주의 고민과 모색의 흔적을 담고 있는 경우이다.

이들 흔적들은 사실상 모두 동시라는 장르 의식 아래서 씌어진 것들이다.[35] 따라서 이러한 사실을 바탕으로 추정할 때, 윤동주는 습작 초기부터 시의 형태, 이를테면 연 혹은 행의 배치 및 그에 따른 효과 등에 대해 각별한 주의를 기울인 것으로 보이며, 이러한 실험이 주로 동시라는 장르 안에서 시도되었음을 알 수 있다.

그런데 문제는 A8 「창구멍」과 B44 「해빛·바람」을 같은 작품으로 볼 것인가 아니면 별개의 작품으로 볼 것인가 하는 점이다. 「해빛·바람」을 그냥 「창구멍」

---

34 이 「창구멍」은 『하늘과 바람과 별과 시』의 중판은 물론 3판에까지 실리지 않았으며, 『사진판』의 부록에 있는 '작품 연보'에도 '미발표작'으로 분류되어 있다. 그러나 A의 「창구멍」 위 원고지 여백에 "窓에 改作 移記 「햇빛 바람」"이라는 편주자의 연필 메모(윤일주가 한 것으로 보인다)가 있는 사실로 보아 처음에는 '改作 移記'된 작품으로 간주, 『하늘과 바람과 별과 시』의 편집에서 누락시킨 것으로 볼 수 있다. 그렇다면 '미발표작'이라는 『사진판』의 분류 기준은 앞서의 기준과 상충된다.
35 'A33 「닭」 → A46 「닭」'의 경우는 일반 시의 모티프를 동시에 옮겨 실험한 경우에 해당하고, 「새로운길」의 경우는 『하늘과 바람과 별과 시』에 동시라는 언급 없이 수록되어 흔히 일반 시로 취급되고 있으나 내용상 동시로 보아도 무방한 작품이다. 기타 이 대목에서 언급한 나머지 텍스트들은 모두 동시이다.

이 퇴고·이기된 결과로 간주
할 경우, 당연히 이 두 작품은
같은 작품으로 취급되어야 하
고, 「해빛·바람」이 원본으로
취급되어야 할 것이다. 그러나
비록 시적 모티프는 같지만,
「해빛·바람」이 「창구멍」과는
상관없이 새로 창작된 것으로
볼 경우, 이 두 텍스트는 별개
의 작품으로 간주되어야 할 것
이다. 결국 이 문제는 이 두 텍
스트의 미적 구조에 대한 가치
판단, 즉 평가적 차원의 문제
와 맞물려 있다.

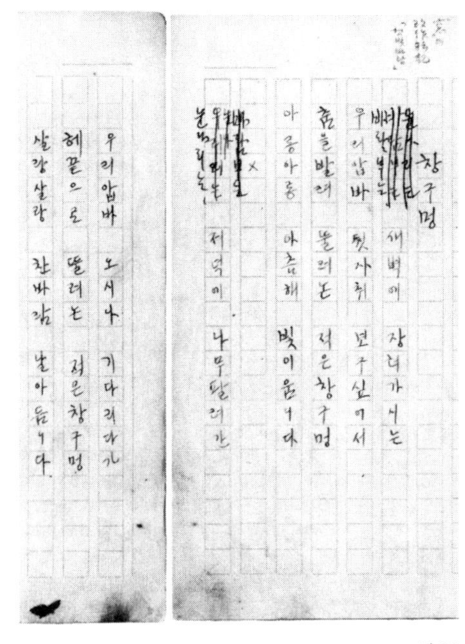

그림 14
제1 습작 노트인 A에 8번째로 기록된 「창구멍」.

우선 「창구멍」을 보기로 하
자. A의 8번째에 수록되어 있는 「창구멍」은 제1 습작 노트인 A의 목차에 '동요童
謠'로 분류되어 있다. 그리고 이 「창구멍」 바로 직전에 기록된 동요 「고향집」 「병
아리」 등의 제작 일자가 모두 1936년 1월로 되어 있고, 뒤에 기록된 「이별」 「식
권」 등의 제작 일자 역시 1936년 3월로 되어 있는 것으로 보아 「창구멍」의 제작
시기는 1936년 초가 확실해 보인다.

그런데 이 시기는 윤동주가 재학하고 있던 평양 숭실중학교가 신사 참배 거
부 문제로 폐교되기 직전의 시기에 해당한다.[36] 두루 알려진 바와 같이 숭실중
학교는, 숭실전문학교 및 숭의고등여학교와 더불어 평양에서 이른바 '3숭崇 학

---

[36] 결국 윤동주가 이 학교에 편입학하여 다닌 기간은 1935년 2학기(동년 9월~1936년 2월, 『사진판』
의 윤동주 연보의 설명에 따르면 앞서 다니던 만주 은진중학교와의 학제 차이로 윤동주는 이 학교에
3학년 2학기로 편입했다)에 그치고 만 셈이다. 그는 1936년 3월 숭실중학교가 자진 폐교함에 따라
다시 고향으로 돌아와 용정의 5년제 학교인 광명중학 4학년에 편입하게 된다.

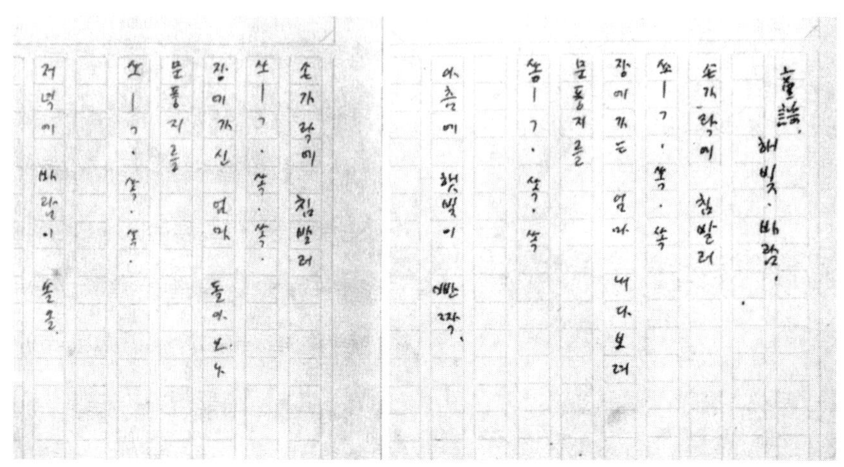

그림 15
B에 44번째로 기록된 동요 「해빛·바람」은 「창구멍」과 동일한 시적 모티프로 되어 있다.

교'로 통했던 미션 스쿨로, 일제하 항일 독립과 구국 운동에 줄곧 앞장서왔던 학교로 이름이 높았었다. 불과 1학기에 해당하는 짧은 유학 기간이었지만 기독교 정신 및 민족의식이 남달랐던 숭실학교의 교풍이 그의 의식에 배어든 것일까. 이 시기 그의 습작에는 현실에 대한 문제의식이 곳곳에 배어 있다.

동시 「창구멍」의 경우도 마찬가지로, 이러한 현실에 대한 문제의식이 짙게 묻어난다.

윤동주의 일가가 고향에서 명망이 높은 집안이었고, 그의 부친이 학교 교원을 지내다 인쇄소 및 포목상을 경영했던 점을 감안하면, '장터'에 '나무 팔러 간' 「창구멍」의 '압바'와, 그 '압바'를 보고 싶어서 '창'에 침 발라 구멍을 내는 시적 화자는 모두 허구적 인물이며, 시적 정황 역시 허구적이다.

결국 하루 온종일 '압바'가 나무 팔러 간 '바람 불고 눈 나리는'[37] '창 바깥'은, 시적 화자가 '압바'를 기다리는 '창' 이쪽(방 안)과 대칭적으로 설정된 공간으로, 험난한 당대 현실을 상징하는 공간이라고 할 수 있다. 따라서 '창구멍'은 그 현실 쪽으로 열린 유소년의 의식의 통로다. 그런데 그 '창구멍'에 비치던

---

37 '바람'과 '눈'은 우리의 문학적 전통에서 '서리' '비' 등과 더불어 현실적 고난의 상징으로 폭넓게 쓰여왔다.

영롱한 '아츰해'(1연)가 '찬바람'(2연)으로 바뀌고 있다. 마냥 순진해야 할 유소년의 의식에까지 '세파世波'가 차디차게 와 닿고 있는 것을 노래하고 있는 것이다.

한편 형태면에서 볼 때, 이 「창구멍」은 2연 각 4행의 정연한 형태로 보이고 있고, 운율의 측면에서도 3음보(7·5조)의 평범한 율격을 취하고 있다.

그런데 「해빛·바람」은 이와는 전혀 다른 양상을 보이고 있다.

그림 15에서 그림에서 확인되듯, 2연의 형태로 된 「창구멍」과는 달리, 4연의 형태를 취하고 있는 「해빛·바람」에서는, '아츰'의 '햇빛'과 '저녁'의 '바람'이 별도의 연으로 분리·강조되어, 제목 '해빛·바람'과 호응을 이루고 있다.

또한 3음보의 율격이 해체되고 그 대신 통사적 율격이 시도되고 있다. 즉 1·2연의 통사 구조가 3·4연에 그대로 되풀이되어 A – B – A′ – B′의 형태가 시도되고 있는 것이다.

이와 더불어 「창구멍」의 설명적·고백적 어조가 대폭 후퇴하고 그 대신 창에 구멍을 뚫는 '아이다운 행동'이 부각되고 있다.

「해빛·바람」을 「창구멍」이 퇴고된 결과로 본다면, 결국 3음보의 평범한 형태를 탈피하고 산뜻한 동시로 형태가 일신한 셈이다.

그러나 형태 못지않게 의미 구조에서도 일대 변화가 일어나고 있다.

우선 「창구멍」이 본래 지니고 있던 의미 구조에서 힘난한 현실을 상징하던 '창' 바깥의 '바람부는 새벽'과 '눈나리는 저녁'이, 「해빛·바람」에서는 찾아볼 수 없게 되었다. 또한 '나무 팔러간' '우리압바'가 '장에 가신 엄마'로 교체되면서 '창구멍'에 당초 설정되었던 시적 정황이 변질되었다.[38] 이에 따라 창에

---

[38] '나무 팔러간 우리압바'가 생계를 위해 애쓰는 가장의 모습이라면, '장에 가는(신) 엄마'는 '무엇을 사러 간 엄마'일 수도 있다는 점에서 '궁핍상'과 다소 거리가 느껴지는 표현일 수밖에 없다.

난 '구멍' 역시 냉혹한 바깥 세상을 내다보는 유소년의 '조숙한 현실 인식'이라는 선명한 상징성에서 멀어진 셈이다.[39]

요컨대 「해빛·바람」이 「창구멍」을 퇴고하고자 한 것이었다면 그것은 주제의식을 보다 강화시키기 위한 시도가 아니라, 전적으로 시의 형태를 일신시키기 위한 시도였다고도 볼 수 있다.

하지만 「해빛·바람」과 「창구멍」이 형태적 차이만을 드러내고 있지는 않다. 오히려 텍스트의 의미 구조에 일어난 변화가 형태상의 변화보다 더 심각하다. 설령 「해빛·바람」이 「창구멍」의 퇴고 결과라 해도 퇴고 이전, 이후의 두 텍스트는 형태 및 의미 구조면에서 엄청나게 달라지고 만 것이다.

그래서 개작 이전, 이후의 이 두 텍스트는 별개의 것으로 취급되어야 하리라는 것이 필자의 판단이며, 이 책의 원전 확정 작업에서도 이러한 판단이 적용되었다.

3-4. 「새로운 길」[40]의 경우

정음사 본 『하늘과 바람과 별과 시』 중판을 편집하면서 편집자(고 윤일주·정병욱 교수)는 초판본 대비 62편을 추가 수록했다. A39 「참새」도 이때 비로소 일반에 소개되었다. 그런데 이 책 앞부분에서 언급한 바와 같이 A39 「참새」는 같은 원고지에서 퇴고·이기된 경우이다. 즉 육필 시고 상태를 보면 1차 텍스트에는 크게 'ｘ'가 그어져 삭제 지시되고 있고, 원고지 하단에 별도로 2차 텍스트가 기록되어 있는 것을 볼 수 있다. 그럼에도 불구하고 무슨 까닭인지 편집자는 'ｘ'표로 삭제 지시된 부분을 옮겨 싣고 있다.

---

39 뿐만 아니라 「창구멍」은 '창'에 구멍을 뚫은 것으로 설정되어 있지만, 「해빛·바람」에는 '문풍지'에 구멍을 뚫은 것으로 바뀌었다. '창'보다 '문풍지'에 구멍을 뚫게 한 것은 '혼날 깃'의 정도를 다소 완화시킨 셈이지만, '문풍지를 뚫고 밖을 내다본다'는 설정은 아무래도 어색하다.
40 『사진판』의 두번째 묶음인 '창'(B)에 31번째로 기록되었다가, 네번째 묶음인 자선 시집 『하늘과 바람과 별과 시』에 7번째로 이기移記된 「새로운길」. 이 작품은 광복 후 윤동주의 유고 시집 『하늘과 바람과 별과 시』에 초판(1948)부터 수록된다.

　과연 그래도 되는 것인가. 과연 윤동주의 육필 시고에 그어진 'X' 표시는 무시되어도 좋을 만큼 별 의미가 없는 것일까? 이에 대한 의문점을 해소하기 위해 육필 시고 상태에 있어 A39 「참새」와 비슷한 경우인 「새로운길」을 들여다보기로 하자.

　이 작품의 육필 시고에 남겨진 제작 일자가 1938년 5월 10일인 점으로 보아, 이 「새로운길」은 윤동주가 연희전문에 입학하고 나서 정확히 한 달 후에 씌어진 것이다. 그러니까 고향 북간도를 떠나 서울에 유학을 와서 문과 대학생으로서 '새로운 생활'을 시작한 직후의 체험과 정서를 반영하고 있는 셈인데, '새로운길'이라는 제목으로 '나의 길 새로운 길'을 거듭 반복하여 노래하고 있는 것은 그 당시 그의 심정을 헤아려보면 어찌 보면 당연한 것이기도 하다.

　따라서 서울 생활 시작의 기념비로도 여겨졌을 법한 이 작품이, 후일 그가 출간하기 위해 스스로 추려 엮은 자선 시집 『하늘과 바람과 별과 시』에 포함된 점 역시 충분히 수긍될 수 있는 것이다.

　사실 이 작품은 보기에 따라 자선 시집 『하늘과 바람과 별과 시』 수록 19편 중에서 다소 예외적인 작품이다. 시기적으로도 다른 작품보다 가장 먼저 지어졌을 뿐만 아니라, 표출되고 있는 정서 또한 다른 작품과는 달리 밝고 긍정적이며 건강한 것으로 해석된다.

　우선 「새로운길」에 가해진 퇴고의 양상을 살펴보자.

　이 작품의 최초 형태는 그림에서 보듯 5연 각 4행의 가지런한 형태로 되어 있고, 아래 제시한 전문에서 확인할 수 있듯, 의미 구조로 보아 각 연은 'A → B → C → B′ → A′'의 형태로 배치되어 전후 대칭 구조를 취하고 있다.

내를 건너서
숲으로,
고개를 넘어서
마을로,　　　　　　　　　　　　………(1연)

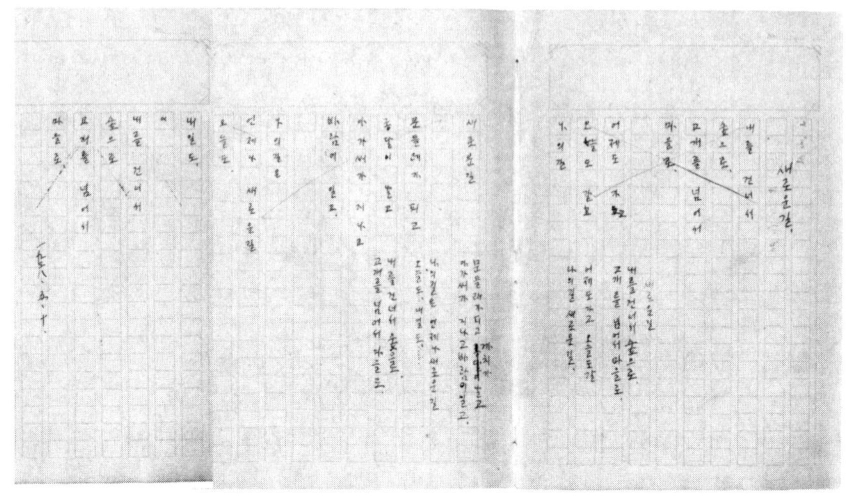

그림 16

『사진판』의 두번째 시고집 '창'(B)에 31번째로 기록된 「새로운길」. 후에 이기移記되어 자선 시집 『하늘과 바람과 별과 시』에 7번째로 실리게 된다.

어제도 가고

오늘도 갈

나의길

새로운길   ········(2연)

문들레가 피고

종달이 날고

아가씨가 지나고

바람이 일고   ········(3연)

나의길은

언제나 새로운길

오늘도

내일도   ········(4연)

내를 건너서
숲으로
고개를 넘어서
마을로   ………(5연)
一九三八. 五. 十. ―「새로운길」 전문

　그런데 윤동주는 5연 각 4행의 원래 형태를 포기하고 원래 형태에 '×'표를 그어 삭제 지시한 후, 원고지 하단에 다음과 같이 5연 각 2행의 형태를 기록하고 있다.

내를건너서 숲으로
고개를 넘어서 마을로   ………(1연)

어제도가고 오늘도갈
나의길 새로운길   ………(2연)

문들레가피고 까치가 날고
아가씨가 지나고바람이일고,   ………(3연)

나의길은 언제나새로운길
오늘도 …… 내일도 ……   ………(4연)

내를 건너서 숲으로
고개를 넘어서 마을로   ………(5연)

　이 과정에서 원래 선택한 어휘나 문장 구조는 대부분 고스란히 유지된다(3연의 '종달이'가 '까치'로 바뀌었을 뿐이다).

결국 1차 텍스트에 그어진 '×'표는 어찌 생각하면 시행의 배치만을 '별 생각 없이' 단순화시키고자 한 의도를 반영하고 있는 셈이다.

그런데 정말 1차 텍스트에 '×'표를 긋고 난 후 이루어진 이 퇴고는 '별 생각 없이' 이루어진 것일까?

이 의문을 해결하기 위해 이제 퇴고를 통하여 5연 각 2행으로 단순화된 「새로운길」의 의미 구조를 분석해보기로 하자.

앞서 지적한 바와 같이, 2연은 약간 변화되어 4연에서 반복된다. 그러나 이 '약간의 변화'는 두 연을 의미 구조상 상호 보완적 관계에 놓이게 하는 것이다. 즉 2연의 '어제 → 오늘'이 4연에서는 '오늘 → 내일'로 바뀌어 반복되는데, 이러한 변화와 반복에 의하여 2연과 4연의 '어제 → 오늘', 그리고 '오늘 → 내일'은 의미론적으로 상호 결합하여 '어제 → 오늘 → 내일'을 만들어내고 이는 자연스럽게 '과거 → 현재 → 미래'라는 시간적 연속성, 또는 시적 화자의 인생이라는 의미를 함축하게 된다. 그러니까 시적 화자는 2연과 4연에서 그의 삶이 과거와 현재는 물론 미래에도 '새로운 길'이 될 것임을 노래하고 있는 것이다.

그러나 이 2·4연의 '새로움'은, 동일한 내용이 반복되고 있는 1·5연의 의미 구조와 상충된다. 1연과 5연에서 반복되고 있는 내용은 다음의 인용에서 보듯, '나의 길 새로운 길'의 여정旅程이다.

내를건너서 숲으로,
고개를 넘어서 마을로,

그러니까 2·4연의 '새로움'을 의미론적으로 뒷받침해야 할 내용이 1·5연에서 동일한 내용으로 단조롭게 반복되고 있는 것이다.

그렇다면 2·4연의 '새로움'은 물리적으로 새롭다는 것이 아니다. 즉 시적 화자가, 자신의 삶의 길이 객관적 조건으로는 동일한 과정의 반복임에도 그것을 '새로운 길'로 노래하고 있다면, 그 '새로움'이란 동일한 물리적 조건을 새롭게 인식하는 '인식적 차원의 새로움'이 된다.

　실제로 퇴고 이전의 행 구분 형태는 이러한 해석을 뒷받침한다. 다음을 보자.

　　어제도 가고
　　오늘도 갈
　　나의길
　　새로운길　　　　　　　　　　　　……… ①(퇴고 이전 2연)

　　나의길은
　　언제나 새로운길
　　오늘도,
　　내일도　　　　　　　　　　　　　……… ②(퇴고 이전 4연)

　①의 3·4행과 ②의 1·2행에서, 주어·서술어를 서로 다른 행으로 분리 배치한 것은, 주부·서술부의 중간에 휴지休止를 넣고자 한 것이고, 이는 결국 '나의 길'과 새로움을 동시에 강조하고자 한 것으로 볼 수 있다.

　또한 이러한 행 구분과 더불어 ①의 '나의길'에 조사助詞가 생략된 점이 이채롭다. 일상적 발화 경험에 비추어볼 때, '나의길은/새로운길'이 '나의길/새로운길'보다 훨씬 부드럽고 자연스러운 형태이다. 그런데도 이를 포기하고 조사를 생략한 것이다. 하기는 조사가 생략된 '나의길/새로운길'은 '나의길은/새로운길'에 비해 어떤 다짐에 가까운 '단호함'이 좀더 강하게 느껴지는 발화라고 볼 수 있다.

　이제 ②를 보자. ②의 주어는 ①과 달리 조사 '一은'이 붙어 있다. 그런데 다음 행의 서술부에는 ①에는 없던 '언제나'가 붙어 있다. 물론 1·5연의 동일한 여정을 고려하지 않더라도, 이 세상 누구에게나 '나의길'이 아무런 의지나 노력 없이 '언제나 새로운길'이 되기는 어려운 것이다.

　게다가 이 '언제나 새로운길'은 우리말의 어순으로 보아 '오늘도,/내일도'라는 시간 표현의 뒤에 오는 것이 순리임에도 불구하고 의도적으로 도치되어 '오늘도,/내일도'의 앞에 배치되었다. 그리하여 '언제나 새로움'이 강조되었을 뿐만 아니라, 이 새로움은 4연의 마지막 부분에서 '내일도'라는 표현의 구속을 받게끔 되어 있다. 따라서 이 '언제나'는 기술적記述的 표현이 아니라 당위적當爲的 표현이다.

그렇다면 ①이 ②와 더불어 동일한 의미 구조 안에서 서로 호응된다는 점을 전제로 할 때, ①의 조사 생략 역시 의도적으로 해석되는 것이 당연하다. 그렇게 본다면 ①과 ②의 새로움은 결국 시적 화자가 자신의 의지와 노력으로 성취해 나가야 할 새로움으로 표현된 것이 분명하다.

그런데 이 2·4연의 새로움이 인식적 차원의 새로움이라는 시적 메시지로 분명히 부각되기 위해서는, 역설적으로 1·5연의 동일성이 좀더 강조될 필요가 있다.

따라서 시각적으로도 5연 각 4행의 넓게 펼쳐진 형태가 좀더 좁게 압축될 필요가 있다. 결국 이러한 의미론적 배려가 각 연 4행의 구조를 2행으로 바꾼 퇴고의 이유라고 볼 수 있다.

한편 2·4연의 새로움이, 시적 화자가 장차 성취해야 할 인식적 차원의 새로움으로 해석될 경우, 1·5연의 해석에도 좀더 깊이를 보태야 할 필요가 있다. 퇴고되기 이전의 형태를 보자.

① 내를 건너서
② 숲으로
③ 고개를 넘어서
④ 마을로　　　　　　　　　　·········(퇴고 이전 1·5연)

②와 ④는 통사론적으로 서로 대응되는 부분이다. 그런데 ②의 '숲'과 ④의 '마을'은, 세상살이의 공간을 이원론적 시각으로 파악해온 우리 문학 전통에 대입할 경우, '세속'과 '자연'이라는 상호 대립적인 위치에 놓이게 된다.

하기는 앞서 언급한 바와 같이, 2·4연의 '나의 길'이 나의 인생이라는 관념을 함축하고 있다는 점을 고려하면, ②의 '숲'과 ④의 '마을'을 어느 특정한 구체적 공간을 지시하는 표현으로 이해하기보다는 삶의 영역으로 파악하는 것이 더 자연스럽다.

이에 따라 ①의 '내'와 ③의 '고개' 역시 추상적 의미로 파악할 필요가 있다. 그렇다면 '마을'로 가기 위해 '넘어'야 할 '고개'는 '세속적 삶' 앞에 가로놓인 험난함으로 읽히며, '숲'으로 가기 위해 '건너'야 할 '내'는 세속과 자연 사이를 가로지르는 일정한 경계로 읽힌다.

결국 이 「새로운길」은 시적 화자가 서 있는 삶의 위치도 아울러 형상화하고 있는 셈이다. 물론 그가 서 있는 위치는 '고개'와 '내'라는 장애에 둘러싸인 세속과 자연의 중간 지대이며, 시적 화자가 다짐하고 있는 새로움이란 이 장애에 대한 극복을 전제로 하고 있는 것이다.

이러한 해석의 결과는 「별똥떨어진데」「종시終始」와 같은 산문에서 표출되고 있는, 윤동주의 현실적 실천을 둘러싼 개인적 고민과 맥을 같이하는 것이며, 나아가 「새로운길」이라는 작품이, 자선 시집 『하늘과 바람과 별과 시』의 다른 작품, 이를테면 자신의 시대적 소명감을 노래하고 있는 「서시」「십자가」 등 일련의 작품과 주제의식을 공유하고 있다는 점을 확인해주고 있는 것이다.

요컨대 퇴고 이전의 형태와 퇴고 이후의 형태를 함께 놓고 시도했던 앞서의 논의를 종합하면, 그가 「새로운길」의 시의 형태를 각 연 4행에서 각 연 2행으로 변경한 것은, 작품의 의미 구조에 대한 '치밀한 고려'에서 불가피하게 기울인 시적 노력의 결과임을 알 수 있다.

따라서 「새로운길」의 1차 텍스트에 그어진 'ｘ'표는 결코 '별 생각 없이' 그어진 것이 아니라고 볼 수 있다.

하기는 오로지 시 하나를 제대로 쓰기 위해서 오랜 기간 부친과 양보 없이 맞선 끝에 마침내 의과나 법과가 아닌 영문학과를 택해 진학했다는 이가 바로 윤동주가 아닌가. 이와 같은 개인사를 감안한다면, 윤동주의 글쓰기는 어느 단계부터 이미 취미 차원의 한가로운 수준을 벗어난 것이었다고 할 수 있다.

그렇다. 그의 퇴고 흔적, 특히 커다랗게 'X'표를 그어 전체 텍스트를 삭제하
고 다시 처음부터 쓰고자 한 흔적은, 그것이 어느 텍스트에 남겨진 것이든 대수
롭지 않은 동기에서 나온 것이라고는 결코 보기 어렵다. 그럼에도 불구하고 『하
늘과 바람과 별과 시』 중판본에는 'X'표로 삭제 지시된 A39 「참새」가 들어와
있다. 비록 이 'X'표로 삭제 지시된 A39의 「참새」가 편집자에게는 더 다듬어
진 것으로 인식되었을지라도, 이 'X'표가 참으로 윤동주가 남긴 퇴고 흔적이
었다면, 편집자는 마땅히 이 'X'표에 담긴 의미를 진지하게 숙고했어야 했다
고 본다.

3-5. 「자상화」와 「자화상」의 경우

『하늘과 바람과 별과 시』의 편집 과정에 대한 의문은 「자화상自畵像」이라는
텍스트를 둘러싸고도 가라앉지 않는다. 이 책 제1편 '원전 확정을 위한 교정·
교감 연구'에서도 이미 지적된 바 있지만, 이 텍스트가 『하늘과 바람과 별과
시』에 들어와 있는 자세는 무슨 연유에서인지 육필 시고의 상태와 상당히 다르
기 때문이다.

이 점을 좀더 구체적으로 지적하자면, 『하늘과 바람과 별과 시』 3판(1981)에
는 이 텍스트가 산문시가 아닌 일반 시의 형태로 실려 있다. 그런데 이 형태는
전체 6연으로 되어 있고, 연별 행수는 '2 - 2 - 2 - 2 - 2 - 3'으로 되어 있다.

문제는 이 형태가 윤동주의 육필 시고 형태와 상당히 다르다는 점이다. 『사진
판』에 수록된 육필 시고의 상태가 모두 6연으로 되어 있다는 점은 3판에 수록된
형태와 같다. 그러나 행의 구분에 있어서는, 2행으로 되어 있는 제3연과 제5연
을 제외하고는, 나머지 연이 모두 3판과 같지 않다. 즉 육필 시고의 형태는 제3,
제5연을 제외하고 모두 행 구분이 되어 있지 않은 산문시의 형태인데, 이는 3판
에 수록된 형태와 상당히 다른 모습이다.

이 점을 확인하기 위해 육필 시고의 사진과 3판에 수록된 형태를 나란히 인
용하면 다음과 같다.

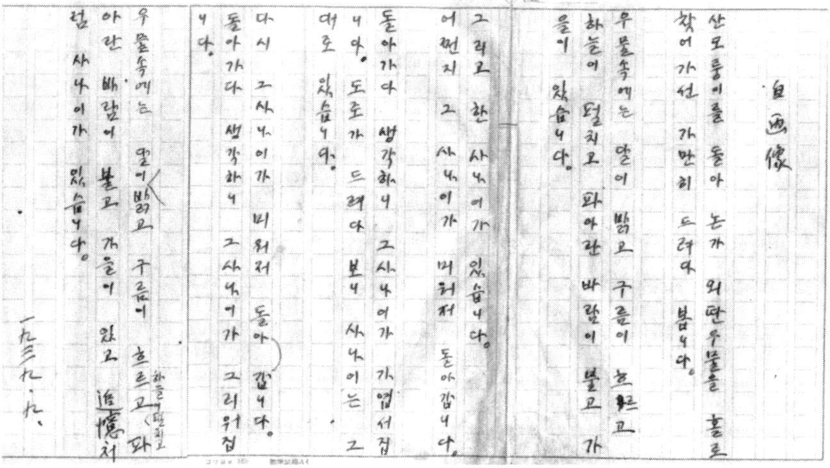

그림 17

자선 시집 『하늘과 바람과 별과 시』에 두번째로 수록되어 있는 산문시 「自畵像」, 『사진판』, pp. 141~42.

01 산모퉁이를 돌아 논가 외딴우물을 홀로 찾아가선

02 가만히 들여다 봅니다.

03

04 우물속에는 달이 밝고 구름이 흐르고 하늘이

05 펼치고 파아란 바람이 불고 가을이 있습니다.

06

07 그리고 한 사나이가 있습니다.

08 어쩐지 그 사나이가 미워져 돌아갑니다.

09

10 돌아가다 생각하니 그 사나이가 가엾어집니다.

11 도로가 들여다 보니 사나이는 그대로 있습니다.

12

13 다시 그 사나이가 미워져 돌아갑니다.

14 돌아가다 생각하니 그 사나이가 그리워집니다.

15

16   우물속에는 달이 밝고 구름이 흐르고 하늘이

17   펼치고 파아란 바람이 불고 가을이 있고

18   追憶처럼 사나이가 있읍니다.

위에서 그대로 확인되듯, 7·8행 부분(제3연)과 13·14행 부분(제5연)만이 육필 원고의 상태와 일치할 뿐이고 나머지는 일치하지 않는다.

결국 산문시의 형태로 된 육필 시고의 형태가 3판으로 옮겨지면서, 연마다 행 구분이 반듯한 일반 시의 형태로 전환된 셈이 되고 만 것이다. 그럼에도 불구하고 윤동주 연구자들은 이 3판에 수록된 형태를 오랜 기간「자화상」의 원전으로 간주해왔다. 그런데 과연 3판에 수록된 형태와 육필 시고의 형태 사이에 가로놓인 이러한 차이점은 무시되어도 좋은 것일까?

이러한 의문에 답하기 위해서 필자는 다소 번거롭지만 부득이「자화상」에 대한 해석을 시도하고자 한다.

우선「자화상」을 해석하기 위한 선행 작업으로『사진판』, pp. 107~08에 수록된 B53「자상화」를 먼저 보기로 하자. 그간「자화상」에 대한 해석을 놓고 연구자들은 다양한 견해를 보여왔고 현재도 그러한 사정은 마찬가지다. 그런데

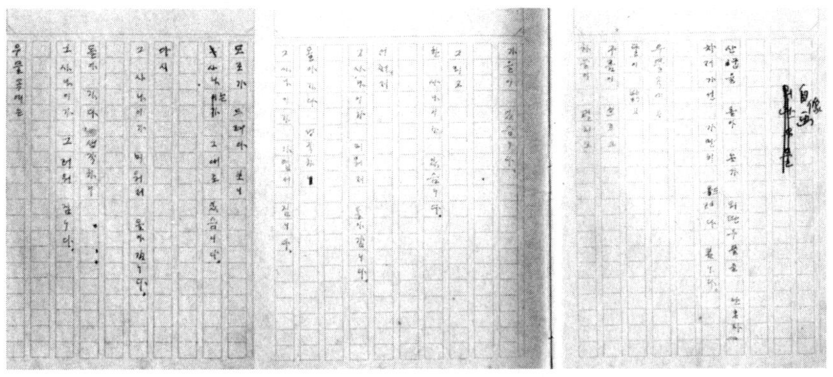

그림 18
두번째 시작 노트 마지막 부분에 수록된 육필 시고「自像畵」,『사진판』, pp. 107~08.

필자가 생각하기에 「자화상」에 대한 이러한 해석의 불일치는 「자화상」의 선행 텍스트 「자상화」가 있다는 사실을 몰랐던 사정도 한 원인으로 작용한 것이 아닐까 생각한다. 실제로 『사진판』이 나오기 이전에는 누구나 『하늘과 바람과 별과 시』에 수록된 텍스트 「자화상」에만 주목할 수밖에 없었던 것이다. 그러나 『사진판』을 통하여 이제 퇴고 이전의 형태인 「자상화」의 존재가 드러났으므로, 「자화상」을 해석하는 데 「자상화」는 이제 피해갈 수 없는 텍스트가 되었다고 판단된다.

어쨌거나 이제 「자상화」라는 유력한 단서가 주어졌으므로 「자화상」을 해석하기 위한 준비 단계로 「자상화」의 육필 시고 상태부터 면밀하게 살펴보기로 하자.

(1연)산굽을 돌아 논가 외딴우물을 단혼자 / 차저가선 가만히 드려다 봅니다.
······㉮

(2연)우물속에는 / 달이 밝고 / 구름이 흐르고 / 하늘이 펼치고 / 가을이 있습니다.
······㉯

(3연) 그리고 / 한 사나이가 있습니다.
······㉰

(4연) 어쩐지 / 그 사나이가 미워저 돌아갑니다.
······㉱

(5연) 돌아가다 생각하니 / 그사나이가 가엽서 집니다.
······㉲

(6연) 도로가 드려다 보니 / 사나이는 그대로 있습니다.

(7연) 다시 / 그사나이가 미워저 돌아갑니다.

(8연) 돌아가다 생각하니 / 그사나이가 그리워집니다.

(9연) 우물속에는
—「자상화」[41] 전문

그러면 다음과 같은 사실이 확인된다.

1) 「자상화」의 원래 제목은 '외딴우물'이었는데 이것이 삭제되고 '자상화'로

---

[41] 사진을 보면 원제목 '외딴우물'이 삭제된 후 제목이 '자상화'로 교체되었음을 알 수 있다. 텍스트의 '㉮ ㉯ ㉰······' 표시는 논의의 편의를 위하여 필자가 붙였음.

교체되었다는 점을 퇴고의 흔적을 통하여 확인할 수 있다.

이러한 사실은 「자상화」에 들어 있는 '우물'이 시상의 원천으로 작동했고, 글쓰기의 중핵으로서 이미 초점화되었음을 시사해주는 것이다.

그런데 「자상화」속에서 '우물'은 거울의 대용물로 기능하고 있다. 하긴 거울이라는 모티프는 이미 동서고금의 문학 텍스트 속에서 널리 사용되어온 것이기도 하다. 그리고 그것은 별다른 사정이 없는 한, 동화 「백설공주」속에 나오는 말하는 거울처럼, 문학 텍스트 속에서 자의식의 상징으로 사용된다.[42]

이런 관점에서 생각하면, 원제목 '외딴우물'로 '우물'을 부각시키려 한 것이나, 본문 시작 부분에서 '산굽을 돌아 논가 외딴' 곳이라는 비일상적인 장소로 구태여 그 위치를 한정한 것 모두가, 이 '우물'의 의미를 일상적 맥락으로부터 분리하여 특수화시키려는 글쓰기의 전략으로 볼 수 있다.[43]

2) 다음으로 눈에 들어오는 사실은 「자상화」의 특이한 형태이다. 물론 「자상화」는, 산문시의 형태로 변경된 「자화상」과는 달리, 행 구분이 가지런한 일반시의 형태를 취하고 있다는 점에서 일견 평범해 보인다. 모두 8연으로 되어 있고 각 연별 행 배치가 '2-5-2-2-4-2-2-1'과 같이 되어 있는 것이 그리 특이할 것이 없어 보이는 것이다. 그러나 이를 몇 개의 의미 단위로 분절하여 관찰하면, 이 형태는 의미론적으로 반복적인 구조를 취하고 있음을 알 수 있다.

그렇게 볼 수 있는 근거는 이렇다. 「자상화」의 앞부분에서 연의 형태로 배치된 ㉮에서 ㉺까지를 각각 작은 분절 단위로 간주한 후, 이 모두를 묶어 하나의 큰 단위로 보면, 「자상화」는 전체적으로 '㉮ → ㉯ → ㉰ → ㉱ → ㉲'라는 큰 단위가 반복되는 구조라는 점이다.

이제 1)과 2)에서 확인된 사항, 즉 「자상화」의 '우물'이 자의식의 상징이라

---

[42] 말하는 거울은 단순한 생활의 도구가 아니다. 실은 백설공주에게 열패감과 질투를 느끼고 있는 왕비의 자의식 그 자체인 것이다.

[43] 일상적 우물은 원래 일상생활과 밀접한 시설이므로 가급적 주거 공간과 가까운 곳에 있어야 한다. 따라서 '외딴우물'임을 내세우거나 '산굽을 돌아 논가 외딴' 장소에 있다는 것을 강조하는 것은 결국, 「자상화」라는 텍스트 안에서만큼은, 이 '우물'이 예사 우물이 아니라는 것을 일깨우려는 의도라고 볼 수 있는 것이다.

는 점에 유념하면서 이 큰 반복 단위를 다시 음미해보기로 하자. 그러면 '㉮ →
㉯ → ㉰ → ㉱ → ㉲'의 연쇄는 ,

　　㉮ - '우물로 접근'/자성적 의식 상태의 조성
　　㉯ - '우물에 비친 풍경'을 바라봄/자신이 처해 있는 상황을 확인함
　　㉰ - '풍경에 중첩된 자신'을 바라봄/자신의 현실적 위상을 확인함
　　㉱ - '우물을 떠남'/자기 혐오
　　㉲ - '우물 쪽으로 돌아섬'/자기 연민

과 같이 되므로, '㉮~㉲'의 연쇄는 표면적으로 '외딴 우물' 부근에서 순차적으
로 벌어지는 일련의 행동을 스스로 고백한 것이 되지만, 그것은 동시에 시적 자
아의 심리적 추이를 함축하고 있는 것이기도 하다. 또한 이는 결국 시간적 질서
에 따른 서사적 연쇄의 형태로 파악되기도 한다.
　이러한 관점으로 「자상화」를 전체적으로 바라보면, '6연 → 7연 → 8연' 역시
'㉮ → ㉯ → ㉰ → ㉱ → ㉲'와 대등한 단위가 됨을 알 수 있다. 즉 '6연 → 7연
→ 8연'은, '(㉮ → 생략된 ㉯ → ㉰) → (㉱) → (㉲)'의 구조로 파악된다. 다시
말해서, 「자상화」의 제6연은, 큰 단위의 기계적인 반복을 피하기 위해, '㉯를 생
략하고 ㉮와 ㉰를 묶은 형태'로 볼 수 있다는 것이다.
　이렇게 볼 경우, 두 번에 걸친 '㉮ → ㉯ → ㉰ → ㉱ → ㉲'의 반복 중에서 어
떤 의미 요소가 강조되고 있는지를 확인하면, 시적 화자가 자기 혐오와 자기
연민이라는 대립적 정서 사이에서 오갈 수밖에 없는 단서가 얻어질 가능성이
높다. 텍스트 해석의 경험에 비추어볼 때, 반복 구조를 취하고 있는 텍스트의
해석이 이러한 과정을 통하여 이루어지는 경우는 그리 드문 경우가 아니기 때
문이다.
　편의상 앞의 반복 단위를 '㉮1 → ㉯1 → ㉰1 → ㉱1 → ㉲1'이라고 하자. 그
리고 두번째로 반복되는 것을 '㉮2 → ㉯2 → ㉰2 → ㉱2 → ㉲2'라고 하자. 이
렇게 놓으면 두 반복 단위에 대한 대조 작업은,

〔㉠1: ㉠2〕→〔가만히 들여다봄: 도로 가 들여다봄〕
〔㉡1: ㉡2〕→〔우물에 비친 풍경의 확인: (생략: 동일한 풍경임)〕
〔㉢1: ㉢2〕→〔한 사나이가 있음: 그 사나이는 그대로 있음〕
〔㉣1: ㉣2〕→〔그 사나이가 미워짐: 다시 그 사나이가 미워짐〕
〔㉤1: ㉤2〕→〔가엾어짐: 그리워짐〕

과 같은 형태가 될 것이다. 하지만 불행히도 위의 대조로는 별 특이 사항이 발견되지 않는다.

그래서 이번엔 같은 방법을 최종 텍스트인 「자화상」에다 적용시켜보기로 한다.

㉠ 산모퉁이를 돌아 논가 외딴우물을 홀로 찾어가선 가만히 드려다 봅니다.(1연)
㉡ 우물속에는 달이 밝고 구름이 흐르고 하늘이 펼치고 파아란 바람이 불고 가을이 있습니다.(2연)
㉢ 그리고 한 사나이가 있습니다.(3-A연)
㉣ 어쩐지 그 사나이가 미워저 돌아갑니다.(3-B연)
㉤ 돌아가다 생각하니 그사나이가 가엽서집니다.(4-A연)
도로가 드려다 보니/사나이는 그대로 있습니다.(4-B연)
다시 그사나이가 미워저 돌아갑니다.(5-A연)
돌아가다 생각하니 그사나이가 그리워집니다.(5-B연)
우물속에는 달이 밝고 구름이 흐르고 하늘이 펼치고 파아란 바람이 불고 가을이 있고(6-A연)
追憶처럼 사나이가 있습니다.(6-B연)   ―「자화상」 전문[44](1939. 9)

앞서 「자상화」에서 취한 것과 같이, '㉠ → ㉡ → ㉢ → ㉣ → ㉤' 라는 큰 단위가 반복되는 구조라는 관점을 그대로 유지하면서 위에 제시한 「자화상」을 들

---

44 ㉠ ㉡ ㉢……의 표시는 논의의 편의를 위하여 필자가 붙였음.

여다보면, 「자상화」에서는 '㉮ → ㉯ → ㉰ → ㉱ → ㉲' 라는 큰 단위가 무려 세 차례나 반복되고 있는 것을 확인할 수 있다. 즉,

반복 횟수	㉮	㉯	㉰	㉱	㉲
1	1연	2연	3-A연	3-B연	4-A연
2	4-B연(앞)	생략	4-B(뒤)	5-A연	5-B연
3	생략	6-A연	6-B연	(생략)	(생략)

이것을 앞에서처럼 항목별로 대조해보자. 그러면 ㉮ ㉯ ㉱ ㉲는 대응하는 항목 간 생략이 있는 데 비해 ㉰의 경우는 '3-A연 : 4-B(뒤) : 6-B연'처럼 대응 항목 간 생략됨이 없음을 확인할 수 있다.

누구나 알고 있는 바와 같이, 시의 리듬이란 것은, 같거나 유사한 소리 또는 의미 단위가 반복되는 데서 일차적으로 생겨나게 마련이지만, 리듬감이 강하게 형성되는 것은 이러한 반복에 적당한 변화가 보태어질 때이다.[45]

그리고 민요의 경우에서 흔히 보듯, 단조로운 반복을 피하기 위해 흔히 채택되는 수법은, 똑같은 내용을 되풀이해야 할 경우 이를 생략해버리는 것이다.

그러니까 이를 역으로 생각하면, 되풀이되는 단위에서 생략이 감행되는 경우는, 그 단위의 내용이 사실상 똑같기 때문이다.

위 도표에 「자화상」의 해당 내용을 대입하면 이 점이 잘 드러난다.

㉮	1연	…… 드려다 봅니다.
	4-B연/앞	…… 드려다 보니 ……
	생략	—

㉯	2연	우물 속에는 달이 밝고 ……… 가을이 있습니다.
	생략	—
	6-A연	우물 속에는 달이 밝고 ……… 가을이 있고

---

45 가령 다음과 같은 차임벨 소리를 가정해보자. '① 딩딩딩 딩딩딩 / ② 딩댕동 딩댕동 / ③ 딩댕동 댕딩동' 위의 예에서 리듬감이 가장 강하게 느껴지는 것은 단연 ③의 경우인데, 단조로운 반복을 피하고 있기 때문이다.

	3-B연	……… 사나이가 미워저 돌아갑니다.
㉣	5-A연	……… 그 사나이가 마워저 돌아갑니다.
	생략	—

	4-A연	…… 그 사나이가 가엽서집니다.
㉤	5-B연	…… 그 사나이가 그리워집니다.
	생략	—

그런데 이와는 달리, 대응하는 항목 간 생략이 없는 ㉥를 보면, 이 단위의 반복에 의미심장한 변화가 가미되고 있음을 확인할 수 있다.

	3-A연	사나이가 **있습니다.**
㉥	4-B연/뒤	사나이는 **그대로 있습니다.**
	6-B연	**追憶처럼** 사나이가 **있습니다.**

한데 ㉥ 단위의 반복에 보태어진 이러한 변화야말로, 앞서 기대한 바와 같이 「자화상」이라는 텍스트의 의미 구조를 이해하는 데 중요한 실마리를 제공해준다. 즉 ㉥의 반복에 개입된 변화는 시적 화자가 '사나이(자기 자신)'에 대해서 가지는 상호 대립적인 이중적 감정, 즉 갈등을 이해할 수 있는 근거를 제공해주고 있다는 것이다.

좀더 구체적으로 말하자면 시적 화자가 자기 자신을 한편으로 미워하면서도, 또 다른 한편으로 가엾게 여기거나 그리워하고 있는 이유는 바로 다음과 같이 반복되는 진술에 주목해야 비로소 이해될 수 있는 것이다.

있습니다. ⇨ 그대로 있습니다. ⇨ 追憶처럼 …… 있습니다.

그렇다. 시적 자아가 우물 속에서 보고 있는, '달이 밝고 구름이 흐르고 하늘이 펼치고 파아란 바람이 불고 가을이 있는' 풍경이 두려운 시대 상황의 상징적 표현이라면, 시적 자아는 그 두려운 시대 상황 속에 감금된 채 '그대로' 있는 자신, 심지어는 추억처럼 화석화된 자신이 밉기도 하고 가엾기도 한 것이다.

험난한 시대 현실 속에서 살아가는 윤동주 자신의 삶이 구체적 실천과 유리되어 있다는 자괴감은 윤동주 후기의 시를 지배하고 있는 정서이다. 이 자괴감이 자기 연민과 한 덩어리로 엉켜 「자화상」이라는 시에서도 표출되고 있는 것이다.

이상의 해석 과정에서 확인할 수 있듯, 시대 상황에 감금된 자신에 대한 연민과 혐오라는 주제가 반복 구조를 통해 형상화하기 위해서는, 앞서 검토한 바와 같이, '㉮ → ㉯ → ㉰ → ㉱ → ㉲'라는 큰 단위가 세 차례 이상 반복될 필요가 있다.

그런데 문제는 이러한 반복 내용을, 시행이 정연하게 구분되는 일반 시의 형태에 담으려 할 경우, 시의 형태가 너무 장황해질 위험이 크다는 것이다. 따라서 이러한 점을 감안하면, B53 「자상화」가 『사진판』, p. 108에서 마무리되지 못한 채 중단되고 만 사정은 충분히 이해될 수 있는 일이다. 또한 이 텍스트가 D2 「자화상」으로 퇴고 · 이기되면서 어쩔 수 없이 산문시의 형태를 취하게 된 사정도 같은 맥락에서 충분히 수긍이 가는 것이다.

요컨대 텍스트의 발생 과정이라는 관점에서, 최초 텍스트 「자상화」와 수정 텍스트 「자화상」을 나란히 놓고 들여다볼 경우, D2 「자화상」이 산문시의 형태를 취하게 된 것은 필연이라는 것이다.

그럼에도 불구하고 3판에 수록된 텍스트의 형태는 무슨 까닭에선지 육필 시고가 취하고 있는 산문시의 형태를 기피하고 일반 시와 같은 형태를 취하고 있다. 추측건대 3판의 편집자는 무언가 산만해 보이는 육필 시고의 형태를 바꾸어 가지런한 일반 시의 형태로 제시해보려는 의도를 가졌던 것이 아니었나 생각된다. 만약 이러한 추측이 사실이라면, 비록 호의에서 나온 결과라 할지라도 이 역시 제3자에 의한 텍스트 왜곡이라고 볼 수밖에 없다.

아울러 그러한 시도는 결과적으로 성공적이지 못했다고 평가할 수 있다. 왜냐하면, 「자화상」이 육필 시고의 형태를 벗어나 3판에서와 같은 일반 시의 형태로 바뀐 결과, 행 구분 없이 담겨야 할 내용에 행 구분이 억지로 감행된 셈이 되어, 텍스트 전체가 형태상 대단히 애매해지고 말았기 때문이다.

4. 육필 초고 첨삭 부분

4-1. 「별 헤는 밤」[46]의 경우

4-1-1. 텍스트 형성 과정의 서지적 상황에 대한 고찰

윤동주의 시 중 비교적 널리 애송되고 있는 이 작품에 대해서는 윤동주 연구
자들이 아직 이렇다 할 이의를 제출하고 있지 않다. 그러나 필자는 이 작품의
원전 확정 문제가 언젠가는 한번쯤 윤동주 연구자들 사이에서 거론되어야 한다
고 판단해왔다. 필자의 이러한 판단은 우선 다음에 인용한 바와 같은 고 정병욱
교수의 진술에 근거를 둔 것이다.

〔㉠ 그는 이토록 신중하게 마음 속에서 시를 가다듬었기 때문에 한 마디의 시
어 때문에 몇 달씩 고민하기도 했었다.

㉡ 유명한 「또 다른 고향」에서 "어둠 속에서 風化作用하는 / 백골을 들여다보
며 ……" 하는 데서 '풍화작용'(風化作用)이란 말을 써 놓고 그것이 시어(詩語)
가 못된다고 해서 매우 불만족해 했었다. 그러나 다른 말로 고칠 수 있는 적당한
말을 찾지 못해 그대로 두었지만 끝끝내 만족하지 않았다.

---

46 『사진판』의 네번째 묶음(D)인 자선 시집, 『하늘과 바람과 별과 시』에 마지막(19번째)으로 기록된
작품이다.(pp. 164~66) 『하늘과 바람과 별과 시』의 초판(1948)부터 실린 바 있다.

ⓒ 그래서 시어란 새로 만들어 내는 것이지 이미 있는 말만 쓰는 것이 꼭 정도
는 아니지 않겠느냐는 나의 충고에도

ⓔ 그는 마음을 놓지 않았었다.](여기까지의 언급을 '인용 1' 이라고 하자 — 필자)

〔그렇다고 그는 자기의 작품을 고집하거나 집착하지는 않았다.〕

(여기까지의 언급을 '인용 2' 라고 하자 — 필자)

〔① 「별 헤는 밤」에서 그는, "따는 밤을 새워 우는 벌레는/부끄러운 이름을 슬
퍼하는 까닭입니다."로 첫 원고를 끝내고 나에게 보여 주었다.

② 나는 그에게 넌지시 "어쩐지 끝이 좀 허한 느낌이 드네요." 하고 느낀 바를
말했었다.

③ 그 후 현재 시집의 제1부에 해당하는 부분의 원고를 정리하여 「서시」까지 붙
여서 나에게 한 부를 주면서 "지난번 정형이 「별 헤는 밤」의 끝부분이 허하다고
하셨지요. 이렇게 끝에다가 덧붙여 보았읍니다" 하면서 마지막 넉 줄, 즉 "그러나
겨울이 지나고 나의 별에도 봄이 오면/무덤 위에 파란 잔디가 피어나듯이/내 이
름자 묻힌 언덕 위에도/자랑처럼 풀이 무성할 게외다."를 더 적어 넣어주는 것이
었다.

④ 내 말을 듣고 이 마지막 넉 줄을 덧붙인 것이 과연 이 시를 살렸는지 또는
사족이 되게 하였는지는 독자들이 판단할 일이려니와 ⑤ 나의 하찮은 충고에도
귀를 기울여 존중할 줄 아는 태도란 시인으로서는 매우 어려운 일이라는 것을 생
각할 때에 동주의 그 너그러운 아량에 다시금 머리가 수그러지고 존경하는 마음
이 새삼 우러나게 된다.]⁴⁷ (이상 이 부분을 '인용 3' 이라고 하자 — 필자)

이상 정병욱 교수의 언급을 장황하게 인용하게 된 것은, 이 증언이 이 작품의
원전 확정에 있어 반드시 짚고 넘어가야 할 부분으로 생각되는 마지막 부분(현

---

47 정병욱, 「잊지 못할 윤동주의 일들」, 『나라사랑』 제23집, 1976, pp. 139~40. ……ⓐ~ⓔ 및 ①~
⑥은 논의의 편의를 위해 필자가 임의로 붙인 번호임. 이 글은 일부 손질되어 고등학교 국어 교과서
에도 수록된 바 있어 많은 이들이 이미 그 내용을 알고 있다.

재 제10연으로 알려진 부분)의 위상을 가늠하는 데 있어 중대한 단서를 제공하고 있다고 보이기 때문이다. 이를 다시 바꾸어 말하면, 위에 인용한 고 정병욱 교수의 진술〈'인용 1''인용 2''인용 3'〉은, 필자가 보기에「별헤는밤」이라는 텍스트가 생성되는 과정을 증언하고 있는 매우 중요한 진술이며, 따라서 이 텍스트의 원전이 어디까지인지를 판단할 수 있게 하는 유력한 서지적 증거로 보인다는 것이다.

이와 같은 판단의 타당성부터 검토하기 위해서라도 이제 앞서 인용한 정병욱 교수의 진술〈'인용 1''인용 2''인용 3'〉을 분석해보기로 하자.

우선 '인용 1'의 ㉠~㉣ 부분은 윤동주의 시쓰기가 얼마나 엄격하고 철두철미한 것인지를 들려주는 귀한 증언이다. 이 증언의 내용을 다시 음미해보면,

A1) 한마디의 시어 때문에 몇 달씩 고민한 적이 있다.(㉠ 부분)

A2)「또 다른 고향」의 '풍화 작용'을 놓고 고민한 것이 그러한 예다.(㉡ 부분)

B) 지기인 정병욱 교수가 방법을 달리해보라고 충고를 했다.(㉢ 부분)

C) 윤동주가 이 충고를 듣지 않았다.(㉣ 부분)

와 같이 정리되는데, 'A(A1+A2) → B → C'와 같은 추이는 윤동주가 시적 모색 과정(즉, 시어의 선택 과정)에서, 생각을 바꾸어보라는 정병욱 교수의 충고를 따르지 않은 사례가 된다.

한편 '인용 3'을 같은 방식으로 정리하면 다음과 같이 된다.

M)「별헤는밤」을 완성하고(M1), 지기에게 보여주었다(M2).(① 부분)

N) 지기인 정병욱 교수가 불만을 표시했다.(＝작품의 수정을 요청했다.)(② 부분)

O) 윤동주가 이 불만을 수용했다.(③부분)

그런데 이 'M → N → O'의 추이는, 앞서 'A → B → C'의 경우와는 달리, 윤동주가 시적 모색 과정에서 지기인 정병욱의 충고를 흔쾌히 수용한 사례가

된다.

그렇다면 '인용 1'과 '인용 2'에 진술되고 있는 윤동주의 행동은 논리적으로 볼 때 상충된다는 혐의를 피할 수 없다. 더욱이 이 논리적 상충은 그냥 무시해도 좋을 만큼 간단한 것이 아니라는 점도 문제다. 앞서의 분석을 좀더 심화시켜 보기로 하자.

'인용 1'을 다시 정리한 내용 중, A(A1＋A2)는 윤동주 스스로가 자신의 텍스트에 불만을 가지고 있었다는 점을 명백히 보고하고 있다. 그런데 '인용 3'을 정리한 첫 부분 M(M1＋M2)은, 이 상황이 A의 경우와는 달리 윤동주에게는 매우 만족스러운 것이었다는 의미로 이해된다.[48]

결국 A와 M은, 시적 노력이 길어올린 잠정적 성취감이라는 측면에서, 서로 대립적인 상황이었다고 할 수 있다. 그럼에도 불구하고 A(시에 대한 불만)는 C(조언의 거부)로 귀결되었고, M(시에 대한 만족)은 O(조언의 수용)로 귀결되었다. 이를 다시 정리하면,

'인용 1'에 나타난 윤동주의 태도: A(불만) → B(정병욱의 조언) → C(거부)
'인용 3'에 나타난 윤동주의 태도: M(만족) → N(정병욱의 조언) → O(수용)

와 같이 된다. 이는 사리에 맞지 않는다. 우리가 보통 사람의 행동에서 흔히 관찰할 수 있는 바로는,

불만스러운 결과 → (변화를 시도해보라는) 지기의 조언 → 수용
만족스러운 결과 → (변화를 시도해보라는) 지기의 조언 → 거부

와 같은 경우가 보다 일반적이기 때문이다.

---

48 지기에게 보여줄 정도였다(M2)는 것은, 스스로에게 매우 엄격했던 윤동주의 성격으로 보아, 9연의 형태로 완성된 「별헤는밤」(M1)이 스스로에게도 매우 만족스러웠다는 의미로밖에는 이해되지 않는다.

더구나 윤동주가 어떤 사람인가? 위에 인용한 정병욱 교수 자신의 증언에 따르면, 그는 "한마디의 시어 때문에 몇 달씩 고민하기도 했었다"는 사람이다. 이 증언이 사실이라면 윤동주는 시적 모색과 노력에 관한 한 스스로 타협의 여지를 두지 않았던 사람으로 보인다.

그렇다면 이와 같이 성격이 분명했던 동일 인물에 대해 똑같은 보고자가 진술한 내용임에도 불구하고, 논리상 서로 상충되는 '인용 1'과 '인용 3'의 보고 내용을 어떻게 이해해야 할 것인가. 그뿐이 아니다. 『사진판』에 수록되어 있는 실체적 증거들 역시 윤동주의 시적 추구가 일관된 것이었음을 증언하고 있어, 이러한 불일치를 더욱 이해할 수 없게 하고 있다.

그럼에도 불구하고 '인용 1' 및 '인용 3'과 같은 구체적 사례를 예로 들면서, 고 정병욱 교수가 오랜 지기였던 윤동주의 시적 자세를 평가하여,

그는 자기의 작품을 고집하거나 집착하지는 않았다.

라고 한 발언('인용 2')은 아무래도 신빙성이 적어 있어 보인다. 도대체 무엇이 잘못된 것일까? 앞서 말한 바와 같이, 『사진판』의 여러 증거들은 누가 보기에도 한눈에 윤동주의 시쓰기가 매우 집요하면서도 일관된 것이었음을 웅변하고 있다. 그렇다면 아무래도 '인용 2' 쪽에 무언가 오해가 있어 보인다.

물론 평가적 발언인 '인용 2'는, '인용 1' 및 '인용 3'과 같은 구체적 사례 없이는 성립될 수 없다. 따라서 '인용 2'가 그릇된 인식의 결과라면, 이의 논리적 바탕이 되는 '인용 1' 및 '인용 3'의 진술 내용 중 어느 하나는 오류를 안고 있다고 볼 수밖에 없다.

그런데 이 대목에서 다시 한번 확인해둘 점은, 『사진판』이 보여주는 실체적 증거들과 '인용 1'의 진술 내용이 상당 부분 부합된다는 점이다. 이 점이 의문스러우면 『사진판』의 수많은 육필 시고와 무수한 퇴고 흔적을 들추어보라. 『사진판』에 담긴 무수한 흔적은 윤동주가 그의 시작 생활 초기(1934)에서부터 마지막 시기(1942)까지 조금도 흔들림 없이 시적 추구를 계속해왔다는 점을 묵묵히 증언하고 있다. 그만큼 감동적이다.

더구나 이 「별헤는밤」이 완성된 시기가 1941년 11월 5일이라는 점 역시 그냥 지나칠 수 없는 대목이다. 유가족 및 친지의 증언으로 이미 널리 알려진 것처럼 이 시기는 윤동주가 연희전문 졸업을 앞두고 자선 시집 『하늘과 바람과 별과 시』의 출간을 결심하고 있을 무렵이다. 그렇다면 이 즈음의 윤동주가 어떤 심리적 상태에 있었을지 잘 알 수 있다. 시 쓰는 사람으로서, 자신의 시집 출간을 앞둔 시기만큼 자기 시에 대해 진지한 태도를 지닐 때는 달리 없을 터이다.

이상과 같은 서지적 정황의 지지를 받게 되면, 앞서 필자가 행한 바와 같은 다소 번거로운 추리와 분석은 결국 한 가지 결론으로 이어질 수밖에 없는 것이다. 필자의 추리가 무리스러운 것이 아니라면, 위에 인용한 고 정병욱 교수의 진술 중 '인용 3' 부분에는 무언가 일부 오해가 내포되어 있는 듯이 보인다.

그런데 '인용 3' 부분의 진술이 무언가 오해를 포함하고 있다면, 그것은 과연 무엇일까? 이 단계에서 다음과 같은 '인용 3' 부분을 다시 한번 차분하게 음미해보기로 하자.

① 「별 헤는 밤」에서 그는, "따는 밤을 새워 우는 벌레는/부끄러운 이름을 슬퍼하는 까닭입니다."로 첫 원고를 끝내고 나에게 보여주었다.

② 나는 그에게 넌지시 "어쩐지 끝이 좀 허한 느낌이 드네요." 하고 느낀 바를 말했었다.

③ 그 후 현재 시집의 제1부에 해당하는 부분의 원고를 정리하여 「서시」까지 붙여서 나에게 한 부를 주면서 "지난번 정형이 「별 헤는 밤」의 끝부분이 허하다고 하셨지요. 이렇게 끝에다가 덧붙여 보았읍니다" 하면서 마지막 넉 줄, 즉 "그러나 겨울이 지나고 나의 별에도 봄이 오면/무덤 위에 파란 잔디가 피어나듯이/내 이름자 묻힌 언덕 위에도/자랑처럼 풀이 무성할 게외다."를 더 적어 넣어주는 것이었다.

④ 내 말을 듣고 이 마지막 넉 줄을 덧붙인 것이 과연 이 시를 살렸는지 또는 사족이 되게 하였는지는 독자들이 판단할 일이려니와,

⑤ 나의 하찮은 충고에도 귀를 기울여 존중할 줄 아는 태도란 시인으로서는 매우 어려운 일이라는 것을 생각할 때에 동주의 그 너그러운 아량에 다시금 머리가

수그러지고 존경하는 마음이 새삼 우러나게 된다.

　이상 다시 펼쳐놓은 '인용 3' 부분 중, 일단 ④ ⑤ 부분에 대해서는 판단을 보류하겠다. 왜냐하면 ④ ⑤ 부분이 보고하고 있는 내용은, '① → ② → ③'에 대한 필자의 주관적 해석, 그리고 이 해석을 받아들인 다음의 평가적 진술로 구성되어 있기 때문이다. 따라서 '인용 3' 부분 전체의 사실 관계를 살펴봄에 있어서는, 순서상 '① → ② → ③'의 다음으로 미루어질 수밖에 없기 때문이다. 다시 말해서, '① → ② → ③'에 대한 사실 관계가 먼저 검토되고, 그 결과 '① → ② → ③'에서 보고되고 있는 윤동주의 행위가 '내 말을 들은 결과'라는 점이 '움직일 수 없는 객관적 사실'로서 승인된 다음에라야만 그 타당성이 검토될 수 있는 발언이기 때문이다.

　그런데 과연 정병욱 교수의 "① → ② → ③'은 '내 말을 받아들인 것'"이라는 해석을 객관적 사실로서 받아들여도 되는 것일까?

　이 물음에 답하기 위해서 '① → ② → ③'을 좀더 면밀히 검토하기로 하자. 우선 ①과 ②는 '이미 이루어진 객관적 사실에 대한 보고'로 받아들일 수 있다. 그러므로 이제 검토의 대상으로 남는 것은 ③뿐이다.

　그런데 문제는 이 ③의 보고가 모호하여 더 이상의 추리를 허용하지 않는다는 점에 있다. 우선 ③의 보고를 다음과 같이 정리해놓은 다음 이를 검토해보기로 하자.

　③/1 그 후 현재 시집의 제1부에 해당하는 부분의 원고를 정리하여 「서시」까지 붙여서 나에게 한 부를 주었다.

　③/2 (그러면서 윤동주가) "지난번 정형이 「별 헤는 밤」의 끝부분이 허하다고 하셨지요. **이렇게 끝에다가 덧붙여** 보았읍니다"라고 말했다.

　③/3 (그러면서) **마지막 넉 줄**, 즉 "그러나 겨울이 지나고 나의 별에도 봄이 오면/무덤 위에 파란 잔디가 피어나듯이/내 이름자 묻힌 언덕 위에도/자랑처럼 풀이 무성할 게외다."를 **더 적어 넣어주는 것이었다.**

이 중 '③/1' 부분은 '이미 이루어진 객관적 사실에 대한 보고'로 볼 수 있고 따라서 이 '사실'에 대해서는 추후에 다시 이를 논의할 수도 있을 것이므로[49] ③의 사실 관계 판단에 주력하고자 하는 현재의 논의 과정에서 잠시 제쳐놓아도 무방할 것이다.

그러나 '③/2' 및 '③/3' 부분은 사정이 다르다. '③/2'에 담겨 있는 '윤동주의 발언'과, '③/3'에 담겨 있는 '정병욱의 보고'가 의미상 혼선을 빚고 있어 사실 관계의 판단에 미묘한 난관을 조성하고 있기 때문이다. 즉,

③/2 "……**이렇게 끝에다가 덧붙여 보았읍니다**"라고 말했다.
③/3 **마지막 넉 줄 ……을 더 적어 넣어주는 것이었다.**

에서 확인되는 바와 같이 '(윤동주가) 마지막 넉 줄을 (원래 텍스트에) 넣었다'는 행위에 대한 보고를 놓고, 그 (행위) 시점과 관련하여 두 진술이 묘하게 엇갈리고 있어, 과연 「별헤는밤」의 원래 텍스트에 새로운 내용을 추가한 이 행위가 과연 언제 이루어진 것인가에 대한 판단을 어렵게 하고 있다.

어떤 사람에게는 이 '넉 줄'의 추가가 언제 이루어졌느냐는 문제가 그다지 중요하지 않다는 생각이 들지도 모르겠다. 그러나 「별헤는밤」의 원전을 확정하고자 하는 필자에게 이 물음은 대단히 중요한 의미를 갖는다.

왜냐하면 윤동주의 이러한 행위가, 현재 시제로 표현되고 있는 '③/3'의 진술과 같이, 자선 시집(『하늘과 바람과 별과 시』)이 윤동주로부터 정병욱 교수에게 건네어지는 시점에서 동시에 이루어진 것이라면, 윤동주의 이 행위는 통상적인 퇴고가 아니라는 판단으로 연결될 수 있기 때문이다. 그렇게 되면 이는 윤동주의 지기인 정병욱 개인에 대한 개별적 배려로 해석될 수밖에 없다. 그러나 안타깝게도 '③/2' 및 '③/3' 부분에 보이는 진술상 모호함은 이 문제에 대한 명확한 판단을 더 이상 허용하고 있지 않다.

---

[49] 이 논의는 물론 결국 윤동주가 정병욱에게 개인적으로 건넨 이 자선 시집의 서지적 자격에 관한 것이 될 수밖에 없을 것이다. 그러나 이에 대한 논의는 잠시 뒤로 미루기로 한다.

「별헤는밤」의 원래 텍스트에 '넉 줄을 덧붙인' 윤동주의 행위가 과연 정병욱 교수의 인식과 같이 통상적인 퇴고인가? 아니면 이 「별 헤는 밤」의 끝부분이 허하다'고 불만을 토로한 바 있는 자신의 지기에게 베풀어준 개인적 차원의 호의적 행동인가? 이 문제에 대한 판단은 곧 윤동주의 텍스트 「별헤는밤」의 원전 확정과 직결되는 문제가 아닐 수 없다.

일반적으로 문학 텍스트의 원전 확정 문제가 대두될 경우, 연구자들은 텍스트가 생성되던 당시의 텍스트 생산자의 의도, 즉 그가 어떤 의도를 가지고 창작에 임했는가를 추궁하게 마련이다. 텍스트 생산자의 의도야말로 원전 확정의 핵심적 기준이 아닐 수 없기 때문이다. 따라서 원전을 확정하고자 하는 연구자들의 입장에서는, 텍스트 생산자의 의도를 파악할 수 있는 유력한 서지적 증거의 확보가 무엇보다도 중요하다.

따라서 「별헤는밤」의 원전을 확정하려면 물론 이 텍스트 말미에 추가된 '넉 줄'의 자격이 규명되어야 하고, 이를 위해서는 이 '넉 줄'을 덧붙인 윤동주의 의도를 파악하는 일이 무엇보다 중요하다.

한데 이 점에 관한 한 정병욱 교수의 인식은 확고하다. 즉 「잊지 못할 윤동주의 일들」을 통해 그가 내비치고 있는 인식은, 「별헤는밤」 말미에 넉 줄을 덧붙인 윤동주의 행동은, '(이 작품의 끝이 허하다고 지적한) 내 말을 (윤동주가) 받아들인' 결과이다. 따라서 정병욱 교수의 인식 속에서는 윤동주의 이 행동이 명백히 '시인 자신이 (최초 독자의 조언에 따라) 텍스트의 의미 구조를 수정한' 통상적 퇴고 행동인 셈이 된다. '인용 3'을 구성하고 있는 ④⑤ 부분의 진술을 보라.

④ 내 말을 듣고 이 마지막 넉 줄을 덧붙인 것이 과연 이 시를 살렸는지 또는 사족이 되게 하였는지는 독자들이 판단할 일

이처럼 말하고 있는 정병욱 교수의 인식 속에는, 원래 텍스트에 넉 줄을 덧붙인 윤동주의 행동이, '시인 자신이 스스로 텍스트를 수정한 명백한 퇴고이다'라

는 판단이 분명히 들어 있는 것이다. 그러기에

　　⑤ 하찮은 충고에도 귀를 기울여 존중할 줄 아는 태도란 시인으로서는 매우 어려운 일

이라고 하면서 윤동주의 너그러운 인품을 예찬하기까지 한 것이다.

「별헤는밤」의 원전 확정 작업을 둘러싸고 있는 사정은 이렇듯 간단하지 않다. 게다가 문제는 지금까지의 논의만 가지고서는 텍스트 생산자인 윤동주의 의도를 충분히 파악했다고 아무도 주장할 수 없다는 점에 있다.

그렇기는 하지만, 만약 윤동주가 새로 넉 줄을 ‘덧붙인’ 행동이 지기인 정병욱을 위한 개별적 배려에서 비롯된 것이었다는 점이 몇 가지 근거를 바탕으로 드러난다면 어떤 결론을 내려야 할까?

두말할 필요조차 없이, 1차 완성된 텍스트에 문제의 ‘넉 줄’을 추가한 작업은 통상적인 퇴고 과정이 아닌 것이 되고, 새로 추가된 ‘넉 줄’의 지위도 개인적 메모 수준으로 간주되어 원전의 지위에서 완전히 밀려날 수밖에 없게 될 것이다. 아울러 ④ ⑤와 같이 말한 정병욱 교수의 인식 역시 그 자신만의 자의적 판단으로 남게 될 것이다.

그러면 여기서 잠시 현재까지 논의된 바를 정리해보자.

1) 필자는 이 논의의 첫머리에서 고 정병욱 교수가 남긴 회고담, 「잊지 못할 윤동주의 일들」을 대상으로 일련의 논리적 분석 작업을 수행하여, 이 회고담의 후반 부분이 전반부와 논리적으로 상충된다는 견해를 여러 서지적 정황을 근거로 제출했다. 물론 이러한 작업은, 「별헤는밤」 9연 이후에 추가된 부분이 그 성격상 시인 자신에 의하여 수행되는 통상적 성격의 퇴고와는 다른 것이라는 점을 주장하기 위한 것이었다.

2) 그러나 필자의 이러한 분석 결과와는 달리, 고 정병욱 교수는 이 회고담의 후반부에서, 9연 이후에 ‘넉 줄’이 추가된 것이 자신의 조언에 따른 통상적 퇴

고 과정이었다는 점을 사실상 명시적으로 드러내고 있다.

3) 원래 텍스트에 넉 줄을 추가한 윤동주의 행위에 대해 과연 이를 통상적인 퇴고 과정으로 보아도 좋으냐에 대해서는 1) 2)와 같은 견해차가 해소되지 않는 한, 정병욱의 진술에만 의존할 수 없다는 것이 이 텍스트의 원전을 새롭게 확정하고자 하는 필자의 입장이다.

물론 윤동주 본인이 생존해 있거나, 3부로 작성되었다는 자선 시집 『하늘과 바람과 별과 시』가 추가로 발견되기만 한다면 앞서 언급한 ③의 진술 내용이 지닌 애매함은 간단히 해소될 수 있을 것이고, 동시에 1) 2) 3)으로 요약된 것과 같은 논의 역시 소모적인 것으로 치부될 것이다. 하지만 지금 그러한 행운은 사실 기대조차 할 수 없는 것이다.

그러면 이 단계에서 「별헤는밤」에 대한 원전 확정 연구는 이제 이 정도로 중단되어야 하는 것인가?

결코 그렇지 않다고 본다. 과거와 달리 윤동주 연구자들은 이제 『사진판』의 생생한 실체적 증거들을 원전 연구의 강력한 수단으로 활용할 수 있게 되었기 때문이다.

4-1-2. 「별헤는밤」의 원전 확정과 관련된 몇 가지 서지적 증거

필자가 앞서 전개시킨 논의는 결국 이런 것이다. 즉 「별헤는밤」의 말미에 윤동주가 4행을 추가한 것을 정상적인 퇴고로 볼 수 있겠느냐는 것, 아울러 텍스트 끝부분에 추가된 이 4행이 과연 원전의 마지막 부분(제10연)으로 인정될 수 있겠느냐는 것이다.

그런데 필자가 새삼스럽게 이러한 논의를 하게 된 것은

1) 이 텍스트 생성과 관련된 고 정병욱 교수의 증언

2) 『사진판』에 수록된 사진 자료의 상황

3) 텍스트 「별헤는밤」 자체의 미학 구조

등 세 가지가 원전 확정에 앞서 검토되어야 한다고 판단했기 때문이다.

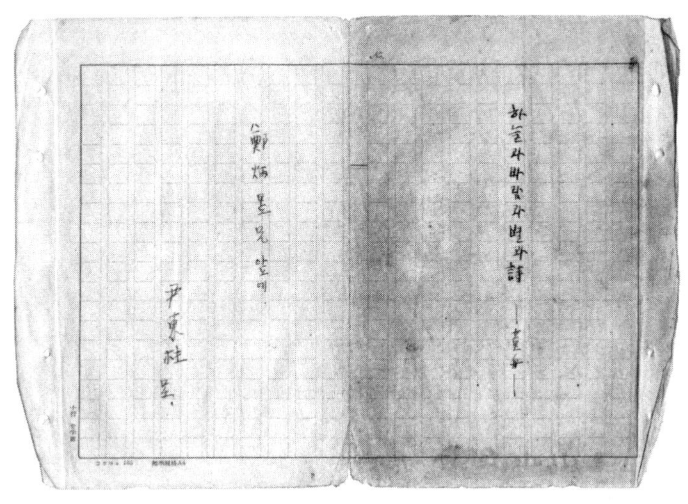

그림 19

　1)에 대해서는 앞서 논의한 바 있으므로 순서에 따라 이번에는 『사진판』에 수록된 사진 자료를 검토해보기로 하자. 우선 윤동주가 연전 졸업을 기념하여 출간하려 했었다는 자선 시집 『하늘과 바람과 별과 시』의 표지 부분을 보기로 하자. 널리 알려진 바와 같이 윤동주는 이 자선 시집을 세 부 작성해서 한 부는 본인이 갖고, 한 부는 은사 이양하 교수에게 드렸으며, 마지막 한 부는 연전의 후배이며 지기인 고 정병욱 교수에게 주었다는 것이다. 이 중 두 부의 행방은 현재 알 수 없고 우리가 알 수 있는 것은 『사진판』에 실린 『정병욱 본』뿐이다. 그림 19를 보기로 하자.

　윤동주가 직접 육필로 작성한 이 자선 시집은 주지하는 바와 같이 모두 19편의 시를 수록하고 있다. 사진 우측은 이 자선 시집의 표지인데, 필명이 '童舟'로 되어 있음을 확인할 수 있다. 사진을 자세히 보면 원고지 한복판에 접혔던 자국이 보이고 좌우측 끝에 구멍이 나 있는 것이 보인다. 그러니까 이 육필 원고지들이 반으로 접힌 상태에서 책으로 묶였던 것을 짐작할 수 있다.

　그런데 좌측 사진을 보면 '鄭炳昱 兄 앞에'라고 쓴 윤동주의 육필이 보인다. 그리고 그 좌측 아래로 '尹東柱 呈'이라는 자필 서명이 있음을 확인할 수 있다. 표지 안쪽에 해당하는 이 부분에 남겨진 윤동주의 육필은 물론 이 시집이 고 정병욱 교수에게 증정된 것임을 분명히 말해주고 있다. 인쇄된 책이라도 저자가 자필 서명하여 증정하는 경우라면 책을 주고받는 사이는 당연히 각별한 사이로 인정된다. 그런데 이 자선 시집은 시인이 육필로 직접 작성한 것이고 게다가 자신의 서명까지 남긴 것이다. 따라서 윤동주와 고 정병욱 교수의 사이가 남달리 각별한 것이었음을 여실히 보여주는 동시에 원전 연구자에게는 이러한 점이 이 자선 시집의 특수한 지위를 말해주는 중요한 서지적 증거로 간주될 수 있다.

이러한 점은 당연히 이 시집의 맨 마지막 부분에 실려 있는 「별헤는밤」의 원전 확정 문제와도 연결된다. 왜냐하면 이 자선 시집의 특수한 지위, 즉 이 시집이 정병욱 개인을 위해 제작된 것임을 감안한다면, 정병욱이 이의를 제기한 문제의 작품 여백에 윤동주가 정병욱 개인의 이해를 돕기 위한 메모를 추가했을 수도 있다는 추리가 그리 무리라고는 볼 수 없기 때문이다.

그러면 이번엔 문제가 되고 있는 「별헤는밤」의 마지막 부분을 보기로 하자.

사진(그림 20)에서 확인되는 바와 같이 윤동주의 표기 관행상 작품의 완결을 뜻하는 제작 일자 표시가 제9연 바로 뒤에 있다는 점이 먼저 눈에 들어온다.

이것은 물론 「별헤는밤」이 전 9연의 형태로 완성되었다는 정병욱 교수의 (앞서 인용한 바와 같은) 보고를 입증해주는 실체적 증거이다.

이와는 별도로 제9연 이후에 추가된 문제의 '넉 줄'이 제작 일자 표시 밖에 적혀 있다는 점이 눈에 띈다. 다른 경우라면 무심히 넘어갈 수도 있는 점이지만, 문제

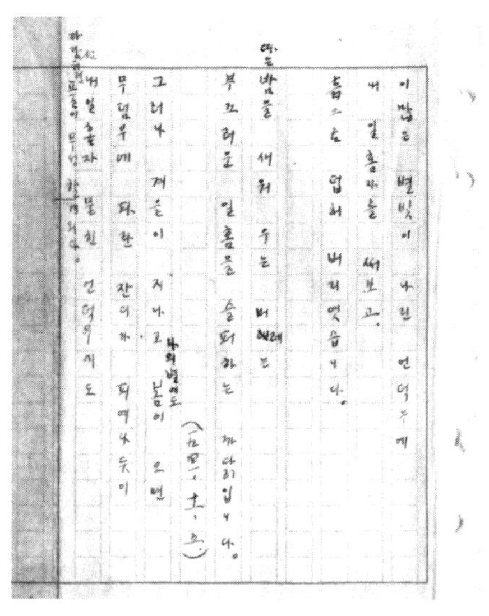

그림 20

는 이것이 윤동주의 육필 시고이고 『사진판』에서 발견되고 있다는 점이 주목된다.

　『사진판』에 수록된 육필 시고 중에는, 이 「별헤는밤」의 경우와 같이 최초 완성 형태에 연이나 행이 추가된 경우가 몇 군데 눈에 띈다. 다음을 보자.

　다음에 인용한 사진 자료(그림 21)는 『사진판』, pp. 70~71에 나오는 「풍경」의 육필 시고이다. 이 사진을 가만히 들여다보면 '一九三七. 五. 二九'라는 제작 일자 표시가 두 곳에 있다는 것을 알 수 있다. 그런데 첫번째 것은 수직선으로 삭제 표시가 되어 있다. 이는 추가 부분이 첫번째로 추가되면서 동시에 삭제되었음을 말해준다.

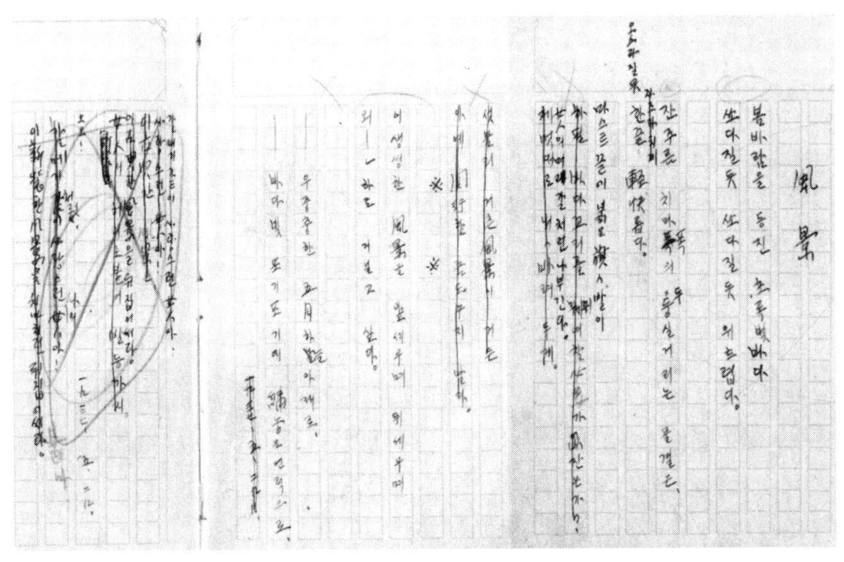

그림 21

　한편 그뒤 두번째로 2행이 다시 추가되었음에도 두번째의 제작 일자 표시가 그대로 남아 있는 것을 볼 수 있다. 그런데 이것은 두번째 추가가 첫번째 추가와 거의 동시에 이루어진 후 곧 파란 색연필로 추가 부분 전체가 이내 삭제되었기 때문인 것으로 보인다. 그렇게 판단할 수 있는 것은 이 두 차례의 추가 부분을 자세히 들여다보면 이를 기재한 필기도구가 동일하고, 글자 자획 역시, 추가 이전의 텍스트와는 차별되는 형태를 보이면서도, 두 번의 추가 부분은 동일한 모양을 보이고 있어 결국 같은 시기에 씌어진 것으로 판단되기 때문이다.

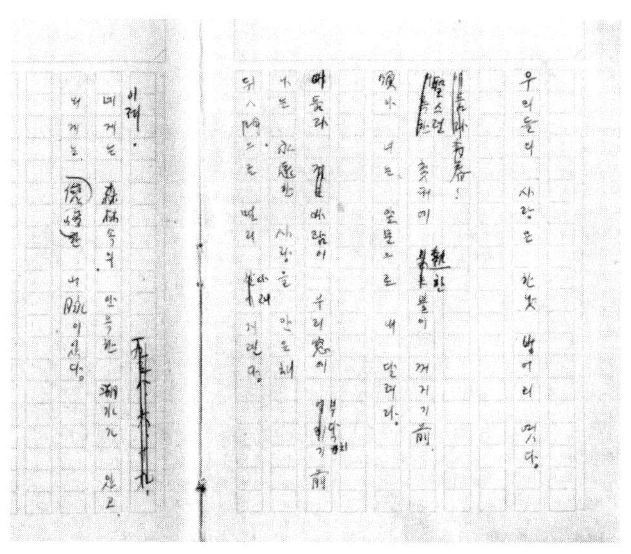

그림 22

그림 22는 『사진판』, p. 90로 「사랑의전당」 육필 시고 후반 부분에 해당한다. 여기에서도 끝부분에 3행이 추가되면서 '一九三八. 六.一九'라는 제작 일자 표시가 삭제되었음을 볼 수 있다.

그림 23은 『사진판』, p. 59에 수록되어 있는 것으로 「산상山上」의 육필 시고 모습이다. 전체 작품이 3연으로 완성되고 '一九三六. 五.'이라는 제작 일자가 씌었다가 제5연이 추가되면서 삭제되었음을 보여주고 있다. 사진에서는 나중 추가된 이 제5연이 결국은 삭제되고 말았음을 보여주고 있다.

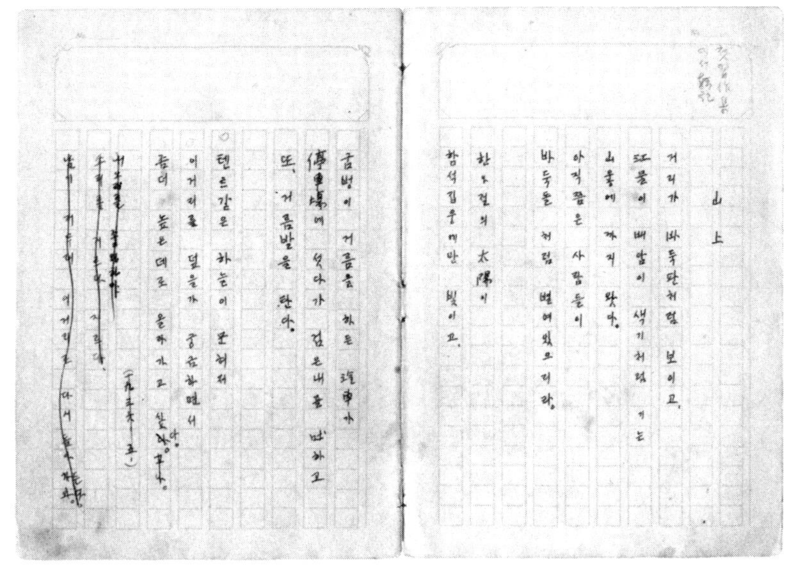

그림 23

　이상 「풍경」 「사랑의전당」 「산상」의 육필 시고에서 확인할 수 있는 바와 같이, 윤동주는 1차로 완성된 형태에 새로운 내용을 추가할 경우, 거의 예외 없이 제작 일자 표시를 삭제하고 있다.

　그런데 앞서 제시한 바와 같이 「별헤는밤」의 제작 일자 표시는 (비록 괄호가 쳐져 있기는 하지만) 그대로 남아 있다. 이는 전체 윤동주의 육필 시고 중 매우 예외적인 경우가 아닐 수 없다. 결국 제작 일자 표시 및 삭제의 관행이란 기준에서 볼 때, 「별헤는밤」에 문제의 ‘넉 줄’이 추가되었음에도 제작 일자가 그대로 남아 있다는 것은, 결국 이 ‘넉 줄’이 분명 윤동주의 필적임에도 불구하고 그 자격에 있어 하자가 있음을 시사하는 것이다.

　한편 자선 시집 『하늘과 바람과 별과 시』에 수록된 19편에 달하는 텍스트의 서지적 상태를 보면, 이 텍스트를 제외한 나머지 텍스트는 모두 텍스트 말미에 상당한 여백을 남겨둔 상태로 여유 있게 기록되어 있는데, 이 텍스트에 추가된 ‘문제의 넉 줄’만이 유독 원고지 여백에 궁색하게 기록되어 있다. 비록 사소해 보이지만 이러한 점 역시 이 ‘넉 줄’의 자격이 정병욱 개인을 위한 메모에 가까운 것이리라는 추단을 뒷받침하는 또 다른 서지적 증거로 간주될 수 있다.

이상에서 열거한 여러 증거들은 결국 윤동주가 자청해서 정병욱에게 전 9연으로 완성된 이 텍스트를 보여주었다는 고 정병욱 교수의 진술로 다시 눈을 돌리게 하는 것이다. 물론 앞서 언급한 바 있지만, 전문적으로 시를 쓰기로 작정한 시인이 이를 다른 이에게 자청해서 먼저 보였다는 것은, 이 텍스트의 완성도에 대한 자신감을 반증하는 것이다. 그리고 육필 시고의 상태도 이미 앞서 제시했듯 9연의 형태로 종결된 상태였음을 명백히 보여주고 있다.

물론 필자의 이러한 이의 제기에도 불구하고 이 부분이 종전처럼 이 텍스트의 끝부분인 제10연으로 간주되어야 한다는 주장은 얼마든지 계속될 수 있다. 무엇보다 이 넉 줄로 된 끝부분이 윤동주의 자필로 되어 있다는 점을 그 결정적 근거로 내세울 수 있기 때문이다. 그리고 여기에 더하여 이미 반세기 이상 이 땅의 수많은 독자에게 알려진 친숙한 형태라는 점이 이를 그대로 인정하자는 관성력으로 나타날 수 있다.

그러나 그러한 점은 필자에게 있어 별개의 문제일 수밖에 없다. 필자는 우리 현대 시사의 자랑인 윤동주의 원전을 가능한 한 복원해놓으려는 노력을 중단하지 않을 것이다. 대중의 힘이 아무리 커도 그것이 진실을 옮길 만큼 크지는 않다.

4-1-3. 원전 확정을 위한 텍스트 분석

윤동주의 시가 독자들의 사랑을 받고 있는 이유는 물론 여러 가지로 설명될 수 있을 것이다. 그의 시가 철두철미한 자아 성찰을 담고 있다는 점은 누구나 인정하고 있는 미덕이며, 여기에 더하여 그러한 자아 성찰이, 다소곳하고 절제된 고백적 어조와 상호 작용을 하며 강한 호소력을 발휘하고 있다는 점 역시 누구나 인정하는 바다.

그러나 필자는 윤동주의 시가 형태면에서도 매우 정교한 질서를 갖추고 있다는 점이 간과되어서는 안 된다고 생각한다.

『사진판』에 남아 있는 그의 육필 시고들은 그가 이미 시작 초기부터 적지 않은 동시를 썼으며, 이 과정에서 그가 얼마나 다양하게 시의 형태를 실험했었는지 생생하게 보여주고 있다.

여기에 더하여 그가 서울에 올라와 연희전문 영문학과에 입학, 이양하 교수의 가르침을 받게 된 이후, 영미英美 시의 여러 형태를 접하고 나름대로 체계적인 식견을 갖추게 되었으리라는 점은 누구나 짐작할 수 있는 일이며, 이러한 식견이 그의 시쓰기에 일정한 자양이 되었으리라는 점 역시 짐작하기 어렵지 않다.

그래서인지 연희전문에 입학한 이후의 후기 시들, 특히 자선 시집에 수록된 시편들이 형태면에서도 완숙함을 보여주고 있는 것은 결코 우연이 아니라고 할 수 있다.

그의 후기 시의 형태에서 나타나는 질서 중 비교적 두드러진 것으로는 대칭성과 반복성을 들 수 있을 것이다.

가령 「사랑스런추억」 「무서운시간」 등은 시의 형태에서 대칭적 질서를 추구한 전형적인 예이며, 「자화상」은 반복적 질서를 보여주고 있는 예라고 할 수 있다. 물론 대칭성과 반복성이 동시에 추구된 경우도 있는데 「새로운길」이 그 구체적인 예이다.

최초에 전 9연으로 완성된 「별헤는밤」은 이 부분만을 놓고 볼 경우, 「자화상」의 경우처럼 시 형태가 정교한 반복적 질서 위에 구축되고, 군더더기 없이 잘 마무리된 경우라고 할 수 있다.

논의의 순서를 앞당겨서, 전 9연의 형태로 탈고된 「별헤는밤」의 최초 형태를 놓고 그 안에 내장된 반복적 질서를 파악하여 이를 도식화하면 다음과 같다.

'A → B → C' → 'B' → A' → C''

이 구조는 물론 'A → B → C'가 단순 반복되는 것과는 다른 구조이다. 아울러 이 구조는, 분절 단위의 반복이 만들어내게 마련인 리듬이란 측면에서도, 'A → B → C'가 단순 반복되는 구조와는 상당히 다른 결과를 나타낸다고 볼 수 있다.[50]

---

50 차임벨 소리로 나타내면 이 차이는 분명하게 드러난다. 가령 'A → B → C'의 단순 반복에서 생성되는 리듬을 '딩댕동 딩댕동'으로 본다면, 이 텍스트의 반복 구조가 만들어내는 리듬은 '딩댕동

그런데 이 도식에서 'A → B → C'의 각각에 대응되는 것은 '1연 → 2연→ 3
연'이다. 그리고 'B′→ A′→ C′'에 각각에 대응되는 것은 '4·5연 → 6·7연 →
8·9연'이다.

그러면 'A → B → C → B′→ A′→ C′'라는 반복 구조의 한 축을 이루고
있는, 'A(1연)→ A′(6·7연)' 부분을 따로 떼어내놓고 보기로 하자.

季節이 지나가는 하늘에는 / 가을로 가득 차있습니다.　　　……… 1연 / A

이네들은 너무나 멀리 있습니다. / 별이 아슬이 멀듯이,(6연) / 어머님, /
그리고 당신은 멀리 北間島에 게십니다.(7연)　　　　………6·7연 / A′

우선 1연(A)을 보자. 여기에서 초점화되고 있는 것은 '하늘을 가득 채우고
있는 가을'이다. 그런데 이 '가을'은 「별헤는밤」보다 2년 앞서, 서로 비슷한 시
기[51]에 탈고된 두 작품, 「자화상」과 「소년」에 나란히 등장하면서 서로 긴밀한 의
미망을 이룬 바 있다. 이 두 작품에서의 '가을'은, 동서고금의 문학 텍스트에서
흔히 나타나는 것처럼, 삶이 반납되어야 하는 상황 또는 숙명적인 죽음을 상징
하고 있다.[52·53] 이 제1연에서 초점화되고 있는 '가을' 역시 위에서 언급한 두 작

댕딩동'과 같은 것이라고 볼 수 있다. 물론 리듬감의 측면에서 '딩댕동 댕딩동'이 '딩댕동 딩댕동'보
다 우월하다. 결국 이 작품의 반복 구조는, 'A → B → C'가 단순하게 반복되는 구조보다는 리듬감
형성의 측면에서 우월하다고 볼 수 있다.

51 1939년. 자선 시집에도 잇따라 수록되어 있다.

52 「소년」에서의 '가을'은 하늘에서 '단풍잎 같이 뚝뚝' 떨어져 시적 자아를 푸르게 물들이는 물감
이다. 시적 자아의 눈썹, 얼굴, 손바닥은 이미 떨어지는 가을에 젖어 푸르게 물든 상태이며, 따라서
시적 자아는 머지않아 단풍잎처럼 삶을 마감할 수밖에 없는 상황이다. 실제로 그가 들여다본 푸르게
물든 손바닥의 손금(그러니까 그의 운명)에는 맑은 강물이 흐르고 있는 것이 보인다. 어디론가 흘러
가고 있는 강물은, 물론 나무에서 떨어지는 단풍처럼 서서히 마감되고 있는 그 자신의 삶, 소년의 나
이이기에 더욱 슬프고, '사랑하는 순이'를 두고 가야 하기에 더 서러운 시적 자아의 죽음을 상징하고
있다.

53 「자화상」에서의 '가을' 역시, '하늘' '파아란 바람'과 더불어 시적 자아가 있는 우물 안으로 내려
와 있다. 시적 자아는 '하늘' '파아란 바람'과 더불어 '가을'이 지배하고 있는 우물 안을 벗어나지
못하고 있으며, 바로 이 점 때문에 시적 자아는 자신에게 미움과 더불어 연민을 느낀다.

품의 '가을'과 다르지 않다.

한편 A´(6·7연)에는 '멀리…… 멀듯이……멀리'와 같이 '멀다'는 호소가 무려 세 차례나 반복되고 있는 것을 볼 수 있다. 그런데 시적 자아가 이렇듯 연거푸 호소하고 있는 '거리감'은 1연에서 초점화되고 있는 '가을 하늘'의 변주라고 할 수 있다. 왜냐하면, 이 아슬한 거리감은, 숙명적인 죽음을 상징하고 있는 '가을'이 시적 자아의 내면에 부딪혀 나타난 정서적 반향이라고 볼 수 있기 때문이다. 바꾸어 말하자면, 하늘을 가득 채우고 있는 '가을'이 1연에서 초점화되고 있다면, 6·7연에서 초점화되고 있는 것은 '아슬한 거리감'인데, 이것은 결국 숙명적인 죽음을 상징하고 있는 '가을'이 조성한 심리 상태라는 것이다.

이 점을 좀더 부연하자면, 6·7연(A´)에서 거듭 표출되고 있는 시적 자아의 거리감이란, 예컨대 자살을 앞둔 사람에게서 흔히 관찰되는 심리 상태와 결국 마찬가지의 것이다. 누구나 알고 있듯 자살을 결심한 자의 행동은 으레 평소와 턱없이 달라지게 마련이다.[54] 그런데 이런 행동의 변화는 눈앞에 다가와 있는 '죽음', 그리고 그 죽음이 조장하게 마련인 '거리감'(또는 '이탈감')이라는 심리 상태가 아니고서는 설명되지 않는다. 가령 입영 열차를 타고 떠나는 젊은이들의 시선이, 자신이 정든 사람, 정든 곳으로부터 멀어지고 있다는 심리 때문에 하염없이 떠나온 곳을 더듬게 되는 것과 같다. 시적 자아가 6·7연에서 호소하고 있는 거리감이란 것도 결국은 이러한 심리 상태와 같은 것이다. 하기는 그가 멀다고 호소하고 있는 '이네들'이란 게 도대체 어떤 존재인가? 그것은 4연과 5연에서 그가 울먹이는 목소리로 어머니에게 하나하나 열거된 바 있는 '그의 삶' 그 자체가 아닌가? 그리고 '어머니'란 도대체 어떤 존재인가? 지금 이 절박한 순간, 그의 호소를 들어주어야 할 청자聽者로 설정된 것에서도 당장 볼 수 있듯, 시적 자아 자신의 현재적 삶과 가장 가까이 연결되어 있어야 할 존재인 것이다. 그런데 시적 자아는 '이네들'과 '어머니'가 '아슬이' 멀다고 호소하고 있다. 이런 경우란 '가을(죽음)로 가득찬 하늘', 그러니까 '결국 죽을 수밖에 없는 절박한 인식'이 전제되지 않고서는 결코 설명될 수 없는 것이다. 요컨대 A´

---

54 평소 아끼던 것을 거침없이 나누어주거나, 평소 소원하던 주변 사람에 대해서도 친근감이나 관대함을 나타낸다. 그래서 이런 묘한 행동이 때로 '자살 행동의 전조'로 여겨지기도 한다.

(6·7연)는 A(1연)의 변주라고 할 수 있다.

이번에는 'A → B → C → 'B'→ A'→ C''라는 전체 구조에서 'B(2연) →
B'(4·5연)' 부분을 떼어내 살펴보자. 2연과 4·5연이 반복의 구조 속에서 대응
하고 있다는 점은 앞서의 경우와는 달리 굳이 긴 설명이 필요치 않으리라고 생
각한다. 다음을 보자.

나는 아무 걱정도 없이/가을속의 별들을 다 헤일듯합니다.　　　……　2연 / B

별하나에 追憶과/별하나에 사랑과/별하나에 쓸쓸함과/별하나에 憧憬과/별
하나에 詩와/별하나에 어머니, 어머니,(4연)/어머님, 나는 별 하나에 아름다운
말 한마디식 불러봅니다. 小學校때 冊床을 같이 햇든 아이들의 일홈과, 佩, 鏡, 玉
이런 異國少女들의 일홈과 벌서 애기 어머니 된 게집애들의 일홈과, 가난한 이웃
사람들의 일홈과, 비둘기, 강아지, 토끼, 노새, 노루, 「뿌랑시쓰 · 쨤」「라이넬 · 마
리아 · 릴케」 이런 詩人의 일홈을 불러봅니다.(5연)　　　　　……　4·5연 / B'

2연이 '별 헤아리기' 직전의 고백이라면, 4·5연은 이 고백이 직접 실행에 옮
겨지고 있는 순간이라고 할 수 있다. 그런데 2연과 4·5연 사이에 개입하는 3연
은 '별을 이제 다 헤아리지 못하는 이유'를 거듭해서 밝히고 있는 부분이다. 그
럼에도 2연의 고백이 4·5연에서 행동으로 관철되고 있는 것은 그만큼 '별을 헤
아리는 것'이 시적 자아에게 '하지 않고는 못 배길 만큼' 절실하다는 뜻을 보태
주는 결과를 낳게 된다. 그러므로 3연을 뛰어넘어 반복되는 'B → B''는 더 이
상 단순한 반복이 아니다. 또한 'B → B''는 서로 의미를 주고받으면서 시어의
의미를 구체화하기도 한다. 즉 B(2연)에서의 '별 헤아리는 일'은 그 자체로서
는 어떤 절실한 의미로 나타내지 못한다. 그것은 B'(4·5연)와 연결되어 '별을
헤아리는 구체적 행동'의 조회를 받고서야 비로소 '별 헤아리는 일이' 실은 '자
기 연민'의 행위라는 것, 즉 (죽음을 앞에 놓고) 자신의 삶을 안타깝게 쓰다듬
는 안쓰러운 몸부림이라는 것을 드러내게 된다. 이처럼 'B → B''는 의미론적

으로 서로 기대면서, 반복되는 구조라고 할 수 있다.

그런데 'B → B'' 안에서의 기능과는 별도로, B(2연)는 'A → B → C' 라는 구조 안에서 의미 맥락의 연결 고리 기능을 하고 있다. 즉 B(2연)는 'A → B → C' 의 구조 한가운데서 A의 의미 맥락을 이어받아 C에 넘겨주는 연결 고리 노릇을 하고 있다. 이를 좀더 부연하자면, B는 '가을 하늘' 을 매개로 하여 A의 의미 맥락을 이어받은 후, "헤일듯합니다"(2연 2행)라는 한발 물러선 종결 형태를 취하며 C와의 연결을 꾀하고 있다. 이러한 의미 연관을 굳이 한 문장으로 나타내자면 다음과 같은 것이 될 것이다.

가을로 가득찬 하늘의   …… (A / 1연)
수많은 별들을 다 헤일 듯하지만   …… (B / 2연)
이제 나는 그렇게 할 수 없다.   …… (C / 3연)

한편 'A → B → C' 가 한번 더 기계적으로 반복된다면, 다음에 오는 형태는 당연히 'A' → B' → C'' 와 같은 형태가 되어야 할 것이다. 그러나 'A → B → C' 에서의 B의 위치와는 달리, B' 가 'B' → A' → C'' 와 같이 이 부분의 첫머리에 놓임으로써 'A → B → C' 의 기계적 반복이 극복되고 있다. 이는 물론 전체 텍스트를 '딩댕동 딩댕동' 과 같은 단조로움에서 벗어나, '딩댕동 댕딩동' 에서와 같은 좀더 고조된 리듬감으로 이끌어가는 것이기도 하다.

그러나 그와 동시에 'B' → A' → C'' 의 지배적 정서를 'A → B → C' 와 다른 것으로 일신하는 효과도 이끌어내고 있다. 이 점을 좀더 구체적으로 말하자면, 담담한 어조로 차분하게 절제되었던 'A → B → C' 전체의 정서가, B' 의 위치 변화로 말미암아 'B' → A' → C'' 에서는 순식간에 울먹이는 어조의 비장한 분위기로 전환된다는 점이다.

그런데 'B' → A' → C'' 전체를 비장한 분위기로 몰아가게 한 B' 의 울먹이는 어조는 어떻게 생겨난 것일까? 이는 물론 B' 를 구성하고 있는 4연과 5연의 형태적 동요에서 생성된 것이라고 할 수 있다. 즉 'A → B → C' 를 관통하는 시적 자아의 차분하고 담담한 어조가 4연에 이르러서는 더 한층 절제된 단계[55]로 나아가는 듯하다가, 5연으로 들어서자마자 이내 걷잡을 수 없이 흔들리면서, 그 가지런하던 통사적 구조는 물론이고, 행 구분 자체까지도 무참하게 무너지고 있다. 그런데 이러한 바로 이 형식상의 격렬한 동요를 유발하고 있는 것은 (4연과 5연을 연결하고 있는) '어머니, 어머니, 어머님' 이라는 격앙된 어조로서, 이는 5연의 급박한 형식적 붕괴와 맞물리면서, 독자로 하여금 시적 자아가 드디어 참고참던 울음을 걷잡을 수 없이 터뜨린 것처럼 느끼게 만들고 있다. 그리고 이후 이 걷잡을 수 없는 울음소리가 'B′ → A′ → C″' 전체를 지배하는 어조인 것처럼 느끼게 만들고 있는 것이다.

마지막으로 'A→ B → C' → 'B′ → A′ → C″' 라는 전체 구조에서 'C(3연)→ C′(8·9연)' 부분을 떼어내 살펴보기로 하자. 그런데 이 부분을 조금만 들여다보면 누구나 알 수 있듯, 3연 및 8·9연을 'C → C′' 와 같은 반복 관계로 파악하게 만드는 것은 이 두 부분이 동일한 논리적 구조로 되어 있다는 점이다. 즉 C와 C′ 는 '별 헤는 작업의 중단 → 그 이유' 의 논리적 구조로 되어 있다. 이는 다음과 같이 정리해보면 알 수 있다.

> 가슴속에 하나 둘 색여지는 별을/이제 다 못헤는것은 ······ (C1)
> 나는 무엇인지 그러워/이 많은 별빛이 나린 언덕 우에/내 일홈자를 써 보고,/흙으로 덥허 버리엿습니다. ······ (C′1)

> 쉬이 아침이 오는 까닭이오,/來日밤이 남은 까닭이오,/아직 나의 靑春이 다하지 않은 까닭입니다. ······ (C2)
> 따는 밤을 새워 우는 버레는/부끄러운 일홈을 슬퍼하는 까닭입니다. ······ (C′2)

'C1 → C′1' 의 반복은 위에서 확인되는 바와 같이 기계적이고 단순한 반복은

---

55 "별하나에 ······과" 와 같은 동일한 통사적 구조가 무려 여섯 번이나 차분하게 반복되고 있다.

아니다. 'C1'이 단순한 '별 헤아리기의 중단'을 의미한다면, 'C´1'의 "(일홈자를) 흙으로 덥허 버리엿습니다"는 1·2연의 '가을'과 의미 연관을 이루면서, 단순한 '별 헤아리기의 중단'이 아니라 '상징적 죽음'으로까지 나아가는 비장함을 드러내고 있다.

'C1 → C´1'의 관계에 걸맞게, 'C2 → C´2' 역시 단순한 반복은 아니다. 우선 'C2'는 '별을 더 이상 헤아릴 수 없는' 이유로서, 그를 기다리고 있을 '來日밤'을 극복하기 위해 "다하지 않은 靑春"으로 '아침'을 맞이해야 한다는 '실천적 행동'의 당위성을 '까닭이오, ……까닭이오, ……까닭입니다'로 거듭 강조하고 있다.

그런데 여기서 한 걸음 더 나아가, C´2에서 시적 자아는 '별을 헤아리며 흐느끼는' 자신을 "밤을 새워 우는 버레"로까지 유추하고 있다. 이러한 극단적 자기 부정적 의식은 물론, "내 (부끄러운) 일홈자를 ……흙으로 덥허 버리는" 행동과 자연스럽게 맥락을 이루면서, 비록 죽는 한이 있더라도 '버레'와도 같은 부끄러운 삶을 그대로 방치하지 않겠다는 시적 자아의 결연한 다짐이 그 다음 부분에 이어지는 것처럼 느끼게 만들고 있다.

이상의 분석에서 잘 드러난 바와 같이, 9연으로 완성된 「별헤는밤」의 최초 완성 형태는 'A → B → C → B´ → A´ → C´'과 같은 정교한 반복적 질서를 내장한 언어 구조이다.

「별헤는밤」은 결국 이러한 구조를 통하여 '(벌레와도 같은) 부끄러운 자기 연민의 나약함에서 벗어나겠다'는 비장한 메시지를 전달하고 있으며, 9연을 끝으로 군더더기 없이 성공적으로 마무리된 작품으로 볼 수 있다.

그런데 이처럼 완결된 구조에 다음과 같은 4행이 추가로 덧붙는다는 것은 도저히 납득할 수 없는 것이다. 전체 텍스트의 구조에 끼어들 경우, 이 문제의 '4행'은 사족으로 붙는 것이 아니라 차라리 '재앙'을 일으키는 것이라고 볼 수 있다.

　　그러나 겨울이 지나고 나의별에도 봄이 오면
　　무덤우에 파란 잔디가 피여나듯이

내일홈자 묻힌 언덕우에도

자랑처럼 풀이 무성 할게외다.　　　……(「별헤는밤」의 9연 뒤에 추가된 부분)

우선 이 문제의 '4행'을 지배하는 정서는 1~9연을 관통하고 있는 정서와 아주 다르다. 즉 1~9연이 시종일관, 아직 청춘이 다하지 않은 젊은이로서 부끄러움의 극복을 위해 자신에게 주어진 죽음의 숙명과 기꺼이 맞서겠다는 다짐과 각오, 이를테면 유서遺書를 써내려간 듯한 비장한 정서를 드러내고 있음에 반해, 이 문제의 '4행'이 드러내고 있는 정서는 '보상 예기적報償豫期的'인 것이며, 어찌 생각하면 '자신의 죽음'에 대해 '자화자찬'을 시도하고 있다는 점에서 안쓰러운 치기마저 느끼게 하는 것이다.

그뿐이 아니다. 문장 종결 형태의 어조에 있어서도 1~9연과 10연은 이질적이다. 즉 1~9연이,

있습니다 / 헤일듯합니다 / 까닭입니다 / 불러봅니다, 불러봅니다 / 있습니다. / 게십니다 / 버리엿습니다 / 까닭입니다

등과 같이 시종일관 아주높임 형태를 보이고 있는 데 반해, 이 문제의 '4행'은 '―ㄹ게외다'와 같이 예사높임 형태로 되어 있는 것이다.

결국 「별헤는밤」에 대한 앞서의 해석을 바탕으로 판단할 때, 1~9연으로 1차 완성된 후, 나중에 텍스트 말미에 추가된 문제의 '4행'은 작품의 결함을 보충하기 위해 1~9연에 추가된 텍스트로 볼 수 없다.

이 문제의 '4행'은 아무래도, 윤동주가 개인적으로 고 정병욱 교수에게 건네준 자신의 자필 시집에 덧붙인 메모와도 같은 것, 그러니까 "어쩐지 끝이 좀 허한 느낌이 든다"고 말한 지기知己 정병욱 교수에게 그냥 건네기가 뭣하여 몇 자 보탠 우정의 표시임이 거의 틀림없어 보이는 것이다.

4-2. 「종시」의 경우

제작 일자가 명기되어 있지 않은 이 육필 흔적은, 『사진판』의 제1부 세번째 묶음인 '산문집'의 마지막(C4)에 수록되어 있다. 원고지 23장에 적힌 상태로 보아 이 「종시終始」는 이미 여러 차례의 퇴고를 거치고 C4에 마지막으로 정서 淨書된 것으로 보인다. 그렇게 추정할 수 있는 근거는 무수한 퇴고의 흔적이 남 겨진 C3의 「화원花園에 꽃이 핀다」의 원고 상태와 너무 다르기 때문이다.

물론 C4에 퇴고의 흔적이 아주 없는 것은 아니다. 원고지 23장에 대략 20여 개의 흔적이 남아 있는데, 한자의 오류를 바로잡은 것, 사투리를 교정한 것, 간 단히 어구를 대체하거나 삽입한 것 등 대체로 사소한 것들이다.

그러나 C4, p. 22에는 이것들과 전혀 다른 퇴고 흔적이 나타난다. 『사진판』에 서 인용한 그림에서 보듯, 칼 또는 가위로 도려낸 듯한 폭력적 퇴고 흔적이 바 로 그것이다. 이 섬뜩한 느낌을 주는 퇴고 흔적은, 그러나 원고지의 '정서된 상 태'를 감안할 때 잘 이해가 되지 않는 것이다.

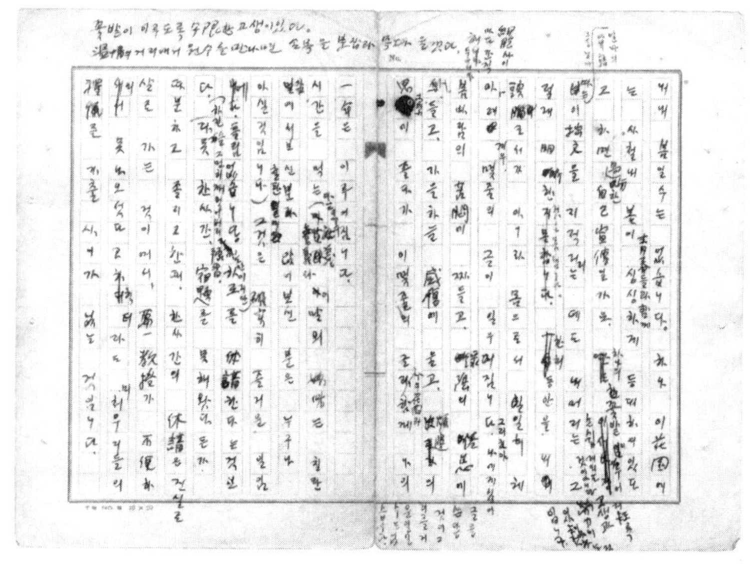

그림 24

「화원에 꽃이 핀다」의 3쪽 모습. 무수한 퇴고 흔적이 보인다.

윤동주의 글쓰기에 줄곧 개입했던 '사회적 컨텍스트'를 염두에 두어도 이해가 안 되기는 마찬가지다. '섬나라사람' 운운했던 「곡간谷間」이나, '왜떡' 운운했던 「할아바지」의 경우에도 윤동주는 수직선을 그어 삭제 표시를 한 바 있다.

'도려내는 형식의 삭제'는, 혹시 있을지도 모르는 '적발摘發' 때 오히려 원문에 대한 추궁을 받을 수 있는 근거가 되기에 충분하다. 그런 위험성이 있는데도 '도려내기'를 감행했다면 이는 어떤 대가를 치르더라도 '원문'을 남기지 않겠다는 완강한 의도를 반영하는 것이다. 도대체 어떤 내용이 '도려진' 것일까?

그러면 이 섬뜩한 '폭력적 삭제'의 전후 문맥을 검토해보기로 하자.

원고지 23장 분량의 수필 「종시」는, 연희전문학교 기숙사에서 생활하던 윤동주의 의도적이고 주기적인 나들이, 즉 '신촌역 ⇄ 남대문 성벽 부근' 체험과 그에 부수된 상념이 주된 내용을 이루고 있다.

우선 「종시」는 다음의 의미심장한 두 문장으로 시작된다.

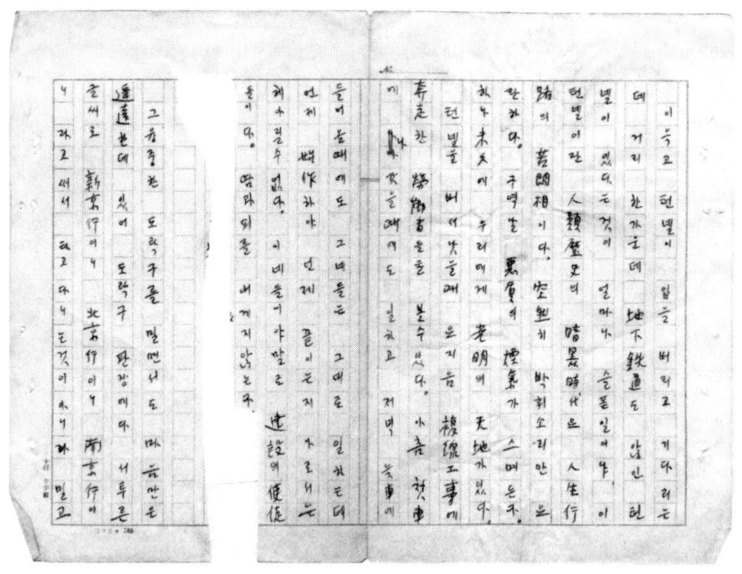

그림 25 산문(수필) 「종시」(C4)의 원고지 22째 쪽. 칼 또는 도려낸 자국이 선명하다. 『사진판』, p. 136에 수록되어 있다.

終點이 始點이된다. 다시 始點이 終點이 된다. ……(원고지 1쪽 첫 부분)

이 두 문장은 객관적으로 '〈신촌역⇄ 남대문 부근〉의 나들이'를 지시하지만, 자신의 나들이가 늘 같은 코스를 맴도는 순환 과정으로 끝난다는 점, 그리고, 아니 바로 그렇기 때문에, 자신의 생활은 어쩔 수 없이 늘 '새로운 출발'이 될 수밖에 없다는 '자기 다짐'을 동시에 함의하는 표현으로 볼 수 있다.

그런데 그의 이 나들이 습관은 어느 '눈온날'의 사건이 계기가 된 것으로 되어 있다. 즉 "西山大師가 살아슬뜻한" 기숙사에 처박혀 지내는 "同宿하는 친구"에게, 그의 '친구'가 "찾어들어와서 하는 對話"가 우연한 계기가 된 것이다. 그러니까 '친구의 친구'가 '친구'에게 던진 '대화'가 엉뚱하게도 윤동주의 '나들이'를 촉발시킨 셈인데, 이 내용을 잠시 인용하면 다음과 같다.

그래 책장이나 뒤적뒤적하면 공부ㄴ줄 아나. 電車간에서 내다볼 수 있는 光景 停車場에서 맛볼수있는光景, 다시 汽車속에서 對할 수 있는 모든일들이 生活아닌 것이 없거든. 生活때문에 싸우는 이雰圍氣에 잠겨서, 보고, 생각하고 分析하고, 이거야말로 眞正한 意味의 教育이 아니겟는가. 여보게! 자네 책장만 뒤지고 人生이 어드럿니 社會가 어드럿니 하는 것은 十六世紀에서나 찾어볼일일세. 斷然 門안으로 나오도록 마음을 돌리게 ……(원고지 3~4쪽)

'친구의 친구'가 '친구'에게 한 충고의 내용으로 보아, 그는 현실 참여를 중요시하는 행동주의자이다. 그는 "生活 때문에 싸우는 이雰圍氣에 잠겨서, 보고, 생각하고, 分析하고" 하는 일이 "眞正한 意味의 教育"이라고 주장한다. 그는 "책장만 뒤지"는 관념적인 공부는 "十六世紀에서나 찾어볼일", 그러니까 봉건 시대의 폐습으로 간주한다.

그렇다면 '친구의 친구'는 '진보적 역사관' 위에서 '현실 속의 실천'을 강조하고 있는 셈이다. 그의 신념은 당대 젊은이들을 매료시켰던 '진보적 이념', 즉 사회주의에 가까운 것으로 판단된다.

그런데 이 '친구의 친구'가 한 충고를 우연히 듣게 된 윤동주의 반응은 이렇다.

나안테하는 勸告는 아니엿스나 이말에 귀틈뚫려 상푸둥 그리리라고 생각하엿다. 非但 여기만이 아니라 人間을 더나서 道를 닥는다는 것이 한낱 娛樂이오, 娛樂이매 生活이 될 수없고, 生活이 없으매 이또한 죽은 공부가 아니랴. 하야 공부도 生活化하여야 되리라 생각하고 불일내에 門안으로 들어가기를 內心으로 斷定해 버렷다. 그 뒤 每日같이 이 자국을 밟게 된 것이다. ……(원고지 5쪽 전부)

이 반응을 사회주의에 대한 동조라고 판단하는 것은 그러나 너무 섣부른 예단이다. 왜냐하면 이후 이 「종시」라는 산문에서 구체적으로 예거되는 윤동주의 나들이 체험은 표면적으로는 시종일관 '관찰'의 한계를 한 발짝도 벗어나지 못한, 문자 그대로 '나들이'에 불과하기 때문이다.

이 어찌 보면 한가하기만 한 나들이 체험이 '사회주의자'의 수준에서 어떻게 '革命의 대열에 피 흘리며 떨쳐나선' 것이 될 수 있겠는가? 그것은 '사회주의자'에게는 오히려 '사이비'라는 핀잔을 듣기에 알맞은 것이라고 볼 수 있다.

「종시」와 거의 비슷한 시기에 씌어졌을 것으로 추정되는 산문시 「츠르게네프의 언덕」(1939. 9) 이후 윤동주가 '자기 몫의 고통을 짐지지 못한 부끄러움'을 거듭 변주하기 시작한 점을 상기해보자. 그러면 이 시기의 윤동주가, '구체적 실천'의 결핍에서 비롯되는 일종의 강박관념에 시달리고 있었으리라는 점을 누구나 수긍하게 된다. 바로 그 강박관념 때문에 윤동주는 '친구의 친구'가 한 충고에 고개를 끄덕이게 되었고 거의 매일 반복되는 습관적인 '門안 나들이'에 나서게 되었다고 보는 것이 적절해 보인다.

윤동주 역시 이 '문안 나들이'의 반환점인 남대문 부근에서 이렇게 인정하고 있다.

나는 終點을 始點으로 박군다. 내가 나린곳이 나의終點이오. 내가 타는 곳이 나의 始點이 되는까닭이다. 이쩌른 瞬間 많은사람사이에 나를 묻는것인데 나는 이네들에게 너무나 皮相的이된다. 나의 휴맨니티를 이네들에게 發揮해낸다는 재조가 없다. 이네들의 깁븜과 슬픔과 앞은데를 나로서는 測量한다는수가 없는 까닭이다. 너무 漠然하다. ……(원고지 17~18쪽)

그런데 문제의 '도려진 퇴고 흔적'이 나타나는 것은, 반환점을 돌아 다시 기차를 타고 신촌역으로 향하기 시작한 직후이다.

이 무자비한 퇴고의 이유를 탐색하기 위해서 다소 장황하긴 하지만, 이 부분 전체를 인용하기로 하자.

1) 이윽고 턴넬이 입을 버리고 기다리는데 거리 한가운데 地下鐵道도 않인 턴넬이 있다는 것이 얼마나 슬픈일이냐.

2) 이 턴넬이란 人類歷史의 暗黑時代요 人生行路의 苦悶相이다.

3) 空然히 박휘소리만 요란하다.

4) 구역날 惡質의 煙氣가 스며든다.

5) 하나未久에 우리에게 光明의 天地가있다.

…… (줄바꿈) ……

6) 턴넬을 버서낫을 때 요지음 複線工事에 奔走한 勞動者들을 볼 수 있다.

7) 아츰 첫車에 나아갓을때에도 일하고 저녁 늦車에……(이상「종시」원고지 21쪽)

……들어올때에도 그네들은 그대로 일하는데 언제 始作하야 언제 끝이는지 나로서는 헤아릴 수 없다.

8) 이네들이야말로 建設의使徒들이다.

9) 땀과피를 애끼지않는다. ……(다음 원고지 세 줄에 걸쳐 27자/칸 분량이 도려짐)

…… (줄바꿈) ……

10) 그육중한 도락구를 밀면서도 마음만은 遙遠한데 있어 도락구 판장에다 서투른 글씨로 新京行이니 南京行이니 라고 써서 타고다니는것이아니라[56] 밀고 ……

---

56 이곳의 띄어쓰기를 다른 곳과 비교해보면, 일부러 무시했을 가능성을 배제할 수 없게 된다.

(이상 「종시」 원고지 22쪽)······ 다닌다.

　11) 그네들의 마음을 엿볼 수 있다.

　12) 그것이 苦力에慰安이 않된다고 누가 主張하랴.

　······ (줄바꿈) ······

　13) 이제나는 곧 終始를 박궈야한다.

　14) 하나 내車에도 新京行, 北京行, 南京行을 달고 싶다.

　15) 世界一周行이라고 달고싶다.

　16) 아니 그보다 眞正한 내故鄕이 있다면 故鄕行을 달겟다

　17) 다음 到着(할↗)하여야할 時代의 停車場이 있다면 더좋다.

　　······ (원고 종료) ······

　1)~5) 사이의 진술에서 주목을 끄는 것은 단연 '턴넬'이다. "거리 한가운데" "입을 버리고 기다리는 턴넬"은 순간적으로 이 젊은 시인에게 "人類歷史의 暗黑時代요 人生行路의 苦悶相"을 함축하는 상징으로 스쳐 지나간다. 그러나 그것은 '어떤 고통스러운 전환기'이다. 왜냐하면 "未久에" 다가오는 '턴넬 밖', 즉 "光明의 天地"가 있기 때문이다.

　6)~12) 사이의 진술은 "光明의 天地"를 상징하고 있는 '턴넬 밖'의 풍경이다. 도대체 무엇 때문에 '턴넬 밖'의 공간이 "光明의 天地"를 상징하게 되는 것일까? 그곳은 "奔走한 勞動者"들이 "아침첫車부터······ 저녁 늦車" 때까지 "땀과피를 애끼지않는" 당시로서는 평범한 철도 공사 현장일 뿐이다. 그런데 그곳이 어째서 "光明의 天地"를 상징할 수 있을까?

　그렇다. "新京行이니 南京行이니 라고"쓴 "육중한 도락구"를, 부지런한 '建設의 使徒'들이 "타고다니는것이아니라 밀고다니"면서 벌이는 공사가 다름 아닌 "複線工事"라는 사실에 그 답이 있다.

　"——京行"이라는 글씨와 "複線工事"라는 단어를 조합해보라. 그것은 즉각 단순한 글자 잇기를 넘어 의미상 화학적 변화를 일으킨다. 이 의미상의 화학적 변화란 다름 아니다. '——京行(서울로 향함)'과 '複線工事(선로의 일방성을 무너뜨리는 공사)'의 조합이 실은 '국권 회복 운동'을 의미하고 있노라고 은밀하

게 속삭이는 자연스러운 연상 작용이다. 그렇다면 이 조합은 당시로서는 매우 위험한 '체제 전복적'인 폭발력으로 간주될 수밖에 없는 것이다.

그렇다. 이 '복선 공사'가 '국권 회복'을 은밀히 뜻하고 있다면, 그 도구인 "도락구"는 결코 가벼울 수는 없는 것이다. 뿐이랴. 누구나 피 흘려야 할 '국권 회복'에 무임 승차가 있어서는 안 된다. 그래서 그 "도락구"는 "타고다니는것이 아니라" "밀고다니는" 것이라야 한다.

그런데 이 산문의 제목이, 전체 글의 첫 문장에서 "終點이 始點이된다. 다시 始點이 終點이 된다"고 선언한 바 그대로 '종시終始'라는 점을, 이 "복선 공사" 와 연결시켜보자. 그러면 윤동주의 이 습관적 나들이 체험이 중심을 이루고 있 는 이 글 전체가 교묘한 '알레고리'라는 점을 깨닫게 된다.

전체 글의 내용을 떠올려보면, 윤동주의 나들이는 그의 숙소인 '학교 기숙 사'에서 시작되지만, '남대문 근처' 도심으로 향하는 길을 가로막는 '성벽'에 서 끝나 번번이 되돌아오게 마련인 순환 운동이었다.

「종시」 전체가 '알레고리'라는 사실을 좀더 확실히하기 위해서, 좀 장황하긴 하지만, '남대문 근처'의 반환점에서 그가 한 진술을 되짚어보기로 하자.

눈은 하늘과 城壁境界線을 따라 작구 달리는 것인데 이 城壁이란 現代 로써 캄푸라지한 넷禁城이다. 이안에서 어떤 일이 일우어저스며 어떤일이 行 하여지고 있는지 城박에서 살아왔고 살고있는 우리들에게는 알바가 없다. **이제 다만 한가닥 希望이 城壁이 끈어지는 곳이다.** / 企待는 언제나 크게 가질 것이 못되여서 城壁이 끈어지는 곳에 總督府 道廳 무슨 參考館, 遞信局 〔……〕 아이스케이크看板에 눈이 잠간 머무는데 이놈을 눈나린 겨을에 빈 집을 직히는 꼴이라든가, 제身分에 맞잔는 가개를 직히는 꼴을 살작 옐림에 올 리여 본달 것 같으면 **한幅의 高等諷刺漫畵가 될터인데** 하고 나는 눈을 감고 생 각하기로 한다. 事實 요지음 아이스케이크 **看板身勢를 免치 아니치 못할 者 얼마나 되랴.** 아이스케이크 看板은 情熱에 불타는 炎署가 眞正코 아수롭다. ……(원고지 9~11쪽, 굵은 활자는 필자의 강조 표시)

이 인용 부분을 다시 음미하면, 신촌 대학 기숙사와, 남대문 근처 성벽을 오가
는 매일 되풀이되는 '한가한 문안 나들이'가 실은 '금성禁城' 안으로 밀고 들어
가려는 거듭된 시도라는 것을 알 수 있다.[57] 그렇다면 남대문 근처 성벽에서 번
번이 돌아서곤 하는 그의 이 시도는 거듭된 좌절인 셈이 된다. 아닌 게 아니라
남대문 근처의 이 성벽을 그는 진입을 거부하는 "금성"으로 규정하고 있다.

김동리가 그의 소설 「화랑의 후예」 시작 부분에서 '조선의 심벌' 황진사의 아
지트 '중앙여관'이란 곳을 초점화시키고, 그곳을 '구태를 극복해야 할 우리 현
실의 심장부'로 알레고리화해놓은 작업과 유사하게, 이 「종시」라는 알레고리
구조에서, '문안'이라는 위치가 '수복收復'을 기다리는 '심장부'를 상징하고
있다.

이쯤에서 다시 '턴넬 밖' '광명의 천지'에 대한 진술, 그러니까 전체 글의 끝
부분으로 돌아가 13)~17) 부분을 보자.

13) 이제나는 곧 終始를 박궈야한다.

14) 하나 내車에도 新京行, 北京行, 南京行을 달고 싶다.

15) 世界一周行이라고 달고싶다.

---

57 뒤에서 다시 언급하겠지만 윤동주의 글쓰기는 이 무렵 '성서' 텍스트와 맹렬한 거래를 하고 있
다. 이 부분의 알레고리 역시 '구약성서' 여호수아기에 상호 텍스트적 뿌리를 대고 있다. 다음의 내
용을 보자.
〈······이스라엘 자손 가운데서, 이집트를 떠날 때에 징집 연령에 해당하던 남자들은, **사십 년을 광
야에서 헤매는 동안**에, 그 광야에서 다 죽고 말았다. 주께서는, 우리에게 젖과 꿀이 흐르는 땅을 주
시겠다고 우리의 조상에게 맹세하셨지만(여호수아 5:6), 〔······〕 (가나안 땅의) **여리고 성은 이스
라엘 자손을 막으려고 굳게 닫혀 있었고, 출입하는 사람이 없었다.** 주께서 여호수아에게 말씀
하셨다. "내가 여리고와 그 왕과 용사들을 너의 손에 붙인다. 너희 가운데서 전투를 할 수 있는 모든
사람은, 엿새 동안 **그 성 주위를 날마다 한 번씩 돌아라.** 제사장 일곱 명을, 숫양 뿔 나팔 일곱 개
를 들고 궤 앞에서 걷게 하여라. 이레째 되는 날에, 너희는, 제사상들이 나팔을 부는 동안, 성을 일곱
번 돌아라. 제사장들이 숫양 뿔 나팔을 한 번 길게 불면, 백성은 그 나팔 소리를 듣고 모두 큰 함성을
질러라. **그러면 성벽이 무너져 내릴 것이다.** 그 때에 백성은 일제히 진격하여라."(여호수아 6:
1~5) 〔······〕 제사장들이 나팔을 불었다. 그 나팔 소리를 듣고서, 백성이 일제히 큰소리로 외치니,
성벽이 무너져 내렸다. 백성이 일제히 성으로 진격하여 그 성을 점령하였다. (여호수아 6:
20) 〔······〕〉 (굵은 활자로 강조—필자)
물론 이 구절은 『사진판』 D11의 「새벽이올때까지」와도 상호 텍스트적 맥락을 형성하고 있다.

16) 아니 그보다 眞正한 내故鄕이 있다면 故鄕行을 달겠다

17) 다음 到着(할↑)하여야할 時代의 停車場이 있다면 더좋다.

13)에서 윤동주는 "이제나는 곧 終始를 박궈야한다"고 말한다. 이는 물론, 문안 진입을 가로막는 '금성'에 다시 도전해야 한다는 자기 다짐이다. 그런데 이 다짐이 일상적 문맥에서, "내車에도 新京行, 北京行, 南京行을 달고 싶다"고 하는 14)의 고백으로 그냥 연결되면 '유치한 발상'으로 간주될 가능성이 높지만, 「종시」의 알레고리의 질서 속에서라면 그럴 가능성은 거의 없다. 아울러 그가 "금성"을 넘어서기 위해, 자신을 "복선 공사"에 매달린 "건설의 사도"와 동일시하고자 한 것 역시, 「종시」의 알레고리적 구조 안에서는 당연한 귀결이라고 볼 수 있다.

이상의 검토를 종합하면, 글을 아주 '꼼꼼하게' 써왔던 윤동주가 자신의 산문 「종시」에 장치한 알레고리는 아주 교묘한 것으로 보인다.

따라서 이 정도 수준이라면 그대로 두어도 '사회적 컨텍스트'에 '적발'될 위험성은 그리 높아 보이지 않는다. 그런데 왜 '끔찍하게 도려진' 것일까? 어찌 보면 '긁어 부스럼을 만드는' 어리석고, 불필요한 짓을 왜 감행한 것일까?

문제의 '도려진 자국'은 앞서 인용한 부분 9)와 10) 사이를 폭력적으로 삭제한 결과이다. 이 부근을 다시 음미해보자.

8) 이네들이야말로 建設의 使徒들이다.

9) 땀과피를 애끼지않는다.

…… (다음 원고지 세 줄에 걸쳐 27자/칸 분량이 도려짐) …… (줄바꿈)……

10) 그육중한 도락구를 밀면서도 마음만은 遙遠한데 있어 도락구 판장에다 서투른 글씨로 新京行이니 南京行이니 라고 써서 타고다니는것이아니라 밀고다닌다.

11) 그네들의 마음을 엿볼 수 있다.

'도려진 자국'의 바로 앞에 위치한 8) 9)는, 표면적으로는 "복선 공사"의 "노

동자"를 "건설의 사도"로 높이 평가하고 그들의 "땀과피를 애끼지않는" 노고를 예찬하고 있는 부분이다. 이 부분에 함축된 알레고리적 의미는 물론 '국권 회복 운동의 역군'과 그 수고로움에 대한 예찬이다.

어쨌든 표면으로는 8) 9)의 '노동자 예찬'이 문맥상 '도려진 자국'에 있었을 '삭제된 부분'의 내용을 상당 부분 제한할 수밖에 없다.

그런데 '도려진 자국'의 바로 뒤에 위치한 10)은 이와는 반대로 '삭제된 부분'의 제한을 받는 부분이다. 그런데 10)에서 '노동자'들은 "도락구 판장에다 서투른 글씨로 新京行이니 南京行이니 라고 써서 타고다니는것이아니라 밀고 다닌다". 물론, 앞서 검토한 바와 같이, 이 "밀고다니"는 행동 역시 '국권 회복 노력'이라는 높은 당위적 가치를 함축하고 있는 표현이지만, 표면적으로는 알 레고리적 질서에 의해 10) 역시 '노동자 예찬'의 변주일 수밖에 없는 것이다.

그렇다면 '도려진 자국'에 있었을 '삭제된 부분'의 내용은 '노동자 예찬'을 제한적 조건으로 이어받고, 다시 이를 다음 문장에 넘겨주고 있는 셈이다. 따라 서 이 내용 역시 '노동자 예찬'일 가능성이 대단히 높다.

그러나 거듭 강조하지만 삭제되었으리라 보이는 이 '노동자 예찬'은, '국권 회복 운동의 당위성'에 대한 강조로서 당대 일제 강점의 현실적 질서에 대한 전 복을 고무하는 목소리이기는 하지만, 눈에 안 뜨일 정도의 위장 속에 숨어 있는 비교적 안전한 상태일 가능성 또한 매우 높다.

그런데 왜 '도려진' 것일까? 당시의 매체들을 훑어보면, 당대의 '사회주의 자'들은, 사회주의를 금기시하는 '사회적 컨텍스트' 속에서도, 'ⅩⅩⅩ' 'ㅇㅇ ㅇ' 따위의 복자伏字를 사용하는 편법과 타협해야 하긴 했지만, 할 소리는 다 했다.

이러한 의문은 어쩔 수 없이 원고지의 물리적 상태에 '의심스러운 눈길'을 돌리게 만든다.[58] 왜냐하면, C4의 사진은 원고지의 '상당히 닳아 있는' 외곽선 과, 도려진 부분의 '선명한' 외곽선 사이에 '상당한 시차時差'를 느끼게 하고

---

[58] 이 '의심'은 궁극적으로 정당한 문학사적 평가나 기술記述을 위한 것이다. 따라서 필자는 개인적 으로 이 '의심'이 전혀 근거 없는 것이기를 바라지만, 혹시 평지풍파를 일으키게 될 경우일지라도 『하늘과 바람과 별과 시』 중판본 편집자가 충분히 용서해주리라 믿는다.

있기 때문이다. 따라서 이 원고지의 물리적 상태는 이 '폭력적인 삭제'가 윤동
주 자신의 것이 아니라고 속삭이는 듯이 느껴진다.

이 「종시」가 처음 『하늘과 바람과 별과 시』에 선보인 것은 1955년에 발간되
었던 중판본에서라는 것을 상기할 필요가 있다. 그런데 이 시기는 다들 아는 바
와 같이 6·25 직후이고 대한민국이 전후의 참상 속에서 분노의 눈물을 삼키고
있을 때다. 반공 이데올로기가 사실상 백지 수표 상태의 단죄권을 쥐고 있는 것
이 당연시되던 때이기도 했다.

그런데 「종시」의 도려진 부분에 있던 내용이, 만일 앞서 추정한 것처럼 '노동
자 예찬'이었다면, 엉뚱한 시대적 철퇴에 대한 우려가 기우일 수만은 없는 것이
다. '노동자 예찬'을 표방했던 이데올로기가 어느 평화로운 일요일 새벽 대한민
국을 기습해서 잿더미로 만든 직후였기 때문이다.

'초가 삼간이 불타는 것'보다는 차라리 '빈대에게 물리는 것'이 낫다, 혹시
이러한 판단이 조심스럽게 실천된 것은 아니었을까?